李健吾译文集 XII

上海译文出版社

 其他剧作

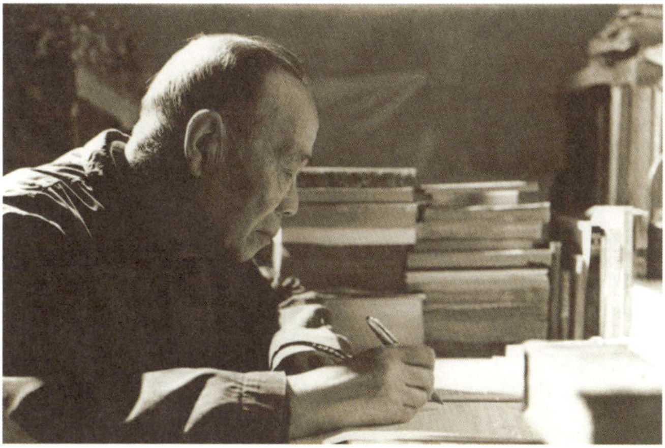

半身照，晚年的李健吾，伏案写作

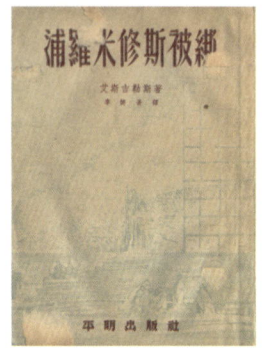 

平明出版社 1951 年初版　　　平明出版社 1952 年初版《宝剑》
《普罗米修斯被绑》

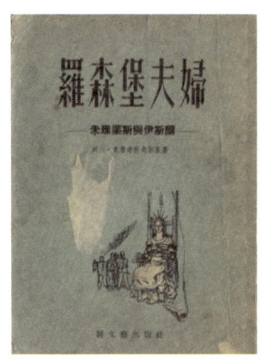 

新文艺出版社 1954 年初版　　平明出版社 1954 年初版
《罗森堡夫妇》　　　　　　　《钟表匠与母鸡》

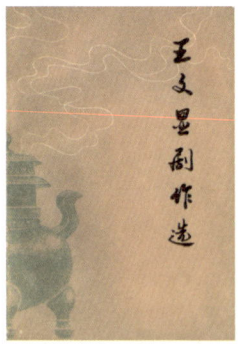

人民文学出版社 1983 年
初版《王文显剧作选》

目 录

维克多·雨果
宝剑 ………………………………………………… 001
罗曼·罗兰
爱与死的搏斗 …………………………………… 097
列昂·克鲁奇科夫斯基
罗森堡夫妇 ……………………………………… 201
伊·科切尔加
钟表匠与母鸡 …………………………………… 289
艾斯吉勒斯
浦罗米修斯被绑 ………………………………… 405
格里高利夫人
月亮上升 ………………………………………… 453
王文显剧作选
委曲求全 ………………………………………… 477
梦里京华 ………………………………………… 559

宝　剑

维克多·雨果　著

维克多·雨果
—— 人类的战士

（一）

在世界和平理事会上，中国代表茅盾先生提议，举行十九世纪法兰西大文豪维克多·雨果的诞生一百五十周年纪念。今天世界每一角落都在庆祝着中国的新生，而美帝国主义者霸占中国的台湾，以最无赖的恶汉冒险姿态侵入朝鲜，出卖祖先所宝贵的天理良心，使用细菌病毒武器，蔑弃国际公约，"蓄意毁灭一个民族或种族的全部或一部分"①，假定反对战争、屠杀与暴行的雨果还活着，一定会不顾一切，吹起诗人的号角，讨伐血腥的罪行：

"你要是吠，雷呀，
　　"我就吼。"②

一八四九年，法兰西帝国主义的军队进攻罗马，推翻新成立的意大利共和国，恢复罗马教皇的职权，出卖了法兰西的共和民主精神，雨果虽说一向支持总统路易·拿破仑，但还是和他分道扬镳了。一八六三年，波兰人起义，企图重建自己的祖国，亡命海外的俄罗斯革命家赫

---

① 引自国际民主法律工作者协会调查团《关于美国军队在中国领土上使用细菌武器的报告》。
② 本文引证雨果诗文（不注明的引证都是雨果的）很多，为节省篇幅起见，不一一注出来处，请参阅下列各种诗文集：《秋叶集》《惩罚集》《思维集》《恐怖年》《大慈大悲》《做祖父的艺术》《琴声集》《莎士比亚》《言行录》《九三年》，等等。雨果最好的全集本是奥朗道尔夫（Ollendorff）书店出的。

尔岑,请求雨果发表宣言,予以鼓舞,他立即接受。他为意大利的革命领袖募集基金。他热烈赞助克赖特(Crète)人反抗土耳其的压迫,西班牙人建立共和国的奋斗与中美各国摆脱殖民地统治的战争。他无形中成了革命党共和派国际活动的一根精神支柱。一八六二年,法兰西殖民地的军队无故侵入墨西哥中部,雨果回答墨西哥人民的呼吁:"不是法兰西同你们作战,是帝国……勇敢的墨西哥人们,抵抗罢……我是和你们在一起的……"深为感动的墨西哥人在报上骄傲地指出这一巨大的差别:"最好的法兰西和我们在一起;你们有拿破仑,我们有维克多·雨果。"焚掠圆明园的英法联军,他干脆把他们叫做强盗:"当着历史,两个强盗:一个就要叫做法兰西,另一个就要叫做英吉利。"他对这种可耻的胜利提出抗议。

他成了人类前进中正义的征象。长久的流放生涯在形势上剥夺了他的政治权利,在精神上,格外提高他的威信和进步人士对他的敬重。这不是身世之感的结果;远在一八三一年,不到三十岁,他就告诉他醉生梦死的时代:

"是的,我还年轻,在我的额头,
"多少热情与作品将要冒芽,
"虽说,天时的潮汐不明,
"每日给我多添一道皱纹,
"好像我的思想犁出来的田沟,
"夏阳还没有照耀过三十回。
"我是这世纪的儿子!每年,一种过失
"离开我的精神,自己也在惊奇,
"于是,不再痴迷,我的信仰就只剩下
"你们:神圣的祖国与神圣的自由!

"我以一种深恨痛恨着压迫。

"所以,不管在世界什么角落,

"遇到严酷的天,残暴的帝王,

"我一听见扼杀的民族在呼唤;

"希腊,我们的母亲,肚子破了,

"被基督教的帝王丢给土耳其刽子手;

"流血的爱尔兰在十字架上断气;

"日耳曼挣扎在十个君王的刑具底下;

"里斯本,先前美丽,一直高兴,

"如今顶着米古艾尔的脚,挂在绞架①,

"阿尔巴尼管治着喀东的家乡②,

"拿波里睡着,吃着,奥地利拿着手杖、

"被恐惧神化了的笏,沉重,羞愧,

"打断了威尼斯狮子的翅膀③;

"摩德纳被大公爵勒住咽喉,喘吼④;

"在老王床前,德累斯顿哭泣奋斗⑤;

"马德里昏沉沉又睡了过去;

"维也纳抓牢米兰;比利时狮子,

"好像一头犁不动地的牛,

---

① 里斯本是葡萄牙首都;米古艾尔(Miguel)是葡萄牙的专制暴君,一八三四年被迫逊位。
② 阿尔巴尼(Albani)是罗马的著名阀阅,在教会中居统治地位。喀东(Caton,纪元前二三四年——一四九年)是罗马共和国的大政治家。
③ 威尼斯在并入意大利(一八六六年)之前,有五十年光景被奥地利占据。
④ 摩德纳(Modéna)在并入意大利(一八六零年)之前是一个公国,受奥地利支配。
⑤ 德累斯顿(Dresde)是德意志一个重要省会,在合并之前,是一个王国。

"弯下腰，口勒也没有牙咬，
"可怖的哥萨克，怒火冲天，
"奸淫那已死的蓬头乱发的华沙，
"弄脏她的寿衣、洁净神圣的破布，
"爬在坟里僵直的童女身上；
"于是，噢！我诅咒那些躲在宫庭、
"藏在洞穴的帝王，一身鲜血！"

从前是诗句，今后成了行动。福路朗（Gustave Flourens，一八三八——一八七一），著名生理学家的儿子，参加克赖特革命，被希腊反动政府捉了去，宣布死刑，雨果以人道主义者立场提出抗议，救下这位后来参加公社的志士的性命。他的多次的抗议是有收获的，只有一次，美利坚拒绝了他的呼吁："就在目前，就在华盛顿的祖国，就在南部各州——这种丑恶的矛盾激起北部纯洁合理的良心的义愤——一个白人、一个自由人、约翰·布朗（John Brown），试着解放那些黑人、那些奴隶……约翰·布朗和四个同伴被判死刑……我们全体，不管我们是谁，民主征记是我们共同的国土，我们听见死刑，如同自己受刑，觉得惭愧……布朗的死刑或许可以加强弗吉尼亚州的奴隶制度，但也是真的，将要摇动美利坚全部民主机构。"一八五九年，这位解放黑奴的志士、现代的吉诃德，被那些损人利己的"正人君子"绞杀了。一八六零年，雨果回答一位黑人编辑道："在大地上，不分远近，人心燃着同一火焰；黑人们，如你所证明，是一样的。亚当难道有几个？生物学家可能提出异议；但确实的是，世上只有一个上帝。既然只有一个父亲，我们全是兄弟……大地上无所谓白人，无所谓黑人。有才的人们是有的，你就是其中一个。在上帝面前，灵魂全是白的。"

这种博爱精神，化私为公，使他能够在他的时代比较公平地对待欧罗巴的政治纠纷。诗人不应当像德意志的白克尔（Becker），或者法兰西的缪塞（Musset），狭隘浅妄，拿民族的命运当做破鞋，随手扔掉①。日耳曼民族和高卢民族从同一文化出来，正如古代希腊，应当结成一体，不该互相残食：

"我们从一个肚子里头出来，
"在欧罗巴历史草创时期，
"日耳曼和高卢不分你我。"

一八七零年七月十四日，纪念法兰西大革命，雨果在庭院栽了一棵橡树，起名字叫：欧罗巴联邦。自命爱国的那些封建派别，或者自命进步的资产阶级士绅，笑骂雨果不切时宜，没有几天，普法战争来了，发见奔赴国难的是雨果，投降的是他们自己！诗人必须对全人类负责。一八四九年，和平大会在巴黎召开第二次会议，巴黎上流社会等闲视之，雨果责无旁贷地接受了做主席的光荣任务。他在开幕辞中预言道："这样的一天要来的，美利坚联邦与欧罗巴联邦、两个庞大的团体，面对面，远隔重洋，互相伸出友好的手，交换物产、商务、实业、艺术与天才，打扫干净地球，在创造主的眼底下改良创造，为全体的利益，聚起这两种无限的力量：人们的友爱和上帝的权能。"

这话是一百年前讲的。一百年后，欧罗巴联邦固然没有实现，早已实现了的美利坚联邦又满足诗人几分殷望来的？我们难道能够因为诗人预料不到资产阶级更丑恶的发展，就不许他表白他的愿望？他的坚强意志是不可动摇的。一八七七年，雨果宣称："活到我这种年纪，

---

① 白克尔（一八零九年——一八四五年）在一八四零年写了一首诗《莱茵河颂》，说法兰西抢不去"自由的德意志的莱茵河"，缪塞（一八一零年——一八五七年）在一八四一年写了一首诗《德意志的莱茵河》嘲笑他，说法兰西曾经占领过。

不有一个固定的观念,不在结局有一个固定的观念,倒成了希罕事……这固定的观念,我不妨告诉你们,就是和平。"酷爱和平的中国人,今天太清楚这位大诗人、法兰西有史以来最伟大的诗人①,是站在斗争的那一边的。干涉别国的内政,毒害别国的平民,卑鄙龌龊,无所不用其极,帝国主义者们,

"啊!你们来抢我们一小块土地!
"好罢,我们要挖出你们的心!"

(二)

汪洋在雨果的诗行里的,不是那种绝望悲观的哭泣,不是那种瘟疫一样、无从抗拒的忧郁,或者那种冰清玉洁、孤芳自赏的寂寞;而是希望,理想,透过云雾看见阳光的探射的力量。一种乐观应战的活泼心情支持他,能够在通常认为无能为力的时候,有所作为。信念清切,热情旺盛,他可以割舍过去的荣华富贵,走上反叛的道路:

"我接受辛酸的流放,那怕无终无了,
"那怕有人应当倔强偏偏弯腰,
"那怕有人应当坚持反而溜掉,
"我不要知道,不要加以考虑。
"那怕剩下一千人,好,我不在乎;

---

① 有人曾经问纪德,谁是法兰西最伟大的诗人。他的回答是:"维克多·雨果,唉!"这个"唉"的声音说明了纪德的落后的阶级感情,但是也说明了就是不喜欢雨果的人们也不得不承认他是法兰西最伟大的诗人。

"那怕剩下一百人,我还要冒险;

"那怕就只十个人,我做第十个;

"那怕留下一个人,我要做他!"

于是,表示坚决,他把巴黎故宅心爱的家什全部公开拍卖,作为亡命的资本。和暴君妥协的政客渐渐多了,朋友希望他回到巴黎,他谢绝了:"要我到巴黎去,只有一种情况,只有一种工作、一种英勇的工作:巴黎呼唤革命来搭救她。"一八五九年八月十六日,暴君下了大赦令,他可以自由自在回到祖国,不会受到什么危险,但是十八日,他就毅然拒绝了:"面对面我的良心,忠实于它所做的决定,我把自由的放逐坚持到底。自由回去的时候,我才回去。"把定了舵,他要求同舟的人们和他在一起奋斗:"朋友们,现时要过去的,痛苦不管多么大,让我们把思想固定在隐约的暄丽的明天,固定在自由和友爱的即将到来……民主,就是广大的祖国。普遍的共和国,就是普遍的祖国。日子来了,打倒暴君,不分国度,全应当为战争呼喊;事业成功了,团结、人类神圣的团结,在所有国家的额头,吻上一个和平之吻。"

战士应当这样。对于雨果,诗人就是战士,他们的任务是统一的。浪漫主义、战斗的口号,只有狂飙一般卷到潮流当中,才能够从消极性的私情存在提到高度热情的辉煌作用。这首先表现在作品内容和语言的盲目因袭的破坏。"年轻的法兰西"早就对陈腐的主题人物和虚伪的典雅格式起了反感,雨果以他天才的综合能力和造诣满足了时代的要求。他在法兰西文坛能够成为新军的主帅,实在并不突兀。他的《克林威尔》的《序言》成了"年轻的法兰西"奉行的十诫。他为浪漫主义提供了一个值得信赖的定义:"浪漫主义,多少次被人误解,就全面来看,它真正的定义是:文学的解放。新的人民,新的艺术。"顽固的守旧派诅咒他,把他看做叛逆:

"于是,强盗、我,来了;我喊着:为什么

"这些字永远在前,那些字永远在后?

"我朝音节整齐的行列

"吹去一阵革命的狂风,

"吓坏了监国的太后、翰林院,

"把比喻藏到裙子底下。

"我给老字典戴上一顶红帽子。"

贵族的文字和平民的语言混淆了,猪叫做猪了,狗的项圈被除掉,假辫子成了马鬣,国王说了人话,语言获得了生命:

"仗着你,神圣的进步,革命今天

"在空中,在声音里,在纸上荡漾,

"读者觉得活在跳动的字句当中。

"它喊,它唱,它教,它笑。

"它的语言,它的精神,全得了救。"

　　诗人为自己找到自由的形式、得心应手的武器,但是,问题来了,考验来了,拿着锋利的武器做什么?像缪塞那样,就为发泄?像维尼(Vigny)那样①,就为矜贵?还是,最后,像早年的战友高地耶(Gautier)一样②,厌弃生活,因为生活的担负压倒了他,于是为艺术而艺术,追求所谓永生之美,雕琢字句?雨果为他的诗寻找崇高的任务:

---

① 维尼(一七九七年——一八六三年)是法兰西的浪漫主义诗人,孤僻不群。
② 高地耶(一八一一年——一八七二年)是法兰西浪漫主义诗人,新闻记者,提倡为艺术而艺术。

"我是不羁的诗人,

"责任——人,

"苦难的嘘息,黑喇叭

"的嘴。"

自然和人类在这里听见了回声。诗人是宣传家,教育家,必须对人民有用:"为自由和改善人群服务,美没有降低身份。一个解放的民族不是一个坏韵脚。"美和有用结合,诗人才有出路:"啊!聪明人,要有用!为着什么而服务罢。既然好,有成效,就别做出乏味的样子罢。为艺术而艺术或许美,但是为进步而艺术才更美。梦想好,梦想乌托邦才更好。啊!你们要做梦?好罢,梦更好的人罢。你们要做梦?这就是:理想。"他在苦口婆心劝告他的战友。法兰西的十九世纪是变化多端的。各色政体都在巴黎试验了,倾覆了,借尸还魂的政变一再发生,法兰西共和国成了一个漂泊无依的孤女。然而一般诗人对她漠不关心,纵情声色,躲在象牙塔里,正眼不看苦难的世纪,屈辱的法兰西。巴尔纳司(Parnasse)山高不可即,象征手法玄妙莫测[①]。人民在祖国没有自己的回声。诗人成了一个特殊阶层。比起后辈诗人,六十多岁的亡命者显得生龙活虎,年轻多了。他号召他们走出迷途:"特别是在法兰西,我们说过,文学有着形成阶级的倾向。做诗人,有一点等于做官僚……是时候啦,走出这种观念形态罢。民主这样要求。扩大视野是值得的。走出学府,走出教会选举会,走出套间,走出小的爱好,走出小的艺术,走出小的教堂。诗没有派别。目前有人白费力量给死东西通电流。让我们打退这种倾向罢……文学这位姑娘需要的是人民

[①] 巴尔纳司是希腊一座古山,献给文艺女神的,一八六零年后,法兰西若干诗人用它作为一个运动的名称,主要倾向仍是为艺术而艺术。象征诗派反对巴尔纳司诗派的现实主义倾向,自己则陷入超现实的漩涡。

文学。一八三零年展开了一种争论,表面是文学,底里是社会和人。如今是下结论的时候了。我们的结论是,文学有着这个目的:人民。人民,就是人。"

"人"字大写,有尊严的人,有理想的人,一个称得起法兰西人民的人。

(三)

绝大的考验等待着每个法兰西人。雨果盼望了十九年的一天终于到了。篡夺共和国的路易·拿破仑,"戴着皇帝的帽子,拿着皇帝的鹫旗,滑稽地模仿着拿破仑,"①向普鲁士宣战了。战争爆发后的第三天,雨果对住在海岛上的妇女解释,这是"任性的战争,两个民族互相残食,为了两位王爷的欢喜。"这种看法和国际工人联合会巴黎支部的见解完全相同:"为着霸权问题而起的战争。"②冒险家的梦粉碎了,沐猴而冠的暴君成了俘虏。雨果和自由一同回到巴黎,兴兴头头,仅仅发现自己进了围城:

"我们吃马,吃老鼠,吃熊,吃驴。
"巴黎被堵,被封,被围,被困,
"我们的肚子成了挪埃的方舟③;
"种种禽兽,老实的,名声恶的,全都
"钻进我们的肚皮,还有狗呀猫的,

---

① 引自马克思的《法兰西阶级斗争》的第二章。
② 引自马克思的《法兰西内战》:《国际工人联合会总委员会为普法战争告欧美各分会全体会员》第一书。
③ 故事见于《旧约·创世记》。

"高的,矮的;蝙蝠会见大象。"

当着饥馑、强敌与凌乱,六十八岁的诗人并不气馁,年龄不让他参加实际的政治活动,他做鼓舞号召的工作。法兰西四顾无援。英吉利感谢普鲁士为它解除对岸的敌人。美利坚,法兰西曾经帮它争取独立,如今

"用光明的名字鼓励夜晚!"

暗里刺法兰西一刀。不想流血的是林肯,被他不肖的子孙暗杀了①。还是拿出自己的力量来干罢:

"起来,怒在心,剑在手,
"法兰西!拿起棍,拿起叉,
"捡起路边的石子,起来,
"成群起来,法兰西!"

将军们无能(无耻,掉回头来攻打人民),人民是勇敢的:

"小孩子笑,女人不哭……
"巴黎宁可死,要法兰西活。"

在神圣的祖国这个名子底下,他要求团结一切抗侮的力量;战争

---

① 当时美国大总统格兰提(Grant)对法国的态度很不友善,参阅雨果的《恐怖年》诗集。

已经发展成为帝国主义的侵略性质，到了民族勇敢地接受另一个独夫挑衅的时候了：

"我告诉大家，相爱，奋斗，忘了私怨，

"除去敌人，不再另外制造敌人；

"我喊：我没有名姓，我叫祖国！"

但是，资产阶级绝顶无耻，封建贵族做着恢复王室的痴想（仅仅寻找不到一个可能一致拥戴的储君罢了），念念不忘的是歼灭共和国的主力、工人阶级，即使出卖祖国，在所不惜。牧师不愿放弃既得的剥削利润，同样憎恶共和国。工人阶级忠勇奋发，慷慨赴义，只为他们造下了叛变的机会。雨果指出迫在眉睫的内战危机："在王国，叛变是前进一步；在共和国，叛变是后退一步。"王党并不死心，诗人爆发了：

"国王们，小偷们，你们的衣袋够大了，

"塞得进全国的金子、穷人的捐献、

"预算、我们的全部钱财，可是放进

"我们的权利和荣誉呀，不成！

"你们永远塞不下去伟大的共和国。"

牧师和他们的主教骂他背教。事实是，侦伺别人的灵魂，探听别人的隐秘，出卖情报给魔鬼，受之而无愧的正是这批靠宗教为生的人们：

"信教的是我，牧师，背教的是你。"

他原谅盲目的群众，发号施令的那些头子、帝国的恺撒、教会的彼得，才是真正的罪魁祸首:"甚至于谈到罪恶,也要公道;士兵以为干的好,他服从口令;牧师以为干的好,他服从教义;担当责任的只是首领。有两个罪犯:恺撒与彼得;恺撒杀人,彼得骗人。"遏止不了破坏团结的人们的活动,他叮咛他捐献的大炮道:

"噢,炮呀,别在内战当中出声,

"千万盯牢外国人那边。"

但是内战,在敌人眼面前,在和敌人勾结的资产阶级的发动下,在诗人日夜忧虑中,终于揭开了。资产阶级在当时、在事后诬赖公社残暴,历史文献证明他们说这种谎话,只是为了更好放手地屠杀无辜,"以更大的残酷来进行,并且延长了整个的星期。"① 资产阶级的将军阿拍尔(Appert),透露出来正确的数字是:他们那边一共死了八百七十七名,全部计算在内;公社这边,死在炮火中的就有一万七千名,不算死在城外的六七千名,不算一万两千左右受伤的,不算关在凡尔赛宫的四万五千人。法兰西大革命两年里头互相残杀的男女,没有一八七一年反动政府一个星期杀的人多,妇女老幼,两倍还多② !

雨果的家庭出身和社会关系很早就决定了他在资产阶级的地位。一八四八年六月二十二日,巴黎工人争取生存的权利,被迫进行巷战;诗人虽说有动于衷,并未放弃秩序党的立场;他在日记里面分析自己道:"当着防堵物,我保卫秩序。当着独裁,我保卫自由。面对空谈,我保卫财产、家庭、承继权、人心的永生真理。我请求对迷路者仁慈,对奸贼严厉:对人人公道。"二十二年的生活教育提高了他对政治的认

---

① 引自《法兰西内战》恩格斯的《引言》。
② 参阅马尔盖芮特兄弟(Marguerite)的小说:《公社》,最后一章有详尽的数字。

识,当工人们不得不在巴黎建立公社的时候,雨果从比利时(他的长子在这期间去世,国难家难,他暂时带着孙儿孙女离开巴黎)给朋友写信,他对公社的看法几乎接近马克思的正确的判断了:

"巴黎成立公社的权利是无可辩驳的。
"但是,权利之旁还有时机。
"这里就出现了真正的问题……
"……所选的时间是可怕的。
"……至于公社,正因为它含有一个原则,不妨等到以后、普鲁士人离开,时间到了,成立也还不迟。它就来对了时候,不是不对时候了。
"它就成为一种好事,并非一种不幸了。"

马克思早在公社成立半年之前,就对巴黎工人提出了郑重的警告:"正在敌人敲着巴黎城门的时候,一切推翻新政府的企图,是不智的绝望的蠢举。"①事变的发展是公社成立了,马克思立刻就以同阶级的敬爱热烈地赞美这些"英勇的"巴黎工人。雨果没有能够这样做。他换了一种妥协的方式,一种人道主义者的立场,一种所谓法兰西公民的立场,先以一种和事佬的态度要求双方停止报复:

"要公道,才能够为共和国服务;
"对她的责任是对全体公平;
"不要生气;不和气就不会公道。"

---

① 引自《法兰西内战》:《国际工人联合会总委员会为普法战争告欧美各分会全体会员第二书》。

真相逐渐暴露了,屠杀残酷地在巴黎进行着:

"到处死亡。可是,没有一声呻吟。
"噢,麦子不熟,命运就一刀割掉!
噢,人民!"

这也好叫暴动?但是势孤力弱,什么使人民这样以死相拼的?他教训自己的资产阶级道:

"我们曾经保护这些女人来的?
"曾经把这些抖擞的光孩子们
"放到膝头?他们知道工作?知道
"念书?愚昧的结局是错乱;
"我们曾经教育、疼爱、指导过他们?
"难道他们不曾受冻,不曾挨饿?
"为了这个他们烧掉你们的官殿。"

诗人出题目问自己:"这是谁的错?"曾经忠心耿耿于所谓"秩序"的,嗅到"秩序"的血腥气味了:

"是的,救下了秩序和国家,我相信
"这是第五次,要不,也是第六次了;
"输送囚犯的汽船停在港口;整整
"一个礼拜,跨过尸首、人坑、
"半死不活的人,都习惯了;
"说判决就判决;男人、女人、

"小孩,斩尽杀绝,不分青红皂白。"

爱祖国,爱人类,爱正义,垂老的诗人在恐怖的岁月英勇地唱着他的忿怒之歌。他的最美的诗章是在大无畏中孕育出来的。冒牌共和国和它的史学家和它的将军在里头现了原形。他歌颂参加公社活动的女英雄路易丝·米晒耳(Louise Michel)①。他哀悼那些为了欢迎黎明而在街头倒下去的人民。他申斥;他哀悼。一八七一年五月二十五日,比利时外交部长在国会宣布:比利时政府拒绝公社人员亡命本国。两天后,雨果在比利时《独立报》上发表宣言道:

"庇护是一种古老的权利。这是不幸者的神圣权利。
"在中世纪,教会甚至于答应给弑父者以庇护的权利。
"临到我,我宣布这个:
"这种庇护,比利时政府拒绝给失败者,我献出来。
"什么地方?比利时。
"我把这种光荣送给比利时。
"我在布吕塞耳献出庇护②。
"我献出的地点是,防堵广场四号……"

当天夜晚,过了半夜,门铃忽然响了,雨果披上衣服去开门,先推开旁边的小窗朝外问:谁?
——党布罗斯基(Dombrowski)!
党布罗斯基是波兰的革命志士,被沙皇放逐到西伯利亚,逃到巴黎,帮

---

① 路易丝·米晒耳(一八三零年——一九零五年)本来是一位女教师,参加公社,流放在外,著有《公社》等书。
② 布吕塞耳是比利时的京城。

着居民抵御普鲁士军队,当选为中央委员,担任公社的城防司令,在巷战中殉难了。雨果心想这位国际英雄或许没有死,逃到他这里求救来了。他正要去开门,就见石头从小窗丢了进来,黑地里一群人嚷着要把雨果弄死:

"对些小事情,必须习惯;
"昨天有人来舍下杀我。
"我在当地的过错是相信庇护。
"不知道那儿来的一群
"愚蠢的可怜虫,夜晚忽然
"来砸我的房子。广场的树木
"颤栗了,没有一个居民惊动。紧张,
"恐怖,爬了半天墙。姬妮病着。
"我承认我为她有些惊惧。
"我的两个小孙孙,四个女人和我
"是这所堡垒的卫戍。
"没人援救苦难的房子。
"警察聋了,另有公干。
"一颗尖利的硬石蹭过啼哭的姬妮。
"活脱脱是黑树林的抢劫勾当。
"他们喊着:梯子!大梁!冲!
"乱轰轰一片,淹没我们的呼援。
"有两个人去白骸高广场
"什么鹰架子拆一根大梁。
"曙光妨害这群人。进攻停了,
"又起来了。喘着,吼着。

"幸而大梁没有赶到。

"——凶手(是我)！我们要你死！

"土匪！强盗！——足足拖长两小时。

"乔治叫姬妮安静，握住她的手。

"黑的骚扰。声音不带一点人性。

"我忧郁了，叫祷告的妇女们放心。

"石头打穿我的窗户。

"外头就欠喊叫皇上万岁！

"拼命砸门，门抗拒着。

"五十个武装男子显出这种勇气。

"我的名子和怒吼滚成一片：

"吊死！打死！要他死！我们要！

"有时候，计划新的进攻，

"这群疯子像在换气；

"短时间休息；阴沉的强暴

"发出暧昧的静默，充满憎恨，

"我听见远远一只黄莺歌唱。"①

三天之后，比利时政府驱逐诗人出境。

（四）

雨果是勇敢的、热情的，虽说阶级立场根本没有改换，但是他感

---

① 乔治和姬妮是雨果的孙男孙女。黑树林在德国境内，从前是强盗出没所在。这一首诗是全译，并非节译。

性地、谴责地学着在领会问题的真相。历史必须重新处理一过:"太显然了,要重写历史。截到现在为止,差不多永远是就事实的庸俗观点来写的;是就原则观点来写的时候了。"怎样一个写法呢?"历史上的头目不再是人——国王,而是人——人民了。"角色一掉换,情况就显明了,一个走卒的分量可能会比一个将军的分量重,一个演员的分量可能会比一个皇帝的分量重。路易十四应当给莫里哀铺床才是。一八五三年,纪念波兰革命第二十三周年,雨果就让大家明白:"过去属于帝王;那叫野蛮。未来属于民族,这叫人类。"一八五九年,他明确他对祖国政体的认识:"我要求共和国与社会主义拥抱……共和国与社会主义是一个。"

他在朝前走。误会、诽谤、讥讪、诬蔑、攻击,他不仅不置之不理,更不断加以反击。他最尖锐的反击方式就是检举自己、暴露自己。如果马克思有一时期曾经把他看做"老名士"①,他决不迟疑于把二十岁的自己看做王党。他不讳言沙斗布芮扬(Chateaubriand)对他的影响、那种拉人倒退的影响、歌颂王朝,虔拜教皇。司汤达在一八二三年把他看做贵族诗人,并不歪曲事实。正统派拉拢,奥尔良派宠幸,拿破仑的阴影朝他移动,少年得意,他过着和现实背道而驰的豪华生活。但是,就在同时,一颗不安的良心时时刻刻在袭击着他:他为国王要求权利,他为人民要求保障;渐渐他更放肆了,正统派还在当权,就说什么国王倒了就倒了,不值分文。他在摸索,他在变动,他跳到世纪的潮流里头,胡乱把自己叫做自由主义者,社会主义者,他看见零乱的现象、苦难的现象,人世充满了不公平,而自己属于制造苦难的阶级:

"噢!缪丝必须为没有保障的民族服务!

---

① 是于《法兰西阶级斗争》最后一章。

"于是，我忘记爱情、家庭、童年、

"优柔的歌曲与平静的安逸，

"为我的七弦琴添上一根铜弦！"

他朝前赶，三代元老被丢在后面了，同代的文艺战友被丢在后面了；他当选翰林院的院士，人人以为他感谢之余，尽是赞美之词，巴尔扎克就这样热望着，但是诗人给了小说家一个多大的失望！巴尔扎克写信告诉他的女朋友："我参加雨果就职典礼来的，诗人扬弃了他的士兵，扬弃了王室长支，企图昭雪国约会议①。他的演说让他的朋友感到最深的痛苦。"

雨果并不因为朋友怨尤就止步不前。他的同情叫他朝下看；他看见贫穷、饥饿、微贱、幼小、妇女、祸殃、罪恶。他看见了光明：

"——崇高在下头。选择，

"宁可选择羞辱。正如金紫

"有时可耻，汙泥往往发亮。"

强暴、血的事实摆在他的面前：

"我看见狼在吃羊，说：它妨碍我！"

这叫什么世界？公理在什么地方？来罢，革命！血光和曙光是分不开的。革命是海洋，人类的眼泪流成的、帝王亲手挖掘的。搭断头台的不是法兰西大革命；诗人想像亨利四世、路易十四与路易十五来到这

---

① 国约会议是法兰西大革命中最高政治机构。

庞大的架子前面,问一颗血淋淋的人头道:谁搭起它的?路易十六的头回答:

"——噢,我的父王,是你们。"

诗人怎么还能够和虎豹待在一起呢?

"我的理性在决斗中杀了我的王党,
"我成了革命党。你们要我怎么着?"

一位侯爵,诗人小时候家里的老朋友,一八四六年写信给诗人,以长者姿态,劝他回头是岸。雨果有一首长诗《写在一八四六年》答复他、斩钉截铁地回绝了他:

"因为我乱喊过王朝的歌子,
"我就应当永远钉在愚蠢上头?
"就应当冲我的世纪嚷:后退!
"冲观念嚷:不成!冲真理嚷:滚开!"

朋友嫌他通过文学搞政治。仇敌笑他只是别人的回声或者回光。他们忘了时事是刺目的、痛心的。人民和民族重视他,正因为他能够以大无畏精神,越过狭隘的关险,关切全体人民的福利、各民族的和平与前途。他用不着杜撰主张;做人民的回声、做人民的回光,对他正是最高的誉扬。时事是诗的宝贵的泉源。从第一本诗集起,社会问题与政治事件就吸去他的注意。他有着私人的哀乐,更有着广大人群的福利。祖国多难,人世多灾,他不允许自己颓废、消沉、猥琐、集中在无病呻吟和个人恩怨上面。诗在这里恢复了她庄严崇高的位置。他咏歌历代,恢廓的胸襟、广大的兴趣让他不分国别、宗教,叙写所有的民族。一八零二年生,一八八五年死,十九世纪活在他不朽的诗章当中。他对政治缺乏正确的更基本的认识,但是他抱牢一个伟大的要求:公正;抱牢一个伟大的愿望:更好的人类。

"活着的人是那些斗争着的人。"

干罢!坚持到底!

"噢!随它命运、悲伤、羞辱是什么,
"我的良心永远不会叫我低头。"

于是他永远朝前走去。

(五)

雨果是进步的;从许多地方看来,他有脱离腐朽的资产阶级的倾向。但是历史限制了他,生活习惯限制了他,而且,更严重的是,本阶级的思想情感限制了他,所以尽管他在当时自命是革命的,也被本阶级看做反叛,他始终是从本阶级的思想体系出发来看问题。他的成就属于改良主义的范围。他要求自己站到穷人行列;受到巴黎流行的空想的社会主义的影响,他要求自己站在社会主义的共和制度一边。一八七五年,他希望法兰西能够有一天做到:

"取消战争,取消断头台,废除死刑,实施强迫义务教育,人人能够读书！……提高妇女地位，允许这半数人类有选举权；以离婚辅助婚姻，贫穷儿童受教育如富儿童，平等是教育的结果；首先减轻捐税，然后通过消灭寄生阶级，规定国家建筑，变污水为肥料，重新分配公共物品，开发荒地，利用社会剩余价值，废除捐税；繁殖鱼类，降低物价；取消阶级，取消防线，取消国界，建立欧罗巴共和国；统一大陆币制，十倍流通，十倍增加财富……建立和平，取消军队，取消兵役！……提高收成，法兰西能够养活两亿五千万人口……"

愿望高，不切实际，而又息事宁人，随处妥协，这是我们研究雨果时时感到他矛盾的地方。

马克思在《共产主义宣言》第三章第二节所批判的资产阶级的社会主义，正好针对这种不彻底的思想体系和它的表现："属于这部分的有：经济学者，博爱主义者，人道主义者，工人阶级状况底改进者，慈善事业底组织者，动物爱护会底会员，禁酒会底创立者，各种形态的琐细的改良家。"引证马克思，我们并不忽略雨果所处的社会历史的混乱情况。活在十月革命以后，伟大的苏联的辉煌存在和新生的前途无限光明的中国与东南欧兄弟国家的令人兴奋的事实之下，任何一个历史人物或者历史问题都有了得到正确的科学的解释的机会。以欧罗巴共和国作为政治理想的雨果，如果活到今天，能够像今人这样幸福，一个人像他那样热情勇敢，一定会把进步的倾向发展成功坚定的立场。贯串着伟大的人道主义者的精神，面对美帝国主义者今天在中国、在朝鲜所犯的滔天罪行，他要忿怒到什么样的程度，我们是可以想像得出的。

从诗人的思想体系本身来认识诗人的人道主义，这里有积极一面，却也有消极一面，需要分别认识。他的中心哲学是大慈大悲(la pitié suprême)，所以他要求无边无涯的爱！

"相爱！相爱！因为这是神圣的热，

"这是真正天日的火。"

犯罪的人们，堕落的人们，特别是妇孺，必须从宽发落，因为

"过失是在我们。在你，阔人！在你的金子！

"再说，这个泥塘还盛着清水。"

资产阶级的人们，自身既然有罪，就该大力赎罪；赎罪的一个方式，便是施舍，或者周济。雨果积极提倡善行，一八六二年，在流放的海岛上，他举行穷孩子餐会(dîners d'enfants pauvres)，伦敦士绅模仿他的榜样，一八六六年，救了十五万儿童。他劝富人周济；他以这种心情叫他的女儿为全人类祷告：

"好比施舍，孩子，为你的父亲、

"你的母亲、你父亲的父亲，祷告罢；

"为上帝不赐福的阔人、为穷人、

"为寡妇、为罪犯、为肮脏的罪行。

"在祷告中，巡游世上的苦难；

"为全体、为死人！——最后，为救主！"

惩罚本身便是报复，最伤人道的报复便是死刑，所以必须废除死刑：

"不！取消断头台！神圣的共和国

"应当采用别的方法处理。"

这成为他一生努力的工作对象。他经常主动为罪犯争取活命。由于雨果的公开信，日内瓦议会最后通过了废除死刑。响应他的号召，葡萄牙宣布取消死刑，哥伦比亚宣布取消死刑。《悲惨世界》的问世（同时用九国语言发表）加强了处理罪犯应有的慎重。犯罪的责任应当由社会制度、机会或者命运担负：

"善潜伏在恶的核心，说实话，
"过失根本不是有过失的人们搞出来的。"

好比晴雨计的升降，

"唉！过失属于风、这黑暗的过客。"

爱和公正是雨果的人道主义的柱石。诗人望见一位女神自天而降，后面跟着一群愧服的妖怪，她告诉诗人：

"你以为我是怜愍；孩子，我是公正。"

为被压迫者请命，雨果的情感是对的。
　　问题却在雨果并不光为被压迫者请命。没有正确的思想做基础，一句话，没有无产阶级的立场，他的多余的情感会在最后泛滥为患。他怜愍刽子手。这才是他的真正的大慈大悲：

"看无辜者的分上，上帝，饶恕罪行。
"天父，关掉地狱。原宥刽子手，
"审判主，看牺牲者的分上！"

这种耶稣式的悲天悯人的宗教精神，这种无原则的大慈大悲，混淆是非，不分敌我，在阶级斗争中，是一种危险的情况。雨果的绊脚石，不是别的，是他为刽子手们预备好了的唯一的刑罚：良心。

"什么人不匍伏在这雷声底下？

雨果的宗教哲学把善恶的矛盾在良心中统一了：

"你可怜流犯，拿你的眼泪，
"可怜放逐者罢。疑心、忧心、惊心、
"疚心，是他的生活……"

真是这样的吗，那些谋害志愿军的奸商？真是这样的吗，那些细菌毒气的战犯？雨果网开一面的结果，是他一生战斗的敌人全部漏网。良心是剥削者的利润，工人们既不剥削，也就和它无缘。雨果喜欢使用动人的戏剧手法，在小说里面、在叙事诗里面，惊心动魄，衬托良心的作用。他错把这看做人类最高的品德、最后的辩护，其实只是犯罪心理的一个过程而已，不值得夸张，更不值得夸奖。《悲惨世界》的雅外耳（Javert），居然悬崖勒马，投水自杀，谁信得过这可憎的侦探的结局？《九十三年》的老侯爵、杀人不眨眼的魔王，放弃逃命的最后的机会，折回碉堡，从火里救出三个与他不相干的小孩子，有谁信得过这种良心的施舍？高万（Gauvain）、革命军的年轻统率、他的外甥，感于他的牺牲，私下把他放走，因为"一个更高级的正义出现了。在革命的正义之上更有一个人道的正义。"人道主义在这里妨害革命，我们不明白有什么更好的理由，会让雨果这样破坏他所崇爱的革命成果，除非是他的不彻底的阶级性本质。而判处高万死刑的政治委员、他的师傅，在高万上断头台的时候,居然开枪自杀了。

夸张良心的作用,是一种有严重危险性的错误。这是极端个人主义的发扬。这是资产阶级道德抽象化了的人格的歌颂。

但是雨果伟大。世纪的忠实记录者,和十九世纪的社会政治生活息息相关;为文艺寻找崇高的社会使命,为人类争取起码的保障;不了解无产阶级革命,然而敢于反抗封建制度社会和资本主义社会的残暴罪行;为政治理想、为苦难的民族不停地斗争着,因而也就提高后人的警惕,在阶级斗争中、在祖国保卫中、在世界和平巩固中,领会到唯有坚强团结,击退任何方面敌人的猖狂进攻,与以彻底消灭,才能够完成人类的历史任务。

(四月十五日)

· 宝 剑 ·

五场剧

人物

斯拉吉斯特芮

阿耳包斯

牧师·彼耶　尊长的年龄。

勒·尚代尔

山地居民　穿的是狼皮。

平地居民　穿的是羊皮。

妇人们

姑娘们

老人们

儿童们

达耳马提亚①的一个村子的进口。小空地。

一座山峡。

标明村子进口的是左边仅有的一所房子，低草屋，宽大的青石屋顶。

同侧，更近些，一座绝崖，有一条险峻的羊肠小径。这条小径，有些地方，一级一级，好像一张梯子；这些级层是踩久了的活动的陈年石头。

右边，一座深渊。深渊的另一侧是一堵峭壁，峭壁有一个豁口，露出一座幽深的山洞。一道独木桥，抛过深渊，一直架到这

---

① 达耳马提亚(Dalmatie)是巴尔干半岛西部的窄长地带和沿海的许多岛屿的总称。阿得利亚海浸润着这多山的土地。山地盛产葡萄树和橄榄树。居民以渔猎为生。

个豁口。

前边,一条石凳。

远处,辽阔的风景。一座湖。松树和橡树。一脉覆着雪的冰山和峰峦。

靠里,阿得利亚海。

秋天的晴和的太阳。

第一场　凯旋门和山洞

山地居民　平地居民　老人们　儿童们　妇人们　姑娘们

〔姑娘们跳着舞,唱着歌。她们跳舞的期间,叫做勒·尚代尔的乡村乐人,坐在一块石头上,吹着麦仙曲。姑娘们全抱着巨大的花捧。有的把装满葡萄的篮子放在地上。

姬耶耳包

号,哈,哈,号,想着心事,
摇呀摇呀,号,哈,哈,号!
　　　　　摇出航线,
　　　　　顺流而下。

全体姑娘们

　　　　　摇出航线,
　　　　　顺流而下。

姬耶耳包

你要不要我跟你走?
她讲,她对保阿劳讲。
　　　　摇出航线,
　　　　顺流而下。

全体姑娘们
　　　　摇出航线,
　　　　顺流而下。

姬耶耳包
船开了,悄悄地溜掉,
来到让特或者米劳①。
　　　　摇出航线,
　　　　顺流而下。

全体姑娘们
　　　　摇出航线,
　　　　顺流而下。

姬耶耳包
逃走就一道儿逃走,
他们相爱,甜蜜的画!
　　　　摇出航线,
　　　　顺流而下。

全体姑娘们
　　　　摇出航线,
　　　　顺流而下。

姬耶耳包
我听见画眉鸟在唱,

---

① 让特(Zante)是希腊西边的一个海岛。米劳(Milo)是希腊东南方的一个海岛。

我听见枫树在颤抖。
摇出航线,
顺流而下。

全体姑娘们
摇出航线,
顺流而下。

全体居民
阿耳包斯万岁!

一个山地居民
保卫我们村庄的猎人,我们听见,
夜晚在树叶子底下行走!

一个平地居民 〔忽然走来。
他不在?

那个山地居民
是的,可是他马上就要回来。

全体居民
阿耳包斯万岁!

那个山地居民 〔向那个农民。
这些人全在等他。

另一山地居民
他就跟他的父亲的父亲回来,
牧师·彼耶、一乡的尊老。

那个农民
牧师·彼耶!为什么叫他牧师?

另一农民
莫非他不是?

一个老人

>是人民的尊老,他是当然的牧师。
>这是我们山地的习俗。当着老年、
>这尊严的司铎,人人低头。
>牧师·彼耶是祖父、尊老、神圣的人,
>教士一样谦虚,人服从他像服从教皇。
>他懂药草、念书、看得见精灵;
>我们永远祷奉的耶稣,据说,
>做我们的心,就为他往里钻。
>他是医生,他是官长。阿耳包斯、
>他的孙子,和他在一起待了七天,
>把他带到我们这边。阿耳包斯
>打猎,彼耶祷告,在山高头。

勒·尚代尔

>我们回头不光看见阿耳包斯,
>还要同时看见一位大人物。

那个山地居民

>谁?

勒·尚代尔

>公爵,愿上帝照料他!方才,
>耳朵贴在地上,我很清楚地
>听见喇叭、马匹、人群、
>骑兵的微弱的响声,我说:

光荣属于上帝！光荣属于圣·查理曼①！
是贤公爵巡视他的好山来啦。

那个农民

我们有福气看见一位公爵，还是
头一回！

另一农民

它自己的公爵！它真正的主子！

勒·尚代尔　　〔摘下他的帽子。
因为他还没有巡幸过这些山。

那个老人

国王的容颜让人温暖、让人生气勃勃。
欢迎他来！

勒·尚代尔

我呀，我常常在城里
看见他的仪仗经过。前头是
喇叭、许多鼓，一片喧哗，
接着是牧师们，是成排的宪兵。
美。群众赞叹，站着就是不动。
要这群人全都肃敬，就得一个兵，
盔在头，枪在手。

那个山地居民

他们没有武器，跟我们一样。

勒·尚代尔

好像有警报的那一天，大钟直响，

---

① 圣·查理曼(Saint Charlemagne，七四二年——八一四年)是法兰克民族的国王，东征西战，勾结教皇，称西罗马皇帝。

家家张灯结彩。门楼上头插一管旗,
好像赖特①的军盔插着一根鸟毛。
公爵一进堡子,他的大纛
就在瞭望台最高的地方竖起,
每一个过路人看得见,既然看见,
就要对它致敬,这是头桩义务。
〔他行礼。
不管谁走过,那怕是不知情,
不冲公爵的军旗行礼,就要后悔。
〔他又行礼。

那个老人

上帝保佑那些贵人。人人应当
尊敬他们,一点忽略不得。

勒·尚代尔

这是很大的幸福:公爵、我们的国王,
从维也纳和罗马回来,想起我们
是他的臣民,终于屈尊来看我们。

那个老人

上帝,就是威权;国王,就是当权。
光荣属于帝王!

勒·尚代尔　　〔仔细在听。

听呀。叫喊,一片钟声。殿下
进了山谷。
〔远远传来钟声和人声。

---

①　赖特(reitre)是十六世纪受雇于法兰西的德意志骑兵。

全体居民

  奥东公爵万岁!

一个青年农民

  我们快到湖边和崖头,

  到棕榈树那边,寻找东西,

  给他扎一座凯旋门。

勒·尚代尔

  搭在这儿。

那个老人

  可是他不来这儿。按规矩,

  帝王不要人民看见他们。

勒·尚代尔

  一样的,如果今天黄昏他打这儿

  经过,我们把香炉备好。

那个青年农民

  给他扎好他的凯旋门!

另一农民

  树枝子!带子!

又一农民

  穿上我们过节的衣服。

一群平地居民 〔摇着帽子,喊着出来。

  公爵万岁!

那个山地居民

  我们的人、阿耳包斯,才是我们的。

勒·尚代尔

  可是……

那个山地居民

　　　　牧师·彼耶和他,是我们的两根火炬。

　　　　彼耶是我们的智慧,阿耳包斯是我们的力量。

勒·尚代尔

　　　　公爵的威风……

那个山地居民

　　　　威风是表皮,品德是根本。

勒·尚代尔

　　　　就算是罢。可是他的大炮一放,

　　　　就是这座山,也会震动。

那个山地居民

　　　　是的,山。阿耳包斯,决不。

勒·尚代尔

　　　　公爵是大皇上。

那个山地居民

　　　　阿耳包斯是大牧人。

勒·尚代尔

　　　　可是……

那个山地居民

　　　　我们的阿耳包斯夜晚来到灶头笑。

勒·尚代尔

　　　　公爵打仗很有名。

那个山地居民

　　　　阿耳包斯,他呀,从来不拿死人
　　　　献给乌鸦吃;他献的是熊和大野猫。
　　　　我赞成阿耳包斯。

勒·尚代尔

  兄弟,奥东是一种尊称。

那个老人　　〔俯伏下去。

  人逃不出他的统治范围。

勒·尚代尔

  公!差不多就是王。人跪下服侍他。

那个山地居民

  阿耳包斯跟我们一样住在山上,一样穷。

勒·尚代尔

  公爵……

那个山地居民

  屋洛实·拜里是当年塞尔维亚的皇帝①。

  他的雕像就在那边野草当中。

  这是一块硬石头,样子像在生气。

  比起这位皇帝,我更喜欢阿耳包斯。

勒·尚代尔

  我们的殿下,名声那样大,高兴的话,

  能够封一个乡下佬做贵人。

  真开心。我,老爷!饭多丰盛!

  穿金衣服。你们就没有经见过

  绣花袖管的那种柔柔的分量。

---

① 塞尔维亚(Serbie)是巴尔干半岛北部的一个古国,现在大部并入南斯拉夫。乃马尼亚(Némania)是从前一个朝代的名称,有五位国王都叫屋洛实(Urosch),最出名的是屋洛实四世(一三三一年——一三五五年),武功彪炳,号称沙皇(一三四五年),戏中所指可能是他。一三七一年他的儿子被臣下暗杀,帝国便崩溃了。"拜里"(Beli)是帝王的尊称。

那个山地居民

  我们穿狼皮,这是我们的见解。

另一山地居民

  公爵、亲王、皇帝、国王:好他的。

  可是,在山里,头一个,是阿耳包斯。

勒·尚代尔

  可是……

一个姑娘

  因为我们爱他。

那个老人

  也爱殿下,不的话,问题就严重了。

那个山地居民

  我们全都胆大,可是阿耳包斯,才是
  勇士,才是壮士。有一天他推一块石头,
  两条水牛拉不动,他一推就滚下去了。
  黑影子怕他。他的歌,和暴风雨
  混在一起,吓退树林深处所有的野兽。
  他一提腿就跳过深渊,羚羊叫他
  吓呆了。两只豹子来不及咬他一口,
  我看见他一下子把它们擒住,活活叫他弄死。
  因为法令(年年有一个执达吏敲着鼓
  叫喊)不许我们山里头用铁,除非是
  耕种,所以他有的只是他的棍子
  和他丢石头的带子;他到秃鹫的窟穴
  攻打秃鹫,獾的臭沟攻打獾;
  他由着熊抱他,中间有一个后悔不该

这么做的，那不是他；凶恶的花皮狼、
数猫害怕他的拳头，比枪、剑、棒子
还要害怕，他静静地拿手劈开它们的嘴。
他的胳膊结实、力气大，劈一棵橡树
比楔子还有用，树叫他一抱就倒；
他要是看见雨往草房子里头流，
他搬一架梯子，再铺一个新房顶；
穷爷儿们要是没有马也没有牛，
阿耳包斯过来，把自己驾在他们的犁头；
牧师跟不上他勇于救人；他配做
参孙那样的巨灵①、耶稣那样的神。
他是伟大、可怖。

另一山地居民

昨天我看到他。他在高头对我喊：
明天，我跟我的父亲下山。

全　体

阿耳包斯万岁！

〔一群儿童来到山谷跟前，好奇地张望山洞的豁口。有两三个斗胆走上那棵搭做桥用的死树。树的另一端连着山洞进口的地方。

一个母亲　〔朝他们奔去。

那是强盗窝！别到那边去，你们！

〔儿童们往后退。

---

① 参孙 Samson 是以色列人的英雄，孔武有力，做了二十年的士师，参阅《旧约·士师记》第十三章到第十六章。

勒·尚代尔

孩子们，这是一个我们全都害怕的地窖。
这是往常古老的保加利亚民族的避难所。
从前人在这儿逃命，如今人在这儿发昏。
巧匠在这荒野地方打下他的结子①。
谁愿意谁就进来，谁能够谁就出去。
这是一座深渊，有着各样的道路，
一座黑暗的深渊，有廊子，有穹窿，
陷下去，纠缠交错，混成一片，
散出没有底奥的惊恐。山在上头。
这幽深的窟窿，从这边到那边
把山穿透。可怕的影子在这儿摊开。
在我们全都畏惧的地窖子里面，
就是夜晚的幽灵，也得摸索着走路。
没人去。可是，尽管没人到它跟前，
可怖的山洞吸引着那些不法之徒。
撵出教门的人才找被诅咒的地点。
从前，不少强盗在这井里不见了，
据说，如今就有一个隐居的强盗
藏在里头，一个野人住在这座洞穴

那个母亲　〔肯定地点头。

他有时候来到外头。

那个山地居民

有时候，在晚霞里，能够看见他

---

① 希腊神话里面有一位巧匠叫做戴大勒（Dédale），曾经在克赖特（Crète）岛上盖了一座迷宫。雅典的英雄代塞（Thésée）仗着当地公主送的一根线，从里头出来。

直挺挺立在山头。

另一山地居民

　　这人是谁?

勒·尚代尔

　　不清楚；不过，一定是一个苦难的灵魂。

　　野地没有人的时候，他才出来，

　　自言自语，在雾里走来走去。

那个老人　　〔走到跟前。

　　这人，我们知道他是谁，我们老人。

另一老人

　　这是旧日一个流犯，逃到地底下。

头一个老人

　　他是阿耳包斯的父亲。

那个山地居民

　　牧师·彼耶的儿子!

那个母亲

　　真的?

　　　　〔那个老人肯定地点头。

那个山地居民

　　什么! 天鹅生鸱枭，鹗生鹰!

　　　　〔那个老人又肯定地点头。

另一山地居民

　　什么时候? 什么地方? 怎么会的?

那个母亲　　〔向那个老人。

　　说呀!

那个老人　　〔思索着。

是的，他是牧师·彼耶的儿子。

勒·尚代尔

可是，近来有一时不见他出来。

那个山地居民

他也许死了，躺在石头地上，

〔指着山洞。

在这山窟窿里头。

那个母亲

人在里头饿也饿死了。真有这事。

那个老人

不，我相信他活着。不过，他老了，
岁月对最桀骜不驯的人是苦役。
往年的气力他已经没有了。啊！
流亡把人毁了。

那个山地居民

可是，说呀，他叫什么名子？

那个老人

斯拉吉斯特芮。

一个青年

他到底干了些什么事？

勒·尚代尔

我呀，我希望他懊悔。

那个老人

不错，他有时候走出窝来，远远望着
他的儿子。

另一老人

我们的阿耳包斯也是他的。

那个母亲

  我有一天遇见他。他跟在阿耳包斯后头。

那个山地居民 〔向那个老人。

  说罢。大家在听你讲。阿耳包斯
  把他认做父亲吗?

那个老人

  还用说。不过,他躲着他。

那个母亲

  唉!没人照料,多残忍!

那个老人

  祖父心沉沉的,等着他求他饶恕。

那个山地居民

  把这段故事讲给我们听罢。

那个老人

  啊!想到它,我们的心就激动,
  夜晚,橡树也悄悄地传来传去。

那个山地居民

  这位斯拉吉斯特芮闯下了什么祸?

那个老人

  是这样的。我们怪罪他。公爵殿下
  以塞尔维亚皇帝的古老权利的名义,
  当年来统治这些山,全屈膝,
  全跪倒,就是最高傲的人们也降服。
  只有斯拉吉斯特芮昂起头来抗议。
  这些树林子从前献给外丝塔①;

---

① 外丝塔 Vesta 是古时罗马的女神,司灶火;灶是家庭的中心,因而就是一国人团结的象征。

他嚷嚷道：外丝塔就是共和国。
礼拜堂前头有一根旗竿，上头挂着
公爵的旗子，他砍倒了旗竿。
国王下令要人人解除武装；
他留下他的宝剑，说：你们拿拿看！
晴爽的夜晚，他一个人，站到山头，
一副凶相，嚷嚷着，那样激昂，
那样高亢，天空的老鹰吓得逃开！
兵士、牧师不在他的心上，他永远
要求人民的权利，忘记主子的权利。
这让我们厌倦，我们已经没了武器。
可不，大家恨他，好比大家爱阿耳包斯。
啊！坚持奋斗，坚持酸辛的忿怒，
坚持恐吓，结局就是这个样子！
唯一收获是无名无姓的存在！
这家伙妨害一切。他口口声声全是反对。
他并不宣传暗杀。不，暴动，
就像打猎的时候，人们放出猎狗，
才是他的目的。有一天他讲：不用匕首。
这是司比尔①的武器，不是山里人的。
用就用宝剑！我们奋斗罢！王公
有牧师，我们有上帝。用不体面的武器，
闪在后尾，我，我不要敌人这样倒下去。
匕首暗杀，然而宝剑战斗。

---

① "司比尔"(sbire)是意大利警察。

>我要宝剑。——他这样嚷嚷着。自然
>令人生厌。太爱人民就不得人心。
>人家要睡觉,偏偏总有人讲:起来!
>睁开眼睛!真正无聊。外省
>人人都要和平。主教把他赶出教会,
>国王把他赶出祖国,他的父亲,
>唉,把他赶出他的家门。

那个山地居民

>这反叛错。

全　体

>当然!

一个声音　〔在山洞里头。

>我对。

那个山地居民　〔仰起头。

>嗯?

那个母亲

>有谁讲话?

勒·尚代尔

>没有。风在树里响。

那个老人

>人们用不着像大理石那样坚硬。
>流放有时间叫疚心滋生。对,放逐
>斯拉吉斯特芮。人以为他死了:
>可是,不见了二十年,他又回来。
>他要看他的小阿耳包斯长大成人。
>他不求国王赦放,把这被诅咒的地方

当做他安身的所在，永远阴沉；

他宁可在黑地里受地狱招待。

〔他画了一个十字。

那个母亲

他就在里头待下去罢！

勒·尚代尔

永远待下去！

那个山地居民

忘掉发黵的人，朋友们，我们转向

放光的人罢。阿耳包斯来啦。

另一山地居民

高傲的牧人跟往常的神没有两样，

当着制服野兽的人，全森林颤抖，

那不是他！

第二场　意见一致

前场人　阿耳包斯　牧师·彼耶

〔阿耳包斯和牧师·彼耶在山路的高处出现。牧师·彼耶穿着一件六品祭衣①白袍子。白胡须，白头发。阿耳包斯，高身材，

---

① "六品祭衣"（dalmatique）是一种外披的教服，短袖，宽大，是罗马人从达耳马提亚人那边学来的，后来指定专在宗教大典时穿着。

蓝眼睛。腰带有一串念珠,投石带子斜搭在身上,手里拿着他的棍子,帽子上头插着花,肩膀上头一只死狼。他扶着牧师·彼耶朝下走。〕

阿耳包斯 〔扶着牧师·彼耶。
父亲!啊,上帝!我觉得,你险些
摔了一跤。啊!你吓了我一跳。
　　〔他弯下腰。
拿你的脚给我。
　　〔他挑了一个地点,把牧师·彼耶的脚放在上头。
这些花岗石台级,有时候假模假样,
你才拿脚往上一踩,原来蛀满了虫,
就滚下去了。
　　〔他仰起头,望着天色。
啊!先前我直替你担心下雨。可是,
下不成,云彩散了。
　　〔他俯下身子,捡起一块石头,垫好一个台级。
你等我把下头的石道铺好。
　　〔他检查阶梯一侧。
这儿,石头坍掉。
　　〔他检查另一侧。
这儿,草滑。
　　〔他拿起牧师·彼耶的脚,安排他往下走。
你拿脚踩平。——好。——下山路真难走!
　　〔他又站直了,拨开荆棘。
停住。——让我挪开一根枝子,太尖啦!

〔他又拿起他的脚。

拐弯的地方当心。——这条小路又曲折、
又硬、又直。——那边走。——靠这边有点斜。

〔他把胳膊递给他。

靠牢我走。

〔两个人走下来。

好。

〔牧师·彼耶同时想从树上寻找一个倚靠的地方。

别靠这个树枝子。这是那种坏松树,
自己会劈掉的。

〔他们来到山路的尽头,阿耳包斯让牧师·彼耶拿脚落
在空场的石地上。

你可以一个人走啦!可好啦!

牧师·彼耶

我的乖孩子!

〔在下山期间,大家望着阿耳包斯,一副赞叹亲爱的样
子。他一来到底下,欢呼就爆发了。

全 体

呼啦!

阿耳包斯　〔向大家。

我赶在天黑以前来,顺便杀了山里
这只狼。

〔他把狼扔在地上。

你们好!

那个母亲　〔望着狼。

这死狼吓破了我们的胆。

全　体

　　　　　呼啦！

阿耳包斯

　　　　　我方才隔着雾气看见国王进了镇店。

　　　　　照老规矩办。爱我们的国王！

那个山地居民

　　　　　他是国王，如果你承认他。放心

　　　　　我们好了，就像放心听话的孩子。

　　　　　吩咐罢。打一个手势，我们服从你。

　　　　　环绕着你的伟大的心，阿耳包斯，

　　　　　我们的灵魂饱满。我们全体跟你。

另一山地居民

　　　　　我呀，跟到天涯海角。

又一山地居民

　　　　　我呀，跟到地狱。

一个姑娘

　　　　　我呀，跟到天上。

人群

　　　　　全体，是的，全体！

头一个山地居民

　　　　　难道你不最刚强？

那个姑娘

　　　　　难道你不最温柔？

　　　　　〔姑娘们全拿她们的花捧丢到阿耳包斯的脚边。

姬耶耳包

　　　　　这些林子里头拾来的花，全是为你的。

〔阿耳包斯瞥见人群当中有一个年轻男孩子，背着一个装满了鸟的大笼子。

阿耳包斯

你是谁？

那个男孩子

我是卖鸟儿的。

阿耳包斯

你一笼子卖多少钱？

那个男孩子

一个夫劳南①。

〔阿耳包斯在衣袋里头摸了摸，取出一枚银币给他。

阿耳包斯

拿去；给我鸟笼子。

〔鸟商把笼子放在阿耳包斯前边一块石头上，接过夫劳南。阿耳包斯打开笼子。

阿耳包斯

鸟儿，飞罢！

〔鸟儿全飞了。

离开黑暗。全到光明里面去罢！

天上的鸟，自由罢！

山洞里面同一声音

人什么时候自由？

那个母亲

还在讲话！

---

① "夫劳南"（florin）是意大利的一种金币或者银币，有信用，在国际间使用。

勒·尚代尔

没有。是瀑布响,我们就在旁边,
有时候挺像讲话。

〔姑娘们围住牧师·彼耶和阿耳包斯,兜成一个圈子。

姬耶耳包

阿耳包斯,你的眼睛那样美,我们装扮好了,
图你喜欢,噢,朋友,我们唱歌,为了你听。
我们个个爱你。你,你爱谁?

阿耳包斯

全爱。

姬耶耳包

挑罢。

阿耳包斯

美丽的姑娘们,你们是黎明;看上去,
阳光万道,我们就不可能从当中挑。

牧师·彼耶 〔微笑着。

应当爱。来罢,你挑谁?

阿耳包斯

你,父亲。做我唯一的爱,噢,我尊敬的你!
永远,一切,噢,严肃、温柔的父亲,
我由你开始。

姬耶耳包 〔向别的姑娘们。

他要由我们结束。

阿耳包斯

噢,父亲,让我当着你把我的心打开!
由你,我有信仰;为你,我在希望。

你对我是生命、爱情与真理。
我的父亲不在家,我的母亲去了世,
你扶养我,把我带大成人。
这就是为什么我现在年轻有力,
我没有生下来的时候,你就在用心思维,
当着你,谦逊与匍匐才是我的光荣。
荷着岁月的重负,你的步履欠稳;
天和仁慈、伟大的上帝你越看的清楚,
你看地就越看不清楚,而且靠近
上帝,你的头发、胡须已然雪白一片。
树木知道你是主教,影子猜破
你是神的庄严的存在的分化,
这些重峦叠嶂都为你发出赞叹,
因为你的神圣的年龄是无比地美丽!
啾!我的镰刀割下来的麦子、水花
摇簸着我的小船的波涛、窠、花、田、
捆着破鞍子的牛、我拿石头打下来的鹰鹞、
这些盖着永生的白雪的高峰、夜晚
在我们上空展开的天空的深沉的眼睛,
我拿它们做见证,只要我活着,
就没有人得罪我的祖父!
你的额头像一把火,带着我们前进。
内里是智慧,外头是光明。
唉!你的脚失掉它们先前的遒劲,
岁月让我强壮,让你笨重;
我小的时候,你握住我的手,

噢！神父，允许我的心这样称呼你，
从前步履蹒跚的孩子有你照料，如今
你步履蹒跚了，轮到他来保护你；
有时候我觉得我是父亲，你是孩子。
现在该我的年纪留意你的年纪；
北风把你吹多了，就是凌辱我；
我的野心是伺候你。我没有别的梦，
除非是给你的步履做一根拐杖。
啾！没有东西能够败坏的孝心，我有。
你说话的时候，噢，父亲，要是
雷敢出头打断，我会对它讲：轻点！

牧师·彼耶 〔指着姑娘们。

她们当中一个，我的孩子，做你的贤妻，
等我睡到草底下，要把你搂在怀里。
愿她让你快乐，噢，我的雄伟的孩子，
我在幽深的坟墓也要对她微笑。

姬耶耳包

上午。我们走啦。该摘葡萄去啦。
高贵的阿耳包斯，给我们每人一点东西
来纪念你；时间，这个讨厌家伙，
又在喊我们去工作，我们走啦。

阿耳包斯 〔微笑着。

好罢。

〔姑娘们聚在阿耳包斯前面。有的拿起她们的葡萄篮子搁在头上。姬耶耳包在头一排，靠近她是提法罗，扮做献身给巴拿吉雅①的姑娘的样式。再次是艾莱特辣,一副快活模样,最后是玛丽雅穆。

阿耳包斯 〔做手势叫姬耶耳包过来。

你过来。

〔他从他的帽子把花取下来。

噢,我们山谷的花,我给你

这捧茉莉花、马鞭草和薄荷花。

提法罗 我呢?

〔阿耳包斯从他的腰带解下念珠,递给提法罗。

阿耳包斯 拿去这串念珠罢。

艾莱特辣 我呢?

阿耳包斯 可爱的女郎,一阵微风薰香你的嘴,

我送一个吻给你的嘴、给你的美丽。

〔他吻她。

玛丽雅穆 我呢,一样也没有?

阿耳包斯 啊!是你,乖孩子,像一个祖母那样好,

人家去跳舞,一个人留在家里,不睬

那些胜利的跳回旋舞人们的喜悦的呼唤,

---

① 巴拿吉雅(Panagia)是希腊正教圣母的名称。

一心都在看守羔羊和料理小孩子，

过来，守夜的你，唱歌的你，我给你

〔指着被打死的狼。

这只叫我敲掉了恶牙的野狼。

山洞里的声音

推翻的主子你给谁？

〔群众骚动。

那个母亲

有人讲话！

阿耳包斯

我起先以为是打雷。原来不是。

这是人的声音。

〔全体朝四面八方望。

那个山地居民

它在遥远的回声当中荡漾，但是

看不见人。

〔姑娘们走出。两个男子架起狼，跟在后面。

牧师·彼耶　　　〔仰起头。

不要听那些没有用的响声。有些声音，

你以为是人做出来的，是树木的把戏。

噢，牧羊人，要是真有鬼怪说些

不明不白的话，不必在你们的草房哆嗦。

上帝统治。这不是活人的事：

听波涛和风的绝望的呜咽，

因为忧郁的空气和深沉的水

把不幸的灵魂卷到它们的黑纹里头；

常常在飓风当中,呼号着,过来
一群流犯的模糊不清的形体。
死人有痛苦,好比他们也有光荣。
黑暗由它去罢,我们自己要安定。
坚苦的森林盖住耸立的巉岩,我在那边
看黎明看得更远,看上帝只有更近。
我走下山,一张惊奇的脸是我的脸。
这辽阔的天边的景象汪洋在我的视野、
听觉和我的精神,让我陶醉;我是马吉①,
我是使徒,我是长老,我差不多看见上帝,
所以,一个人,我感动着、思维着;
从这碧洁、燠热的天,从这些神圣的峰巅,
从这些《圣经》一样张开的深思当中,
我带回来上天的广大的平静。
我们的祖先、峰峦的儿子,膜拜外丝塔,
可是,跟我们一样住在崇高的大山,
这些思维着的邪教徒成了基督徒,
在仁慈的夜晚,神圣而又阴暗,
当着无数的星宿,低下他们的额头,
虽说上天庄严的嘘息他们并未感到。
孩子们,让我们接受芮娴、婀丝特赖②

---

① "马吉"(magi)是波斯一带宗教的教士,预言和生活的方式异于别的宗教,往往被别的宗教看做骗子。耶稣降生的时候,《新约》记载有三个"博士",也就是马吉,从东方来礼拜耶稣。《新约》《旧约》对他们都有好感。
② 芮娴(Rhéa)是希腊神话里面宙斯的母亲,往往和地母混为一人,受到欧亚一带广大的崇敬。婀丝特赖(Astrée)是宙斯的女儿,正义之神。

和耶稣的青天,像上帝创造的那样。
上帝不曾制造冲突、拒绝、争吵。
他从混沌中抽出超自然的和平;
他叫恒星在苍穹深处慢悠悠地
往上升,没有恨,也没有忿怒,
星座可怕而又温柔,五月充满花,
羔羊咬着绿的新芽,田地献出
谷粒给石磨辗;因为最高的静谧
统治着万物;小鸟喝醉了露水的时候,
地狱的痛苦减轻,幽灵因而平静。
当着我们骄傲而强壮的祖先,我们低头;
他们只是伟大罢了,然而你们,却是
种地的好百姓,白天弯着腰,劳苦耕种;
可是工作完了,黄昏给他们带来喜悦,
夜晚他们放倒头就沉沉入眠;
在通红的炉火旁边,大家忘记贫困;
嫩枝子在火里霹雳啪啦帮穷人笑①。
你们要学会念书,学会数数跟写字。
上帝给你们葡萄酒解渴,给你们麦穗
止饿;骤雨过了就出太阳,好叫
紫红的葡萄成熟,雨和晴天替换着来,
为的池子盛满水;孩子们,你们
只要好好地干活儿,你们就会遍地

---

① "嫩枝子"指葡萄的嫩枝子而言。《约翰福音》第十五章:"我是真葡萄树,我父是栽培的人。凡属我不结果子的枝子,他就剪去。……就像枝子丢在外枯干,人拾起来,扔在火里烧了。"出产葡萄的地方,都拿剪下的葡萄枝子当柴烧。

全是橄榄树、柠檬树、葡萄和麦子。
〔两手向天举着。
上帝!多让我们的田野出产果子、香料
和五谷;赐福奥东、达耳马提亚人的公爵!
人需要领袖,灵魂需要导师。
奥东是古时候皇帝的承继人,所以,
歌颂罢,歌颂他在地上这样建立秩序;
因为他是真的正直、忠诚、谋福利,
我们应当随时、随地感谢你、
神圣的父、万能的主、永生的上帝!
〔他把胳膊向人民伸出。
啾!保护、赐福这些男人和这些妇女。
年岁压着我,我驮着一个一个灵魂,
正因为我是老年人,我成了挑夫,
上帝把这些雪搁在我们的山头,
让海沿我们的窄长的岛屿滑过,
主啊,他们全有谦虚的心、坚强的意志,
穿的是厚羊皮,绵羊在他们的心里,
就像在他们的衣服上;他们是
古老的派劳泡乃司的巨灵们的子孙①,
在灶火前头描画他们的铠甲,
把颜料倒在烧红了的青铜上头;
但是,父亲吼过了,儿子唱歌;

---

① 派劳泡乃司(Péloponèse)是希腊南部的半岛,这里把达耳马提亚人当做古希腊民族的分支。

战争民族的后裔,而今民族温良;
男人们好,孩子们快活,妇女们俭省;
他们工作;他们到很远的地方钓鱼;
他们拿草修葺他们的房顶,当心
给燕子的窠在这里留下窟窿。
百姓,拿平静的田野做典范,
模仿天鹅的坦白、鸟窠的欢乐
和夏季的庄严的甜适;像松树、
榛树、枫树那样往高里长,
一方面要天真,一方面要受人尊敬。
看呀!人间都多美丽,这绿的树林、
这蓝的湖、太阳和夜晚所有的星宿!
因为上帝白天露出他的脸,夜晚露出
他的冕。活罢,爱罢。

〔一个穿着丧服的男子,胡须和头发竖直了,在独木桥
的那边、山洞的豁口出现。

斯拉吉斯特芮

我呀,我确认、我宣称。
这湖不是蓝的、这树林不是绿的,
花的香味不香,黑暗覆罩一切,
童贞女在面纱底下并不美丽,
曙光是愁惨的,天空里头没有
星星,只要大家头上有一个暴君!

全 体　　〔喊着。
斯拉吉斯特芮!

第三场　力排众议

前场人　斯拉吉斯特芮

斯拉吉斯特芮

　　　　正义在哭的时候，人有权利靠近日晷，
　　　　用手拨快那走得太慢的上帝的时针。
　　　　我在这儿。

牧师·彼耶

　　　　是你！

斯拉吉斯特芮

　　　　我。

牧师·彼耶

　　　　你为什么来？

斯拉吉斯特芮

　　　　我来要这群人看一个人。

牧师·彼耶

　　　　他们是基督徒，忠实的基督徒。
　　　　可是你，你从哪儿出来？黑暗那边。
　　　　你的哀痛的眼睛有着巨大的忿怒。
　　　　忿怒是瞎子，把正直、教义、道理，
　　　　一切给你隐匿起来。

斯拉吉斯特芮

　　　　忿怒就看见。

牧师·彼耶

你的心是火山。

斯拉吉斯特芮

爆开了照亮。

牧师·彼耶

我把你赶出家门，容忍你留在附近，可是，你为什么偏要搅扰我的羊群？

斯拉吉斯特芮

做旗子的责任，指出他们衣衫褴褛。

牧师·彼耶

你像是捉住的狗熊，摇它的链子。

斯拉吉斯特芮

二十年正当的恨让我成了这个样子。

牧师·彼耶

你搅扰我们。恨是一种怪物。

斯拉吉斯特芮

国王也是。那么，怪物对怪物作战。可是我说，公道不是怪物。我播种正义。我的愿望是善，我的恨是爱。

牧师·彼耶 〔指着地窖子。

你在那边干什么？

斯拉吉斯特芮

我在梦想。无辜，受到惩罚。既然奥东有福，我被诅咒，就该满意。

牧师·彼耶

可是你要怎么样？

斯拉吉斯特芮

  我要减少快活。

牧师·彼耶

  你从你的夜晚出来像一个鬼。

  做什么?

斯拉吉斯特芮

  为了厌恶你们头上的主子。

牧师·彼耶 〔指着地窖子。

  进去!

斯拉吉斯特芮

  放心罢,我这就进去,我在本地
  除掉兽窝已经没有了祖国,
  我的老了的灵魂欠下牢狱的债。

牧师·彼耶

  我们的生活照我们的爱好安排。
  归根结底,这跟你有什么关系,
  你孤单单活在一旁?

斯拉吉斯特芮

  别人的痛苦让我痛苦!

牧师·彼耶

  殿下有他的公国,牧人有他的草屋,
  各得其所。

斯拉吉斯特芮

  各得其所;正义,无家可归!
   〔走到阿耳包斯跟前。
  看看你!勇敢、简单、强人里头的强人,

我能够把你叫做儿子吗？你配吗？

牧师·彼耶

你就骄傲罢。他是伟大的。

斯拉吉斯特芮

渺小的，如果他忍气吞声，看着
你们低下的额头。

牧师·彼耶

他是我们的胜利。他丢出石子，
从九霄深处打下老鹰。

斯拉吉斯特芮

宁可推翻一个暴君。

〔向阿耳包斯。

我的儿子……

阿耳包斯　　〔转向牧师·彼耶。

我的父亲！

斯拉吉斯特芮　　〔旁白。

唉！噢，呜咽罢，我的老了的心。不过，
声音低些。得不到爱，才是真的放逐。

〔高声，向阿耳包斯，指着祖父。

你就对他孝顺罢，可是，我要你刚强。
听我讲，趁你还没有把你的耳朵堵住。
什么！军队的野蛮的蹂躏真就不曾引起
你的注意，树林的孩子！你就觉不出
这座老山，没有退路，直在发抖！什么！你处处
看见的只是蓝的天、洁净的曙光！
什么！永生的太阳，在广大的自然里面，

你光看见这个！可是荣誉被摧毁了！
什么！你就不觉得夜晚在你的心头上升！
当着压迫、刽子手、地狱，你呀，
这样温柔、这样善良，就不感到恨！
什么！一切在你是颂歌，你就听不见
大合奏中凶恶的叫喊！你有什么用，
年轻人，美丽、可爱、得人心、为人爱，
如果你永远看不见黑暗，永远不震怒！
我知道你像海一般伟大、思维、深奥，
可是永远柔和、安静、从来就不痛苦！
就算是大洋罢，有什么用，泡沫也不起！
柏树长得高，为了冲出大雾；
没有东西像一位农民英雄那样卓绝。
你要这群人成什么，他们就成什么；
叫他们成人民！

〔阿耳包斯低下眼睛。

牧师·彼耶　　〔严厉

住口！今天是节日。

斯拉吉斯特芮

阴沉的节日！

牧师·彼耶

你的话是一个疯子的话。

斯拉吉斯特芮

疯子会做先知。

牧师·彼耶

可是这群人快乐！一脸的喜悦。

斯拉吉斯特芮

  人不打这儿开头。

牧师·彼耶

  那么，应当打那儿开头？说。回答。

斯拉吉斯特芮

  自由。喜悦和枷锁保持不住平衡。
  奴隶的幸福在发抖、畏畏缩缩、很快
  就落了空，因为上头是主子的鞭子。

牧师·彼耶

  好。留下你的幸福，把我们的幸福
  留给我们。

斯拉吉斯特芮

  我没有幸福。

牧师·彼耶

  那你就住嘴罢。

斯拉吉斯特芮

  不。

   〔他转向人群。

  啊！你们这些人，
  你们满意！啊！你们快乐，你们！
  快活，链子拴着！那么，人家倒说对了：
  瘦瘪的狼，没火，没家，光脱脱，北风
  吹着，河一上冻，渴也没地方去喝水，
  累，饿，冬天漂泊，夏天漂泊，
  日子过得苦，可是自由！啊！
  狗对棍子满意，过去舔舔它！

正是这样!拿着自己的铲子去耙地,
到时候收割,上教堂做礼拜的功课,
到市集卖肉卖酒给大老爷们,
卖花卖果子给太太们,然后转回家来,
跳舞,喝酒,给老婆添些孩子,
长大了好做奴隶!添些儿子,
长大了就爱卑行屈节的利润,
当着罗马拥戴的国王,他们长大了
不许造反,不许诽谤——没有灵魂!
这样就好,只要十月是深红色,
只要葡萄筐子,给姑娘们的额头,
映着阳光,丢下一片喜悦的影子,
只要锋利的镰刀总有丰盛的草割,
只要夜晚,在发紫的灶头,嫩枝子
笑出声,变成少气无力的可爱的火!
啊!奥东公爵来了,带着他的斧钺;
处女似的山,躲在雾底下,生着气;
公爵统治着,蛮横、傲慢;谁是公民,
谁就被人叫做强盗;我们的牧羊人,
往年傲气冲天,而今笑着下贱的笑;
我们的家乡几乎变成一座城市;
我们成了一个公国。你们满意,你们!
上帝让人折一次腰,那就是屈膝;
但是只为上帝自己。暴君拿笏和宝剑
抢去了人的下跪。——但是,用对了
宝剑,宝剑是神圣的。——啊!

宏大的耶和华指定专用的祭台①，
这小公爵把它抢去，叫做宝座！
你们给他完捐纳税，他舍给你们布施！
我们成了一个公国，整个儿！

〔指着溪谷和峰巅。

在我们的天堂，为兵士开辟出了道路！
——从前，我们高傲的灵魂拿石头做配偶；
我们曾经是共和国，我们曾经是高山。
当年是正直、是强壮。会不会回来？
好比伟大的不幸，这是一种龌龊的幸福，
放明白，百姓！丰衣美食算不得数。
金子里的赛杨，麦秆上的司巴尔塔库斯②，
我更爱司巴尔塔库斯！啊！帝王成了你们的上帝！
这种下贱的缓和（下面颤动着、嘶吼着
起码的自由人的微弱的怒号），上帝
看了不但不开心，反而觉得可憎。
我觉得时间悠长。多少可耻的遗忘！
可是你们的暴君，怎么样站住了脚的？
他们没有夹两块板子把里加③锯来锯去？

---

① 耶和华是《旧约》的上帝，《出埃及记》第二十章记载他关于祭坛的吩咐。
② 赛杨（Séan，纪元前二十年——纪元后三十一年）是罗马皇帝的宰相，荣华富贵，但是最后被逮下狱，全家都让杀光。司巴尔塔库斯（Spartacus）是罗马帝国时代的一个奴隶，结伴造反，声势浩大，几次大败罗马军队，后来因为内部瓦解，于纪元前七十一年壮烈殉难。
③ 里加（Riga）是拉脱维亚（Lettonie）的京城，现已加入苏联，过去一直在波兰与德意志的宰割之下过日子。

他们没有把白种女人送到阿勒颇①?
那些像是想戴懒惰的链条的人们,
没有把他们的母亲姐妹卖到土耳其?
而这一切都跑出了你们的记忆!
啊!百姓办丧事罢,喜悦是黑颜色。
一个魔鬼压在冰冷的地窖子上头,噉!
你们的幸福的呼声上达九霄,可是,
看着它透过石级一滴又一滴、透过
羞耻一小时又一小时渗将下来,我在里头
是多痛苦!啊!你们满意。好。成。
挨捆,挨绞,笑着,唱着!你们知道:
狮子在山洞里头等着,直打呵欠。

牧师·彼耶

可是你要什么?

斯拉吉斯特芮

最后一次决战。我来跟你们谈谈
铁的好处。

牧师·彼耶

当然啦,显而易见,铁对耕种有用。
可是,地一翻完,它就尽了本分。

斯拉吉斯特芮

当我们被迫屈服,当主子严厉禁止
我们开口,当铁的使用仅只限于翻土,

---

① 阿勒颇(Alep)是叙利亚一个重要商埠,世界第一次大战前归土耳其统治,大战后归法兰西。

　　　　　我呀，我就不同意你的见解。

牧师·彼耶

　　　　　干活儿、祷告，才是正经。我这方面
　　　　　为胳膊只要犁头、为灵魂只要《圣经》。

斯拉吉斯特芮

　　　　　兵士对兵士、武器对武器、铁对铁，
　　　　　就是上天也这样跟地狱交锋，我们
　　　　　也应当这样，因为圆门楼子的镇店
　　　　　不害怕棍子，不畏惧丢石头的带子。

牧师·彼耶

　　　　　可你什么时候才说：兄弟们，要和平！
　　　　　放柔和！你们光干神圣的工作？

斯拉吉斯特芮

　　　　　事后。只有脱离暴君，我们才会
　　　　　得到和平。

牧师·彼耶

　　　　　上天给我们动力。一切漂浮。波涛
　　　　　和它的喧哗，小船和它的骄傲：
　　　　　一切消逝。

斯拉吉斯特芮

　　　　　是的，这群人是浪，我是礁石。

牧师·彼耶

　　　　　听我讲。我一想到你的可爱的儿时，
　　　　　对着你的艰辛的老年，我就挂满眼泪。
　　　　　唉！父亲天生是为了爱，一定要拿心
　　　　　关起来，尽管不在乎，其实可怜。

斯拉吉斯特芮

> 我知道。

阿耳包斯 〔转向祖父。

> 父亲!

斯拉吉斯特芮

> 唉!

牧师·彼耶 〔一直面向斯拉吉斯特芮。

> 父亲继上帝之后创造。我从我的父亲
> 降生、我的母亲辞世的神圣的家庭
> 把你撵出门去。从那一天起,我心里
> 神圣的喜悦就一小时又一小时减少:
> 它原是日趋衰弱的老人的支柱。
> 丢掉我的儿子,我的老年成了孤儿。

阿耳包斯 〔向牧师·彼耶,合起两手。

> 我的父亲!

牧师·彼耶 〔继续。

> 现在是我求他。噢,斯拉吉斯特芮,
> 在一个可怖的日子,你的父亲把你
> 赶出家门,但是,没有赶出他的灵魂。
> 儿子是父亲的一切病症的特效药;
> 我难过,你的回来或许可以把我医好。
> 听我讲。你要是愿意回我的家来,
> 我会很满意的,只要对我说一句:
> 我错,父亲!我就去对公爵讲:殿下,
> 他错。于是公爵,还有大主教,
> 就饶恕你,而我,要对你讲:谢谢!

斯拉吉斯特芮

　　　　就饶恕我!

牧师·彼耶

　　　　一家人团聚,败了的家也兴旺,
　　　　父亲饶恕的时候,相信儿女接受
　　　　他的饶恕。月桂变成了白术,
　　　　心转到了憎恨,一个人和一座冰山、
　　　　一丛荆棘、一块巉岩在一起,有什么美?
　　　　回到这保护我们全家的好房顶下头。
　　　　你不复年轻了,我哪,我这样老!
　　　　你落地的时候,我已经有了灰头发,
　　　　年龄把我放进全村的尊长的行列。
　　　　回你的家来。回来。看看阿耳包斯!
　　　　这是我们的孙子。他应当拿他的影子
　　　　遮住我们的两座坟头,我们两个全是
　　　　他的根源。我们的灵魂应当在他心里
　　　　做邻居。回来。他是我们的骄傲,
　　　　做他心爱的人罢。你哀痛了那样久,
　　　　什么!会不要这颗卓越的心的安慰!
　　　　父亲,端详你的儿子;庄稼人,端详你的收成。
　　　　服了罢,听我的话,收掉你的铁石心肠。
　　　　啊!从前,我有家有室的时候,
　　　　唉!你、小孩子,在你的母亲一旁玩耍,
　　　　我来不及对你说一句厉害话、温存话,
　　　　话还没有讲完,我就觉得你迈起
　　　　你的有福的碎步子朝我奔来,

> 你举起你的胳膊要我把头低下,
>
> 你的两只小手要揪我的白胡子!
>
> 难道讲一句:我错!真就这样为难!

斯拉吉斯特芮

> 是的,当然,我是正义。

牧师·彼耶

> 干脆说了罢,不对。既然你要是非,
>
> 我就为你解释清楚。用心听着。

阿耳包斯 〔向牧师·彼耶。

> 我在听,噢,父亲!

牧师·彼耶 〔向斯拉吉斯特芮。

> 在共和国,人就违背福音书的法规,
>
> 基督说过:纳税给恺撒①。这写在书上。

斯拉吉斯特芮

> 有什么关系!王公有什么用?

牧师·彼耶

> 他保护我们。

斯拉吉斯特芮

> 可是我们的权利?

牧师·彼耶

> 就是他的。

斯拉吉斯特芮

> 可是他的军队?

牧师·彼耶

> 一种护卫!

---

① 参阅《新约·马太福音》第二十二章:"拿一个上税的钱给我看。"耶稣这样说。

斯拉吉斯特芮

  可是捐税？

牧师·彼耶

  我们应当出钱给保护我们的人。

  犹大做国王，把胜利带给以色列[①]；

  杜辣喀尔做国王，救出阿尔漏特人[②]。

  结队的商旅必须有一个向导才成；

  船要是没了领港，水就拿船淹掉；

  难道羊群不是跟在牧羊人后头？

  国家没有领导！人没有头活得了？

  要是起了暴风雨，指南针还是多余？

  家庭有一个父亲，人民有一位国王。

  你觉得有什么好人活在你上头。

  让帝王伟大的，是上帝在补足他们。

  他们的冠冕是圆光，他们的笏是牧羊杖。

  他们一掉转剑柄，跪下！这就是十字架。

  我看见上帝。我服从，我也相信。

  摩西上去，上帝下来[③]。由他们的相会，

  出来了电，涌出了法规。反对什么？

  念念《圣经》罢。了解一下教义罢；

  安全就在这本神圣的书里，深奥极了，

---

① 犹大(Juda)是雅各(Jacob)的第四个儿子；雅各后来奉了耶和华的命，把名字改做以色列；犹大以武功见称，扩大了以色列的后裔的疆土。参阅《旧约·创世记》。
② 阿尔漏特人(peuple arnaute)即阿耳巴尼(Albanie)人。阿耳巴尼过去一直受土耳其蹂躏，现已独立。杜辣喀尔 Turacar 不详，可能是阿耳巴尼过去一个国王。
③ 参阅《旧约·出埃及记》，耶和华降临西乃山，在雷火中出现。

要上帝口示，要好些鬼怪把它写出来。
因为先知就是幽灵，他的昏迷
就是不可测度的天的幻象。在吾珥①、
在幔利②，那些马吉都像疯子，可是
主赐与他们的财富是那样厚实，
理性熄了，他们保留着智慧。
就是这样，那些得到启示的大人物写成
这本大书。留意古代的品级，我们知道，
帝王靠裁判官，裁判官依附主教。
自从亚当上路六千年以来③，柔顺的人类
就跟在帝王后头。事实如此。现在
你拿什么话回答我？

斯拉吉斯特芮

这话：我气闷。啾，有时候，我到平地
敞开我的胸怀，迎接旷野的大气，
仿佛老鹰大雁，我简直要大口大口地、
疯狂地把飓风吸了进来……没有空气！
全是牢房。在湖水里，在溪谷里，
在峰巅，在对我像被踩过的花里，
在草和小树里，在日里，在夜里，
主子的压力到处全是，我逃开那些地方，
找到这座阴沉的山洞，钻进去，

---

① 吾珥(Ur)是古代美索不达米亚的一个地方，见于《旧约·创世记》第十一章。
② 幔利(Mambré)是古代巴力斯坦的一个地方，见于《创世记》第十三章。
③ 《旧约》把亚当看做人类的始祖，被耶和华撵出乐园。"上路"即指离开乐园到人世而言。

昏暗的山石压在身上，我觉得，
在窟窿里头，大山比暴君还轻了一些！
我说，离开波涛，鸬鹚的国度，离开雪、
鹰鹞的高傲的避难所，百姓，我在那边
有一座充满喑哑的恐怖的地窖，
我在里头自由，到了外头就是俘虏！
百姓，忍耐已经到了限度。我说，我有
我的父亲，是的，可是我有我的祖国。
我的父亲表示满意，可是我的母亲受到
羞辱；那就是我的母亲：大山。我做
小孩子的时候，她爱我。如今轮到我爱她。
胜利也罢，失败也罢，她那样高，我要
她骄傲。那个拿掉峰峦的自由的人，
拿掉它们的伟大，所以我说，我痛苦！
我说大胆的风在树林深处吹动树叶
和树枝出声、说话，只是白费气力；
我说尽管一切在呢喃，我觉得自己缄默；
我说我倒想把我的祖先的骸骨
捧在我的胳膊当中亡命，百姓！我说
鸟飞空中，快活、骄傲、让我难堪；
我说猥贱的灯心草弯下身子嘲笑我；
我说大夏天，空气好像往开里散，
我倒觉得冷；正午，我倒成了瞎子。
你们不偶尔在夜晚听见黄莺唱、
公鸡在黎明啼？我呀，什么也听不见。
我说我巴不得做一只翠鸟，与其是

一个人,还不如不是的好。我说
在这灵魂睡觉的坟墓里头,我有一部分
是尸布,一部分是可耻,我觉得羞辱
这条虫子在咬我,一切是生命,而我,
我是死亡!噢,荷着这遗羞的重担子、
国王!死活单凭他朝别人不能够
发作的脾气、他帮助或者反对
某一部落的计划、草草终局的欢乐、
一杯喝来喝去喝不痛快的酒!

〔指着群众。
啊!我是野兽,他们呀,是牲口!
噢,丑恶的变化!什么地方才有人?
什么地方才有人民?黑暗,什么地方才有
太阳?我做着可怕的梦,他们却在酣睡!
什么时候他们才会听见火山涌射的响声、
一个勇敢的民族(宁可流血也不要
荣誉扫地)的粗犷的呼吸、蜂群
惊醒了嗡嗡在飞、主子喊饶命,
暴动和在格斗之中,漫山遍野
吼号着的万千警钟!噢,百姓,
你们忍受暴行,等于赦免了暴君。
人类的良心埋在底下。你们就再也
分别不出自己的权利。可是,在这深夜,
什么样的闪电你们才用得着?
没有我,全毁。因为我是最后一个。
噢!我说,在这黑暗里面,你们势必

否认人生有一个目的,人世有一个灵魂,
我说,美丽的蓝天仿佛无耻的同谋犯,
宇宙的存在只是一个阴沉的游戏,
多添一个人,就是上帝遇到了损害!

〔牧师·彼耶想打断他。他盯着他看。

火的舌头落下地,对地讲话,
人熄不了它;它不能够沉默。

〔他转向人群。

你们可知道你们的祖先是什么样人?
你们的祖先微笑着,跟帝王挑衅。
这些牧羊人拿起乡下的斧子对抗
金子打的钺、华丽的戈;他们好战,
为了神圣的和平;他们的长枪
就是他们的女人,抱在一道睡觉;
啊!打倒沙皇、苏丹、公爵殿下。
他们守夜,一个又一个山头点火,
每一座山都像背着一道亮光,他们
就这样把这颗星放在额头:自由。
唉!你们现在的情形是辱没他们。
残暴的土耳其的溃败做成他们的节日。
可不!我们的祖先人家当做靠山,可是
一看你们,我简直能够拿他们忘掉。
他们打仗,不怕太阳晒,不管风和雨。
他们把惊奇和颤抖带给他们的母亲;
他们单独在家乡钓鱼打猎,赶走

威尼斯和它的十字架、司堂布尔和它的月牙①，
当着他们的忿怒，这座海湾永远
看见战船的桨使劲打着水逃命。
这拦不住大家耕种；夏天到了，
大家快快活活地收割，质朴的心田
让他们把微末的操作和高傲的抵抗
揉在一起。皇帝送一只鹰给人民
做旗子，他们送还的却是一只蛤蟆。
什么王爷如果讲：我等你们纳税，
他们就会回答：看长枪的高兴。
这些打狼的猎人在打帝王了，啊！
一片美丽的响声在史诗的山头起来，
一阵高傲的颤抖在岩石和树林里发作！
今天大家对我讲：什么，强盗，你坚持！
啾！巨灵们，你们在坟地该多气闷！

〔他走到阿耳包斯跟前。

只要你肯！

阿耳包斯

不。

牧师·彼耶　　〔向阿耳包斯。

孩子，别听他的话。

斯拉吉斯特芮　　〔向阿耳包斯。

你拒绝我，你！

---

① 威尼斯的国旗上面有十字架，司堂布尔的国旗上面有月牙，"十字架"和"月牙"代表国旗，也就象征军队。司堂布尔即君士坦丁堡，过去是土耳其的京城。

阿耳包斯　　　〔指着牧师·彼耶。

可你拒绝他!

斯拉吉斯特芮

噢,祖先,来帮我反对我的父亲!

牧师·彼耶

住口!

斯拉吉斯特芮

不。——这群没生气的人把我气死。

〔向阿耳包斯。

你好,你道德,什么!你开不出花来!
善良应当燃烧。儿子,任何道德
必须发出一道火焰,而这道火焰
在下头就是生命,在高头就是灵魂。
这就是自由。人是一种精灵。他长着
翅膀,关进笼子,就变得可怕了。
这就是为什么大家听见我在狂喊。

〔看着人群。

眼睛里头不冒火!嘴里头不冒气!
嗷!多下贱!

〔向牧师·彼耶。

你负责!

牧师·彼耶

什么!恐吓!

斯拉吉斯特芮

不对。畏惧。

牧师·彼耶

你这种人简直多余。

斯拉吉斯特芮 〔阴沉地。

顶好不养出我来。

牧师·彼耶 〔伸出胳膊。

我是你的父亲。出去。

〔斯拉吉斯特芮低着头,走向地窖子。

阿耳包斯

滚开!

斯拉吉斯特芮 〔挺直,盯着阿耳包斯。

我是你的父亲!

〔阿耳包斯往后退。——斯拉吉斯特芮走进地窖子。群众一时显出惊呆。全望着斯拉吉斯特芮走进山洞,不见了。

牧师·彼耶

日子久下去,他会安静吗?唉!
可是在这不幸的争吵中,我简直
忘记到处茅草房子都有人为面包、
为一点点钱、为祷告等着我来。
还有病人!快走!啊!我这双老腿!

〔欢乐的呼喊。在第一场走开的平地居民全回来了。他们拿着各样树木的枝子:棕榈树、常春藤、枸骨、玫瑰花和一块镀金的大徽章木板子。姑娘们抱着花叶随他们进来。

一个青年农民 〔向牧师·彼耶。

老爷子,公爵殿下说不定会来,
我们打算搭一座月桂的门,

高呀高到他的马车可以过去。

牧师·彼耶　　好呀，我的孩子们。

〔向阿耳包斯。

我的孩子，帮他们弄。我就回来。

〔他从标明村子进口的草房子的后巷走出。

第四场　什么走进凯旋门

阿耳包斯　　山地和平地居民　　姑娘们

阿耳包斯　　〔思索着。

爷爷说的对。和平是最高的福利。

没有秩序，没有和平；没有王公，

没有秩序。这是智慧。

〔就在阿耳包斯沉思的时候，在村子进口的左手，面对着山洞，全体动手拿树枝树叶扎起凯旋门来。很快就有了样子。有人爬上石头。另外一些人拿树枝递给他们，盖到上头。

一个农民　　〔向另一个。

等一下，先得弄弯这两根树枝，盘成

一个半圆，好在当中挂上徽章板子。

〔他们继续在扎凯旋门。姑娘们一边帮着他们，一边唱着歌。勒·尚代尔吹着麦仙曲，伴着唱歌和工作。

姬耶耳包

逃走就一道儿逃走，

他们相爱、甜蜜的画！

摇出航线，

顺流而下。

全体男孩子女孩子

摇出航线，

顺流而下。

〔在歌唱中间，凯旋门巍然竖起。

一个农民　　〔向另一个。

你要是在枸骨跟长春藤中间，按地方

放些玫瑰花，就全显得更绿了。

〔他哼着叠句。

……顺流而下。

姬耶耳包　　〔继续唱歌。

她是马特地方上人①，

他呀生长在塞法劳②。

摇出航线，

顺流而下。

全　体　　〔合唱。

摇出航线，

顺流而下。

姬耶耳包

---

① 马特(Malte)是西西利和非洲之间的海岛。
② 塞法劳的全名是塞法劳尼(Céphalonie)，希腊西边的一个海岛。

党道劳公爵发了话：
快把他们流放出去！
　　　　摇出航线，
　　　　顺流而下。

全　体
　　　　摇出航线，
　　　　顺流而下。

姬耶耳包
月亮的样子有点怕，
闪在呀光圈儿深处。
　　　摇出航线……
　　〔中断，欣赏花的建筑。
金针花扎的这顶金冠子真是美。
　　〔向一个手里拿着一根绿枝子的农夫。
你的桃金娘给我。

那个农夫
行，香一个嘴。

姬耶耳包
香罢。
　　〔他们交换了一个吻。她把桃金娘插在徽章板子上。开始唱歌。
　　　　摇出航线，
　　　　顺流而下。

全　体
　　　　摇出航线，
　　　　顺流而下。

姬耶耳包

　　　　一对幸福人儿溜掉，
　　　　保阿劳，呀呀，保阿劳。
　　　　　　　摇出航线，
　　　　　　　顺流而下。

全　体

　　　　　　　摇出航线，
　　　　　　　顺流而下。

姬耶耳包

　　　　我唱歌，阿尔尚皆劳
　　　　修道院的俘虏是我。
　　　　　　　摇出航线，
　　　　　　　顺流而下。

全　体

　　　　　　　摇出航线，
　　　　　　　顺流而下。

姬耶耳包

　　　　人家不许我呀恋爱，
　　　　爱就飞掉……号，哈，哈，号！
　　　　　　　摇出航线，
　　　　　　　顺流而下。

全　体

　　　　　　　摇出航线，
　　　　　　　顺流而下。

　　〔全体唱着歌，女孩子男孩子拿树枝递来递去。他们把徽章挂在板子的上头。

勒·尚代尔　　〔端详枝叶扎好一半的凯旋门。
门配得上一位国王!

一个农民
当然!

姬耶耳包　　〔向阿耳包斯。
阿耳包斯,你喜欢它吗?

阿耳包斯　　〔心不在焉地看了一眼。
是的。

姬耶耳包
如果为你搭,我们还要叫它美。

一个农民　　〔向阿耳包斯指着徽章。
我们打一所老房子摘下它的。
镀着金。木头做的。

阿耳包斯　　〔思索着。
是的,爷爷的话有道理。
　〔群众忽然惊惶起来。全往后退,往旁闪开。从村子出来一个鬼样的人,在花门底下出现。这是牧师·彼耶。面色惨白,头发竖直,胡须被人抓掉。六品祭衣不见了。袍子撕烂了,胸脯露在外头,背和胳膊光着。他蹒跚而前,像一个醉汉,过来沉沉地坐在石凳上。几个农民跟在后面,恐怖的样子。

第五场　什么走出山洞

前场人　牧师·彼耶

牧师·彼耶　　　〔口吃着。

是殿下。

阿耳包斯　　　〔朝他奔去。

我的父亲！成了什么样子！我的父亲！

上帝！这是怎么回事？

〔他看着他，牧师·彼耶好像没有听见，也没有看见。

眼睛迷迷糊糊的，盯着地看。父亲！啊！

出了什么事？告诉我，父亲！跌进沟啦？

父亲！——他看不见我！——袍子撕啦！

难道是他走进什么洼洼坑坑的路，

让牛撞啦？头抬起来一点！你真就

听不见我在跟你讲话？啊！上帝！

牧师·彼耶

是殿下。

阿耳包斯

怎么样？到底出了什么岔子？

〔凑近细看牧师·彼耶。

泥！血！

牧师·彼耶

是殿下。

阿耳包斯

难道是他撞上了什么车轮子

受的伤?山沟的桥是窄的。

〔他问一个跟牧师·彼耶一道进来的农民。

你跟着他。回答我。你一定看见来的。

说,他怎么会这样的?

那个农民

兄弟,我全看见。可是,讲出来呀。

就许危险。

阿耳包斯

危险,是你不肯讲出来。谁要是

在这儿抗拒我呀,就是这座撒野的山头

我也要揪住它的头发拖着走!讲!

那个农民

噉,大兄弟,我是两个都害怕,可头一个

怕你。好,就是这个。我们的主子公爵……

——就是这个。

〔他停住。

阿耳包斯

可你讲下去啊!

那个农民

老爷爷就像这样走路。他不看,穿过

广场。教堂在一旁,对面是望楼。

他,忘了,没有冲旗子行礼。公爵

来到后头。他看见牧师·彼耶的帽子,

就讲:给我收拾这家伙!于是他从罗马

和维也纳带来的朗司格奈①就逼着
你爷爷跪下。公爵后头有一个人,披着
一件宽大的尸布,据说他是刽子手,
兄弟,就是这人撕烂牧师·彼耶的袍子。
随后拾起一根棒……血流了一地。

阿耳包斯

噢,高高的天,你怎么就不坍下来!

那个农民

跟随公爵的牧师,端着蜡烛,直在笑。
人人在笑。

阿耳包斯

人家拿棒打你,老爷爷!噢,人世
最神圣的人!这些鬼怪!敢打马吉!
上帝在山头跟他讲话!啊!偏我不在那边!
我真混账。龌龊的王杖敢碰一碰
受人尊敬的使徒!这老迈的膝头,为我们
祷告了多少回,叫人拖在山沟里面!
从前温暖我的小小心灵的人,如今
一身血,光着,挨混账的鞭子抽!
又是惊,又是气,他就说不出话来!
噢,我的为人膜拜的好老爷爷!我的孩子!

〔他呜咽着,抱住牧师·彼耶的膝头;牧师·彼耶石头
人一样一动不动。

那些牧师在笑!有一颗毒蛇的心的坏种!

---

① "朗司格奈"(lansquenets)是十五世纪受雇于外国的德意志步兵。

〔吻着牧师·彼耶的手。

噢,神圣的手!

那个农民

人都在骂。

阿耳包斯

骂谁?

那个农民

你的父亲!

阿耳包斯 〔呜咽着。

啊!人是一个愚昧、昏睡的瞎子!
要他认识深渊,就得整个坍塌,
要他在最后看见荣誉和正义,
就得黑暗来一个巴掌警告他!

〔他站直了。

可憎的公爵!下贱的王爷!奇丑的国王!
噢!谁放雷去殛他?

斯拉吉斯特芮 〔在洞口出现。

你。

〔他在阴影中握着一把插在铁鞘里的长剑,并非握着柄,而是握着当中。

阿耳包斯

我!可是我就不行。噢!窝里的熊
幸福;摇鬣毛的狮子幸福;高大的老虎
和漂泊的狼幸福!有爪子有牙的全都
幸福!可是人光光的,没有办法。
他捏紧了拳头,没有气力。他没有爪子。

斯拉吉斯特芮　　　〔从鞘中抽出宝剑,举在他的上空。

他有宝剑!

〔他扔了鞘。幕落的时候,阿耳包斯疯了一般抓住宝剑,斯拉吉斯特芮跪到老人前面。

一八六九年二月二十四日。

后　记

　　一八六九年一月二十一日，雨果动手写《宝剑》，这是他流放在外的第十八个年头的开始。他在英法海峡之间的一个小岛上度过了他最寂寞也最光辉的岁月。他在控诉，他在反抗，他对祖国、对人类抱有强烈的希望：这出史诗一样的诗剧便是一个有力的成功的说明。和一八五三年问世的《惩罚集》相为表里，内容上形象化，典型化，艺术上客观的效果因而也就应当更其长远。浪漫主义的革命热情为自己找到积极的崇高使命。一年半后，颠覆法兰西共和国的暴君做了俘虏，诗人终于跟自由一同回到了母亲的怀抱——祖国！

　　《宝剑》收在《自由戏剧集》，一八八六年问世，已经是在它的伟大的作者逝世之后一年了。生前已经给人类提供了那么多的文学杰作，如今他又一度以他的特殊的造诣证明了他的天才的丰盈和变化，击破了反动政权的无赖的诽谤。这是另一种形体的史诗。批评家一再用这个字样形容这出篇幅上短小、然而精神上崇高的诗剧。

　　是诗剧，而又两行一韵，翻译上很难勉强做到这一点，所以，为了保存较多意义起见，译者只好放弃格式上严格完整的要求，希望在中文上能够自由些，流畅些。实际上，做到的可能只是把诗变成拙劣的散文，这是译者应当声明而且负责的。

　　在诗人一百五十周年诞辰纪念的今日，在法兰西共和国身逢美帝国主义蹂躏的今日，在人类普遍遭受美帝国主义者与其走狗们祸害的今日，《宝剑》有着现实的辉煌意义。

译　者　一九五二年六月二十日

爱与死的搏斗

罗曼·罗兰　著

· 爱与死的搏斗 ·

这出靠他才写成的戏
我热诚献给
斯泰法·磁外格
忠实的心灵
爱欧罗巴并信奉友谊

       罗曼·罗兰　一九二四年八月

序

《爱与死的搏斗》是我"大革命"表册的一叶。

从我孕育,起草这首戏剧史诗到现在,有二十五年多了。环境逼的我不得不中止。但是我决没有放弃它。

一九零零年,一边看《党东》在艾司高里耶①排练,一边制作《七月十四》,我当时写道:

"我越走进这痛苦和超乎人力的世界,我越觉得一首浩大的剧诗在构成;我听见掀起的海洋吼号:法兰西人民的《伊里亚德》②。良心之门从门斗拔起,没有比这次拔得更为猛烈。俯向灵魂的深渊,没有比这次俯得更能向前。住在精神洞窟的不可见的神怪,从夜晚涌现,没有比在这电般可怖而壮丽的霎那之间涌现的更其清切。我要试探的不仅是一个过去的时代的英迹,而是人生能力和限制的征验。"

依照我工作的方法,我听观念自为工作。在制作这首史诗以前,我等候它自己构成它所有的部分。如今,它差不多已经完成了。它慢慢在成熟,同时我耕着其他毗连的田野:《约翰·克芮斯道夫》,《高拉·布洛宁》,同时我着手《入迷的灵魂》的田野。在我日落之前,我能够有时间刈获我的麦子吗?我不知道;但是不必管它。一时有一时

---

① 一九零零年十二月二十九日,《党东》在新剧院 Nouveau Théâtre 上演,由艾司高里耶俱乐部 Cercle des Escholiers 演出。
② 《伊里亚德》Iliade 是史诗的最大杰作,共二十四阕,叙述希腊和特洼 Troie 的十年战争,相传为荷马 Homère 所作。特洼又名伊里翁 Ilion,所以诗篇题做《伊里亚德》。内容虽属希腊远征的英烈事迹,实际却是一幅古代希腊文化的完美写照。罗曼·罗兰把《伊里亚德》借做普通名词"史诗"的意思。

的苦乐!

我不应该在这里不等到期就揭露成篇的草稿。它们在我的思想里面形成一首"大革命"的戏剧"皆司特"①。弄过艺术制作的人，知道幼果没有熟透，千万不应揭皮。作品一经东家和主人公开，犹如刚斗勒王之妻，②就不再属于他了。所以，除非它已然告成，否则，他不要给人看见!

我仅仅要说，这十二夹叶的表册，仿佛胡闹的讽喻诗，在戏剧附近保住它的地位，又仿佛田野诗，把它的巢穴留在骚乱的森林，未尝不想做一场民众的飓风的万籁齐鸣的景色。起始，我们看见社会的狂飙远远在艾尔穆龙维勒的福辣高纳尔③的天空出现，在一脑海市蜃楼的先

---

① "皆司特"Geste 是"动作"的意思，通常专指法兰西中古世纪的史诗或者叙事诗。全名应当做为"皆司特之歌"Les chansons de geste，大都歌颂传说中的英雄，伴以音乐，在民间流行。罗曼·罗兰借做"史诗"的意思。
② 刚斗勒 Candaule 相传是里狄 Lydie 的海辣克里德 Héraclides 朝的末一个君主，约在纪元前八世纪。他以为他的皇后妮西亚 Nyssin 是绝代美人，去掉她的面网，叫他的宠幸吉杰斯 Gygès 欣赏。妮西亚看见吉杰斯，设法叫他弑掉刚斗勒，做了里狄的君主。
③ 艾尔穆龙维勒 Ermenonville 是卢骚去世的地方，在巴黎的东北，距离二十七哩。这里原来是一片沼泽荒丘，一七六三年为吉辣旦侯爵 Le Marquis de Girardin 购去，改成英吉利式的花园，当时极受卢骚爱赏。一七七八年五月二十日，卢骚夫妇接受侯爵的邀请，前往居住，七月二日或三日，卢骚便在这里去世。他是新教徒，不得埋在天主教的教区，所以就葬在花园里面一座小岛上，二十米长宽，十五米突宽：四周全是白杨(译者曾经瞻拜过，记得一共是十八棵)，所以叫做白杨岛，中间是他的墓冢。

　　福辣高辣尔 Jean-Honoré Fragonard 是法兰西十八世纪后期的著名画家，一七三二年生，一八零六年死。"大革命"时代避在故乡高曼·罗兰的意思似乎是说：艾尔穆龙维勒的云空可以从福辣高辣尔的风景画里面寻找。

　　这里的"先驱者"就是卢骚。一七六二年，卢骚发表他著名的《民约论》Le Contrat Social，到了"大革命"暴发的初期，几乎成了家传户诵的经典。圣·艾先 Rabaut Saint-Etienne，"大革命"时代的一个著名演说家，从一七九一年起，就把这本小书称做"自由的信条"。依照德·斯塔艾勒 De Staël 夫人，拿破仑有一天谈起卢骚，说："也就是他，是革命的原因。"相传路易十六在监狱里面，"痛苦地承认"卢骚和渥尔泰 Voltaire "毁了法兰西"。雨果在《孤星泪》里面，让喀夫洛实 Gavroche 唱一首关于路易十六的小歌：

(转下页)

驱者的晚年。它跑着，以袭击的步伐推倒墙壁，具有《欢乐咏》①的清新的愉悦(《七月十四》)。它唤醒睡在人心底层的精灵；它破坏的力量被"巫士门徒"②松开，逃出意志的把握。它压下来，把白里翁倾在奥萨③之上，吉隆德派，高尔德里耶派，雅高班派，党东和洛布斯比耶，④电殛的巨灵之上：(《群狼》，《理性的胜利》，《党东》，再有一出

（接上页） "他倒在地上，
　　　　　　渥尔泰的错儿；
　　　　　　鼻子跌在河里，
　　　　　　卢骚的错儿。"
　　一七九零年六月二十三日，一座卢骚的雕像献给议会，摆在富兰克林和华盛顿的雕像中间。同年十二月二十一日，议会公决立像纪念卢骚，颁给他的寡妇恤金。一七九四年四月十四日，国约议会公决国葬卢骚，十月十一日棺柩运入巴黎国葬馆。白杨岛余下的是一座空冢。
① 《欢乐咏》L'Ode à ja Joie 是大音乐家贝多芬的名曲。他在心情阴郁之后，长夜之中，写出他喜悦的音奏。"贝多芬的忧郁要由人世负责，他生性欣快，企指的只是欢悦。"参阅罗曼·罗兰的《贝多芬传》。
② "巫士门徒" L'Apprenti-Sorcier 的典故不知道出在什么地方。意思并不晦涩，是说笨手笨脚的巫士，放开了"社会的狂飙"，也就是说"大革命"的"先驱者"或者那一类的先知。
③ 白里翁 Pélion 和奥萨 Ossa 是希腊两座大山，相传巨灵反抗宙斯 Zeus，把白里翁搬在奥萨上面，指望爬到天上。山倒了，巨灵毁灭了。白里翁的今名是浦莱西第 Plessidi，奥萨是基扫洛 Kissoro。通常喻作劳而无功。
④ 吉隆德派 Les Girondins 是法兰西"大革命"时代外省议员的政党。吉隆德是法兰西的西南一省，邻近大西洋，得名于吉隆德湾。省会是包尔斗 Bordeaux，著名产葡萄酒的地方。一七九一年十月一日，立宪议会解散，外省议员以吉隆德省议员为中心，形成立法议会的左派，人数约在百名以上，主张激烈，发动推翻王室，向奥地利宣战，拘囚教士，虐待流亡的贵族。他们的中心人物之一是文人布芮骚 Brissot，所以又叫做布芮骚派。他们接受罗兰 Roland 夫人的指导，拒绝和党东 Danton 合作。一七九三年五月三十一日和六月二日，党东与洛布斯比耶等开始逮捕吉隆德派议员；十月三十一日，有二十二名上了断头台。逃到外省，煽动叛乱的，也十九陆续伏法。
　　高尔德里耶派 Les Cordeliers 的正式名称应当是"公民人权之友社" Société des Amis des Droits de L'homme et du Citoyen。高尔德里耶的意思是"以绳系腰者"，天主教的一派，一二五零年，随圣·路易十字军远征归来，传入巴黎，在大学占有绝大势力。一七九零年，僧院被革命党占据，并以为名，成立（转下页）

《洛布斯比耶》就齐全了。)把过去和破坏者毁灭了之后，它迅即飞

(接上页)　高尔德里耶俱乐部。该派领袖有党东，马辣 Marat 海拜尔 Hébert 等人，马辣主编的《人民之友》L'Ami du Peuple 是他们的喉舌，所执政见往往比雅高班派还要激烈。他们是热情的，始终站在发动的立场。全盛时期是一七九二年，马辣死了以后，就越来越衰微了。

雅高班派的创立者是三个律师，其后有米辣保 Mirabeau，白地翁 Fétion，洛布斯比耶等人加入，与"宪法之友社" Société des Amis de la Constitution 合作，占据巴黎的雅高班僧院。成立雅高俱乐部，正式的称呼是"平等自由之友社" Société de L'Egalite et de la Liberté。一七九零年有一千一百名社员，到立宪议会解散的时候，已然在外省有了四百零六支部。他们是沉着的，犹如他们的领袖洛布斯比耶，是冷静而且有计划的。该派形成议会的干部，始终拥护洛布斯比耶，支持政治委员会；一七九四年七月二十七日，洛布斯比耶被捕，该派也就瓦解了。

党东 Georges-Jacques Danton 是法兰西"大革命"一个著名的领袖，一七五九年生，一七九四年死于断头台。律师出身，擅长演说，一切暴动差不多全是他煽起来的。他有热情的民众做他的后盾，一七九二年八月十日，民众攻入王宫，拘囚路易十六，党东参加新政府，做司法总长。他在国约议会隶属山岳党，被选为政治委员会委员，组织国防军，创立法兰西陆军强大的根基，同时压平逃亡在外省的吉隆德派的叛变。为人慵懒，财务不清，生活放逸，不断成为反对者攻击的口实。他发动恐怖政策，然而洛布斯比耶排除异己，并不受他欢迎。所以，强邻压境，他在议会演说："我们需要大起胆子干，还要大起胆子干，永远要大起胆子干"，法兰西就有救了。最后，不满意于洛布斯比耶的残酷，他曾说："我愿意自己上断头台，也不愿再看别人上断头台……而且，我厌倦人类！"然而，他热烈爱他的祖国，风闻洛布斯比耶预备捉他，朋友劝他逃走，他回了一句："我能够把祖国带在我的鞋底吗？"一七九四年三月三十一日，早晨六点钟，他在家里被捕，四月五日同他的朋友上了断头台。死的那一天，有人记载："温暖的春天，树全开花了……生命多年以来还没有这样快乐过。"在《爱与死的搏斗》里面，罗曼·罗兰借带尼·巴姚的嘴说出当时的天气："今天是开春第一个美好的天气……"同时，劳到伊丝喀说："庆祝春天又到了丁香花开的时候！"

洛布斯比耶 Maximilien de Robespierre 是法兰西"大革命"另一个著名的领袖，一七五八年生，一七九四年死于断头台。他是法兰西北部以地毡闻名的阿辣司 Arras 人，所以，法莱在《爱与死的搏斗》里面说："那第一号的伪君子，那獐头鼠目的阿辣司人"，就是洛布斯比耶。他有名的清廉，马辣送了他一个绰号 L'Incorruptible。"他确实是一个正人君子。他的坏处也就在这一点。他在民众啼饥号寒之际专门讲道德，杀敌人，最可笑的是他后来叫国约议会议决神的存在与灵魂不死。"（参阅巴金翻译的《党东之死》的附录。）他厌恶"理性"的崇拜，设法杀掉主要的信徒。他厌恶党东的腐败，妒嫉他的权威（因为他需要权威），杀掉他和他的同党。他在议会宣布逮捕党东："我们今天倒要看看，国约议会（转下页）

起,离开焰烟环绕的田野。凝聚的红云下陷了,去更新的世界远了,同时,在"尾声","大革命"被幽禁了,一小群法兰西帝国的流亡者,王党,弑王者,言归于好的仇敌,在瑞士的一个山谷,在玉辣(祖国之门)①的另一坡头,感味着回到他们激荡的心田的和平与上天永久的沉默,人人可有的和平与沉默。

假如,最近,不顾新的企图,我能够重理这些中断的工作,却是凭了我外国朋友的督促。飓风括过了一七九三年的法兰西,在后面留下一道渐将熄灭的火浪,向东方继续着它的行程,它一直奔往德意志和俄罗斯的平原,"司命"飞出西方的窠巢,啮着其他民族的灵魂,同时,我们的露魂,疲苶了,沉沉地睡着。我们国约会议的人们的热情,在我们的血里熄了,燃起远方的热情。柏林和莫斯科认识它们。在柏林发生革命战争的第二天,《党东》在马克斯·赖因哈特②的圆型剧院的演出,给观众兜起一种绝大的作用。因为这些演出仿佛是历史的穹窿底下整日交锋的一个回声。《群狼》撼动了德意志,捷克司拉夫,俄罗斯的灵魂,甚至于最近几个月,撼动了地震毁伤的东京的灵魂。国家的安全和个人良心的冲突——"公众的安全"拿来和"永生的安全"抗衡——的悲惨问题,重新变成现实了。——著名的欧罗巴人斯泰

(接上页) 能够不能够够铲除一个早就腐烂了的所谓的偶像,看看它倒下来的时候,是不是要压扁了国约议会和法兰西人民!"他拿眼睛瞪住了勒让捉,党东的一个党徒,接下去道:"打哆嗦的人就有罪!"他不许党东在法庭辩护。党东拿拳头向空里摇道:"卑鄙的洛布斯比耶!断头台也有你的份儿!你要随我来的!"不出三个月,他去了。他是道德和恐怖的化身。他以为:"道德离开了恐怖是有毒的;恐怖离开了道德是无力的。"在他的恐怖和道德统治之下,巴黎处决了二千七百五十个人,里面十之七八是穷人。

① 玉辣 Jura 山,在法兰西东部和瑞士的交界的地方,以山名设省,省会即法莱怹惠索菲逃往的道勒 Dole。
② 马克斯·赖因哈特 Max Reinhardt 是现代著名的戏剧导演,一八七三年生于维也纳附近。一八九四年开始在柏林演剧,一九零二年升为剧院经理,导演名剧,或欧或美,以迄于今。

法·磁外格，①十五年以来是我最忠实的朋友和最好的顾问，不断地提醒我，好比我作家的早年的功课之一，修削"大革命"的血山的石匠的企图。所以我方才又把斧子抡向巉岩；这里是我这个春天斫下来的第一块石头。我在上面刻下磁外格的名子。没有他，这块石头还要继续在地下睡眠。

熟悉法兰西"大革命"的人们，一眼就全看出真有其人，真有其事，做我悲惨的《搏斗》②的题旨。卢外的《回忆录》③供给这被通缉的犯人所经的非常遭遇，见弃于他所有的朋友，知道自己没有救，从吉隆德回到死之咽喉，巴黎，捧着他悬赏的头，走遍全法兰西，就为在它

---

① 斯泰法·磁外格 Stefan Zweig 是罗曼·罗兰的至友，一八八一年生于维也纳。他一九零一年开始文学生涯，最为人称道的是他的评传，他的《罗曼·罗兰传》，有杨人楩的译本，商务印书馆出版。
② 《爱与死的搏斗》原文是 Le Jeu de L'Amour et de la Mort "搏斗"的翻译并不正确。译做"游戏"，太嫌广泛；译做"角逐"，例如夏莱蒂和徐培仁的翻译，好是好，然而还不如"挈捕"贴切，参看序文末两段就明白。"挈捕"两个字是叠韵，不响亮，没有生命；"角逐"又是双声，不响亮。热情的朋友建议"搏斗"，译者虽说采用了，希望中国读者仍把它当做"挈捕"看。
③ 卢外 Louvet de Couvrai 是巴黎人，一七六零年生，一七九七死。二十七岁的时候，他写了一部通俗小说《浮布拉斯》Les Aventures du Chevalier Faublas，直到现在，还有人喜欢看。一七九零年，他参加雅高班俱乐部，其后当选为国约议会议员。罗兰组阁的时代，他是《哨兵》La Sentinelle 的主笔。一七九二年十月二十九日，他在议会发表他惊人的演说，攻击洛布斯比耶。罗兰诵读政府的公文，暗示洛布斯比耶主动九月的屠杀事件，后者生了气，跳起来说："没有人敢当着我控告我的！"卢外不加思索，立即跑上讲坛，道："有我！是的，洛布斯比耶！我控告你早已就在屠杀最纯洁的爱国者……我控告你不断地叫人把你当做一个偶像崇拜……我控告你一意想独揽大权……"他的控告没有实证，就是吉隆德派也没有完全赞助。但是，他却给吉隆德派结了一个死对头。他是吉隆德派十六个没有死的议员中间的一个。一七九三年六月二日，他同他的太太劳和伊丝喀 Lodoiska 逃往玉辣山。其后他私下回到巴黎。洛布斯比耶死了以后，他回到国约议会，做主席，做政治委员会委员。年轻时候，他相当荒唐，所以常常发病。法莱叙述逃亡的情形，说："我的病又发作了。我疼的不得了。走路吃了力，我就是一身的汗。"

一片平整。你一向晓得怎么样叫它避开社会的风险和情感的折磨。你是一个天之骄子。你嫁了一个贤人——和你一样——有名望，值得人尊敬，从一点点大起，你就用一种虔诚的柔情恋着他。你的热情是平静的，你差不多和一个女儿一样。你过着一个光明的婚姻生活，疯狂的热情不用妄想碰它一碰。一个无风无雨的晴天。呵！我多赞美它！

索 菲　　（微笑。）可是，你不见得肯拿你一小块乌云和它调换。

劳到伊丝喀　拿我的浩辣斯调换？不，不！我不调换。各人有各人的命！不过你的命最美。

索 菲　　就像那些美丽的妇女，人人赞美。不过爱的可是别人。

劳到伊丝喀　好不好请你别说下去！人人倒想做你……不过只有你才配做……

索 菲　　（微笑。）正是我方才讲的！

劳到伊丝喀　（没有听。）……伟人的朋友，知己，甚至于顾问。从前他是渥尔泰的朋友，现在他是喀尔鲁①的朋友……

带 尼　　（正好进来，听见末一句话。）从前他是《百科全书》的顾问，如今他是最高委员会的顾问。是的，一个万能的天才，无二的天之骄子……科学家，慈善家，哲学家，国家学会会员，国约议会议员……名声在前王的前王时代就扎下了根，王全废了，矗立不动，眼看政府一个一个更

---

① 喀尔鲁 Lazare Carnot 是法兰西"大革命"时代的军事天才，一七五三年生，一八二三年死。他是议会的议员，常时保持缄默，他说自己"是一个兵，所以他不大说话"。他是政治委员会委员，负责重组法兰西军队，绰号叫做"胜利的组织者"。他是实际的参谋总长，具有精湛的科学修养，一手训成革命政府的十四路军队。没有他的计划，法兰西的工兵和炮兵（胜利的原因）全成问题。一般人以为是他救下了"大革命"时代的革命和法兰西，给拿破仑立定了战争的基础。

	了……可怜的海克道！……亲爱的浩辣斯！……
索　菲	全是古代的英雄①……
劳到伊丝喀	好不好请你别说下去！……我觉得全一样……我不许你取笑。
索　菲	我没有取笑……
劳到伊丝喀	我真还相信我的海克道如今同我一块儿在开心……你在笑吗？
索　菲	你也在笑。
劳到伊丝喀	没有……可不是……呵！善良的，美丽的，人多欢喜欺骗自个儿呀！现在我需要开心，所以我要他也开心。我明白他没有知觉。不过，我，我有知觉，难道因为我要享受享受我这短促的岁月，我就不对，你说，我就对不住他吗？你相信他会恨我吗？不会的，不会的，有人让我快乐，他一定也在快乐。不对吗？因为他从前爱我！……再说，因为如今他死了！……可怜的海克道！……呵！活下去，活下去，活下去好！
索　菲	活了还要活。对于你，活就是爱。
	〔在两位妇人恳切的对话当中，劳到伊丝喀虽说赞美索菲的智慧，却夹着些微的嘲讽，索菲虽说接受这些恭维，却杂着些微和悦的腻烦。
劳到伊丝喀	有爱才有生命……你还在笑……明慧的朋友，是的，你，你没有我们的弱点。你有一个美丽的生命，一片清澄，

---

① 海克道 Hector 是古代小亚细亚特洼国的英雄，抵抗了十年的希腊侵略，力竭而死，事迹见于《伊里亚德》。浩辣斯 Horace 是罗马的英雄，见于狄特·李茹 Tite-Live 的史乘。高奈叶 Corneille 用他的故事写成他的名剧《浩辣斯》。老浩辣斯听见两个儿子死在战场，大儿子临阵脱逃(其实没有)，回答别人的问讯道："让他死好了！"

浩辣斯	（靠近她，举起她的手，低声。）今天晚晌……
	〔克劳芮丝听到这句话，用怨恨的眼睛看着他们。
劳到伊丝喀	（瞥见了，微笑着，走向坐在索菲膝头的克劳芮丝，想慰藉慰藉她。）我的漂亮孩子！
克劳芮丝	（使气脱开。）不，别碰着我！
	〔她飞向花园。
劳到伊丝喀	她怎么啦？
索　菲	（含有一丝和悦的责备。）你自个儿明白。
浩辣斯	她妒嫉我们。
带　尼	不只她一个人妒嫉。
索　菲	（向带尼和浩辣斯微笑。）去安慰安慰她罢！（向劳到伊丝喀。）不，你别去，自私自利的人，给我留下！
	〔带尼和浩辣斯走出，就剩下索菲和劳到伊丝喀。后者笑着，快乐的，扑在坐着的索菲的膝头，用胳膊抱住她。
劳到伊丝喀	是的，我是，自私自利，自私自利，自私自利！自私自利那样好，我还真不愿意我不是！训我一顿罢！训我一顿罢！
索　菲	（微笑。）这没有什么用。
劳到伊丝喀	噢！才不然！……这给快乐添上……不，别怪我！我苦吃得太多，太多了！……我丈夫，我的海克道，活活打我的胳膊抓去送死！……呵！我哭了多少回！
索　菲	你什么时候丢掉他的？
劳到伊丝喀	（简单地。）有六个……不，五个月……是的，是去年十月里头。我当时不要再活下去了。我当时什么也不指望了……可是你瞧！如今我活了……（纠正。）我又活

克劳芮丝　　祖国？你倒不如说：那些可怕的人……

劳到伊丝喀　是的，最高委员会。

〔索菲拿一个手指放在嘴上。他们全低下了头。

浩辣斯　　　最高委员会对。

带　尼　　　（咳嗽。）它最有力量。

克劳芮丝　　它像一个专吃小孩儿的妖精。它会把我们全吃掉的。

劳到伊丝喀　（用手蒙住她的嘴，问浩辣斯）不过，至少，别马上就出发！浩辣斯，你不马上就动身罢？

浩辣斯　　　我想不会，除非冷不防来一道命令。

〔除去索菲，全显出一种反常，有点儿寒热症似的激越。

劳到伊丝喀　还有多少时间？

浩辣斯　　　也许有一个月。

劳到伊丝喀　噢！那么，一个月……就永别了……

带　尼　　　快乐的年轻人！一个月的幸福还不接受！

克劳芮丝　　我，我也年轻！我就没有幸福，我就没有幸福过……噢！我连一个月都不要……只要一天，只要一天幸福就好！

索　菲　　　静静，亲爱的，你会幸福的，有的是幸福给你。你的生命长着哪！

克劳芮丝　　不，不，生命短着哪。

索　菲　　　我有你两个年纪大。

克劳芮丝　　是的，你那时候……哼！……不过，今天，满不是那么一回子事了。谁料得定明天？

劳到伊丝喀　我呀，我料得定今天。

〔她看着浩辣斯。

123

和别人的骚乱不同。

带　尼　　甚至于我也是……惭愧的很。

索　菲　　不单只你们是。听！

〔在园墙的另一面，他们听见街上经过一架梵亚铃，一管笛，一面长鼓，欢呼歌唱的声音。

带　尼　　是的，这群过路的人，别瞧唱着歌，没有一个不经过忧患，做过牺牲，受过战争或者革命的蹂躏，没有一个不觉得明天惶恐和昨天痛苦是一样沉重。

索　菲　　所以他们才唱歌：为的不再往那上头想。

带　尼　　白搭，他们往那上头想。瞧！

〔花园的环舞曲中断了。

浩辣斯　　他们外边叫唤什么？……听听看……

〔他们不做声，听外边一个报贩的声音。

浩辣斯　　（重复。）"《平等邮报》……大战……敌人……"

〔他奔向墙，爬上界石，胳膊伸过墙头，呼唤报贩。

喂……公民①……谢谢！

〔他拿着报纸回来。两位年轻妇女过来，围住他看报。

浩辣斯　　从莫司到莱茵②，各国军队正重整旗鼓。共和国应当以全力回击。春天的太阳又燃起了烽火。我得归队去了。

劳到伊丝喀　不，不！我不要你去！

带　尼　　我们算得了什么，也配说："我要"，"我不要"吗？

浩辣斯　　是的，祖国要我去。

---

① 从一七九二年十月起，"公民" Citoyen 的称呼代替了"先生" Monsieur 的称呼。
② 莫司 Meuse 河在毛塞勒河以西，和莱茵河平行，从法兰西经比利时，取道荷兰入海。

种义务。

克劳芮丝　亲戚朋友，全不在了！

劳到伊丝喀　我的就不在了。

克劳芮丝　我的也不在了。

带　尼　我的也不在了。

索　菲　好啦！好啦！

浩辣斯　（向劳到伊丝喀。）眼前要丢掉的朋友，你倒不放在心上吗？

劳到伊丝喀　我现在有的，我留住。我不要丢掉他们。不，丢掉，我不干！

浩辣斯　那么，别再想别人了！我们跳舞罢！

劳到伊丝喀　跳舞就跳舞，坏东西！

浩辣斯　（向克劳芮丝。）你也来，小朋友。

〔克劳芮斯踌躇，看着索菲。

索　菲　去罢，我的孩子。

浩辣斯　来，再唱环舞曲，走！

〔三位年轻人走入花园，重新唱起环舞曲。带尼和索菲留在客厅，坐在左边，介乎写字台和靠近脚灯的内门之间。

带　尼　人人想着自个儿的伤心事：这一个想着她未婚夫，那一个想着她丈夫；我哪，想着我儿子，——全死了……不过，生命更有力量……①

索　菲　甚至于你的生命也是，老朋友？

〔在全剧开始，索菲保持一种多情的，煦和的文静，

---

①　其实，带尼的意思就是所谓：人全贪生怕死而已。

带　尼　　　里面的人呢?

浩辣斯　　　谁高兴凑近了往里看!

克劳芮丝　　我呀,我要是太冷了,我倒觉得这怪好的,是的,是的,把我烧掉才好哪!

劳到伊丝喀　可是,人家倒把取暖的地方叫做地狱!

浩辣斯　　　地狱呀,是空着肚子去打仗。

劳到伊丝喀　克劳芮丝　不对,是冷!

浩辣斯　　　不对,是饿!

索　菲　　　我们两样儿统尝够了。得啦,别怄气了!

克劳芮丝　　上帝!可真够长的!去年冬天,去年冬天就不想有个了结!

索　菲　　　现在可了结了。我们勿需乎再谈它了。我们享受享受这好太阳罢!

带　尼　　　今天是开春第一个美好的天气……我们可爱的朋友!难得你有这番盛意,把我们邀在你的花园赏春!

劳到伊丝喀　庆祝春天又到了丁香花开的时候!

索　菲　　　我能够把春天留给我自个儿吗?在这饿荒年月,那怕是一点点幸福,全该和朋友一块儿享用。

劳到伊丝喀　是的,幸福不大有了!

带　尼　　　幸福?对于我们,这已经变成一句外国话了。

克劳芮丝　　好久,好久,我们就没有笑了!噢!我的上帝!

〔她呜咽起来。

索　菲　　　亲爱的,亲爱的,你怎么啦?

克劳芮丝　　我们有笑的权利吗?

带　尼　　　是的,我们吃苦吃得太多了。

索　菲　　　(向克劳芮丝。)我相信我们有权利笑!亲爱的,这是一

带 尼	没有柴,没有面包!
克劳芮丝	噢!我呀,我冷得早晨爬出床的勇气都没有了。
劳到伊丝喀	我呀,我在床上冻成了冰。现在它太大了!
浩辣斯	(以目示意。)你应当把床填实了。
带 尼	有一次,我在白尔西码头①等着发一捆柴和一袋面粉,从夜里七点钟到早晨十一点钟,冲着北风,足足等了十六个钟头,装上了排子车,还得在雪地推着走。我摔了两回跤哪。
索 菲	比起来,哪一样好?是饿,还是冷?
劳到伊丝喀 克劳芮丝	噢!顶坏呀,是冷!
浩辣斯	不对,是饿。
劳到伊丝喀 克劳芮丝 索菲	冷,冷,冷!
浩辣斯	饿,饿,饿!
劳到伊丝喀	饭桶!
克劳芮丝	噢!只要我的脚能够暖上五分钟,就是一千顿不吃东西,我也愿意。
劳到伊丝喀	我呀,我一想起冷就要哭!(浩辣斯笑。)你笑,铁石心肠……噢!你呀,你就不懂得!
浩辣斯	我在毛塞勒②行军的时候,在雪上头睡觉……可不是,为了取暖,我们还放火烧过一座小堡子。

---

① 白尔西 Bercy 是现在巴黎的第十二区,滨接莱茵河,有著名的酒柴码头。一七九零年设立邑治,一八六零年改归巴黎市府管辖。

② 毛塞勒 Moselle 是法兰西东北的一省,得名于毛塞勒河。河从东北山地流向德意志,并入莱茵河。经过的地方是世界第二产铁的区域。一七九二年,普鲁士和奥地利分兵攻入毛塞勒山区,正赶着一个多雨的季节,九月二十日,在法勒米 Valmy 一带,为法兰西的革命军所败。歌德曾经记载:"从这个地方,从这一天起,世界历史开始了一个新的时代。"革命政府稳定了。

	了，我们这些上了年纪的人……
带　尼	我抗议！说年纪，只有我老。
索　菲	自私自利的人！
浩辣斯　劳到伊丝喀	我们全抗议！你是拿自个儿开心！
索　菲	我如今已经走掉一半的路程了。（向带尼·巴姚。）你白抗议，我是你这边儿的。
带　尼	这真是喜从天降了！我不再唠叨了。
劳到伊丝喀	可是我们，我们不许人家剥削我们！不成，不成，你是我们的。你顶年轻！
索　菲	（从她的鬓角找出一缕白头发。）你们看看这些白头发！
劳到伊丝喀	那有什么希奇！仔细找找，谁也有你那么多！
浩辣斯	你们看，我就有。
劳到伊丝喀	我也有。
克劳芮丝	我也有。
全　体	（笑了起来。）当真？
克劳芮丝	谁骗人！我是有一根。
	〔她给大家看。
索　菲	是金黄颜色。
克劳芮丝	是白颜色。
浩辣斯	经过五个月以来所受的活罪，谁会没有哪！
劳到伊丝喀	五个月！少说也有两个五个月！
克劳芮丝	三个五个月也有了！
浩辣斯	得啦，我们只说这个冬天！此外……
带　尼	对了，还是不讲的好。
克劳芮丝	呵！我们吃了多少苦！
劳到伊丝喀	好些礼拜没有生火！

姚)——手牵手,围着那株开花的丁香跳舞,一边唱着格赖蒂的环舞曲:"天真回来了。"①

带尼·巴姚 （喘吁,企图退出环舞。）年轻人,饶了我罢!

克劳芮丝　劳到伊丝喀　浩辣斯　不成,不成,再来一圈儿!

〔老头子脱出一只手,另一只手还叫别人揪住,回到客厅,后面拖着一小队人马,还在唱歌。他倒下来,坐在一只椅子里面;他喘着气,笑着,同时三位年轻人,围着他,又来了一个环舞嘲曲,格赖蒂的乐谱:"为了栽种自由树。"

〔克劳芮丝一边唱,一边往老头子的头上放着一个丁香枝子盘成的花冠。

克劳芮丝　劳到伊丝喀　浩辣斯　（唱着。）

"有了它和悦的容颜在,

衰老冻僵了的你再生……

………………………………

看你孩子们用这些花

笑着盘绕你的白头发……"

索　菲　老朋友,我来救救你罢。得啦,小疯子们,让我们歇一口气罢!跳好了,转好了,尽性儿打转转好了!我们不来

---

① 格赖蒂André-Ernest-Modeste Grétry 是法兰西一个著名的歌剧作家,一七四一年生,一八一三年死。他的杰作是《狮心芮恰德》Richard Coeur de Lion。平时写些俗曲,流行一时。"大革命"给了他不少影响,他在这时期写的有《共和国的淑女》La Rosière républicaine,《理性女神节》La Fête de la Raison 等。共和政府任命他做音乐学院的督察。他的热情并不因而少所倾向于王党。环舞曲是为环舞Ronde而作的歌曲。作环舞的人们,唱到叠句的时候,在领导者右手的一位,便走进圈子,随意吻一男女,回到领导者的左手,直到人人享此特权为止。

客厅内部：

（一）左方：两座门，一个靠近脚灯，一个靠近花园。后者开开，可以瞥见寝室的一角。在二者之间，左墙当中，一座大理石高壁炉。上面放着一尊渥尔泰的半身雕像。后边是一面大镜。壁炉左手，一张路易十六时代的写字台，写字台左手，介乎写字台与靠近脚灯的内门，孤零零摆着一些矮椅，供人一旁谈话之用。壁炉的突出，写字台和一座中国屏风正好帮它们遮住花园的视线。

（二）右方：一座门对着左墙靠近花园的门。它一开开，可以瞥见一座旋梯的梯身，梯头的一角，下到面街的底层房间的开头几级楼梯。对着大理石壁炉，一座临街的窗户。窗户的左右，两幅十八世纪高大的画像，上面是这家的主人和主妇：主妇有二十岁，扮做神话里面田野的人物；主人是狄德洛的装梳，室内衣着，赤颈，头裹着一条围巾，工作，演说的姿态。他们和对面壁炉上微笑的渥尔泰的半身雕像十分配合。顾尔茹瓦希耶夫人的画像（最靠近脚灯的一幅）下面，一张高大的钢弦琴，形成另一个密谈的地点。

一般的印象是一所精致的住宅，风韵高雅，习于奢华，然而显出逼促，零乱和荒废的痕迹。矗立的壁炉是空的：临完要燃起一团微火。写字台和桌子堆满了纸张，上面放着几杯咖啡。天花板的烛盘荒着不用。回头只有一枝烛台给全场打亮。

第一场

幕起的时候，一个小小的茶会——两位年轻妇人（索菲·顾尔茹瓦希耶和劳到伊丝喀·斯芮齐耶），一位年轻女孩子（克劳芮丝·苏西），一位年轻军官（浩辣斯·布晒）和一位老者（带尼·巴

人物

杰洛穆·顾尔茹瓦希耶	国约议会议员,六十岁。
索菲·顾尔茹瓦希耶	他的妻,三十五岁。
克楼德·法莱	被通缉的吉隆德省议员,三十岁。
拉萨尔·喀尔鲁	政治委员会委员,四十一岁。
带尼·巴姚	六十五岁。
浩辣斯·布晒	二十五岁。
劳到伊丝喀·斯芮齐耶	二十五岁。
克劳芮丝·苏西	十七岁。
克辣巴	公安委员会代表。
狄冒莱翁	缉查。
杜散	缉查。
"驴皮"	女缉查。

巴黎,顾尔茹瓦希耶住宅,一七九四年三月月梢。

路易十六时代的客厅,门窗宽大,装玻璃,位于底层,高出花园三级。

后墙中间是玻璃门,大敞着,走下台阶三层,通到花园。阳光照着小小花园,绚烂一片。从门洞当中望出,看见一棵美丽的紫丁香,开着花;花园紧底,墙把街隔开。墙并不高:一个小孩子爬上右角的界石,就可以从墙头看到街心。墙上天空的晚霞,越来越深,慢慢灭掉。

圆润的夸张的襁褓,在过分造作的文字之中,想法打动僵直或者拘挛的灵魂。这种演说的语言不止引起一种误会,而外国的诠译者——甚于法兰西的诠译者——简直无从避免:因为他们就没有承受我们感觉样式的本能的传统。而且,即是我们,也不止一人曾经差误。智慧如泰尼,都不能够(也许因为不情愿),透过文字音节的人为铺张,或者走出咬文嚼字的烟雾迷漫,理解国约议会学究们吞噬的热情,可怕的诚实。他们一手握着斧子,一手捧着他们的头,——一群身首分离的圣约翰!要想了解这种音乐,必须听聆一节一节的音响在每条弦上的颤动:憎恨,爱情,死亡……你不妨用手握握它!烧在手心……

所以,我如若把这出悲剧叫做一种"搏斗",是因为搏斗在:"孤注一掷!"……

"我的王国换一匹马!"驼背的暴君芮恰德在战场喊着①……狂风暴雨过去了……我的生命换一道电!——我失掉生命。我已然赢。

罗曼·罗兰一九二四八月

(接上页) '诗!不到一星期,你就作出来了!'直到他最后的辰光,他是莎士比亚型!"(法文的"诗"和蛆是一个字 Vers。)磁外格在他的《罗曼·罗兰传》的第二编第十章曾经诠解道:"法国不曾产生《伊里亚德》,却存留有许多。法国的英雄比诗人做的工作更为出色。没有莎士比亚歌颂他们的事迹;但是,断头台上的党东,便是莎士比亚精神的人格化。"(杨人楩翻译。)

  罗曼·罗兰把党东喻做"撒尿的娃娃",又喻做莎士比亚的史剧人物,意思是:党东是一个伟大的天真人物,信口胡扯,漫不在意。

① 莎士比亚的《芮恰德三世》King Richard the Third 的第五幕第四场:"惊号。进来芮恰德王。

  "芮恰德王:一匹马!一匹马!我的王国换一匹马!

  开磁白:走罢,陛下,我帮你去弄一匹马。

  芮恰德王:奴才!我已经拿我的性命孤注一掷了。我要抵抗一下骰子的运气。我觉得战场这儿有六个芮赤蒙德 Richmond;我今天已经杀了五个,就是没有杀掉他。——一匹马!一匹马!我的王国换一匹马!"

  芮恰德王叫芮赤蒙德追上杀掉。

激动人心。他们永远重生,这些人类"原子",不断在浦洛代①的一千零一面网之下再显。对于我,他们即是历史的情趣和财宝。日子活的比个体——坟土吃掉他们的面孔——长久,"力"起初寄寓在这些肉体,之后,便搬到别的地方去了。

但是,从这消逝的年月,我未尝不想在我的画面留下它们个别的光亮:因为一天有一天的光亮。我用那衣绣这些热情的文笔的颜色,尽力写制这些"大革命"戏剧。我不想给自己掩饰这种古旧形式的危险,容易惹起一部分观众和诠译者误解。卢骚炽热的口才,经洛布斯比耶开成沟渠②,或者道出工厂冲洗垃圾(莎士比亚型的马恩恩·皮斯③,党东,撒出来的)的沸腾险急的泄流,需要读者和演员知道怎样解开它

---

① 浦洛代 Protée 是希腊神话里面的一个海神。他的责任是看管 Poseidon 的珍禽异兽,预知未来,有变化身形的本领。上半身是人,下半身是鱼尾。
② 关于卢骚同洛布斯比耶的关系,巴金有一篇文章曾经叙到。洛布斯比耶会见卢骚,在后者去世四十天以前,是一七七八年五月二十三日。洛布斯比耶向他的友人述说会见的经过道:"他(卢骚)把我留在艾尔穆龙维勒花园的浓荫里,一直到午夜。他心里充满着忧郁。……他是一个最敏感的人,然而那班造谣中伤者却把他形容做一个怪物。……朋友,听我说!我刚刚说两句奉维的话,他便阻止了我,他对我说,恭维不过是一种粗劣的假话,在那里面就藏着憎恨与陷害。他不是指我说的。他是指那般虚伪的人。……过后不久,他便现露出他的好心与坦白……他教我怎样知道我自己。我还是很年青。他教我重视个性的尊严,他教我遵守社会秩序的伟大原理。……"洛布斯比耶沉默了。平时他是严肃的,古板的,忽然叫了起来:"呵,你伟大的人。我在你的晚年看见了你。这个记忆对于我便是快乐的泉源。我仔细看过你的可敬的面容,我看见人们的罪恶在你的脸上刻划的那些忧愁的痕迹。"(巴金翻译,参阅他在《文汇报》发表的《卢骚与罗伯斯比尔》。)
③ 马恩恩·皮斯 Manneken-Pis 是"撒尿的娃娃"的意思。这是一个胖小娃娃铜像,一六一九年 Duquesnoy 雕刻,在比利时京城的一个街角,一个小手握着阳具,撒尿似的往外喷水。关于他的传说很多,有的说:他是一个富翁的儿子,走失了,后来父亲在街角寻到他,就在寻到的地方立了这么一个铜像做纪念。有的说:一位王子便闭了许久,后来忽然撒尿了,却怎么也不停止。(译者曾经目睹,小怪样子,十分可爱。)

党东通常被人看做莎士比亚的史剧人物。马德兰 Louis Madelin 在他的名著《法兰西大革命》说到党东就刑前和诗人朋友取笑:"党东嘲笑道: (转下页)

还在人世盘旋。我们听见邻近的森林唬嚓在响。我们自己，在"德赖夫斯事件"①的时候，拿我们的毛同《群狼》的毛磨蹭。在巴黎，某次吕麦的民众剧院演出（尤赖斯②演说的那一次），我听见一般观众的谈话，天真烂漫，用力想从党东，洛布斯比耶，法笛耶③，等等，寻出尤赖斯，盖德④，其他我不愿意指明的人来；自然，观众寻到了。从此以后，我们半人半神，似人似牛的仙怪，在莫斯科再度显身，比往昔还要

---

① "德赖夫斯事件" L'affaire Dreyfus 是法兰西一八九四年到一九零六年的一个大案件。德赖夫斯 Alfred Dreyfus 是阿勒萨司省的犹太人，做炮兵队长。一八九四年，他被控把军事上的秘密信件卖给一个外国间谍，流放在魔鬼岛 L'lle du Diable。同时，参议院议员 Scheurer-Kestner 和罪犯家族以及社会人士，声明该信件是 Esterhazy 将军捏造出来的。陆军法庭宣告 Esterhazy 将军无罪。文豪左拉指斥法庭受贿。法庭判决左拉一年监禁，罚锾三千佛郎，结果上诉撤消。一八九八年四月二日，陆军法庭的承审官 Henry 中佐，承认他在一八九六年制造伪件，交给部长 Cavaignac 一八九八年在国会宣读，证明德赖夫斯是一个卖国贼。Henry 中佐被捕下狱，自杀了，于是，德赖夫斯重付审判，经过数年的扰攘，终于在一八九九年得到 Loubet 总统的特赦。这个大案件当时成为法兰西内政上唯一的事件，燃起宗教的热情，破除旧日党派的拘囿，把全国分成两大敌垒。

② 吕麦 Louis Lumet 是法兰西民众剧运的先驱者，一八九七年七月三日，与友人在巴黎创办公民剧院 Théâtre civique。罗曼·罗兰的《党东》即以援助罢工工人名义曾在该院上演。一八九九年，《剧艺杂志》Revue d'art dramatique 悬赏五百法郎，征求最佳的民众剧院计划书，二人同为审查委员。

　　尤赖斯 Jean-Léon Jaurès 是法兰西近代一个著名的政党领袖，一八五九年生，一九一四年在巴黎为人暗杀。关于德赖夫斯事件，他的意见收在他一八九八年的《试验》Les Preuves。他最大的工作是《社会主义史》L'Histoire socialiste 的编纂，关于法兰西"大革命"的部分，是他一个人写的。他是社会党议员，专门研究工人问题。德赖夫斯重审的宣言就在他主编的日报《小共和国》La Petite République 上面发表。一九零四年，他创立《人道日报》L'Humanité。

③ 法笛耶 Marc-Guillaume-Albert Vadier 是国约议会的议员，一七三六年生，一八二八年亡命在比利时死掉。他是山岳党的议员，一七九二年九月十四日，被推为公安委员会委员。洛布斯比耶要求议会公决党东死刑，他违心投票赞成，其后变成洛布斯比耶的政敌，专门在议会寻话取笑他。

④ 盖德 Mathieu-Basile-Jules Guesde 是法兰西工党的领袖，一八四五年生，一九二二年死。一八七一年，法院判他六年徒刑，他逃往意大利瑞士，一八七七年返国，任《平等日报》L'Egalité 的主笔。他和马克司等建议阶级斗争，一八八零年工党通过采用。他反对社会主义的可能学说。

就十分显然),一定要请史家原谅。在我的《民众剧院》,在《大革命戏剧》的序言,最近在《孟泰丝邦》的美利坚版本的序言,我已然多次诠述我对于历史的艺术概念。对于我,它是自然的热情与力的一个储水池。我就而汲取。我从洞底搜捕人类的猛兽,千头的动物民众和斗士。我不担心把他们弄的相似:因为他们永在。我记起米开朗吉罗所给的卓然的指示,他在雕刻——不是劳栾曹——而是"思想者"①:

"不出一百年,他就逼肖了。"

诗人的角色是唱,如若可能的话,"永生永世"之歌。史剧的艺术能力,其在于它的永远如此者多于它的曾经如此。一七九三年的飓风

(接上页) 议会和公社,巴黎和外省的对立。一方面以为巴黎不过是全国一个城市,不应当时刻站在领导的地位;一方面以为巴黎是法兰西的心脏,外省应当听从它的指示。吉隆德派的错误是在把党东排挤出去,和洛布斯比耶携手。山岳党要的是实际的政权,它抓住了政府,封锁住吉隆德派的出路。但是,除掉吉隆德派的对头,山岳党的内部却起了巨头的冲突。洛布斯比耶借端杀掉党东。他就是党,党就是政府,洛布斯比耶足足独裁了三个月。所以,洛布斯比耶一死,国约议会完全改换面目了。得势的是中立的平原派。这"动也不动"的骑墙派,渔人得利。国约议会可以分成三个时期:第一时期是吉隆德派的统治,从一七九二年九月二十一日到一七九三年六月二日;第二时期是山岳党的统制,到一七九四年七月二十七日终止;第三时期是平原派的统治,到一七九五年五月三十一日,国约议会宣布解散终止。

① 其实这是同一雕像。一五一九年,米开朗吉罗给翡冷翠的圣·劳栾曹教堂San-Lorenzo雕刻麦笛齐Médicis王室的墓冢,到一五三四年为止,或断或续,仅仅完成两座,一座是朱莲Julien,勒穆尔公爵Duc de Nemours;一座是劳栾曹二世Laurent II,乌尔毕怒公爵Duc D'Urbino。每副棺椁上面,斜躺着两个自然现象的化身:朱莲上面是"日"与"夜";劳栾曹二世上面是"黄昏"与"黎明"。再往上去,在神龛里面,是死者的雕像,坐着的姿势:一个是安详,微笑,和悦,一个是低头,思维——通常叫做"思想者"Il Pensieroso。罗曼·罗兰用意在指出米开朗吉罗注意的是永久的真实,不是照像式的真实,像不像劳栾曹二世,艺术家(尤其是我们后人)并不在乎,我们的兴趣在它征象一个"思想者",而不在它活似一个劳栾曹二世。

嘴，藏在他卢森堡的鸽楼，心里是死，眼里是光，在服毒之前，写下《人类精神的进步》的"信约"，用信仰的呼声煞尾："科学要征服死亡。"——达朗拜①说他是："雪底下的火山"……过了一七九三年可怕的冬天，映着三月的太阳，雪差不多没有开始溶解，展开了这出戏的动作。但是，火在所有冻结的心孵育；达朗拜的话可以指说当时任何人。我真还想拿它做我《搏斗》的标题。

我随意处理我的英雄（顾尔茹瓦希耶叙述国约议会②开会的情形，

（接上页） 他把一七八九年以前的历史分成九期，追溯人类文化的进展，推测未来发展的途径。一七九四年三月二十五日，听说明天军警要搜查外尔乃夫人的住宅，不愿意再连累他的女恩主和他的太太，他装做一个工人，怀里揣着他心爱的浩辣斯 Horace 集子，带着喀巴尼斯送他的毒药丸子，他逃出了巴黎。朋友不敢收留他，他在树林峰峦之间徘徊了一天，终于在一家酒店被捕，押在皇后镇 Bourg-la-Reine 的牢狱。第二天（三月二十九日）早晨，狱卒发现他已然服毒自尽了。

① 达朗拜 Jean Le Rond D'Alembert 是汤散 Tencin 夫人的私生子，由一个穷玻璃匠的女人抚养大，后来成了名，汤散夫人想认他，他却不肯了。巴黎人，一七一七年生，一七八三年死。他是《百科全书》的主编之一，国家学会的终身秘书，以数学名于世。贡道尔塞可以说是他一手提拔起来的，他在贡道尔塞的一本名人传记前面写着："公平，恰切，知识，明晰，正确，欣赏，雅致与高贵。"

② 国约议会 Convention 是法兰西"大革命"时代第三次的国会。第一次是国家议会Assemblée nationale（一七八九年六月二十七日成立），从七月九日起，改称立宪议会Assemblée Constituante 第二次是立法议会Assemblée législative（一七九一年十月一日成立），可以说是吉隆德派活跃的时期，向奥地利宣战，拘囚路易十六，招集国约议会。一七九二年九月二十日，国约议会正式开会，宣布共和国成立。它是直接属于人民的，所以，也就是最高的机关。它一出现，旧东西全不算账，一切重新做起。但是，重大的外患过去了，路易十六拘禁了，它主要的职责是制定约法，然而实际的活动（各党各派）却集中在政治权的争取。原来是左派的吉隆德派，如今反而做了右派，一心一意想主宰议会，因为步骤不齐，意见纷乱，掘下自己的坟墓。他们的死对头是山岳党 Les Montagnards，坐在议场最高的长凳，鹰鹞一样等着攫捕的时机。两派的争执并非因为谁比谁更革命，更无神：在这两点上，吉隆德派只有比山岳派激烈。介乎二者之间，是随风转舵，老成持重的平原派 La Plaine 或者沼泽派 Le Marais。起初，平原派大都投票赞同吉隆德派的主张，所以，国约议会是吉隆德派的势力范围，也就是说，外省议员的活动场所。山岳党仅仅限于巴黎和少数外省的议员。他们的力量在公社 La Commune，在俱乐部，特别是雅高班俱乐部。所以，吉隆德派和山岳党的仇恨，实际是国约 （转下页）

堕地之前，吻吻爱人的嘴。

从这爱人的形态，可以寻见索菲·贡道尔塞①的朦胧的面容，喀巴尼斯②的女朋友的忧郁的韵致。杰洛穆·顾尔茹瓦希耶的姓名和性格，唤起《百科全书》仅存的一个编纂和天才拉茹瓦希耶③的双重殉难；然而，这里的主调却来自贡道尔塞④，一副胜利者的额头，一张屈服者的

---

① 索菲·贡道尔塞 Sophie de Condorcet 同喀巴尼斯夫人是姊妹，一七六四年生，一八二二年死。一七八六年，嫁于贡道尔塞，和丈夫同时被捕，洛布斯比耶死了以后，才放出来。一七九八年，她译出司密斯 Adam Smith 的《道德情绪的原理》Théorie des Sentiments moraux 出版，后面附上自己研究"同情"的八封信。她的父姓是德·格怒实 De Grouchy。
② 喀巴尼斯 Pierre-Jean-Georges Cabanis 是法兰西一个著名的医生，主张观念论的哲学家，一七五七年生，一八零八年死。他是前期革命家米辣保的朋友，一七九一年，发表关于后者病死的日记。他又是贡道尔塞的至友，拿毒药给他自杀，收集他的遗作，整理出来付印。他在大学教书，拿破仑任命他做参议院议员。他重要的著作是一八零二年的《体性论》Traité du Physique et du moral de l'homme。
③ 拉茹瓦希耶 Antoine-Laurent Lavoisier 是世界闻名的大化学家，巴黎人，一七四三年生，一七九四年死于断头台。他是近代化学创始人之一，立下著名的物质存在律："无物自亡，无物自生。"养气是他发见的。对于革命政府的炮火，他有绝大的贡献。他因为做实验需要钱，谋了一个田赋的官职，不料为了这个官职，他和二十八个同事，不分皂白，全叫洛布斯比耶送上了断头台。
④ 贡道尔塞 Marquis de Condorcet 是法兰西一个著名的数学家，哲学家，和喀巴尼斯是连襟，一七四三年生，一七八四年死。四岁死掉父亲，孤苦勤学，十六岁宣读他的数学论文，得到学者达朗拜 D'Alembert 的推奖。一七六八年，刊行《分析散论》Essais D'Analyse，他被选做科学学会会员。一七七零年，他被任命为该会终身秘书。他是达朗拜的遗嘱执行人。一七八二年，他当选为国家学会会员。一七七零年，由达朗拜的介绍，他见到渥尔泰；一七八七年，他发表了一部《渥尔泰传》。所以，罗曼·罗兰给顾尔茹瓦希耶的客厅放了一尊渥尔泰的半身雕像。一七九二年，他做立法议会的主席；国约议会决定路易十六的命运，他主张处以最大的惩治，然而不是死刑。他和吉隆德派虽说相好，头脑虽说清楚，然而惹人厌烦。罗兰夫人说他是"美酒渗在棉絮里面"；芮法洛勒 Rivarol 以为"他是用雅片在铅纸上写字。"他的议席在极左的边缘。一七九三年，吉隆德派主编的宪法草案付印，前面有他一篇序，招下山岳党的仇恨。他避在卢森堡公园旁边外尔乃 Vernet 夫人的住宅，现今赛尔望道尼 Servandoni 街的十五号门牌。他在这里隐藏了八个月，只有他忠心的太太索菲每天化了装来看他。没有参考书，他在这里写成他最后的杰作《人类精神的进步》Esquisse des progrès de l'esprit humain：（转下页）

	换，在党派激忿，自相倾轧之中，高高在上，始终为人敬重。
索　菲	朋友，你们就不知道这种安全放在多脆弱的基石之上。
带　尼	但是，我们都知道这种安全并非只顾自个儿，不管别人。杰洛穆·顾尔茹瓦希耶的信用为我们用过多少回，一时帮我们减轻我们一部分的苦难，一时不辞危险，保全有性命之忧的朋友！
劳到伊丝喀	提起保全，我们也知道是谁的力量。他明慧的夫人。
带　尼	索菲，那名字取得好的索菲①。
劳到伊丝喀	那安静的仙女。
带　尼	那操纵他的索菲。
劳到伊丝喀	我们好不麻烦他们！
带　尼	怎么会不麻烦？在这疯狂时代，在执掌生死的领袖旁边，只有杰洛穆·顾尔茹瓦希耶还可以演演缓冲的角色。
索　菲	唉！这个角色没有力量，而且一天不如一天。
劳到伊丝喀	（带着一些些羡嫉。）不论出什么事，至少牵涉不到你；没有事可以碰到你。
克劳芮丝	（同浩辣斯进来。她完全忘记方才的悲伤。）噢！惨极了！惨极了！
索　菲	什么事？
克劳芮丝	我们方才看到一段新闻。
	〔她拿一份日报递向索菲。

---

① 索菲一字来自希腊的"智慧"Sophia，所以带尼这样恭维她。通俗有把这个字当做"虚矫"La prude 的意思使用的。表面正经。

索　菲	又是一张怕人的报纸。不。简直不该再看报纸。
劳到伊丝喀	你安安静静的，我们可没有像你不看报的理由。我们知道看报没有好处。正因为没有好处，我们偏看报。
	〔她拿起报纸。
克劳芮丝	不，你们听着！太可怕了！白地翁，毕曹，①法莱……
索　菲	（忧惶，然而出以自制的声音。）法莱……
	〔她从她的座位站起。别人谁也没有注意她的行动和呼唤。劳到伊丝喀拿着报纸，他们聚在她的两旁。
克劳芮丝	新近在包尔斗附近，有人找着他们，叫狼吃掉了一半……
	〔人人惊乱，所以没有人感到索菲的惊乱。她又跌坐下来，不动，也不言语。她用两只手盖住脸，静静的。
浩辣斯	（劳到伊丝喀，克劳芮丝，带尼同他，倾着身子，一心看报。他撮要述说。）好几个月以来，官方就在缉捕他们。狗顺着他们的踪迹，来到一个山洞，一座荒了的石矿里面。有人认出白地翁，肚子裂开，五脏流出……
带　尼	巴黎往日的霸主，我们的市长，人人奉承的议会主席……
劳到伊丝喀	（读。）另有一人……面部被啃……噢！真是的……
	〔她把报递给别人。
浩辣斯	（继读。）鼻头，嘴唇抓掉……看不出是谁……有人说是

---

① 白地翁 Jérôme Pétion de Villeneuve 是"大革命"时代的巴黎市长，国约议会成立，被推为主席，一七五六年生，一七九四年死。吉隆德派覆灭，他逃到包尔斗附近，为人发觉，便自杀了。

毕曹 Fransois Buzot 是罗兰夫人的密友，一七六零年生，一七九四年死。他逃到外省，率军声讨山岳党，失败后，亡命到吉隆德省，和白地翁同时自杀。

	毕曹……但是死者身上的文件，证明他是法莱……
克劳芮丝	不幸的人！
带　尼	用不着太怜惜他们！上星期，他们的朋友巴尔巴路和居阿带①上了断头台，他们算是免掉了。
劳到伊丝喀	是的……不过，他们死前要多苦呀！
浩辣斯	死后全一样……
带　尼	他们自找的……不量力就造反……
克劳芮丝	你从前也赞成他们来的。
带　尼	没有的话！
克劳芮丝	我曾经听见你讲……
带　尼	没有的话！
克劳芮丝	你们全夸赞他们来的。
劳到伊丝喀	静静，小姑娘！

〔静了片刻。

带　尼　　（咳嗽。）人人受他们的骗。人人以为他们更有力量。既然最没有力量，为什么造反？

〔沉静。索菲露出她的脸，动也不动，坐在椅子里面，看向前边，情感压下，发出一种机械的冻结的微笑。

克劳芮丝　可怜的小法莱！他还不到三十岁哪！
劳到伊丝喀　去年春天，我同他跳过舞……他也是你的朋友，索菲……

---

① 巴尔巴路 Charles-Jean-Marie Barbaroux 是马赛人，一七六七年生，一七九四年死。同情吉隆德派，亡命南方，在包尔斗附近被捕，死于断头台。

居阿带 Marguerite-Elie Guadet，和前者同是议会议员，一七五八年生，一七九四年死。他做刑事厅厅长，指控路易十六，置于死刑。其后和山岳党决裂，在故乡被捕，死于断头台。

〔索菲不答也不动。劳到伊丝喀十分兴奋，不加注意，继续下去。

劳到伊丝喀 那样一位可爱的跳舞先生！

克劳芮丝 他读福劳芮央①先生的诗，读的多好！

劳到伊丝喀 他也勇敢。我看见他领着他那队义勇，在攻打杜伊勒芮王宫之后，②风吹着头发，列队走过去。

克劳芮丝 大家去看他在议会演说，热闹的和过节一样。

浩辣斯 他是又损又激烈。措辞十分刻毒，洛布斯比耶戴着眼

---

① 福劳芮央 Jean-Pierre Claris de Florian 是渥尔泰的外孙，一七五五年生，一七九四年死。他写戏，写小说，写诗，同时，一七九二年，还出了一本寓言集。洛布斯比耶把他拘在监牢，死了，才得释放。他著名的诗歌有《爱情的快乐》Plaisir d'Amour：

"爱情的快乐只有一时，
爱情的痛苦却是一生。
我为负心的西维撇了一切，
她躲开我另找了一个爱人，
爱情的快乐只有一时，
爱情的痛苦却是一生。"

"'只要挨着草地的小河
里面的水慢慢地流出，
我就爱你'，西维再三声明。
水还在流，她却早变了心。
爱情的快乐只有一天，
爱情的痛苦却是一生。"

马尔地尼 Martini（德意志人）谱曲，风行一时。

② 一七九零年七月十四日的前一星期，各省的代表 Les fédérés，少说也有六千名。陆续来到巴黎，洛布斯比耶把他们邀到各俱乐部，听取"救亡"的演说。"七月十四"的纪念过去了，这些"义勇"或者代表拒绝离开巴黎，开往前线。他们要求路易十六退位。七月二十九日，马赛的六百名"义勇"，唱着《马赛曲》，浩浩荡荡，来到巴黎，加强公社的声势。公社决定在八月十日黎明，发动"义勇"和巴黎人民，攻打路易十六居住的杜伊勒芮 Tuileries 王宫。路易十六一家大小逃到议场。"义勇"和王宫的瑞士禁卫军从事巷战。路易十六下令禁卫军停止冲突，结局全被人民屠杀掉。十月十二日，议会将路易十六移交给公社看管。

镜，气得直扎摸眼睛。逢他指摘一个政敌的时候，上上下下，一哄而笑，沸天地喊闹。

劳到伊丝喀　我呀，我看着他的嘴唇。
浩辣斯　　　劳到伊丝喀，我可妒嫉呀。
带　尼　　　妒嫉？妒嫉抓掉的嘴唇？
劳到伊丝喀　呵！怕死人！……不过为什么，不过为什么他要卷入政治的漩涡！
浩辣斯　　　他有野心……
劳到伊丝喀　恋爱岂不更好？
浩辣斯　　　他要救祖国。
劳到伊丝喀　我要你先救我！……人应当救他的爱人。
带　尼　　　人应当先救自个儿……（大家喊反对。）怎么，你们反对！……年轻人，到了我这岁数，你们再瞧好了！……野心和爱情，美是美，不过全留不住的。一直留到头的：只有自个儿。保存自个儿，才叫神圣！
浩辣斯　　　是的，如今，好好活下去变成一种艰难的职业。学的话，我们往后又没有时间。
克劳芮丝　　可是我要学，我，我要学！（向带尼。）你不妨把这个秘诀教给我……
带　尼　　　漠不关心就成。看人死，要不自个儿死，我的孩子，你得挑捡。
克劳芮丝　　我不要死！

〔克劳芮丝，带尼，浩辣斯一小群人，谈着，笑着，——真快！——走开了，只有劳到伊丝喀留在索菲一旁。两位妇人在客厅的角落，介乎写字台和脚灯之间，花园望不到的地方。

131

劳到伊丝喀	沉默的索菲，你尽着我们谈话，谈话，胡闹。你哪，一腔好意的看客，有点儿置身局外，坐在这儿动也不动，仿佛倚着你的阳台，不做声，微笑着，美丽的灰眼睛远远望着我们吵闹。你多静，多静呀！
索　菲	（不动，不提高声音。）是的，静，看不见底的痛苦的静……
劳到伊丝喀	（惊觉。）索菲！……

　　〔静默。

　　你说什么？

　　〔静默。

　　你方才说什么？

　　〔索菲不回答，一动也不动；劳到伊丝喀，俯下身端相她，骤然向她奔过去。

　　我的朋友，你在哭！

　　〔索菲拿手放在嘴上，叫劳到伊丝喀住口。

　　〔静默。

　　〔索菲寻找她的手绢揩眼泪。劳到伊丝喀取出自己的手绢，一片柔情，揩着索菲的眼睛。

　　你难受吗？你，人人把你当做幸福的形象！……你有一切。一切财宝：爱情，名誉，权势，对于这次革命的信仰。这次革命告成，又得力于你们夫妇……

索　菲	（寡言少语。）我什么也没有。
劳到伊丝喀	不，不！我不信你什么也没有！

　　〔索菲做手势叫她住口。带尼·巴姚走过来。

带　尼	杰洛穆不快就要从国会回来吗？
索　菲	（恢复谈话的声调。）谁也不知道大会要开到什么时候。

	我有时候整夜在等他，一直等到天亮。
带　尼	不过，今天不像会有严重的事情……
索　菲	现在这时候，谁能够断得定一点钟以后的事情呢？

〔他们听见园墙后街心走过一队人马，音乐，木笛和铜鼓，八分之六音节的进行曲，辚辚的车声，得得的蹄声，群众的呼喊。

克劳芮丝	又是什么事呀？
浩辣斯	押一群新犯人到断头台去。

〔他比着他的颈项做出斩首的样子。

克劳芮丝	（堵住耳朵。）我不要听……

〔她丢开耳朵上面的手，奔向花园。

浩辣斯，我们看看去！

〔她同浩辣斯走出。

带　尼	如今，车子经过这儿吗？
索　菲	是的，这些日子，翡冷翠街正在翻修。

〔带尼由于好奇，随着两个人走出。

劳到伊丝喀	（一个人留在索菲旁边。）索菲，我不信你什么也没有！方才，你不讲……
索　菲	算了罢！
劳到伊丝喀	不，不，我求求你！把我当做朋友看！

〔索菲指花园门给她看。

是的，这讨厌的声音……

〔她跑过去关好门，走回来。她们依然听见断断续续的进行曲和呼喊，不过细微多了。

说罢！说给我听！……（她握起她的手，吻着。）索菲，你不公道。难道你还没有享够福吗？就没有事搅和你的

133

婚姻，你的爱情。

索　菲　　（沉痛地。）我的爱情？没有人爱过我。我的青春，我希望的力量，我做人的需要，我全带给我从前敬重，现在敬重，现在赞美的一位男子……他拿去做什么用？他叫我做了他信仰的牺牲。

劳到伊丝喀　你不是也相信吗？

索　菲　　嗐！他们的信仰管我什么事？我要是从前爱它，我要是从前相信我爱它，是因为他们从前爱它，他们，我爱的也就是里面的他们……可是，它拿他们，拿我，做了些什么？

劳到伊丝喀　（不大了然。）他们，你说？

索　菲　　（激越。）我在说那种信仰，我恨它……你听！……

〔门虽说关着，减低嘈杂，她们听见一阵哗笑的声音。随后，嘈杂微弱，又归沉静，索菲聚起怨恨，低声继续下去。

我恨它们，所有那些信仰，空中楼阁，谁迷上它们，就像染上一种不良的嗜好，毁掉一生。人生呀，就在眼前，就在我们旁边，简单，还那样甜蜜！只要一弯腰，就顺手捡起来。可是他们呀，已经变得不能够欣赏它了。他们的信仰是一种迷，一种毒药，服了下去，不省人事，死活发呆。他们叫我做了它的牺牲……呵！这还不算！……

劳到伊丝喀　（眼睛看着索菲的嘴唇。）还有什么？

索　菲　　他们连自个儿都牺牲了。

劳到伊丝喀　怎么！你丈夫？

索　菲　　不是，不是他。

劳到伊丝喀　那么，到底是谁？

索　菲　（热情激越，仿佛厌恶。）你听见的……方才……那些不幸的人……那些被通缉的犯人……

劳到伊丝喀　（制住一声呼唤。）你是说法莱！

〔索菲站起，避不回答。在这时候，花园门又开开了，克劳芮丝冲进来，叫唤着。

克劳芮丝　呵！你们猜猜看，猜猜看，我方才看见谁在囚车上！

〔索菲扭回身子；劳到伊丝喀做手势，叫克劳芮丝走开。

克劳芮丝　（非常兴奋。）我不走！你们猜猜看，猜猜看，他们现在砍谁的头！……"理性，他们的'理性'，他们圣饿斯达实的'理性'，……那个金黄头发的小胖子，他们从前就着她做弥撒……我认出了是她……'理性'，'理性'！……①

带　尼　（哲理地。）我的孩子，理性溜掉有一世纪了！……

克劳芮丝　噢！好不好你别说下去，收起你的坏字眼儿！

〔他们继续谈话，在客厅左边紧底，靠近花园门的地

---

① "理性"Raison女神是公社提出来的宗教，企图代替天主教的信仰。主张最力的是一个新闻记者，叫做寿麦特Pierre-Gaspard Chaumette，一七六三年生。他联合公社的喉舌，Père Duchesne的主笔艾拜尔Jacque-René Hébert，强迫议会通过"理性"宗教，把巴黎圣母院改做供奉的地方。一七九三年十一月十日，举行盛大庆典，由女优马雅尔Maillaird饰做"理性"女神，不久，一个议员的夫人也成了女神，设在圣·徐勒皮斯教堂Saint-Sulpice供奉。渐渐大城小镇全有了各自的女神，多数由娼优饰扮，强迫良家士女崇拜。洛布斯比耶和党东都起了反感。艾拜尔是公社的领袖，反对吉隆德派，指斥洛布斯比耶天主教的倾向，平时比较接近党东。剪除艾拜尔和他的党徒，等于改组公社，等于剪削党东。一七九四年三月二十四日，洛布斯比耶假借名目，把他们送上断头台，结束了"理性"女神的生命。

方，好像他们已然感到他们打搅索菲和劳到伊丝喀说话。她们退到客厅右边的对角，靠近脚灯，后面是高大的钢弦琴，遮住她们望向通楼梯的右门的视线。不过，她们坐在左墙镜子的对面，这座门正好照了进去。

劳到伊丝喀　（重新拿起索菲的手，索菲虽说用力抽动，她不放松。迫切的低低的声音。）是法莱吗？……索菲，告诉我，是法莱吗？

索　菲　（坐着，抽不出手，痛苦地转开了头。）呵！别拿他的名子，再刺我的心了！

劳到伊丝喀　（放松索菲的手，一腔怜愍。）噢！我可怜的亲爱的！我怎么能想得到！……我真可怜你！真可怕！……我们方才不知情，简直是拿刀子戳你的心！……对不住，原谅我罢！不过，方才谁能够想得到呀？……可不是，我从前老早就注意到你们的友谊……

索　菲　（热情的低低的声音。）我从前爱他。他从前爱我。他是我全部的生命。我是他全部的生命……至少，我当时那样想。不过，不是真的，因为他去为那可恨的信仰死了……呵！他为信仰牺牲掉自个儿，我不是另为一种信仰牺牲了他，牺牲了我吗？

劳到伊丝喀　另一种什么信仰，索菲？

索　菲　（怨恨。）我一向守的那个夫妻名节。

劳到伊丝喀　索菲，把话全告诉我！……你们中间没有关系？

索　菲　（越来越激昂。）没有。如今正是这个让我难受！他白央求我，我的心也白逼着我依他。杰洛穆，我立下的誓，迷信忠贞，所谓的妇德，一种习惯，说不上出于真心！这没有眼睛的偶像，我为它曾经牺牲了一切，一切我在人世的留恋。可是现在,他死了。现在,我丢掉了他。这样牺牲了一辈子,有什么用?有什么用?

〔索菲的声调一点一点提高,沉痛之中充满了热情。如今是劳到伊丝喀用力慰藉她了。她做手势叫她留神。但是,旁人从事于激昂的谈论,似乎什么也不注意。

〔索菲住了口。劳到伊丝喀低声同她说话。只听见三位朋友,站在客厅的左角,对着花园的窗户,又是笑又是嚷的。

第二场

〔忽然,一阵死静。通楼梯的门开开了,正对着三位朋友(带尼,浩辣斯,克劳芮丝。)但是,索菲和劳到伊丝喀,背向着门,钢弦琴挡住,什么也没有看见。

〔进来一位男子。平民衣着,雅高班式,帽上有帽章。一身泥,激烈疲劳的样子。一个年轻人,瘦,高,炽热的眼睛。像是有人追逐。他骤然打开门,一进来,又骤然把它关住,但是,没有响声,侦伺楼梯的动静。随后,他转回身,靠住门,面向着看见他进来的一小群人。三位全惊呆了。他们做了一个恐怖的手势,但是,太惶乱了,简直做不得声。

〔在这时候,索菲和劳到伊丝喀觉出大家的沉静。劳到伊丝喀转向左边一群人,看见惶恐的面容,莫明所以。

索菲机械地,把视线望向壁炉上高大的镜子,瞥见里面反映的背贴着门的男子。她站起来,喊了一声,慌乱之中,也没有人注意。因为，同时……

带尼　浩辣斯　克劳芮斯　（叫唤着。）法莱！

法　莱　（想不到看见他们聚在一起。）带尼·巴姚……布晒……克劳芮斯……我的朋友们……

〔他的声音因疲倦和情绪而发啊。他奔向他们，伸出手。他们惶窘地和他握手。但是，他的眼睛早已往他们后面，往他们四周，在客厅里面，寻找他没有看见的女子。忽然之间，他看见她了。别人不复存在了。索菲站直了，两手拄着后面的钢弦琴，看着他，眼睛因情绪，恐惧和幸福而睁大了。他们不复想到别人。法莱一直朝她扑过去，伸出两只胳膊，她走向他。

法　莱　索菲！
索　菲　你活着！

〔他投在她的脚边，抱住她的腿，隔住袍子吻着她的膝盖，吻着她的脚；然后，直起身子，跪在地上，把他的头，眼睛，嘴贴着爱人的身子。她不阻挡。她用手抚挲着爱人的面孔。

法　莱　是她！我又寻见她了！……我有了她，我抓住她，我有了她！

索　菲　（不闪避，捧住他的头，俯向他的脸，向他低声温存道）：起来！

〔法莱站起，眼睛盯住索菲。但是，才一站直，他就蹒跚了；索菲扶住他。

索　菲　他要倒下去了！……浩辣斯！劳到伊丝喀！……我的朋友，靠住我好了！……你怎么啦？好好靠住我……

来……这儿……这张椅子……

〔她把他领到一张椅子，在客厅的左角，靠近脚灯，法莱坐下，面向观众，背向舞台后部。索菲俯向他。他们全看不见后边的事：带尼·巴姚第一个溜掉，克劳芮丝急急随下，然后是浩辣斯·布晒，在通楼梯的门口，做手势给劳到伊喀丝，叫她一同走。劳到伊丝喀，又是踟蹰，又是感动，望望浩辣斯，望望索菲扶着的法莱。她终于决定了，穿过客厅，取她搭在左后方一张椅子上的披肩。这一切全在索菲把法莱领向椅子坐好的短短时间。

索 菲 （继续同法莱说话，不向后看。）……你累坏了……你躺下好了……你没有吃饭罢？……克劳芮丝！劳到伊丝喀！帮帮我。我的朋友们，拿咖啡来……那儿，从桌子上拿一个杯子……（惊于沉静，她转回身。）你们在什么地方？……我的朋友们！……

法 莱 （动也不动，坐在椅子里面，虽说不看，立即明白个中的底细。）你不知道谁挨近我，我对谁就危险吗？

〔四位朋友，只有劳到伊丝喀稽留在后面，寻找她的披肩，不得不两次穿过客厅，恰好还在门限上，索菲转回身，瞥见她。

索 菲 （生气。）劳到伊丝喀！……

〔劳到伊丝喀，听见呼唤，又是感动，又是惭愧，站住，转回身，踌躇着，向前走回几步。索菲离开法莱，朝她走来，她说话了，心慌意乱，耳语着：

劳到伊丝喀 （快，差不多低声。）对不住……对不住，懦怯，我知道……可是今天……特别是今天，我要活着！

〔末一句话几乎轻到听不见,她急忙走出。

〔索菲难过了一时,打起精神,过去从桌子拿起一个杯子,往里倾进咖啡,取了一点面包,捧给法莱。

法　莱　(一动不动。)看看我的势力!我到哪儿,恐惧跟到哪儿。这可怜虫(他指自己说),两条腿站都站不住了,他一边儿逃走,人家一边儿逃他。这五个月我走遍了法兰西,家家不肯收留。我们是七个缉拿的逃犯在道尔道涅:白地翁,巴尔巴路,毕曹,居阿带,萨勒,法拉笛。①我们敲过三十家朋友的门。没有一家放我们进去。我们的脚跟拖着断头台的影子。看见我们,想到断头台,他们怕疯了,有一个人不防备我们走进他的家,简直想把我们杀了,一看敌不过我们,就威吓我们,说我们要是待下去的话,他就自杀:他!……(他发出一声强烈的苦笑。)有一晚晌,我们冒着倾盆大雨,在田地走。我们原先藏在石矿里头,叫人告发了,只好另想办法。一个最后的希望把我们带到一家我先前熟识的人家:从前我做律师,这家有一个人犯了刑事,亏我从中救下。漆黑的晚晌。我们迷了路。泥水一直浸到我们的大腿。我扭伤了腿弯子。步行了六个钟头,到了,我们也乏透了。我们敲门。等了半个钟头。顶着暴雨北风,我们牙也在响。门开了一半。我说出我的姓名。门又关上了。又等了半个钟头……我打冷战,失了知觉……考虑了一点钟,里头

---

①　道尔道涅 Dordogne 是贴近吉隆德的一个省份,一条同名的河,横贯全省,注入吉隆德湾。

萨勒 Salle 和法拉笛 Valady 全是议会的吉隆德派。萨勒和居阿带在包尔斗一同被捕,死于断头台。法拉笛化装逃亡,为人识破,被捕枪决。

胆战心惊，回了一句不能招待我们。我当时躺在路上的泥泞里头。隔着钥匙眼儿，我的同伴们喊道："只要一个钟头，一个避雨的地方！"回答是："不成！"——"至少赏一杯水，一点儿醋！"——"不成！"……我们上路再逃……万恶的人类！

〔索菲站在法莱旁边，一腔痛苦的怜悯，听着他讲。法莱述说他的遭遇，一种阴郁的声音，杂着忍无可忍的愤怒和轻蔑，沉沉的头，黯淡的视线盯着脚边的地板，然后骤然转向索菲，用一种嘶哑的热情的声调问她：

法　莱	可是你，你不赶我走吗？
索　菲	（俯向他，温柔地举起杯子给他。）我可怜的朋友，喝罢！你乏透了。
法　莱	（不接杯子，同一尖酸的声调。）我带着死。赶走我好啦！
索　菲	（把杯子举到他的嘴唇，端着给他喝。）喝罢！（他贪切地喝，接着就想说话。）别说话！……吃罢！……你先憩憩。

〔静了半晌，索菲一心在服侍他，慈母一样，看着他吃。法莱握起她的手，长长地吻着。她并不想把手抽回去，忧郁地，温柔地微笑着。

索　菲	（过了一时，把手放在法莱的头上。）你怎样来的？你怎么能够一直来到这儿？
法　莱	你要是愿意我有气力回答，到我前面来！让我看着你！……再近点儿……这儿，坐下来！（他叫她对着他，坐在他的旁边，握住她的手述说。）噢，天呀！是她！……多少月以来，这抓不住的形象，在我的脚前，

闪来闪去……是她，我抓住她，我觉得她的手心贴着我的手心，她柔柔的手指，她身上的热气和我的化在一起……不，别拿开你的手！别让我跌进我走出来的深渊！把我留在你的手里头！是你的手救了我的。

索 菲　　我倒盼我的手真有这种力量！……我的朋友，利用利用时光，把你的事讲给我听！你怎么救出自个儿的？

法 莱　　方才我讲，那些朋友无情无义，连一碗水都不给我们喝，还不如一条受了伤的狗，给你要一碗水，你不会不给它喝。绝望到了头，我反而有了生气。愤怒把知觉和力量又给了我。我站起来，喊着："让我们避开，避开这些人，避到坟墓里头！但是，在卑鄙的人类之前，藏来藏去，不！一直向前！踏过他们的身子，要不死好了！用不着中庸之道！"我们又上了大路。雨还在下，天色渐渐透出一点白。来到路口，我吻着我的朋友们，我把我那点儿钞票分给他们，把我的衣服包裹，碍我赶路的东西全扔了：因为我已经决心回到巴黎。我的朋友们以为我疯了；可是，任凭什么也摇动不了我的决心；他们放下劝阻的念头。因为，什么也没有了，我还顾虑什么呢？活也好，不活也好，问题是要再见你一面。

索 菲　　（惊觉。）我！

法 莱　　你。人世我留恋的只有你。你……你也明白！我们用不着耍那套社会上的把戏！社会已经没有了。什么全没有了。除掉你。你同我……在那雾沉沉，笔直的黄泥路上，这女人——你——的形象像一道电光在活跃。好比一把麦秆，马上我就着了火。全消失了。只有一个念头：瞑目之前，再见她一面！……她像一口滚烫的酒……醉倒了我。冻僵了，冷得发烧打寒战，腿肿着，淋着雨，前一分钟，脚底简直不能够往地上放，如今我马上爬起来，拖着死重死重的身子，向前冲赶，要把它拖来带给你。我心想："万一我跌倒的话，至少她晓得我跌倒的时候，脸是朝着她的！"当时我在芮白辣克①附近。假护照有一张，就欠当地的关防；来到这儿，我一路得经过二十多州县。幸而乡下人不认识字。我造了个假关防，签了些假字。我得想法子在乡村睡觉，穿过城镇，还得避开城门口守兵的注意。怎么过来的，连我也说不上来。我要是镇静的话，我也就决不能够过来了。不过，信仰带着我走。迈一步路，跳过一次关口，克服一次危险，我就越来越离她近了，——离她近了，——离你近了！……我的病又发作了。我疼的不得了。走路吃了力，我就是一身的汗。他们止住我要我的护照，我把我肿了的腿给他们看，好像一个忘代的伤兵。②每到一个城镇，我就听说我一个同伴受刑，死了。夜晚，我穿着衣服睡觉，口袋里面放着两管手枪，贴肉还藏着雅片丸药，包在一只破手套里面。我不会把一个活的给他们的！……早晨站起来，比头一天还要疲软。我走路可只有更快。好比一个人被追，夜晚听见后面的冰地有脚步响。死在我的脚跟头出气。我觉到的。它追着我……你也许说，我就不想想我

---

① 芮白辣克 Ribérac 是道尔道涅省的省会。
② 忘代 Vendée 是法兰西西部的一省，以河为名。一七九三年二月二十五日，议会通过征兵三十万名，从十八岁到四十岁，惹起外省农民强烈的反感。征兵的命令在三月二日到了忘代省，加上牧师的煽惑，王党的引诱，无知的农民在三月中旬叛变，起初打了几个胜仗，终于在十月下旬，被政府派出的军队剿平。

把死也给你带来了吗？……我想到了的……一个中古骑士般的情人，宁可不看他心爱的女子，也不肯要她有危险……我呀，不！我的爱情比我对你生命的关心还要强。毁了你，毁了我，活该！……不过，我先得再见你一面。再见你一面，好比现在我看见你。对你讲，我爱你……

〔他握住她的手，面对面，向她叙说。

索　菲　（没有想到退缩，两个人全酩酊了。）可是以后呢？

〔他不言语，仿佛不明白。

〔她重新道：

以后，你怎么办呢？

法　莱　我还没有看到那么远。

〔他们松开了手，不言语，内心的狂风暴雨噎住他们……索菲骤然闪开，站起，靠住钢弦琴的背，等着她的心跳平静。法莱坐在她的对面，斜着身子，盯住地，一种冷酷的视线（强自抑制他热烈的情感），动也不动。

索　菲　（可以统治自己了，走向法莱，说）我的朋友……我亲爱的朋友……我谢谢你。

法　莱　（举起头，忿怨。）我要的不是你的感谢。

索　菲　（稍稍一停。）想到你在这城里，在这房子，不断有人往来，万一被人认出，我就害怕。

法　莱　如今，同我有什么关系？

索　菲　可是同我有关系，同我！你来在我这儿藏避。我应当，我要救你。

法　莱　自来救人的人，地上没有安身的地方，没有幸福的一天。

索　菲	你得到边境去。你得保全自个儿,等待更好的时机。它们会需要你的:你的事业,你的祖国……
法　莱	我呀,我不再需要它们了。我只需要你。
索　菲	法莱,我求你啦!别糟蹋你的性命!让我们寻个地方藏你,寻条路逃走!
法　莱	逃走!你以为我还要逃走吗?你相信我能够再来一遍我遭受的一切吗?这五个月的活罪!理智和人力全不够用。人不能够没有一个信仰,好比我投奔你,也有信仰给我带路。回头离开你,谁支持我呢?
索　菲	(热情地。)我!
法　莱	你?
索　菲	我!……我的爱情!
法　莱	(站起。)你的爱情?
索　菲	你要是不活下去,我也不能够活下去!
法　莱	那么,你爱我!你爱我!
索　菲	你知道。你何必逼着我对你说呢?
法　莱	你说了!你再说一遍!
索　菲	我不应当。
法　莱	你应当。再说一回!
索　菲	我爱你!

〔他们拥抱在一起。

| 法　莱 | 你的嘴唇!呵!我终于就它们的泉源止住了渴!……停住!别走开!别讨厌我!饶恕我的不幸,我龌龊的衣服,我的手,我泥泞的脚,我有汗水、尘土味道的身子!我真惭愧!…… |
| 索　菲 | 我爱你,我爱你的不幸,我爱你手上的尘土和你脚上 |

的泥!

〔她俯下身子去吻他的手和他的衣服。

法 莱　（重新拥住她,用手捧着她的头,把眼睛沉进索菲的眼睛。索菲悬在他的视线上,失掉自主的力量。经过一刻充满热情的静默）呵!人生多美呀!……我现在活下去了。我要活下去了。他们不会逮住我的!从前一个人的时候,我穿过了千千万万的敌人,如今有了你,我还有什么不敢干的!……听我讲我们以后的作法!……你给我弄一张假护照,一身化装的衣服,一套雅高班的短打行头,想必容易。我坐巴黎去道勒的公共马车动身。到了那边,我就步行;我认识由高原到边境的小道的。出境之前,我先在樵夫的茅草房子掩藏几天。一星期之后,你逃出巴黎,来到我告诉你的地方同我聚会。步行二三十里就成。路在雪底下。不过,你不怕走路的。我们一块儿翻玉辣山头。到了山头,我们就看见自由的土地,瑞士了。再走几小时,我们就脱险了。

索 菲　（被这种意志的急流卷走,但是,用力收敛自己。）我们?我?……我,随你走?

法 莱　因为你是我的!

索 菲　（呻吟。）我不能够!我不能够!

法 莱　只要你愿意,你就能够。

索 菲　我不能够!

法 莱　谁拦着你?

索 菲　我的责任。

法 莱　（苦辣。）责任!在这丑恶的世界,责任的用处就是杀人。假借它的名义,那第一号的伪君子,那獐头鼠目的阿辣司人,杀掉他的政敌,懦怯的朋友把朋友送给刽子手。责任!我们人人拿这两个骗人的字,干了多少问心不过的坏事!……好好儿看着我!唯一的真理就在这儿,在我们的眼睛里头。你同我。

索 菲　　我还看见我丈夫。他上了年纪,他爱我,他相信我。把他丢开,我就成功罪人了。

法 莱　　从前你嫁给他,你就是罪人。把年轻身子绑在老头子身上才叫罪恶。你给他给的太多了。我恨他自私自利,居然有心接受。得了,别可怜他!没有你,他照样活下去。他有他的科学,他的荣誉,他的骄傲,和暴徒们的友谊。在他的生命里头,你不过是一个果子,他摘都摘不动,拿去有什么用?

索 菲　　我把我自个儿交给他,交给他,出于我的心愿。现在,我把我收回去,我能够不轻视自个儿吗?

法 莱　　轻视自个儿!在这种辰光,轻视算得了什么?在我们四周,全死了,全毁灭了,一切维系人世的关联法律,灾难的尊重,忠诚,良善,全死了。一片荒凉,只有爱情还发亮光。此外一切是夜。

索 菲　　(两手放在她的胸脯,低声,内心燃着一种企慕。)噢,光明!

法 莱　　(胳膊围住她。)你随我走吗?

〔索菲不看法莱,不回答,依然在她神往的情态。

法 莱　　(催促。)回答!……你随我走吗?……

〔索菲慢慢转向法莱,脸上熠耀着爱情,手交在一起,指尖拂着她半张的嘴唇,预备说话。她忽然走开,听

了听,急急道:

索　菲　　有人来啦。有人上了楼梯……

〔她慌忙把法莱推进脚灯一旁的左门。

第三场

〔杰洛穆·顾尔茹瓦希耶由通楼梯的右门进来。索菲站在法莱方才进去的房门的门限。他没有看见她,步子又蹒跚,又急促,一直走向左边的写字台。他没有帽子。他飘荡的灰白长发是零乱的,他挽着大结的领带也松散了;他的衣着,他的行动,他的表情,透出心情的迷惘。他的呼吸粗而且窒。语无伦次,唧唧哝哝怨诉。他倒在写字台前面的椅子上,肘子挂在文件当中,他把眼睛藏在手里面。

索　菲　　(惊于他的容颜和情态。)杰洛穆!

〔他动也不动,继续低声呻吟。

索　菲　　(不放心,走向他。)我的朋友……

〔他不回答。

〔她把手放在他的肩头,惓惓问道:
你怎么的啦?

〔他仰起头望她,重重地呼吸着,又倒下去了。

索　菲　　(斜下身子,用手举起他的额头,带着一种不放心的恩情,道:)你难受吗?你碰见什么事了?

〔杰洛穆·顾尔茹瓦希耶强自向他的妻微笑,恢复他的平静；他张开口预备说话。他不能够。他站起一半，想用手从近旁的小圆桌(上面放着咖啡杯)取一件东西。

索　菲　　你要我拿什么给你？

〔杰洛穆指着一个酒瓶。

索　菲　　(取给他。)酒？你向来不喝的！

〔杰洛穆握住酒瓶，满斟一杯，一口喝干。

杰洛穆　　噢，天呀，我沉在这人类……

索　菲　　有什么意外打击能够摇动你？……我的朋友，你从什么地方回来？

杰洛穆　　国约议会。

索　菲　　闭会啦？

杰洛穆　　没有。不过我等不及闭会了。

索　菲　　出了什么事？又有什么新激动吗？难道还有你想不到的事吗？你清楚那些人的。

杰洛穆　　他们已经不是人了！一群卑贱残忍的畜牲。下流野蛮的本能统统显出来了。屠场的一块肉。一些懦怯的狗在匍匐，在闻血腥气。垣墙之中，豺狼在徘徊。大厅越来越空。两百多人逃了，死了，不见。右边成了沙漠。留下些没有死的，逃出他们的座位，肚子贴着地，爬到山岳党的议席。没有可靠的座位，就是最小心的人，也时时在更动：因为就没有人知道从那儿遭殃，从上头，还是从下头？他们竭力做出不死不活的模样，好叫人家忘掉自个儿。他们的眼睛，恍恍忽忽，往下，往左，往右，张望着发抖的羊，雾眼的狼——洛布斯比耶的斜额头，眼镜下面的黄眼睛——毕由的低额头，有红丝的眼睛——和圣·雨斯提鹞子眼眶里面冰似的蓝眼睛①……他站在讲坛上。他预备说话。静了。直着脖子，他拿他冷酷的视线扫向那些弯着背，用力避开他视线的人；他在检点他们：他预备收拾谁？用不着急促。他有的是时候。谁也不敢动弹……六个月以前，在这地方，海浪一样吼着敌对的热情：吉隆德派，山岳党，活像两队作战的人马，手里拿着家伙，声音对声音，姿势对姿势；混战之下，讲坛在动，两千人头在呼号。今天，成了坟坑。只要有一个屠户说话，你就会听见苍蝇在尸首上飞。这些身体动也不动，颤颤索索，疑神疑鬼地在等。只要一入牛圈，就没有人晓得他要作什么孽，受什么罪。就没有人晓得他要人家的性命，人家要他的性命。只要一过门限，你就不复是你了。不过也不成，因为你一回避，就叫人指住了。同僚，朋友，前一时你握着他的胳膊，回头你就和他生疏了……他对我怎么样一个看法？我哪，我对他怎么样一个看法？……人人把别人看做一个哑谜……也许，不到一刻，我会看见他站起来，眼里是恐吓，嘴冒着沫，带着一群猎狗，领头咬

---

① 马德兰把洛布斯比耶的眼睛说做绿颜色："我们必须承认，在任何情形之下，他那一双小绿眼睛，在蓝眼镜下面，是清楚的，有远见的。"（《法兰西大革命》第十六章。）

毕由 Jean-Nicolas Billaud-Varenne 是议会的山岳党，一七五六年生，一八一九年死于流放所在地。他原是洛布斯比耶的死党，最后却执意和他作对。

圣·雨斯提 Louis de Saint-Just 是国约议会最年轻的议员，一七六七年生，他是洛布斯比耶的心腹，"火一样的灵魂，冰一样的心"，一时只说一句话，这一句话刀子一样刺人，花一样销魂。他的热情是数学推求的结果。他把人人看做罪人，比他的党魁还要冷静，还要干练，而又长得那样姣美。他是政治委员会委员，国约议会主席，最后，在军政方面争功，和喀尔鲁冲突。他和洛布斯比耶一同被捕，死在断头台上。这时也不过二十七岁。

我……要不然，也许是我先下毒手……因为我知道，再过一分钟，我不先斫掉我邻居的脑壳，他就要斫掉我的脑壳了……

〔杰洛穆叙述的时候，手颤索着见神见怪地在兴奋。如今，他中止了，做了一个手势，要拿酒瓶。但是索菲，毅然把酒瓶从她丈夫的手边推开，靠近他坐下，温存地抚挲他的胳膊，道：

索　菲　　你别兴奋！好好镇定一下！……告诉我出了什么事。我用心在听……你说，圣·雨斯提演说来的？又有谁判了死刑吗？你不同意，是不是？

杰洛穆　　（点头。）是的，又有人判了死刑。

索　菲　　可是，还有谁？他们已经把他们的政敌杀光了。左派，右派。可怜的吉隆德才咽了气。公社①解散了。艾拜尔，寿麦特，克怒磁②的脑壳掉下来还不到一星期。还有什么留给他们毁灭呢？

---

① 公社是巴黎民众攻陷巴司地叶监狱之后，依照联合主席的原则，由各区推选三个代表，组织公社总议事会，联合外省的"义勇"，发动八月十日攻打杜伊勒芮王宫的政变。他们第一个目标是占据市政府，宣布解散市议会。市议会说他们不合法。他们的答复是："人民如若叛变，就是收回一切权力，亲自问政的表示。"从此市政府成了公社的根据地，公社成了推动一切改革的中心。谁抓住它做为武器，谁就胜利。吉隆德派的失败，与其说是洛布斯比耶等的仇恨，不如说是公社的力量。后来洛布斯比耶因为"理性"宗教等等问题，设法离开公社的首脑，改组公社的下层人员，把它变成他私人的组织。洛布斯比耶便是在公社（市政府）被捕的。此后也就解散了。

② 克怒磁 Anarchasis Cloots 是一个普鲁士人，一七五五年生，参加"大革命"，当选为国约议会议员，同时是《百科全书》的助编。和艾拜尔，寿麦特等发动"理性"宗教，和他们一同死在断头台上。艾拜尔天天在报纸上鼓吹屠杀，勇敢，但是临死的时候，没有比他哆嗦的更厉害的。克怒磁看不过眼，在囚车上向群众喊道："我的朋友，请你们别把我和这些流氓混在一起！"

杰洛穆	他们自个儿。他们自相残杀。共和国的四周弄干净之后,他们来杀共和国……今天早晨,六点钟,他们拿住了……
索 菲	谁?
杰洛穆	党东。
索 菲	党东?
杰洛穆	我们不是朋友。我不爱这个人。我厌恶那口吐白沫的激昂,那急湍的浑流,那盘算好了的,无法无天的疯狂,那诡诈,那下流的心性。他喊骂了半天,兜起来的往往只是浑沌暧昧。不过,谁能够否认他敢作敢为,有功于共和国的那些轰轰烈烈的勋绩呢?……这怪物一样的人,简直像革命的"司令",在阴沉的日子,谁没有看见他站在云端明光四射呢?……逮捕的消息传到议会,出席的人全愣了,傻了。没有一个人不觉得这个人是神圣的,是属于国家不可侵犯的遗产。他的作法儿虽说粗,受过他恩惠的人可并不少。好些人一遇风险,就过去求这颗麦杜丝的头①保护。整个一群食客靠他打发日子。可是,现在,这群人惊惶失措,唧唧哝哝,不做声了。我同大家一样不做声……

最后,他一个党徒,好比崩陨的星宿的一个卫星,觉得自个儿要跟着他坍台,本能地试想拉他一把。勒让

---

① 麦杜丝 Méduse 是希腊神话里面的三个女怪 Gorgones 之一,谁看她们,谁就变成了石头。麦杜丝原先是一位绝世美人,得罪了 Minerve,把她的头发变成一条一条的毒蛇,Perse 砍掉她的头,带它去作战,好把敌人变做石头。

捉①,一个俗家伙,平时躲在党东的影子下面,闪他的电,打他的雷……—害怕倒有了力气;他叫着,号着,给自个儿打气,要求释放党东。他的呼声,破开静默,安稳住多数人心。大家你一言,我一语,打算支持他。有些人简直冒了险拍巴掌。再有几分钟,国约议会就许有了勇气,不会听人把它谋害了……

忽然,洛布斯比耶进来了。心里的唧哝马上冻住。他一走过来,思想急忙钻回面孔底下。静默重新围住了演说的勒让捉。他看见洛布斯比耶。他兴奋着,不由自主,还冲空里呐喊了一分钟。随后,一看失了反应,他收住嘴,勉强了两句,就结巴上来;一句话没有说完,他拿拳头打着讲桌,停住,就跳下去了。洛布斯比耶扶着楼梯,慢慢从另一边上来。那可怜虫吓坏了,如今就怕有人想到他。洛布斯比耶理也不理他嗥叫些什么,用他发尖的嗓音,读着三个委员会昨天晚晌发出的逮捕的命令。他含含胡胡地说起一个大阴谋。他庆祝"强大的议会""清除内部所有出卖革命,不胜任的分子……"于是,声音带着恐吓,他猛然把头转向藏在别人后头的勒让捉,他做出没有看见他的样子,申请从严惩办给卖国贼辩护的不露面的同谋者。勒让捉叽里咕噜,要求分辩两句。但是洛布斯比耶,无动于衷,装做没有听见。一句一个死亡,他读完他抑扬顿挫的文章,就走了,留下月桂盘绕的

---

① 勒让捉 Louis Legendre 原先是一个屠户,领先攻打巴司地叶监狱。一七五二年生,一七九七年死,当选为议会议员,他站在吉隆德派那边,其后又站在党东那边,成了吉隆德派的对头。党东被捕,迫于洛布斯比耶的威吓,投票赞同党东处决。

斧子，挂在议会的头上……

像一个渊窟静默，越旋越深。勒让捉还在望着死嗥叫。但是，这一回，这条狗只有一个念头：爬在鞭子底子，舐着踢他的脚，求他饶命。他抽抽搐搐，说他不曾知道，不曾晓得，……万一他的朋友或者兄弟有罪，保证自个儿热心告发，否认打倒的主子，拿议会的懦怯做他懦怯的背弃的见证……没有一个人敢向他伸手，就是洛布斯比耶，望着这落水的可怜虫，不动声色，脸上的恐吓一点也不松弛……

这位先生不见了。一片轻蔑和恐惧把他盖住。然后，一个山岳党，以议会的名义，庆祝委员会，说它们监视得宜，扑灭了新的阴谋。大厅四角起了些赞同的声音。但是洛布斯比耶，知道议会反复无常，一点不满足于这些抓不住，数不出的声音。他要国约议会，以记名投票的方式，明白表示；还要它批准党东的判决，——因为判决事先就写定了——党东的死刑。

索　菲	你投票来的！
杰洛穆	全投票了。在监视之下，全急急奔向讲坛。有些人，弯着背，声音不大可靠。多数人，装出一种罗马人的刚毅，做出一种坚定的声音；肚子里头却七上八下，又惊又怕。勒让捉也投票，勒让捉卖了他的主子。我们有五六个人，看着直犯恶心。我们等着轮到各自投票。一看轮到了，全站起来，走过去投票，来一个落井下石。
索　菲	你下石来的！
杰洛穆	轮到我的时候，我站起来，走了。
索　菲	你没有投票！……

杰洛穆	我站在门口。有人叫我的名字。有人，在我后面，碰着我的肩膀，不住在喊："顾尔茹瓦希耶！"……一个人（是谁呢？）当门站住。我把他从门杆推开，走出大厅。来到街上我一头晕，差点儿倒了下去。一个过路人看见我摇晃，过来搀住我的胳膊，把我带到一家咖啡馆，叫我喝了一杯提神的东西。不愿意惹人注意，我聚起力量，回来……我还真想躺在地上，埋在地下，再也不用站起来……厌恶，厌恶人类，厌恶自己。人性，理性，自由……笑话！我的信仰，可笑之至！人生下来就为做奴才。人生下来就为出卖。你要他自由，要他解放，闹来闹去，不过是帮他施展他的兽性罢了。我干了些什么？我糟蹋了自个儿一辈子！……
	〔他重新倒在桌子上面，手扶住头。
索 菲	（听他讲话，透出一种激动，一种滋长的怜悯。）可怜的人！可怜的人！（斜身向他，移开他的手，握住。）杰洛穆，我的朋友！……我亲爱的丈夫！……不要难过！我了解你，我可怜你。你所感到的痛苦，我同你一样感到……不过，我不要你丢掉你的信仰……我们的信仰……
杰洛穆	（仰起头；一种怀疑的声调：）我们的信仰？
索 菲	它也是我的。——自然啦，人是下流的，残忍的，迷诱的……唉！我们太知道我们身子里面装着多少妖魔鬼怪，多少混账思想，折辱我们，说都不敢说给外人听。……可是，正因为我们知道，我们才发动革命，解放人类，把大家救起。我们不讳言困难，也不讳言危险。我们的错误也许就在相信胜利相信得太早。不过，在解放

开头的那些日子，听凭法兰西个个灵魂和自个儿吻抱，也是一种幸福。我们应当恋惜吗？这不能够长久的。然而，谁不妒嫉我们——将来谁不妒嫉我们？我们这辈子总算遇到一次这种幸福。我们摘了它的花儿。花儿也就谢了。我们一时的欢乐，以后我们便在还债。这是苦事。不过理应如此。你研究科学，晓得承认大自然无情的法则，因为晓得，难道倒做成你怀疑或者放弃的一个理由？你有的是往高里去的力量，一眼望尽山外的大地，蜿蜒的长河，人类精神的进步。你从来不信几年就够观察它的运行的；你早已看见好些世纪，停顿不止一次，后退不止一次。是的，我们的肉眼不会看见那块福地的。不过，知道它在那儿，指出它的道路，不是已然非同小可了吗？以后还有别人来，年纪还要轻，继续中断了的行程。我们和现时绑在一起，让我们拿他们来安慰自个儿罢！抵制外来的可怕的景象，我的朋友，你自个儿尽有办法！你个人的工作，你的研究，你的发明，这科学的王国，逃出人类的疯狂和他们的凶险，不管他们情愿不情愿，会有一天挽救他们的……

杰洛穆 （渐渐直起身子，手放在他女人的手里，眼睛始终看着她。）呵！听了你这番话，我好多了！……从你的嘴，这些思想……那信仰，我丢了的信仰，你给我找回来……我的太太！……可是，你真爱我吗？……我相信你不的！……

〔他吻她的手。

〔看见他俯向她的手，索菲心乱了，把头转开。

杰洛穆 （举起眼睛望着她，感谢地，卑谦地盼着她的回答：）索菲，说真个的，你对我有一点点恩情吗？

索　菲	（避不作答。）呵！方才听你讲，我一直在哆嗦……我怕……我怕……
杰洛穆	（带着一种忧郁的微笑。）你怕我懦怯吗？
索　菲	别，别说这话！
杰洛穆	难道我还没有表示够吗？
索　菲	你拒绝跟别人一块儿堕落。
杰洛穆	呵！我当时应当发言的。我逃掉了。我是一个可怜人，只有不做这点儿小小的勇气……

〔法莱在门口出现，他们没有觉察到他；他带着一股妒嫉的忿恨望着他们。他们的眼睛机械地转向他这边的时候，他就退进里面。

索　菲	（恩爱地。）你是一个可怜人，没有力量，也就是为了这个……

〔她敛住她热烈的表示。

杰洛穆	（没有松开她的手，把她拉近了。）就是为了这个？……（她不回答，他追问下去。）就是为了这个？……说呀！……所以你才对我有一点……一点情感？
索　菲	（杌陧，依然避不作答。）也就是为了这个，我的朋友，也就是因为你没有力量，所以你拿你的生命冒险，更为难得。因为你冒险来的。别小看自个儿，说你逃掉了！……
杰洛穆	你的话也对。我知道他们回头要盘问我的。两个月以来，我的思想已然可疑了。我走路有人尾随，我说话有人挑剔，甚至于我的沉默也成问题。告密的人窥伺着我。我们的朋友中间就有。我今天就敢说（我想等弄确实了，再把我的疑心告诉你），我就有证据证明带尼·巴姚那老头子……

157

索 菲	（恐怖。）噢，天！
杰洛穆	这儿讲些什么，他全去报告……
索 菲	不，我简直不相信！这老头子……这和气胆小的人……图什么呢？
杰洛穆	（耸肩。）保障他的安全……何况，在我们这种时代，做坏事是一种传染病；你会看见挺好的人，忽然就起了胡作非为的需要……
索 菲	（惊惧。）杰洛穆！他在这儿来的！……
杰洛穆	谁？巴姚？今天？

〔她点头称是，太激动了，说不出话。

杰洛穆	你怕什么，索菲？我知道你一向小心……
索 菲	他在这儿的时候，进来了……
杰洛穆	进来了？……
索 菲	……被通缉的犯人，避一避……法莱……
杰洛穆	（发出又惊又喜的呼声。）法莱！他活着！他来了！……索菲，你留下他了吗？你没有赶他走罢？他在哪儿？
索 菲	他在这儿！

〔她指法莱给他看。听见呼唤他的名子，法莱早已走来站在门口。为了掩藏她心头的杂乱，她走出通楼梯的门，留下两个男人，仿佛有心在入口守望的模样。

第四场

杰洛穆	（伸开胳膊，走向法莱。）我的朋友！

〔法莱动也不动。稍稍一停，杰洛穆继续向他走去。

你居然逃掉了！……听说……多谢上帝！……

〔他来到法莱身旁，要拥抱他。但是法莱转开身子，走进客厅，远远站住。

法　莱　（冷嘲。）我们少麻烦上帝罢！他不关心人世的。上帝是洛布斯比耶的。

杰洛穆　（热烈的心情一冷，呆了呆，又兴奋上来。）法莱！我又看见你！……今天我忧愁苦闷了一天，我觉得一道阳光同你一块儿进来……

〔他重新向法莱走了几步，这次向他伸出手，法莱并不睬理。

法　莱　（同一冰冷讥讽的声调。）别靠近！阳光会烧了你的。

杰洛穆　（惊异，退回一步。）法莱！我的朋友！……你怎么啦？……你不愿意握我的手？……你不相信我吗？……我的家就是你的家。我感谢你选了这儿做藏身的地方。你不相信我的友谊吗？我一直对你是忠心的。

法　莱　（辛辣地。）我认识这些友谊的，一年以来的忠心，把我们全忠心给凶手了。

杰洛穆　（伤心。）法莱，说真个的，我极少帮你们辩护。可是（我不求你饶恕，随你指责我好了），你就不想想，我们全关在疯人院，就没有法子透进一句有理性的话。这是一种传染病。最健康的头脑也一点一点过上了。四年过度的紧张，昏迷的演说，热狂的文章，恐怖，怀疑，救世的希望，之后的幻灭，形成一种有毒的气氛。死的恐吓恶化了一切思想。"不是胜利，就是死"：想在这刀锋之上站稳了，一站站上几年，不会没有危险。刀锋之上弄了一身血，大家气疯了。谁打算唤醒他们人类的情绪，就会叫这些老虎拿牙撕烂了……唉！是你的朋友，法莱，是你本党，是你自个儿，第一个向欧罗巴宣战，掀起内争，打开夜叉的锁链，把自个儿吞掉！

法　莱　（刺伤。）我们拒绝和罪恶联盟。别人却和罪恶妥协，保全他们的生命。

杰洛穆　（被击中了，然而约制自己。）在我们生命之上，还有我们生命的作品：我们年轻的革命。它的仇敌够多了！别把我们的怨恨添上去！我们应当为它牺牲自个儿一切热情。

法　莱　（侮辱。）对于没有热情，只有利害的那些人，牺牲破费不了什么。

杰洛穆　（不求了解。）我们不说那些人。卑鄙的灵魂随他们去！你同我关心的，只是为理想活着的那些人。

法　莱　有些人为理想死掉，有些人借它们过日子。

杰洛穆　（呼唤。）法莱！……你是什么意思？……你究竟怎么啦？……别人会说你恨我？

法　莱　（停了停，憎恨地。）是的！

杰洛穆　（伤心。）眼前你随地有性命之忧，在这充满你政敌的巴黎，有一个人关切你，不赞同你的思想，然而尊重你的思想，打算救你，你难道对他一点好感也没有吗？

法　莱　（兴奋。）没有，我没有好感！你关切，瞎扯？你关切的只有你自个儿，你的安全，你的中立和你不惹乱子的工作。暗杀法兰西的暴徒打下地狱！……可是中立者，倒呕出来才是！……你知道我多憎恨洛布斯比耶那个怪物，那穷凶极恶的骗子，共和国的刽子手，奥地利的奸细！我盼望再来一个高尔黛①，一刀挑出他的心。我会吻那把刀子的！可是我同样也恨那些不做声的小心鬼，在这残酷的斗争之中，罪恶道德一视同仁，一切漠不关心，关心的只有他们天秤上的把戏，永远准备好了牺牲那一位，伺候这一位，明天再把他出卖了！……

杰洛穆　（约制自己，十分安静；然而内心，不免一阵颤栗。）法莱，这些话不是对我说的。

法　莱　（厉声。）是对你说的！

杰洛穆　（心死了，停了一时，没有回答。）不过，你既然这样恨我，为什么你还来我这儿躲避呢？

〔法莱不回答；但是他的视线，越过顾尔茹瓦希耶，看向开开的通楼梯的门：索菲进来；他立刻发出一种充满热情的熠耀。杰洛穆注意到他情态上骤然的变换。回过身子寻找原因，他看见他女人向他走来。

第五场

索　菲　（情绪十分紧张，关好门，奔向杰洛穆。）他们来了！他们

---

① 山岳党的三大巨头，同时也是公社的三大巨头，除掉党东和洛布斯比耶，此外更为民众拥戴的却是马辣 Jean-Paul Marat，《人民之友》的主笔，几乎一切屠杀事件，全有他从中主持。吉隆德派崩溃以后，一小部分逃到脑尔芒底省 Normandie，蛊动人民反叛。中间就有一个年轻女孩子高尔黛 Charlotte Corday 着了迷，跑到巴黎，揣着刀子，冲进马辣的浴室，把他刺死在浴盆里面。这是一七九三年七月十三日的血案。高尔黛是十七世纪悲剧作家高乃依的外孙女，一七六八年生，被捕后，死于断头台。

来了！……杰洛穆！……他逃不掉了！……

〔杰洛穆观察法莱的眼睛，然后，转向索菲，研究她的惶乱。他因而忘记注意语言的意义。法莱一点不被索菲的语言惊动，决不掩饰他看见她的喜悦。

索　菲　　（擒住她丈夫的胳膊。）快呀！快呀！杰洛穆！……你没有听见我的话吗？

杰洛穆　　谁来？你看见了些什么？

索　菲　　街已经被包围住了。成队的武装人民在挨家儿搜。我们的门口也有人把守……来，你看！

〔她把杰洛穆领到垂着厚帘子的右窗。她掀起一角窗帘，杰洛穆斜过身看。法莱随着他们，但是眼睛仅仅看着索菲。

杰洛穆　　他们在搜查本区的住户。

索　菲　　你想那人已经告发我们了吗？

杰洛穆　　谁？带尼·巴姚？……没有……眼前，还不至于。现在，这是一种普通检查，并不单单注重我们……你看这队人走进对门的人家……这一定是监察委员会分部发下的命令，举行沿户搜查……家家搜到。不过也许经了一天事变，特别要留意搜查我们。

索　菲　　（不知所为。）逃罢，克楼德！

杰洛穆　　克楼德？……呵！是的，法莱……①逃是不可能的……你看，街头的栅栏已经关了，一个哨兵站在那儿。搜查未了以前，谁也不用再想出去……他们依次进行。查完对面

---

①　克楼德 Claude 是法莱的名字，普通只有近亲才这样称呼，所以顾尔茹瓦希耶听了一愣，了然于他和索菲的关系。

	人家，就轮到我们了。我们还有一刻钟。
索 菲	（渐渐失去自制。）杰洛穆，我们得救他！
杰洛穆	（始终安静。）我亲爱的，我们的生命全都一样危险。
索 菲	（情急。）可是他，叫人寻见，他就完了！
杰洛穆	要是在这儿寻见他，你也一样要完的。
索 菲	（热情激昂。）我不在乎我的性命，只要我救得了他的性命！
法 莱	（眼睛发光。）现在我达到我的目的，我什么也不怕了！
索 菲	不，目的是活下去。我不要你死！
法 莱	一块儿活下去，要不，一块儿死！
索 菲	（热情。）活下去！……
法 莱	（洋溢着欣快。）我们会活下去！

〔他们忘记一切，一切围着他们的东西，危险和端详着他们的杰洛穆，两个人手握手，眼睛看着眼睛。

杰洛穆　（静了一时，十分冷定。）没有几分钟了。你们要想活下去的话，别丢掉辰光，尽着在这几分钟里头亲热，也不是事。

〔听见这话，索菲又惊觉了；她放下法莱的手，法莱也往后一退。她转向杰洛穆——但是不敢正面看他，——眼睛充满了纷扰。

索菲，你晓得，那间屋子紧底，（他指着靠近脚灯的左室。）靠床的墙壁，套着一间板条拼凑的密室，是我亲自做的，为的保藏那些文件，万一落在外人手里头，不会没有危险。紧底容得下一个人躺着。你带法莱进去，小心把板壁盖好，帐子挂好。要是和平常一样，检查仅仅跟于本区普通的问询，他们看一看就走了，我们还有溜掉的机会。

索　菲　　来！赶快，法莱！

杰洛穆　　等等！……我们得想周到才行。万一搜查是公安委员会①来的命令，或者万一那家活——巴姚——已经告发了我们，没有一个墙角，没有一堵墙会不搜到的。那时候，就无能为力了。我们只有一个办法……把这拿去！……

〔从他宽大的领结的一个褶子，他取出一个小囊；他打开它，分匀里面的东西。

这毒药挺灵。我从喀巴尼斯那儿弄来的……这是你们的，法莱……索菲……我另有一份……去罢！……

〔索菲感动了，法莱也纷乱了，两个人充满了矛盾的情绪，看着杰洛穆。他不复看他们了，走向窗户。他们由靠近脚灯的左门走出。

第六场

〔杰洛穆·顾尔茹瓦希耶转回身子，眼睛盯着他们方才下去的门，慢慢走向中心。

杰洛穆　　（带着一种辛辣的讥嘲。）他们是情人。——我顶好的朋友，因为妒嫉，因为死在眼前，变得多野蛮疯狂！为了抢

---

① 公安委员会 Comité de Sureté générale，一七九二年十月二日，由议会通过设立，委员最初是三十人，逐渐减至十二人，九人，主管全国的警察事务，但是因为和政治委员会的职权相当混淆，彼此不免时起摩擦。

我女人，他简直想把我弄死……我女人，方才我还向她诉苦，原来是他的同谋；还用说，她一心盼望我死……为什么不？我是他们快乐的障碍……好啦，就让他们称心去！我不会再长久妨害他们的……我也没有精神硬留一个单想把我摔掉的女人。我也没有精神再老留自个儿，死钉着这卑鄙的人类……卑鄙？不。可笑。简直不配蔑视……只有一个女人还给我一个相信人类的理由。他也给我抢了去……好的……这两个可怜虫要是还能够从生命找到快乐，好的很，活着好了！我呀，我把我的性命送给……

〔他走向书架，从一本四开大书的羊皮封面底下，取出若干稿纸。

那些刽子手，看见这些批判他们的文章，会以为我的判决书写好了哪。

〔他把稿纸放在客厅中央一眼看到的桌子上面。

〔随后，他走向靠街的窗口，往外瞭望。

他们走出别人家了……他们穿过街了……他们进来了……我准备好了。

第七场

〔听得见一队人重重地走上楼梯。粗鲁的砸门响声。杰洛穆，不慌不忙，过去开门。进来一个代表和十个武装人民。——代表的服装："黑呢的宽裤，同样的短上身，三色的背心，雅高班式的短而且平的黑辫，红帽，刀，长髭，所谓：一份十足的'喀马乌勒'行头。"①士兵仅仅有部分这种打扮。好几位，没有上身，没有背心，破鞋，握着枪。

克辣巴	公安委员会！……
杰洛穆	进来！……是你，公民克辣巴吗？
克辣巴	（开头的话就显出仇恨。）你没有想到罢？
杰洛穆	（安静，轻蔑。）我全想到了。
克辣巴	（侮弄，威吓。）冤家碰头也想到了，嗯？
杰洛穆	（安静，轻蔑。）特别赶着有人要作对。好在不是我！
克辣巴	你耍你的贫嘴……不过，我不是为糟蹋我的唾沫来的。你的脑袋牢靠不牢靠？
杰洛穆	问你自个儿好啦！
克辣巴	（向别人。）来呀！（他呼狗一样打口哨。）搜！搜！抢他的！
杰洛穆	对啦。你说得好。
克辣巴	……看谁开心到底……

〔士兵开始粗手粗脚地搜索木器，翻出抽屉，乱七八糟地倒在地板上，弄散了纸张。听见声响，索菲走出邻室。她走近杰洛穆。他动也不动，站在屋子当中，背向着匪徒。

---

① "喀马乌勒" Carmagnole 是一种民歌，也是一种衣服，起源于意大利北部的喀马乌拉 Carmagnola 地方。大约每逢夏天，喀马乌拉的农民就到法兰西南部帮助人民刈获葡萄、橄榄，把他们的短打服装和歌谣也带了过来。一七九二年七月梢，马赛的"义勇"来到巴黎，又把二者介绍给革命的男女，成为一时的风尚，特别是洛布斯比耶的雅高班俱乐部，多做"喀马乌勒"的打扮。

杰洛穆	（不动，差不多没有张嘴。）好了吗？
索　菲	（点头称是，不言语，然后，低声：）有机会吗？
杰洛穆	（低声。）一点没有。
索　菲	（低声。）这人是谁？
杰洛穆	（低声。）克辣巴。一个流氓，两年前在阿辣伯区做钱贩子，我拘押过他。
克辣巴	（向他一个部下。）狄冒莱翁，弄干净炉子！

〔士兵拿枪扎进壁炉，用力摇动。

来点儿湿草！……杜散，拿去，点起来！要是狐狸在里头的话，听得见它咳嗽的！

| 索　菲 | （低声，向杰洛穆。）他们知道吗？ |

〔杰洛穆耸肩。

| 克辣巴 | （向他的部下。）搜呀！搜呀！ |
| 杰洛穆 | （向克辣巴。）至少，饶了这些细致的艺术品罢！ |

〔他指中国屏风。①

| 克辣巴 | 艺术是贵族的鬼把戏。 |

〔一个士兵用枪测验墙壁，插进一张大的帆布画像。

〔索菲呼唤上来。

| 克辣巴 | （趋向他的部下。）哈！哈！……再戳一下子！…… |

〔士兵再把枪扎进画像。

你觉得后头有什么东西吗？……没有？……

〔他转向索菲。

你为什么叫唤？

---

① 原文是日本屏风，不过布景的描写却是中国屏风，如今译者斗胆替作者改归一律。

〔索菲轻蔑地打量他。

（暴怒。）你不屑于回答我吗？……你把我看做一条狗……家伙！……女公民，我们倒要看看你的画下面藏着什么东西……不是那张……是你的皮……我们要帮你搜搜跳蚤……

〔杰洛穆做了一个手势推开克辣巴。克辣巴一下子就把他推开了。

你呀，老头子，安静着罢！……会轮到你的。我有命令搜查一切。我搜查……不过，我懂得尊重羞答答的女性的……不是我们，女公民，搜你那宝贝东西……"驴皮！"（呼唤。）……这娼妇那儿去了？……"驴皮！"

〔"驴皮"在通台阶的门边出现，一个头发蓬蓬的姑娘，虚肿的面孔，凸胸脯。

你又在勾引什么漂亮小伙子吗？小心给我抓住了！……往前来！把这小媳妇给我带到隔壁屋子，看她衬衫底下有没有个把人住！

〔他们笑着。索菲做了一个反抗的姿势；但是她瞥了一眼关着法莱的屋门；她走进靠近花园的另一间屋子。"驴皮"随着。

杰洛穆　（自语。）家伙！没有东西的地方，他们照例搜寻一番：就在眼边的东西，你得揪他们看才成。

〔他走近当中的桌子，上面是他留下的一眼看到的文件，就没有一个人想到看看。他故意做出笨手笨脚的样子，引诱克辣巴注意；他匆忙把文件抄起，像要把它们藏起来。

克辣巴　（跑过来。）不要动！……给我！给我！……

〔他抢下文件，翻着，读着：

《论奴性》……《奴隶的共和国》……我可逮住你啦！

〔他拿文件在他的鼻子底下摆弄。

他一定还有别的藏着……塔夫塔斯，看住他的手！法刹尔，掏空他的口袋！

〔一个士兵抓住杰洛穆的两腕，反扣在后面；同时另一个士兵在克辣巴的视线之下搜寻。

我有了你的脑壳了。

杰洛穆　　（带着一种冷静的轻蔑。）吃掉它好啦！

〔进来拉萨尔·喀尔鲁，政治委员会委员的装梳。高大，蓝眼睛，宽大的前额，锁着眉头，——酷刻，高傲，讥讽，——"一种冷笑的常识"……

第八场

喀尔鲁　　（在门限上停了一刻，惊视着，明白了，雷声一样呼唤：）蠢驴，你们在这儿干什么？

〔士兵把头转向门。

士　兵　　喀尔鲁！……最高委员会喀尔鲁！

喀尔鲁　　（大步走向克辣巴，粗野地推开他，把杰洛穆从抓住他的手揪开。）浑账！……放下爪子！

克辣巴　　（硬挣。）我有命令。

喀尔鲁　　我，我发命令。

克辣巴　　我的责任是搜查。

喀尔鲁	你的责任是尊敬那些可尊敬的人。放开这个人！
克辣巴	共和国的敌人，难道倒有特权吗？
喀尔鲁	笨蛋！他对于共和国的供献，一百个你这类蠢驴也比不上。仗着他的发明，革命军得到强大的炮火，在瓦地尼①打败了敌人。
克辣巴	胜利不是爱国的执照。我就不信任老鹰。
喀尔鲁	你嫌它们飞得太高吗？
克辣巴	它们飞出了水平。顶好是剪掉它们的翅膀！全都平等！
喀尔鲁	全都像你这癞蛤蟆！②（克辣巴的士兵笑了。）再说，克辣巴，世界降到你的水平，共和国需要领袖。我就是一个。腾开地方！
克辣巴	我走不走，看我高兴。你不是这儿的主人。我是公安委员会的代表。我不许人取笑……
喀尔鲁	最高委员会没有玩笑的习惯。违抗命令，决不宽贷！
克辣巴	好。我走，因为我高兴走。不过公安委员会会知道的。你拿着我的脑壳，我呀，我可拿着那家伙的脑壳。

〔他摇着他夺来的文件，同他的士兵走出，"驴皮"随着。

〔余下杰洛穆和喀尔鲁。

---

① 瓦地尼 Wattignies 是法兰西北部邻近比利时的一座小城。一七九三年十月十六日，茹尔当 Jourdan 将军得喀尔鲁之助，在这里打败了奥地利的军队。
② 克辣巴 Crapart 和法文的"蛤蟆"crapaud 一字的音写相似，所以引起士兵的哄笑。

第九场

喀尔鲁　　他拿去什么？

杰洛穆　　我的诉状。

喀尔鲁　　你是原告，还是被告？

杰洛穆　　全是。我在这些文件控告滥用宪法，假公济私的暴徒。

喀尔鲁　　你这叫往空里丢石头。砸下来，打着你自个儿。

杰洛穆　　我知道。真理杀人。

喀尔鲁　　顾尔茹瓦希耶，时候不多了。来的时候，我就知道了。可是，事情的发展比我预料的还要快。我想不到在这儿看见侦探。

杰洛穆　　那么，不是政治委员会①差来的？

喀尔鲁　　政治委员会用不着侦探。它有你的朋友就够了。

杰洛穆　　带尼·巴姚告发了吗？

喀尔鲁　　是的。

杰洛穆　　那么，我没有什么告诉你的了。

喀尔鲁　　你这儿藏着一条吉隆德的狗。

杰洛穆　　你不指望我交出他来罢？

喀尔鲁　　我不指望。放他出去！放他到别处找死去！我来不是为了同你谈他。他在什么地方，他去什么地方，在如今，这

---

① 政治委员会 Comité de Sureté public，也就是所谓"最高委员"Le Grand Comité。一七九三年四月六日，议会感到外侮内患日急，采纳党东的建议设立，集中行政人才，主持一切重要事务，例如整顿国防，判决死刑，大权在握，议会不过加以追认而已。委员任期起初是一个月，后来洛布斯比耶一派得势，延做一年。同年七月十日，党东退出政治委员会，把他的命运交给别人裁夺，间接造成他的死因。

	可怜虫的皮值不了几个大子。我来是为了同你谈你。
杰洛穆	你要谈什么？
喀尔鲁	顾尔茹瓦希耶，你知道，你自个儿招人疑心。这也不是今天如此。几个月以来，你态度模棱两可，默然反对委员会的议案，甚至于放弃投票权，显然表示你是政敌。你那些掩藏的情绪，大家不难揣摸。你之所以平安无事，一则由于你过去的功绩，一则由于浦芮饿，让-镝①同我，愿意为国防救下你这样一颗脑壳。但是今天，你也太难了。你在议会谬误的言论，你急忙的逃脱，引起委员会大大的反感，方才来了一场激烈的议论。全冒了火。这种沉默的反抗比发声的反抗还要恶毒，多数人主张一刀两断。委员会让你自个儿选择：或者是，你干脆接受新下的命令，这就是说，反对被通缉的罪犯；——或者是，你同他们一块儿走。我来为的告诉你：你今天晚晌到雅高班俱乐部，登台宣布你赞成这些命令。这就是保障你安全的条件。
杰洛穆	（安静。）我拒绝。我承认：一年以来，我的行为太招人疑心。就是今天，我还呈出一种我不该有的紊乱。然而，其后出了些事，说也没有用，把眼睛的明亮和精神的平静交还我。我终于负起我的责任，我快乐。
喀尔鲁	什么责任？
杰洛穆	我要毁掉非法的判决和血的统治。

---

① 浦芮饿 Prieur de la Côte-d'Or 是国约议会议员，同时也是政治委员会委员，管理食粮供给问题。他站在喀尔鲁一边。他是法兰西著名的工艺学校的创设人之一。一七六三年生，一八三七年死。当时政治委员会有一个同名者 Prieur de la Marne，另是一人，名气不大，而且常在外边。

让-镝 Jean-Bon Saint-André 同样是议员兼政治委员会委员，管理海军方面的问题；拿破仑时代，还做过外交官。一七四九年生，一八一三年死。

喀尔鲁	你千万不要这样干。你没有那种权利,而且,也没有那种力量。
杰洛穆	我有我良心上的权利,和为它牺牲我自个儿的力量。
喀尔鲁	傻东西,你就不看看,谁在这时候摇动委员会,谁就会破坏我们的工作:共和国!
杰洛穆	我们的工作是建立自由人的权利。
喀尔鲁	要想人自由,先得保护他不为别人奴使。没有国家的力量,就没有个人的权利。
杰洛穆	被国家的力量牺牲掉,自然就没有了。
喀尔鲁	现在没有,将来有。记住为未来牺牲现在!
杰洛穆	为未来牺牲掉真理,爱情,一切人类的道德和自尊心,等于牺牲未来。正义不在坏土上面生长。
喀尔鲁	我们不妨开诚布公地谈谈,顾尔茹瓦希耶!我们全研究科学。我们两个人全晓得大自然的法则无情。它不关心什么感伤主义。为了完成它的目的,它把人类的道德踏在脚底下。目的就是道德。我要目的。多大价钱我也出。价钱,不由我定。我只是接受。我和你一样厌恶,也许比你还要厌恶那些狡猾和流血的人。我比你还应该同他们肩比肩地活下去。我厌恶他们天天叫我签字的暴行。但是,我并不以为我应该拒绝签字,抛弃行动,因为行动弄脏了我的手。我考虑的是战争的目标,不是战争。为了人类的进步,不妨龌龊,——甚至于需要罪恶,就不妨罪恶一下。
杰洛穆	我明白你,喀尔鲁。我决不谴责你缺乏怜悯。你说的对,科学用不着怜悯。我同你一样不相信感伤主义。不过,我也不相信观念论。而且,年纪比你大,我对于人类的进步

已然失去了信仰。我是一个学科学的，不会毫无保留，就相信我们一个假定（因为也只是假定而已）。假定虽说拼命谄媚人类的天才同热烈的希望，我也不肯就把它看做祭坛上一尊神，用牺牲的血腥气息过活。对于我，只有生命，只有现在的生命神圣。

喀尔鲁　可是你牺牲了你的生命？

杰洛穆　我拒绝为了我的性命，牺牲别人的性命。

喀尔鲁　无论如何，他们的性命是丢定了。

杰洛穆　我的没有丢，只要它肯做一个自由的灵魂的榜样，反对一个懦夫暴徒的卑鄙的时代。

喀尔鲁　我管不着你的灵魂！可是我宝贵你的生命。我需要你的脑磕。顾尔茹瓦希耶，我们需要你的血汗，你的天才。祖国需要它们。动员名额里面有你。你没有逃避的权利。你在摧毁国家应有的果实。

杰洛穆　中止已经开始了的工作，我觉得遗憾。人间的爱情，只有真理的爱情不三翻四覆。唯一持久的幸福是耐下心，热烈地追求真理。不过，在最近这些年，我们已然学会了，必须时时刻刻准备抛弃一切属于我们的东西：财产，荣誉，幸福，爱情，工作和生命。我现在就准备好了。

喀尔鲁　自私自利的人！你拿你送礼，还只为了自个儿！……我呀，我现在为自个儿，也准备好了。然而，我不是为你。我不许自个儿那样做。顾尔茹瓦希耶！……以联系我们的往日的敬重和工作的共同的名义！……接受我给你带来的安全的条件！

杰洛穆　我不能够。

〔他走开了。

喀尔鲁　　（耸肩。）学究！老顽固！……

　　　　　〔他等了等，然后向杰洛穆走了几步，取出文件给他：好啦，拿去！

杰洛穆　　（接过文件，打开。）什么东西？

喀尔鲁　　我先就料到了！我晓得数学家的执拗……好啦，放到你的口袋里头！……这是两张假名假姓的护照，给你同你太太用的。不过，一天也丢不得！离开巴黎，今天晚晌！可能的话，立刻！从巴黎到笛永，从笛永到圣·克楼德，①公共马车的座位已经给你们定好了。再会，小心别叫人再看见你们！

杰洛穆　　（感动。）喀尔鲁！……（握住他的手。）……不过，逃有什么用？我们会马上再让逮回来的……谁避得开委员会的鹰犬和洛布斯比耶的仇恨呢？

喀尔鲁　　他全晓得。

杰洛穆　　谁？他？

喀尔鲁　　是的。"廉洁的"洛布斯比耶。我提的议。不过，他虽说装做不知情，我带着他的默许来的。你的死妨害我们，顾尔茹瓦希耶。共和国扛着你的尸首，决无快乐可言。它太沉了。帮帮我们的忙，带它走罢！委员会闭着眼睛不看。你可别逼我们再把眼睛睁开！别叫人逮住你！大家决不会原谅你的。

　　　　　〔他走出去。

---

① 这是一条往瑞士去的路。笛永 Dijon 在巴黎东南，是一个省会。圣·克楼德 Saint Claude 是玉辣省的一个城邑，在道勒东南。

第十场

〔杰洛穆·顾尔茹瓦希耶坐在他的写字台前面，思索着。索菲卧室的门小心翼翼地打开；索菲出来，她看着空屋子和背向她的丈夫。

索　菲　　（低声。）他们走了吗？

杰洛穆　　（没有回身。）走啦。

索　菲　　喀尔鲁对你说了些什么？

杰洛穆　　没有说什么。（回过身子。）我们别拿没有用的话荒废辰光了！时候不多了。还是计算计算我们应该说的话罢。你过来，索菲。我们要讲的话，不好让旁边，旁边那个人听见。（他指着法莱走出的门。）那个人，你爱他！……别回答！我知道。你太诚实，瞒不住的，（过了一时。）虽说你还不够诚实，说给我听。（她又做了一个手势；他止住她。）不过，我决不责备你。你不能够说给我听，原因是任何女人，处在你的地位，全不能够。因为我知道你的忠心，和心肠的柔软。我可怜你。

〔索菲站在坐着的杰洛穆前面，听到这末几句话，胳膊贴住身子，垂下头，压倒了。

杰洛穆　　（带着一种忧郁的微笑端详她。）你多爱他！

索　菲　　（垂下头。）我爱他。（稍缓。）饶恕我！

杰洛穆　　你是自由的。

索　菲　　（举起头，手伸向杰洛穆。）杰洛穆！告诉我……怎么办呢？……

杰洛穆	这不该我回答。只有自个儿是自个儿的裁判。各人担保各人。
索 菲	可是你要轻视我的!
杰洛穆	不会的。我对于什么也没有恨,也没有轻视。谁也不错。错的是人生。
索 菲	(手伸向他。)可是你,你要难过的!
杰洛穆	不会的。到了我的年纪,在如今这辰光,我不会再有时候难过了。你管你自个儿罢!你能够快乐,快乐好了。
索 菲	(绝望。)杰洛穆!

〔她倚住壁炉的横架,脸放在手心,呜咽着。杰洛穆感动了,站起来,走向她,父亲一样斜过身子。

索 菲	(抬起她的泪脸。)唉!我们也相爱过。为什么爱情要去呢?为什么爱情要变呢?……对不住!我又在伤你的心……我的朋友,我始终对你有最虔诚的情感。早知道让你今天难过,我宁可受罪到死,默不做声……可是,好像一阵风,热情一下子就吹开了门。它逮住了我,拖着我走。怎么办?告诉我,我能够怎么着?我能够拒绝他吗?有谁能够吗?有谁能够吗?对吗?合人情吗?

〔杰洛穆怜愍地看着她,向她微笑着,同情地。随后,他从写字台拿起喀尔鲁留下的两张护照,递给她。

〔索菲机械地接过文件,看着,不明白。

杰洛穆	你们两个人,今天晚晌,就动身。这几张纸给你们打开巴黎的城门,直到瑞士边境的法兰西的道路。全筹划好了:字签好了,座位也定了。你们换换服装,改改面貌,这在你们并不困难。去告诉法莱。你们赶快预备!今天晚晌他必须离开这儿。去罢!救他的性命,救你的幸福。

索　菲	（心头好不惶乱。）我的朋友！……你愿意吗？你愿意吗？……不！不可能！
杰洛穆	（安静。）法莱必须救走。你不愿意吗？
索　菲	（热衷。）是的，我愿意。
杰洛穆	那么，陪他走好啦！他不肯一个人走的。你也不应该叫他一个人走。我把你们交托给你们自个儿。别再迟延了！去罢！
索　菲	（俯向杰洛穆·顾尔菇瓦希耶，举起他的手吻着。杰洛穆想摆脱她的手。索菲站直了，然而没有放松她丈夫的手；他们面对面站着，彼此动情地看着。）你真好！……我不能够接受。
杰洛穆	于心无愧，你能够接受的。我们之间，一切公开。
索　菲	我不能够离开你。
杰洛穆	你的心已经离开我了。索菲，我们别再欺骗自个儿了！你的心是别人的。
索　菲	噢，我痛苦！试想想，这个心，从前我给了你，今天我又收了回去！……我不愿意！……噢，我痛苦！我的心不是我的！……全撇下我，我自个儿也撇下了我！……我觉得光阴流水，沉沉压住了我。昨天，我是你的，我答应和你甘苦到底。现在，来到半路，我就丢下你，去再挑起那点儿死灰复燃的爱情吗？……呵！既然能够复燃，还有成灰的一天！……我真就有十足的信仰，再给我来一个生命？到那儿去找生命和我的信心呢？……噢，我痛苦！……
杰洛穆	生命，每天晚晌死掉，每天早晨活转，不久会拿忘记和希望给你。别再思索了！去罢！时候不多了！

〔他把索菲轻轻推向关着法莱的屋门。他把护照放在她的手里。

索　菲　（接住护照，机械地看着，忽然多心上来。）可是这护照，你怎么得到的？

杰洛穆　管它做什么？

索　菲　你从那儿弄来的？

杰洛穆　喀尔鲁给我的。

索　菲　为什么？……为什么他给你护照？它们是为你用的。你同我。为我们俩用的。那么，我们必须出去吗？……一定是出了事！……你有危险！……

杰洛穆　（企图移转她的思想。）不，不……没有危险。

索　菲　既然没有危险，他做什么来给你送护照呢？

杰洛穆　得了，别傻瓜啦！别胡思乱想，瞎添苦恼！现实就够苦恼的了。你只想着救你的爱人就好！

索　菲　我的爱人？……顾尔茹瓦希耶，我姓你的姓，我还是你的女人。除非你我的联系断绝，否则，我维持我的权利，我做妻的权利，我们永远遵守的法则，彼此绝对真实……你应当对我真实。说罢，别隐瞒了！

杰洛穆　（静了一时，应允了。）我们被告发了。巴姚卖了我们。他们知道我们藏着谁。他们晚晌来逮法莱。

索　菲　也来逮你。

杰洛穆　喀尔鲁的友谊能够保护我的。说够了！预备动身罢！穿暖和些。理好随身的东西。我去找法莱来。

〔他过去开门，法莱却出来了，神情粗犷，衣服零乱。

第十一场

法　莱　　（向四周射出焦急的视线。）他们不在这儿了吗？

杰洛穆　　不在了。可是，他们要回来的。

法　莱　　（焦忧。）什么时候？

杰洛穆　　我不知道。

法　莱　　（大步，不安，搜索屋子，看出窗户，听听门外，不断在走。）逃到那儿？藏到那儿？

杰洛穆　　法莱，我有话同你讲。

法　莱　　（依然；不听。）我不要回到你方才关我的那个密室去。我受不了那种不动劲儿。我在那儿，躺着，挤着，就像装在我的棺材里头。我听见他们在屋子里头走动。他们碰着我贴住睡的那堵墙；我哪，闷着气，不能够做一个手势，保护我自个儿……我受不下去了！……我决不回到那儿去。

杰洛穆　　（坐下，安静。）你决不回到那儿去。听我告诉你的话。

法　莱　　（不安）他们要回来，你说？

杰洛穆　　（安静。）我们还有时候谈谈。

〔他做手势叫他坐下；法莱坐下，但是，虽说听着顾尔茹瓦希耶讲话，他不安的注意力却窥伺着外边的嘈杂。

杰洛穆　　（安静。）我已经决定叫我女人离开巴黎一些时。打去年冬天以来，她的身体就坏了。她要去克吕尼那边，她叟恩的家乡过两个月。①按理应当我陪她去。不过，公事决不

---

① 叟恩 Saône 是法兰西东部的河流，同时也是省名，紧贴玉辣省的西境，克吕尼 Cluny 是它的省会。到了这里，就很容易逃往瑞士去了。

许我……

〔法莱从他的椅子站起,听着上楼梯的脚步。

法　莱　　(窒声。)有人来……

〔一时的沉静。杰洛穆似乎没有听见。索菲听着,不动,坐在壁炉前面。她适才在壁炉里面燃起了一小捆柴火。法莱伏下身子,准备好了跳向进来的人。

索　菲　　(安静。)是到楼上去的。

〔法莱重新坐下。

杰洛穆　　(接着讲下去,好像话没有被人打断。)我不能够陪她去。这儿是我的护照。你替我走一趟。

法　莱　　(惊呆。)我!

杰洛穆　　(依然。)这样,你一边照料她,一边就可以溜出捕你的罗网。送她到了家乡,好比克吕尼人,你就靠近边疆了。此外随你去做,我不过问了。

〔法莱站起来,接过顾尔茹瓦希耶伸给他的护照,摺了又摊,摊了又摺,激动到说不出话来。

〔在这以前,索菲听着,思维着,看着这两个人,然后,不做声,撕掉她的护照,扔到柴火里面。她站起来,走向法莱。

索　菲　　(向杰洛穆;他做手势叫她不要言语。)不,我的朋友,让我说句话;什么事全不该隐瞒才对。(向法莱,带着一种坚定的温柔。)克楼德,我丈夫晓得我们要好。我把实情全向他说了。他很宽大,随我作主跟你走。我决定了。随我作主,我要陪伴我丈夫。我把我给他,自个儿作主,永远给他。我的心从来没有舍弃他。我这样一走,可真舍弃了。一个志气高傲的灵魂决不违信的。我愿意分他的甘苦。以往如此，永远如此。

〔她走向她丈夫，把手给他。

杰洛穆	（感动。）我没有权利再留你。我会连累你危险的。
索　菲	（快而低。）好啦！别让他知道！
法　莱	（辛辣。）呵！你从来没有爱过我！
索　菲	我爱你，法莱。我永远爱你。不过，我们要是做不了主不受爱情的痛苦，我们可做得了主不做爱情的玩具。
法　莱	（辛辣。）你从来没有爱过我！你只爱你高傲的志气。
索　菲	（温柔。）我的朋友，我要是没有你所说的高傲的志气，这可怜的受了伤的志气，你会那样爱我吗？软弱，水性杨花，三心二意，不忠于我的信誓，你会长久爱我吗？我们会快乐吗？我们有的只是幸福完结，爱情凋残的恐怖。爱情抛下我们，我们看到的只有孤零零的你我，零落满地。
法　莱	（激烈。）管它哪！反正我有了你！
索　菲	（带着一种忧郁的微笑。）反正你毁了我……得啦，你得救你自个儿，我可怜的打鸟鹰！叫人家看，你如今不是鹰，倒是一个鸟，别再谈啦！想想逃走的方法罢！
法　莱	我决不要走！没有你，决不走！
索　菲	我烧了我的护照。我没有法子走了。
法　莱	至少，不要今天晚晌走！我要在你这儿过今天这一夜。
杰洛穆	人家知道我窝藏你。不到半夜，你就捉去了。
法　莱	不会的！你骗我！你撒谎！
杰洛穆	你回头就知道了。他们随时有来的可能。
法　莱	假的！……（他听着。）我听见他们来了！……不对……我决不走。我留在这儿。

杰洛穆	（安静。）那么，就留下好了！你准备好了死吗？
法　莱	（一阵寒战摇动他。）死！……不！不！我不要死！……死！……怕死人！……
杰洛穆	（安静。）一点钟以内捉住，明天早晨判决，黄昏上断头台……
法　莱	（不克自制。）明天黄昏，在这时候，一堆肉，扔在小车里头，丢到乱坟坑……我！……决不！……我不要死！……救救我！……
	〔仿佛错乱了，手抓住椅背，他倒在一只空椅的脚边。
杰洛穆	那么，准备逃走好了。
	〔他站起来，同他女人聚了些东西，衣服，食物，给法莱收拾了一捆行李。法莱慢慢起来，沉沉地呼吸，头低着；他不敢看他屋里走来走去的朋友；他拿背给他们，站直了，倚住椅背，面向观众。
法　莱	我惭愧……
索　菲	（走向他，拿一件大衣披向他的两肩。）我们要救你的，朋友！
法　莱	我惭愧……
索　菲	（母亲一样帮他穿着。）不，用不着惭愧！我爱你愿意活下去。生命在你还可贵，我心里只有快乐。
法　莱	我恨生命，我要生命。我不能够，我不能够看着我丢掉它……噢，天呀！方才怎么的啦？我真惭愧死了……索菲，为了同你在一起，我冒了万死赶来，一路上除去担忧看不见你，我什么也不害怕。可是如今，如今！……我不能够再忍受死的念头……不，别用你怜愍的眼睛看着

我！我多叫你讨厌我！

索菲　　（低声。）朋友，我从来没有像现在更爱过你！

法莱　　呵！现在我看见了你，我倒失掉我的力量了。我舍弃了的性命，现在我又知道它的价值了。我不愿意再离开它了……（沉痛。）我是一个懦夫。我害怕。

杰洛穆　　（热切地走向他。）不要折磨自个儿了！不要责备你没有力量！我们知道，我的朋友，没有人比你更勇敢的。然而，最勇敢的也还是人。你把你的力量用到不能够再用的地步。你支持了五个月非人的斗争。疲倦就像一块石头，忽然落到你的身上。你倒了。不过你是打仗打倒的。退出战场好了。你能够昂头走开。你应当退出。离开巴黎！走出法兰西！避开你的政敌！好好休息一下，再做新的战斗！

法莱　　（渐渐被这些话安慰住，站起来，情愿动身了。）不过，你以后也来？

杰洛穆　　（有趣地。）我不是永生不死的。

法莱　　可是你，索菲……怎么样？或许，有一天？……

〔他陡然止住，偷偷瞥了顾尔茹瓦希耶一眼，低下头长长地吻着索菲的手，走向门；将要出去，他转回身子，看见顾尔茹瓦希耶向他伸手，迟疑了一下，握住他的手，最后看了索菲一眼。

再会！

〔他走出去。

第十二场

〔余下杰洛穆·顾尔茹瓦希耶和索菲。夜忽然来了。杰洛穆还看着法莱出去的门。索菲走近窗户,隔着窗帘往外望。〕

杰洛穆　　（有趣地。）我相信这傻孩子方才打量我活不久哪。
　　　　　〔他走向壁炉,燃起烛台。〕
索　菲　　（不再瞭望了,走向壁炉;带着一种恳切而忧郁的嘲讽:）不过,我活多久他倒没有在意。
　　　　　〔她转向她丈夫,把手伸给他。他握住她的手,多情地看着她。〕
杰洛穆　　你不懊悔?
索　菲　　一定来捉拿吗?
杰洛穆　　任何逃走的机会也没有。
索　菲　　那么,来好啦。
　　　　　〔她抽出她的手。他们两个人全坐下,围着垂熄的炉火。〕
杰洛穆　　我们最后的一个夜晚。
索　菲　　我觉得我轻松了好些。再也不用决定什么事。再也不用斗争。再也不必想望。只要把我们交给为了我们而在想望的事物,把我们交给夜流就好。
　　　　　〔杰洛穆挨近她,一往情深地端详她。她把头靠着她丈夫的肩膀,坐在他旁边,膝盖碰着膝盖,手动也不动,放在他们的膝头:他们梦想着,微笑着,看着火。下面的对话,差不多全用低声在说。〕

索 菲	（温柔，安静。）我亲爱的好丈夫，你一句话也不说，就为我牺牲了！
杰洛穆	想望我的爱人幸福，不算牺牲。
索 菲	我如今快乐。
杰洛穆	你希望安慰我。
索 菲	（安静，缓慢；但是，最后几句话藏着一片颤索。）不，我的朋友，我说的是真话。我们离开了苦海，我已经把我的痛苦留在对岸了。呵！我的头靠着你的肩膀，看着痛苦越去越远，要多舒坦！——停住！别动！——还有这人间地狱，它的热情，它的疯狂和它的恐惧，全越去越远了！
杰洛穆	他还没有厌倦，我们的法莱。
索 菲	（依然；两个人轻轻微笑了一笑。）可怜的孩子！……是的，他多盼望再跳进人海呀！……你想他逃得掉吗？
杰洛穆	我这样希望。
索 菲	多幸福！……不过，我怕他知道了我们的命运要难受的。
杰洛穆	生命最有力量。
索 菲	是的，我相信……可怜的法莱！
杰洛穆	你还记得，索菲，我们在这屋子消磨的长夜吗？坐在桌子旁边，读着书，你看着我工作，我看着你梦想，两个人全在梦想：因为一切，思想，工作，科学，爱情，一切是梦想；你把你的梦想献给我，我把我的献给你；有时候，逢到困难，我求你明净的慧心帮忙，我的好女顾问……
索 菲	我全记得，打第一夜我做新娘子走进这所老房子以来，我全记得。我们才结了婚。你虽说已经有了名声，你还是怕我，因为我年轻，你已经不年轻了。那时候，——只有我们两个人，——你走过来，你低声对我讲："原谅我

爱你！"

杰洛穆　　你原谅我了吗？

索　菲　　当时我只有感激。今天晚响，这末一晚响，我方才又找到了它。你得原谅我把它忘掉了！

〔她把前额伸给杰洛穆；他吻着她的前额。〕

杰洛穆　　我呀，我的索菲，我从前也忘掉，也忘掉我勇敢同诚实的责任。今天晚响，我回来的时候，我还多没有力量！直到我觉得丢掉你了，我才提起决心的力量。

索　菲　　在这受折磨的人世的迷宫，我们俩全迷了路……多谢这最后的辰光，叫我们又寻见了自个儿，又寻见了你我！

杰洛穆　　"如今，你放你的仆人上路……"[①]我们已经走到了……听！在荒凉的街头，有脚步来……

索　菲　　（她的痛苦苏醒了。）可是，我们一切伟大的计划，我们一切被骗的希望，我们一切毁了的工作，一切随我们死去的东西……

杰洛穆　　（听着。）他们上了台阶……

索　菲　　（痛苦。）至少，我们有一个小孩子留下来就好了！……为什么，为什么要把生命给了我们呢？

杰洛穆　　（坚定。）为了征服它。

---

① 这句话是《新约·路加福音》第三章西面 Siméon 死前的话："在耶路撒冷，有一个人名叫西面，这人又公义，又虔诚，素常盼望以色列的安慰者来到，又有圣灵在他身上。他得了圣灵的启示，知道自己未死以前，必要看见主所立的基督。他受了圣灵的感动，进入圣殿，正遇见耶稣的父母抱着孩子进来，要照律法的规矩办理。西面就用手接过他来，称颂上帝说：'主呵，如今可以照你的话，释放仆人安然去世，因为我的眼睛已经看见你的救恩，就是你在万民面前所预备的，是照亮外邦人的光，又是你民以色列的荣耀。'孩子的父母因这论耶稣的话就希奇。"（二十五节到三十三节。译文是美华圣经会的《新约全书》。译者另译西面的话，所以和《新约全书》的译文不同。）

〔一阵沉静。他们站起来。索菲倚着杰洛穆,看着他,微笑,顺从。直到临尾,他们不再离开,面对面,站直了,索菲的头靠住杰洛穆的肩膀,彼此看着。他们连门开也不注意。

〔听的见声音来了。

索　菲　（带着一种微笑的忧郁。）征服……再会,我的朋友。"月桂剪下来了……"

〔有人粗野地砸门。

杰洛穆　（十分温存。）"美人在那儿要去把它们捡起来……"

索　菲　（指着开幕时候留在桌子上面的一枝丁香。）不,还是把这死了的新枝子,这丁香花给我……

〔顾尔茹瓦希耶把开花的枝子给她。她吻着它。

〔门开了……一队武装的人民。

附 录

罗曼·罗兰小传

罗曼·罗兰 Romain Rolland，当代最伟大的文豪，世界闻名的大勇主义者及国际主义者，以一八六六年一月二十九日生于法国聂勿尔 Nièvre 省克拉美西 Clamecy 城的一个中产之家。父亲是法官，母亲是爱好音乐的旧教教徒。罗兰五六岁时就由家庭方面得到音乐的陶养，那时已认识了贝多芬的伟大，这对于他日后思想的形成与天才的发展，实有很大的影响。一八七〇年普法战役后不久，由家庭送入克拉美西的一个中学校，习修辞科。后又转入工艺学校 École Polytechnique，研习科学，但他性近艺术，与所学科目有格格不入之苦。一八八二年全家移居巴黎，是年十一月考入大路易中学 Lycée Louis-le-Grand，毕业后于一八八六年七月考入巴黎高等师范学校 École Normale，先学文学，后改攻历史，这两个学校给他以认识良师益友的机会，对他以后事业裨益甚多。二十二岁时（一八八七），读到托尔斯泰名著《艺术论》的译本，那里面对贝多芬等人痛下针砭，罗兰读后觉得自己思想彷徨，信仰摇动，在苦痛中给这老思想家去了一封长信，诉说自己内心的矛盾。不料是年十月间竟得到托翁一封三十八页的回信，对他所提出的问题予以诚恳剀切的解答，那时他正读高师第二年，由此信便建立了他为人类崇高理想奋斗的志愿。一八八八年作成了他的第一部著作《我相信因为那是真的》Credo quia Verum，这是一种哲学的自白，写好而未印行。一八八九年八月毕业，考得历史地理教师学位。是年十一月被学校派往罗马考察，并采集历史资料。由先生毛鲁 Gabriel Monod 的介绍，在罗马结识了七十二岁的德国理想家玛尔维达·丰·梅森柏女士 Malvida von Meysenberg，这个遇合给他思想人格以极大的影响与启发。后来他们不绝通信，直到她死。罗兰考察期满归国，一八九二年在巴黎结婚。是年又奉派赴意，翌年返国。一八九五年作成他的学位论文《现代歌剧之起源》Les origines du théâtre lyriqne moderne，得博士衔，并受到法国国家学会 L'Acadèmie Française 的褒奖，自是，便在母校任教，一九○三——一九一○年，又在巴黎大学教音乐史，一九一○年十月在巴黎大街闲行，被汽车辗伤左臂，幸救治得法，得免于死。从一八九五年直到大战，是他创作力最活跃的时期，那时正当德赖夫斯 Dreyfus 大尉被诬叛国的事件（一八九四）引起全国骚动，他埋头写作《群狼》Les Loups 一剧，于一八九八年用圣正义 Saint Juste 的笔名发表，为德赖夫斯辩护，主持公道，曾引起一些人的注意。后来因鉴于左拉等文坛名宿相继谢世，巴黎文艺界日趋肤浅与堕落，乃与旧友白吉 Charles Péquy 徐阿赖斯 André Suarès 等创办《两周评论》Cahiers de la Quinzaine。一九○○年创刊，一九一四年休刊，罗兰主要著作，大都先在此刊发表。他早年剧作除《群狼》外，尚有《圣路易》Saint Louis（一八九七），《爱尔》Aërt（一八九八），《理智之胜利》Le Triomphe de la Raison（一八九九），《党东》Danton（一九○○），《七月十四日》Quatorze Juillet（一九○二），《将至之日》Le Temps Viendra（一九○三），《孟泰丝邦》La Montespan（一九○四），等等，这些戏因陈义过高，没得到很大成功。此外关于戏剧理论方面有《民众剧院》Le théâtre du peuple（一九○三），关于音乐家及名人传记的也不少，较著名者有《米勒传》François Millet（只有英文本，一九○二），《贝多芬传》Vie de Beethoven（一九○三），《米开朗吉罗传》Vie de Michel-Ange（一九○六），《往日音乐家》Musiciens d'autrefois（一九○八），《现代音乐家》Musiciens d'aujourd'hui（一九○八），《托尔斯泰传》Vie de Tolstoi（一九一一）等书，这些著作使他声名渐次广播；但除这之外，他同时埋头于十大卷《约翰·克芮斯道夫》Jean Christophe 的写作，这部书以一个德国音乐家的一生事迹为经，以大战前二三十年间的欧洲生活为纬，表现出他全部壮伟丰富的人生观，宇宙观及艺术观；被誉为二十世纪第一部最伟大的小说。当它一九〇四年二月开始发表于《两周评论》时，已引起社会的注意，未出齐即有译本，一九一二年十卷出齐，声名大著，因于一九一三年得到法国国家学会的伟大文学奖金。此后他又从事写作《高拉·布洛宁》*Colas Breugnon*，借一个法国艺术家的故事来替法国写照，一九一九年全稿杀青。当这工作正在进行之际，适值一九一四年大战爆发，时他正居瑞士日内瓦湖畔的外外依Vevey，痛感人类自相残杀之荒谬与各国当局欺骗民众之悖理，从一九一四年九月至十月，在《日内瓦日报》连续发表维护人道的非战论文，并向德比等国知识分子呼吁解除人类仇恨，这些文字后来都收进《超乎战争》*Au-dessus de la Mêlée*（一九一五）及《先锋》*Les Prêcurseurs*（一九一九）两论文集中。此时法国社会有许多人对他加以抨击，说他背叛祖国，他不能归国，遂在日内瓦红十字会医院服务，料理杂事，并替伤兵写信。一九一六年得到瑞典诺贝尔学会一九一五年度文学奖金，悉数捐赠救济事业。又召集一批热情的青年作者，在当局监视下为理想奋斗。当居留瑞士五年中，作了笑剧《里吕里》*Liluli*（一九一九）以讽时，战后一九一九年六月廿六日，即和约签字前两日，在《人道报》发表《精神独立宣言》*Déclaration d'Indépendance de l'Esprit*，吁请全球知识界破除国家偏见，共谋人群幸福，各国知识界领袖同情签名者有百余人之多。一九二〇年重返巴黎，是年发表他在大战中所著的两部小说，一为《彼得与露丝》*Pierre et Luce*，一为《克莱朗宝》*Clerambault*（此书标题为《大战时期一个自由良心的故事》），一九二二年又出巨著《入迷的灵魂》*L'Ame enchantée*，一九二五年出《爱与死的搏斗》，*Le Jeu de l'Amour et de la Mort*，又因同情印度甘地，于一九二六年出《甘地传》*Mahatma Gandhi*，此后思想渐渐左倾，由人道主义转向于社会主义，同情苏俄，对世界法西主义攻击不遗余力，并号召青年为社会主义而奋斗。这些文章多先发表于《欧罗巴杂志》，后收在《奋斗十五年》*Quinze Ans de Combat*(一九三五)文集之内。一九三五年赴俄，与故文豪高尔基会面，备受苏俄民众欢迎。西班牙内战中，他宣言同情政府军；远东冲突中，与大科学家爱因斯坦等联合宣言同情我国；捷克风云中，又发表声援捷克的论文。一生专为人类自由平等幸福的前途而奋斗，他是我们人类文化最纯洁，最伟大，最前进的导师。

本　事

人世有许多意想不到的事迹：幸福的人不一定要活着，活着的不一定就有幸福。有人活着为了爱情，有人为了信仰，有人为了理想，可是同时就有人视死如归，也为了爱情，为了信仰，为了理想。这里有一件事是清楚的：他们不为自己活，也不为自己死。他们伟大的人格形成他们崇高的举止。

一个饥寒的冬天方才过去。现在正是丁香花盛开的三月末梢。顾尔茹瓦希耶夫人约了四位老少朋友一同来欣赏明媚的春光。他们唱着歌，跳着舞，做着爱，好像已经忘掉彼此的忧患。但是，谁忘得掉？街上过着上断头台的囚犯行列，报上登着列强的军事行动。国会方面还在做些自相残杀的勾当。几个月以来，巴黎的山岳党把吉隆德派收拾了一个干净，如今又轮着山岳党在分裂火并。什么时候是个了局呢？亲友全死光了。活着的也朝不保夕，天天在出卖自己的亲友。

幸福的似乎只有顾尔茹瓦希耶夫妇。人人羡慕，但是，谁也想不到他们的结合早就有了裂痕。顾尔茹瓦希耶对于政治的信仰起了动摇，渐渐由沉默而中立，由中立而反抗，终于决然和暴力分手。廉洁的统治者洛布斯比耶要他投票判决革命元勋党东的死刑。他没有投票，擅自离开了会场。他年轻的夫人这时正在家里款待她的情人法莱。

这是中央政府通缉的一个罪犯，死里逃生，从吉隆德省冒了万险来到巴黎，只为重温一下他的旧情。他尝够了人情世故，如今爱情是他仅有的一线光明。他来的时候恰好赶着顾尔茹瓦希耶夫人和客人谈笑。一个叫做巴姚的老头子害怕连累自己，先暗地向当局告发了法莱的行踪。公安委员会的军警眼看就要搜查来了。

顾尔茹瓦希耶发觉法莱是他的情敌。他没有出卖这英勇的亡命者，把人家为了救他而给他的冒名护照转送过去。法莱可以替他陪伴他年轻的夫人离开巴黎，一同奔往自由的瑞士。顾尔茹瓦希耶夫人听见他的安排，静静地烧了她那一份护照。她决计留下陪着她舍身取义的丈夫。她要跟着他一块儿殉难。

现在他们恢复了那久已失去的新婚的幸福。生带走了痛苦，死带来了平静。黄昏来了，军警逮捕他们来了。

为什么要把生命给了我们？

为了克服生命！

暂时的是现实，永生的是理想：最后的胜利是你们的，死去罢，你们为人类活着的战士！

演员表

(上海剧艺社演出)

杰洛穆·顾尔茹瓦希耶 …………………………… 章　杰
索菲·顾尔茹瓦希耶 ……………………………… 蓝　兰
克楼德·法莱 ……………………………………… 翁仲马
拉萨尔·喀尔鲁 …………………………………… 徐　立
带尼·巴姚 ………………………………………… 夏　风
浩辣斯·布晒 ……………………………………… 莫　言
劳到伊丝喀·斯芮齐耶 …………………………… 柏　李
克劳芮丝·苏西 …………………………………… 小　凤
克辣巴 ……………………………………………… 周　起

跋

现在,多谢朋友们——特别是巴金兄——的督促,我终于破除时光,不顾身体,斗胆将《爱与死的搏斗》的翻译清理成功。这出戏为"上海剧艺社"的排演特地赶出,距今已然七个月了。关于当时的热闹以及节外生枝的笔墨官司,用不着糟蹋我敬爱的读者的宝贵光阴,我这里抱着遗憾只好一笔勾销。《爱与死的搏斗》已经有过两种译本流行,一种是"创造社出版部"夏莱蒂与徐培仁的《爱与死之角逐》,一种是"泰东书局"梦茵的《爱与死》。后者我没有读到,前者我也无所褒贬。罗曼·罗兰在他的序言里面说到他所用的对话(他说做"过分造作的文字",我希望不是):

"这种演说的语言不止引起一种误会,而外国的诠译者简直无从避免,因为他们就没有承受我们感觉样式的本能的传统。"

有了这话做口实,我想,每个"外国的诠译者"大可不必扪心自问了。他举了史评家泰尼做例,"不能够透过文字音节的人为铺张,或者走出咬文嚼字的烟雾迷漫,理解国约议会学究们的吞噬的热情,可怕的诚实。"然而,对于我们"外国的"后生小子,问题还要杌陧一层。不像一个普通的法国人,我们没有法国语言的本能的感觉,还不说罗曼·罗兰所说的历史上的风格的感觉。我们的了解要有三重扞格:第一,"大革命"的历史的知识,第二,"大革命"的灵魂和语言,第三,一般的法兰西的生活和语言。把这些全放下,我们还得加上一条中国语言的距离。

明了这重重的关山,我就更加同情《爱与死的搏斗》的译者诸君,也就越发原谅自己的不安。因为学力,时间和材料的限制,我没有能够加细注释若干典故的出处,希望再版时节,得以一一补入。对于我们外国读者,一部历史的文学杰作,特别需要这种繁难的工作。

"上海剧艺社"的公演,先是四天(二十七年十月二十七日到三十日),后是两天(十一月五日和六日),共总十二场,引起孤岛上热烈的反应。一位观众把"大革命"比做炼狱,然后道:"孤岛就是炼狱,我们需要像《爱与死的搏斗》那样的火焰。"(《申报》)另一位观众分析生存和生活的差别,推论道:"一个'人'无论是生是死,应该'有意义';倒转来说应该'有意义',不论生与死。正是:'是气所磅礴,凛然万古存,当其贯日月,生死安足论。'"(《新闻报》)把这些灵魂激荡的鄰鄰译给罗曼·罗兰知道,明白中国(尤其是上海)今日和他剧作的精神,何等密合,何等需要卓然的启示,他一定会和上演《群狼》时节一样兴奋,一样欣纳他的成功——为人类不朽的精神服役的使命!

附录之中,"罗曼罗兰小传"是陈西禾兄的手笔,借供读者参考。"本事"是译者给说明书写的,外附"上海剧艺社"公演舞台面五帧。

译　者　二十八年五月三十一日。

罗森堡夫妇

朱理叶斯与伊斯尔

列昂·克鲁奇科夫斯基 著

作者小言

我写罗森堡事件这出戏，用意不在拿事实一一交代清楚。事情在一九五〇年夏天开始①，在一九五三年六月十九那一天结束（就算我们权且能够拿这"事件"当完结看罢）。我从朱理叶斯与伊斯尔的生活里面，提出紧张的最后几小时，有一点像在聚光镜底下一样，试着把这出激动人心的戏剧的政治和人道的内容集中起来。剧作家平日使用的行动自由，由于这种决定，受到了极端限制，可是另一方面，有些没有意义和并不重要的细节，也由于这种决定，我正好从这最后几小时的事变实际进行当中拿它们删掉了。这样一来，为了写作上的需要，我就不得不放弃事实的刻板叙述；不过，自然啦，事情的主要面目并没有因而有所改动。

---

① 朱理叶斯在七月十七日被捕，伊斯尔在八月十一日被捕，一九五一年四月五日被判死刑。——中译者注

・罗森堡夫妇・

人物

朱理叶斯

伊斯尔

律师

检察官

法官

典狱官

女看守

结西

大卫·格林格拉斯

装配匠

米盖尔

罗比

若干看守

一九五三年六月十九日,事情发生在纽约附近辛辛监狱里面。

第一场

景是辛辛监狱死囚区的牢房。后墙是牢房门。紧靠左墙,一张木板床。当中一张小桌子,上面有书和纸;灯底下,一张凳子。在牢房的第四堵墙——就是说,舞台前部——的地方,稍后于幕,挂一块铁栅栏,代表窗户。

幕启的时候，伊斯尔缩在床头，姿势像一个女人冻僵了。她显出迷迷糊糊的样子。

这样过了几分钟，听见钥匙在锁眼儿里响，门开直了，就见女看守静静进来，打量伊斯尔。伊斯尔一点一点睁开眼睛。在女看守后面，从过道走出了装配匠。他两只手端着一张小桌子，上面放着一只电话机，电话线拖在地上。他看也不看伊斯尔，就拿桌子放在近门墙边，把线在门槛犄角扣牢实，又去了过道。随后他回来，摘下听筒。

装配匠　　（低声）喂，是嘎尔外吗？……是呀，是我……听是听见啦，不过，说实话，我觉得你的声音发糊涂……（他听了听）成啦，像这种事，要是能够说顺手的话，就算顺手罢。

女看守　　（向装配匠）怎么，检验好啦？你完了事，好走啦。

〔装配匠挂上听筒，什么人也不看，就快步出去了。

伊斯尔　　（她站直了，立在床边，望着电话机，起了疑心）是什么？做什么用？

女看守　　我不知道。检察官这就来，他会讲给你听的。（她微笑着）太太，你昨天晚晌睡的好吗？

伊斯尔　　我睡的好不好，你知道了，有什么用？

女看守　　是那些新闻记者问我这话……（诡秘的样子）从早晌起，监狱的办公室就来了许许多多新闻记者，样子全像很紧张……

伊斯尔　　（不由自己，重复着）……从早晌起？

女看守　　中午以前，我接班的时候……（过道有脚步声）检察官来啦……

〔她走掉。

〔检察官走进牢房,迅速瞥了一眼电话机,又瞥了一眼伊斯尔,这一回却瞥的时间长了些。他关上门。

检察官 太太,请你原谅我,要是……不幸……我不能够对你说,"你好"……

伊斯尔 (手放在背后,像是找寻扶手)你是说,你给我带来了坏消息?

检察官 是的。最高法院维持原来决定,你和你丈夫请求总统特赦,总统也拒绝了。这来了有半小时了……(他从口袋取出一张纸来)这是白宫打来的电报……

伊斯尔 不必了,你犯不着……

检察官 随你罢。(他微笑着)你丈夫,他倒愿意听我念。我甚至于感觉到,他有要我再念一遍的意思……(他拿纸放回口袋)是的。所以,现在,我的责任就是通知你,今天下午八点钟,执行判决。

〔伊斯尔没有表示,不过,眼睛差不多闭起来了。

检察官 从现在起,眼面前这六小时,对你就成了你这一辈子活的最后六小时。这一回是再也不会更改的了。这就是你的下场……

伊斯尔 检察官先生,我丈夫和我,有两年多了,天天过着死人的日子……

检察官 太太,你不妨这样讲,你也许有理由这样讲……不过,时辰一到……人一辈子可就只有一回坐电椅哟。

伊斯尔 我……我可不可以……同我丈夫道别?

检察官 当然可以。为了你们道别,我们甚至于有意思拿时间放长了,多给你们一点自由。按照我们的规矩,这还是史无前例的恩典。

伊斯尔 我们会非常感激你的。

检察官 我甚至于希望，回头你更感激我；眼下你这点感激，一比就算不得什么了。太太，不瞒你说，你和你丈夫这末一次会谈，只有你们自己在一起——我们认为相当重要……

伊斯尔 我想，除去我们夫妇之外，别人对我们会谈，不会感到兴趣的。你检察官先生更不感到兴趣了……

检察官 听起来像是这么回事。不过……可能就不是这样。几分钟以后，就要在这里举行的会谈，我们国家许多地位很高的大人物全认为非常重要。

伊斯尔 （突然提高警惕）我听不懂你的话。你这话是什么意思？

检察官 意思可多啦！（他走到电话机跟前，拿手放在上头）请你看看这架电话机。

〔伊斯尔不作声，打量电话机打量了许久。

检察官 这架电话机不是一架普通电话机。请你拿它当一个活人看。还不止于此，我要说的是：当一个朋友看。啊！只要摘下听筒，对它说几句话，就有……

伊斯尔 我听不懂你的话。到底是谁摘下听筒来啊？

检察官 你，或者你丈夫，全行。我再说一遍：你只要对这架电话机讲上几句很简单的话，就有一个声音回答你……有一个声音给你带来生命的安全！我干脆说了罢：是我的声音。因为是我负责……

伊斯尔 （心里乱哄哄的）啊！

检察官 我看出你听懂我的话啦。很好。本来嘛，事情这样简单！（他走到伊斯尔跟前）这架电话机在这里一直搁到下

	午八点钟，就是说，一直搁到死亡在你牢房门口露面的时候。是的，死亡，罗森堡太太。那些看守好比就是死亡，会把你们夫妇一直送上电椅的。
伊斯尔	（呢喃着）我懂……我懂……
检察官	（他完全靠近她）请你用心听我的话。这架电话机通到我今天在监狱的办公室，办公室又一直通到司法部。在这六小时里头，我决不离开我的办公室，我说这话，我拿人格给你做担保。你看啊，我们这些做司法官的，末了倒做了我们犯人的犯人啦……
伊斯尔	（揶揄）我有权柄的话，我不迟疑，就恢复你的自由。
检察官	问题不光是你。我猜，你丈夫到了这里，也要有话讲的……再说，罗森堡太太，眼下随你嘴多硬，请你记住这个：在这六小时里头，我决不离开我的办公室，希望在这期间，我会听得见电话线另一头的电话铃响——是的，就在这条电话线的另一头。我想，用不着说了，你们夫妇很清楚我这时候希望听到的是那些话。
伊斯尔	（指着桌子）检察官先生，在这桌子上头，放着我母亲写给我的几封信。她知道我冤枉，可是，在每一封信里头，她求我承认人家派给我的罪名，就像这是救我性命的唯一方法……
检察官	她完全对。这是你不坐电椅的唯一方法。对你丈夫也是一样的。
伊斯尔	（一半说给自己听，就像她没有听见检察官的话）她是我母亲！我原谅她，原谅她要我做这种事。我知道，她要我这样做，是由于绝望，由于母性的爱。这两样东西都没有长眼睛。可是检察官先生，你真就以为这架电话

211

	机,(她指着电话机)会比我母亲的哀求,对我还有影响吗?
检察官	也许对你就有影响。也许对你丈夫就有影响,你丈夫又回过头来影响你。我们看好啦……其实,你不该小看这架小小的电话机。没有生命的东西,往往对我们生命所起的影响,要比我们想到的大多了。好比说罢,大多数罪犯因为想抢夺那些没有生命的东西,就成了这些东西的牺牲品。得,议论够啦,我们身边只有几百分钟,糟蹋一分钟也是可惜的……你丈夫这就到这里来。
伊斯尔	(兴高采烈)他到这里来……这里!
检察官	你们有的是时间……我说错了,你们相当有的是时间,一道考虑考虑,再悉心研究一下问题,权衡一下轻重……
伊斯尔	(手放在太阳穴上,背向检察官,闪开他,坐在床沿。稍缓)检察官先生,你一定知道,半个月以前,司法部特派员本纳特先生到这里会过我们一趟。我们夫妇同他谈话,谈了两小时多。虽然中间没有见证人,这次谈话的目的,我想,你多少总有一点数目账……也许你本来就一五一十全知道的罢?
检察官	我多少知道一点……
伊斯尔	这也就够啦。不过,我还是一五一十讲给你听罢:本纳特先生对我们提议,只要我们同政府合作,就特赦我们。他是这样说的:同政府合作。我们要是接受他的提议,他答应我们,从华盛顿来几个官儿,和我们做"适当的"谈话,写好同样"适当的"口供。我们拒绝了这种提议;你一定听人说起来的罢?
检察官	是的,我听人说起来的。不过,这在半个月以前。

伊斯尔	我们这两个星期就没有改变!
检察官	不知道。这两个星期,我们就见道格拉斯法官和他三个同僚,争取最高法院重审,还打算在最后时辰把案子推翻来的。你知道,打消这种努力,两天也就够了。可是就我看来,我觉得最重要的是,本纳特先生到这里来,恰巧就在第一次宣布执行你们死刑的日期那一天的第二天。你们和他谈话的时候,你们眼面前还有整整两个星期好活。而现在……现在你们只剩下六小时了!
伊斯尔	你以为这真就改变得了我们的决心?
检察官	我以为两个年轻人,又相爱,又是两个可爱的小男孩子的父母,不会那么轻轻易易就打定了主意寻死的……我从来没有经见过这种事,不过我觉得,一个人活的时间已经不多了,算来算去也不过是那么几分钟,这时候会换一种眼光看事的,不像寻常盼望到加利福尔尼亚度假期,可以悠闲自在……最高贵的原则,到了这时候,也抵不上一调匙汤吸引人……可不,罗森堡太太,现在,(他指着电话机)除掉这架电话机还可以帮帮忙,你们任何机会也没有,绝对没有了……当然喽,我们更喜欢我们的犯人不用人劝,就会在最后自动听从公民良心的吩咐。不过,万一不能够唤起这种良心的话……
伊斯尔	求你就别扰乱人家的良心了罢……
检察官	(大发脾气)真有你这种人!你就不明白,我这样做,是为了你好……为了你的孩子好吗?到了明天,你就会为这个感谢我的!
伊斯尔	你放我安静,我现在就感谢你。
检察官	(控制自己,恢复劝说的口吻)我这样做,不过是尽我的责

任，尽我做官的责任，也尽我做人的责任。你也许以为当司法官的是铁石心肠，丢开了人道感情不问。可是，你应当同意我这话，就是，不管怎么样，我们经验丰富，都是了不起的心理学者。我们知道，一个人等死，眼面前只有六小时、三小时、两小时，只要能够救得下他的活命，十有九回，这个人就会连自己母亲也出卖了的。罗森堡太太，我们要你们做的并不多。我们要你们做的，不过就是你们打定主意，老老实实承认派给你们的罪名，帮我们对付我们国家的仇敌。对付国内的仇敌和国外的仇敌。

伊斯尔 （猛然站起）我们国家的仇敌，就是你和你伺候的那帮人！（指着电话机）叫人把它拿走！

检察官 （捺下他的怒火）办不到，罗森堡太太。由你糟蹋我好了，我还是不能够取消最后挽救你们夫妇的机会。何况这对我们国家有用……有人快要淹死了，总要拿救生圈子扔给他的。（指着电话机）我就这样做，此外，就看你们两个人了。今天黄昏，你们一定……会淹死的。（他点了点头）现下我离开你。请你记住，从这时候起，在这六小时……（他瞥了一眼他的表）不对，只有五小时五十分钟了！——我决不离开我的办公室。在这期间，我们一直保持直接和不断的联系。（他打开门，站在门框里面）我求你再记住这个：摘下听筒的手，有两个小男孩子，你们的两个儿子在祝福！

〔他走了。伊斯尔一动不动，望着开开一半的门。过了一时，她听见过道起了她熟悉的脚步，本能地走到门前，心急情切，等待着要来的人。朱理叶斯进来，门在他后头砰地一声关了。你望我，我望你，他们一时只是茫然和犹疑的表情，随后，他们的脸很快就发亮了，先是怯弱的微笑，接着不久就舒展开了，兴奋了；他们互相伸出了手……

朱理叶斯　　伊斯尔！

〔他欢欢喜喜走到她跟前，两个人不出声，好半天搂在一起。

伊斯尔　　（盯着朱理叶斯的脸看，说话带热烈的激动）你知道罢？人家给我们时间，给我们许多时间！我们也应当想法子把这些钟点拉得长长的……是啊！我们一定要活个痛快，尽兴过掉留给我们的每一分钟！我多爱你啊！

朱理叶斯　　（一往情深）你这时候就像我们结婚那一天一样！你还是那样好看、那样勇敢！

伊斯尔　　我们的意外幸福冲昏了我的脑壳！他们告诉我，你要到这里来，我觉得自己就像一个年轻姑娘等她的爱人来一样！我的好人！现在不该再做别的打算……再做种种打算了……

〔她不说下去，两个人静静地你盯我看，我盯你看。

朱理叶斯　　是的，伊斯尔，希望没了，可是活罪也结束了。白宫拒绝我们特赦的请求……

伊斯尔　　我知道，我知道……

朱理叶斯　　这几乎成了安慰……几乎成了安慰了。（露出痛苦的惊奇）想不到两年熬下来，连这都成了安慰，看他们把我们坑的！

伊斯尔　　（兴奋）简直就像我们已经不是活人了一样！……还觉得出你的手热，听得见你出气……有你在我的房间……多

	快活啊!
朱理叶斯	(苦笑)"在你的房间"……(他向周围望了一眼)原来就是这里！你就是在这里过掉这两年……
伊斯尔	是的，在希望里头受活罪的两年……
朱理叶斯	我的牢房比这一间还要小一点点，还要阴沉……噢！你连电话机也有……
伊斯尔	(忽然心乱了，强笑着)是啊，连电话机也有……
朱理叶斯	我的牢房没有电话机……
伊斯尔	(握着朱理叶斯的手)来，我们坐下!(她朝木板床拉他，两个人全坐在床沿，彼此握着手)两年里头，我的日子全用在恨这四堵墙了，现在，忽然就对我变得非常亲爱了……(稍缓，柔和地)……现在，我确实知道，这是我这一生最后住的地方了……
朱理叶斯	(端相伊斯尔的脸端相了许久，然后)据说，人快死的时候，从眼睛看得出他们的一生来。伊斯尔，我多爱我在你眼睛里头看到的东西啊!
伊斯尔	你在我眼睛里头看到我们的一生！说给我听，我们这一生，有什么东西让你现在觉得后悔吗？万一我们还能够活下去的话，同你一直活到现在的思想、感情，有哪一点你觉得要不得吗？
朱理叶斯	伊斯尔，同我们两个人一道活过来的思想、感情！
伊斯尔	是的，两个人!
朱理叶斯	不会有的，伊斯尔。我们进死牢以前过的年月，我没有一天觉得要不得。再说，我们能够换一个样子活吗？难道我们一生有什么了不起的地方吗？你清楚我们整年整月，天天就为面包着急——在这些日子，爱情永远比面包

	多。全世界的正直人、老实人，难道不都是这样活着吗？（稍缓）只有我们的死亡不和他们的死亡一样罢了。
伊斯尔	"我们的死亡"……两年来，我躺在这张床上，常常对自己提出这句天真的问话：为什么这正好落到我们头上？老实人有千万百万，我们干了什么，偏就我们倒楣，遭遇不同？朱理叶斯，你怎么样想？
朱理叶斯	我的好人，我想，像我们这样的事，随便哪一个人碰到了，也是一样的。我们是人家从美国普通人民、这个国家的正直公民里面拿去的抵押品。亲爱的，问题不在我们身上。这些大人先生的目的物是千百万人的心同脑壳！他们要我们中电死，为的是麻痹千百万人的脑壳！
伊斯尔	（严肃而又十分忧郁）"要我们中电死"……
	〔她忽然站起来，满脸恐怖，扭转身子，望着牢房深处。朱理叶斯也站起来，疑问的样子看她。
伊斯尔	（控制自己）没事，没事……我觉得像是有人在我身子后头……
朱理叶斯	放镇静，只有我们自己。
伊斯尔	（细看朱理叶斯的脸细看了许久）你以为他们真就只留我们在一起吗？
朱理叶斯	（像对一个小孩子说话，口气纵容）他们把门关了，你听见来的……
伊斯尔	（激烦）是啊，是啊，他们明明把门关了。原谅我……。
	〔她走向桌子，坐下，眼睛盯着空里看。朱理叶斯跟在她后头，心直不安。
朱理叶斯	伊斯尔，你怎么啦？
伊斯尔	没什么，没什么。（她试着微笑）我脑子起了一个念头：我

们可不可以请人给我们带些花来？我们今天似乎有权利表示一些特殊愿望……

朱理叶斯　（怯怯地）我会有一把花的……一小把花的……

伊斯尔　（她忧郁地微笑着）朱理叶斯，我知道是哪一把，我知道……（稍缓）昨天，我还试着……作为末一回见他们……准备同他们说什么话来的……可是不容易……简直不容易……

朱理叶斯　我们同他们分手，应当做出没事的样子，完全就像他们明天早晌还看得见我们，问候我们好啊一样……可是，我们也应当同他们郑重告别，就像对永远离开的亲人一样……

伊斯尔　我不敢说，到时候，我拿得出力量来……不过，在你旁边，有你在一起……（忽然一阵畏惧，拿她抽动的手抓住朱理叶斯的手）你真是在我旁边吗？我怕死了……

朱理叶斯　我在，我的好人，我在，放安静。

伊斯尔　这屋子没有别人吗？

朱理叶斯　确实只有你我，完全没有别人。

伊斯尔　（骤然起立，喊着）不对，不对！朱理叶斯，不是真的！不只是你我！你应当知道，你也应当知道！应当知道！

朱理叶斯　说真的，伊斯尔，你在说什么？

伊斯尔　我原来不想告诉你，亲爱的，我原来不想告诉你，可是，我忽然怕起来了，好像我不讲给你听，也许就在犯罪一样……啊，可不！我们这时候，一定要比往常真诚；我们的灵魂一定要肺腑相见！

朱理叶斯　要比往常真诚？伊斯尔，你这话是什么意思？想必你要说的是，像我们往常一样真诚罢？

伊斯尔	可是,就是方才,我觉得,我有生第一回,我能够、我必须瞒着你什么事,不叫你知道来的……饶恕我罢,朱理叶斯……(她揪着他的手,把他拉到电话机旁边)你的牢房没有电话机。我的牢房也从来没有过。是一刻钟以前,人家把它放在这里的……现在你明白,为什么我这半天直觉得不光是你我在一起了。
朱理叶斯	(不耐烦)往明白里讲,伊斯尔,往明白里讲!
伊斯尔	(指着电话机)你想谁在电话线那头?

〔朱理叶斯心不在焉,拿手去动电话机。

伊斯尔	不,不,别碰它!你知道这电话机是做什么的吗?(一种揶揄的口吻)"只要摘下听筒,对它说几句话,……"他们希望我们今天垮下来,接受本纳特的提议……这架电话机的责任就是帮我们这样做……啊!他们可真无耻、无耻啊!
朱理叶斯	(注视电话机)他们也就是蠢才罢了!蠢才罢了!
伊斯尔	拿你的手给我。(她拿朱理叶斯的手搁在她的心口)摸摸我的心看。你了解它,你知道它一向对你忠实。我也觉得出你的心跳,你的勇敢、忠实的心在跳。可是他们这些刽子手却以为老实人的心只是一小块肉,就会害怕、打哆嗦!
朱理叶斯	我去吩咐他们把这拿开!
伊斯尔	我可怜的朱理叶斯!难道我们在这里吩咐得了人吗?不成,这架电话机一定要在这里搁到今天下午八点钟。
朱理叶斯	简直无耻!我受不了这个!
伊斯尔	(她俯过身去,端相朱理叶斯的脸)朱理叶斯,这东西对我们没有丝毫重要,是不是?

朱理叶斯	（厉声）可是……可是，伊斯尔，你倒试着瞒我这个来的。（显出痛苦）为什么，伊斯尔，为什么？难道你真还害怕这东西对我有什么重要不成？
伊斯尔	（柔和地）不是的，朱理叶斯。我们受到的侮辱，我原想不叫你知道……因为我们如今不再是为我们的生命战斗了，不是吗？我们是为我们的荣誉、为我们做人的尊严……（停顿。迟疑出口）我还想……

〔她住口不说下去。

朱理叶斯	你想什么？
伊斯尔	我想，我们两个人里头单只一个人知道这事，我们做起来也许更容易些……
朱理叶斯	一个人，你是说你？
伊斯尔	是人家头一个告诉我的。
朱理叶斯	（心里乱哄哄的，抓住她的胳膊）听我讲，这对我是重要的。尽你眼下的能力，诚诚恳恳回答我的话！
伊斯尔	（心有所畏）我的好人，我在听你讲……
朱理叶斯	难道……难道你真就完全相信，我们已经不是活人了吗？好！看看我的眼睛，说罢！说话呀！

〔他紧盯着她看。

〔伊斯尔一点一点闭住眼睛。

朱理叶斯	（恐惧）伊斯尔，你为什么不说一句话？天啊，你为什么不回答我的话？

——舞台转暗。

第二场

　　同一牢房，一小时以后。伊斯尔坐在放着纸的桌子旁边，正在书写。朱理叶斯站在她后头，一只手搭在伊斯尔肩膀上，慢慢口授着。

朱理叶斯　……你们两个人都还太年轻，父母的遭遇，不见得能够充分体会，真正了解。这也许对你们是一种幸福、对我们是一种安慰。不过，有一天，等你们长大了……

伊斯尔　（停止书写，眼睛朝上，望着朱理叶斯）你以为他们将来记得住我们吗？

朱理叶斯　这很难说，不过，有时候，我倒不由希望他们尽早把我们忘掉。想到这上头我就难过，可是这样一来，他们就许好过些了……

伊斯尔　不，朱理叶斯。一点一滴的印象，我也希望、我也从心里希望他们不要忘记！

朱理叶斯　我怕坏人在毁坏他们这种印象。可怜的米盖尔已经有点懂事了，他十岁了。你知道，他班上有些同学已经做出好像不认识他的样子……

伊斯尔　可是，爱护我们孩子的人并不少，要多多了！我们的儿子……（停顿）亲爱的，我们写下去罢：有一天，等你们长大了……

朱理叶斯　（口授）……你们就会明白，你们、你们和我们受了多大的害。你们更会明白，罪恶的面有多宽，不光害了我们，还害了美国、我们的祖国，还害了全人类……（看见伊斯尔不写下去,他住了口。她仰起头,像在听什么响声。朱理叶斯也在听着;过了一时,他们你望我,我望你,嘴边流露出一种不明确的微笑,然后继续写下去)我们死的冤枉……不过两个人一道死,我们好死多了。死刑在前头等着我们,我们愿意你们知道,你们和全世上人知道,我们临难之前,认为最重要的思想是什么……

〔他停住不讲下去。

伊斯尔　　(朝朱理叶斯仰起头来,一往情深)说呀,朱理叶斯,我相信我晓得这个思想……

朱理叶斯　(口授)……你们要过许多年,才会懂得这个。我的孩子们,别把它忘了,这就是:"世上没有可害怕的东西,全是心理作用。"

〔伊斯尔继续写着。她写完了这句话,朝朱理叶斯仰起脸来。他们交换了一个又长又深入的视线。停顿。

朱理叶斯　(停顿)我的好人,你同意吗?眼下顶和我们为难的,不就数这个了吗?

伊斯尔　　(思索着)听我讲!害怕这种心理作用,就是自己害怕自己!两年下来,我从来没有像今天这样感到害怕过……(她猛一下子站起来)朱理叶斯!朱理叶斯!说一句话别叫我疯,马上就说给我听!(绝望)亲爱的!两个人在一起好死多了,这话不是真的,不是真的!(她奔向床,倒在上头,脸藏在手里头。过了一时,她仰起头来,像是同自己讲话,忿忿不平)说不定就有许多人拿我们当英雄看。他们就不知道我们不要做殉难者的意志有多坚强!

〔过了一时,她慢慢站起来,望着前面,好像失去了

	一半知觉。
伊斯尔	（细声细气）什么时间啦？
朱理叶斯	（柔和地）伊斯尔，试着别再想它了……时间对于我们，已经失去了意义……
伊斯尔	（清醒过来）太阳在这一季，靠下午四点钟光景，照进牢房来……该是有太阳光的时候了……（她指着地上一个点子）看！就是这里，第一道阳光正好照到这里……

〔朱理叶斯站在伊斯尔一旁。两个人全本能地仰起了头，望着窗洞。停顿。

伊斯尔	我认识这一小块天，就像对我的灵魂一样熟。我的种种思想、我的全部痛苦、快要发疯的痛苦，在这两年里头，我统统摊给这块天看……还有我对生活的全部信念，看这块天，多蓝、多干净……
朱理叶斯	我多喜欢再看一只海鸥在赫德逊河上头飞啊！
伊斯尔	我真希望再看一回太阳！不，不是在这里，隔着这些铁栅栏！而是像从前那样看太阳。我牵着罗比和米盖尔，在海边可尼岛沙滩上散步……你呐，你来找我们，带着你在摊头买来的橘子……
朱理叶斯	（眼睛望着窗户出神）我的孩子！我们没有什么东西再送你们了，除掉我们的梦想：梦想纯洁和安静的生活，梦想解除了恐惧和谎话的生活……你们记住，我们如果非死不可，就是因为我们不肯放弃我们对于这种生活的权利，因为我们不肯丧失人类的尊严……
伊斯尔	来，你方才讲的话，让我们写下来！（他们手挽手，回到桌子跟前。伊斯尔坐下来，很快就写完了，自己重读着）亲爱的孩子，我们没有什么东西再送你们了，……

朱理叶斯	……除掉我们的梦想：梦想纯洁、安静、解除了恐惧和谎话的生活……我们要是非死不可，那是因为我们不肯……
	〔他停住不讲下去，两个人全朝门那边迅速转过身子，听着。
伊斯尔	(低声)外边有人走动，在我们门前停住了……
朱理叶斯	是的，我隔着门上的窗洞洞，望见了眼睛。
伊斯尔	(苦恼)单是我们在牢房的时候，他们偷看我们，我也习惯下来了。可是今天……朱理叶斯，在我们最后时辰……说真的，告诉他们，我们眼下有权利完全安静！
朱理叶斯	(他走向门，对准了，厉声)喂，听着！你倒是看着我的眼睛，坏东西！你要是不怕待在这地方，你要是不走开，就是表示你不配做人！
	〔长久的沉静。门打开，出现了女看守，手里拿着一只办公室用的小坐钟。
女看守	(有一点窘)对不住，先生，我是受了上头的差遣……检察官打电话要我拿这只小钟给你们……(她把小坐钟放在小桌子上，靠近电话机)是人家叫我这样做的……(老实巴交的)这里搁这个东西，不碍你们事……晓得你们还有多少时间，也是好的……就算你们的时间不多，时间可总是你们自己的……没人要抢你们的……
	〔她走出去，砰的一声关了门。
	〔朱理叶斯朝后退，站到伊斯尔旁边。两个人全盯着小坐钟看。停顿。
伊斯尔	(声音发闷)什么时候啦？我看不大清……
朱理叶斯	四点欠廿分……

伊斯尔	真快！（她走到小桌子跟前，两手拿起小坐钟，看着钟针，朝朱理叶斯走回来）这只钟走起来，就像人心一样跳。……你记得吗？你当我未婚夫的时候，送了我一只手表……
朱理叶斯	是啊。我还对你说：愿这只表给你的时间全是幸福的……
伊斯尔	（拿小坐钟放在朱理叶斯的手里）把这放到那边，我们约好了再也不去看它！
朱理叶斯	（露出忧郁的柔和）你敢说你回头不犯约？记住这女人讲的话："晓得你们还有多少时间，也是好的。"这话听起来残忍，其实很人道……
伊斯尔	不对，朱理叶斯！看现在这些针，等每一分钟消逝！不，这不可能！
朱理叶斯	可是你看，就要拿出勇气看。多可怜啊，这机器耗掉的气力！样子像在动，其实没有生命。蠢才！他们送这只钟给我们，妄想一分钟又一分钟，杀死我们的脑壳，像先前上刑一样……他们想用什么花样，就用什么花样收拾我们好了……（他走向有电话机的小桌子，把小坐钟放在上头）可是他们毁不了我们心里的是非曲直，他们夺不去充满我们最后时辰的爱！
伊斯尔	（倒在她的椅子上）什么世界！一边是他们的全部压力……对面，什么也没有，只有我们两个人！
朱理叶斯	伊斯尔，事情明摆在这里。他们为了欺骗人类，需要我们的谎话，比需要我们的性命多多了。可是我们不要做他们的帮凶！我们不要拿谎话做代价，赎我们的性命！这还好说是真正的性命？我们确信自己挑对了路走，我们就是从这种信心得到了力量和宁静。不错，伊斯尔，

	这些针可能继续指出几分、几秒、几点钟。(他在伊斯尔旁边站定了,拿胳膊围住她)亲爱的!我们要比美国所有的钟全活得久!
伊斯尔	(握着朱理叶斯的手,拿它贴住她的脸)朱理叶斯,谢谢你!
朱理叶斯	(微笑着)亲爱的,谢什么?
伊斯尔	谢你这番话。听你讲话,心里好过多了!
朱理叶斯	(稍缓,带着感情)伊斯尔,你哭啦?
伊斯尔	让我的眼泪流到你手上。这是快乐的眼泪。我多爱你啊!(长久的沉静。伊斯尔忽然仰起头来,先是畏惧地听着,随后细声细气道)什么响?是你的心跳得这样厉害?
朱理叶斯	亲爱的,心在你旁边,所以……
伊斯尔	(仔细听)不对,不是你的心……(她跳起来,喊着)不是!不是!
	〔她跑到小桌子跟前,抓起小坐钟,拿她抽动的手抡起它来,像要摔到地上。
朱理叶斯	伊斯尔!
	〔伊斯尔清醒过来,放下手,望着小钟发呆。朱理叶斯走到她跟前,轻轻从她手里拿开小坐钟,放到小桌子上。……
朱理叶斯	你浑身打哆嗦……放安静……我们该把信写完了……
	〔他把她领到桌子跟前,站在信前。
伊斯尔	(忽然恐怖起来)朱理叶斯,我们有那么多的爱,可是,我们是什么样残忍的父母啊!
朱理叶斯	(不放心)伊斯尔,你这话是什么意思?
伊斯尔	(口风很硬,近乎粗野)我的意思是说,我们的孩子将来受

	不受打击，眼下还就看我们了……我不能够、我不能够不想到这上头！
朱理叶斯	（有力而平静）伊斯尔，这件事一直就没有什么要看我们的，根本没有，要有也就是保护我们的尊严、我们的权利！
伊斯尔	我们的孩子不懂这个！我知道，明天他们要哭着说：爸爸，妈妈，你们为什么不肯活着待下来啊？你看，我想到这上头就害怕：我们冤枉，我们保护自己的无辜保护到底，决不接受人家派给我们的过失，可是我们这样做，会不会犯一个大得多的过失啊？
朱理叶斯	（绝望地）伊斯尔！伊斯尔！问题不在我们冤枉不冤枉，是在全世界和我们的孩子，信不信得过我们冤枉！千百万人信任我们，我们的孩子相信我们——难道我们也好出卖他们？天啊，伊斯尔，你像我一样懂得这个，做什么一定要我讲给你听啊！
伊斯尔	（苦恼）啊，我知道，我知道……（她往旁一闪，柔声柔气说着，诉冤似的）我说了什么错话不成？你敢说这就是我的思想？如今没有什么是你的思想、我的思想：有也只有我们的思想，两个人的、共同的、分不开的！是的，我们不要出卖爱我们的那些人，可是你得让我体味体味我们带给他们的活罪……让我受受孩子们受的活罪！
朱理叶斯	（站在伊斯尔旁边，一往情深地把她拉到跟前）两年里头，我有好几次问自己：我们有权利拿自己的尊严放在孩子们的痛苦之上吗？像我们这样的老实人，有权利保护自己的荣誉吗？我不说拿生命做代价，这样做并不难。我是说，我们这样做，平空给子女带来打击，永远损害他们年

轻、脆弱的心灵。我们有权利拿子女的痛苦做代价吗？方才把你吓住了的就是这种思想，亲爱的，你说是也不是？

伊斯尔　可不，正是这种思想……我害怕说破我的思想，可是，这拦不住我有时候觉得一阵心冷，就像做了什么不人道的事一样……这时候我就心惊肉颤，怕朝你眼里看……我怕出卖自己……怕在你眼里看到同样的思想……我们真诚相爱，这样心狠、这样无情，对吗？我们还太需要力量。说给我听，说给我听，拿出力量来坚持到底，应当怎么样做才是啊？

朱理叶斯　力量和宁静……啊！我们要是能够上到绝高的地方，高到什么也为害不了就好了！不过，我们是普通人，热爱生命……爱自己最好的年月、最使人向往生活的年月！

伊斯尔　话是对的……不过这种可怕、这种暧昧的印象，我一直解除不了……我有一种印象：这里不光是我们两个人……总有什么人在我们背后头……要不就是，有什么人梗在我们中间，织着看不见的线……

〔长久的沉静。两个人全本能地朝牢房深处、朝电话机望过去……朱理叶斯忽然起了决心，推开伊斯尔，走向小桌子，拿手放在电话机上。

伊斯尔　（惊慌）朱理叶斯！（她追过去，抓住他的手）你要做什么？
〔他们的视线碰在一起。

朱理叶斯　（差不多迷迷糊糊的，呢喃着）应当这样做！应当这样做！伊斯尔，这样做，我们就得救了。
〔他毅然推开伊斯尔的手，摘下电话机。

伊斯尔　不！不！

〔她拿手放在脸前,好像防御打击。

朱理叶斯　　（稍缓,对话筒）是检察官先生吗?（停顿）是的,我的确有话同你讲。（停顿）只有两句话：检察官先生,别糟蹋你的时间……你盼望我们讲的话是永远不会讲出来的……是的,话完啦。

〔他挂上电话。

伊斯尔　　（露出脸来,还发糊涂）你干什么?为什么?

朱理叶斯　　（微笑着,扶住她）你看,我要是心里起了可耻的念头,我总想法子说出口来,叫人听见……这就是我防御的方法。是的,伊斯尔,最可怕的事,就是不说出口来……对付这家伙,也要这样……

伊斯尔　　（思索着）是的,是的,我明白你的话……（改变声调）他回答你什么话来的?

朱理叶斯　　检察官吗?我不知道。他试着回答来的,不过,我没有听。（微笑着）我根本不是对他讲话!

伊斯尔　　（稍缓）是的,现在安全安静下来了,要比方才安静多了……是不是因为真只有你我?

朱理叶斯　　亲爱的,当然是这个理由。

伊斯尔　　（稍缓,声音细微而热烈）搂着我!

朱理叶斯　　（抱紧了她）噢!我的幸福!我常常怪自己爱你没有爱够。我一直梦想长命百岁,给我机会填补我爱情上的缺欠……

伊斯尔　　亲爱的!我们的爱如今不再只是我们两个人的了……不再只是姓我们姓的两个小孩子的了……我们的死要使全世界千百万人痛苦……我们千百万兄姊妹妹痛苦……

朱理叶斯　　伊斯尔,的确是这样。我们的凶手杀害我们,等于在美国和在世界各个地方，威胁千百万儿童和他们的父母……但是我们的死亡给受威胁的人们带来了力量！伊斯尔！伊斯尔！我们死的并不灰心，我们不是白白丧失性命！

〔长久的沉静。伊斯尔忽然仰起头来，仔细听着。朱理叶斯学她。停顿。

伊斯尔　（指着左墙，低声说着）听见了没有？在那边……在这堵墙后头……（拉着朱理叶斯的手，她朝右墙退，靠在上面，过了一时）那边有什么人……有些人……（显出恐怖）你知道是什么在那边，在这堵墙后头吗？朱理叶斯！

〔她拿脸藏在朱理叶斯的胸脯里。朱理叶斯明白了。眼睛不离开左墙，他拿胳膊围住伊斯尔，好像保护她不受恐吓打击。

伊斯尔　（仰起头来，声音断断续续）我在这里过了两年……只一堵墙隔开，我和这个东西，两年……许许多多夜晚。在监狱这一区，一片沉静，静得不得了……你就不知道我过的是什么样夜晚！躺在这张床上，靠近墙，他们就在墙后头要拿走我们的性命……（挣扎着，显出痛苦的微笑）亲爱的，你就宽恕了我罢。你还得提醒我，时时刻刻想到责任……我只求你一件事：别对我说，隔壁屋子怕得死人的动静，时间一久，我也就习惯了！得，现在好过多了，好了……你看，我微笑啦！（抓住朱理叶斯的手）来，真该写完这封信啦！

〔她把他拉到桌子跟前，坐下来，拿起钢笔，一边等，一边端相朱理叶斯的脸。朱理叶斯经不起她这样看，拿手蒙住脸。

〔长久的沉静。门开开。女看守进来，拿着一份纽约时报，放在小桌子上，靠近电话机。她打量朱理叶斯和伊斯尔，过了一时，决定又拿起报纸，放到伊斯尔要写东西的桌子上。

女看守 这是你们的报纸。跟寻常一样，今天散步是五点钟。不过，你们散步得分开，各人在各人的院子……除非你们不要散步……今天随你们高兴……

〔她等了一阵子，不见回答，耸耸肩膀，出去了。
〔伊斯尔这时候不停在望朱理叶斯的脸。

伊斯尔 （等女看守走后）朱理叶斯！

朱理叶斯 （露出脸来）有人进来过？

伊斯尔 是女看守。她送报纸来的。

朱理叶斯 啊！报纸……

〔他心不在焉，伸出手去。

伊斯尔 （制止他的手）不，不！别碰它！

〔朱理叶斯一直拿手伸向报纸，疑问的样子望着伊斯尔。

伊斯尔 不，我们今天不该拿心用到这上头。我们活着的时候，它们糟蹋我们糟蹋了那么久，今天我们要死了，它们该拼命糟蹋我们了。

朱理叶斯 想想看，千百万人手里拿着这张报纸！他们打算拿卑鄙龌龊、寡廉鲜耻和谎话，像发洪水一样，把我们淹没了。这比死还可怕。啊，伊斯尔！要是出去，要是能够在这时候出去，拦住街上陌生的过往行人，告诉他们真话、关于我们的真话，叫他们当心自己的命运，那就好了！

伊斯尔 是的！他们会在最后了解我们的……

朱理叶斯	（稍缓，显出痛苦的惊奇）尤其难以想像的是，明天照样出这种报纸……用不了多久，猎狗们就又在侦察新的无辜被害的人……
伊斯尔	有些人临死，有时候似乎以为，世界要同他们一道死掉。这种想法，我怎么也不能够了解。确信世界为了善要继续存在下去，就像为了恶要存在下去一样，岂不更好？确信善恶之间的斗争要继续下去，岂不更好？朱理叶斯，是不是啊？
朱理叶斯	是啊，亲爱的。我们死了以后也继续存在下去！（指着报纸）这群奴才兴高采烈喊着："白宫拒绝特赦……"啊！真会玩弄字眼儿！可是世上人说的、历史要说的却是：白宫拒绝正义。
伊斯尔	等我们的儿子长大了，他们也有了孩子，他们要对他们讲起，我们怎么样在年轻有力的时候死掉。我亲爱的朱理叶斯！想到有这么一天，我们还活在孩子们的心里，比我们真活着还活着，可真好过啊！我们就这样年轻有力，永远停在人们的记忆里面。
朱理叶斯	年轻有力，是的，伊斯尔。
	〔沉静的时间越发长了。过道起了脚步的响声。钥匙在锁眼儿转动。女看守进来，门关了一半，由着两个犯人疑问地看她看了半晌。
女看守	布洛克先生在会客室等你们。上头答应他同你们谈话啦。
	〔朱理叶斯和伊斯尔你望我，我望你，好生欣喜感动。
伊斯尔	曼尼！他来啦，多叫人开心啊！

朱理叶斯　　（向女看守）马上就得去？

女看守　　　马上。布洛克先生在等你们。（信赖的样子）上头没有答应以前，他在管理处待了两小时……（越发低了）他带来男孩子，两个男孩子！

〔想不到的消息。沉静的时间越发长了。

朱理叶斯　　（懵懵懂懂的）伊斯尔，听见了没有？他把他们带来了！

女看守　　　不过，眼下上头只许你们的律师见你们……他只好把两个孩子留在办公室……不会出事的，人家给他们巧克力吃……说不定再迟一会儿，上头也就答应他们啦……

伊斯尔　　　（快迷迷糊糊了，呢喃着）再迟一会儿……（喊着）可是，说真的，到底什么时候？什么时候？

女看守　　　大概是怕同时人多罢。我怎么知道？

朱理叶斯　　（试着让伊斯尔安静）伊斯尔！伊斯尔！

伊斯尔　　　朱理叶斯！他们就在这里——就在我们旁边！不，不，别打算叫我安静得下来……走，走，我们去求求我们的朋友，在没有办法之中想办法！他们不能够、他们不能够拒绝我们这个！

女看守　　　放安静，太太，放安静。你们的律师一定办得到……

伊斯尔　　　朱理叶斯，走！

〔女看守开开门，朱理叶斯和伊斯尔挽着手，快步走出。

女看守　　　（站在门口，慢慢又关上了门）从现在到下午八点钟，时间还有的是……

——舞台转暗。

第三场

　　检察官在监狱行政地点的房间。办公室习见的家具。办公桌上,两架电话机;旁边,特地摆了一张小桌子,上面放着第三架电话机(就是这架,通到伊斯尔的牢房),沿墙,有沙发和一张桌子;桌子上放着饮水杯子。墙上有一只大挂钟,时间是三点三十分;还有一份日历,日子是六月十九。

　　检察官坐在办公桌后头,律师坐在对面;再往远去,典狱官坐在窗户底下。

检察官	布洛克律师,你看,截到现在为止,你的主顾还是一脑门子幻想。开头他们想入非非,自以为说服得了我们法院,去相信他们所谓的冤枉。过后,一看不成功,凑巧共产党人和头脑简单的人为了营救他们,正在乱喊乱闹,他们又把希望寄托到这上头。有些国家,包括美国在内,不缺少头脑简单的人。你知道,我们抵挡住了这种冲击。不过,我应当承认,在最后这几个月,我们需要神经特别结实……
律　师	我想,冷战兵士的传票,结实的神经不敢抗命不到吧?威尼先生,你们缺的,倒是想像力。
检察官	请你把想像力留给诗人们用罢!
律　师	可是你听啊!做一个政治家,没有想像力,是行不通的,就像一把宝剑捏在疯子手里一样失掉意义。你滥用公众意识,可是它所代表的力量,你并不放在心上!希特勒犯了同样过失。

检察官	（不耐烦）律师，不讲死鬼。你的主顾正是这样想入非非，自以为仰仗他们所谓公众意识，就免除得掉惩罚。今天下午，可好啦，这些人总算从黑云端里一个跟头倒栽下来啦。他们给自己制造了一个前所未有的情况。他们的性命，这几小时，全看他们自己，要死要活，只看他们挑什么路走。从今以后，他们除去自己，就没有什么人好靠啦。眼下他们应当做的，就是尽快了解这种情况，因为这种情况就算前所未有罢，可是，嗐，一眨眼也就过去了啊。而且，明摆着的事，趁现在还有时间，他们早点做好打算罢。
律　师	威尼先生，你盼望我帮他们做好打算，是不是？
检察官	我以为，你是他们的辩护律师，可以在这上头起很大的作用。所以我才允许你和死囚谈半小时话。你看，我们尽一切力量来救他们。也就是单单为了这个，我才一直坐在这架电话机前头……虽然今天下午很热，我们离游泳池不到五分钟路。
律　师	我要是你啊，洗澡去啦。我一百二十分相信，这架电话机……（难过）在今后这几小时，做哑巴……（放低声音）一直做到头！
典狱官	（一直用心在听）怎么！你是他们的律师，事情这样，你倒觉得应该啊？听你的口气，我感觉到你有这种意思……
律　师	典狱官先生，你感觉到什么，我不知道，可是，我只知道，我清楚我的主顾……我的朋友……
检察官	算啦，布洛克先生，像你这样清楚他们，敢于放胆说，他们在性命关头最后几小时，做这个，不做那个，怕是他们自己都跟不上你这样清楚他们罢……

律　师	（苦恼）可能是罢。我不过是表示我个人的信念罢了……
典狱官	得啦！你呀，你可没有受威胁，今天黄昏坐电椅啊！
律　师	唉，谢普斯先生！像我们这样活下去，不是半年，就是一载，很有可能轮到我受威胁的。
检察官	你又扯到哪儿去啦！律师，你简直是一脑门子官司。（有一架电话机开始在响。三个人颤抖起来了，用心望着这些电话机。直到电铃第二回响，检察官这才听清楚，不胜遗憾，摘下办公桌上两架电话机的一架的听筒。转向律师）请你原谅……（向电话机）喂，是啊……我是威尼……（稍缓）是的，八点正……（他听了听，然后）噢！这像登天一样难……不成，不成，我办不到……你和毛栾谈谈看，要不就同渥耳斯通谈谈看，也许两个人里头有一个人会把位子让给你罢……你说什么？他们宁可把他们的姘头让给你？很有可能，你干嘛不试试看？……好啦，没有办法……

〔他挂上电话。

〔检察官接电话的时候，典狱官站起来，走到一个书架前头，取下一册小开本圣经翻看。

检察官	（向律师）我喜欢和新闻记者打交道，可是今天同他们谈话，我真感到困难了。完全没有办法。
律　师	（照自己的想法问下去）威尼先生，小孩子怎么着？你不许他们见，是不是就这么肯定下来啦？
检察官	肯定下来？在下午八点钟以前，我们先别说起"肯定"这两个字罢。不到那时候，就无所谓"肯定"。关于小孩子的事，我们再谈罢……从现在到八点钟，我们还有的是时候……

律　师	好罢。在答应他们见父母以前，我就想法子拿话搪塞搪塞罢……不过，威尼先生，这不人道！
检察官	就我看来，律师，我觉得在这件事上头，最不人道的正是你的主顾！是的，两个人全不人道！
律　师	我不懂你的意思。
检察官	可不，是你的主顾不人道！简直是世上一对最惊人的夫妇，还是一对最惊人的父母！你听我讲，我干这行事也有许多年了，我常常对付一些坏蛋畜牲，可是，从来还没有碰到犯人像这样心狠的！
律　师	威尼先生，你这些似是而非的话，实在可怕。作为律师，作为我的主顾的朋友，我不得不待在这里听下去，真是最苦的义务。
检察官	我明白。就你看来，他们代表人类特别值得景仰的范例。可是，律师，你倒说说看，一个人、一个真正的人，具有人的感情，对自己的命运能够这样无动于衷吗？对他最亲近的人的命运能够这样无动于衷吗？他也许说，这是道行。我呀，我以为这是偏激，必然没有灵性，完全不人道！这些人就不是人，是机器人！
律　师	检察官先生，真想不到，你也慢慢了解他们啦。说实话，要了解他们，一把小钥匙也就够了，可是这把钥匙，你口袋里头偏就没有。
典狱官	（念圣经）"你打击不信奉你的人，他们并不难过；你摧毁他们，他们不肯接受教训。他们的脸变得比一块石头还硬；他们拒绝悔改……"
检察官	谢普斯，你在那里嘀咕什么？
典狱官	不是我说话，是耶利米，第五章。两位先生，我有这样一

	个习惯，每逢生活有难题给我，我就老老实实回到《圣经》找参考。
律　师	遇到这种情形，像我们这些学法律的，我们宁可回到我们国家的宪法找参考。不幸是，宪法这个文件，虽然要比《圣经》小上几千岁，可是眼看在我们国家，变得更面目不清了！
检察官	就我来说，我倒喜欢回到我的良心找参考。布洛克先生，我告诉你，这是美国一个真正爱国者的良心。两位先生，公道不是一种抽象感情。公道应当受公民良心的严格支配。什么是公道？干脆就是国家……
律　师	"公道"这个字眼儿在你嘴上，单只一天里头，就不知道说了多少回，难道你情愿，就算只这么一回罢，为公道献出你的生命吗？
检察官	献出我的生命？可是，这下子就不公道啦！
律　师	我们换个字样称呼它罢。我们就说是国家好了。难道你情愿牺牲你的性命，为了你所谓的"国家"吗？总之，为了你信奉的什么东西，你情愿牺牲性命吗？
检察官	先生，我想不出有什么事，要我做这样的牺牲！
典狱官	（笑）我也想不出！
律　师	我已经对你们说过了，你们缺乏想像力。不过，话说回来，万一有这种事呢？
检察官	（他完全止住欢笑，一副侦查模样，细看律师，然后，粗声粗气）先生，我想，我竭尽所能，永远不让自己遇到这种事。我这答话你满意了罢？
律　师	完全满意。你就像下棋的，一看要斩将，推翻棋子，抄起棋盘就打对方的脑壳。

检察官	布洛克先生,不幸是,判断是非公道,和下棋并不一样:这是生死斗争。
律　师	如果是这样的话,这个国家就再也用不着你我之流了。单有一般刽子手也就够了。如果是这样的话,原谅我有此一问,不过我很不了解,不得不有此一问:你为什么待在这架电话机前头啊?杀害这些人的手续反正已经办齐全啦……
检察官	你是这些人的律师,居然有此一问,你的惊奇未免令人惊奇。我们最需要的不是他们死,难道这就那么难以了解?我们要他们做的,容易多了……
律　师	可是他们一致认为,这点容易还是太不容易,所以并不接受!他们不愿意拿性命同你们看来是一种可笑的代价做交换,然而,在他们看来,这……
	〔他停住不讲下去。
	〔电话铃响。三个人的反应和先前一样。听第二回铃响,检察官摘下办公桌上另一架电话机的听筒。
检察官	(向电话)我是威尼……喂,是呀,是我,结西……(他听了听,然后)可是,我的宝贝,我醋死你啦……哎呀,不成,一分钟也不成……不成,不成,不成……(稍缓)这个呀,是的,你要是想看啊……不难,他们会告诉你怎么来的……好罢,我等着你。
	〔他挂上电话。
律　师	(站起来,拿起他的公文夹子)好,我该走啦。
典狱官	许你去见的话已经传过去了。看守长本特雷在过道等你……
检察官	先生,记好了,千万要唤醒这些人的人类感情……一星

	星对自己、对自己孩子的怜悯……你是他们的律师、他们的朋友,你办不到,谁办得到?
律　师	(厉声)检察官先生,我求你别对我说这种话啦。关于友谊的责任,用不着你给我上课。(显出痛苦)我爱这些人,就像他们是我的兄弟姊妹,我珍贵他们的生命,就像珍贵我的生命一样……你清楚,我用尽我一切力量来救他们……(用力)是的,一切力量,除掉叫我甘冒不韪,丧失他们的友谊、他们的尊重,那是办不到的……不过,听我讲:我就是接受他们的死亡,也不像你接受他们无辜的性命那样困难……

〔他轻轻点了一下头,转开身子,朝门走去。

〔电话铃响了好几回,律师握着门扶手,本能地站住。三个人全紧张地望着电话机。听第二回铃响,检察官慢慢伸出手去,放在电话机上。典狱官朝小桌子跑过来,拄着两只手,弯着腰,眼睛望定检察官的脸,等着。电话铃响第三次。检察官以一种极慢的行动摘下听筒,视线转向律师,用心观察他。律师忍受不了检察官的野蛮视线,转开眼睛,头垂得低低的。

检察官	(向电话)是啊,我是威尼……听见你的声音,我很愉快……(他听)得啦,别害怕,说罢。你有什么话要同我讲?……(不耐烦)我在听……我在听……(一个更长的时间)啊!就是这个?

〔他又听过一时,从耳朵边拿开听筒,看着它,然后,以极大力量控制自己,做出安静的手势,挂上电话。

典狱官	到底怎么样?什么事?

检察官　　（露出一种看不见、几乎无所谓的微笑）不对，还不是那个。

律　师　　（感情仍在激动，等于是在同自己讲话）可是为什么？为什么？

检察官　　（揶揄地望着他）什么……为什么？

律　师　　真是他的电话吗？

检察官　　不是他的，难道你倒希望是他女人的？

典狱官　　不过，威尼，他说了些什么？他说了些什么？

检察官　　他劝我别白等啦。他就是这样说的：白等。（向律师）布洛克律师，你已经在想……可你怎么啦？你一脸惊怕的样子。

律　师　　（控制自己）你如今怎么划算？

检察官　　我？老样子。告诉他们，不管怎么样，我在这里一直待到下午八点钟。请你再添一句，我一点也不生他的气……不过，话说回来，你这个律师真叫做得滑稽！单单想到你的主顾不识好歹，妄想搭救自己性命，你就手足无措了！

律　师　　（走到检察官跟前，面对面说）威尼先生，为了你们这种人，我羞于做美国人①！

〔律师转开身子，走了。检察官一跃而起。他射出忿怒的目光送他。律师出去了，他抓起一管铅笔，丢到他的办公桌上。然后他走到有饮料的桌子，给自己倒了一杯威司忌喝。

---

① 伊曼纽尔·布洛克真讲过这话。——作者注　一九五四年一月三十日，美国特务害死布洛克律师。——中译者注

典狱官	好啦，威尼，你也真叫滑稽，要逗能打动人心！
检察官	你看见了没有？家伙，他羞于做美国人！啊！我倒喜欢看看像这样的怪人！（他躺在沙发里面，还在倒威司忌喝）可是你看见的，谢普斯，他真还害怕来的！
典狱官	而我，先前认定了耶利米错，原来是他对……
检察官	谁？啊，是的，……你就拿耶利米放到一边去罢。（他看表）四点欠一刻。差不多快有两小时了……
典狱官	就目前看，他们给了你一个目标、一个起点，带你走冤枉路……
检察官	谢普斯，你错。是我给了他们一个起点。人常常说"不成"，为了紧跟着就讲"成"。顶糟的是默不作声、无动于衷、没有反应。好！他们就折磨自己折磨下去罢。说到我呀，我拿稳了成功！

〔他又倒威司忌喝。

典狱官	话说回来，什么样的怪人哟！他们要真是共产党人，做做这种姿态，我倒懂啦……
检察官	（讥讽）你疑心他们是共产党人？他们不是共产党人。我这方面一点也不疑心他们是。
典狱官	话是不错的，可是他们说共产党人的话，信共产党人的教……
检察官	正是这种人，我们才不放心。是共产党人就好了，我们可以不由他们害人，不择手段，随时加以制裁。目前真正危险的，就是那些跟着共产党人瞎跑的人；他们支持他们，采用他们的口号，可是逮他们就难多了。这些人，在我们国里，不幸是太多了。应当恐吓、警告、从歪路赶出来的，就是他们……

典狱官	可不，这还用说。(他走向门)我去看看东西准备好了没有。电匠已经在那边了……我叫人把新闻记者集中到我们俱乐部去，有三个新闻记者，得到允许看死刑执行的，当然是另外请开了……你我不妨私下里说说，这群家伙简直不是东西……他们像狗一样，鼻子伸长了到处闻……
检察官	谢普斯，你的看法不对哩。他们的打字机往往比机关枪还重要。你想想看，美国一个中等新闻记者，起码帮我们省掉一百个警务员。我说什么？一百个警务员。不对。他们的作用根本就量不出来。
典狱官	威尼先生，说真的，我还是喜欢正规的警务员。是什么就是什么，起码他们不会以为自己了不起。

〔有人叩门。结西出现了，穿着运动衣。典狱官闪到一旁，让她进来，点点头，出去了。

结 西	喂，包柏！我以为你好歹也腾得出半小时打会儿网球的。
检察官	结西，可别问我为什么腾不出。喝不喝点东西？
结 西	(坐下来)欢迎。一杯马尔地尼。
检察官	(倒马尔地尼)我猜，狄克是高兴替我打网球的喽……
结 西	这呀，那还用得着说。我把他留在门外头啦。他说，他再也不要听人讲起罗森堡夫妇啦，这在你们死牢也该发出臭焦皮味道啦。自然了……我告诉他，他弄错啦。说起味道来呀，倒是一种漂染房味道哟。当然我不是说这间办公室喽，我是说一般……(改变声调，更低了)怎么样？是今天？你就要脱手啦？
检察官	是啊，八点钟。(一个字一个字分开说)除非是从现在到

243

	八点钟,在这期间,出现轰动的转变……
结 西	怎么!还会回心转意?你到底同这些人在玩什么把戏?我要是他们呀,早就发了疯啦。
检察官	你?你要是他们呀,马上投降。而且法子俏皮多了,我只要开头一辞职,你就软下来啦。
结 西	一定的!我就不明白,他们为什么那么死心眼儿。要是他们冤枉的话,我还想得出这个道理,可是,他们既然真正有罪,干什么还硬要找死呢?
检察官	(捺住想笑的心思)对不住,你怎么讲的?
结 西	他们有罪,不是吗?所以案子是正常的:他们可以学学格林格拉斯,认了罪,不就救下活命了嘛。必要的话,就像格林格拉斯一样,他们供出别的罪人好了。我猜,顶要紧的,就算这个了罢?或者……或者……要是他们冤枉的话……这呀,可就完全两样啦。他们真算是走进死胡同啦……可是,他们一定有罪,总之,我是说,他们该当有罪,不是吗?不然的话,你们不会拿他们关起来的……啊!我就不知道我讲了些什么。好,再给我一杯马尔地尼。
检察官	(斟满她的杯子)结西,你懂得什么叫做国家吗?
结 西	多少懂得点罢。国家就像一个老太太,一个劲指使人。难道是国家看上了罗森堡夫妇的?
检察官	不是,倒不如说,是他们不肯赏国家脸……政府代表国家的存在,可是他们不愿意帮政府忙。说实话,这是他们最大的过失。
结 西	你一向讲,原子间谍……
检察官	那,又是一回事了。总得告他们点罪名啊。再说,告他

	们的不是我们，是格林格拉斯这家伙。是啊，你看！格林格拉斯这家伙、一个乏小子、小傻瓜蛋……好！就像这种人，也能够懂得国家的！
结　西	人们讲，格林格拉斯这家伙是一个大坏蛋……他为了救自己性命，出卖他的亲姊姊……
检察官	能够把这叫做性命的话，倒算说对了，怕的是他不配……可是，罗森堡夫妇就不同了，他们自以为非同小可，像煞有权利照希腊悲剧的英雄自行其是！你明白吗？在我们原子世纪，像这样想入非非，岂不是自讨苦吃！
结　西	也许他们只为成名罢？要是这样的话，他们也未免太自负了，不过大家还可以了解他们的意图……其实，我倒有点可怜他们……他们那样年轻，人家说他们感情很好……还有，那些孩子……我要是你啊，宁可不搞这当子事……
检察官	怎么！可是我的同僚全眼红我！
结　西	我讲傻话，你可别笑……我有这样一个想法，你们要是起码赦上一个人，世界不会坍了的……赦女的，当然喽……因为，平时有许多事，你们对妇女表示敬意……这又给人一种好印象……就有人想，两个孩子还小，不该一下子把他爹妈两个全收拾了……你怎么样想，包柏，我这话有没有一点点道理？
检察官	（走到她跟前，吻她的后颈）结西，你是一个可爱的小糊涂虫。不过，你有这种见解，我劝你别讲给你周围的人听。
结　西	我不过是讲给你听，我已经对你说过，我讲傻话，你可别笑……就国家观点来看，这当然是傻话，不过，你听我

	讲，这会安慰许多人的……（她站起来）那么，你是半小时也不走开的了？
检察官	是啊，我走不开。
结　西	你的样子不像工作紧张……
检察官	是啊，我在等。
结　西	你在等什么？
检察官	我要是等着了的话，我请你吃一顿好晚饭，吃的时候，再讲给你听。
结　西	请人吃饭，还来个"要是"，我不希罕。今天黄昏，我留下狄克陪我，免得错过了。
检察官	随你罢……
典狱官	（匆匆进来）威尼先生，我对你说什么来的，这些新闻记者简直不是东西！你想想看，他们已经在打赌啦！
检察官	打什么赌？
典狱官	家伙，赌我们两个判死刑的犯人要怎么着。他们在最后时辰会不会垮掉？还是默不作声到底？
检察官	得啦，这算得了什么？这是他们的习惯，看见什么，打什么赌。
结　西	包柏，你等的就是这个呀？
检察官	可不，我等的就是这个，许多人跟我一样也在等。
典狱官	还有人心平气和，在玩牌呐。
检察官	有人什么？
典狱官	我一直在说新闻记者。他们有的打赌，有的在玩牌。
结　西	再会，包柏，我呀，去啦。

〔她摆摆手告别，朝门走去，开开门，看见过道站着十岁的米盖尔，手里牵着六岁的罗比，她往后退。检察官

和典狱官朝门转过身子，惊奇的样子望着两个孩子。

〔米盖尔拉着他身子后头的兄弟，迟迟疑疑进了房间，一个一个打量在场的人，站在靠门最近的人——就是典狱官。

米盖尔	原谅我，你们中间谁是检察官先生吗？
典狱官	有的，可不是我，是这位先生。
检察官	（努力做出"相宜的口吻"）好，假定是我罢……米盖尔，你有什么话要同我讲？
米盖尔	你认识我？
检察官	你想不到罢。
米盖尔	那就更好啦。因为，正好两个人全……他是我兄弟罗比……罗比，你待在这里……（他丢下罗比，拿起检察官的手，把他拉到一旁，靠舞台前部。低声）我们想请你许我们见见我们的爹妈……
检察官	（轻轻拍他的肩膀）我知道，我知道，有人告诉我，你们在外头……
米盖尔	我们等了好半天啦。我们说什么也得见……你已经答应布洛克先生去见了……我们给他们带来些花，我留在洗脸屋子，为了保持新鲜……
检察官	米盖尔，你们想到带花来，非常乖。不过，你们还得等上一会儿。布洛克先生有要紧事和你爹妈商量。
米盖尔	他拿这话也告诉我们了，不过，大人们总以为只有他们有要紧事……罗比和我，在这时候，等呀等的……
检察官	好！那就再等上一会儿罢……谢普斯，领他们到俱乐部，请他们喝两大杯洋莓冰水……也许你们喜欢喝有巧克力的？

结　西	（声调尖锐）包柏！
检察官	（若无其事）结西，什么事？
结　西	唉！没什么！没什么！

〔她坐在沙发扶手上，背转过去，不看任何人。

典狱官	（领着小孩子）孩子，你们看好了，我们的冰水崭透啦……

〔他们走出去。检察官快步走向有饮料的桌子，又倒威司忌喝；结西一直坐着，动也不动；他打量了她一时，然后走到办公桌后头，在有电话机的小桌子前面站住，看着电话机，用手指头轻轻敲着。

——舞台转暗。

第四场

牢房。下午五点十分。伊斯尔坐在床沿，女看守站在牢房当中。

女看守	真可惜，你不听我的话。散上一刻钟步，对你有好处的……血马上就活啦……（她停了一时不说话，随后，看见伊斯尔不开口，又讲下去）你丈夫受用到了，你没有，你也许在怨他罢？
伊斯尔	才不。恰巧相反。是我硬要他去散散步的。他顶喜欢露天、空场子……
女看守	人人喜欢。（她在小桌子旁边的椅子上坐了一时）我呀，

	常常想着在城外头来一所小房子……一辈子待在墙当中，我不喜欢……尤其是像这里的墙……
伊斯尔	你城外头的小房子，你将来一定会有的……
女看守	再有几年，我就不干啦……不是活儿苦，干不来，是我干够啦……我倒喜欢种种洋莓……像华莱士先生……
伊斯尔	你也一定会有你的洋莓的……有些人想东想西，并不妨碍别人，你就是他们中间的一个……
女看守	是呀，我同意你这话。想想心事，碍得着谁啊？
伊斯尔	有时候会的……看人在想什么。
女看守	罗森堡太太，我来给你讲点好玩的事听。有一天，我问我女儿白特："你大了愿意做什么？"她回答我："妈妈，我愿意做你那种事，看管监里的犯人。"（试着补救发生的坏印象）我不是对你说这句回话有道理……你知道，小孩子是怎么回事……活到一个相当年纪，做爹妈的就得糊弄糊弄他们……
伊斯尔	（苦笑）可不，小孩子是这样的。有一回，小孩子来监狱看我们，我丈夫问我的小米盖尔："你大了想干什么？"他想了想，回答说，他想做律师，像布洛克先生一样，好帮我们辩护……是呀，小孩子是这样的……
女看守	（稍缓，怯怯地）你要是不怎么的话，我拿这话讲给新闻记者听。
伊斯尔	给新闻记者听？
女看守	是啊，他们就爱这类故事。他们中间有一个人想明天访问我……代表考里耶尔 Collier's 杂志，你晓得……他对我说，这比访问做官儿的一定要有趣多了……他还对我说，他有本事逼出我的话的，会从我这里听到老大一堆

	新闻的……其实我这人就用不着逼……我心里有什么，嘴里讲什么……我纳闷他怎么个逼法……
伊斯尔	（揶揄）考里耶尔不会发表我小米盖尔讲的话的。宁可谈谈你女儿的愿望……
女看守	白特的愿望？人家没兴趣啊。请问美国有谁晓得我的白特啊？可是你的孩子，人人晓得，起码报纸上的照片也……
伊斯尔	（有点不耐烦）布赖肯太太，说实话，他逼你逼不出什么东西来的。你心里有什么，嘴里讲什么。其实，这比换个样儿好多了……
女看守	这正是我说的呀。（她想了想）不过，也不总是这样。有些话就不容易出口……
伊斯尔	（揶揄）连你也不容易出口？
女看守	（煞有介事）是呀，连我也不容易……好比说罢，有一桩事我想了两年啦，从你到我们这里以来我就在想……我不知道为什么，我从来还没有问过你，别瞧我为这个直折腾，我就想不透……
伊斯尔	到底是什么？
女看守	（她站起来，走到床跟前，坐在伊斯尔旁边，想了一想）今天，我想，我要问你啦。今天我再不问，我哪一天问啊？就是这个，我想知道你为什么……你和你丈夫，当然喽……为什么你们不招供啊？
	〔伊斯尔转开了头，不作声。
女看守	我一想就想到这上头……我丈夫也是一想就想到这上头……我们的街坊也是一想就想到这上头……人人想不透你们是怎么回事！

伊斯尔	（静了一刻，然后细看女看守的脸）你是为了新闻记者才想知道这个吗？
女看守	噢！他们呀，该怎么样想，不要别人帮忙，就已经知道了，他们不拿这个都写成文章了嘛……（声音更低，诡秘的样子）不是的，光是为我……还为我丈夫……为一些老实人……
伊斯尔	布赖肯太太，我丈夫和我，我们是两个老实人，我们的公寓房子安安静静的，我们的街坊……你看，甚至于我们这样人，也想城外头有一所带花园的小房子……住在城里头，谁不一直想着这个啊？不过，我们还想着别的东西，不用说，还使足了气力想……我们梦想一种不同的生活、一种更好的生活。一种不为明天发愁的生活、一种不总为银圆奔命的生活……一种没有恨、没有战争的生活……
女看守	太太，你说的这话，很动听，也是对的，可是我问你的不是这个……（更低）我问你的是，你为什么不肯救自己性命！还来得及！（她使劲站起来，走向有电话机的小桌子，手放在电话机上，以一种迅速、坚决的口吻讲下去）我要打一个电话，告诉检察官，说你愿意……罗森堡太太，你听见我的话没有？你有孩子！你没有权利坐在那边，一言不发，等八点钟到！
伊斯尔	（从床边站起来，挺直身子）莫雷，别动电话。请你过来！如今轮到我问你一句话了……请你快点！
女看守	（一边扭着手，一边走过来）啊！太太，你真该……现在，趁你丈夫不在这里，你该这么做的……
伊斯尔	布赖肯太太，我同你说话，好比一个人该在三小时里头

251

死掉……好比一个女人对另一个女人讲话，一个母亲对另一个母亲讲话！你是收到了一道命令，眼下在执行啊，还是你心里可怜，不由自主，自己要这样做，还是另有别的原因啊？（厉声）好！请你说罢，我想知道！你听见了没有？我想知道，在我活着的最后时辰，我是和一个好人打交道，还是仅只……仅只……

〔她拿手盖住了脸。

女看守　（她窘起来了，扶着伊斯尔，以一种哀求的口吻，细声细气说）罗森堡太太！放安静……我拿我女儿的幸福赌咒，我没有收到谁的命令……可是我知道，我知道你还可以搭救自己的！我们这种人，做老百姓的，千万别挡别人的道……千万别梗到轮子底下，叫轮子辗个粉碎！我们应当活着……我们应当保护自己的性命，我们有的也只是这条命！伊斯尔太太，你相信为了救你，世上有一个人肯为你死吗？才不。没有一个人肯！没有一个人！

〔朱理叶斯不出声，正好进来，他一动不动，站在门口，听见女看守最后的话。

伊斯尔　（露出脸来，一边后退，一边推开女看守）够啦！别吵闹我啦！

女看守　我知道我说什么，我在这里看的可多啦……你是一个人，太太，孤单单一个人啊！

伊斯尔　（望见朱理叶斯）朱理叶斯！

〔她奔向他，搂住他的脖子。

〔女看守窘了，低下头，一言不发，溜了出去。伊斯尔听见门关的声音，这才心宽了，挺直身子。

伊斯尔　多好啊，你可已经回来啦！说给我听！说给我听！你这

	半天过得怎么样?
朱理叶斯	（把伊斯尔领到舞台前部）我的好人，不容易给你解说的！空气从来没有像这样干净过，阳光从来没有像这样柔和过！（显出一种孩子似的喜悦）你知道吗？我又看见一回太阳！又大，又亮，我眼睛里头还留着太阳的影子！
伊斯尔	暖暖我罢！你的眼睛发光，你的脸充满了热和生命！
朱理叶斯	（把她拉到跟前）我只有一件事不开心，就是这几分钟里头，我们不在一起……（带着一种柔和的责备口气）你呢？怎么也不肯出来……
伊斯尔	宽恕我吧。真的，这一回我就是不想出去……想起回到这里像进一座坟，我就怕起来了……（露出一种痛苦的微笑）可不，你一向比我更简单、更勇敢，像小孩子一样信得过人……
朱理叶斯	我没有力量，我没有力量抵抗诱惑，再看一回世界、吸吸空气、晒晒太阳……可是，在这期间，我心里直想把这些东西给你带到这里，那怕是带一点点来也好……
伊斯尔	你已经给我带来了！你眼睛里头有那么多自然景色！朱理叶斯，谢谢你！
	〔停顿。他们紧张地你望我，我望你，随后骤然朝门转开了头，仔细听着。
朱理叶斯	（稍缓）伊斯尔，告诉我，那女人在这里搞些什么？
伊斯尔	莫雷？（迟疑）没什么特别……她也就是想说服我去散散步……你看见的，没有成功……
朱理叶斯	她没有想还说服别的事？
伊斯尔	（支吾其词）她通人性，有些地方也还善良……要不，也许，单是吓着了，我知道是什么呀？世上有千百万人像

	她一样，是心地简单的胆小鬼……
朱理叶斯	（固执）她对你讲，你是一个人，孤单单一个人……我听见她讲来的！
伊斯尔	（勉强）可不，她讲这种话来的……
朱理叶斯	她讲，世上没有一个人为了救你，肯牺牲自己的性命……为什么她对你讲这话？
伊斯尔	不，朱理叶斯，别问我这话。（改变口吻）她同我说起她的小女儿……你知道……好比一个女人对另一个女人讲话……

〔朱理叶斯离开她，坐在床沿，手扶着头。伊斯尔坐到桌子旁边，思索着。过了一时，声音柔柔地，她接着讲下去：

伊斯尔	我真想见见我们的孩子……我们时间不多啦……

〔朱理叶斯猛然起立，走向右手，在窗前停住，朝高处望着。

伊斯尔	（像是同自己说话）曼尼说他会安排好的……他答应了我……
朱理叶斯	（望着窗户）伊斯尔，听好我的话！听我讲，别就马上回答我……你知道我为什么决定要利用……一下这趟散步吗？

〔伊斯尔慢慢拿脸朝朱理叶斯转过去，疑问的样子望着他。

朱理叶斯	（一直望着窗户）我愿意一个人待一会儿……一个人多考虑考虑……现在我想告诉你我考虑的结果……
伊斯尔	（不动，然而焦急）我在听你讲……
朱理叶斯	（手举在空里，说话迅速、有力，差不多成为对窗户喊叫

了)你应当活下去！你必须活下去！你对他们讲他们要你讲的话罢……不过是你！只是你自己……

伊斯尔　　　（惊惧，向他跑去）朱理叶斯！

朱理叶斯　　（转回身子，搂住她）是的，你必须活下去！他们会保全你的性命的！你活下去，我们争的这口气也就跟你一道活下去，我们的案子也就大白于天下了。世上人也就更好继续下去为我们斗争了，你呀，你和他们在一起，你活下去参加这种斗争！我们争的这口气有一天要胜利的……正义要胜利的！你要在最后自由的！自由的！

伊斯尔　　　（昏头昏脑，跪了下来）亲爱的！你没有权利这样讲话！你没有权利！你一个人没有考虑好……你是一个人啊……也许是空气、是阳光、是空场子冲昏了你的脑壳……是啊，是啊，你这样想我，那怕是一分钟，我也不怨你……我知道是你爱我的心思迷糊住了你……

朱理叶斯　　（扶她起来，热烈地搂在胸前）是啊！是啊！为了我们的爱，我希望你活下去！

伊斯尔　　　（柔和地）为了我们的爱，朱理叶斯，我要回答你……你说我要活下去……可是，你比谁全清楚，我这样活下去不是真活下去，也就是一分钟一分钟煎熬下去，看不见死亡来解救我……

朱理叶斯　　你为我们的孩子活下去！伊斯尔！伊斯尔！

伊斯尔　　　（她闪开了，在桌边停住，背向朱理叶斯）你说我有一天要自由的。可是这一天、我们胜利的那一天，我还有脸见人吗？全世上人有权利问我："老婆子，你把你丈夫、你忠诚的伴侣留在哪里啦？"万一有一天……我们的孩子问我这话怎么办？不成，朱理叶斯！别劝我做那会把我们分开了的事！

朱理叶斯　　（站在她后面，苦恼）我不知道，我不知道……我们要一道死，从前我以为我想的再透彻不过了，什么也摇动不了这个念头，可是现在，忽然之间，我要你活下去，我以我的全部力量、全部生命这样希望。你必须活下去！你的心停止跳动，你嘴里不再出气，就不可想像！我习惯不了这种想法！我不能够接受这种想法！

伊斯尔　　（疼爱的样子，几乎是母亲的样子）我的孩子，我的孩子……我们别再说这个啦……（她微笑着）你看，这一切就因为你我分开了几分钟……你倒想我们永远分开，我走一条你不走的路、一条不正当的歪路……不，朱理叶斯，我再对你说一遍，你一个人没有考虑好！（她把他领到电话机旁）看呀，我们的仇敌就在我们身边……不作声，可是在我们身边……等机会。你以为我们的仇敌光在等着看我们软弱、畏惧吗？不对，它也在等着看什么做成我们的力量和我们的骄傲、我们爱情的内在行动！（兴奋）亲爱的，你真就爱我爱到这种地步，居然许我否认你、出卖你、挑一条你不走的路走？

〔她把朱理叶斯的手拿到嘴边，吻了许久。

朱理叶斯　　（心里乱哄哄的，万分惊奇）伊斯尔，你做什么？
伊斯尔　　我真还害怕他们把我们的爱情赶到了绝路！
朱理叶斯　　（清醒过来）等一下……我方才在说什么……我不记得了……我要说什么来的？（他转开了脸）我不能够正眼看你的脸……
伊斯尔　　（把他拉到自己跟前）放安静，放安静……（望着远处，好像望见了什么东西）我们差不多已经走到了……我们就要走完我们可怕的道路了……朱理叶斯，别叫我一个人再上路啊！

〔沉静越发长了。电话铃冷不防响了起来。他们一惊之下，分开了。电话铃响第二回。他们疑问的样子，你望我，我望你。电话铃响第三回。

朱理叶斯　（细声细气）这是什么意思？为什么？

〔电话铃又响了几回，这才不响了。

伊斯尔　（等了一时）朱理叶斯，这是怎么回事？你以为是他打来的吗？

朱理叶斯　不是他还有谁！可是为什么？到底为什么？

伊斯尔　（露出一种犹疑的微笑）显然是他不耐烦了……要不就是……（忽然不放心了）听我讲！万一他有话告诉我们呢？好比说……好比说……（她害怕把话说完）啊！你清楚我的意思！

朱理叶斯　（昏头昏脑）我知道，我知道……

伊斯尔　怎么办，你说呀，怎么办？他也许答应了，可是现在……他要改变主意了……他是一个恶人！一个恶人啊！

〔门开了，女看守出现。

朱理叶斯　布赖肯太太，你听见啦？

女看守　听见啦。这里可静啦，电话铃这一闹，死人也要吵醒了的……（她走过来，诡秘的样子）有什么事吗？

朱理叶斯　（发窘）这正是我们要问的……

伊斯尔　莫雷，我求你了，你可不可以打听一下，他为什么打电话来？

女看守　怎么回事？他没有亲自对你们讲？

朱理叶斯　原因是，你明白，我们没有听电话……等电话响过了，我

	们这才想到，可能有很重要的话通知我们……
女看守	老天爷！可是眼下样样事对你们全重要啊！谁从来可见过这个！上头给你们电话，你们连听也不听！
伊斯尔	你不会明白的，这架电话机……在我们看来是一个不人道的东西……
女看守	当然喽，我不明白。我可清楚这个：你接电话，总有人声听得见，你要是良心安的话，就不会害怕的……
伊斯尔	（烦躁）算啦，布赖肯太太，你就别这样讲下去了！
朱理叶斯	你也许可以从你那边守卫室再接过来……
	〔过道起了急骤的脚步声。三个人全朝门那边望过去。
典狱官	（进来，有点气喘）简直不得了啦！人真以为这里没有人呐！我们有没有打电话给你们啊？
朱理叶斯	原来是你打来的？
典狱官	我没有说是我……（气不平的样子，向女看守）你知道，布赖肯太太，他们拒绝同自己的儿子讲话！（向朱理叶斯和伊斯尔）可不！你们自己的儿子！威尼先生还拿不定主意答应你们的孩子看你们来，可是，同时他又想帮你们尽点力……他就想到利用电话机，他叫两个小孩子来到他的办公室，答应他用电话机说几句话……老大摘下电话，等了一会儿工夫，后来我又拿起听筒……可是，没有用，你们连听听电话都不高兴听！
伊斯尔	啊，朱理叶斯！
典狱官	自然了，我就马上跑过来，看看这边是怎么回事……妈的！其实八点钟以前，我再清楚不过，不会有什么了不起的事的！

朱理叶斯　　（努力控制自己）谢普斯先生，我们没有能够想到会是……

典狱官　　我们还要没有想到呐……我们就没有想到……威尼先生想帮你们尽点力……

朱理叶斯　　他要是真想这样的话，他有一个更简单的作法。谢普斯先生，你清楚我们对检察官的要求。你们都很清楚，我们唯一还等着的是什么……

典狱官　　（理论一通）眼下人人在这里等着什么，是这么一个要命日子嘛……可是，说到孩子们看望你们，哼……你明白，我们章程上不许……执行死刑这一天……能够引起太强烈的激动，造成太猛烈的打击的，随便什么，都得避免……

朱理叶斯　　（安静）谢普斯先生，我们夫妇可以对你保证：我们能够照我们环境上的要求，同我们的孩子告别，这在我们已经完全准备好了……不让他们精神上受到任何危害，我们把这当做我们的责任看……

〔伊斯尔离开桌子，软弱无力，坐下去，拿手藏起她的脸。

典狱官　　是呀，这全看……像你们这种情形，我是愿意相信的……不过，像这类事，人就防不胜防……你自己明白，事实上，是料不透的。听我讲，我有丰富的经验。

朱理叶斯　　谢普斯先生，你知道，我们夫妇在这里待了那么久，也受尽了折磨，我们有的是勇气接受考验。你就不妨也相信相信我们的经验……

典狱官　　就是为了这个，眼下威尼先生，才在慎重考虑，才在权衡利害……决定问题的应当是他，他掌握司法部的全权……

朱理叶斯　　（发作）可是，威尼先生到底还想要多少时候慎重考虑啊？

典狱官　　（窘）的确，时候不多啦……

朱理叶斯　　谢普斯先生，我尽我的能力，安安静静同你说话——留给我们的时间，跑得飞快！我们要你们做的只有一件事，这么一件事，你们应当答应我们才是！

典狱官　　我能够做的，就是拿你对我讲的话，全再讲给检察官听……（改变口吻）难道……难道你们没有别的愿望表示了吗？

朱理叶斯　　没有。

典狱官　　可惜。我倒情愿多为你们效劳一番……离我们最后一回相见，不到两小时了……（更低）我想法子叫检察官答应你们的请求……（他往外走，随后在门口站住）再有电话叫你们，可要放明白啊……

〔他出去了。

女看守　　（等典狱官走后）他们一定会答应你们的……孩子们来了好久啦。

朱理叶斯　　布赖肯太太，谢谢你。

女看守　　谢我什么呀？

朱理叶斯　　谢你这句好话。你是一个好人，我们希望你找得到对你更相宜的事做。

女看守　　有面包就啃，谁还挑呀？我们的主人是面包，先生，面包或者银圆……

朱理叶斯　　布赖肯太太，人总有一天，做自己面包的主人……世上的面包，人人有份！（站在伊斯尔一旁，手放在她的肩膀

	上)我们看不到那一天；布赖肯太太，连你也许要看不到那一天……可是我们的孩子，是呀，我们的孩子一定会看得见的！
女看守	我们的孩子，我们的孩子……人总以为孩子的日子过的要好些……谁能够知道啊？
朱理叶斯	我们，太太，我们知道！
女看守	得啦！我看，你们今天是什么也不摆在心上……
朱理叶斯	正相反，我们比哪一天都认真。我们样样东西全叫人家拿走了，没有拿走的，只有这种信念！
女看守	好，说实话，我要是你们呀，我倒希望弄点牢靠东西……

〔她走出，关上门。

伊斯尔	（过了一时，眼睛望着朱理叶斯）可怜的米盖尔……（停顿。声音委顿）我直想在你怀里睡上一会儿……（他们走向床，坐下来，紧紧搂在一起）不，千万别睡死了，可能随时有电话给我们的……我只要在你胸口靠一靠也就成了……是的，就像这样！
朱理叶斯	我爱你。你安息的这个当儿，我看着你。
伊斯尔	别再说话啦……我觉得很舒服……我们就这样等，等下去罢……

——舞台转暗。

第五场

检察官的房间。挂钟指下午六点三十分。收音机小声放送音乐。检察官坐在他的办公桌后头。典狱官在他旁边。

检察官 （很感兴趣）那么,你亲自同他谈话来的?

典狱官 就像我现在和你谈话一样。我特意去了他的牢房。我觉得这样做,比看守在中间传达还有效果。

检察官 很正确。这可怜的傻瓜,他想对你说什么?

典狱官 他求我答应他去看看他姊姊和他姊夫……

检察官 噢,倒怪有意思!他告诉你为什么、有什么目的来的吗?

典狱官 他很紧张,简直解说不来。你清楚,格林格拉斯这家伙就像一个原始人。听得出来的也就是,他坚持说,这对他很重要。

检察官 对这种人,什么重要,什么不重要,倒像人能够知道一样!好,后来呢?

典狱官 我告诉他,这很困难,像这样的要求,今天只有你能够答应。他求我讲给你听……

检察官 （讥讽）他倒是真求你啦,还是这只是你本人的一种说话风格?

典狱官 反正和往常大不相同。这家伙平日给人的印象,就像一条感觉迟钝的牲口,可是这回他说起话来,像打定了主意,口音也有了劲。

检察官 （考虑之后）你把格林格拉斯提到这里,有没有困难?我希望亲自同他谈谈……

典狱官	没有比这再容易的事了。他关在中间的楼房,单独有一条过道连到管理处。你要是愿意见他的话……
检察官	好。带他到这里来。看看这丑八怪脑子里头还有什么东西作祟,也许值得。
典狱官	不到十分钟他就来啦。

〔他出去了。检察官一个人,翻阅办公桌上的报纸。有人叩门……法官进来。

检察官	喂,俄尔文!是你啊?
法　官	不错,让我拿门关上。
检察官	我们方才通电话,还不到半点钟,你一点也没有表示要来……
法　官	隔半点钟打一回电话,太烦了,我就坐上车来了。
检察官	你来得再好不过。
法　官	你知道,我先以为这几点钟不怎么难打发……
检察官	时间不多啦。不到一小时半。可是,这一小时半只有更紧张。你不觉得吗?
法　官	我要是没有猜错的话,你是不是觉得有点像看运动会的心情?
检察官	可不,有点像。谁赢谁呀?问题就在这里。
法　官	你听我讲,依我看,问题在别的地方。我只看到一条出路。所以你说起的心情,我就完全没有。(指着小桌子上的电话机)就是这架电话机?
检察官	是的,就是这架。我给你倒点喝的东西?
法　官	谢谢,我不喝。(坐下)依我看,今天的晚报不该发表这个……现在有一半美国人在收音机前头等着听一个惊人的公告……(加重)公告,依我看,根本就不会有。

检察官	不见得罢。时间越往前走，我们的机会不但不减少，反而多了起来。心理学法则……
法　官	得啦，威尼！在这件事上头，心理学法则好久就不适用啦！
检察官	你这样想？既然如此，老早就该结束了事。不过，你想错啦。心理学法则不这样，就那样，两样总有一样。如果你认为心理学法则在这件事上头没有帮我们尽力，你就得承认，是在同我们作对。那么，一年以前，我们就好拿事情结束掉，不必像今天这样吵吵闹闹，翻了天似的，把我们的耳朵都给震聋了……
法　官	一年以前要好多了！我头一个懊悔，当时没有一干二净结束掉！
检察官	事情一拖得太长，人就越发相信，我们作事没有准章程。于是这种心理学就起来同我们作对了，特别是欧洲那些用不到的学究和多情善感的蠢才，就闹起来了。
法　官	威尼，你不介意的话，就劳你关掉这愚蠢的音乐罢。

〔检察官关掉收音机。〕

法　官	（集中思想）说到吵闹嘛，哼！顶糟的是，响声并不怎么高，可是什么细缝儿也钻进来……威尼，我每天收到上百封信，你要是念念也就知道了！
检察官	我希望你没有浪费时间念那些东西罢？
法　官	当然啦，我不全念。可是许多信是有相当地位的人寄给我的。可不，许多信我用心念，甚至于—— 你相信吗？——我有时候还写回信……
检察官	这是免不了的，你是一位名人，你有这种义务！你记得，一九五一年，你第一回——也就是那么一回，判罗森堡

	案子的时候，我们的报纸把你叫做"本年度红人"……the man of the year, 当时到处读到的是这个！
法　官	威尼，这一年已经隔远啦。我们是在一九五三年，我的判决可到现在还没有执行。
检察官	再有一小时半，你就可以满意啦，当然喽，除非是，从现在到那时候，不来电话！可是，万一有电话来，你就越发满意啦！
法　官	你相信这个？那么，让我来打通打通你的思想罢。你希望这架电话机起作用，我可心里完全没有这回事。就连重视这古怪玩意，我都想不通。威尼，你坦白对我讲，你真相信这两个人会有口供吗？
检察官	我相信。我们就坦白来讲罢。是司法部相信……你清楚，本纳特最近探望罗森堡夫妇来的……我不敢滥用白宫的名义，可是我的印象是，眼下那边也正在希望……是啊，俄尔文，这两个人的口供对我们的价值，我不可能相信你就不看重……有些人血口喷人，说我们杀害无辜，所以，罗森堡夫妇的口供，对他们就成了最有力的答复，等于当头一棒！只要他们有口供，我们就准备留他们一条活命，作为交换条件：我觉得交易是对我们有利的。
法　官	问题是在知道，我们对所有机会和所有可能的后果，有没有做过正确估计，或者计算上有没有错误。首先，我不相信有可能摧毁这两个人。这根本不可靠，我比一年以前还要不相信这有可能。其次，你说起的交易，万一成功的话，对我们并无好处，结局不过是罗森堡事件继续存在，他们的党羽再做努力，全世界永远叫嚣下去罢

了……

检察官 可是他们一招供,叫嚣就要马上静下来了!

法　官 我不相信这个。格林格拉斯招供来的,你很清楚我们放在上面的价值……是的,亲爱的朋友,我认为只有执行判决——我的判决!——才可以一了百了结束这件事!只有这两个人死掉,他们周围的叫嚣,才会从这时候起,开始低微,而且很快就低微,不多久也就无声无息了。报纸和舆论也就改变兴趣,注意别的事故和别的人去了……好久就该这样做,可惜不这样做!

检察官 (他推敲的模样,打量法官的脸。过了一时)俄尔文,你恨这两个人?

法　官 (显出深沉的仇恨)是的,我恨他们。我恨他们!

〔他猛然站起,走向窗户,不作声,长久望着外面。过了一时,检察官走到法官跟前,站在他身子后头。

检察官 俄尔文,我觉得,我们这时候在这里等着看的,不光是一个对政府有政治关系的事件。我觉得这对你、特别对你,还是一个密切关联到个人的事件,我们不妨说:一个良心事件……随你怎么说,是你判这两个人死的,辩护不生效,可是种种步骤,都是为了推翻你的判决书——自从有了这件事以来,唯一的判决书!

法　官 (过了一时,离开窗户,用力说话)听我讲,威尼,这两个人肯不肯招口供,我的良心的安宁同这毫不相干!我干脆说给你听了罢:从开头起,我一下子就接过了,你明白吗?就接过了处死他们的全部责任!(喊着)是我接过了责任!是我,不是别人!(过了一时,声音很低)所以我念那些信,甚至于写回信……(过了一时,心灰意懒)不过,我就是说烂了嘴唇，你，你也不会懂得的。

〔他走开了，又笨又重，往沙发里一坐，动也不动，望着空里。

检察官 （有点气闷）好罢，我们就放下个人问题不谈，再回到政治观点上，看看问题的重要……你知道国务院有些顾虑……罗森堡夫妇在美国同盟国家最高人物当中找到了辩护人……

法　官 威尼，在我们国家的联邦法官里面，我顶年轻，不过，也许正因为这个，两年以前交给我的工作，我干起来就特别认真……你很清楚，这两个人应当执行死刑！我们国内政策要求对所有不赞成我们国外政策的人们，做一个明确回答！显然了，把他们统统送去坐电椅是困难的……

检察官 你为什么觉得有需要同我讲这话？案卷送你看的前几天，我就在办这个案子了……

法　官 可是后来呢？我要是出语无状，你原谅我罢。这两个人是我们的仇敌，可是这挡不住你今天傻待在电话机旁边，等他们赏脸回你的电话！难道你就是为了这个才控告他们的？他们证实不证实你的控告，全看他们高兴，就算证实了罢，难道你今天也好意思把这看成胜利？万一他们不证实你的控告，又该怎么办？（他站起来，坚决的模样）我不相信，你明白，许久以前，我就不相信，这两个人肯精神自杀！两年以前，我们想尽方法要他们这样做，有什么成就来的？不过是让他们成了殉难者，两个"美国悲剧"英雄，名字挂在全世上人的口头罢了！在政治上，就根本不许送敌人这样一个机会！（过了一时，更低）在美国不光有格林格拉斯这种人……

检察官	（有些不知所措）可是问题正在这些美国人啊！在政治上，有时候必须冒一下险……
法　官	（暴躁）既然如此，我就敢对你讲，是他们赢，不是我们赢，不是我们赢！（发出讥讽的大笑）可是空口白舌抵得了什么事？这架电话机已经装起来啦……你什么也不看重，就只看重这场决斗，可是，他们行，他们比你强！

　　〔法官和检察官面对面，盯着死看。

　　〔一架电话机响，两个人全急忙朝电话机转过身子，紧张的样子望着。第二回铃响，接着第三回铃响。检察官走向办公桌，听完了第四回铃响，他摘下办公桌上一架电话机的听筒。法官揶揄地打量他。

检察官	（接电话）我是威尼……啊，他已经来啦？好，请你把他带到我这里来。

　　〔他挂上电话。

法　官	有人拜访你？我不吵扰你啦……
检察官	没有人，请你待下来好了。来的是格林格拉斯……
法　官	格林格拉斯？

　　〔门开了。一个看守带进格林格拉斯。他穿着有道道的囚服。看守随后关好门，退出去了。格林格拉斯笨样行礼，心里直害怕。

检察官	好，大卫，有什么事？你有话同我讲？
格林格拉斯	（过了一时，勉力挣扎）检察官先生，我想求你许我……看一下我姊姊……
检察官	我不明白。你有话同她讲？
格林格拉斯	是啊……我想求她……
检察官	我越发不明白啦。你有事求你姊姊？

格林格拉斯　（过了许久）是啊，我希望她饶恕我……

检察官　　那么，你心想她会饶恕你？

格林格拉斯　我不知道她会不会……不过，我得求她……好好求求她……

检察官　　（挖苦）怎么，你甚至于想好好求求她？（走到格林格拉斯跟前）可是告诉我，你要她饶恕你什么？

〔格林格拉斯不作声。

法　官　　（私下向检察官）你看，威尼，这两个人能够引起多大的精神恐怖！

检察官　　（向格林格拉斯）得啦。放大胆，大卫，说罢。我开始明白你啦，你有点觉得对不住你姊姊，也许还觉得对不住你姊夫……这在我可真是一个大发现！

格林格拉斯　（过了一时，声音发闷）不，我没有什么对不住……

检察官　　家伙！那你要她饶恕你什么？

格林格拉斯　（提高嗓子，像喊一样）我是被迫的！我是被迫的！

检察官　　（现在真正发怒了）什么？被迫的！你倒是说呀，你这死老鼠，你这糊涂脑壳里头还有什么东西作怪？

格林格拉斯　威尼先生，我不知道……我不知道有什么东西作怪……你说对啦，我只是一个肮脏的蠢老鼠……监狱里头人人看不起我……连杀人犯、凶手也不要同我讲话……

法　官　　算啦，威尼，你明白，他就没有责任心！

格林格拉斯　（一味固执）是啊！是啊！我要同她讲，我是被迫做的！你很清楚这个，你检察官先生！我老老实实讲给她听，就像兄弟对姊姊一样！

检察官　　（向法官）俄尔文，你听听这臭小子看！我连叫他住口都做不到！

格林格拉斯	威尼先生，你什么也做得到，你要什么，我做什么……不过，放我去看看我姊姊！她要在今天死……我呐，我有一辈子活，好些年活！我不能够这样久待下去，我不能够！还有那么多年，关在我的牢房！（蠢蠢的，说给自己听）我要是告诉她，我是被迫的，她也许一感动，饶恕了我……她会对我讲："大卫，我明白你，我知道你不快活……"威尼先生，我要的只是这个！
检察官	（不耐烦）格林格拉斯，你马上给我回到你的牢房去，我劝你赶快忘掉你在这里胡说八道的那些话。赶快忘掉，听懂了吗？
格林格拉斯	不，不！可怜可怜我……
检察官	你已经叫人可怜过你一回了。感谢上帝，只判了你十五年徒刑。再有五年，你下余的年份就很有机会减免掉的。家伙！你还想怎么着？

〔格林格拉斯低声呜咽着，拳头搁在眼睛上。

法　官	（口吻安静而不连续，但是有一种特殊暗示力量）格林格拉斯！你害不害臊？得啦，洗脸盆上头有一面镜子……过去，仔细照照你的脸看！

〔格林格拉斯朝法官仰起他的蠢脸。

法　官	你不愿意？我不奇怪。一个人从前那样勇敢，不该像你现在这样丢脸的！

〔格林格拉斯像一个机器人，走向洗脸盆，照镜子照了许久。

检察官	（笑）好，你看见的脸模样，你喜欢？
格林格拉斯	（一直照镜子，忽然笑起一种带眼泪的笑，起初静静的，随后越来越响）啊，法官先生！啊，检察官先生！你们有

意思取笑你们的蠢才格林格拉斯……不错，我从来不是一个中看的漂亮小伙子……可是十年以前，穿上营长制服，我也曾经是一个神气十足的小伙子来的……我女人爱我简直爱疯了！（他从镜子那边转过身子）说给我听，我先前就已经是一个下三烂啊，还是打那时候起我才成了下三烂的？不对，我觉得我先前就已经是一个下三烂了……一个下三烂，还是一个出卖朋友的坏蛋……只不过，现在才在我肮脏的嘴脸上露相罢了……（忽然想起）威尼先生，也许她不愿意同我讲话罢？她看见我的脸要逃开的罢？

检察官 大概会像你说的这样罢。所以，我就越发不该答应你的要求了。

格林格拉斯 （想了一想，然后走到检察官跟前，诡秘的样子问他）那么，当真就是今天，他们要……？

检察官 是的，不到一小时半，我们就打发他们坐电椅去……

格林格拉斯 （惊奇）一小时半，（显出一种禽兽似的喜悦，喊着）可是我活着！我活了下来！啊，威尼先生！

检察官 从现在起，再有几年，你还可以恢复自由。当然喽，条件是，别再像今天这样瞎闹才成……

格林格拉斯 （一边摇头，一边思索；过了一时）说实话，检察官先生，他们命该如此……我不晓得是怎么回事，可是他们一来就摆出一副神气，像他们比我们夫妇了不起似的……现在他们可该看出这怎么样祸害他们啦……（走到法官跟前，看他看了许久。停顿）法官先生，你说我这事干得勇敢……你对，真是这样。他们全把我看成孬种，没有用，他们自己试试看——试试我干的事看！对呀！试试

	看!(蠢笑)我现在明白过来了,求他们饶恕我,简直是瞎闹……他们既然那样聪明,就照我做过的也试试看啊……只有勇敢的人才懂得保护他们的性命,真正孬种是伸长脖子,由人杀掉。威尼先生,我这话有没有道理?
检察官	够啦,格林格拉斯,你嘀咕了半天,够啦!你要是尽不相信自己的话,你很有可能离开这舒舒服服的监狱,到疯人院去的。
格林格拉斯	(傻笑)啊,检察官先生,我倒愿意离开监狱,和我女人躺到我暖暖和和的床上哩……
检察官	希望这几年里头,没有人顶替你女人身边的位子。现在就安安静静给我回到你的牢房去罢。(他捺电铃。向进来的看守)送犯人格林格拉斯回牢房去。
格林格拉斯	威尼先生,晚安啦。(他走向门,停住,转回身子,同法官说话)法官先生,谢谢你敲开了我的脑壳……(更低,像是说给自己听)今天黄昏,做大卫·格林格拉斯,可不容易啊……
	〔他出去了。
法　官	(过了一时)我担心他寻我们开心,有一天,真变成疯子……
检察官	俄尔文,我比你清楚他,而且好久就清楚他了。前一时期,我亲自吩咐人看好他,不过我知道,他决不冒这个险的。他要的不多,可是他要什么他知道……他偶尔闹上一阵,像今天这样,不过,这都是别的犯人真拿他逼急了,他才这样的,当然了,他们欺负他也是有范围的……(更低)我简直担心有些看守……
法　官	(有一点疲倦,看他的表)威尼,快七点啦……

检察官	是啊，最后时辰到啦……大卫这蠢才要他姊姊和姊夫高兴，想看他们去，眼下他们倒是一心等着有人来看他们的，妙的很，偏偏不是他……
法　官	我来你这里，好像在过道看见两个孩子……
检察官	可不，你说，你看应不应该答应他们同他们的父母告别啊？我对这事有点担心，所以，好几点钟啦，我没有拿定主意……
法　官	你是为孩子担心，还是为父母担心？
检察官	布洛克对我保证，孩子们还不晓得今天黄昏的事……
法　官	那么，你是为父母才担心喽？
检察官	（微微一笑）不对，不是担心，我没有说清楚我的意思。两个孩子去看罗森堡夫妇，在目前这种情况，对他们会起什么作用，我还捉摸不定，所以我不放心……这次探望会不会起突击作用，帮他们恢复天良，不再固执下去，痛痛快快把话说出来：干脆说了罢，我就没有把握。……
法　官	我懂啦。这是你几点钟以来在这里玩的末一张牌啦。是不是这个意思？
检察官	你要这么说嘛……马马虎虎就算是罢。
法　官	好！你就试试。一不做，二不休，既然做，就做到底罢。只要还有可能打动这两个人，不管用什么手段，刺激刺激他们也好。至于我这方面，我看不出有什么必要，叫罪犯拿话来证实我的判决！完全没有必要！方才我听格林格拉斯讲话，我的信念越发坚强了。（走到检察官跟前，用力说话）威尼！你和联邦调查局拟的公诉状，你比谁都清楚，理由不足；你收集的罪状，你知道，一个钱也不值。你曾经公开宣布，你有几位名流出来做见证，随

273

后你又放弃了，没有请他们出庭；相反，这些人在报纸上发表谈话，丝毫没有便利我们的工作。你知道我想到哪些人：格罗夫将军、尤雷教授，还有许多别人。尽管情况不利，我照样有胆量，我，是的，我！有胆量判这一男一女、两个年轻孩子的父母死刑……威尼！这是一桩可怕的工作！不过，事情到了非如此不可的地步，必须有一个人挑起担子来……（停顿）你说，这关系国家大事。当然，这是一桩国家大事。可是，你明白，在这件事上头，只有三个人发生人事纠纷、彻底而且决不妥协的纠纷：他们两个人，和我！他们今天就要死啦，我呐，良心上挑了一副重担子！（他疲倦了，不作声。停顿）至于小孩子，随你安排罢。我不相信他们能够改变得了什么的。

检察官	不管它，我也许回头答应他们……七点欠五分……是的，我答应会见半小时……我可以到俱乐部歇半小时的。俄尔文，你同我一道喝咖啡去吗？
法　官	奉陪，我们可以一边喝咖啡，一边拟公告。
检察官	什么公告？讲些什么？
法　官	讲今后一小时要完成的事。我以为用这样几句话就成："六月十九日，二十时，多少分钟，朱理叶斯和伊斯尔·罗森堡在电椅上执行死刑。他们临死没有说话……"
检察官	你以为真会这样？
法　官	我以为事实上要这样的。
检察官	（笑）俄尔文，你真固执，差不多和罗森堡夫妇一样固执！（他捺电铃。向进来的看守）叫布洛克先生进来……

——舞台转暗。

第六场

　　牢房。伊斯尔坐在床沿,两手拿着一捧花,顶住胸脯,脸在花里头。朱理叶斯坐在她的脚旁地上,头枕着她的膝盖,像是睡着了。长久的沉静。

朱理叶斯　　(慢慢仰起头来,端详着伊斯尔的脸)真静……我的好人,你为什么停住不说话?……

伊斯尔　　我觉得你像是睡着了……

朱理叶斯　　你呢?

伊斯尔　　我?奇怪的境界,思想像水一样在流,静极了……我看见许多东西……(停顿)我觉得如今我们真像已经不是活人了一样。

朱理叶斯　　是的,应当来到我们生命里头的东西,都已经来过了……

伊斯尔　　(梦想着)我们的两个小男孩子同我们的朋友已经走了……他们透亮的眼睛和他们的嘴唇带走了我们最后的吻……(停顿)我原先直怕这趟告别……

朱理叶斯　　生活在等待他们,我相信我们也尽力叫他们对生活不要失掉信心来的……(停顿)等他们长大成人,他们该怎么样啊?

伊斯尔　　(梦想着)他们会像你的。他们会善良、勇敢的。他们一定会为光明和真理而战斗的。他们的痛苦、他们的忧郁会和时间一道消失的,可是他们愁苦的童年会教导他们站在周围社会哪一边的。

朱理叶斯　　我小时候要比我们的儿子快活多了!我也更容易知道我

在周围社会里是什么样地位！我记得有一天……

伊斯尔 你讲，你讲……

朱理叶斯 那时候，我们美国人民争着来营救它最勇敢的一个儿子汤穆·慕尼。我才十五岁。你知道我家里苦的不得了……为了帮助爹妈，星期天我就在我们穷人住的东区卖糖果……有一天，有一个演说家在广场要求释放汤穆·慕尼，四周集合了好些工人。演说家说着尖锐的话，句句都是真理，我站在人群里头，觉得一股热气过来过去，一直钻到我心里头……为了营救汤穆·慕尼，大家按照惯例收钱，我身上只有五角钱，全给了他们。过后，我请人签名，要求释放慕尼。（停顿）可是我真料不到，二十年后我自己……和我女人……和我孩子的母亲……和你、伊斯尔……

伊斯尔 （思索着）我十一岁的时候，沙柯和凡宰底在电椅上执行死刑……他们的事我不怎么了然，可是我永远记住了他们中间有一个人死前的呼喊。我在一份报纸上读到这句话："Sono innocente……"（她激昂地重复着）Sono innocente。我们冤枉……

朱理叶斯 （感动）Sono innocente……（他慢慢站起来，一直走到牢房当中）沙柯！错，伊斯尔，他们也曾经是我们生命里头善良的司命之神来的……两个被美国法官杀害了的勇士……（伊斯尔站起来，端详朱理叶斯）我如今是多爱我们的生活同我们的国家啊！东区小街里头愁闷、多雨的日子！赫德逊河上头布罗克林桥和遍地石子的山冈！还有那些人、我们国家那些老实人，活儿干得累死了，天天为面包着急，一直没有好日子过……还有为人民事业而奋斗的战士，尽管强权横行，把大地弄得十分残酷、十分

	无情,可是大地照样供给百折不挠和勇敢的人……
伊斯尔	还有花、我们大地的花!香味道是多好闻啊!
朱理叶斯	(走到伊斯尔跟前,拿胳膊围住她)我的好人,我要告诉你,甚至于在这里、在这可怕的死牢,人类的感情也像花一样在开放,你就想不到开的有多好看。这发生在三天以前……
伊斯尔	三天以前……差不多好几世纪……
朱理叶斯	是啊,就像好久以前了啊。你记得,三天以前,道格拉斯法官伸出勇敢的手,拿我们头上死亡的影子暂时拨开吗?有好几小时,我怀着希望,以为正义的黎明就要升起来了……
伊斯尔	(声音低低的)我记得……
朱理叶斯	你想不到我们那一区犯人当时都多开心!隔壁牢房判死刑的犯人,给我送来满纸喜悦的小条子。这些可怜虫,等着自己坐电椅的日子,不但不妒忌我,反而都像小孩子一样高兴。我当时深深感到我们的斗争对别人有着什么样的意义,他们怎么样看重我们的斗争,又怎么样热心营救我们!几个关在死牢的外国人、陌生人……!他们的感情就像花一样开放了一个短时期……
伊斯尔	我懊悔没有和你一道过掉这个短时期。在女牢这里,只有我一个人、孤单单一个人。不过现在我想到这个,也不过就像做了一场噩梦罢了……(靠紧朱理叶斯)我们的心跳得多匀!我们的良心多干净!说给我听,我的好人,你不觉得你比往常更自由,就像一个能够自由的人那样自由吗?
朱理叶斯	是啊,亲爱的。我们不毁灭,我们临死心里是自由的,就

像能够自由的人们那样自由一样！我们从现在从这个地方，回顾一下我们的全部生涯，就像一个人站在山顶，望见一座黑影幢幢的山谷一样……你想想看，我们可能跑遍山谷，没有人看见，也没有人知道……像一对夫妻，像一对快乐的父母……对我们的朋友忠诚，对世界和人充满了爱、充满了梦想……但是人家不许我们安安静静走我们的小路。统治者把我们推进一条苦难的道路，要我们做他们罪恶的从犯……可是他们虽生犹死，而我们，纵死犹生！

伊斯尔　　　（热烈而又热情）朱理叶斯，谢谢你！谢谢你同我一道活过的生命、你帮我在心里燃起信心……你的勇敢和你的温存……

朱理叶斯　　伊斯尔，谢谢你！谢谢你带给我的爱情、送给我们孩子的生命……我们黄昏待在家里的宁静，你喜欢唱的歌……

伊斯尔　　　（笑逐颜开）你记得那些歌吗？（停顿）我黄昏时候在家里唱的那些歌，这几堵墙已经听熟了……

　　〔她慢慢走向左墙，背靠上去，敛了敛神，然后仰起头来，闭住眼皮，开始低声歌唱起来。朱理叶斯坐在床沿听她唱，聚精会神看着她。

伊斯尔　　　（唱）

　　天上芳香的车，
　　下来接我回家去；
　　望过了约旦河，我望见什么，
　　下来接我回家去？
　　空中有一队天仙来看我，

下来接我回家去。①

朱理叶斯　你唱歌的时候,我们从前的生活,我觉得像又到了眼面前。住在门罗街时候的半夜、我们的书、孩子睡着了打鼾……你的头在灯亮底下……现在这都去了什么地方？（停顿）是的,伊斯尔。自打我们从家里抓来以后,我们这个国家的居民就睡不安宁了……靠在一起休息的夫妻,就提心吊胆了……母亲摇着孩子,就眼睛迷糊了……幸福整个变得靠不住了,家里的安静也统统成了问题……

〔牢房天花板的电灯亮了,透过门缝,可以望见过道也亮起来了。长久的沉静。伊斯尔和朱理叶斯转向门,紧张地望着。过道传来脚步的响声;出现了女看守,后头跟着装配匠。

〔装配匠移开门犄角的电线,走到有电话机的小桌子跟前,拿起小坐钟,静静地递给女看守。

〔女看守拿着坐钟走出。

〔装配匠转过身子,望着朱理叶斯和伊斯尔,骤然朝他们走来,用力握他们的手,先是朱理叶斯的手,再是伊斯尔的手,他同样骤然就回到了小桌子跟前。

〔女看守回来,待在一旁。

〔女看守望犯人望了半晌,朝他们这边骤然走了几步,停住,像有话说,但是找不到话说,就又转回身子,发窘的样子,迅速出去了。

朱理叶斯　(门关好了,他打开右手,握着一小张揉皱了的纸;他把它摊平了)你看,他拿这放在我手里头……(读着)"再会。

---

① 美国黑人的宗教歌。——作者注　原文是英文,歌谱见附录——中译者注

伊斯尔	我们永远忘不了你们，也永远忘不了你们的孩子。真理要战胜的。"（兴奋）伊斯尔，多开心啊！原来是世上给我们送来了最后道别的话！
伊斯尔	（仔细看着小条子）再会……我们永远忘不了你们。
朱理叶斯	（他拿纸贴住胸脯，拿另一只胳膊围住伊斯尔，慢慢把她领到舞台前部，他在窗前停住，仰起脸来）全世上人！你们听见我们讲话吗？我们死的时候，我们在想着你们。
伊斯尔	在这几点钟里头，善恶直盼我们开口。但是我们默不作声死去了。
朱理叶斯	我们不满足恶，也不欺骗善。我们的沉默就申斥了我们的敌人，加强了我们朋友的力量和信心。
伊斯尔	我们死得冤枉。为了和平、面包和蔷薇，我们今天死在刽子手的手心。相信我们，我们每天面对死亡，觉得心里起了要活的欲望，就像在我们幸福的日子，我们没有要活的欲望一样！但是你们知道，你们、亲爱的朋友，知道我们还有更强烈的心愿！
朱理叶斯	世上有千百万人在这时候为我们心跳，怎么会这样的？也就是几年前罢，有几十万无辜的人受到残害，有些民族不被灭绝，就被铲除了。我们两个陌生人的性命和别的千百万陌生人的性命本来没有什么两样。可是今天好些民族，统统站起来营救我们两个陌生人，又怎么会这样的？
伊斯尔	欧洲朋友，你们在水深火热之中，看着纽约一男一女受害，漠不关怀，有什么不可以？可是，你们没有漠不关怀，反而为我们发出了有力的呼声，要求正义，声音一直透过监狱的墙壁，传到我们耳朵！

朱理叶斯	朋友,你们知道,我们受到的长期非刑,比每天发生的种种罪恶,全都可怕。对你们所有向往和平与正义的人士,我们的命运显然就是一种致命的威胁!
伊斯尔	你们、我的美国姊妹!你们想要你们的丈夫和子女能够安安静静睡觉的话,别忘记我们!美国人,我们的命运可能明天变成你们中间任何一个人的命运!别忘记我们!
朱理叶斯	朋友,别为我们掉眼泪!我们受到的非刑不人道,可是我们在自己身上找到了足够的爱情和尊严,刚强不屈,坚忍到底。但愿我们的死亡能够强壮你们的心灵,能够让你们对人、对人的正直、对人的勇敢和人的骄傲有信心!正直、勇敢和骄傲总有一天要在这个国家战胜的!人民的自由和尊严要在我们的祖国胜利的!
伊斯尔	记住我们的爱情!我们给你们留下了我们爱情的果实:我们的两个孩子。别叫人损害他们……别叫人侮辱他们……
朱理叶斯	我们给你们留下我们的名字。别忘记我们的名字!有一天,你们建立起一个更好的世界,男孩子和女孩子拿他们容光焕发的脸投进人生香喷喷的林子,愿我们的名字,也像花一样,在他们快活的心里开放……

〔长久的沉静。过道传来许多嘈杂的脚步响声,门开直了,出现了一群看守,中间有典狱官。朱理叶斯和伊斯尔好像什么也没有听见,脸上明光闪闪,望着窗口的天空;只有伊斯尔的手,拿着花,微微颤抖,有些花瓣挂在袍子上,慢慢落到舞台上。

——幕落。

天上芳香的车
Swing Low, Sweet Chariot

Slave Hymn

F 2/4

P

3 î 3 | 1. 1 6 5. | 1 1 1 1 | 3 3 5 |
天　上　芳　香　的　车，　下　来　接　我　回　家
Swing　low,　sweet　char-i-ot,　Com-ing　for　to　car-ry　me

5 — | 5 3̂ 5 | 1. 1 | 6 5. |
去；　　　天　上　芳　香　的　车，
home;　　Swing　low,　sweet　char - i - ot,

1 1 1 1 | 3 3 2 | 1. | 3 | 5 1 6 | 1 1 |
下　来　接　我　回　家　去。　望　过　了　约　旦　河，我
Com-ing　for　to　car-ry　me　home.　I　looked　o-ver　Jor-dan, and

Fine

1 1 1 6 5. | 1 1 1 1 | 3 3 5 | 5. |
望　见　什　么，　下　来　接　我　回　家　去？
what　did　I　see,　Com-ing　for　to　car-ry　me　home?

5 | 6 5 3 3 1 | 1 1 1 1 | 6 5. |
空　　中　有　一　队　天　仙　来　看　我，
A　　band　of　an-gels　com-ing　af-ter　me,

1 1 1 1 | 3 3 2 | 1 — ‖
下　来　接　我　回　家　去。
Com-ing　for　to　car-ry　me　home.

列昂·克鲁奇科夫斯基

吕 洁

著名的波兰作家列昂·克鲁奇科夫斯基在战前就以波兰文学中新的、进步倾向的天才代表而闻名，战后更成了新的人民波兰的积极建设者，致力于创立渗透和平和进步思想的进步文学。他的荣获一九五三年度"加强国际和平"斯大林国际奖金，正是对于他长期致力于和平事业的卓越功绩的崇高评价。

克鲁奇科夫斯基于一九〇〇年六月生于克拉科夫一个钉书匠的家里，在克拉科化学工业专科学校毕业后，他当过两年化学工程师。一九一八年起，他就开始在报纸和杂志上发表诗作了，在他早期（一九一八——九二八年）的诗歌作品中，还没有摆脱小资产阶级思想对他的影响，但作为关心自己祖国及人民命运的正直的文艺工作者，随着波兰几经挫折的革命运动的进展，他终于走上了无产阶级作家的道路。

二十年代和三十年代之交，在经济恐慌日益尖锐和劳动群众日益贫穷化的情况下，波兰反法西斯运动增强起来。这个运动对于许多进步作家的创作发展产生了有益的影响，克鲁奇科夫斯基正是这些进步作家之一。他在这期间研读了马克思主义的经典著作，并且时常在青年工人和知识分子的集会上发表有关社会政治问题的演讲。

克鲁奇科夫斯基的第一部长篇小说《柯尔迪安和乡下佬》发表于一九三二年。这是一部以波兰一八三〇年十一月起义为题材的历史小说。作者根据广泛的历史和政治的材料，描写了起义前夕波兰农民的生活，揭露了波兰封建剥削阶级的残酷性与寄生性，并且着重指出，这次起义之所以失败，是因为那些只顾自己阶级利益的贵族不愿让农民动员起来进行斗争。这部小说是对于波兰现实主义的文学的一大贡献：

在这部新型的历史小说里的中心人物是人民,而不是国王和贵族。这与当时的波兰文学把国王和贵族描写成历史的主要创造者的观点,完全不同。这部作品不仅引起了文学界的注意,而且受到波兰广大劳动人民的欢迎,因此在六年内再版了五次。

《柯尔迪安和乡下佬》出版后三年,克鲁奇科夫斯基又发表了第二部长篇小说《孔雀毛》(一九三五年)。这部新作品证明作者进一步发展了在《柯尔迪安和乡下佬》里即已开始的对现行制度的批判。《孔雀毛》所写的基本问题,是加里西亚农村中农民分化的过程。争取公地的斗争暴露出富农与无地农民之间的阶级矛盾。克鲁奇科夫斯基以一个与人民命运休戚相关的爱国作家的愤怒和哀痛,写出了波兰农民永无止境的困苦的生活。这部小说的价值不仅在于它批判了资产阶级的现实,而且在于它指出了农民的政治觉醒:这些农民已不再像《柯尔迪安和乡下佬》的主人公那样只是渴望土地,而是要向地主夺取土地。在《柯尔迪安和乡下佬》中,克鲁奇科夫斯基第一次说到教会的反动作用,而在《孔雀毛》里面,作者则指出了天主教教会与剥削阶级的密切关系。在战前的波兰文学中,这部小说是向读者说明不久的过去的真相、号召他们仇恨压迫者、对社会上的恶势力毫不留情地进行斗争的有数的作品之一。

一九三七年,克鲁奇科夫斯基发表了他的第三部长篇小说《陷阱》。随着欧洲反动势力的增强,波兰的法西斯政权变得越来越残暴。国民经济由于当政集团实施军国主义政策而陷于衰退,失业人数急剧地增加起来。而同时,工人阶级的抵抗正在增强起来。于是波兰反动政府就以大规模的镇压手段来对付无产阶级的革命团结。各地监狱和要塞里都塞满了被捕的工人。克鲁奇科夫斯基的《陷阱》就是从一个知识分子家庭的故事,写出波兰小资产阶级在这时期走头无路的情景。这部小说虽然有许多地方很强烈地写出了波兰法西斯化的发展,写出了资产阶级—地主政府从事新的世界大战的准备,但是始终没有明确地指出知识分子的革命出路,因此跟他的第一部和第二部小说比起来,不能不算是作者的失败之作。

克鲁奇科夫斯基在创作方面的努力并不妨碍他积极参加国家的政治生活。一九三六年,他和望达·瓦希列夫斯卡都是参加在罗夫举行的波兰全国保卫和平大会的代表。他在这几年同时写了很多政论,反映了随着法西斯恐怖的增强而遍布波兰全国的革命高潮对他发生的影响。他在一九三六年出版了小册子《人与日常生活》,一九三七年出版了小册子《为什么我是一个社会主义者》,一九三八年出版了论文集《在独裁的气氛里》。克鲁奇科夫斯基在这些著作里提出了波兰进步文学工作者在法西斯统治下面临的任务,并且尖锐地批判了波兰文学界反动的倾向与流派。

一九三九年,由于英、法的出卖,资产阶级和地主的波兰垮了台,希特勒匪帮侵占了波兰的领土。全国布满了集中营,克鲁奇科夫斯基也被监禁在德国境内的战俘营里。在法西斯酷刑下的数年的惨痛经验,使他愈益相信:对于劳动人民的敌人,不论他是波兰的还是希特勒的法西斯分子,必须进行坚决的斗争。

苏军解放波兰后,克鲁奇科夫斯基回到了祖国,立即积极地投入新波兰的建设工作——展开巨大的社会的、组织的活动。一九四五年,他当选为省人民会议代表,一九四七年复当选为波兰议会议员。从一九四五年到一九四八年,他曾担任文化艺术部副部长之职。一九四九年,在第四届波兰作家大会上,他被一致推选为波兰作家协会主席。

在战后期间,克鲁奇科夫斯基的创作努力转向戏剧方面。他在一九四八年写了剧本《复仇》。这个剧本的主题是新波兰成立后最初几年国内激烈的阶级斗争,揭露那些企图摧毁年轻的人民民主共和国的反人民集团灭亡的必然性。它是新波兰戏剧创作方面描写当前主题的第一个尝试,波兰各界对它予以善意的批评,从而帮助作者改写了最后一幕。

一九四九年,克鲁奇科夫斯基又完成了一个新剧本——《德国人》。这个剧本的主角是一个不问政治的德国生物学老教授,经过事实的教训,走上了为和平而斗争的道路。它使人相信:谁在斗争之外袖手旁观,谁就一定会成为法西斯主义的帮凶。对老教授所走的这条复杂道路——正直人民的道路的描写,使这个剧本成为保卫和平斗争中的极有力的武器。

《德国人》的出现,立刻引起曾身受纳粹匪徒蹂躏的欧洲人民的强烈反应。它不仅在人民民主国家的首都布拉格、索非亚、柏林上演,并且也在罗马、伦敦、巴黎、维也纳、赫尔辛基等资本主义国家的首都上演。在许多资本主义国家,反动派采取种种方法来阻挠这个剧本的演出,正表明了这个剧本对和平敌人的打击力量。例如,巴黎的一家剧院曾邀请克鲁奇科夫斯基去参加排演,但是正热中于"欧洲防务"的法国当局却拒绝发给入境签证。然而,在法国进步团体的压力下,《德国人》终于在巴黎的许多剧院上演了。这个剧本在德意志民主共和国演出时,获得了极大的成功。德国的报纸屡次指出,德国人在克鲁奇科夫斯基的剧本中"看见了自己"。担任剧中一角的一个德国演员说:"我个人的命运恰好和剧中一个主角所走过的道路相同,我在舞台上所演出的仿佛就是自己的事。"

《德国人》是现代波兰文学中最卓越的一部戏剧作品。这个剧本提出了我们这时代最重要的一个问题:为和平而斗争。波兰政府极为重视这部作品,所以在一九五〇年授以第一等国家奖金。

克鲁奇科夫斯基在一九五一年修改并完成了波兰著名古典作家斯台凡·日罗姆斯基的遗作《罪恶》。这个剧本暴露出资产阶级的世界及其假仁假义的道德，并且描写那些对当时统治势力进行抗争的人们。日罗姆斯基曾在一八九七年拿它参加资产阶级的《华沙报信者》杂志主办的剧本竞赛。当然，它遭到反动的评判委员会的冷遇，未曾录取，直到一九五〇年才第一次发表，尚缺最后一幕。经过克鲁奇科夫斯基以严肃的态度续写后，它成为波兰各剧院经常上演的剧目。华沙国家剧院全体演员于一九五一年七月上演这个剧本后，获得了第二等国家奖金。

去年，克鲁奇科夫斯基又以美国的罗森堡事件为题材，写了一个剧本，叫做《朱理叶斯与伊斯尔》，揭穿了美国战争贩子制造的所谓"原子间谍"案的真相，表现了罗森堡夫妇为真理而慷慨就义的精神。目前，华沙正在筹备演出这个剧本。

克鲁奇科夫斯基不仅以一个有才能的作家的身份，而且以一个社会活动家的身份为和平而奋斗。他是波兰全国和平委员会主席，并当选为世界和平理事会理事。

在人民民主波兰成立以来的这几年，克鲁奇科夫斯基进行了大量的工作来巩固这个年轻的共和国的思想阵线。他在担任议会议员和文化艺术部副部长期间，曾力求在波兰文学中贯彻马克思列宁主义的思想。他被选为波兰作家协会主席之后，又领导了在波兰文学中确立社会主义现实主义创作方法的斗争。

克鲁奇科夫斯基常在文章与演说中着重指出：作家的文学创作必须跟波兰人民共和国当前迫切的任务密切联系起来。而学习苏联文学的经验，熟识苏联人民及其在社会主义与文化建设方面的成就，对于作家说来，可以起鼓舞的作用，并且是从事创作的新力量的源泉。他自己曾先后于一九四六、一九四七、一九四九和一九五二年访问过苏联。在他于一九五〇年出版的政论集《相逢与比较》（主要是根据他在一九四七——一九五〇年间几次国外旅行中所获得的材料写成）中，一方面分析了美国和西欧国家的经济与政治的形势，引用具体事实来揭露美国法西斯分子道德的腐败，另一方面则亲切地表露了对苏联人民和对伟大的革命天才列宁和斯大林的崇敬。这本文集的全部文章都直接或间接地环绕着保卫和平这一主题，它不啻是一个热烈的号召，要求大家为和平与各国人民的友好而斗争。在其中一篇文章里，克鲁奇科夫斯基写道：

如果我们所有正直的人们，不分种族、国籍、宗教信仰和政治见解，用我们所能用的一切手段，坚决地为和平而斗争，战争就不会发生了。如果我们不容许战争，战争就不会发生了。如果我们大家坚决表明我们要把任何破坏和平的企图予以击退的共同意志，战争就不会发生了。

克鲁奇科夫斯基的全部创作与社会活动，正是这一坚强信念的体现。他在荣获"加强国际和平"斯大林国际奖金后，表示他今后将以更大的热诚把他的全部力量和才能贡献给这个现在对人类最为重要的伟大事业。

（本文曾在一九五四年二月五日《世界知识》第三期发表）

钟表匠与母鸡

伊·科切尔加 著

钟表匠与母鸡

四幕剧

人物

虞尔开维奇

丽达

喀尔风开耳博士

塔辣土塔

火车司机切列夫科

奥耳雅　　　　　他的女人

蓝狄谢夫

苏菲亚·彼特洛夫娜

陆军上校

两个军官

一个陆军中尉

铁甲车的政治委员

党核心组织的书记

军乐队指挥

一个革命委员会的同志

一个小姑娘

一个脚夫

火车站工人的女人、正式铁路雇员、乘客、白军兵士、红军兵士、国家农场的雇员、带着食物袋的投机商人、带着母鸡的乡村妇女，等等。

第 一 幕

一九一二年，一个小火车站的候车室。开着两个窗户；陈设有椅子、一张光溜溜的槐木桌子和一只钟。左边是一个门，上面写着"妇女候车室"；右边是入口。夏天的黄昏。火车站的浅绿光在窗外照耀着。喀尔风开耳博士连人带脚坐在板凳上。他一边喝茶，一边从表盒掏出各色的表，看了看，再放进去。他是一个面貌冷淡的瘦瘦的绅士，年纪不明，衣着很考究。他的右脸绑着一条鲜红的绸手绢。火车站特有的闹声从窗户外面传进来。光闪着，火车头的笛子响着。

一

〔进来虞尔开维奇、一个二十五岁左右的年轻人，后头跟着一个脚夫，扛着一只小衣箱；小衣箱用帆布仔细包住，拿绳子捆着。他把行李放在地板上。

虞尔开维奇 去莫斯科的二等车。
脚　夫 票房还没有开。你先过过你的行李，啊？
虞尔开维奇 不必啦。我随身带这衣箱。千万记着，火车一进站，你可

	就要来啊。八点欠十八分。火车是不是就来,你知道吗?
脚　夫	铃还没有打。我看也就快啦。不误点的话,出不了半点钟。

〔出去,没有关门。

喀尔风开耳	(激怒的声调。)Donnerwetter! ①行行好,成不成,拿门关住。吹来了一阵风。
虞尔开维奇	啊,可——这儿需要一点新鲜空气。
喀尔风开耳	空气,空气! Salbaderei! ②简直是蠢话! 门对空气和傻瓜总是开着的。关上门,我在发烧,听见了没有?
虞尔开维奇	(随和地。)上帝帮助你——今天黄昏真热。
喀尔风开耳	可热啦! 我告诉你,我有病。Ich habe Zahnschmerzen.③我牙疼得厉害。噢——噢——噢——这可恶的疼! 这可恶的国家! 这可恶的冷! 永远冷,永远牙疼。噢——噢!
虞尔开维奇	啊,对不住。(连忙把门关好。)我同情你。是的,我完全了解你,先生——我没有请教你的——呀——大名。

〔在他的公事包里面乱摸东西。

喀尔风开耳	(斜着向他鞠躬。)喀尔风开耳,Geheimrat④,科学博士。
虞尔开维奇	(鞠躬。)久仰。我叫虞尔开维奇,我是一个中学教师,偶尔也写一点不像样的文章。原来你是一位 Geheimrat? 这是一个很高的位置。
喀尔风开耳	是呀,是呀,一位 Geheimrat。不过,重要不在头衔——重要在本身。我的特长是表,我是时间的主人。

---

① 德文,意思是"雷雨",这里表示发怒的口吻。
② 德文,意思是"大话"或者"废话"。
③ 德文,意思是"我牙疼"。
④ 德文,意思是"枢密顾问"。

虞尔开维奇　啊,原来你是一个钟表匠?我还以为……

喀尔风开耳　Salbaderi!瞎扯。一个钟表匠为不知道什么是时间的傻瓜修表。可是,我是一位 Meister der Zeit①。我研究的是时间和它的发条。

虞尔开维奇　(旁白。)看样子是一个怪人。

喀尔风开耳　一个钟表匠,真的!一个钟表匠……啊!啊!

〔手托住他的脸庞。

虞尔开维奇　牙还在疼吗?有一时期,我自己也一来就牙疼,你知道罢?吹来一阵最小的风,我就疼死了。你知道是什么把我治好了的?人家给了我点药水。我是在一个朋友的乡下房子,那儿有一位老医生,送了我点药。一滴就成:就止住疼啦,像玩儿魔术一样。想想看!原来就是一种老方子拜拉道纳,要不就是丁香油,要不就是鸦片还是什么的。我忘记是哪一种了,不过,一下子就帮我止住疼啦。真邪门儿啦。我出门总带着这些药水,虽然从那时候起,我再也没有牙疼过。

喀尔风开耳　(跳起,鞠躬,手托着他的脸庞。)啊,我的亲爱的先生,Mein lieber Herr②,虞尔——虞尔——开维奇!我真走运!我相信,你不会不让我用一滴这有价值的药的。相信我,我感激……只一滴。噢——噢——噢!疼死我啦!

虞尔开维奇　(有一点窘。)啊,当然。成,成。(在他的公事包里面拼命搜寻。)不过——哎——急死人,药不在我的公事包里头。我一定是打在衣箱里面了。现在我想起来了——在一

---

① 德文,意思是"时间的主人"。
② 德文,意思是"我最可爱的先生"。

个小匣子里面。

喀尔风开耳 在一个小匣子里面？好极啦！我可否请求你，我亲爱的朋友，帮我取一下？只要一滴。

虞尔开维奇 （逐渐激动上来。）什么！到我的衣箱找药？可，匣子放在衣箱紧底，你看见的，它捆扎成了什么样子……真是想都不用往这上头想了。

喀尔风开耳 啊，可是，我求你啦，高贵的年轻人……噢——噢——噢，我的好人！

虞尔开维奇 （完全被苦恼住了。）可是我这就上火车，你明白。打开衣箱，起码也要半小时。还不提再打包、再捆扎。你听见他们不在讲，火车有半小时就到啦。万一我误了车呢？啊，我想都不能够往这上头想！

喀尔风开耳 噢——噢！可是，我疼死啦！最亲爱的先生，mein süsser Herr①，你要是知道我疼得多厉害——我求求你！噢——噢——噢！

虞尔开维奇 可是，你就不看看，我做不到吗？老天爷，现在打开这衣箱！我会误车的。我要是误了这趟火车的话，我就要对我的人生美梦告别了。末一次去莫斯科的火车，再二十分钟就到。十一点钟还有一趟快车，可是不在这儿停啊。

喀尔风开耳 只一滴呀。噢——噢——噢！

虞尔开维奇 可是你应当明白，这是去莫斯科的末次车。我要是明天早晨到不了莫斯科，我就去不成巴黎了。巴黎，我梦想了那么久。

喀尔风开耳 巴黎？你到巴黎去？

---

① 德文，意思是"我最可爱的先生"。

虞尔开维奇　是呀，我参加一个游览团体，看展览会去。明天十二点钟离开莫斯科。我已经买好车票了，我要是不准时到的话，我的钱和我的希望就全吹啦……去外国、去巴黎、去看展览会——我到哪儿再找一个机会去？你要是在这小地方一待就是十年的话，你就明白这梦想在我是什么意义了。这就许改变我整个的命运的。我是作家。也许，在巴黎——噢，好，光说抵什么用！

喀尔风开耳　噢——噢！（坐在桌子一旁。）多蠢的 Salbaderei！干脆你不想帮我就是了。像这样的衣箱，一个人可以打开二十回，捆二十回……噢！噢，真疼！

〔轻轻哼唧着。

〔虞尔开维奇激动地在屋里上下走着。

喀尔风开耳　（忽然叫了起来，弯下腰，在地板上找东西。）Ach！① Donnerwetter！停住，停住，就在你旁边……滚开了。

虞尔开维奇　（小心闪开。）谁滚开啦？谁？在哪儿？

喀尔风开耳　（爬在地板上。）请你别到这边来。别拿脚放在地板上，我说——一颗、两颗、三颗……

虞尔开维奇　（弯下腰，帮着寻找。）可是，你丢的是什么呀？

喀尔风开耳　（让他看一个小巧的金盒子。）我撒掉——一打——整整一打——这种丸子……小丸子。整整一打，请帮我找找它们——找找它们。（两个人全弯下来，在地板上寻找。）当心，别踩到上头。两颗……三颗……zwei…drei…②

虞尔开维奇　我找到一颗、两颗——这儿又是一颗。你拿好。

---

① 德文，意思是"哎呀"。
② 德文，意思是"两颗……三颗……"。

喀尔风开耳	谢谢你。(他们继续寻找。)Bitte noch! ①三颗、四颗。Danke sehr! ②感激之至。请你再找找。啊哈，noch eine。③
虞尔开维奇	(用心寻找。)你现在全找到了没有？
喀尔风开耳	没有，一定还有两颗。啊哈——这儿是一颗。还有一颗，费心啦，还有一颗。Fünf, sechs,④再一颗就齐啦。
虞尔开维奇	我什么地方也找不到了。
喀尔风开耳	也许滚到衣箱底下去了。仔细看呀。
虞尔开维奇	(推开衣箱。)没有，不在这儿。
喀尔风开耳	没有？多想不到的不开心事。也许，你好不好爬到门槛底下看看？
虞尔开维奇	噢，没关系。你丢了多少？
喀尔风开耳	一颗。
虞尔开维奇	一颗？一颗的话，犯不上找了。现在也脏了，不合用了。
喀尔风开耳	是的，不过，不应当就这么扔掉。不应当。
虞尔开维奇	不应当？为什么？
喀尔风开耳	有毒呀。毒性很大——"喀尔风开林"。⑤
虞尔开维奇	(吹掉手指上的尘土，取出他的手绢。)有毒？
喀尔风开耳	是的，毒性很大——有机盐基。我从花儿上提炼出来的。(继续寻找。)一个人只要吃上一小颗——他就像一

---

① 德文，意思是"请再找找"。
② 德文，意思是"感激之至"。
③ 德文，意思是"又一颗"。
④ 德文，意思是"五颗、六颗"。
⑤ 喀尔风开耳 Karfunkel，意思是"痈"或者"红宝石"。"喀尔风开林"，意思当是"治痈丸"。

只苍蝇一样在四分钟里头死掉，wie eine Fliege.①一下子就瘫了——没有一个医生看得出来。De profundis e finita la comedia.②我不能够拿这样的东西扔掉。

〔在椅子底下寻找。

虞尔开维奇　什么地方也看不到啦。

〔用手绢揩他的手。

喀尔风开耳　（一副不满意的模样，把小盒子放回他的衣袋。）噢——噢——噢！又来啦。（捧住他的脸庞。）该死的疼又来啦。（倒进一张扶手椅，疼成了一团。）噢——噢——噢！我受的这是什么罪呀。不，这，这是……（忽然跳起。）我真是求求你啦，教师先生，拿药给我，mein lieber meister！③

二

〔车站的铃铛在响。

脚　夫　（迅速进来，手里拿着一张车票。）先生，这儿是你的车票。十一个卢布七十五个戈比。

虞尔开维奇　（骚然。）哎？什么？这是我的车票？噢，是呀。铃铛响了，你听见啦？

脚　夫　是的，去基辅的火车就要进站；刚刚离开前一站。

---

① 德文，意思是"像一只苍蝇"。
② 拉丁文，意思是"即此一生休矣"。头两个字来自赞美诗，是为祷告死人用的，意思是"从深渊来"。后四个字是"喜剧就结束了"。
③ 德文，意思是"我最可爱的老师"。

〔拿起地板上别人的行李。

虞尔开维奇　好，把这些东西搬到月台上罢，快！（抓住他的衣箱。）快！

脚　　夫　做什么，用不着急。有的是时候。再有二十四分钟，还到不了。我会来拿它们的，别担心啦。

〔走开。

虞尔开维奇　喂，等等！脚夫！

〔追他追向门口。

喀尔风开耳　（揪住他的胳膊。）随你问我要什么罢，只要给我一滴药水就成。

虞尔开维奇　（失去了自主。）你一定是开玩笑，对不对？你方才没有听见讲，火车有二十四分钟就要到了吗？你方才没有听见？你不知道这次旅行对我绝顶重要吗？我方才对你说过了，我不敢误这趟车。这是去莫斯科的末次车。

喀尔风开耳　只一小滴——噢——噢——噢！

虞尔开维奇　（恼怒。）打开这衣箱，起码也要二十分钟。再拿它绑扎起来，简直要我出几身臭汗。你要我在二十四分钟里头全部完成。想想看！二十四分钟！（抓他的头，脱掉他的大衣，用手绢揩他的额头。）简直荒谬！你看出来我是一个受教育的上流人，所以就打算强制我做啦。

喀尔风开耳　（预备回到桌子那边，托着他的脸庞，现在转回身子，一生气，忘记他的牙疼了。）强制一个受教育的上等人做。Das ist übermässig！①太欺人啦！噢，只要能够适当地强制强制你、和你以外的那些俄罗斯知识分子在最后去工

---

① 德文，意思是"过分"，即"太欺人啦"。

作，我也就非常开心了。是的，工作，不是一个手指头也不举起来，光梦想更好的生活，不把它争过来。

虞尔开维奇 这话不对。不是我们的错，是不许我们工作。可不，我们有什么地方好工作？参加地方政府，还是参加杜马？

喀尔风开耳 不许你们？瞎扯！错在你们自己，因为你们懒惰，你们俄罗斯知识分子。几分钟就够了的事，你们能够一等就等上十年。方才，你舍不得送给一个病人二十四分钟、完全没有用的二十四分钟的时间。你说二十四分钟不够你打开一个烂小箱子、再拿它绑扎起来。可是你真知道时间是什么吗？我研究时间问题，我懂得一点生命。你从来听说过时间紧缩律吗？时间满到边边口，像一杯水一样吗？

虞尔开维奇 （又抓他的头。）时间紧缩律……时间怎么能够紧缩或者膨胀？

喀尔风开耳 你连这也不知道？你梦想像出国这样一件小事梦想了许多年；这在你像是一件大事。可是你知道许多事能够挤到半点钟里头吗？你不知道？是的，当然不知道，你费了许多年在等一件事。好比说，你收到一封信，或者同别人太太睡了一觉，你就以为这是一件大事，够四年开销了。

虞尔开维奇 这儿成了疯人院！我走。我没有时间听你胡说八道。

喀尔风开耳 你没有时间？可能吗？（从衣袋取出一只表，上上弦，表开始悦耳地响了起来。）你舍不得送给我的二十四分钟是什么？当心啊，不然的话，有些你拼命想瞒人的事就许撞到你的二十四分钟上来。你还不知道有多少事会在二十四分钟里头发生。在这时间，一个人可能找到幸福，一个人可能丢掉幸福，一个人可能遇到一个人的终生爱情。是的，是的，——甚至于一个人可能死，或者使别人死——

全在这同一的二十四分钟里头。这可就和开衣箱不是一回事了。哈——哈——哈！好，既然你舍不得拿你的二十四分钟送给我，我们看你怎么样拿它们留给你自己罢。

〔走出，轻轻向自己笑着。

虞尔开维奇　（惊惶之下，跌进一张椅子。）找到幸福？丢掉幸福？遇到一个人的终生爱情？……杀死人？（跳起。）鬼抓了它去！像做了一个怕梦！我还是到外头月台上等着的好。（穿上他的大衣，用大气力把他的衣箱拉到门口。）让我到外头吸吸新鲜空气去，快！

三

〔门开了，进来苏菲亚·彼特洛夫娜。她是一个约摸三十岁、皮肤黑黝的女人，穿着一件黑一口钟，蒙着面网，现在她拿面网朝后一丢，做出不耐烦的姿势。

虞尔开维奇　（惊惧，后退。）苏菲亚·彼特洛夫娜！怎么会的？
苏菲亚·彼特洛夫娜　（试着抑制她的忿怒。）你想不到看见我，想不到罢？……
虞尔开维奇　我……我喜欢极了……我不知道你从乡下回来……你好啊，我的亲爱的？
苏菲亚·彼特洛夫娜　（忽视他的手。）是呀，你不知道。你心想我在乡下好好儿待着，大概是什么也听不见，你就有的是时间安安静静走啦？是呀，跟你的心肝儿一道走，玛卢席雅，还是叫什么来的。

虞尔开维奇　老天爷，你在说些什么呀？什么玛卢席雅？我是一个人旅行。

苏菲亚·彼特洛夫娜　你真倒霉，偏偏我就知道啦。不过，没有关系，就算你不再爱我，就算你从来没有真爱过我，我是预备饶恕你的——是的，预备而且情愿。可是你想到这打击我的骄傲，你想到这可怕的……

虞尔开维奇　我对你保证，亲爱的苏菲亚·彼特洛夫娜——苏妮亚……

苏菲亚·彼特洛夫娜　你在远地方，能够想像我过的是什么日子吗？全城在谈你，除去我，人人知道你要出门。我是唯一你没有告诉的人！（扭她的手。）噢，臊死人啦！

虞尔开维奇　（绝望地。）可是我真是到巴黎展览会去——说什么这也不是犯罪啊！我简直在做怕梦——比害牙疼还糟。

苏菲亚·彼特洛夫娜　你的那个玛卢席雅，同你一道去的女人——她也在怕梦里头？她也像牙疼？

虞尔开维奇　我以全体圣者的名义发誓……

苏菲亚·彼特洛夫娜　别撒谎！玛丽亚·伊万诺夫娜告诉我（坐下，脸藏在她的手绢里面，流着眼泪。）……统统告诉我了！走开！

虞尔开维奇　不过，这不是事实。苏妮亚，请你放安静。苏妮亚！上帝，打开三个衣箱、四个衣箱，哪怕是二十个——也比这要好多了！

苏菲亚·彼特洛夫娜　（站起。）逃——秘密地，逃开我，逃开一个什么全给了你的女人！

虞尔开维奇　苏妮亚！求你啦！（向四面张望。）吵到这步田地，车眼看就要到！

苏菲亚·彼特洛夫娜　我把我的爱情、我的整个灵魂、我的荣誉给了你,可是现在,人人在背后议论我……什么? 有人来? (拉下她的面网。)跟另一个女孩子逃!

虞尔开维奇　(绝望地。)可是——我的上帝! 这不是真的! 我是一个人——你能够不能够相信我?

苏菲亚·彼特洛夫娜　有人来。好,你走好啦。再会。你一个人逃,还是跟别人逃,我才不在乎。现在对我全一样。我方才进来的时候,看见你吓死了的样子,我简直打心里恶心。先我还想,我要是寻见你们在一起呀……(从她的手提袋取出一把小手枪。)我……想……我……(虞尔开维奇恐怖了,往后退。)再会——永远!

〔驰出,撞在蓝狄谢夫伯爵身上,他正急急忙忙进来。虞尔开维奇支不住,倒在他的衣箱上。

四

虞尔开维奇　好,像这样吵一场,害牙疼倒像是一种快乐了。

蓝狄谢夫　(一个活泼的老头子,穿一件考究的大衣,戴一顶很平的便帽。)鬼抓了她去! 她差点儿把我撞倒了。简直是一阵狂风——不像一个女人!

虞尔开维奇　(坐在他的衣箱上——软弱、麻木。)一阵狂风。一阵牙疼!——痛苦是一样的!

蓝狄谢夫　(看见虞尔开维奇。)噢,多谢上天,你还在这儿。请教,我想,你是虞尔开维奇先生罢?

虞尔开维奇　(起立。)是的,我的名字是虞尔开维奇——有事吗?

蓝狄谢夫　久仰,久仰。我是蓝狄谢夫——蓝狄谢夫伯爵……哎……

早就希望有一个机会，算得上一个仰慕你的人——去年冬天在我们俱乐部听过你演讲，你讲神秘的虚无主义——要不就是虚无的神秘主义，我忘记是哪一个了。很好，真的，很好。不过，我要说的不是这个。我急急忙忙赶到这儿——多谢上天，你还没有走掉！

〔喘不出气，只得住口。

虞尔开维奇　你想看我？

蓝狄谢夫　（坐下。）吸烟吗？好，现在——我从乡下赶来看你，跑了二十维耳斯他①。事情是：你们中学的校长安得赖伊·伊万诺维奇昨天和我在一起用饭，谈话中，无意说起你要到巴黎展览会去。一听这话，我心思活动啦。"什么时候去？"我问他。他说，"是呀，明天，要是还没有走了的话。"听了这话，我跳上我的车，就尽快往火车站赶。

虞尔开维奇　你有什么事托我替你做吗？

蓝狄谢夫　是呀，是呀，就说的是呀，正说的是呀。我想托你，要是不冒昧的话，做一件小事，不过是很有兴趣的事。你要是高兴做的话，我永生永世感激你。

虞尔开维奇　我高兴做的。

蓝狄谢夫　你要是不在意的话，我亲爱的朋友，请你从巴黎把公主布耳布耳·艾耳·嘎萨尔给我带来。

虞尔开维奇　公——公——公主布耳布耳？

〔眼睛因为惊奇张大了。

蓝狄谢夫　（笑着。）哈——哈——哈！不必吃惊——并不很难。这公主不是别的，是一个可爱的——一个——一个——一个

---

①　即俄里。

	迷人的——一个——一个——一个——吸人的——一只最奇怪的母鸡。一只母鸡——你明白吗？
虞尔开维奇	一只母鸡？
蓝狄谢夫	可不，是呀——一只母鸡。我应当告诉你，我是一个热心养家禽的人。我的庄园蓝狄谢夫喀是一个真正的家禽城——是一个形容不来的地方。有花园，你知道，铁丝网、母鸡房、水，还有各种各类的母鸡：马来种、横滨种、婆罗门种、安南种、巴达种、普里茅斯种、兰山种、黄的、红的、蓝的、白的、小的、大的——一句话，成了一个家禽国。还有雄鸡，就甭提啦！噢，你只要看看我的居伊斯公爵，也就知道了！全身黑，就像穿了一身黑绒，还有那副雄赳赳气昂昂的姿势——可不，你的夏里亚宾①也比不过它，它随时可以上台演唱的。
虞尔开维奇	可真惊人啦。
蓝狄谢夫	是呀，不是吗？现在谈谈我们的公主罢。自然啦，你明白，我带着多大兴趣注意展览会和家禽杂志上的消息，等等。我常常送样品到展览会上去，我得了许多奖章、奖状这一类东西。好，约摸一星期以前罢，我收到巴黎最近一期杂志，你猜怎么着？在别的怪东西中间，我发现有一只最奇怪、最迷人的母鸡要展览。它是印度种——公主布耳布耳·艾耳·嘎萨尔，希世之宝，在欧洲是仅有的样品。罗实德和德尔莱勋爵都没有这样的鸡。念到这个，我激动成了什么样子，你能够想像吗？
虞尔开维奇	可是，这有什么特别值得注意的地方呢？原谅我，在这方

---

① 夏里亚宾 Chaliapine，生于一八七三年，俄国的歌剧演员。

	面,你知道,我是一个一无所知的人。
蓝狄谢夫	有什么特别值得注意的地方?这是一只印度种的鸡,从印多尔来的,其实就是在印度也还不很出名,可是长得多好看呀!胸脯、腿、头真好看啦!还有它的羽毛——一种深金子颜色。是一首完美的诗!
虞尔开维奇	(笑着。)噢,当然啦,它要是一首诗的话……
蓝狄谢夫	还有它的名字!公主布耳布耳·艾耳·嘎萨尔,《天方夜谭》里头的名字。好,我一看到关于这迷人精的消息,我就打了一个电报去,说我买它;另外打了一个电报给我兄弟伊万伯爵,他正好在巴黎,叫他出钱把它买下来。可是我发现我兄弟伊万伯爵去了比亚芮磁,你想想看,我该多着急。我真绝望啦。我不知道汇钱给谁,我怎么好汇呀?于是,完全出乎意外,我听说你要到那边去。现在,你肯搭救我的话,我的朋友,替我拿钱带到巴黎,把鸡带回来……
虞尔开维奇	(迟疑着。)我不知道怎么说好——真的……
蓝狄谢夫	(取出一封信来。)这是一笔大款子,我应当告诉你——五万法郎,等于我们的钱一万八千五百卢布。此外,加上金子、旅费、种种开销——大约有一万九千卢布,我们不妨就说,两万卢布罢,包括你必须付的捐税等等在内。一总是两万卢布。
虞尔开维奇	两万卢布买一只母鸡?光为一只母鸡?
蓝狄谢夫	当然了,为一只母鸡,不是为一只象。我不明白你有什么好吃惊的。你要知道,为了捉公主布耳布耳,把它带到欧洲,还装配了一个远征队呐。必须跋涉印多尔的南部,穿过萨特普拉山脉,航行产巴尔河,深入丛林,经历惊心动

魄的事件，逃避老虎，等等，等等。我可以告诉你，故事就像是《一千零一夜》里的。

虞尔开维奇　是的，是的，当然了。你必须原谅我的无知。不过，两万卢布只买一只母鸡！

蓝狄谢夫　只买一只母鸡？为什么不成？不过，我急于要你告诉我，你同意还是不同意？

虞尔开维奇　好，你看，我是度假期去、娱乐自己去，现在我得急急忙忙带这只母鸡回来……你自己看得出来……

蓝狄谢夫　瞎扯，这算不了什么事。只要一个礼拜就成了，你就可以再回巴黎去，要待多久，好待多久的。你是一个年轻人，我知道你积攒的现钱也不多，所以我送你三千卢布，作为开销和委托费用。你同意了罢？

虞尔开维奇　三千卢布？这在我简直是一份产业！

蓝狄谢夫　（笑着。）你看——那么，说定啦。我非常感谢你，我亲爱的朋友。好，这里是信封，里头正好两万三千卢布。地址，还有别的，全在里头。（递给他一个信封。）我开心极了、开心极了，真的。

〔和他握手。

虞尔开维奇　不，真的。我做不来。这真像是《天方夜谭》里头的故事。

蓝狄谢夫　公主布耳布耳·艾耳·嘎萨尔。哈——哈——哈！没关系，别神经过敏。唯一的问题是：不惜一切，把我的仙鸟给我带来——你知道，依照寓言，谁带得来，谁就有赏的。好，再会，一路平安！噢，是的，我险些忘了；你，我的朋友，当然，是完全不懂家禽的喽。所以，我这儿给你留下几条简单的指导。请，千万要把它照料好，为了上帝的缘故，别叫它路上生病。

虞尔开维奇　噢，当然。我要一百二十分当心。

蓝狄谢夫　最重要的事是它的住处。笼子起码一天一定要打扫两次。然后，一定要洒上沙子、松叶同灰。然后，把饭给它搁好。多给它青菜、生菜、菜花，偶尔来上一片薄肉；最好，有时候叫它啄啄麦子。你应当这样安排，我亲爱的朋友：给它一片薄肉、一点荞麦粥、一点拌好的生菜，做它的晚饭。早点和午饭叫它啄麦子或者黍子。它应当有水喝或者牛奶喝。是的，你应当给它一点石灰和碎蛋壳。不过主要的事，mon cher，①是当心风。一定要让它乘头等客车。

虞尔开维奇　噢，当然，你不必惦记啦。我照你的话做去就是了。

蓝狄谢夫　好，暂时先 adieu② 罢。Au revoir！③我去看看站长，不过，走以前，我会再来看你一趟的。噢，是的，当心呀，这在我们中间是一种秘密，不然的话，你知道，人就都要像你方才一样瞪眼睛、抱怨了："什么，两万卢布只买一只母鸡？真作孽呀！"我连我女人都没讲。顶好瞒着人。（向门走去。）Bonne chance！④

虞尔开维奇　好运道！

蓝狄谢夫　（回来。）噢，是呀，我差点儿忘了——关于跳蚤。我把这当做一种特殊的恩典请求你：仔细帮它找找跳蚤，我亲爱的朋友，万一它身上有这万恶东西的话。不过，主要的事

---

① 法文，意思是"我的亲爱的"。
② 法文，意思是"永别"。
③ 法文，意思是"回头见"。
④ 法文，意思是"好运道"。

是避风口。万一它泻肚子的话,给它一点红酒喝。现在,我得走啦!(他和虞尔开维奇握手。就在这时候,门轻轻开了,苏菲亚·彼特洛夫娜偷偷往里看,正好听见下面的话。)当心它呀,mon cher,当心我的公主、我的宝贝,我的心肝,我把我的红头发美人托你照料啦。

苏菲亚·彼特洛夫娜 (向她自己。)啊,原来是这么回事啊?是一位公主!还是红头发!这下子可让我逮住啦!

虞尔开维奇 噢,我当心它呀,就像它是我的命根子,你放心好啦。

蓝狄谢夫 记着一定要来一辆头等客车,房间要分开的。……它需要洗澡的话,就让它洗洗澡罢,你可以随时揩揩它的胸脯和它的腿的。

苏菲亚·彼特洛夫娜 (像先前一样。)噢!简直不要脸!什么规矩也没有啦!

蓝狄谢夫 还有,别忘记随时帮它找找跳蚤。

苏菲亚·彼特洛夫娜 (像先前一样。)真是太过分啦!你等着看罢,你这流氓!

〔出去了。

五

蓝狄谢夫 好,我走啦。Adieu.

〔出去了。

虞尔开维奇 (他一个人。)这样好的运气!这样好的奇怪、灵迹似的运气!三千卢布、自由、快乐、生活!可不,我好打发该死的中学见鬼去了、我好游历两年、去意大利、把我的书印出来。上帝,这样好的运气!全是公主布耳布耳、亲爱的小母鸡给我带来的!(远远传来火车头的拉长的笛声。)在世上无忧无虑,听着火车头的遥远的笛声吹着——吹着,该多好呀!安安静静的黄昏,柔柔软软的躺椅,车窗外头落日的光亮黯淡了,朦胧的天色,蓝颜色的田野,金点子从火车头飞进了薄暮,桦木的有气味的烟往上升,火车头尖声叫着朝前冲,叫醒了回声,车轮子轰隆轰隆——一阵一阵快感送到心里头。眼面前是——一个明光闪闪的魔术世界。巴黎!宫殿、精致的马车、女人、一个虹色的艺术的星期日。随后再到意大利、威尼司、安安静静的运河、神秘的黑颜色的冈道拉①……蓝颜色的海。可不,这一定是一个童话、一个梦。快走,在我醒过来以前,我先走了罢。

〔抓住衣箱,把它朝门那边拉。就在这时候,传来尖锐的铃声,一辆点着灯的火车一闪就过去了。候车室的门开了,三两个旅客,带着包裹和行李进来。随即另一个旅客冲进来,喊着:"快来呀——在另一条车道上,我到处在找你们!"一听这话,全跑出去了。进来两位贵妇人,后头跟着一个脚夫,扛着、提着许多行李。她们朝妇女候车室走。

脚　夫　(走过。)等一下,先生,我就来拿你的东西。不急,你这趟火车误点了。

〔走出。丽达进来。她是一个非常年轻、标致的姑娘,金红头发。她走到桌子这边,开始对着镜子理好她的

---

① 冈道拉 gondola,威尼司的画舫。

头发，随后，朝妇女候车室方向走。虞尔开维奇急忙向她走来。

虞尔开维奇 是我的眼睛在作弄我，还是——是丽达吗？丽狄雅·帕夫劳夫娜！

丽　达 （转过身子。）啊！阿列克塞·谢米奥诺维奇！

虞尔开维奇 （握住她的一双手。）老天爷！是你——你……（吻她的手。）你在这儿？什么事你来这儿，丽达？……

丽　达 想不到你还记得我！

虞尔开维奇 我的斗胆、我的感情让你吃惊。是的——实际上我和你不很相熟——你这样一想，是要吃惊的。（他又握住她的手，要她坐下。）你还记得在库尔斯克那一阵子吗？想想看，我这一辈子，认识你只有四个月，还要少——又是好久以前的事。从我看见你以来，到现在又隔了两年了。我记得每一分钟、我在你近旁过掉的每一分钟，这样近，可是离你又这样远……

丽　达 你——你，当时你自己不要……

虞尔开维奇 我从库尔斯克调开的时候，我只好同你的亲人告别……我有许多许多话想同你说……你拿你的手伸给我，头往旁一闪，我就永远走掉了。后来，我们就开始通信，一种来迟了的感情在我们之间亮起来了，就像一个管不住了的火苗子。再后来，信就停止了。

丽　达 我去了彼得堡……在大学读书。

〔车站的铃第三次在响；火车停在窗外，开动了。

虞尔开维奇 你要是知道我有多少回梦想遇见你——现在，今天看见了你……不过，告诉我，为什么在你眼里一个人就什么也看不出来？你真就不知道我多疯狂地爱你吗？你一定知道。

丽　达　　　可是，你当时走了——永远走了。

虞尔开维奇　是的，我走了，不过，那算得了什么？你为什么当时不告诉我留下来啊？

丽　达　　　啊，阿列克塞·谢米奥诺维奇，过去的事过去了，再也拉不回来啦！我现在不和先前一样了。在圣·彼得堡这些年，和我在那儿念的功课，给了我很大的启发，从前我没有注意到的东西，也让我看见了。

虞尔开维奇　你怎么会凑巧来这儿的？你知道，这儿是我的家乡。

丽　达　　　我的亲人住在这儿。

虞尔开维奇　噢，是的，当然，我记起来了。不过他们是在乡下什么地方，是不是？

丽　达　　　是的，在波里诺夫喀，离这儿十维耳斯他。

虞尔开维奇　怎么只你一个人？

丽　达　　　不只我一个人——妈妈和喀嘉在那边。你到远地方去？

虞尔开维奇　是呀，真糟糕！我梦想了两年遇见你，现在，就在我的希望实现了的时候，我得在十分钟里头到一个远地方去。

丽　达　　　（忧郁地。）你在那边会找到别的快乐的，要好多了。

虞尔开维奇　（很受感动。）别的快乐！丽达、丽达——五分钟以前、你进来以前，我还在大喜若狂。命运向我微笑，一个阔人送我三千卢布，托我做一件无谓的小事。三千卢布就为去巴黎，给他带点儿——哎——他要的东西。你记得，我时常多么梦想到外国走走——这三千卢布就像是打天上掉下来的！可是现在，丽达，现在我既然又遇见你了，这一切都失去意义了。你要待下来的，我想？我回来的时候还看得见你，是吗？

丽　达　　　噢，是的，我要在这儿待下来。我要结婚啦。

虞尔开维奇 （起立。）什么？结婚？我的上帝，什么时候？嫁给谁？丽达！

丽 达 本地一个官儿，波里诺夫喀人。我在圣·彼得堡认识他的。他叫奇铁耳尼奇夫。

虞尔开维奇 奇铁耳尼奇夫？你要嫁给这个捣乱党？你会爱他？

丽 达 把我们连在一起的不是爱，是信仰。我对你说过了，圣·彼得堡给了我很大的启发。我特别学会了尊敬那些为真理而战斗的人们。

虞尔开维奇 噢，好，当然了，我不能够拿我同一位真理的战斗者比。可不，他也许在受迫害，过流放生活、监狱生活。我没有忘记你一来就梦想革命呀这一类东西。

丽 达 （打算走。）你一定要原谅我，阿列克塞·谢米奥诺维奇，我现在该走了。再会！

虞尔开维奇 不，不。这一定是一个恶梦。你什么时候结婚？

丽 达 星期三。

虞尔开维奇 什么，这个星期三！五天以内？

丽 达 是呀，不能够再迟了，因为圣·彼得和圣·保罗的斋期就快到了。

虞尔开维奇 这简直是岂有此理！我在五分钟里头动身去外国——你五天里头就嫁人。两年不见面，梦想了你两年，结局是这个！你说起来满不在乎。你尊敬他，你说。可是爱情怎么样？爱情又怎么样了，丽达？难道你就从来没有听说过吗？难道你们报纸里头就不谈这个？

丽 达 （站起，在感情压迫之下说话。）爱情、爱情？这未免太奢侈了，阿列克塞·谢米奥诺维奇。成千成万的人没有饭吃，就丢开爱情别谈了罢。

虞尔开维奇　可是，他们照样儿相爱呀。你，这样年轻、这样美，不承认爱情，你应当害臊哟！难道你就从来没有爱过任何人——甚至于在当时——在库尔斯克？

丽　　达　你提旧话做什么，阿列克塞·谢米奥诺维奇？你要是自己当时没有看出来，我怎么好出口呢？现在谈那些老账，有什么味道？我没有心肝，不是吗？我只能够默不作声，我不能够像你那样有诗意地、音乐似地表达我的感情。要是你当时没有猜出来……

　　　　〔她叹息，转开了。

虞尔开维奇　（激动地。）噢，丽达，不会的！不可能。丽达、我的丽达！（握住她的手。）你当时真爱我来的？你现在还爱我吗？不，不，这是过分的希望……丽达、我的丽达！我爱你——爱你，一种无边无涯的爱情。我疯狂地爱你，丽达！

丽　　达　（起立。）再会。

虞尔开维奇　丽达，我那时候要是蠢的话，让我现在放聪明罢。十分钟里头我就要到遥远的巴黎去。巴黎，从前它微笑着，那样欢迎我去。可是，现在我不去了。你吩咐一声，我就和你永远待在一起。做我的太太！丽达，我最宝贵的东西，为了你，我心甘情愿丢掉。你一直没有说的那句话，你就说出来罢。

丽　　达　（冲动地拿胳膊围住他的脖子。）噢，我的亲爱的、我的心爱的！

虞尔开维奇　丽达……丽达！（吻她。）多么神奇、销魂的幸福啊！我们一直看你母亲去，好不好？

丽　　达　好，先到我家，再到——你家。

虞尔开维奇	好呀，到我、我家，我的好人！噢，多开心呀，十分钟以前，我能够想到我会这么快看见这双好看的眼睛、我梦想了那么久的眼睛吗？
丽　达	不过，不去巴黎，你不难过吗？
虞尔开维奇	你就是我需要的全部幸福！你就是我的公主布耳布耳、我的珍贵的小母鸡。（笑着。）噢，我要是告诉你啊……你就是——你就是印多尔的金鸟儿，我在萨特普拉山脉产巴尔河边找到的就是你——公主布耳布耳·艾耳·嘎萨尔。告诉我，你可从来让跳蚤咬过？
丽　达	（天真地。）噢，咬得可厉害啦。你知道，火车里头是成群的跳蚤。不过，你怎么会想到这些东西的，你这讨厌的孩子！

六

脚　夫	（进来。）你是波里诺夫喀来的小姐吗？有车来接你。
丽　达	是的，我来啦。（向虞尔开维奇。）我去一下就回来。
虞尔开维奇	你去罢。噢，可是我的东西怎么着？在什么地方？
脚　夫	先生，你的火车这就要进站啦。伯爵要我拿一瓶矿水给他喝，我拿了来，就帮你收拾东西……我就来。
	〔出去了。
虞尔开维奇	噢，是的，伯爵。他还在这儿。很好，我……
丽　达	来啊，亲爱的。
虞尔开维奇	你去罢，我的爱，我就来。我必须同我的……同这位交代一句话。

丽　达　　　噢，好罢。我去一分钟就回来。

　　　　　　〔驰出。

虞尔开维奇　（留下他一个人，抓他的头。）……火车……火车……我简直不知道怎么办好……全来的这样邪行……一只母鸡……公主布耳布耳……三千卢布……丽达……火车有五分钟就到，我的火车……（传来笛声。）金星子飞过车窗……柔柔软软的躺椅……火车头的遥远的笛声和迷人的远景越来越近了。不过，同我不相干：我不去了……我不去了……现在全没有用了。（抓他的头。）可是，也许，我还可以去。也许！不，不，用不着考虑，她结婚的日子已经定了。别再想那些事了。我的幸福是在这儿——我的幸福是丽达。我不要拿她给任何人！（在屋内走来走去。）好，看样子，伯爵的钱我得还他。对。（从衣袋取出信封。）我得还他两万三千卢布。两万三千卢布——他拿它们做什么用……也就是拿它们糟蹋掉，蠢东西。简直不公道！我从来没有见过这样一笔钱——做梦也没有做过——可是在他呐，微乎其微，一只母鸡的价钱，随着性子乱丢就是了。两万三千卢布。这是一份财产啊，等于自由、幸福、到外国旅行、海洋。可是在他呐——一只又蠢又小的母鸡。假定他现在一下子就中风死掉——他早就应当中风死掉了——钱就是我的了。他没有告诉任何人把钱给了我——连他太太也瞒着。（走来走去，异常激动。）是谁方才说起什么中风呀、瘫掉了呀？（揩他的额头。）啊，对了，是那个害牙疼的怪德国人。

脚　夫　　　（进来，捧着一个盘子，上面是一瓶矿泉水和一个玻璃杯子；他放在桌子上。）你的火车马上就要进站。

虞尔开维奇　我改了主意。想来想去,我今天还是不走啦。这是你的钱。

〔给了他些钱。

脚　　夫　先生,多谢啦。你要我帮你找一辆马车吗?

虞尔开维奇　好……不用了。我不要车! 这矿泉水是给谁的?

脚　　夫　(站在桌边,开开瓶子。)那位老先生要的,蓝狄谢夫伯爵。他吩咐搁在这儿的。(虞尔开维奇在屋里走来走去。)先生,这是你的药丸儿吗?

虞尔开维奇　什么药丸儿?(兴奋了。)在哪儿?

脚　　夫　(伸出他的手,露出药丸。)在这儿桌子上头。一定是滚出来的。

虞尔开维奇　(几乎控制不住他的兴奋。)正是,正是。第十二颗——是害牙疼的德国人的。

脚　　夫　什么,先生?

虞尔开维奇　是呀,是我的,我的小药丸子。(从脚夫手里抢了去。)我把它丢了。谢谢你。你用不着等了。

〔脚夫走出。

虞尔开维奇　(站在台口,手里是药丸。)我们在地板上找来找去,想不到它一直就在桌子上头,他掉出来就没有看见。第十二颗。第十二颗。多么可怕的一种诱惑。人简直以为这是天意了。(走向桌子。)瓶子开着。中风,或者瘫掉,那怪家伙讲,没有一个医生能够发见是毒药。然后……然后,两万三千就会是我的了。财主、自由、丽达! 全是我的了! 可是多么可怕的一种耻辱啊! 我真会堕落到这种地步吗? 有人来了。不管怎么样,这讨人厌的老家伙,没有一年好活了。人来了。好,放进去,毒死你这狗东西!

〔迅速走向桌子,把药丸放进瓶子,向四周扫视了一下,盖好了,摇它。门开了。虞尔开维奇一惊之下,离开桌子。蓝狄谢夫进来。

七

蓝狄谢夫　（快活地。)好,你的车这就要到了。（坐在桌边。)我拜托你了,我亲爱的人。记着,尽快回来,随后你可以再去享受你的假期的。

〔拿起瓶子。

〔就在这时候,奥耳雅·切列夫科进来。她是一个快活模样的年轻女人,衣着整洁,但是破旧。她胆怯怯地走向蓝狄谢夫。

奥耳雅　瓦莱芮安·谢尔皆叶维奇,许我同你谈两句话吗?

蓝狄谢夫　（放下瓶子,转过身子。)哎?什么?啊,是你,奥耳雅。（冷然。)你有什么事?

奥耳雅　（迟疑地。)我没有什么事,只不过,孩子们,太可怜人了。你可不可以帮我一点点忙,瓦莱芮安·谢尔皆叶维奇?

蓝狄谢夫　你?帮你忙?（恶毒地。)可是你丈夫、有名的罢工者,在干什么呀?

奥耳雅　你不知道,瓦莱芮安·谢尔皆叶维奇,他被捕了吗?我们有两个月就没有一个钱。

蓝狄谢夫　啊哈!那么他被捕了,你说?原来这样啊,是吗?

奥耳雅　孩子们在挨饿。家里没有可卖的东西了。帮帮我们,瓦莱

	芮安·谢尔皆叶维奇。我不是要钱。你只要拿你庄子上的母鸡给我们两只,孩子们起码有几颗鸡蛋吃,也就成啦。你有的是母鸡。
蓝狄谢夫	啊哈,原来这样啊,是吗?好,让我对你实说了罢,我亲爱的。(用一种更有力的声调。)我愿意给谁母鸡就给谁母鸡,我宁可给路上一个叫化子,也不给你。你说孩子们在挨饿?可是,你做什么嫁给那个反叛?原来你那样同我们过意不去,是不是啊?我给你一只母鸡,好倒好,可是,明天,你丈夫就放火烧我的房子来了。不成,不成,男人是你自己挑的,你就跟他受下去罢。回你家去罢。我没有话对反叛同革命党讲。(奥耳雅叹一口气,走开了。)你看见这女人没有?她是我女人带大的。女孩子本来同我们过的是享福的日子,后来迷上了本地那个开火车头的,这人完全是一个反叛。哈!现在他当场被逮了。家伙!一想到这个,我就生气,我简直出了一身汗。噢,好,再会,我亲爱的人。我希望你一路平安。(又拿起瓶子。)家伙!
虞尔开维奇	(向自己。)简直是一个浑蛋!我现在全看出来了。(高声。)对不住——哎——原谅我,伯爵。(又向自己。)家伙,他这就要喝啦。(神经质的。)我要是今天不去,再过三四天去你也许不介意罢?
蓝狄谢夫	(放下瓶子,跳起。)怎么,你开玩笑?你一定是疯啦。家伙!我直担心母鸡现在已经卖掉了、你去的太迟了。我直在担心。得尔莱勋爵或者威耳士亲王就许买了它去。每一分钟都可贵,可是他……到底去不去,你对我说一句准话,不去的话,我就叫教法文的家庭教师去。

〔又坐下。

虞尔开维奇　（惊惶。）不，不，没关系，我今天就去。是的，我当然能够去。我方才只是……（向自己。）好，喝你的罢，浑蛋，见鬼去罢！

蓝狄谢夫　你既然能够去，你还跟我捣什么乱？
　　　　　〔歪起瓶子来要倒。

虞尔开维奇　停住，别喝它！我想，我看见你的杯子里头有一只苍蝇。

蓝狄谢夫　（又放下瓶子。）一只苍蝇？在哪儿？噢，是的，倒说，我的亲爱的，你有时候应当给它几个虫子吃。替它抓几只苍蝇、臭虫呀什么的，或者蛆——你知道，母鸡顶爱吃蛆。（虞尔开维奇举起他攥紧的拳头，朝桌子走近一步。）我想，我没有别的话了。我希望你自己在巴黎也能够捉一只好看的小母鸡。嘻——嘻——嘻！（倒瓶子，把杯子举在唇边。）你的小母鸡和我的小母鸡！

八

〔丽达进来，在门边逡巡着；虞尔开维奇没有看到她。

虞尔开维奇　你和你的母鸡和你的公主布耳布耳全见鬼去！拿你的钱滚到地狱去！（他拿沉重的信封丢给蓝狄谢夫，打掉他手里的杯子。伯爵惊怖之下跳起。）这儿是你那几千卢布，我希望它们噎死你，它们差点儿逼我害死你，你这混账东西！啊——啊！滚开你的巴黎——我再也不要看见它了！啊——啊！

蓝狄谢夫　（揩他的脸；他浑身在哆嗦。）你……你一定是疯了！你一定是发狂了！明天，我说给安得赖伊·伊万诺维奇校长听，辞了你……我写信给我委托的人。

〔虞尔开维奇举起拳头冲过去。伯爵吓跑开了。

虞尔开维奇　（激动地向四外望着，看见丽达，她站在那里又是恐怖、又是迷乱。）丽达！丽达！（朝她跑过去，抓住她的手。）丽达，我吓坏了。救救我，我的小姑娘！丽达，你要是知道、你要是知道我方才要做什么，你也要吓死了！

〔哆嗦着、呜咽着，搂住她的脖子。

丽　达　阿列克塞·谢米奥诺维奇，我的亲爱的，放安静。我看得出你多心乱。忘掉我们方才讲起的话罢。我听见你在讲——你在生气，因为你以为你再也不会到巴黎去了。有一时——不过——那只是一时的想法儿。再会。（就在这时候，火车从右闪过窗户。铃声。人开始在跑动。）看，你的火车来了！快去！去！

虞尔开维奇　（发出绝望的呼喊。）丽达！丽达！难道你也要把我扔掉吗？（门开了，苏菲亚·彼特洛夫娜溜进来，站着听他讲。）丽达，我的爱，别离开我，别丢了我，你是我生命里面留下来的唯一的欢乐。

九

苏菲亚·彼特洛夫娜　（迅速向前走去，面网往后一扔。）啊哈！这就是你的公主，这就是你瞒着我不让我知道的情妇。你就不害臊，你对我撒谎，你告诉我你一个人走。你就不害臊，把我丢了，同街上捡来的一个搽粉抹胭脂的丑丫头一道跑。

丽　达　　　（朝门跑出。）噢，真可怕！多丢脸！

虞尔开维奇　（举起拳头，奔向苏菲亚。）你这下流的可恶东西！住嘴，要不然我杀了你！我杀了你，我说！

苏菲亚·彼特洛夫娜　（蔑视地。）啊哈，你要杀了我，是吗？（丽达驰出。）马上回家去！

〔铃第三次摇，笛声在响，火车慢慢开动了。

虞尔开维奇　（抱住他的头。）火车、公主布耳布耳。两万三千卢布……两万三千……威尼司！巴黎！迷人的远景！幸福、自由、名誉。头上数不清的亮光点子。丽达、丽达、丽达！"找到幸福、又丢了幸福的时间，遇到终生爱情的时间……在二十四分钟里头。"车轮子轰隆轰隆，火车头朝前冲。白天黑夜不停。火车、我的火车。去你的罢，我的火车！

〔他把惊呆了的苏菲亚·彼特洛夫娜往旁一推，朝门跑去，但是看见喀尔风开耳站在门道，他忽然退缩了。

喀尔风开耳　（柔柔笑着，上他的表。）Salbaderei！你的火车已经开了。年轻人，我希望你这二十四分钟过得不无聊。你的表准吗？不快了一点吗？我的牙已经不疼了。

虞尔开维奇　（叫着。）你简直是魔鬼！

〔晕倒了。

喀尔风开耳　Salbaderei！胡说霸道！把错儿朝魔鬼身上推，是世上顶容易的事了。

幕

第 二 幕

同一火车站,一九一九年。

一

〔舞台上出现了一位陆军中尉和一位站长。

中　尉　　哈科夫火车就快到啦?
站　长　　和平常一样——五点四十分。
中　尉　　谢别陶夫喀火车呢?
站　长　　四点二十分。不过,它误了半小时。
中　尉　　一来就误点。开火车头的不是同志,就一定是委员会的人。在等布尔什维克上车。好,我们看罢。到办公室去,先让我把车站接过来。
　　　　　〔他们走出。

二

〔虞尔开维奇出现。他现在大约有三十二或者三十三岁。他显然心境紊乱。他从衣袋取出一封信看。随后,收了信,神经紧张地在屋里走来走去,吸着烟。

虞尔开维奇　谁想得到?丽达——我的金公主布耳布耳·艾耳·嘎萨尔、我梦里的女孩子,七年前,就在这同一车站,由于我自己蠢,把她丢了。她还记得我,说不定甚至于还爱着我……经过这许多年,再见到她,多大的快乐……可是多坏的年月哟!

〔喀尔风开耳进来,和从前穿的一样考究,不过,大衣不一样了。他提着一只行囊。他看看他的表,舌头响了响,表示不赞成。

喀尔风开耳　哼!Alle tausend!①(表举到耳边,听了听,然后摇摇头。)我的表慢了。(从他的衣袋又取出一只表。)Aber nein. Sie geht recht.②劳驾,你知道去华沙的火车什么时候进站?

虞尔开维奇　(心不在焉。)我不大清楚。我想误了三十五分钟。

喀尔风开耳　Was? Das ist unerhört.③我忍受不了这个!我一定要后天回到家乡海特尔堡。一定的。噢,verfluchte Heidenlärm,④噢,这糟糕地方,从来就不懂得尊重时间!我不能够迟了啊。

〔忽然,一种悦耳的响声,叮叮当当,像从一个旧音乐盒子传了出来。

---

① 德文,意思是"一千个魔鬼"。咒骂的话。
② 德文,意思是"这只还好。它走对了"。
③ 德文,意思是"什么?简直没听说过"。
④ 德文,意思是"该死的吵闹"。

虞尔开维奇　（惊奇地向四外张望。）什么响？这音乐是哪儿来的？像钟在叮叮咚咚响……（手掠过他的眉梢。）我先前在哪儿听过来的？

喀尔风开耳　（从他的衣袋又取出一只表来，响声更高了。）Alle tausend！我不能够迟啊。

虞尔开维奇　（惊退。）老天爷！是你！我又碰上你啦。

喀尔风开耳　Was？ was wollen Sie？①

〔拿钥匙上他的表。

虞尔开维奇　当然是你！害牙疼的钟表匠……

喀尔风开耳　（严厉地看着他。）七年以前，给过你一点小教训，叫你别着急，还教你尊重你的生命的每一分钟。

虞尔开维奇　我希望我从来没有看见你或者听见你的教训。我受够了。我一想起那一黄昏来，就打哆嗦，现在还打哆嗦。

喀尔风开耳　那 aber② 管我什么事？我只是一个普通学者和钟表匠。我当时告诉过你，我懂得一点生活和它的规律。所以，我能够把不愿意露面的鬼怪呼唤出来，也就不足为奇了。

虞尔开维奇　对，不过，你怎么知道、你怎么发现这个的？

喀尔风开耳　知道？我知道什么？

虞尔开维奇　你怎么知道我要碰那么多事的？那么多伤心、惊人的事的？

喀尔风开耳　规律，好，不过是简单的数学、平常的计算。事情不是少、隔开了，就是拥挤在一道来。人生就像一副纸牌，王牌不是一张跟着一张来，就是根本不来，也许只有一张六

---

① 德文，意思是"什么？你要怎么样"。
② 德文，意思是"又"。

或者一张小二来。时间不是完全空——一整年没有一件事，——就是各种各样的奇遇，一个连一个，出人意外地拥挤在一道。

虞尔开维奇　（思索着。）是的，看起来像挺简单，我想。不过，话说回来，你怎么知道所有这些事我会在当天黄昏碰上？

喀尔风开耳　可是，一点也不困难。当时你自己告诉我，你过了许多年沉闷的生活。忽然之间——你要到外国去了。心眼儿细的人一听就听出话来了。我马上明白，一个缩紧的时间圈子冲你来啦，事情就要像一群鱼朝有吃的地方游一样，一个紧赶一个追下来了。

虞尔开维奇　（笑着。）是的，听起来像很有道理……不过，那时候，我觉得你好像是因为我不关心你牙疼，你报复我，才把这些事全丢到我头上来的。噢，倒说，你现在牙疼怎么样啦？你要是需要药水的话，我倒带在身边了。

喀尔风开耳　Salbaderei! 你喜欢药水的话，你滴到自己的舌头上罢! 简直是说蠢话。现在我要的是火车，不是药水。

虞尔开维奇　（笑着。）同我当时完全一样。我们的角色倒换过来了，mein Herr①。现在我可以劝劝你，别着急，或者别太相信时间。时间现在对我们是太拥挤了——充满战争、革命。

喀尔风开耳　（发怒。）Salbaderei! 这怎么好比？ Ich bin der meister der Zeit!②我是时间的主人。我捏住了时间，叫表照着我的心思走动。

---

① 德文，意思是"我的先生"。
② 德文，意思是"我是时间的主人"。

虞尔开维奇	当心，mein Herr！有一个主人比你还强。
喀尔风开耳	Salbaderei！胡说霸道！没有比我更强的主人。
虞尔开维奇	不，有的，mein Herr——就是革命。它停住各种各样人的表，不管他们愿意不愿意，强迫他们照着它的时计生死。它永远结束了我们先前过的从容不迫的懒汉生活。噢，现在我们再也不会沉闷了，革命给我们带来那么多的奇遇和事情，把你的牙疼和我那一天黄昏的奇遇都比成小孩子的游戏了。现在我们知道，用不着请教你，什么是缩紧的时间了；日子现在是太拥挤了。
喀尔风开耳	Salbaderei！为了赶掉你们的懒惰，革命对你们这些腐烂了的俄罗斯知识分子是太需要了。革命还没有给够你们打击，可是对于我呀，它既不可怕，也没有必要——Alle tausend！
	〔怒气冲冲地走了出去。
虞尔开维奇	你不喜欢它。等着看罢，lieber Herr。①从前你吵了我的好事——当心你自己别一团糟。

三

〔蓝狄谢夫伯爵进来，后面跟着一个脚夫，拿着一大堆行李。伯爵很少改变。

蓝狄谢夫	一、二、三、四——对，全在，我想。这两件送到行李车

---

① 德文，意思是"最可爱的先生"。

	上去。赶快回来。这是车票，千万当心！
脚　夫	老爷放心。有的是时间！
	〔走出。
蓝狄谢夫	当然喽，你没有什么要操心的。你也许在计算布尔什维克什么钟点来呐。家伙！（看见虞尔开维奇。）嘻！这是谁？是你，M'sieu①虞尔开维奇？多巧呀，我们不前不后赶这时候会见！
虞尔开维奇	（冷然。）对不住，的确也是，在前次相遇之后……
蓝狄谢夫	噢，过去的事由它过去罢。从那时候到现在，我们经过了许许多多事，那点儿小误会……
虞尔开维奇	是的，是这样子……的确令人难以相信，我们经见了许许多多事……
蓝狄谢夫	可是，是什么样事哟！战争！革命！（叹气。）从那时候起，我就没有见到你。你在前线打仗来的，对不对？
虞尔开维奇	是的，当然……你到远地方去？
蓝狄谢夫	是的，我决定到巴黎去。到我兄弟伊万那儿去。
虞尔开维奇	不会罢？这样一来，你的庄园怎么着，还有你著名的家禽场怎么着？你不见得就丢下它不管了罢？
蓝狄谢夫	噢，全毁了，你知道。庄园已经烧掉了，家禽场也叫人破坏了。那些坏蛋农民给我的损害有多大，你知道了也要生气的。村子整整一星期在烤、在煮我的家禽。叫化子和流浪汉，十年没有见过肉了，也往肚子里塞我的外焉道特②白鸡和罗得岛红鸡。他们炖了我的宝贵的巴达种、安南

---

① 法语，意思是"先生"。
② 外焉道特在美国密歇根州。

种，和每一只值二百卢布的贵重的好公鸡种。有六个人吃多了胀死了。是呀，我可受够啦。我全卖了，我收了值钱的东西，现在我到巴黎去！

虞尔开维奇 你到那边再来一个家禽场？

蓝狄谢夫 这还用说。我一定再来一个，在我兄弟伊万的庄园。噢，倒说，公主布耳布耳——你记得我对你讲过的那只有名的鸡——又在巴黎出现了。是的，我自己在报纸上看到消息的。这一回我可买到它了，一定的。

虞尔开维奇 好，我希望你万事如意！

蓝狄谢夫 谢谢。是呀，你怎么样？你是说你还没有找到你自己的小母鸡？你那有黄金鬈鬈头发的跑掉了的女孩子？你再也没有遇见？

虞尔开维奇 （有些心乱。）没有。我在俄罗斯找她找了七年——没有找到。有人告诉我，她在打仗；革命后，有人在莫斯科看见她。甚至于说，她变成共产党了。

蓝狄谢夫 不会的！你说到哪儿去啦？她看上去像一个腼腼腆腆的女孩子嘛。

虞尔开维奇 一个奇怪的巧合，我今天万想不到收到她一封信，是从哈科夫寄来的。

蓝狄谢夫 你说到哪儿去啦！

四

〔忽然传来杂乱的声音。铃铛、特别是电话，拼命在响。门砰然在响。几个看上去提心吊胆的铁路职工迅速穿过房间。

蓝狄谢夫	（惊跳。）出了什么事？像是有警报。也许前线出乱子了罢？千万别出乱子。
虞尔开维奇	没有什么特别。用不着吃惊。
蓝狄谢夫	用不着吃惊，说这话倒容易，可是我听说了，我们这边不太得手。相信我，我一分钟一分钟在计算着离开这该死的地方。不过，对不住，我打断了你的话。怎么样？你说你收到她一封信？
虞尔开维奇	是的，今天收到的。她来信说，她乘哈科夫火车来。这就是说，再有半点钟她就到了。你可以想像我多紧张。经过七年的沉默和白费心思的寻找，忽然之间，命运今天又把她搁在我的路上。
蓝狄谢夫	哼……命运……是的。我的年轻朋友，我不大相信命运的礼物。它的礼物就像那些小孩子玩具——你晓得这类东西的：你打开一只漂亮盒子，以为里头有糖，可是砰地一下子——吓你一大跳——冒出一个有犄角的魔鬼。
虞尔开维奇	伯爵，你说这种话，简直应当害羞。
蓝狄谢夫	就算是罢，可是，我亲爱的朋友，我对。说到了，你有七年没有看见她。你怎么晓得她现在是个什么？老天爷，她甚至于就许是一个共产党。你以为她是一个安静、严肃的小小鸡，咯——咯，咯——咯，咯——咯，咯——咯，你以为没有什么，她就许朝你飞过来，啄掉你的脑袋壳。嘻——嘻——嘻！
虞尔开维奇	好，没有关系，我不在乎。为她而死，是一种快乐。
	〔中尉又进来了，朝四外张望，走向蓝狄谢夫。
中　　尉	啊，大人，你好啊？你出远门？
	〔虞尔开维奇退到桌边坐下。侍者给他拿来一瓶

啤酒。

蓝狄谢夫 是的,我去看望我兄弟伊万,他在巴黎。中尉,你近来怎么样?

中　尉 噢,没有问题,伯爵,我们还有指望。全好好儿的。我们的脉还在跳,譬方说。

蓝狄谢夫 可不,你心里还想着姑娘们,我想。不过,我听说(放低声音。)前线不稳。有了一个缺口,是真的吗?听了这话,你想不到我多心慌。

中　尉 瞎扯,没有这种事。什么样的缺口?

蓝狄谢夫 布尔什维克又把我们赶回来啦。他们甚至于说,布尔什维克已经拿下了奥累尔。

中　尉 大人,别信这话,全是瞎扯。我们弗兰格耳男爵的坦克车,在查理津给了他们一个大教训,他们不会一下子就忘记的。红军一看见那些坦克车,心就不跳了。坏蛋!还自以为是认真在干呐。

蓝狄谢夫 真是这样子?好,我希望你的话确实。可是我听说他们在喀米漏·车尔诺夫司基把我们一大队骑兵给干掉了。

中　尉 谁说的?他们那边的捣乱分子。你以为捣乱分子少吗?他们到处在散布谣言。这就是他们作战的方式,在敌人后方鼓动叛变。就是今天,我们还接到报告(向四面张望,放低声音。)秘密报告,说他们有一个女间谍,乘今天的哈科夫火车来。

蓝狄谢夫 当真?那么,你是逮她来的,对不对?在找线索,哎?

中　尉 你说对了!就是冲她来的!

蓝狄谢夫 你怎么认她呀?她也许改换衣服,隐名匿姓,装上一条假辫子呀什么的。

中　　尉　　是的,我在等训令。(看他的表。)眼前除去她的名字,别的我全不知道。

蓝狄谢夫　　好,这就够了,你还需要什么?

中　　尉　　噢,这不抵事。你以为她只带一份儿身份证吗?

蓝狄谢夫　　想必是一个女犹太人罢?

中　　尉　　不,她是俄罗斯人,够出人意外的。她的名字是日望采娃。

　　　　　　〔虞尔开维奇在听他们讲话,一惊之下,杯子落到地上。

五

〔铃铛响。喀尔风开耳匆忙进来。脚夫跟在后面。中尉在房间走来走去。

脚　　夫　　(向蓝狄谢夫。)老爷,全弄好啦。行李我也点过啦。

蓝狄谢夫　　(跳起。)哎?噢,是的,对。

脚　　夫　　是的,老爷,不用着急。火车误了三十五分钟。我再过二十分来。

　　　　　　〔走出。

虞尔开维奇　(站起,一副绝望模样。)真可怕!丽达……丽达……我怎么办?我怎么样通知她有危险呢?

喀尔风开耳　(向虞尔开维奇。)三十五分钟!我不能够因为你们缺乏秩序,损失半小时。简直荒谬!岂有此理!

虞尔开维奇　(一点也不注意他。)火车误点。迟到三十五分钟。这就是说……这就是说还有时间。不过,我怎么办才好?我一点办法也想不出来。

喀尔风开耳　三十五分钟!我要控诉。Salbaderei!我要求解释。

虞尔开维奇　可是你跟我蘑菇什么?我不是站长,我跟你一样,是一个旅客。

〔电话铃又急响起来。

喀尔风开耳　不,不跟我一样。我必须,ich soll,①我必须在十三那一天赶到海特尔堡。Salbaderei!

蓝狄谢夫　听,听,他们又在摇铃了!中尉,看看那边出了什么事。

中　尉　好罢,伯爵。你这样大惊小怪,该难为情的。

〔匆忙驰出。

蓝狄谢夫　噢,是的,你不大惊小怪,你只想着你的脉还在跳。站住,中尉!

〔追中尉。

喀尔风开耳　他们不敢延迟我的。我可以给大使 telegrafieren② 去。三十五分钟。哈!我不能够损失半小时。我愿意为这半小时出一百——五百块钱,只要火车能够准时候到。

〔走出。

虞尔开维奇　我愿意掏出世上一切东西,叫火车根本不来。我怎么办?我怎么样才能够救她?我打电报?打到哪儿?打给谁?噢,情形糟透了!

---

① 德文,意思是"我必须"。
② 德文,意思是"打电报"。

六

〔进来汽车司机塔辣土塔,手里拿着一只瓶子和一只杯子。他穿着一身皮衣服,戴着一双护目眼镜,朝上推在他的皮便帽边。他把瓶子和杯子放在桌子上,坐了下来。

塔辣土塔　　可惜我没有多留两个钱买白兰地喝。现在只好喝这种东西了。(看见虞尔开维奇,跳起。)什么,这是谁?虞尔开维奇同志您好。好,真走运,想不到看见你!

虞尔开维奇　塔辣土塔!你从哪儿来的?你怎么不在前线啦?

塔辣土塔　　噢,别提醒我这个啦。我现在是一个自由的哥萨克,有半年了。哈哈!请啦,开车的、杀小鸡的、花钱的。这就是我的生活。吃、喝、快活——还有明天!……每天做一桩新生意:我买光所有的煤油和所有的牛油,辗光基督教国家所有的狗、母鸡和鸭子。勿怪乎他们叫我"塔辣土塔——小鸡瘟"!哈——哈——哈!今天这儿,明天那儿!一天一个新女孩子!

虞尔开维奇　等一下,我想起来了!听我说,塔辣土塔,你能够帮我忙吗?

塔辣土塔　　你?当然能够。牛油、油、火腿、小鸡、女孩子——世上有的东西全行。你不会以为我忘记你在战壕怎么样救我罢?

虞尔开维奇　哈科夫铁路上,在这一站前头,是什么站?

塔辣土塔　　哈科夫铁路上?沙巴奈。

虞尔开维奇　有多远?

塔辣土塔　　二十三维尔斯他。

虞尔开维奇　二十三！那有救啦！听我讲，塔辣土塔。你看见这只金表没有？值一百五十卢布。在哈科夫火车进站以前，你要是在二十分钟以内把我送到沙巴奈，我就把它送给你。你愿意不愿意？

塔辣土塔　　那还用说，我愿意。可是做什么呀？

虞尔开维奇　噢，要小心，塔辣土塔。这是关系性命的事，你必须明白，有人有性命危险。我必须到这趟火车上碰一个女朋友，警告她别到这儿来。（抓住塔辣土塔的胳膊，向四外偷偷看着。）警察在找她。她一到，他们就逮她……

塔辣土塔　　（极感兴趣。）好啊！我十五分钟就赶到。可是我要你的表做什么？我不过卖掉它，拿钱喝光了，像我平常一样。我不需要晓得时间，难道我需要？

虞尔开维奇　快，快，塔辣土塔！

塔辣土塔　　好罢，你请我喝一瓶白兰地酒，我们就算了啦。说到时间，我从前线回来，许久就丢掉计算时间的习惯了。

虞尔开维奇　我们出发罢，塔辣土塔。

塔辣土塔　　（从他坐的地方一跃而起。）立刻出发！我只要换换车胎……我们就走。你在这儿等我好了。

七

〔就在这时，门外起了一片闹声，四个女人冲进屋来，三个女人提着研死了的母鸡，第四个女人提着一只死猫。她们看见塔辣土塔，就发出可怕的忿怒的吼声。

第一个女人	啊哈,他在这儿,基督的诅咒落在他身上,凶手!杀小鸡的。上帝毁了他的灵魂。
虞尔开维奇	(大惊。)什么事?她们要怎么样?
第二个女人	偷人家的鸡,连一句"对不起"也不说。难道,你要见天杀掉我们可怜的家禽,你这异教徒。
虞尔开维奇	快来啊,塔辣土塔,不的话,我们就赶不到啦。
第一个女人	他弄死那样好看的一只母鸡,毁了他的灵魂,我亲手喂的它,它吃我亲手喂的东西,见天给我下蛋。但愿地狱的火把他烧死!
塔辣土塔	去你们的!滚开,听见了没有!
第二个女人	哦喝,现在我们得滚开,是不是?噢,不行,坏东西,这回你弄错啦!
第三个女人	我们这回不会这么容易就放过你的,年轻的撒旦!
虞尔开维奇	为了上帝的缘故,塔辣土塔,快走!每一分钟都值钱啊!
第二个女人	一千块钱也抵还不了我好看的母鸡。我要带你到法庭去,你这没有上帝的布尔什维克,告你毁坏我的家禽。
第三个女人	我要割掉你的喉咙,你辗坏了我顶好的公鸡!
塔辣土塔	听听她们看,这些臭娘儿们!下一回,我辗坏了你们这群拖着尾巴的坏娘儿们。我把你们全撞了。
全体女人	啊哈,你还骂人!来,姐妹们,来,拉他见警察去!

〔她们叫着,骂着,奔向塔辣土塔。

虞尔开维奇	塔辣土塔,快,快——噢,太晚啦!
塔辣土塔	给我走开,鬼抓了你们去。(向门退去。)给她们一个人一张克伦司基票子,老爷,我身上没有钱。

〔推开女人,溜掉。她们立刻集中注意到虞尔开维奇身上。

虞尔开维奇　　（数钱。）这儿是！拿了钱，好走啦！

第一个女人　　什么——一张"克伦司基"就赔得了我那大母鸡？……可，单单鸡蛋……

第二个女人　　一千块钱赔我好看的母鸡，我也不要！……

第三个女人　　我的公鸡值……

第四个女人　　全城找不到第二只像我这只公猫；它差不多会对你讲话了，心肝宝贝！

〔她们围住虞尔开维奇，她们的沙嗓子把他吵聋了。

虞尔开维奇　　（绝望之下，拿钞票左右乱扔。）这儿！拿这去！（女人抢钞票，继续嚷叫着。）这儿，这儿还是，为了上帝的缘故，滚罢！

〔女人抢着拾钱，随后骂着男人，走出。

虞尔开维奇　　（一个人站着，喘气，头发乱乱的。）我怎么碰到这样一天！丽达、信、警察、塔辣土塔、斫死的母鸡、公猫。就在每一分钟都可贵的时候，就在我急着乘汽车去救丽达的时候，魔鬼又把母鸡扔到我的轮子底下来了。

八

〔中尉又露面了，陪着一个陆军上校。蓝狄谢夫和喀尔风开耳跟在后面。上校向四外投出怀疑的视线。

蓝狄谢夫　　现在，我们好知道底细了。我亲爱的上校，请你告诉我们，这全是怎么一回事。出了什么事？为了什么这样惊惶？今天有火车去谢别陶夫喀吗？

虞尔开维奇　（看他的表。）还有五分钟。可是这浑账东西，他到哪儿去啦？

喀尔风开耳　我、我 nach① 谢别陶夫喀。我不能够等。（从他的衣袋取出一只表，上弦。）Salbaderei!

上　　校　对不住，伯爵，我怕我现在还不能够解释。现在不是做这种解释的时候。（把中尉带到舞台前面。）坏消息。我们的军队在德米特洛夫司克吃了败仗。前线在伯尔哥洛德喀有了一个缺口。不过，这不关现在的事。（朝虞尔开维奇望过去。）那个女布尔什维克随时到这儿来。要马上把她逮住。

中　　尉　是，长官。

上　　校　她带着关系我们的地位和布尔什维克的计划的很重要的情报。

虞尔开维奇　（神经紧张地，在屋内走上走下，时时看一眼他的表。）这家伙跑哪儿去啦？已经过了七分钟。我怎么办？我要是走了的话，我们就许错开了。火车眼看就要到。

喀尔风开耳　（看他的表。）才过了七分钟。火车会来吗？我怎么办？Salbaderei!

虞尔开维奇　（走到喀尔风开耳跟前，抓住他的胳膊。）你说你是一个时间的主人——你知道它的规律，你说。告诉我，有没有方法叫它往回走，说，二十分钟，哪怕是十分钟，叫火车——火车给我带来痛苦和死亡——根本别来？

喀尔风开耳　Salbaderei! 可是什么叫做时间啊？照你说来，它走得太快啦，是吗？叫我看来，正好相反，慢的很。时间只是照

---

① 德文，意思是"去"。

我们的感情走，实际是不存在的。

虞尔开维奇　那么，另外还有一种时间吗？

喀尔风开耳　是呀，有的，我知道。这是真正的、正确的时间，别人不注意，因为他们不知道怎么样去测量它。只有我，陶比阿斯·喀尔风开耳，知道它。我的表是我自己制造出来的，它走出来的时间不是像你们所想的，而是真正的时间。哈！Die Uhr der Wahrhaftigen Zeit。①

虞尔开维奇　你疯了！听你乱扯，会把人逼疯了。

喀尔风开耳　把人逼疯了？Salbaderei！可是，时间的主人要知道的不是你疯不疯，他要听的只是他自己的天才的声音。

九

中　　尉　　不过，长官，我怎么样认识她呢？

上　　校　　问题就在这上头。你看见那边戴灰帽子的那位老百姓没有？他的名字是虞尔开维奇。我得到情报，她写信给他来的。搜一下他，叫他——你明白我的意思罢，中尉？

中　　尉　　是，我明白。叫他做眼线。

上　　校　　正是。

虞尔开维奇　（向自己。）我简直捱不下去啦。我顶好还是到那边去……〔向门走去。

上　　校　　（堵住他的去路。）对不住——耽搁你一会儿工夫。你的名字是虞尔开维奇吗？

---

① 德文，意思是"真正的时间的表"。

虞尔开维奇　（意想不到。）是的……

上　校　　你今天收到的信，可否请你赏我看看。

虞尔开维奇　（恼怒。）可是，你有什么权力要我这样做？

上　校　　什么权力？（声音放低。）中尉，请你打发闲人走开。诸位，我必须请你们离开这屋子。中尉！

中　尉　　现在，那么，诸位，请罢。

〔陪蓝狄谢夫和喀尔风开耳到门口。

蓝狄谢夫　不过，请问——你们有什么理由……

喀尔风开耳　Das ist unerhört! 你怎么敢？

〔中尉把两个人推到外头。

上　校　　（向虞尔开维奇。）你听见我的话了没有？现在拿信给我看。

虞尔开维奇　什么信？我抗议。

上　校　　做事别像一个小孩子——或者一个白痴。别惹急了我……

〔拿出他的手枪。

虞尔开维奇　这是一种侮辱，我要提出控诉的。

〔拿出信，递给他。

上　校　　（抢了过来，赶忙看。）鬼抓了她去！是打字机打出来的。她是一个机灵丫头。那么——你同她通信？你知道这在我们看来是什么吗？你被捕了。中尉！

虞尔开维奇　不过……我七年没有看见她了。

上　校　　少哄哄我们罢。你现在唯一的机会是帮我们逮她。

虞尔开维奇　什么？你简直疯啦！

上　校　　你要是不希望立刻挨枪毙，你就必须到月台上会她去。明白吗？

虞尔开维奇　（得意地。）啊，原来你们不认识她的模样。好，你放心罢，我不会把她送给你们的。我现在就回家。

〔塔辣土塔喘着气，跑进来。两个军官全拿手枪对准了虞尔开维奇。

塔辣土塔　　虞尔开维奇同志！收拾好啦！走罢！

上　校　　马上就枪毙你。

虞尔开维奇　枪毙好了。可是我决不会把她交给你们宰掉。

塔辣土塔　　已经这样了啊？我来的太迟啦。全是那些该死的母鸡搞的！对不住您啦，我得跟虞尔开维奇同志说一句话。

上　校　　（转过身子，威胁地。）噢，你得说一句话，啊？逮住他，中尉！

〔塔辣土塔立刻跑掉了。

十

〔就在这时候，一个中尉和两个兵士押着丽达进来。她现在是一个衣着考究、十分好看的二十五六岁姑娘。

上　校　　（向虞尔开维奇。）你要不要到月台会那女人去？这是你末一个机会了，你听见了没有？迟五分钟，就来不及了。

虞尔开维奇　我决不去，决不！

上　校　　那么，立刻把你枪毙了。你听见了没有？

虞尔开维奇　（看见丽达，未免一惊。）那就枪毙罢。可是我还是……

上　校　　（喊着。）我把你像狗一样枪毙了。我亲自动手。肃静！

中　尉　　长官，有人来。

上　校　　肃静！

另一军官	哎……上校！
上　校	（身子一转。）哎？你有什么事？
军　官	报告：我们逮捕了这女人。她坐汽车才来——从沙巴奈来的。
上　校	（加强注意。）哎？好，怎么样？
军　官	她的样子像很惹人疑心。（低声向上校做详细的情报。）可能，长官，这就是……那……长官请注意这个……

〔指着一张纸。

上　校	啊——很好，哈！真好。哼。（研究文件。）数字、文字、符号——显然，是密码了。（迅速扫视丽达一眼。）你叫什么？
丽　达	叶列娜·斯达闹娃。
上　校	（立即。）不是丽达·日望采娃？
丽　达	（耸耸肩膀。）我不明白你的问题，上校。
上　校	噢，你不明白？你练习簿这些密码记号是什么？不是什么暗号？
丽　达	它们是——我的速记练习。
上　校	哼——一种古怪的练习。你在沙巴奈干什么？
丽　达	我同我姐姐待在她的田庄。
上　校	待在田庄，你坐汽车来？好，现在不问了，回头我们再来问你。（迅速。）噢，是的，倒说，这年轻人给了我们一封信，是一个叫丽达·日望采娃寄来的。（摸索他的衣袋。）你认识不认识这种书法？

〔玩弄信，并不打开。

丽　达	（微笑着。）怎么样，认不出，那是打字机打出来的。
上　校	（得意地。）啊哈，不打自招，不打自招！你要是拿稳了是

		打字机打出来的，信一定是你自己写的了。
丽　达	（畅快地笑着。）上校，别忙。信封上的地址是打字机打出来的，我看得见。
上　校	去它的！
		〔把信收回去。
虞尔开维奇	（不耐烦地。）这一切也许很有趣，上校，不过，请问，这同我有什么关系？
上　校	（先盯牢虞尔开维奇看，然后盯牢丽达看。）那么，你根本不认识这——哎——女人？
虞尔开维奇	不，可惜，我不认识。
上　校	啊哈——可惜，你说？
虞尔开维奇	自然要说可惜了。她长的很美嘛。
上　校	（完全糊涂了。）我不知道这是怎么搞的。你像又把事情搞乱了，中尉。

十一

〔蓝狄谢夫和喀尔风开耳进来，直奔上校。

| 蓝狄谢夫 | （有礼貌地向丽达鞠躬。）啊，Mademoiselle！[①]上校，你看呀，简直不像话。 |
| 喀尔风开耳 | Das ist unerhöst! 站长是什么地方也找不到。没有火车。我再也等不下去了。 |

[①] 法文，意思是"小姐"。

蓝狄谢夫	我急死了。我们的火车是来呀还是不来?
上　校	先生们,我已经告诉你们了……
蓝狄谢夫	(向虞尔开维奇。)啊,你还在这儿,年轻人。(向四外张望,看见丽达。)噢,我看见了谁?可,当然,我想,这张脸像是很熟嘛。原来你……
虞尔开维奇	(大惊之下,急跑往前,抓牢蓝狄谢夫的胳膊。)一分钟,伯爵,我还有话问你……
蓝狄谢夫	奉陪。原来你临了还是遇见你可爱的小"小鸡"了。你必须原谅一个老年人说话不拘礼,mademoiselle。我从心里妒忌幸福的人,嘻——嘻——嘻。她变成什么样一个美人啦!别使劲捏我的胳膊。
上　校	伯爵,你认识这女人?
蓝狄谢夫	(发出痛苦的尖叫。)噢!你做什么掐我掐的这样疼?(摸他的胳膊。)那,当然。她是我们可爱的旅客。她就是今天写信给虞尔开维奇先生的。我对她很……
上　校	(迅速。)那么,她就是丽达·日望采娃?
蓝狄谢夫	(热心。)是的,正是她。漂亮的丽达姑娘,她……
上　校	好,伯爵,你帮了我们一个大忙。

十二

虞尔开维奇	(再也不能够约束自己了,奔向蓝狄谢夫,掐住他的咽喉。)你这坏蛋!你这瞎扯蛋的糟老头子!你又从我这儿把她抢走,你又毁了我的幸福!
蓝狄谢夫	这是怎么回事,我倒想知道!救命——救——命!

〔丽达利用混乱，拔出一管手枪，朝门跑。

上　　校　　拦住她！捉住她！

〔一片混乱。丽达朝军官这边丢了一张椅子，跑开了。中尉让椅子绊了一跤，蓝狄谢夫从虞尔开维奇的手底下挣扎出来，朝门跑着，叫着。

蓝狄谢夫　　救命！他疯啦！

〔跑出。

上　　校　　关住门！现在我们知道底细了。逮住他们，关起来，枪毙掉。

〔指着虞尔开维奇；兵士抓住他的胳膊。门外传来一声枪响，随后，又是一声。

虞尔开维奇　　（喊着。）放手！他们杀死她啦，这些坏蛋！

〔就在这时候，两个军官带着丽达回来，她不再挣扎了。

中　　尉　　长官，她在这儿。我们逮住她啦。（拿他的手绢揩他的脸颊。）这狗娘儿们居然开枪打我们。

虞尔开维奇　　（试着朝丽达那边挣扎。）丽达！我的爱、我的女孩子！

上　　校　　啊哈！原来速记是这么回事！好的很！半小时以内，两个人全枪毙掉。中尉，你当心执行。

〔喀尔风开耳一直安安静静在观察，现在冲到前头来了。

喀尔风开耳　　Ihr seid toll！①你疯啦！我抗议。请你行行好，就别胡闹了罢，叫我们的火车开出来，不然的话，我只好 telegrafieren 给德意志大使啦。

---

① 德文，意思是"你疯啦"。

上　校　　哎，什么？你一定疯啦。你要是不小心的话，我亲自在二十四小时，或者二十四分钟以内枪毙你。

喀尔风开耳　你要枪毙我？二十四分钟以内！Salbaderei! 枪毙我，真有你的！

上　校　　你说什么？逮住他！

喀尔风开耳　二十四分钟以内？你知道二十四分钟以内你自己在什么地方吗？哈！你要是听我的劝告的话，你还是好好儿用用你的时间，就别乱来了罢。Alle tausend! 一千个魔鬼！（走向上校，郁怒着，在他的鼻子前面拿表摆来摆去。）二十四分钟！你顶好还是告诉我，你拿我的火车干什么去了。还我那半小时，听见了没有，由于你打搅，我损失了半小时。

上　校　　（后退，狼狈。）这是一个说胡话的疯子！立刻加以逮捕。

喀尔风开耳　不对，他不是一个说胡话的疯子。（传来炮火。）啊哈！你听见这只表怎么样响了吗？Die Stunde hat geschlagen.[①]你的时间到了。想想你这几分钟该怎么办罢。

上　校　　（气疯了。）肃静！中尉！抓住这家伙！

十三

〔就在这时候，跑来一个军官，后面跟着两个兵士。紧接着又一个军官出现了。

军　官　　一辆铁甲车在轰车站！

[①] 德文，意思是"钟声响了"。

〔远远传来炮声。

喀尔风开耳　啊哈！我告诉你什么来的！

〔开始闲散的样子给表上弦。

上　　校　从哪儿来的？哪儿？你们疯啦。靠近这儿根本就没有火线。

军　　官　是，长官。红军从太尔诺夫喀、从北方攻打过来，来人一定是共产党。这辆铁甲车一定是冲破我们后防来的。

〔又传来炮声。铃铛在响。电话机在响。

喀尔风开耳　（安然。）快着点儿罢，Herr 上校。你的二十四分钟就快过完了。

上　　校　（气疯了。）没关系，反正我要枪毙你。中尉，准备汽车。我到城里去。你待在这儿守住车站。派兵看好囚犯。做必要的准备。你能够撤走的东西，全撤走。二十分钟以内把犯人全带出去，就……

〔做了一个意义明显的手势。

中　　尉　怎么，连德国人也包括在内，长官？允许我报告……

上　　校　很好。先把德国人撤走。我们随后再看……那么，只这两个。走罢。

中　　尉　是，长官。

〔上校带着两个军官走出。

中　　尉　（向兵士。）小心看好犯人。你们中间一个人站在门口，另一个人站在窗口。

〔走出。

〔兵士把门关紧，走出。

十四

虞尔开维奇　（奔向窗户。）哨兵！（试门。）锁上啦！丽达，我亲爱的、亲爱的丽达。（握着她的手。）从我们分手以来，我梦见你的甜蜜的眼睛、想念你的甜蜜的眼睛，现在我又看见你了、看见你的甜蜜的眼睛了，这是真的吗？

喀尔风开耳　（在这时候坐在桌边，拿一个放大镜检查他的表。）Salbaderei！真能说废话！

丽　达　我的亲爱的——他们磨难你——可你就是不肯出卖我。

虞尔开维奇　七年之后找到你——再把你丢掉。不——不可能。时间为我们站住不走了。它是我们的、我们的，我的丽达！

喀尔风开耳　Einer narr！①噢，他是一个傻瓜，他懂得什么叫时间啊？

丽　达　是的。

虞尔开维奇　二十分钟的生命和爱情——可不，简直是永生。

喀尔风开耳　他没有忘记我的课程。哼……

虞尔开维奇　只有傻瓜用年来计算时间——我们要用心跳计算时间。拿每一心跳、每一单独的心跳献给——爱情。

丽　达　是的，是的——献给我们的爱情。噢，你要是知道我现在多爱你就好了，我亲爱的、我珍贵的、我唯一的爱情！

　　　　　〔炮声。

虞尔开维奇　我想念的、我心爱的丽达！亲着你的嘴，是多完美的幸福……然后死……这样待下去……永远在一起。尽情欣赏我们生活的最后几分钟。

---

① 德文，意思是"一个傻瓜"。

喀尔风开耳	（仍然在弄他的表。）唉，Salbaderei！简直是蠢话！你在说什么最后几分钟啊？你们的最后几分钟要在三十年后才来。你们在一起死，说的好听。她扔了你，这女孩子，在你死以前。
虞尔开维奇	（迅速转过身子。）你瞎扯！
喀尔风开耳	（安然。）好，那么，你扔了她。Und damit Punktum.①

〔砸碎玻璃的声音。一颗子弹从喀尔风开耳的手里把他的表打掉。

虞尔开维奇	老天爷！他们在朝这儿开枪！
喀尔风开耳	（气疯了。）唉，verfluchter Heidenlärm。这该死的乱杂！他们打碎了我顶好的表。狗东西！坏蛋！

〔爬在地上寻找机件。接着是一片枪声。

丽　达	看！你听见了没有？是我们的人在放枪。他们离得很近。他们不会叫人害死我们的。（奔向窗户。）是的，到处乱哄哄的。兵扔了机关枪在逃跑。墙上的石灰在飞。子弹打着月台。正好打中了一个军官。

〔大声敲门。

虞尔开维奇	他们在砸开门。我们得拿什么东西来堵住，他们要在他们走以前，进来害死我们。

〔开始拿家具朝门那边拉。

丽　达	我身上还有一管手枪。我们可以保护自己一会儿工夫。
虞尔开维奇	是的，我们需要活、在一起活，你和我，我的丽达，吸着生命的伟大的、深永的呼吸！
喀尔风开耳	（继续在收集地板上的碎机件。）Salbaderei！他已经改换

---

① 德文，意思是"就这样了结"。

主意，不要死啦。

〔门外一声枪响。肉搏的声音。

十五

〔门外起了喊声："开开门！""我们是自己人。""虞尔开维奇同志！"

虞尔开维奇 （高兴。）是塔辣土塔！我们得救啦！

〔门被推开了，塔辣土塔率领一队红军兵士进来。

塔辣土塔 虞尔开维奇同志！好啊，小姐，夫人——好啊！你们还活着！话说回来，我还不算太晚。

丽　达 （兴奋地来到前头。）同志们！我们的年轻人们，你们成功了！谢谢你们，孩子们。你们来的正好。（同他们热烈握手。）哪一队？

虞尔开维奇 （抓住塔辣土塔的手。）塔辣土塔，老朋友。你救了我们的性命。

塔辣土塔 好，你们知道，想不到这么走运。我凑巧遇到几个伙伴，他们答应派一辆铁甲火车到后方来。他们占领了车站，全为的你们，老朋友。

虞尔开维奇 可是，你这鬼东西，你哪儿来的时间做这么多事？

塔辣土塔 （兴高采烈，大笑起来。）你几时看见我计算时间来的？

虞尔开维奇 不错，塔辣土塔，时间是不能够计算或者测量的。

十六

〔第二队红军同他们的指挥官进来。他们押着几个俘虏,里头有蓝狄谢夫。

指挥官	看好所有的出口。叶菲冒夫,看好电报机。先把俘虏关在这儿。这些人是谁?
丽 达	(从她的头发里头取出一张卷着的薄纸,递给指挥官。)我在第十八师团政治部工作。他们正要枪毙我们……这位同志和我……他拒绝把我出卖给白党。
指挥官	丽达·日望采娃? 同志,高兴遇到你。
喀尔风开耳	Herr 指挥官,请你下令叫我的火车开过来。我不能够因为你们打仗再糟蹋时候。
指挥官	这德国人是谁?
丽 达	他同我们一道被捕的,因为他对枪毙我们提出了抗议。
指挥官	谢谢你,同志,你恢复自由啦。
喀尔风开耳	自由啦,你说的? 我要你们的自由做什么? 我要的是我的火车。
蓝狄谢夫	这是一种侮辱! 我买了我的车票,还弄到一张卧铺票。告诉他们把我的东西还我。这是打抢。
喀尔风开耳	我不能够再糟蹋时候。我算好了每一分钟。
指挥官	放安静。我们对你的计算不感兴趣。革命有自己的钟,永远在朝前走,钟敲的时候,一个新的时代就展开了。

〔传来炮火响声。

指挥官	你听见这个没有?

虞尔开维奇　我对你说过，mein Herr，有一个主人——比你更有力量——就是革命。你的表摔坏啦。

喀尔风开耳　Salbaderei！

幕

第 三 幕

同一火车站。时间:一九二零年的冬季。

一

〔候车室看上去荒凉了。显然很久没有打扫过了,一地的香烟头和乱七八糟的东西。几个女人在凳子上挤作一团,轮流到屋角难看的小炉灶前头去取暖。

第一个女人　我们昨天上床,肚子里头什么也没有装。不管你慈悲也好、有钱也好,反正找不到一块马铃薯、一调匙面粉、或者一点面包屑子。就是老鼠也走光啦。

第二个女人　可是,像他们说的,我们得到了我们的自由……

第三个女人　还有他们讲话的方式……在会上。他们说,是地主和富商使的坏。他们说,现在样样事就要好啦。

第二个女人　这就是他们说起的好,对不对?我们快饿死了——我们。马铃薯按磅卖!一个瘦小鸡值两万。咳!这就是你们要的革命!

第一个女人　老天爷,现在回头看看从前我们过惯了的日子,简直叫人信不过来！光我们的存折上头，就有一万卢布。我们天天烤东西吃，要多少猪肉、多少牛油，有多少。我们从来喝茶不缺果子酱。可是现在呢？家里就找不出一块面包皮。

第三个女人　他们要干活，叫他们的中国人给他们干活儿罢。我男人说什么也不给他们干活儿去啦。他明天到城里去，看能不能够找到活儿干。

第二个女人　看好了，他们要全走掉的。人人走掉。谁去白给他们干活儿，活该受罪。染秦科走了，别秦喀走了，你男人又走了。好，让他们自己开火车罢。他们是党员啊！

二

〔又进来一个女人。

〔人声："听见消息了吗？他们不发工资。"

"不发工资？哪一个月？"

"他们根本不发就是了。公事房和库房贴了一张布告，说工资全部停发，再不再发，等再出布告。散喀念的。"

"事情到了这种地步。你们谁可从来见过这个！"

"好，让魔鬼给他们干活儿罢。我们是不干定了。鬼把他们全抓了去！"

三

〔进来两个铁路工人，穿着皮短大衣，肩膀上搭着沉重的手杖。

第一个铁路工人　（向女人们。）全好。货车来了没有？

第一个女人　没有来。也就该快了。

第三个女人　西蒙·铁栾土耶维奇，你到哪儿去？不见得是回村子去罢？这是像我男人一样，你也到城里去？

第一个铁路工人　（郁郁不欢。）可，怎么办？待在这儿光挨饿，没有用，是不是？

第二个女人　说的是呀。人全在走。

第二个铁路工人　让魔鬼给他们开火车罢。

第一个女人　是的，可是特洛菲米奇·切列夫科拿自己卖给苏维埃了，这肮脏的老狗！

四

〔切列夫科进来。他静静地看着铁路工人，责备的模样；他们拿脸转开了。

切列夫科　铁栾土伊奇①，你到哪儿去？你没有话讲？不好意思看我？工人的军队朝前线出发，你倒丢下火车头不开啦？是不是这样子？这是一种卑鄙的诡计。

第一个女人　（生气。）他走不走，管你什么事？难道你帮他喂他的孩子？

切列夫科　我想，你是希望白卫队喂他们罢？拿子弹和鞭子喂。你以为我的孩子就不挨饿吗？我怎么就不丢下火车头不干，也

---

① 即铁栾土伊维奇。

永远不会丢下不干呢?

第一个女人　你跟我烦个什么劲?我又没有找你磨烦,难道我磨烦你来的?你想做委员,那是你的事。我一心就想着我的孩子,听见了没有?

切列夫科　你是一个傻瓜,铁栾土伊奇,我告诉你,一个傻瓜。跟你说话,等于糟蹋时候。可是你就不同了,瓦西里·伊万诺维奇,我必须说,我没有想到你也这样子。一千九百零五年,我们一块儿罢工,我们从德国人手里把火车头抢救出来,现在临到这样一个危险阶段,你抛掉了你无产阶级的岗位。你应当为你自己害臊才是,瓦西里·伊万诺维奇。我想不到你这样没有出息。

第二个铁路工人　(站起。)噢,为了上帝的缘故,你就别弹老调子了罢。不听这个,也就够呛的啦。走,我们抽口烟,打打气去。

切列夫科　(欢喜。)那么你还是待下了?

第二个铁路工人　啊,来罢,鬼抓了你去,别让我再听这个啦。

切列夫科　谢谢,瓦西雅①。你没有半路上把我们丢了。

〔切列夫科的女人奥耳雅进来。她的脸看上去消瘦、憔悴,但是依然带着温柔、可爱的微笑,像从前一样的同一柔和的表情。

奥耳雅　安得赖伊·特洛菲米奇!你回家来吗?

切列夫科　(不耐烦地。)等一下,奥耳雅,我现在没有时间。过一会儿也就有工夫啦。

奥耳雅　谢芮奥日哈像是烧很高。你好歹找个医生罢。

---

① 即瓦西里。

切列夫科	好罢,就来。我一会儿就回来。走罢,瓦西里·伊万诺维奇。

〔他们走出。奥耳雅忧忧愁愁,跟在他们后头,随后,出去了又回来。

第二个女人	你们看见那家伙没有?他把自己卖给布尔什维克啦。他还嫌这不称心,打算把别人也拖到歪路上去。还演说呐!可是他自己的孩子快饿死了;你们听见她说的,孩子病得要死。
第一个女人	(蔑视地。)切列夫科想做委员。他是一个党员。
第三个女人	我真为可怜的奥耳雅难过。看她现在成了什么模样。

〔货车进站。

第一个女人	火车到啦!

五

〔除去奥耳雅,女人全急忙奔往月台去了。奥耳雅坐在一张板凳上。她的头难过地耷拉下来。蓝狄谢夫伯爵进来,看上去很老了,弯着腰,软弱的不得了。他走路很吃力,使劲靠着他的手杖。他拿着一个提囊。

蓝狄谢夫	看不见一个卖吃食东西的私贩子。我只要能够拿书换一点牛油也就好了。
奥耳雅	(认出他来。)早安,瓦莱芮安·谢尔皆叶维奇。
蓝狄谢夫	哎!是谁?噢,你呀,奥耳雅。(冷然。)早安。
奥耳雅	我很久没有看见你了,瓦莱芮安·谢尔皆叶维奇。你这些

	天好啊?
蓝狄谢夫	顶好还是问你的布尔什维克男人罢。问别的同他一样的委员去。
奥耳雅	上帝爱你,伯爵,安得赖伊·特洛菲米奇是哪一类委员啊?
蓝狄谢夫	(在地板上顿手杖。)他要不是的话,那么谁是?谁,请问?你忘记他一千九百一十二年关监牢、一千九百零五年是罢工者中间的一个了。布尔什维克把这种工作看做成绩,就像做官儿有成绩一样。所以他现在当权了。成了委员。
奥耳雅	他根本就没有当权。他是一个火车司机,像往常一样。我们一样在挨饿。
蓝狄谢夫	(不听她。)委员!布尔什维克!"贫委"——贫农委员会;"公委"——公众福利委员会!"切喀。"家伙!他们是一群强盗、土匪!他们从我这儿拿走我的地、我的房子。所有我的东西、我的衣服、我的金子同我的银子。还不许我离开本乡。坐着挨饿,这都是你们搞出来的。我两天没有吃饭了。连茶也没的喝。
奥耳雅	(一种同情的声调。)可怜的瓦莱芮安·谢尔皆叶维奇……(然后,显出一副窘相。)也许,你不在乎从我这儿拿一点点东西去。我弄到一点点面包和几颗豌豆。(从袋子里头拿出来。)也许,你到我们这边来,我可以借你几颗鸡蛋和一只小鸡,我还有两三只小鸡。好歹还有点酒给你喝。
蓝狄谢夫	(沮丧之下,退缩。)什么!你!你送我一只小鸡!你!你哪儿来的舌头说这话?
奥耳雅	(惊惧。)可,有什么不对,瓦莱芮安·谢尔皆叶维奇,我

	是一番好意。
蓝狄谢夫	我宁可死、我宁可在街上讨饭,也不拿你的东西。
奥耳雅	可是,为什么,瓦莱芮安·谢尔皆叶维奇?
蓝狄谢夫	你的记性一定坏极了。走开!别磨烦我。我们决定分手了。你的委员们把我的东西全拿走了。走开!

〔奥耳雅叹一口气,走出。

六

〔虞尔开维奇进来,看上去大病来的、一副憔悴模样。他一看见蓝狄谢夫,转开身子就往外走。

蓝狄谢夫	(喊住他。)M'sieu 虞尔开维奇!M'sieu 虞尔开维奇!
虞尔开维奇	(转过身子。)你喊我做什么?
蓝狄谢夫	(悻悻然。)打算躲开我,是吗?我猜你是怕我向你借东西罢。
虞尔开维奇	(激怒地。)你真就不能够明白,看见你我就是一肚子不高兴?你当然了解,我两回碰见你损失多大。特别是你上一回把我们出卖给警察的时候。
蓝狄谢夫	(他也怒将起来。)年轻人,你不该对我讲这种话。你一定忘记你怎么样打我两回,险些把我掐死了。我的脖子到今天还在疼。
虞尔开维奇	所以你就更不必同我讲话。我们彼此没有话讲,像这种事不是那么容易忘得掉的。
蓝狄谢夫	忘得掉?我想忘不掉!就算是我那时候偶然说出了一两句

罢——也不是存心害人——我也不过是说我认识你太太。说到了，我仅仅是不留心就是了，没有别的。看看你太太的那些委员把我坑成了什么样子。他们样样给我剥光了：我的钱、我的房子、所有我的东西、我的金子和银子——样样东西。我现在只留下这个戒指了——我想拿它换面包、也许换一点牛油吃。像眼下这种时候……

虞尔开维奇　（细看戒指。）噢喝！翡翠。多大一颗！

蓝狄谢夫　是呀，大罢！八克拉。传家之宝。是我祖父的……有一回，谢列慈喀雅伯爵夫人求他——差不多是跪着求他，据说——四千把戒指卖给她。后来她出到五千——不过他不肯卖。他们甚至于为这吵了起来。我相信。

虞尔开维奇　这值一笔大钱。你可以把这叫做资本了。（欣赏宝石。）有这宝石，你可以活两年。

蓝狄谢夫　你知道本地这些蠢蛋出我多少？两万。可，一只不像样儿的小鸟在菜市还值两万五千。（虞尔开维奇听见这话忍不住微笑了。）你在微笑。我想，我明白是什么让你微笑的。

虞尔开维奇　不，不，我不过是——我偶尔记起了一件事，就是这个。

蓝狄谢夫　你记起了有一回我为巴黎一只特别的母鸡要出两万、两万金卢布。现在我就是一只普通母鸡也弄不到……是呀，时间变了！

虞尔开维奇　时间——还有价值。你高兴说什么，说什么好了，反正是到了现在，我们才学会给东西一种正确价值。从前，你的翡翠值一千卢布，好比说，一千普德①面粉。可是，现

---

① 普德，俄罗斯重量单位，合三十六磅。

	在——值多少？也就是一撮土和砂，没有用的尘土……
蓝狄谢夫	可是这是稀世之宝、一件美丽的东西。
虞尔开维奇	是的，不过在世上对任何人没有用。现在，就拿面包来说罢：面包、不可缺少的食物，农民为它流血流汗，从前顶多只值两戈比。愚蠢的旧制度让它那样不值钱，就是叫化子也不要它；谁要是给他们一块面包，不给他们铜板，他们就恼了起来。现在——现在只要给我们那么一小块面包，我们就高兴了；我们就欢欢喜喜从地板上把它拾起来。这就是我们所谓的事物的真实价值，不是习惯价值。
蓝狄谢夫	好，我想，同你辩论没有一点用处，同时，我看，你在共产主义政权之下，也不见得特别发福。你为什么看上去这样憔悴？
虞尔开维奇	我害斑疹伤寒来的、我下床不久。
蓝狄谢夫	倒说，你太太在什么地方？
虞尔开维奇	我现在就在等她下火车。

七

〔喀尔风开耳进来，看上去衣服褴褛，人也瘦了，但是还是那样固执，爱生气。他带着一件行囊。

虞尔开维奇	啊，是你，Herr 喀尔风开耳！早安。照常在等车？
喀尔风开耳	（悻悻然。）Salbaderei! 问话多蠢，在车站上见人问这话。今天有什么车？
虞尔开维奇	谁知道——现在？

蓝狄谢夫　　也许有一趟卖吃食东西的私贩子的快车，和一趟"招认伤寒病死人"的通车。全有华丽的卧铺设备——在车顶上。

喀尔风开耳　　卖吃食东西的私贩子的快车、招认——？Salbaderei！不，我不需要那样的火车。

蓝狄谢夫　　可是我需要。我去看看我能不能够找到私贩子，也许换得来一只小鸡吃⋯⋯

〔走出。

虞尔开维奇　　难道你还没有丢弃希望？你还天天出来打听火车的消息？

喀尔风开耳　　（悻悻然。）我说给你听过，后天我得赶回家乡海特尔堡。我一定要在那边制造我的表、我的指出真正、正确的时间的神奇的钟和表。只有这时候，人才懂得什么是真正的时间。每一瞬息——der Augenblick①——真正是什么，而现在，每一瞬息都在人不经心之中过掉了。

虞尔开维奇　　难道你那些钟和表，就不能够在这儿制造吗？至少在莫斯科或者彼得堡？

喀尔风开耳　　Salbaderei！世上只有两种人能够制造这种表：我、陶毕阿斯·喀尔风开耳、发明人；和 Meister② 陶毕阿斯·赖闵皆尔、制造人。陶毕阿斯·赖闵皆尔——是海特尔堡的伟大钟表匠。哈！所以我才一定要走。所以我才在车站等我的火车来。

虞尔开维奇　　你现在等了有十一个月了，不是吗？

喀尔风开耳　　十一个月、十一年，或者十一分钟——算得了什么？你像从前一样，不懂得什么是时间。噢，愚蠢的学者，把我教

---

① 德文，意思是"瞬息"。
② 德文，意思是"大师"。

他的话全忘了。八年以前，二十四分钟在你不就像整整一年？在你挨枪毙的时候，你那时候怎么样量时间的？

虞尔开维奇　是的，有道理……不过，那只是几分钟，可是你，mein Herr，等了整整一年。

喀尔风开耳　分、瞬息、年：哪儿是称它们的天平？哪儿是量它们的尺寸？只有我的表——未来的表，可以使你知道时间。只有到了那时候，我们才懂得这一瞬息或者那一瞬息、这半小时或者那半小时、这十年或者那十年的真正的尺寸。这些表会指出来半小时比一年用的时间更多，十年就许不值分文，在正确计算时间上，根本没有位置。

虞尔开维奇　（抓他的头。）连篇疯话。听你讲话，我就头疼。

喀尔风开耳　那一定是一个愚蠢的头——你的头。去年，你们的革命让我的火车误了半小时，剥夺了我半小时不要紧，可能在正确计算时间上，这半小时就正是十年。是这样的话，我就等下去。我等十分钟、十年——没有关系。我身边没有我的真正的表，我就停住不上此外所有的表。我要到了海特尔堡才上弦。（取出他的表给虞尔开维奇看。）我是时间的主人。我等我的火车，至于我周围发生什么事，同我不相干。我的时间是在那边——在我前头。

虞尔开维奇　可是这不会那么快就来的。就在同时，好比说，今天罢，一个人总得活着啊。

喀尔风开耳　今天！Salbaderei！我就没有今天，我有的只是明天。而且明天是在海特尔堡，我的工作在那边开始，我的表在那边，我为真正的人民工作，真正的人民也在那边。

虞尔开维奇　啊哈，原来这样子！真正的人民，依你看来，就是德意志的银行家和市民。你不是为工人，或者革命制造表。

喀尔风开耳 Salbaderei！我制造我的表的时候，革命就要没有必要了。因为到了那时候，我们就要重新构造时间，这样一来……

虞尔开维奇 （笑着。）……这样一来，工人除去工作，就什么也不做了，也不注意一年一年是怎么样过掉的了，于是资产阶级就可以拿每一小时当做十年来享受了。你这叫一语破的！

喀尔风开耳 资产阶级，资产阶级！你是 ein narr①，十年里头没有能够给自己赚到心满意足的十分钟的傻瓜！Salbaderei！永别了！

〔走出，一副心情暴戾的样子。

虞尔开维奇 这该死的德国人，就决不放过一个说两句不愉快的话的机会。

八

〔塔辣土塔进来。他像以前那样快活、呼噪。

塔辣土塔 啊，虞尔开维奇同志。您好，高兴碰见你。（和他握手。）不过，你怎么啦？你看上去怎么这样不开心、不快活？

虞尔开维奇 噢，没什么。没什么了不起，塔辣土塔、老伙计。我害病来的，所以，气色就难看了些。我在等我太太，她今天回家来。

---

① 德文，意思是"傻瓜"。

塔辣土塔	哎,怪不得你这样垂头丧气,全是跟一个女人在一起过的缘故。我在路上开车,追着风跑,一点点挂虑也没有。
虞尔开维奇	(微笑着。)像往常一样压死母鸡?
塔辣土塔	现在那种事不多了。头一样,就没有母鸡——全给吃掉了;第二样——无利可图。两万买一只母鸡——你知道,这不是开玩笑。所以,别心灰意懒了,虞尔开维奇同志,和我一道走罢,我马上就会叫你硬挺起来的。来,拿这些巧克力去。是顶好的英吉利巧克力,对你很好。
虞尔开维奇	多谢,塔辣土塔。够啦,别再给我啦。
塔辣土塔	再拿点儿,我自己能够弄到好些的。现在,我们喝一口白兰地。(倒进一个小玻璃杯。)来,老伙计。这是顶好的法兰西白兰地,对你很好。
虞尔开维奇	(喝酒。)时间对你似乎没有一点点影响,塔辣土塔。
塔辣土塔	时间?时间是个什么样儿?谁看见过?像你这样有教育的人发明出时间来;我好久以前就拿它当垃圾丢了。没有一只表跟得上我走的。我这话就像我站在这儿一样真。我只想着今天。
虞尔开维奇	你很聪明,塔辣土塔。你不知道你自己的价值。

九

〔火车进站了,虞尔开维奇向门走去。丽达进来。她穿着一件皮上身,腰带有一管手枪。

虞尔开维奇	丽达!你可来啦!噢,最亲爱的,你要是知道我多盼你也

367

	就好了。（拿起她的手。）我真以为我活不到见你的一天了。我大病了一场，我几几乎迈不起步子。
丽　达	（吻他。）我可怜的孩子，你的脸色坏极了……你的耳朵就像蜡一样灰白。可不，等一下，我带了一只母鸡来，你会有好东西吃的。
虞尔开维奇	谢谢你，丽达，现在你一回家，就舒服多了。你和我在一起，没有多久我就会好起来的。我简直好久没有用过饭了。我常常也就是喝喝茶。
丽　达	噢，不过，我还要到外头一趟，去许久的。
虞尔开维奇	还要到外头一趟？什么地方？
丽　达	到前线去。白卫军把顿河流域占领了。我们必须打垮弗兰格尔同他的队伍——为了德聂伯河、为了顿河流域的煤、为了顿河流域的麦子、为了我们的自由。我的亲爱的，战争还没有完。
虞尔开维奇	不过你是一个女人，丽达。难道前线没有兵士？
丽　达	我是一个共产党党员，阿列克塞。这就是说，我也是一个兵。党号召我去，我就必须去。这和死亡一样简单、不可避免。
虞尔开维奇	永远是党、党……党吞掉你的人格、你的意志、你的爱情。这是强制，不是自由。
丽　达	你是一个虚无主义者，阿列克塞。你的虚无主义、你的神秘主义，许久以前，一定把你赶进了一条死胡同，不是吗？从前有一个时候，你自己还写文章，说人应当在社会再活一回来的。
虞尔开维奇	那是理论，丽达。可是，就我们来说，只有一个审判——我们自己的心。我们的心万一静默了的话……

丽　达　　　（冲动地抓住他的两只手。）想想看，你——你——会对我说这种话！我要是没有话说到我的爱情，而且我从来就没有话说，难道就肯定——噢，算啦，我不会说这个的。说到最后，我是一个女人。我也有我软弱的时辰。你知道，在这种可怕的时候，和男人们——勇敢的男人们并肩前进，不就那么容易。有时候，你知道，我觉得我倒想歇歇，把这件皮上身和我在货车上弄到的一身泥统统扔掉。我们的爱情对于你只是一段插曲，对我可就不一样了，它是一片喜悦。而我又不得不把它丢了、自愿把它舍弃了，面向艰苦和匮乏、甚至于面向死亡也难说，同你长远分离、永远分离也难说。就在这样一个时候，我的心在流血，你可就只想着你自己。

〔拿手蒙着她的脸。

虞尔开维奇　丽达！我最亲爱的丽达！

丽　达　　　没有什么……我一会儿就会好的。现在——这不好啦。去罢，亲爱的。我这就来。拿你的手绢儿给我，我一条也没有弄到手。

十

〔进来几个铁路工人。他们中间有切列夫科，当地的党书记和一些别人。还有三四个女人——铁路工人的女人。奥耳雅是其中一个。他们快快地坐在长凳上。这是一个会议。

第二个女人　没有一小块面包，会可天天开。这就叫自由？

第一个女人　说的是呀！我希望我从来没有见到这样的事。

第三个女人　我猜，他们今天要多说几句甜话哄我们了。

第二个女人　啐。

〔蔑视地唾痰。

书　记　哟——哟！同志们，我们今天需要考虑一个非常重要的问题。方才接到命令……

第二个女人　天天有命令，从来不见有一块面包。

第一个铁路工人　你顶好同我们讲讲，为什么停付我们的薪水。

第三个铁路工人　对。不给我们薪水，你说，这是什么意思？

第一个女人　好像他们要我们饿死。马铃薯贵到五千卢布，小孩子都快饿死了。

〔一片喧哗。

书　记　秩序，秩序！安静点儿，同志们。让我把我的话讲完。事情很严重。工资现在停付，可是不几天我们就有面包了。明天我们就分发马铃薯。

第二个女人　连篇谎话！他们就没有马铃薯。他说谎话。

书　记　安静！显然，同志们，我们中间纪律是很松弛的。你们一定要记住，同志们，我们有职务，我们不能够放弃我们的岗位。现在，铁路工人正像兵士一样重要。我们掌握着运输和交通。我们应当为无产阶级的专政牺牲性命。实际上，我们看见的不是这个。我们只是看见司机和火夫丢下火车，朝村子和城里跑。不过，你们这样一来，同志们，谁开军用火车啊？这是我们今天接到的命令——"为特别军用火车立刻挑选两名司机。"

第一个铁路工人　开到什么地方？

书　记　我们不知道。那是秘密。

〔起来一片喧哗。

人　声　"别尽把我们当傻瓜看！我们再也不做傻瓜啦。没有面包，没有钱——有这种怪事。"

"谁去为你们送命，哎？桥梁炸坏了，路基拆毁了，车站烧掉了，这都不说——火车往哪儿开还不知道！"

"敌人从个个树林子朝你打枪。我们全知道。"

书　记　同志们！听我讲！我们看见什么，现在面前摆着的是什么情况？无产阶级的专政在为工人争取胜利而作战。难道你们是说，在这样一个时候……

两个铁路工人　（站起，表示不赞成，走向门去。）那是你的政府——所以，你做去好了。

切列夫科　（跳起，迅速向前走来。）同志们！同志们！你们害不害臊？你们自己还是工人——！看看你们的手——让油、让烟灰、让热汽弄粗、弄黑了的手；操作钻子、锤子、螺旋钳子、起重机的手。难道不是为了我们，圣·彼得堡和莫斯科和都拉的工人才为自由作战，赶走了尤登尼奇、邓尼金和彼得卢辣的？在这一切之后，经过种种努力和牺牲，我们把革命和工人阶级的事业出卖了，可能吗？每天有上千的共产党党员，上千的工人丢下他们的工作和他们的家庭，到前线为我们的自由作战，而我们——我们——实际要做的，是拦住火车打抢，丢下火车头不管。有人讲你们这种坏话，我会唾他的脸的。看看我罢，一个老年人了，有二十二年了，没有离开过火车头。不管坡多斜、轨道多坏，我开起车来就往前冲。现在，党号召我们去作战，列宁同志说，必须不顾一切，摧毁弗兰格尔，这时候我倒丢下我的火车头，可能吗？

书　记　　　当然不。你是一个党员。没有好比的。

切列夫科　　不错，我是一个党员、一个共产党党员——这话是正确的，同志们。不过，我们不全一样是工人吗？说到最后，我们之间唯一的区别，就是我必须带头干。什么地方最危险、最有活儿干，我就必须到什么地方去。那么，好罢，我来开这趟火车、这走一条秘密的路的火车。不过还有别的火车要开。同志们，它们也需要料理啊。

第二个铁路工人　（站起。）噢，好，我们来。

切列夫科　　瓦西里·伊万诺维奇！——我晓得你不会丢下我不管的。我不会忘了的。

第三个铁路工人　（起立。）好，那么，去你一边儿的，我也来。我们总有个地点开的。

切列夫科　　普洛科夫耶维奇，老伙计！有你的。

第三个女人　（从她坐的地方跳起。）什么！你这个老糊涂，你简直疯啦！伊万·普洛科夫耶维奇！你打算明天进城的。

第三个铁路工人　（制止她。）住口罢，老婆，别磨烦我啦。

第二个女人　他们由着这个无政府主义者说服他们，这老害人精！

〔起了骚动，会议变成一片嘈杂。

塔辣土塔　　（跳起。）喂，我也让你把心说动啦——像发动机一样通通直响。我和你们一道去，同志们，不怎的话，就拿我当一个火夫用罢。我学得会的。我也有一辆汽车。切列夫科同志，你带我去吗？

切列夫科　　做什么不带？不过——你听见我们讲的，同志，我们的目的地完全是一个秘密。我们不知道我们去什么地方，也不知道我们什么时候回来。我们还得用最快的速度开。

塔辣土塔　　那，我要的也就是这个。完全对我的劲！我要的就是听风

	在我的耳边吹——！呼——一下子就远去了，你不知道到了哪儿！
切列夫科	好，这就行啦。我拿不稳有面包吃，可是说到风呀，你的耳边多的是。

〔人站起来，唧唧哝哝，开始向外移动。

人　声	"切列夫科那老家伙一向就讨人厌。懂得怎么样打动一个工人的心，他不达目的，就死不放松。"
	"是呀，他懂得怎么样打动你；他连起重机也不用，就能够一下子把你举得高高的！"

十一

〔他们全朝出口走。奥耳雅走向她丈夫。

奥耳雅	你什么时候动身？
切列夫科	也许就是今天，奥耳雅。
奥耳雅	久吗？
切列夫科	我不知道，奥耳雅。我想，怕会久的罢。
奥耳雅	谢路奥日哈病着……没有钱。我这儿一个人料理这些孩子，怎么能成？我几乎连自己也料理不好。
切列夫科	没有办法：你料理不好也得料理，奥耳雅——你明白，有战争在进行。

〔人全离开屋子。

喀尔风开耳	（在这时候进来。）所有的火车不是往东开，就是往北，就是往南。没有火车往西朝欧洲开。Alle tousend！我不是

时间的主人吗？那么，为什么它从我身边溜过去，不听我的意志支配？革命砸坏了我的表，弄乱了时间和它的规律，这个只有我、我一个人做过研究，懂得是怎么一回事。革命把它自己的时间介绍过来，这个时间只听他们吩咐，冲我和我的力量发笑。啊，只要能够停住他们的钟不走，像他们停住我的钟不走也就成了。（车站的钟敲着十二点。）Salbaderei!（爬上一张椅子，让钟停住不走。）停住，你这该诅咒的钟！你滴滴达达走来走去没有用，就别走了罢。

〔进来一个革命委员会的同志，瞥见喀尔风开耳。

同　　志　　一定是这人。听我讲，同志，你做什么动那只钟？

喀尔风开耳　（没有爬下椅子。）哎？动这只钟——我做什么？没什么。不管你的事。

同　　志　　是的，就是他、德意志人。我正在找你，同志。你是德意志工程师，是不是？（翻阅他的记事簿。）喀尔——喀尔——风客尔？

喀尔风开耳　（跳下凳子。）不对，不是喀尔风客尔，是喀尔风开耳……Aber was wollen Sie von mir？①你有什么事？

同　　志　　好极了！我们一同到革命委员会去。我们有工作给你做。

喀尔风开耳　工作？什么工作？我不能够工作。

同　　志　　噢，不过这是伟大的工作，又是你的专业。我们做了一个恢复工业的计划。总之，你自己好去看的。我们去罢。

喀尔风开耳　我不能够——我要到远地方去。

同　　志　　我们供给你房子、燃料、一份完整的口粮：面粉、糖、

---

①　德文，意思是"你找我有什么事"。

	肉、面包、油、鞋带、和一张每天到剧院看戏的免票。
喀尔风开耳	（激将起来。）Salbaderei！我告诉你我要到远地方去，我要面粉、剧院做什么用？我一定要后天到家。到海特尔堡。
同　志	你一定是疯了。谁现在放你到外国去？就没有火车。
喀尔风开耳	（固执到底。）我一定要走。我好等的。
同　志	什么样一个怪人！好，可是就在你等火车的时候，你不也一样好工作。
喀尔风开耳	Salbaderei！废话！我不能够错过火车。我好等我的时间的。
同　志	他疯了，一定是疯了。你是说你要在车站等三个月吗？什么东西也不吃？
喀尔风开耳	月或者年——我没有计算。我告诉过你了，我一定要走——und Punktum①。我等我的火车，就是这个。（传来火车头的汽笛声。）啊哈，火车来啦。（向门走去。）火车。
同　志	是的，他明明疯了。

十二

蓝狄谢夫	（进来，冷得直打哆嗦。）什么地方也找不到一块面包，就是一小块也没有。噢，我饿极了。我简直不知道拿自己怎么办好了。（坐在长凳上。）噢，来一间暖和、舒适的屋

---

① 德文，意思是"就是这个"。

子，桌子上头铺着白单子，愉快的烛光照耀着磁器、银器和玻璃东西。桌子当中放着一个银盘子，一只配着香菌的小母鸡在冒气。松脆的金子颜色的马铃薯，宝石一样红的酒。不是小母鸡，也行。有一只寻常的小鸡，一只带面条和胡瓜的肥小鸡，我也就欢喜了。噢，我愿意拿世上顶贵重的东西换这只肥小鸡。

〔进来三四个卖吃食东西的私贩子，拿着装得满满的袋子。

第一个私贩子　好家伙，我差点到不了这儿，妈的！

第二个私贩子　没关系，他们在火车上拿走你一半东西，你倒容易带着走了。

第一个私贩子　成。他们试试看。我不是头一回对付他们那种人，有他们料不到的。

〔他们全坐在长凳上。

第二个私贩子　这儿不算怎么坏。马马虎虎。你可以卖好价钱，换到吃食东西，还有赚的。（取出一大片面包，安闲的样子，往上头抹牛油。）两大块面包、四十磅豌豆和三磅牛油，换一架留声机。不算怎么坏。你还可以对付活下去。

〔有响声地嚼他的面包。

第一个私贩子　嗐，那算什么。你猜我拿一个低音铜喇叭换到什么？两磅牛油和一只烤小鸡。什么样一只小鸡？可好啦，往下滴油！

第二个私贩子　那些傻瓜，他们要铜喇叭做什么鬼用？

第一个私贩子　喇叭又长又弯弯曲曲的，你看不出来，他们打算拿它当蒸馏器用，给他们酿渥得喀呀。（取出小鸡。）啾——噢！差不多像火鸡一样肥！

蓝狄谢夫　（激动地从他坐的地方跳起。）这一定是一只我的外焉道特白鸡！喂，把你的鸡卖给我，好吗？

第一个私贩子　（怀疑地瞥了瞥他。）这只小鸡？你晓得一只小鸡现下值多少钱吗？

蓝狄谢夫　你是卖鸡的，你说价钱好了。

第一个私贩子　五万。

蓝狄谢夫　（吓倒。）什么，五万卢布买一只小鸡！你是说你打算五万卖一只小鸡！

第一个私贩子　是呀，当然喽，一只小鸡。你以为是卖——一头象吗？你倒是看看。往下滴油。好，那么，就给我们四万罢。

蓝狄谢夫　四万！想想从前我能够拿一整口袋金子——两万金卢布买一只少见的巴黎小鸡……可是现在！

第一个私贩子　好，那么，我卖三万，要不要由你。

蓝狄谢夫　喂，拿这个戒指掉换。

第一个私贩子　（犹疑着。）一个戒指？是金的吗？

蓝狄谢夫　当然是金的。还镶着一颗翡翠。像这样一颗宝石，可以买你那样的小鸡三千只。

第一个私贩子　三千只小鸡！瞎扯！狗娘养的！我看，是一颗绿宝石。好，见你的鬼去——把鸡拿去。

蓝狄谢夫　（接过小鸡。）给我一点点面包，好吗？

第一个私贩子　（给了他一大片面包。）拿去。显然你好久没有用饭了，老家伙。

蓝狄谢夫　我总算弄到了一只小鸡！我生平买的最贵的小鸡……（紧紧抱在他的胸前。）

现在——我要去吃——去吃了！

〔走出。

十三

〔铃铛响着。火车进了站。卖吃食东西的私贩子往外朝月台奔。丽达和虞尔开维奇又出现了。

丽　　达　　（匆忙。）好，再会，阿列克塞。
虞尔开维奇　什么！你非今天走不可？现在？
丽　　达　　你听见他们讲的——有一趟特别军用火车。政治部派我到南方前线工作。我必须尽快动身。
虞尔开维奇　那么，我又剩下一个人了……我的梦想又全粉碎了。
丽　　达　　别磨难我了，阿列克塞……（吻他的眉。）我的亲爱的，你挑错了时候同我讲恋爱。这不是你要的那种爱情。
虞尔开维奇　是的，你不是家庭幸福的平静的鸟，我这些年来一直想望着这种黄金的梦，就像一个小孩子盼望一棵圣诞节树。只有像我这样一个傻瓜，才会拿你发亮的羽毛、革命的火热的鸟的羽毛当做安定的、平静的黄金看……我多痛苦，在这些冒火焰的翅膀上头把自己烧焦了。好，再会。

　　〔转开身子。

十四

〔进来切列夫科、塔辣土塔、军用火车的政治委员和奥耳雅。只见喀尔风开耳离开他们，站在一旁。

丽　达	（向奥耳雅。）奥耳雅，请你务必帮我照料照料他。你留心一下他，行吗？
奥耳雅	放心罢，丽达，我一定尽我的心。
委　员	那么，你出发啦，同志？
切列夫科	是的，我准备好啦。
委　员	目的地要完全保守秘密。
切列夫科	明白。
委　员	尽最快的速度开车。
切列夫科	好办！
塔辣土塔	这才够味道！
委　员	你值班到底——没有休息。没有人替换你。什么时候回来，我不能够说。轨道是什么情形——不知道。
切列夫科	可是目的地是人人知道的，委员同志，就是——社会主义。
委　员	对。必须献出我们全部的力量和时间，到达这个目的地。可惜的是，我们的时间这样少。
	〔往上望望钟。
切列夫科	没关系，我们也可以强制时间为我们工作的。
塔辣土塔	（热心。）你放心罢，委员同志，他做得来的！他在这上头是一个老手。一个真正的主人——一个时间的主人，你不妨这样称他。我是一个学徒。
喀尔风开耳	（旁白。）Salbaderei! 只有我是时间的主人！
委　员	好，现在你好走啦。
	〔和切列夫科握手。
切列夫科	为了工人阶级的事业！再会，奥耳雅。事情要好转的。放心罢，我们会再见的。

丽　达　　再会,阿廖沙。

　　　　　　〔吻虞尔开维奇。

塔辣土塔　再会,老伙计,别太拿事搁在心上。我们赶得上时间——会再回到家乡的。现在,当心啊,我们走啦,我们要干到底!

　　　　　　〔全出去了。留下的只有虞尔开维奇。他倒进桌边一张椅子,手掩住脸。传来火车头的笛声。于是火车开动了。

　　　　　　　　　　　　　　　　　　幕

第 四 幕

　　一九二九年。景是同一车站,不过,现在是完全认不出来了。一层楼的旧建筑实际是不存在了。留下来的只有旁边一堵墙,工人还没有腾出时间来把它拆掉,墙后矗立着巨大的新车站。虽然完成了,但是鹰架子还挡住它露出来,仅仅看到有车站大钟的前脸的顶端。鹰架子上站着一个钟表匠和他的助手,才给钟上好弦,往对里走。建筑工程还没有结束。墙虽然装点着花冠和有标语的红旗,建筑虽然打扫、收拾过,但是到处看见水泥桶、轮子、吊桶和石灰灶。灿烂的旗帜用金字写着下面欢迎的词句:"一九二九年——欢迎火车司机切列夫科、勇敢不倦的社会主义战士、我们出席全国苏维埃第五次代表大会的代表!""社会主义建设五年计划万岁!"

一

　　〔车站的铃铛发出清朗的响声,车站热闹起来了。晚下班的工人忙着清理锄、吊桶和电线卷。站长急急走过。他遇见当地的党书记。后者一路扣他的上身衣服,把衣服揪揪好。随后,铁路工人从四面跑过来。其中有瓦西里·伊万诺维奇、伊万·铁栾土耶维奇和一些我们熟识的人们。他们后面是铁路乐队的乐师。

书　　记　　（并不站住。）快呀，同志们，快呀；火车再有二十分钟就到这儿啦。

站　　长　　我们在什么地方欢迎他？

书　　记　　在车站，我说过的地方。瓦西里·伊万诺维奇在什么地方？这人哪儿去啦？他得来一篇演说……

瓦西里·伊万诺维奇　　我在这儿。彼得·米海伊劳维奇，用不着淌汗。

书　　记　　噢，不淌汗，你说着容易。你们怎么还没有把这些桶弄掉？我昨天就说过了，难道我没有说吗？

〔进来乐队指挥、一个姓姬①的捷克人。

乐队指挥　　伸缩喇叭在什么地方？那些懒东西到哪儿去啦？十之八九，又跑到菜市去啦。

书　　记　　（朝鹰架子上的人们喊着。）老天爷，他们还在搞那只钟！你们想叫我丢脸啊，还是怎么的？我要你们准时把它弄好呀，辣毕诺维奇。

钟表匠　　（从鹰架子上朝下喊着。）你别慌呀，彼得·米海伊劳维奇。全准备好啦。钟好着呐！漂亮极啦！你就是在日麦林科也看不见像它这样一只钟。这不是钟，是音乐。

书　　记　　噢，是的，音乐怎么样？亏你提醒我。姬同志，当心别坍我们的台。火车一进站，整个乐队要像一个人奏乐，一分钟也不迟延。别像五月一日那一天，只有一半人奏乐，低音乐器全都咕——咕——咕，简直不是音乐。这表示你脱离群众，没有正确领导。

---

① 英译本是 Henn，谐母鸡的字音。

乐队指导　　（沮丧地。）我这方面没有问题。可是，黑管要是忽然一停的话，也怪我吗？

黑管乐师　　音符要是没有写对的话，也怪我吗？音符写的是"停"，我就停了啊。

书　记　　我说的就是这个；音符很多，可是，不是音乐。无论如何，姬同志，当心别坍我们的台。

乐队指挥　　好罢，我希望，我这方面没有问题。

〔就在这时候，从什么地方传来一只母鸡的叫声。

书　记　　（惊奇。）什么叫唤？哪儿来的母鸡？

乐队指挥　　（忿然。）有人打算开我的玩笑。是谁？

书　记　　没有的事，姬同志，也就是你那样想。

乐队指挥　　也就是我那样想？可是我清清楚楚听见了的。

二

〔就在这时候，传来一阵有力的咯咯的叫声。普遍的惊奇，随后全笑了起来。

书　记　　是怎么一回事？哪儿来的母鸡？姬同志，找找看，来呀。我们不许这种情况存在；简直丢脸。

乐队指挥　　（忿然。）我不答应人开我的玩笑！谁把这只母鸡带到这儿的？

书　记　　噢，姬同志，那倒不会。我相信没有人故意这样做。无论如何，不是我们干的。

〔叫声更响了。另一位乐师、吹伸缩喇叭的，气喘吁吁地跑进来，扑到睡椅底下，拉出一只筐子。

伸缩喇叭乐师 对不住，姬同志，这是我的。今天是星期，你知道，是一个有大集的日子，所以我顺路就买了它。两个卢布。呔，别叫唤啦，你这鸡。

乐队指挥 马上给我滚出去，坏家伙！想想看，尽和这样的人打交道。还是一个吹低音喇叭的！

伸缩喇叭乐师 我拿这交给我的女人，马上就回来。

〔驰出。

〔一片笑声。

书　记 我告诉过你，缺乏领导。姬同志，你带的不是乐队，是也就是一个母鸡笼子。

三

〔虞尔开维奇进来。他现在虽然四十二岁了，鬖鬖的黑头发显出一星半点的灰颜色，看上去还是很漂亮、很有信心。服装整洁考究，拿着一个看上去像是贵重的公事包。他惊奇地望了望四周，走向书记。

虞尔开维奇 早安，同志。你好不好告诉我，这儿有什么事？你们是给人送行，还是，也许欢迎什么人？

书　记 欢迎，同志，欢迎我们的一位老雇员、一位火车司机。他是出席苏维埃第五次大会的代表、是一个突击队员。现在他得到了勋章。报上有关于他的消息——火车司机切列夫科是他的名字。

虞尔开维奇　切列夫科！安得赖伊——安得赖伊·特洛菲冒维奇！什么，他照样在工作？

书　记　　怎么，你认识他？

虞尔开维奇　当然认识。我在你们这城住过许多年。啊，我在这车站受过多大罪。（叹气）噢，倒说，车站在什么地方？（向四周瞭望。）墙是新的，钟是新的……到处是鹰架子。样样东西变了样子……

书　记　　我们在盖一座新车站，同志，一座真正头等车站；我们就快举行落成典礼了。

虞尔开维奇　是的，简直看不出旧样子了。（望望四外。）想想从前就在这地方……不过，这是许久以前的事了……我离开这儿有八年了。

书　记　　是吗？真的？请教，原谅我问你，你是谁啊？

虞尔开维奇　我是虞尔开维奇、作家。你也许听说过我罢？

书　记　　虞尔开维奇？可，是呀，当然，我读过你的书。虞尔开维奇，是的。（旁白。）从来没有听说到他。

　　　　　〔有几个人抬着一个棺材样式的长盒子，后面跟着一个戴平顶硬毡帽的外国人似的男子。

书　记　　（奔向扛夫。）这是什么？你们想到哪儿去？回去！你们一定是疯了！也不看看是什么时候，拿棺材往外搬！

一个扛夫　可是它得跟这趟火车走啊。

书　记　　那你们做什么往这儿瞎撞？回去！

　　　　　〔棺材抬出去了。

虞尔开维奇　什么事？有人死啦，还是怎的？

书　记　　这些粗人！也不看看这是什么时候，就拿棺材往里往外搬。这是一个住在附近的地主、早先一个伯爵、你知道，

385

一个养家禽的。

虞尔开维奇 噢,这一定是蓝狄谢夫,一定的。他死啦?这下子——我们又遇到啦……

书　记 他在一九二五年就死啦。不过他兄弟——我想是从巴黎来的——请求许可把尸首运到那边去。我就说,他愿意运,由他运罢。有人要这一类货物,我们不吝啬的。

虞尔开维奇 原来他死啦。一个古怪的老家伙。他到了没有活到看见他的公主布耳布耳·艾耳·嘎萨尔的那一天。

书　记 对不住,你在说什么?

虞尔开维奇 噢,没什么。我在想一件事。告诉我,你有没有听人说起——一个——一个同志——叫做——日望采娃——丽达·日望采娃的?

书　记 日望采娃?——丽达?当然。她是一个了不起的战士——没有女的比得上她的。她在所有打击邓尼金和弗兰格尔的前线作战,在中亚细亚。是的——我奇怪,有谁不知道丽达·日望采娃啊?我想我又听见电话铃在响。说不定是电报。看是怎么一回事,伊万·铁栾土耶维奇,好吗?

虞尔开维奇 (几乎不能够约制他的激动。)她是一个了不起的战士?这么说来,她一定死啦。听我说,关于丽达·日望采娃,你还没有同我讲完。

书　记 是的,她是一个有干劲儿的女人、一个战士。在贝勒科普受到重伤,她。他们费了大事救她。

虞尔开维奇 (抓住书记的胳膊。)把她救活了,他们?那么,她还活着?你后来见过她吗?

书　记 (悠闲的样子,点起一枝香烟。)谁?丽达?你是说丽达·日望采娃?可不,是呀,她就住在附近。

虞尔开维奇　这儿？丽达在这儿？快告诉我！

书　记　是呀，她是城外苏维埃家禽场的经理，在那个老伯爵的庄园。全保存下来了，你知道：他的设备、母鸡房子、还有许多东西——一个真正的家禽城，你不妨这样叫它。去看看怪有意思的。

虞尔开维奇　有这种事，谁想的到，丽达养家禽。请问，我怎么样才能够看见她啊？

书　记　她天天在这儿。她今天还会在这儿的。我希望你现在原谅我，我该走啦。走罢，同志们，火车就要到啦。

虞尔开维奇　过完暴风雨的生活，命里注定她在这儿待着……在蓝狄谢夫伯爵的家禽场。她自己就像是老头子梦想的，可是从来没有见到的公主布耳布耳・艾耳・嘎萨尔。还有我自己，又怎么样呢？

乐队指挥　归队！牙对准吹口，手指头捺着调音器。快拍子，开步走！

〔全出去了，除去虞尔开维奇。

四

〔喀尔风开耳进来。认不出他来了。他穿着一件考究的上衣,戴着一顶毡帽,拿着一件新行囊。

虞尔开维奇　啊，是你，Herr 法尔——法尔——嗯——对不起——喀尔风开耳。你还在这儿？

喀尔风开耳　噢，是 Herr 虞尔开维奇！是的，我还在这儿，不过今天我就离开了。我告诉过你，我是回家，后天一定要到海特尔堡。我再半小时就离开了。（他取出一只华贵的新金表。）我的表又走动了。我又给它上弦了，我的生命的表。Die Ouhr meines Lebens。①我要在十三点二十六分到海特尔堡。你看我是准确的。Ich hatte Recht。②

虞尔开维奇　（笑着。）对，不过，是什么年份啊？你在一九一九年告诉我的，现在是一九二九年了。有一点区别——十年。

喀尔风开耳　十年、十年。Salbaderei! 你忘记我的教训了。你忘记在真正测量时间上，十年和半小时常常是同等长度了。十年。你们闹革命这十年——我计算的时候就把它划掉了。我有自己的算法、自己的时间，我也就是相信我自己的表。

虞尔开维奇　你太慷慨啦，mein Herr。当心啊，不的话，你计算的时候就许计算错了的。不过，告诉我，你这十年干了些什么？你为什么不早点回家乡去？

喀尔风开耳　Salbaderei! 你胡扯到哪儿去啦！我根本就不计算。这在我火车也就只是误了半小时罢了。（从他的衣袋取出一捆信和电报。）可是，现在我走了。（读一封电报。）一切准备就绪。时间像从前一样为我服务。我又成了时间的主人。

虞尔开维奇　是的，不过，看上去你像怪不错的样子。有人告诉我，你在什么地方做总工程师、自己有汽车，等等。你那时候为什么不回家乡啊？

---

①　德文，意思是"我的生命的表"。
②　德文，意思是"我是准确的"。

喀尔风开耳　为什么？为什么？因为我必须等。

虞尔开维奇　在什么地方等？这儿、车站？

喀尔风开耳　（有些窘。）不——在另外一个地方——一个不同的地方。

虞尔开维奇　噢，我明白啦——在法院。你——在那边——关的时间久吗？

喀尔风开耳　我告诉你我不计算这些胡闹的年月的。（转开身子，不高兴了。）全过去了、不在了，今天我走，我去海特尔堡，到了那边，我终于要制造我的神奇的表了。噢，是的。伟大的钟表匠陶毕阿斯·赖冈皆尔在等我的图样，后天我们就开始工作了。那时候——那时候世界就发见什么是真正的时间了。人终于要知道为什么半小时有时候比十年会长许多，为什么老年人的十年那样不同于年轻人的十年。不过，我们就要把这全改过来。是的。我们就要叫时间服从强壮和聪明的人。我们、时间专家，我们就要统治地球了。那时候世界就要承认我的伟大，我就要作为时间的第一个主人而出名了。别了，mein Herr，永别了。

虞尔开维奇　当心你别再回到这儿来啊。

五

〔门打开了，进来两个工人，抬着一个大板条箱子，上下差不多贴满了外国语言的签条。随后，丽达进来。她现在有三十六岁，看上去不是老，而是衰，面貌变柔和了，嘴边显出忧郁和智慧的情调。

工　人　　这就是，经理同志，好好儿的，没有受伤。（他们把板条

丽　　达	很好。现在去把卡车预备好。
虞尔开维奇	（走向她。）丽达！（她惊奇地向四外望，随后不由低叫了一声，奔向虞尔开维奇。他握住她的一双手，把她带到舞台的前部。他们这样站了几分钟，彼此捏紧了手。乐队在远处奏着乐。）丽达，想不到在这儿遇见你！丽达——真就是你吗？你，就在这个车站，我们在这儿活过许多日子，吃过许多苦。那是什么时候？昨天？还是十年以前？
丽　　达	你和从前简直是一个样子，总和时间竞争……
虞尔开维奇	噢，不是的。我只是试着像喀尔风开耳先生一样，了解了解它反反复复的情形。不过，我的亲爱的，把你的事全同我讲讲罢。
丽　　达	你奇怪罢？这，我的朋友，是一个人工孵卵器。我们要到外国老远的地方买这种东西，不过，现在我们可以仔细研究研究，把道理弄明白，自己制造了。噢，当然，你不知道——我是一家苏维埃家禽场的经理。
虞尔开维奇	是呀，我听说了。
丽　　达	我们还嫌它不够大。我们起码需要三万鸡蛋，它只给我们三千六百个。不过我们的家禽场在发展。你要知道，将来母鸡有重大的使命。它的任务是喂我们的工人，要把他们喂好了。养家禽出息最大，收效最快……
虞尔开维奇	你像亨利四世①一样，梦想家家锅里有一只小鸡。
丽　　达	噢，可是世上没有一个亨利四世梦想得到，像我们这样一个苏维埃家禽场，能够出多少小鸡。你来看看好了。我带

---

① 亨利四世（一五五三年——六一零年），法国的国王。

你参观一下我们的家禽场、全部人工孵卵器、母鸡房子和孵雏器。我们每一只母鸡，差不多一年要孵一百五十到二百鸡蛋。你就算算一年里头要出多少鸡肉和多少鸡蛋罢。我们有一万五千只鸡，全是优良种。这就是说，单只一年就有五百万磅鸡肉。这还不过是开始。两三年后，我们就能够出产两亿，或者三亿磅鸡肉也说不定。

虞尔开维奇 好丽达，你和从前一样，全身是力量——在和平时期，就像在战争时期一样。

丽　达 你在笑话我……是的，从前有一个时期我打仗来的，我骑着马跑过西伯利亚，在马背上跑遍了里里外外的贝加尔，同弗兰格尔、高尔察克和日本人作战。现在呐，我是一个家禽管理人，一只家里的母鸡，孵小鸡……

〔迅速转开了。

虞尔开维奇 什么事，亲爱的？你一定不会以为我是有意伤你的心罢？

丽　达 没关系，同我讲讲你自己。噢，是的，当然我看到你的名字，你现在是一个名作家，人在谈论你，报上也在讨论你……

虞尔开维奇 他们也教训我了一大顿。

丽　达 那，你走错路，就该挨骂嘛。是的，我们似乎走着不同方向的路。

虞尔开维奇 （柔和地。）丽达，你的路是你自己挑选的。

丽　达 是的，不错。噢，不过我忘了。我新到的那只好看的鸡哪儿去了？塔辣土塔同志，你在什么地方？

虞尔开维奇 （意想不到。）什么，塔辣土塔也在这儿？

丽　达 我想他在罢。他是我们的总管理员，兼汽车间管理员和家禽孵养员。

虞尔开维奇　你是说塔辣土塔变成了家禽孵养员？塔辣土塔——四邻母鸡的死对头、"小鸡瘟"——好，这可真是奇迹了！塔辣土塔孵小鸡！

丽　　达　　噢，你应当看看去。他照料每一只小鸡，就像一个奶妈子。

虞尔开维奇　他不掐死它们啦？

六

〔就在这时候，塔辣土塔进来了。他像从前一样愉快、活泼，拿着一个中等大小的盒子，上面贴着外国标签。

丽　　达　　好，告诉我们，它怎么样，塔辣土塔？公主一路平安、健康吗？

塔辣土塔　　（兴高采烈。）活着！我们这位过去的公主呀，又是活着、又是蹦着。它问候你。它不是劳动阶级，不过我们用不了多久就会把它变成一个无产阶级主义者和一个突击队员的——（瞥见虞尔开维奇。）嘻！是谁？虞尔开维奇同志，您好！家伙，说什么也想不到！哈——哈——哈！好，这是命！我看，世上巧事可多呐。

虞尔开维奇　塔辣土塔，老伙计！（他们亲吻、握手。）你真就认起真来，在土地上头安安稳稳待下来啦？

塔辣土塔　　可不是，虞尔开维奇同志！完全待下来了，你不妨说，就像一只想孵小鸡的母鸡坐在鸡蛋上头。虞尔开维奇同志，时间不和从前一样了。世事变了。

虞尔开维奇　是的，不过，塔辣土塔，你把时间制服了。

塔辣土塔　听我说，没有制服时间这件事。时间走时间的。你看它把我们带到了什么地方——它带我们建筑社会主义。

虞尔开维奇　可是，你争取它，你冲出去和它在半路相会，不管有没有路。

塔辣土塔　（热心。）啊，那是什么时候哟，同志，那是什么时候哟！——你记得那些日子，经理同志——我们年轻的时候吗？我们快马穿过生活，穿过世上一切东西，就像穿过大草原一样，不想到时间、道路或者我们的头。只有风在我们的耳边叫啸，年月是一呼而过。哎，我现在一想起这来呀，连气也出不来了。

丽　　达　是的……那是值得纪念的年月……现在全像童话一样。

虞尔开维奇　不过，塔辣土塔，我们不能够永远快马跑。我们有时候也得跑到一个地方来呀。这就是为什么要闹革命，革命完了，随后我们就可以开始工作、建设。不然的话，就要像那个叛徒伯恩斯坦①讲的："重要是罢工，目的无所谓。"那就等于说："人唯一的事是旅行下去了。"

塔辣土塔　（叹气。）是的，虞尔开维奇同志，话像你说的，不过，你这么定下心来一想——当时我是什么，现在我做什么，可就不一样了！是呀，我快马跑过田野，穿山越岭，我那时候压死了多少母鸡，现在我自己就像一只孵卵的母鸡，我在人工孵卵器里头孵小鸡……坐在鸡蛋上头，活脱脱就像你看到的一只顶平常的老母鸡。

---

① 伯恩斯坦 Bernstein（一八五零年——一九三二年），德意志的马克斯主义者，后来变节，在国会做议员，第一次大战后，还做过部长。

虞尔开维奇	你从前弄死过许多母鸡,所以,塔辣土塔,你才有这报应啊。
丽　达	(笑着。)好啦,塔辣土塔。现在拿我们的公主给我看看罢。
虞尔开维奇	什么公主?老天爷,不会是一个真正的……
塔辣土塔	过去的公主。经理同志,别介意我改你对它的称呼。(他移开盒子的前脸,把它放在桌子上头。)好,小姐,算你走运,十年前没有碍我的路!不然的话呀,你就爪子朝天,躺到延命菊底下,完蛋了。
丽　达	(笑着。)噢,它可真是一个美人啦。看呀,阿列克塞,看呀。多好看!
虞尔开维奇	是一只母鸡!
丽　达	那,当然是了。这是我们的公主布耳布耳·艾耳·嘎萨尔。你记得吗?
虞尔开维奇	你不会是说……
丽　达	你记得你有一回不要我,要一只母鸡了吗?好,现在呢?
虞尔开维奇	现在你照老样儿发落我。
丽　达	你愿意怎么样想就怎么样想罢。噢,多可爱呀!羽毛、胸脯,看,都多好看呀!它的小脑袋磕亮晶晶的就像磨亮了的金子。
虞尔开维奇	不过,这就是伯爵想望的那位公主布耳布耳·艾耳·嘎萨尔吗?
塔辣土塔	过去的伯爵,虞尔开维奇同志。
丽　达	好,关于母鸡,他的确懂得两下子,这是不能够否认的。我托人在巴黎打听它的下落,找到了它。噢,我告诉你,我们得来的可不便宜呀。伯爵从前准备出的价钱,我们不

见得比他出的少——当然是苏维埃卢布了。

塔辣土塔　过去的，经理同志。

丽　达　什么"过去的，"塔辣土塔？

塔辣土塔　我说，过去的伯爵。

虞尔开维奇　不错，塔辣土塔，他现在的确是"过去的"了。他死啦。他们把他的棺材放到火车里头，同时他们正好抬出搁他梦想的母鸡的板条箱子，多奇怪呀。他就这样在最后会到他的公主。

塔辣土塔　啊，方才他们拉出来的原来就是他呀？真好笑！

虞尔开维奇　母鸡又出现了，可是这一回不会再挡我的路了。想想看，它有多少回叫着、飞到我的生命里头。好，丽达，你满意你的母鸡吗？

丽　达　我想，我应该是满意的罢。它将是一个新种的祖先……你知道它一年下多少蛋吗？三百个。一天一个，差不多了。现在计算计算罢。照这样比例下去，十年里头，它的后代足够喂全共和国了。噢，你这美人儿，你这金黄颜色的美人儿！

塔辣土塔　现在，过去的公主，你要加油哟！听见了没有？这是你的公众责任。这儿不是巴黎。你要卖足气力。好，我走啦。

〔拿起笼子，向门走去。

丽　达　拿到外头……我们就来了……

七

〔就在这时候，一个约摸八岁的小姑娘奔向虞尔开维奇。

小姑娘 爸爸！爸爸！噢，你在这儿。我们到处在找你。妈妈在花园等你。

丽 达 （话说不出口了。她惊呆了。）原来……你……你结婚啦？这是你的小女孩子？

〔虞尔开维奇盯着地看，不回答。停顿了许久。

虞尔开维奇 我就……回来……一分钟。（向小孩子。）妮诺实喀，在这儿等着。我一会儿工夫就回来。……陪阿姨在这儿坐坐。

〔匆忙走出。

丽 达 （手掠过她的眉梢。）结婚……很久了……（停顿……远远传来音乐。她把小孩子拉到跟前。）他的小女孩子……你多大啦，孩子？

小姑娘 八。

丽 达 八。八岁……九年前，我年轻，他爱我，我丢了那种爱情不要。我拿九年给了革命……

〔把小孩子拉到跟前，热烈地吻着。

八

〔塔辣土塔呼噪着,冲破了这感伤场面。

塔辣土塔 准备好啦，经理同志？我们走罢。都齐全啦。来啊。（注视了她一时。）怎么的啦，经理同志？看样子，像是你车头的两盏灯用过度啦？啊哈……是不是这么一回事啊？想起往年啦？你没有这么一个小女孩子，心里觉得难过？噢，全是垃圾。

丽　　达　　（揩她的眼睛。）没什么，塔辣土塔，现在不难过啦。

塔辣土塔　　好，可是，说实话，你到什么地方找这样一个小女孩子啊？虞尔开维奇是一个漂亮小伙子、一个少见的文质彬彬的小伙子，不过，他同我们不是一类人——不管怎么样，他是一个局外人。干脆说了罢，一个臭知识分子。你当时丢了他是对的。现在你自己也明白的。

丽　　达　　你讲的对，塔辣土塔，很对。时间是关于一切的伟大裁判者。它照人的勤劳裁判人，把每一个人应得的地位给他。我的地位是在这儿，而他的……再会，孩子。（又吻了一次小孩子。）现在，跑罢……

九

〔就在这时候，传来一个女人的声音，喊着"妮诺实喀、妮娜，你在哪儿？"苏菲亚·彼特洛夫娜进来。她的面貌比过去一向还要显得分外明晰，必须承认，苏菲亚·彼特洛夫娜已经开始有一点在帮助自然来维持她枯萎的青春了。

苏菲亚·彼特洛夫娜　　你这淘气孩子，你又不听我的话啦？妈妈急死了，到处在找你，可是你……你爸爸呐？（虞尔开维奇进来。）噢，你可来啦。你这半天在什么地方？我用了两小时在车站找你。

虞尔开维奇　　可是我一直就在这儿。我才出去了一会儿工夫买香烟的。

苏菲亚·彼特洛夫娜　　为了你的旧香烟，你想叫我们误车呀，是不是？

虞尔开维奇　　可是，我的亲爱的，火车再有四十分钟才到站。

苏菲亚·彼特洛夫娜　噢,你总有话讲,来呀。

虞尔开维奇　我这就来啦。(走向丽达。)好,再会。

〔握起她的手。

苏菲亚·彼特洛夫娜　阿列克塞·谢米奥诺维奇,我走啦……

虞尔开维奇　(叹一口气。)再会,丽达。

〔随着苏菲亚·彼特洛夫娜和小女孩子下。

塔辣土塔　看见了没有?这就是他走的路。好……

十

〔月台上起了一片骚动。铃铛响着。远远来了火车。喧哗增加了,乐队奏着进行曲,准备好了欢迎来宾。过了一刻,火车冲进站来了。切列夫科、奥耳雅和书记出现了,其余的人随在后面,除去乐队,留在窗户外边演奏。传来欢呼和嘶喊。丽达和塔辣土塔走向切列夫科,和他握手。书记致欢迎词,音乐把他的声音淹没了。

书　记　(向窗外乐队做着猛烈的手势。)别那么响哩,家伙,我们连自己讲话也听不见啦。(音乐停止。)我们没有多少时间,同志们,所以我也就只能够拣顶重要的讲。安得赖伊·特洛菲冒维奇又要走啦,他去德聂伯罗彼得罗夫斯克,和别的建设已经开始了的地方去。因为,同志们,他还没有走完他的旅程,他的火车一直在朝前走、走。九年前,在一千九百二十年,切列夫科开着他满载红军的火车往前线冲,旅程就开始了。他当时不认识路上一个车站,甚至于什么时候回家他也不知道。他仅仅知道、而且相信,他走的路是正确的路,会把他带到社会主义去的。所以,他一连许多星期、许多月,驾着一辆破火车头赶过了许多年,而切列夫科同志和红军战士在这些星期做的工作,就是许多年别人也做不了。为什么?同志们,因为他们控制住了时间……所有工厂、火车头和矿穴的工人……全强迫时间来为革命服务。同志们,他们战胜时间了。他们是时间的主人。现在他们的火车还要往更远的地方开。同志们,火车是从全国苏维埃大会开出来的,社会主义建设的五年计划就是这儿拟订的——为了实现这计划,十年前,我们的工人和农民、伟大十月革命的主人,作战、牺牲。所以,在结束的时候,让我们希望我们最好的战士和工人切列夫科同志长生不老罢,他是忠诚、可靠的火车司机,开出他的火车,冲过十月革命的火焰,一直朝前开、开过社会主义建设的记程碑——一直开到社会主义。

〔欢呼和音乐。喀尔风开耳进来。他看上去忧郁、消沉,手里捏着一封揉皱了的信。

切列夫科　多谢,同志们。你们非常好。你说,我们是时间的主人?彼特·米海伊劳维奇,你方才说的这句话真好。

喀尔风开耳　Salbaderei!好像是,又成了他们的时间啦。全毁啦。钟表工厂关门啦。赖闵皆耳到俄罗斯来啦。不是我,好像是他们,成了时间的主人。

切列夫科　时间的主人——可不——一点也不错,你们记得,我们在和白卫军作战的时候,怎么样努力在一个短期间完成任务,你们几乎就不能够相信这是事实。好,我们那时候控制住了时间,同志们,我们现在也决不放松。开大会的时候,我们看到一张大极了的苏维埃联盟的地图,在五年计划的期间，我们要盖的工厂全在地图上头，像萤火虫一样在发亮——好，我不妨告诉你们，同志们，我出不来气了。这是一个惊天动地的方案。可是我们知道、而且相信我们要兴建所有这些工厂和发电站，甚至于用不到五年——事实上，四年就够了。因为，同志们，从前我们在前线为十月革命作战牺牲的时候，我们老早就战胜了时间。我们当时既然能够在一年里头做出需要十年做出的事，那么，我们如今，在四年里头，就能够给社会主义打好基础。而且我们一定，同志们，注意我的话，我们一定会打好基础的，因为我们知道我们的目的是什么，而且我们信任我们的党，它在领导我们朝我们的目的前进着。

〔欢呼和音乐。

喀尔风开耳　Alle tausend! 我十年没有能够离开这地方，他们现在倒想用四年挪动全世界！

书　记　快些回来，特洛菲米奇。我们就快盖好车站了；钟已经在上头搁好了。看呀！好，是不是？

切列夫科　（微笑着。）应当这样的，同志们，钟在工作上有头等重要。它是监督、是五年计划的视察。它现在走的是新时间、社会主义的时间。

丽　达　（走向切列夫科，握住他的手。）是呀，你知道，不是吗？你在大会听见千百万人怎么样计算时间来的。你可以告诉我们，切列夫科，什么地方是我们斫第一斧子的标记、什么地方才是我们起始的时间吗？

切列夫科　就是五年计划，日望采娃同志。

喀尔风开耳　五年计划! Salbaderei! 他们又想从我这儿把时间偷去了，就像他们偷去了我十年的寿命一样，就像他们弄走

	我的钟表匠、海特尔堡的伟大的钟表匠一样。
丽 达	好，此后呢？
切列夫科	再一个五年计划。你只要看看它计算上的大小比例就明白了。
喀尔风开耳	他们的计算、又是他们的计算。那么，我那十年又为什么丢掉的？
丽 达	（向切列夫科。）是呀，这是我们的计算，这是我们在历史上斫出来的标记，而这些标记、这些灿烂的时辰改换了地球的面貌。我们已经有过这些标记了，特洛菲米奇！我们往年在前线就有过了，那时候五年在我们就像一霎眼，值一百年，因为我们在那时候震动全世界，改换了它的面貌。
喀尔风开耳	她简直看穿了我的思想。（奔向丽达。）啊哈！是你偷了我的伟大的见解。你看出来在时间的测量上，没有一刻有一定的地位，它也许就是一分，也许就是十年！啊！那么，还回我那十年罢、你的革命从我这儿拿去的那十年！
塔辣土塔	他完全疯了，这个德国人。公民，离开这儿！
丽 达	等一下，别推他，塔辣土塔。什么事，mein Herr?
喀尔风开耳	（清醒过来，向四面望望，手掠过他的眉梢。他的刺激已经过去了。）没什么……Salbaderei! 我丢掉了我的时间。我丢掉了我的表。
塔辣土塔	啊，是这个呀，是吗？表叫人偷去了。可不，有这种事的……
喀尔风开耳	我等这时辰等了十年。我梦想一个时间到海特尔堡制造我的神奇的表，梦想了十年。最后实现的时刻到了，我接到这封信……

丽　达　　　好，信上说些什么？

喀尔风开耳　在德意志已经没有科学了，已经没有工作给有学问的脑磕和灵巧的手做了。制造世界最最精确的器具的赖闵皆尔工厂，如今在做卖两马克二十费尼①的捕鼠机和闹钟。

塔辣土塔　　能用不能用？

喀尔风开耳　伟大的赖闵皆尔已经到俄罗斯找工作来了。该死的卖国贼。Salbaderei！他要为布尔什维克制造表，像五年计划的那些钟表！噢！

　　　　　　〔揪开他的领带。

丽　达　　　放安静罢，mein Herr。只要你们国家那些伟大的技工真心诚意工作，我们国家是能够欣赏他们的。

喀尔风开耳　去你一边的罢！决不！还我的时间！我从时间的心脏抓下来的时刻、拿我的意志的金指甲刺穿了的时刻，你们还了我罢。啊！你们这样做的话，我就把你们的时间也还给你们！时间没有结束、也没有开始，所以能够回来的。啊！我要叫时间回来二十年——一百年！

　　　　　　〔说过这些话，喀尔风开耳冲向鹰架子，开始往上爬。

丽　达　　　拦住他！他要摔下来的！他疯了！

十一

　　〔就在这时候，喀尔风开耳的叫喊中断了，半空什么地方发出砰

---

① 德国辅币，值百分之一马克。

然下落的沉重的响声。大家奔向鹰架子,但是半路被车站忽然响起的清脆的铃声和站长的出现止住了。站长走向切列夫科,只有塔辣土塔有时间爬上鹰架子。

站　长　　时间到啦,安得赖伊·特洛菲冒维奇。火车准备好了开啦。

丽　达　　那么你走啦,特洛菲冒维奇?好,再会。

切列夫科　是的,我走啦,日望采娃同志。先到德聂伯罗彼得罗夫斯克,然后再到尼士尼—诺夫哥罗特汽车厂,然后再到哈科夫火车头厂。大概我就在这儿待下了罢。不过——不见得,也许在这儿我也不停。我倒喜欢朝前走、走,永远向前,到乌拉尔,往更远的地方去。我倒喜欢到每一个兴建钢铁厂的地方、每一个五年计划照亮的地方、每一个社会主义火车经过的地方。现在没有人能够止住它不走了,没有人能够叫它往回开了,像那个古怪的老德国人所想望的。可不,倒说,他在什么地方?

塔辣土塔　(安安静静地走下天桥。)他死啦。

丽　达　　死啦?噢,不会的!塔辣土塔,你在说什么?

〔一片骚动,四面发出惊呼。〕

塔辣土塔　他倒在钟旁边;一定是心脏突然出了毛病。

丽　达　　多怪!他想停住钟不走,拿时间往回拨;显然他也相信他办的到了。关于时间,我们不知道的,他懂的不少。

切列夫科　可是,丽达,战胜时间的不是他,而是我们。

丽　达　　是的。因为他保留他的知识只给最优秀的技工用,可是我们这儿有千百万人,我们全是时间的主人。因为时间只是我们自己放进去的东西,我们要是把我们所有的热心和我们所有必胜的意志放进去的话，时间就可以为我们做出千百年和千百个像这聪明的德国人不能够为我们做出来的事。等那些只为自己活着的人们失去了他们短暂、飘忽的快乐以后，我们照样永远活在面目一新的人类的勤劳和幸福之中。

切列夫科 好，再会，丽达。再会，同志们。我们走啦。来罢，奥耳雅，时间到啦。

〔切列夫科、奥耳雅和别人走进火车。

塔辣土塔 （拿他的便帽往地上一丢。）我觉得我像是把这些母鸡全丢了，也上路了！

丽　达 别心急，塔辣土塔，有一天，我们也要走的。看看我们前面的大宽路罢！

幕

浦罗米修斯被绑

艾斯吉勒斯 著

· 浦罗米修斯被绑 ·

人物

强权
暴力
希分斯特斯①
浦罗米修斯②
合唱队　　　　　欧席阿诺斯③的女儿们。
欧席阿诺斯
艾欧④
赫尔米斯⑤

---

① 希分斯特斯 Hephaestus 是火神，冶铸之神。宙斯 Zeus 和希辣 Hera 的儿子，跛腿，本剧所谓"爱情的皇后"、维纳丝的丈夫。
② 浦罗米修斯 Prometheus 是巨灵艾恩派特斯 Iapetus 和日米丝 Themis 的儿子。一说母亲是克里麦妮 Clymene。"浦罗米修斯"的字义是"先思"。他原先或许是火神，后来希分斯特斯抢去他的职位。人类是浦罗米修斯拿土做的。宙斯要把人类冻饿死，他从天上用茴香管子把火偷到凡间，教给人类种种技艺。宙斯把他锁在高加索山。本剧写的就是这段壮烈故事。另外有一个故事，说他知道宙斯要发洪水淹没人类，他叫他的儿子丢开里翁 Deucalion 和儿媳皮辣 Pyrrha 预先造好一条船，平安渡过九天水患。他们的儿子希腊 Hellen 成了传说中希腊人的祖先。《圣经》的"方舟"故事可以互相参照。
③ 欧席阿诺斯 Oceanus 是环绕地面的河的大神，所有河神与水仙的父亲。地理知识发达以后，外圈的水用 Ocean "洋"这个字，特别是大西洋，Atlantie（大西）从恩提拉斯 Atlas 得到，因为恩提拉斯被宙斯罚在西方顶天，地点就在非洲北部"洋"的岸边。内圈的水叫做地中海，另有大神，和欧席阿诺斯不相干。
④ 艾欧 Io 是阿尔高司 Argos 国王的公主，宙斯恋爱她，怕皇后希辣害她，把她变成牛犊。她流落在埃及，成了埃及的女神艾席丝 Isis。
⑤ 赫尔米斯 Hermes 是宙斯和麦婀 Maia 的儿子，发明七弦琴，商贾和窃盗全崇拜他。他是神使，同时是路神，财神，赌神和睡梦之神。

〔景：西日亚①一座巉岩嶒崚的山峡。强权和暴力进来，押解浦罗米修斯上。希分斯特斯伴着他们。

强　权　我们总算来到大地的尽头，西日亚这荒无人烟的地带。希分斯特斯，动手罢，天父吩咐你拿金刚石结成的牢靠锁链，把这暴徒捆在峥嵘的石头。就是这家伙，偷了万能的火焰，你自己明烂的花，给了凡人。现在，他为他所犯的罪承受神明的惩罚；只有这样，他或许可以承认宙斯②的统治，舍弃他对人类的爱。

希分斯特斯　啾，强权，暴力，你们完成宙斯的命令，没有任务了；可是我呀，——把一位本族的神用力绑在这严冬咬啮的山峡，我还短少一些勇气。天父的旨意偏又那样严峻，我必须硬起心肠来做。（向浦罗米修斯）啾，谨慎的日米丝③的慷慨的儿子，不由你，也不由我，我拿起手解不开的铜链，把你拴在这荒凉的石头。你在这里将听不见人声，也看不见任何人形。经不起太阳的火焰的炙烤，你的皮肤将要换掉它润泽的颜色；你将感激满天星宿的夜晚来把白昼遮掩，你将再感激太阳来把早晨的白霜驱散。不停不断的痛苦永远消蚀你的气力，使你疲倦，因为你的救星还没有出世。看呀，

---

① 西日亚 Scythia 在黑海以北、里海西北、顿河一带，古人把这里看做地的尽头。土著游牧为生，擅长骑马射箭。
② 宙斯 Zeus 是克罗诺斯 Cronus 和芮娴 Rhea 的儿子，推翻父亲的统治，成了神明的领袖。他享有无限的威权，唯一的限制是神秘莫测的命运。他的标志有笏，鹰，雷，橡树等。除去妹妹希辣是他的皇后之外，他在女神和女人中间，有许多恋爱故事。
③ 日米丝 Themis 是天的大神尤辣诺斯 Uranus 和地的大神吉娴 Gaea 的女儿，一说她嫁给宙斯，象征公道，是三位四季女神的母亲；一说嫁给艾恩派特斯，能够预言，是浦罗米修斯的母亲。剧中采取后一种说法，把她看做地神。

> 这就是你对人类慈悲的好处：你，干犯众神之怒，把凡人不应当有的荣誉给了他们；所以你就得守着这愁苦的石头，想困，睡不着，腿挺直了，倾出你不断的呻吟和无人管理的呼号；因为宙斯不会回心转意，新握权的手一向残酷。

强　权　也许是这样子，不过，怜悯顶不了事，何必一味耽搁？他把你主要的光荣出卖给凡人，你就不恨这神明的仇敌？

希分斯特斯　亲戚和老友全有应得的情分。

强　权　话倒不错，可是什么地方是违抗天父旨意的力量？难道你不害怕？

希分斯特斯　你一向冷酷，残暴无度。

强　权　光可怜他也无济于事。没有好处的闲事顶好少管。

希分斯特斯　唉，如今我多恨我心爱的手艺！

强　权　为什么恨？说实话，眼下这些灾难跟你的技艺并不相干。

希分斯特斯　但愿技艺不是我的，是别人的就好了！

强　权　忧愁不分彼此，除非一个人做了天上的主宰；没有一个人真正自由，只有宙斯除外。

希分斯特斯　手头的工作就是证明；我不能够否认。

强　权　那么，赶快把他的镣铐上好，别让天父发觉你在偷懒。

希分斯特斯　看这手铐，已经好了。

强　权　举起你的锤子，重重地，重重地拿它扣住他的手；把他牢牢钉在石头上。

希分斯特斯　我正在钉。钉好了。

强　权　往紧里锤，抽紧链子，不要让东西松了；他有的是怪本事，没有路子的地方找得出路子。

希分斯特斯　钉好一只胳膊，谁也解不开。

强　权　绑好另一只，别大意；叫他知道当着宙斯，他的诡计都只是胡闹。

希分斯特斯 除去现在不算,我的技艺从来没有害过人。

强　权 现在,把金刚石楔子的尖牙,使劲打进他的胸脯。

希分斯特斯 哎,浦罗米修斯!我为你的痛苦呻吟。

强　权 你退缩?你为宙斯的仇敌呻吟?当心为你自己呻吟。

希分斯特斯 你看这景象真惨!

强　权 我看他罪有应得。——好,收紧那捆他的腰的带子。

希分斯特斯 一定做就是了;你不必过分催我。

强　权 可是我得催你往快里赶。现在,靠底下;用力勒紧他的腿。

希分斯特斯 做好啦;费不了多少时间。

强　权 扣牢破皮流血的脚镣;记住监工的严格要求。

希分斯特斯 你的话凶,如同你的脸凶。

强　权 你要心肠软,软好了!别嫌我狠,也别骂我酷刻。

希分斯特斯 我们好走了;现在,他的手脚全绑好了。

〔希分斯特斯下。

强　权 你在这里,荒唐鬼,放肆你的罢!如今,偷神的荣誉,送给你那些短命的人罢。告诉我,凡人会为你减除这些苦刑吗?神明把你叫做浦罗米修斯,"有计谋的",叫错了,因为想要挣脱禁锢啊,就没有谲诈的计谋帮你。

〔强权与暴力下。

希分斯特斯 (独自,歌唱)

啾,神圣的空气,和快翅膀的风!
你江河的泉源,和你
万顷海浪的闪烁的笑!啾,地,
母亲!和你,照耀万物的太阳!——

我对你们呼吁；看呀！
看我一尊神，受众神迫害。

看呀，随着岁月迂徐的旋转，
我必须和什么样可怕的苦楚挣扎，
天上的新主为了磨难我，
想出这些骇人听闻的刑罚。
苦！苦！我为眼前的祸殃呻吟，
也为那些要来的祸殃呻吟，
我就不知道在什么样
遥远的天边才会升起
那解放的黎明。

我说的是什么？未来
清清楚楚在我的眼下经过，
也没有恶运会出其不意地害我。
命运的意志我们应当尽量
往轻里承当，既然知道
反抗定数①是白费气力。
我不能够缄默，我不能够
说破这些奇怪的灾难。看呀，
我就是那秘密偷火的，
把火种私下藏在茴香管子，

---

① 定数 Necessity 是一位女神，铜指甲，揪牢命运的旨令，神人全抗拒不了她。希腊名字是阿南基 Ananke。

成为一切技艺的先生,
送给凡人所有的福利。
现在带上刑具,在露天底下,
我受到这种处罚。

啊噫!
是什么呢喃朝近里飞翔?
是什么看不见形体的气味?
是什么神,还是一个人,
还是一种居间的族类?
他来到这天涯海角,
冷眼观看我的苦难,
还是另有别的打算?
——看我上了刑,不幸的神,
宙斯的仇敌,在他宫里
出入的神明全都恨我,
仅只由于我的爱,
我对人类太大的爱。
唉!我又听见呢喃
好像一群翱翔的鸟,
翅膀轻快的扇动让空气
起了洄漩。不管是什么东西
靠近,我全害怕。

〔合唱队,欧席阿诺斯的女儿们,乘着有翅膀的车,上。

合唱队 (歌唱)

(首节之一)①

不要害怕；我们扇起同风
比快的翅膀，充满友谊，
急急赶到你的崖前。
我们一说服我们的父亲，
迅快的微风就把我们送到。
响亮的锻铁的声音一直
传到我们海底的洞府；
好奇心撵掉我们女儿的娇羞；
没穿鞋，驾着有翅膀的车，
我们就连忙往这里飞。

浦罗米修斯

唉嗜！唉嗜！
你们提仁丝②的孩子，
欧席阿诺斯老爹的女儿，
他永远掀起不疲惫的潮汐
兜着全世界流动，——
看呀，我如今让链子
锁在这山峡的悬崖上，
永远做着无望的守望。

合唱队

---

① 合唱队 Chorus 的歌舞，有一类是三节 triad；首节 strophe（旋转）表示唱时走动的方向；次节 antistrophe 是对称的，唱时形成另一种相反的旋转方向；每两次歌舞之后，可以再来一次（首节之二，次节之二）；它们的节拍彼此相同；最后，末节 epode，变化节拍，结束全部歌舞。
② 提仁丝 Tethys 是尤辣诺斯的女儿，嫁给欧席阿诺斯。

415

(次节之一)

啊，浦罗米修斯，我看见

你的身体绑在这块石头，

吃苦受难，奄奄一息；

一片像是受了惊恐的雾，

一片眼泪的云遮住我的眼睛；

新的舵手在天上领导，

宙斯立下新的法，

违法统治，把旧的权势

流放到顶黑顶暗的地方。

浦罗米修斯

但愿他把我也扔了进去，

带上这些残忍、牢靠的刑具，

下，下到地底下，

在宽阔的海狄斯①底下，

那里活着数不清的鬼族。

下到塔尔塔洛司②的无底深渊！

那里没有神、也没有凡人

冷眼看我毁灭。如今我吊起

像一架风的玩具，我的痛苦

在我的敌人是一种喜悦。

---

① 海狄斯 Hades 是克罗诺斯的儿子，和宙斯是兄弟，推翻父亲的统治，他分到的权位是地下，治理阴曹，通常叫做浦路陶 Pluto，象征地下的财宝，又成了财神。剧中把他统治的地府叫做海狄斯。
② 塔尔塔洛司 Tartarus 是地府的一部分，远在地下，如天之与地，有铁门，宙斯把他的政敌关在这里。

合唱队

(首节之二)

神明之中谁这样心狠?
对于谁你的忧愁
是一种欢悦?除掉宙斯,
谁不感到你身受的痛苦?
可是他,心性永远暴烈,
统治着天上的儿女;
除非他的心有了满足,
或者用诡计夺去他的权势,
他也永远不会放弃。

浦罗米修斯

是呀,时辰到了,这位天君
尽管幸福,一样要向我下问,
别看他绑起我来拷打我,
也要哀求我说出秘密,
夺去他荣誉和宝座的计谋。
甜言蜜语打不动
我的心,我也不会
因为他的恐吓就惶惶无主,
透露消息给他知道,
除非他先松开这些锁链,
为了我的种种痛苦,他也
低下头来受我审判。

合唱队

(次节之二)

你真胆大，灾难屈服
不了你，你想说什么
就照直说了出来。
恐怖穿透我的心，
我为你害怕，请问，远处
哪里是和平的海岸接你？
克罗诺斯①的儿子是严酷的，
求他他也不理。

浦罗米修斯

我知道他是铁石心肠，
我知道他把正义握在手心；
可是我想，他的骄傲要受挫，
他的心肠要变柔和，
他的盛怒要朝恶运低头；
就是他，也要来哀求我，
脾气温和多了，
求我同他建立友谊。

领　队　把整个故事讲给我们听。你犯了什么罪，宙斯这样可耻地、狠毒地拷打你？不碍事的话，告诉我们。

浦罗米修斯　讲这些事痛苦，沉默也痛苦，左右全难受。当初神明动怒，分成两党，有的要把老克罗诺斯轰下宝座，让位给宙

---

① 克罗诺斯 Cronus 是尤辣诺斯的儿子，推翻父亲的统治，自己又被儿子宙斯推翻，被拘禁在塔尔塔洛司。

斯，有的决定不要宙斯统治神明，于是我帮泰坦们[①]、天和地的儿女出聪明主意，——不过全没有用。他们小看我的神机妙算，自以为孔武有力，容易得胜。我的母亲日米丝（或者叫做地，一个人，有许多名称）常常把未来的消息预先讲给我听，并且警告我，权势和武力赢不了仗，只有诡计才成。所以我帮他们出主意，他们不耐烦，掉转了头。事情落到这一步，我觉得最好的办法是听从母亲的指示，把我的意志和宙斯的意志合为一个。由于我的策略，克罗诺斯和他的党羽如今被关在塔尔塔洛司的黑洞。天上新的暴君就这样利用我，就这样拿这些刑罚奖赏我。不看重友谊，原是暴君的惯例。你问他为什么收拾我；现在听听这个原因。他一抢到父亲的宝座，就开始分疆裂土，酬谢神明的功劳。但是对于可怜的凡人，他不但不过问，反而一心要剔除干净，另造别的族类代替。只有我反对他的计划，只有我敢和他作对；他要把人类打进海狄斯，我把他们救了。所以我就受到这种苦不堪耐、惨不忍睹的处分。我怜悯凡人，但是我自己得不到怜悯：没有怜悯地我就这样被制裁了，成为宙斯笑骂的景象。

领　队	啧，浦罗米修斯，谁看见你的祸殃不生气，就是石头做的，心也是铁打的。不看倒也罢了，看了，我心里难过。
浦罗米修斯	对于我的真正朋友，我是悲惨的景象。
领　队	不过，也许是——你没有别的罪过了吗？

[①] 泰坦们 Titans 指克罗诺斯的兄弟姊妹，六男六女，后来全被宙斯关在塔尔塔洛司，除去欧席阿诺斯。属于他们的后裔，特别是帮过他们作战的，也都归在泰坦一族。通常也有译成"巨灵"的。

浦罗米修斯	由于我的缘故,人类事先看不见死亡了。
领　队	什么药方能够医治这种沉疴?
浦罗米修斯	我给他们盲目的希望。
领　队	啵,这对凡人是了不起的恩惠。
浦罗米修斯	尤其是,我给他们火。
领　队	那么,在他们短短的一生,他们有了炎炎的火?
浦罗米修斯	他们仗着火,要学会许多技艺。
领　队	难道宙斯就为了这种罪过——
浦罗米修斯	折磨我,不停止,也不放松。
领　队	难道你的挣扎就没有一个了局?
浦罗米修斯	没有,除非他觉得高兴。
领　队	什么时候他才高兴?有什么希望?你看不出你错了吗?你错了,我不该对你讲,忧愁要我对你讲。不必谈了,想法子退出冲突才好。
浦罗米修斯	有福之人劝劝无福之人确实容易。可是我就知道这个;我是睁开眼睛、心甘情愿走上错路的;我不否认。我帮助人类,不过帮助不了我自己。我梦想不到我会吃苦受难,在这绝崖,在这荒凉寂寞的山峡,徒然毁掉。不过,不必哀悼眼前这些祸殃了;还是降到地面,听一下就要到来的忧患和一切就要发生的事故罢。我请你留意我的话;同情一个如今遭逢不幸的神;因为忧愁一时飞到这里,一时飞到那里,一个一个轮流拜访。
合唱队	(歌唱) 啵,浦罗米修斯,我们在听你讲。 ——看呀,我们提起轻轻的脚 走出飞快的车;我们离开

洁净的空气,飞鸟的道路;

现在,我们下到不平的地面。

我们听、我们等候你讲

你的苦难的故事。

〔欧席阿诺斯上,骑着有翅膀的马。

欧席阿诺斯

我看你来了,啵,浦罗米修斯;

骑着这快翅膀的鸟,

不用缰勒约制,

它就明白我的心思,

我从远地飞来,

虽说疲倦,终于到了。

你的痛苦使我痛苦;

我们是亲戚,就算不是,

我尊敬你也在尊敬别人之上。

我说的是真话,

我不懂得信口恭维。

好,告诉我,我怎样效劳;

你永远不会对人宣称

欧席阿诺斯不够朋友。

浦罗米修斯 喝!我看见了谁?怎么,难道你也来到这里看我毁灭不成?你什么地方来的胆量,居然离开你的长江大河,你石头盖子的天然洞穴,来到我们的地,铁的母亲这里?你还是来观看我的苦命,义愤填胸?看这景象!看我,宙斯的朋友,帮他抢到宝座,如今被他拷打成了这样。

欧席阿诺斯	浦罗米修斯，我看见了；你虽说诡计多端，我还是劝你谨慎。学着认识认识，如今神明有了一位新的暴君，你必须换换新的方式适应。你老骂那些尖刻的粗话，宙斯高高在上，就许远远听了去，那你现在的忧愁倒像孩子们的游戏了。所以，噢，可怜的受难者，把气忿搁在一边，想法子减轻一下你的祸患。我的劝告或许是老生常谈，不过你自己看得出来，话太倔强了没有好报。你没有学到谦让，也不肯依顺横暴，一味只要给你现在的苦难添上新的苦难。拿我当做你的先生看，还击不得，因为统治上天的是一位严厉的皇帝，对谁也不负责。现在我去试试把你从这种痛苦的情况解放出来。你要放安静，收住你的狂妄的语言。难道聪明的你还不知道闲言匪语招惹什么刑罚？
浦罗米修斯	我为你欢喜，当初和我一同出生入死，你居然没有卷在里头。请你不必操心了；他打定主意，你说不动他。而且要当心，你这一去就许给你带来祸事。
欧席阿诺斯	你为别人设想，比为自己聪明：我说这话，有事为证。不过，不必阻挡我去，我夸口，是的，我可以夸口，宙斯一定答应我的请求，解除你的痛苦。
浦罗米修斯	你有一副热心肠，我永远感谢你，记住你的恩情；只是，你不必麻烦了；尽管你热心，这没有用，你的关切帮不了我忙。放安静罢，留心脚踏上了陷阱。我苦，让我独自苦去好了。不就是独自，因为我的兄弟恩提拉斯①的命运也

---

① 恩提拉斯 Atlas 是浦罗米修斯的兄弟，字义是"扛大活的"，传说天是最高的峰峦顶住的，恩提拉斯帮助克罗诺斯打仗，失败后，被宙斯罚在西方顶天。参看欧席阿诺斯一注。

在我的心上。他站在遥远的西方，肩膀抗着天地之间的巨柱，分量实在沉重。还有急躁的泰浮斯①，地的儿子，一百颗头，住在西利西亚②的洞穴，为暴力所摧，我看着难过。因为他抵抗众神，可怕的喉咙发出恐怖的嘶鸣，眼睛射出高尔贡③的火焰，好像能够夺去宙斯的宝座；但是宙斯的武器接二连三落在他的身上，飔急的电喷出火焰，就在他高声矜夸的时候，击中他的心，把他烧成灰烬，雷抽掉他的气力。如今他成了一个不中用的躯干，匍匐在海峡旁边，埋在艾提纳④的山脚底下；同时就在高高的顶尖，希分斯特斯锻炼着熔了的生铁。所以，有一天，我想，会涌出火的河，张开大口，吞掉出产好果子的西西利⑤的宽阔的田畴，——宙斯的雷烧焦了泰浮斯，但是他那样忿怒，喷出火焰，热气变成一阵可怕的沸腾的暴风雨。——你不是没有经过考验，用不着我做先生。救你自己罢，你知道怎么样做顶好；让我吸干这灾难的汪洋，直到宙斯心平气静为止。

欧席阿诺斯　浦罗米修斯，你不知道有些话医治恶劣的心情？
浦罗米修斯　是的，如果安慰来的是时候，也不猛然就把心头上升的怒火往下捺。

---

① 泰浮斯 Typhoeus 是一个可怕的妖怪，有一百颗头，喷火，引起飓风，和宙斯争夺天下，被雷殛死。
② 西利西亚 Cilicia 在小亚细亚东南一带。
③ 高尔贡 Gorgons 是三个女妖怪，蛇做成她们的头发和腰带，有翅膀，铜指甲，庞大的牙。美丢萨 Medusa 是她们中间名声最大的一个，本来长得很美，得罪阿伊娜 Athena 女神，才被女神变成这样可怕的。谁遇到她的视线，谁就变成石头。
④ 艾提纳 Altna 是西西利岛上的火山，在东北角。纪元前四七五年，火山爆发过一次，剧作者可能知道。他去过几次西西利，最后在岛上去世。
⑤ 西西利 Sicily 是地中海的一座大岛，在意大利西南。

423

欧席阿诺斯	谨慎，热心，又有勇敢在一起，告诉我，这里有什么危险。
浦罗米修斯	白辛苦一趟，也就是显得头脑简单。
欧席阿诺斯	求你了，由我胡闹去罢；因为，有聪明，显不出聪明，才是道理。
浦罗米修斯	你的使命只是胡闹，像我也有份。
欧席阿诺斯	你说这话明明要我回去。
浦罗米修斯	你为我流的眼泪会为你招惹仇恨。
欧席阿诺斯	你是说他的仇恨，新登基的皇帝？
浦罗米修斯	是呀，他的；当心别把他惹恼了。
欧席阿诺斯	浦罗米修斯，你的灾难是我的先生。
浦罗米修斯	走罢，去你的罢，保住你现在的心境。
欧席阿诺斯	你催我走，我这就走。看呀，有翅膀的牲口扇着空气的宽阔的道路。

〔欧席阿诺斯下。合唱队开始歌唱。

合唱队

（首节之一）

啵，浦罗米修斯，我为你哀伤，

我为你不幸的命运哭泣；

好像解了冻的大水，

眼泪从我的眼睛流下来，

浸湿我的脸颊。

啵，横暴的法律，宙斯的笏，

你运用专制的威权，

统治古时的神明！

（次节之一）

听呀，整个土地在高声呻吟；

浦罗米修斯，住在西方的人民

为你悠久的朝代

和你亲族的权势哀悼；

那些在神圣的亚细亚

兴家立业的人们，

听见你的号哭也在哀悼。

（首节之二）

还有她们，考耳基司①地方

一群好战的女郎；

还有西日亚人，

住在大地的边沿，

靠近遥远的米奥提司②湖。

（次节之二）

还有亚拉伯的壮士，

铜枪的砰磕震彻战场，

靠近高加索，

在他们凌空的砦堡，

为你的命运呻吟。

（末节之一）

还有一位泰坦的神，

孔武有力的恩提拉斯

被金刚石链子绑住，

---

① 考耳基司 Colchis 是黑海以东的地带，高加索山是它的北界。
② 米奥提司 Maeotis 湖即亚速 Azov 海，在黑海之北。

425

我看见他呻吟痛苦，

背上还托着众天的穹窿。

（末节之二）

同时海水在深处哀悼，

波涛的汹涌永远

和着他的哭声呜咽；

神水为他的痛苦

发出怜悯的叹息；

同时下面，看不见的世界，

远远从它黑暗的深渊，

唧唧哝哝地响应。

浦罗米修斯　不要以为我沉默由于傲慢；为了我遭受的迫害，无声的忿怒咬啮着我的心。可是谁拿光荣送给这些新的神明的，不是我，又是谁？不过，不说这个了，你们已经明白事实的真象。还是听听人类的悲惨的故事罢。他们先前是小孩子一样活着，直到我送给他们理解力和一部分理智，才改好了；我说这话，并非侮蔑凡人，只是想要表白我的恩情的广大。因为他们视而无睹，听而无闻，仿佛梦中的形象，一辈子就在混乱之中渡过。在温暖的阳光里面，他们没有砖砌的房屋，或者木搭的建筑，仿佛小蚂蚁，住在地底下不见太阳的洞穴里面。他们不知道冬天要到了的一定的征记，或者开花的春天和结果子的夏天的消息；他们劳作永远没有目的，后来还是我教他们，照着星宿的上升和难以理解的降落，辨别季节。我为他们创造数目，最主要的发见；我教他们聚拢字母，技艺的主妇，缪丝①们的母亲，做成过去的纪念和记录。我首先把牲口套在轭下，驮人载重，从最苦的劳作救出凡人；我把骄傲的马驾在车前，教它服从缰勒，做成财富奢华的点缀。我为水手行海的船舶又设计好了麻布的翅膀。我为人类想出这些发明，可是为我自己，唉！我就没有诡计逃避灾难。

领　队　　忧愁和耻辱是你的份：你了解错了，走了岔路；好像一个可怜的郎中病倒了，你绝望，找不到药方医治自己的病。

浦罗米修斯　听听我此外的发明和许多技艺，你要越发惊奇了。他们生了病，没有药材医治，没有药膏，没有缓和的药剂，只得憔悴下去；这就是我最大的恩惠：我教他们配合良药，驱除所有的疾病。我指出许多占卜的方式：我首先教他们详梦；听见一半或者偶而听见的语言和道路的邂逅，我找出巧妙的方法解释；有硬爪子的鸟飞过，我清清楚楚指出其中的吉凶，它们不同的生活方式，它们中间的纠纷，它们的友谊和配偶；我教凡人注意神明喜爱的脏腑的滑润肥圆，胆的颜色，和肝叶的斑点的对称。炙烤长的脊椎和脂肪包裹的大腿，我传给人类一种秘方；神坛的火焰从前没有意义，我帮他们读出道理。不谈这些发明，再说地里隐藏的宝物，铜、铁、银、金，全对凡人有益，——除去我，谁能够夸口发现它们？没有一个，我想，除非是他闲吹牛。是的，你听好了，总而言之，——人的技艺全是浦罗米修斯传授的。

---

① 缪丝 Muses 是宙斯和记忆的女儿们，九位文艺女神：历史、天文、史诗、颂歌、悲剧、喜剧、合唱歌舞、抒情诗、色情诗。

领　队	不要太关心凡人，忽略你自己的利益。真的，我希望有一天，恢复自由，你和宙斯的权势相等。
浦罗米修斯	号令一切的命运还没有吩咐放我；不过，许多年后，受够了灾难痛苦的蹂躏，我就要恢复自由的。仿制者的技巧远在定数之下。
领　队	那么谁掌着定数的舵？
浦罗米修斯	三位司命①和不忘旧恶的报复②。
领　队	宙斯不如她们厉害？
浦罗米修斯	命里注定的，他逃不脱。
领　队	命里给宙斯注定的还不就是无尽期的统治？
浦罗米修斯	不要问了，也不要执意想知道。
领　队	你留着严重的秘密不讲。
浦罗米修斯	不必谈了；时机不到，秘密必须深深盖起。保守这个秘密，我有一天就会逃出这场迫害和囚禁的羞辱。
合唱队	（歌唱）

（首节之一）

宙斯大权在握，

但愿他不拿力量

打击我脆弱的意志，

但愿我在欧席阿诺斯的岸上，

靠近父亲的止不住的大水，

礼拜神明，永不忽略

---

① 司命 Fates 是三位女神，纺织生命的线，神人都受她们支配。纺织生命的是克楼陶 Clotho，分配的是拉开席丝 Lachesis，收回的是婀特罗波丝 Athropos。
② 报复 Furies 是三位女神，有翅膀，头发里有蛇，眼睛流着血。她们的职司是复仇，特别是亲族的血仇。

神牛的献祭。但愿我出言

永不得罪,而且这种决心

长久住在我的灵魂。

(次节之一)

是呀,在强烈的希望里头,

延长我们的岁月

是甜蜜的;同样甜蜜的是,

不断出现的喜庆做成

心的滋养。我为你,

为你重重的忧患的分量,

浦罗米修斯,颤栗;

是呀,你不怕宙斯,坚持

成见,过分敬重凡人。

(首节之二)

啾,朋友,你施恩得不到酬谢:

凡人朝生暮死,哪里是

他们的勇敢,他们的援助?

你没有发见他们的弱点,

他们无能的盲目?他们

在这里就和梦里一样行动?

他们的建议永远粉碎不了

宙斯已经安排好了的和谐。

(次节之二)

我也想到这种智慧,看见

你可怕地毁掉,浦罗米修斯。

唉,多大的变化!当初你的财礼

赢去我们的姊姊希萧妮①，

她大喜日子进了你的家，

我围着浴缸和床，

唱着你的喜歌，

尖尖的新婚的曲子，

什么样不同的音调！

〔艾欧上，一部分变成牛犊，后面跟着阿尔格斯②的阴魂。她在一种半疯的情态。

艾　欧　（歌唱）

我来到什么地方？什么民族？

我看见谁让链子

拴在这风吹雨打的石头？

你犯了什么罪，

落到这种地步？

唉，苦难把我带到什么远地方？

阿尔格斯的幽灵跟在后头，

唉呀！牛蝇又叮了我一口。

救救我，噢，地！

我又在恐怖中看见这位看守；

他在那边，他有上千上万的眼睛

盯着我。已经埋了的死人

---

① 希萧妮 Hesione 如果是浦罗米修斯的妻，欧席阿诺斯成了他的岳父。但是，浦罗米修斯的妻有种种说法，并不统一。

② 阿尔格斯 Argus 是一个有一百颗的眼睛的妖怪，希辣派他看守变成牛犊的艾欧，宙斯差遣赫尔米斯把他杀了，希辣把他的眼睛移到她心爱的孔雀的尾上。剧中是他的阴魂远远跟定了艾欧，已经在杀死之后了。

土地怎么就不严严藏好?
他跑出地狱来追我,
我在悠长的海滩奔波,
又是疲倦又是饥饿;
他的尖锐难听的笛管
用蜡连住,永远吹出
催眠的嗡嗡的音调。
唉嘻!
我漂泊到什么远地方?
啵,宙斯,我犯了什么过失,
什么罪,把我和苦难锁在一起?
疯狂为什么螫我,
永远不给我休息?
让火把我烧焦了罢,
让地缝把我吸了进去罢;
或者海怪把我吞了罢;
只是,啵,伟大的天皇,
求你让我喘一口气!
我漂泊够了,我疲倦,
我仍然看不到休息。
(向浦罗米修斯)
——你听见我讲话没有,
我这长着牛犊犄角的女郎?

浦罗米修斯　　我听见艾纳可斯①的疯孩子,

　　　　　　　她拿爱火点起伟大的宙斯的心,

　　　　　　　如今由于希辣②的妒恨,

　　　　　　　永远躲着后头的螯刺。

艾　欧　（歌唱）

　　　　　　　那么,你认识我的父亲?

　　　　　　　请问,你又是谁,

　　　　　　　这样喊着我的名字?

　　　　　　　啾,顶悲惨的名字!

　　　　　　　还知道这天降的疫疠。

　　　　　　　和这撑着我螯的刺?

　　　　　　　唉呀！看啊,希辣生气,

　　　　　　　拿诡计收拾我,

　　　　　　　我又是饥饿又是央求,

　　　　　　　疯子一般蹦跳过来。

　　　　　　　谁在这灾难的世界

　　　　　　　像我这样受苦?

　　　　　　　——可是你,假如你能够,

　　　　　　　讲讲前头有什么忧愁等我,

　　　　　　　我可以找到什么药膏医治。

　　　　　　　说罢,我这忧愁漂泊的女郎求你。

---

① 艾纳可斯 Inachus 是欧席阿诺斯和提仁丝的儿子,是阿尔高司 Argos 头一个国王。
② 希辣 Hera 是克罗诺斯和芮娴的女儿,和宙斯是兄妹,后来成了夫妇。她在阿尔高司很受尊敬。她和宙斯可以说是天上仅有的正式夫妻,但是并不和好,宙斯的行为常常引起她的妒忌。

浦罗米修斯	你想知道的,我愿意详细告诉你;不是暧昧的谜语,而是清楚明白、像朋友之间应有的语言。看呀,我就是拿火送人类的浦罗米修斯。
艾 欧	你赐恩凡人,让他们自足自给,——可是告诉我呀,噢,忍耐的浦罗米修斯,你为什么受到惩罚?
浦罗米修斯	可是如今我已经不为这些灾难啼哭。
艾 欧	难道你拒绝我这简单的要求?
浦罗米修斯	你要求什么?我全可以告诉你?
艾 欧	说呀,谁把你绑在崚嶒的山峡?
浦罗米修斯	宙斯的意志,希分斯特斯的手。
艾 欧	你犯了什么罪,这样处罚你?
浦罗米修斯	我已经对你讲够了;别再问下去了。
艾 欧	另外一个要求:我的漂泊什么时候终了?什么时候我会得到和平?
浦罗米修斯	你还是不知道的好。
艾 欧	我以后要受什么苦,你不必隐瞒。
浦罗米修斯	我个人倒也愿意答应。
艾 欧	那你为什么迟延?我要全知道。
浦罗米修斯	不是小器;我不肯伤你的心。
艾 欧	我自己要听,你不必多顾虑了。
浦罗米修斯	好罢,你既然这样情切,就听我讲罢。
领 队	不,等一等。也赏我一份体面。让我先听她讲她的忧愁和她受到的祸殃的故事。然后你再对她讲,她还有什么挣扎。
浦罗米修斯	现在该你,艾欧,答应这个请求。合适的,因为她们是你父亲的姊妹。伤悼我们的命运,听者眼里噙着眼泪回答,

433

　　　　　　我想，时间并不浪费。

艾　欧

　　　　　　不理你们的愿望做不到；
　　　　　　我的话你们如果相信，
　　　　　　就不白说了。像一个人
　　　　　　边讲边哭，我讲我的忧愁，——
　　　　　　上天在我的心里引起
　　　　　　什么样错落、扰乱的奇迹。
　　　　　　我的形体怎样变成走兽。
　　　　　　因为我睡在我的闺房，
　　　　　　常常在夜晚昏沉的时间，
　　　　　　看见奇形怪状，一个一个
　　　　　　微笑，呢喃着："啾,幸福的女郎。
　　　　　　上天的爱在呼唤,何苦长久
　　　　　　珍惜你处女的寂寞？你长得美，
　　　　　　天上的宙斯看中你,一心就想
　　　　　　跟你作爱。是呀,乖孩子,
　　　　　　别嫌弃他。现在,你一个人
　　　　　　溜到莱尔纳①草地,你父亲的牧场，
　　　　　　那里有光溜溜的牛羊在吃草，
　　　　　　你的依顺或许会在这里
　　　　　　平息主上眼里的热情。"
　　　　　　这样的梦,带着恐惧,充满睡眠的时间，
　　　　　　我临了不得不全讲给父亲听。

---

① 莱尔纳 Lerna 在阿尔高司郊外，有一条小河也叫这个名字。

他心乱了,三番四次

打发信使到皮仁雅的戴耳分①

和遥远的道道纳的说话的橡树②,

去问怎样做,或者说什么好话,

才能够争到上天的赦免。

他们带回来的神谕,永远闪烁,

暧昧,详解不出。可是,最后,

来了一道清楚、残忍的宣示,

啾,太清楚了!盼咐他把我

撑出家乡,在寂寞的道路,

在世界的荒野,漂泊流浪。

可怖的语言带来恐吓和命令,

他敢不服从,宙斯的盛怒

就要发出燃灼的雷电,

毁灭他的种族。他一直犹疑,

可是阿坡楼③警告的声音

和宙斯对他灵魂的控制占了上风,

他赶出我,我一生青春的喜悦就在

为他和为我的哀怨之中结束。

我的形体立刻变成这种怪样子,

额头这里长出犄角;

---

① 皮仁雅的戴耳分 Pythian Delphi 在希腊北部怕尔纳嵩司 Parnassus 山的南坡,这里有著名的日神庙。庙祝叫做皮仁雅 Pithia,代替日神答复疑难。它是希腊香火最盛的神庙。
② 道道纳 Dodona 在希腊西北,最古的神谕所在,享祭者是宙斯,风吹橡树作声,祭司代为解答。
③ 阿坡楼 Apollo 是宙斯和丽透 Leto 的儿子,日神。

　　　　　　不知足的牛蝇疯狂地叮我，
　　　　　　狂蹦乱跳，我来到莱尔纳井
　　　　　　和辛克芮伊①的甘泉；
　　　　　　阿尔格斯，地的儿子，野蛮，不睡觉，
　　　　　　清醒的眼睛盯住我的脚迹，
　　　　　　跟定我。一种意想不到的命运
　　　　　　虽说把他征服了，可是螫人的牛蝇
　　　　　　和他的鞭子，仍然跟在后头。——
　　　　　　这就是我的故事；现在，
　　　　　　你要是预言得了未来的苦难，
　　　　　　说罢，不必拿怜悯的假话骗我；
　　　　　　我把文饰的语言看做最险的病症。

合唱队　　（歌唱）
　　　　　　啾，奇怪！啾，难以相信！
　　　　　　想不到我的耳朵会听到
　　　　　　这样出奇的语言，
　　　　　　这样一个恐怖、
　　　　　　悲痛和灾难的故事。
　　　　　　我的灵魂受伤，我的心
　　　　　　全是同情。啾，命运；
　　　　　　可怜呀，命运！看着
　　　　　　这位姑娘的遭遇，我颤栗。

浦罗米修斯　别就急着悲伤，别一下子就害怕。你们应当等一等，听听下文。

---

① 辛克芮伊 Cenchreae 泉在阿尔高司境内。

领　队	说罢，全讲给我们听；病人先知道有什么痛苦要来，心倒安了。
浦罗米修斯	你们先前的请求，愿意先听她亲口叙说她受苦受难的故事，我轻易就答应了你们；现在听一下希辣为这位姑娘留下的祸患。——啾，艾纳可斯的女儿，记牢我的话，也好知道你漂泊的结局。——首先转向出太阳那边，走过一片没有耕过的田野，来到西日亚土著跟前，一族强大的弓箭手，旋转自如的大车搭着柳条编成的房屋，他们就高高住在上面。不要挨近他们，穿过土地，永远贴住由克辛①的浪花冲击的海滩。靠左住着开里布斯②有名的铁匠，一个野蛮民族，不过问外乡人；务必提防他们。随后你来到强暴河，过不去，凶险如同它的名字；除非到了高加索，最高的高山，河水翻过悬崖，滔滔长流，不要过河。这里，翻过和星星做邻居的峰顶，你必须辛苦挣扎，朝南方的路走；不久你就遇到大队阿马松③，永远仇视男子，她们有一天要迁到日米西辣④，靠近惹尔冒顿⑤河居住。萨米狄嵞司⑥在这里对海张开它的饕餮大口，做成异乡水手的恐怖，船舶的凶狠的继母。好在你有阿马松们为你带路。你穿过湖的窄门，来到席米芮⑦海峡；你大起胆子离开这里，跨过米奥提司海峡，

---

① 由克辛 Euxine 即黑海。
② 开里布斯 Chalybes 是黑海南岸的居民。
③ 阿马松 Amazons 是一群好战的妇女，住在黑海附近，字义是"无乳"，传说她们去掉右乳，为了拉弓方便。
④ 日米西辣 Themiscyra 是阿马松居民住的地方，邻近亚速海。
⑤ 惹尔冒顿 Thermodon 是一条河，阿马松住在两岸。
⑥ 萨米狄嵞司 Salmydessus 是黑海东岸靠南的一座大城。
⑦ 席米芮 Cimmerii 是亚速海附近的游牧民族。

后人纪念你在这里过海，把它叫做包司波洛司①，牛犊渡。你这样离开欧罗巴原野，到亚细亚大陆冒险。——现在，你不觉得神明的暴君专横无道？看这尊神呀，想跟凡间一个女子好合，逼她到处流浪。啾，女郎，你遇到一位残酷的求爱者；跟你将来的遭遇一比，你听到的还算不得一个引子。

艾　欧　　可怜呀我！

浦罗米修斯　你又在哭，又在呻吟；听到后头的困苦，你怎么办？

领　队　　怎么，你还有灾难要讲？

浦罗米修斯　伤心的忧患，就像一片狂风暴雨的海。

艾　欧　　我活下去有什么好处？我为什么不跳下这块绝崖，在平地粉碎，快些解除我的困苦？在痛苦之中挨蹭下去，不如干脆死了的好。

浦罗米修斯　死可以解除我的忧患，偏偏命运不让我死，把你换成我，你怎么忍受我的挣扎呀。宙斯不推翻，我的苦难就没有一个了局。

艾　欧　　宙斯也有坍台的一天？

浦罗米修斯　看见他颠覆，我想，你一定开心。

艾　欧　　宙斯欺负我，我为什么不？

浦罗米修斯　我告诉你，你的愿望要实现的。

艾　欧　　是谁抢去暴君的笏？

浦罗米修斯　他自己，他自己的胡闹。

艾　欧　　怎么会的？不妨事的话，说罢。

---

① 包司波洛司 Bosporus 的字义是"牛犊渡"，黑海的海峡，正当君士旦丁堡，传说艾欧在这里过了海，到了亚细亚。

浦罗米修斯	一桩注定不幸的婚事要害他。
艾　欧	妻子是神仙还是凡人？说呀，可以的话。
浦罗米修斯	关你什么事？我不必讲她的名字。
艾　欧	新娘把他推下宝座？
浦罗米修斯	她要生一个儿子，比他的父亲还雄壮。
艾　欧	他有没有法子逃出这种恶运？
浦罗米修斯	没有，除非是把我松了绑。
艾　欧	是谁不管宙斯愿意不愿意来放你？
浦罗米修斯	应当是你自己的子孙。
艾　欧	你说什么？我的儿子结束你的祸殃？
浦罗米修斯	十代以后的第三代。
艾　欧	我听不懂你的预言。
浦罗米修斯	由它去罢；你自己的恶运和这有关。
艾　欧	你答应我的恩惠，马上你又收回。
浦罗米修斯	两个愿望，我答应你知道一个。
艾　欧	告诉我是哪两个，让我来挑。
浦罗米修斯	好，挑罢；还是我明明白白告诉你未来的苦难，还是告诉你是谁搭救我。
领　队	不要吝惜你的话，还是让她听一个，让我听另一个罢。对她讲她来日的漂泊，对我讲是谁救你，因为我直盼望听。
浦罗米修斯	你们的殷切逼着我讲，你们问起的，我就全讲了罢。我先对你讲漂泊的艰苦，艾欧，你记在你的心版上。——你跨过接连两座大陆的海水，然后转向火焰一般被太阳践踏的黎明的地带，离开海涛，来到高尔贡的席斯日尼[①]原野，

[①] 席斯日尼 Cisthene 在小亚细亚北部。

格芮伊①的家，佛尔塞斯②的三个女儿，老姑娘，她们中间只有一只眼睛和一颗牙，太阳不射出光亮照她们，月亮夜晚也不肯。不远是另外三位姊妹，有翅膀，蛇头发，憎恨人的高尔贡，凡人一看她们，就活不了。她们看守着这个地方。可是你听听另一种可怕的景象：提防宙斯那些不叫唤的尖嘴猎狗，格芮凡③；提防阿芮马斯皮④大队的骑士，一只眼睛，住在浦路陶⑤的潮水冲洗金子的河流旁边；不要靠近他们。随后你来到一个遥远的国度，一个黑皮肤的民族，住在太阳泉和伊仁奥皮亚⑥河附近。你顺着河岸，走到瀑布，尼罗在这里从毕布里尼⑦峰峦倾出它甘洌的神水。这条河把你带到尼罗的大三角洲，就是这里，艾欧，命运最后吩咐你和你的儿女立下你们遥远的家。现在，我的语言要是仿佛模糊、难懂，问我好了，我再往明白里说；因为我多的是闲暇，比我能够想望的多多了。

领　队　她疲倦的流浪生涯，如果有漏掉的地方没有说，现在就讲给她听罢。但是，如果全说了，那就答应我们的请求罢。你一定没有忘记。

浦罗米修斯　她已经听到她旅程的终点；不过我愿意讲一遍她来这里

---

① 格芮伊 Graeae 和高尔贡是姊妹，也是三个妖怪，生下来就是灰头发，大家只有一枚牙，一只眼睛，需要时，互相借用。她们象征老耄。
② 佛尔塞斯 Phorcys 是一尊海神，格芮伊和高尔贡的父亲。
③ 格芮凡 Griffins 是一种半鹰半狮的妖怪，守着西仁亚的金子。
④ 阿芮马斯皮 Arimaspi 传说是西仁亚北部的居民，为了抢夺金子，常和格芮凡打仗。
⑤ 浦路陶 Pluto 是海狄斯另一个称号，希腊人把他尊为财神时就叫他这个名子。
⑥ 伊仁奥皮亚 Aethiopia 邻近埃及，是非洲东北一个黑人国家。
⑦ 毕布里尼 Bybline 是神话之中非洲的山。尼罗河在上游叫做山河，经过六道瀑布，流进埃及的沙漠地带。

以前的苦难，让她知道我不是信口胡说，证明我的预言确实。大部分故事我丢开不讲，只讲一下你临了的漂泊。总之，你最后来到冒闹席①原野和奇峰高嶂的道道纳，这里是日司浦罗提亚②的宙斯的神谕同庙宇和说话的橡树的奇兆，用清楚的语言，不说谜语，把你叫做宙斯的出名的未婚妻，你想起这事，心一定还在悸动。疯狂鞭策着你，你离开这里，由海滨小路奔到芮娴③大海湾，像一条船，狂风暴雨又把你从港口吹了回去。现在，海湾不再叫老名子了，世人纪念你的跋涉，改叫艾欧海④。我的了解比肉眼看见的多多了，这种知识对你就是它的标记。——剩下的我讲给你们听，欧席阿诺斯的女儿们，她也听着，因为我又接着先前的故事讲。就是尼罗被淤泥封住了的海口的边沿，陆地有一座城，开漏驳司⑤，宙斯在这里轻轻拿手拍了一拍，你终于清醒过来。你为宙斯养下一个儿子，黑皮肤的艾拍佛斯⑥，"一碰而生"，他将以主公身份收聚宽阔的尼罗的全部流域的果实。传到第四代，将有

---

① 冒闹席 Molossi 是希腊西北部一个强大的民族，都城是安布赖席亚 Ambracia。
② 日司浦罗提亚 Thesprotia 是希腊西北部又一民族，和冒闹席是邻居。道道纳就在他们居住的地方。
③ 芮娴 Rhea 是克罗诺斯的妻室，宙斯的母亲，往往和地母混为一人。
④ 艾欧海 Ionian Sea 应当译做艾翁海，因为它的名子是由艾翁 Ion 得来，并非如剧中所云，由艾欧得来。艾翁是日神阿坡楼的儿子，希腊艾翁人种的先祖。
⑤ 开漏驳司 Canobus 是尼罗河三角洲上一个重要的商埠，在亚力山大东边，相隔三公里。
⑥ 艾拍佛斯 Epaphus 后来成了埃及的国王，传到他的曾孙埃及浦特斯 Aegyptus 和达内俄斯 Danaus，前者有五十个儿子，后者有五十个女儿。达内俄斯和埃及浦特斯闹翻了，带着五十个女儿逃往希腊南部阿尔高司，受到国王皮拉斯格斯 Pelasgus 的保护。但是埃及浦特斯的五十个儿子爱他的女儿们，追了过来。达内俄斯吩咐他的女儿们在新婚的夜晚杀死她们的丈夫，只一个女儿留下她丈夫的性命。

五十位姊妹逃避她们五十位堂兄弟的求婚，被迫回到阿尔高司①。他们活像老鹰，盯牢一群鸽子般追赶这些姑娘，强求不该强求的婚姻，因为神不给他们那种爱情上甜蜜的快乐。这些姑娘在皮拉斯格斯②的国土寻到安身的地方，虽说是女流，一人拿起一把刀，在静静的夜晚，割断她的新主的咽喉，暗杀做报复，断送了求婚男子的性命——但愿爱情的皇后也这样对待我的仇敌！可是有一位姑娘动了情，丢掉决心，留下她冤家的活命，宁可被人说成懦弱，也不要说成凶狠。她在阿尔高司传下一脉皇族，——全讲没有时间——出来一位勇猛的英雄③，著名的箭手，救我脱离苦难。我的年迈的母亲，泰坦的日米丝，有一次预言，统统告诉我了；但是这怎么样发生，说来话长，你听了没有用处。

艾　欧　（歌唱）

哎呀呀！哎呀呀！
我的脑子像是着了火，
又是痉挛，又是疯癫。
牛蝇螫我，一枝火里
锻不出来的箭射我；
心敲着我的肋骨跳，
紧张的眼球在瞳孔旋转；

---

① 阿尔高司 Argos 是艾欧的故乡，头一个国王就是她的父亲。
② 皮拉斯格斯 Pelasgus 是阿尔高司的国王。希腊人有时也叫做皮拉斯吉人 Pelasgions，依照传说，皮拉斯格斯成了希腊人的先祖。
③ 这位"勇猛的英雄"是海辣克里斯 Heracles，宙斯的儿子，希腊神话里面最伟大也最可爱的英雄，他打开浦罗米修斯的枷锁，恢复了他的自由。

我就像一条船,东歪西倒,

被狂风暴雨鞭打;

我的舌头失去控制,

话像烂泥一般疯狂地

扑打着恐怖悲痛的波涛。

〔艾欧下。合唱队开始歌唱。

合唱队

(首节)

结亲要门当户对:

我把他看做聪明人,

考虑过这番道理,

宣扬给世人知道。

劳苦的工匠,

高攀财富的光荣,

或者世家门第,

怎么可以?

(次节)

啾,慈祥的命运,永远不要

看见我是宙斯的爱侣;

永远不要有一位天神

为了爱我下凡。

艾欧这位流放的女郎,

怨恨她的主公,

希辣逼她漂零,

我为她胆战心惊。

(末节)

	门当户对我不怕，可是，
	啾！永远不要有一位天神
	射出爱情的强韧的视线
	压制我！打又打不过，
	我怎么抵挡得了他？
	有什么方法可以逃避
	宙斯的决心和计谋？
浦罗米修斯	可是宙斯，心性倔强，一样也要低头，因为他自作主张的婚姻要从他的至尊的宝座把他抛到外界的黑暗去的。于是他父亲克罗诺斯的诅咒，他丧失古老的皇位的时候立下的诅咒，要在最后完全灵验了。这我全都知道，也知道诅咒怎样进行，神明当中只有我可以指出一条逃避祸殃的道路。所以，相信他在天空回环作响的霹雳，挥动他手里火箭似的闪电，自以为万世不朽，由他去罢；它们无济于事，也拦不住他陷于不堪忍受的毁灭。他为自己预备好了一位凶猛的打手①，一位无人抵挡的斗士，找到一种比他的闪电还要可怕的火，一种沉没他的雷霆的吼声，粉碎泡塞顿②鞭海撼地的三叉戟。宙斯倒在这块崖石上，就明白了统治和做奴隶之间还有多大距离。
领　队	你预言的宙斯的恶运只是你自己的愿望。
浦罗米修斯	我说的是将来的事实，同时也是我的愿望。
领　队	一位更在宙斯之上的天神，我们有希望盼到？

---

① 这位"凶猛的打手"是阿克里斯 Achilles，《伊里亚德》Iliad 史诗中希腊方面最伟大的英雄。母亲是宙斯喜爱的日提丝 Thetis，浦罗米修斯恢复自由以后、指出她为他生的儿子要毁灭他，于是宙斯放弃娶她，她便嫁给凡人皮留斯 Peleus 了。

② 泡塞顿 Poseidon 是宙斯的兄弟，海神。

浦罗米修斯　　更厉害的困苦将压折他的颈项。

领　　队　　你说这种话就不颤抖？

浦罗米修斯　　命里注定我不死，我为什么颤抖？

领　　队　　他就许加重折磨你。

浦罗米修斯　　随他去；我全准备好了。

领　　队　　可是聪明人对奈米席丝①叩头。

浦罗米修斯　　于是崇奉，谄媚，礼拜当今的统治者；不过我对宙斯没有这种心情。让他胡作非为好了，让他过他一时的皇帝的瘾好了；反正他统治神明的日子并不长久。——但是这里我看见宙斯的跟班，新暴君的奴隶。不用说，他带来什么新阴谋的消息。

〔赫尔米斯上。

赫尔米斯　　你这偷火的贼，聪明，怨尤，反抗神明，把他们的荣誉出卖给你朝生暮死的动物，——我告诉你。天父吩咐你说出你矜夸的婚姻，那剥夺他的笏的机会；你要往明白里讲，不得谜语似的含糊其词。嗽，浦罗米修斯，不要叫我跑两趟路；你知道，言语暧昧息不了宙斯的盛怒。

浦罗米修斯　　语言狂妄，态度傲慢，不亏是神明的一个奴隶。你们当权才不过几年，便以为住在一座无忧无虑的砦堡；难道我没有看见两位暴君在这里颠覆？我将看见当今这位主公，第三位，完全毁灭。当着这些新贵，我像退缩来的？不见得，我想；我不怕。你打听也是白打听；踏着你的原路回去罢。

赫尔米斯　　别忘记这种狂妄让你受这种罪。

---

① 奈米席丝 Nemesis 是夜的女儿，职责是惩罚狂妄骄傲。

浦罗米修斯	放心好了,我不会拿我的苦命掉换你的贱役。
赫尔米斯	当然,伺候这块崖石比做宙斯忠实的信使强。
浦罗米修斯	我只是以侮辱回答侮辱。
赫尔米斯	你好像以现时的遭遇为荣。
浦罗米修斯	什么,我?这样,我看见我的仇敌得意,——你也在内。
赫尔米斯	你吃苦受难也怪罪我?
浦罗米修斯	干脆说了罢,我把所有的神明当做我的仇敌,他们以怨报德。
赫尔米斯	我看,你的疯狂是一种根深蒂固的疾病。
浦罗米修斯	憎恨仇敌是疯狂,我是疯狂。
赫尔米斯	谁在荣华富贵之中忍受得了你?
浦罗米修斯	唉,荣华富贵!
赫尔米斯	宙斯没有学到那种喊声,"唉"。
浦罗米修斯	时间,越活越老,教人一切。
赫尔米斯	它还没有教你智慧。
浦罗米修斯	没有教的话,我不会跟你一个奴才讲话。
赫尔米斯	你像是不回答天父的问话。
浦罗米修斯	我倒想欢欢喜喜还清我感激的债。
赫尔米斯	你把我当做一个小孩子谩骂?
浦罗米修斯	(大怒)你希望从我这里打听消息,岂不比一个小孩子还要简单?除非是松了绑,宙斯的苦刑或者狡计就甭想我讲出真情。所以,让他拿红的闪电殛我好了,让他拿白羽毛的狂雪和地底下的雷霆毁坏这摇摇欲坠的世界好了;反正从我这里抢不去那防他颠覆的知识。
赫尔米斯	如果对你有利,就考虑考虑看。
浦罗米修斯	我已经长久考虑过了,我已经打定了主意。

赫尔米斯　　鲁莽的傻瓜，你倒是降低气焰，放出智慧，端详端详你现在的灾殃。

浦罗米修斯　你像一个人说服海浪，糟蹋他的语言，你白烦我，没有用。别梦想我害怕宙斯的意志，变成妇女一般软弱，举起我慵懒的手，哀求我憎恨的仇敌来松我的绑；——那不是我。

赫尔米斯　　我说了许多话，全白说了；我的请求没有力量息你的忿，你像一匹新上轭的马驹，嚼着嘴里的铁，发脾气，想挣脱缰绳。你的野蛮的心境缺欠智慧的力量，因为一个愚人的固执成不了事。考虑考虑看，你要是不听我的话，将有什么样祸患打击你，不可避免，一浪高一浪，狂风暴雨一般；天父首先要拿雷霆和飙烈的电火粉碎这座嶙峋的悬崖，在石头的冷酷的拥抱之中，掩埋你的身体。然后，经过悠长疲倦的岁月，你又回到光明中间；宙斯的有翅膀的猎狗，贪婪的老鹰，残暴地撕烂你的四肢剩下来的庞大的部分，仿佛一位不速之客，整天宴会，啄黑了你的肝，生吞活剥地咽下去。不要妄想这种痛苦中断，除非有什么神甘愿做你的替身，下到没有太阳的海狄斯和塔尔塔洛司的黑渊。所以，当心罢；我的话不是虚妄的矜夸，只是太真的真情。宙斯不懂说假话，但是说了的话，一定做到。你仔细考虑一下，不要把夸口的骄傲看得比聪明的忠告更好。

领　队　　我们觉得赫尔米斯的话不就不合时宜；因为他劝你抛掉夸口的骄傲，追寻聪明的忠告。服从他；聪明人走错路是可耻的。

浦罗米修斯　（歌唱）

不等他出口，我就知道
他的使命；我不觉得
丢脸，忍受仇敌的迫害。
好罢！让电放出
波纹杈丫的火焰烧我，
让淆乱的空气
因雷鸣和狂风的痉挛
而颤栗；
让暴风雨鞭挞地，
直到她的根基摇动；
让海的喧嚣的波涛
跳起，它的浪花
和蚀没的星体交混；
让定数的旋风
抓住我的身子，
扔到塔尔塔洛司的黑渊，——
可是他毁不了我！

赫尔米斯

我听见一个失常的心灵
狂喊乱叫；他的祷告
是发疯，还有他的行动。
但是你们，安慰他的痛苦，
我请你们赶快走开，
免得雷声隆隆
震迷你们的感觉。

合唱队

不要做无益的警告,
也不要说一句难以忍受的话;
在虚伪和罪恶的道路,
你是谁,也来领导我?
我觉得顶好倒是陪他
吃苦,因为我的灵魂
厌恶卖友求荣的奸贼,我呕出
他们的羞耻如同疫疠。

赫尔米斯

可是记住我事前的忠告,
落在祸殃的陷阱,不要
埋怨你们的运气不好,
也不要怪宙斯把你们冷不防
扔在忧愁里头。埋怨自己;
你们先就知道,可是
还要睁着眼睛,投入
祸殃的广大错杂的罗网。

〔赫尔米斯下。暴风雨起来,响着雷,闪着电。石头裂开;浦罗米修斯渐渐沉没,合唱队向左右逃散。

浦罗米修斯

看呀,宇宙确实
在被摇撼,雷声在吼,
红的电在闪,旋风
把尘土舐了起来。
狂飙全部跳出,
在一起骚动冲突,

海天混淆不分。
是宙斯驱遣恐怖
和疯狂在打击我。
啾,母亲,尊敬的地,
啾,空气,转动你的光亮,
一种普照万物的恩泽,
看我在受什么样的迫害!

后　记

　　人解释宇宙，创造出神。神把创造的荣誉攘夺了去，可是神朽了，人活了下来。

　　神是暴虐的。耶和华创造下人，但是要人永远停留在愚昧的阶段。夏娃接受"蛇"的启导，吃了智慧之果，她和她的爱人全被赶出乐园，颠沛流离。宙斯同样怕人造反，浦罗米修斯把火种和知识瞒住他送到凡间，宙斯便把他绑到高加索山，鹰啄他的肝，狂风暴雨鞭挞他的身体，然而他不认输。他做定了人类的师友。坚贞不屈的斗争意志成了人类的榜样。

　　人类感激他，广为流传他的美丽的故事。

　　诗人用最美丽的语言表扬他。他是被压迫阶级的荣誉的形象。人类为自己创造下最动人的神话，诗人看中了其中最有意义的活动，鼓舞人类在苦难的道路斗争到底。诗人懂得怎样选择他的材料。

　　诗人是庄严的。艾斯吉勒斯 Aeschylus（纪元前五二五年——前四五六年）来在人类戏剧辉煌事业的第一页，他明白他的任务应当是什么，不是装饰，而是显示，而是教育，把最崇高的品德写进他的诗句。他知道幸福是靠斗争得来的。他自己就是人类最英伟的战士。波斯的大军在希腊的海边登陆了，离雅典不过三十五公里，眼看就要亡国，诗人走进战场（纪元前四九零年），和同胞们打败强大的侵略者。祖国感谢他，在他另一个经常胜利的场所——剧场，在坚固的石壁上刻下他爱国的英勇事迹。他是希腊戏剧的真正创业者，他拿戏剧为祖国的光荣服务（《波斯人》）。这古老的战士懂得意志坚强是战胜敌人的不二法门。他活在神的世纪，他属于神，然而人类开始觉醒了，开始发现自己的尊严了，他写《浦罗米修斯被绑》。

后人感激他。他把人类最高的品德(英雄主义)和最美的传记记录下来。这鼓舞,这发扬,这丰富人类的精神生活。

马克思每过一年要用原文重读一次艾斯吉勒斯的作品。他是世界空前的两个伟大的戏剧天才,另一个是莎士比亚,马克思这样尊敬他(参阅拉发格的记述)。

中国人同样尊敬这位天才的伟大的《浦罗米修斯被绑》。很早这个传说就被介绍过来了(茅盾先生),很早就有了译本(杨晦先生的中译和罗念生先生从希腊文译出的中译)。我也曾经根据毛尔 Paul Elmer More 的英译重译。他把歌唱部分保留下来,虽说节奏不就相同,音乐早已丧失,我们至少容易想像得出原来的戏剧形式。这是一种方便。我们一下子就明白了歌舞剧在古希腊的优良的传统。我之所以冒昧重译,这是一个重要因素。虽说修改过四次,我还不敢相信这本重译有能力完成它的传达的使命。重译是遗憾。但是重译如果在今天能够帮助我们接近原作的精神,我们自然还是应该借重它的。

最后,《浦罗米修斯被绑》这出悲剧的特征,从戏剧观点来看,首先,全部人物是神,除去艾欧,一个受迫害的女子,然而问题的中心紧紧结合着人类的福祉。其次,中心人物浦罗米修斯是被绑着的,从头到尾完全不动,虽说外形不动,内心却激动得很。最后,艾斯吉勒斯掌握合唱队相当倚重,抒情部分往往又浓又长,但是这里却很匀适。有人或许以为艾欧平空插进来,和浦罗米修斯不相关,实际,和主题扣得很紧,越发衬出反暴的积极作用,戏往前推进到了高峰。

月亮上升

格里高利夫人①

① 格里高利夫人(Lady Gregory,一八五二年——一九三二年),爱尔兰作家,作者注中提到的戈尔韦 Galway 是她的出生地。

・ 月亮上升① ・

① 这是李健吾先生在清华求学期间所译的剧本,发表在1927年5月6日《清华周刊》第27卷12号,并且在译文后加了一段告白:"剧中的歌词因为自己不大懂音乐,所以此处所译的不能作为定准。我很希望校内懂音乐的先生,帮我一个忙,使这篇译文不致有此缺憾。我一百二十分地感谢他!哪位肯予我这种光荣哪?"

人物

巡官　巡警甲　巡警乙　　　　一个衣饰褴褛的人

景： 商埠码头的一边。有些桩子和铁链，一只大桶。进来三个巡警。月光。（巡官比别人年纪大些，从台上往右走，向下看着台阶。其余的人放下一只浆糊锅，展开一卷布告纸。）

巡　甲　　我想这儿贴一张告示，会是个好地方。（他指着桶。）

巡　乙　　顶好问他一声。（叫巡官。）这儿贴一张告示，好吗？（没有回答。）

巡　甲　　我们在这桶上贴一张告示，行吗？（没有回答。）

巡　官　　这儿有一级一级台阶通到水面。这地方得好好儿注点意。他要从这儿下去，他的朋友可以用小船接他：他们会从外面把船摇到这儿来的。

巡　甲　　这儿贴一张告示，好吗？

巡　官　　行，你们就贴到那儿好啦。

　　　　　（他们抹浆糊，贴上告示。）

巡　官　　（读告示。）黑头发——黑眼睛，光面无麻，身高五尺五寸——这里可没有多大把握——真可惜，在他越狱出逃以前，我没有机会见他一面。他们讲他是一个怪人，就是他，为全狱的人定下那全部的计划。在爱尔兰，简直没有别人像他那样子打破监狱。狱官里头，他一定有些朋友。

| 巡 甲 | 政府悬赏一百镑逮他,够多的啦。队上谁要抓住他,谁就拿稳了升官。 |

| 巡 官 | 我自己看住这个地方,他不打这边来才怪。他会顺着那边溜过来。(指码头一边。)他的朋友会在那边(向下指着台阶。)等他,只要他一脱逃,我们就没有机会再找到他了;他也许藏在一堆海草底下,在一条打鱼的小船里头,没有船会帮一个成家的人弄到赏金的。 |

| 巡 乙 | 就算我们真逮住他,没有别的,也不过是挨老百姓一顿臭骂,没准连我们自己的亲戚也会这样骂。 |

| 巡 官 | 好啦,我们应该尽队上的责任。难道全国不是靠着我们维持法律和治安吗?是他们上台的才会下台,下台的才会上台,反正不是我们。好啦,忙着干活儿吧!你们有许多别的地方贴告示,还要回到我这儿来,你们拿上灯笼,别拖得太久了!这儿太凄凉,什么也没有,只有月亮。 |

| 巡 甲 | 真可惜,我们不能同你待下来。有"他"在监牢,政府应当多派些巡警到城里来,还有大审的时候。好,看好了,你走运呀。(他们走出。) |

| 巡 官 | (一次又一次地走上走下,看看布告。)一百镑,还升官儿,一定的喽。一百镑一定有一个大花法儿。真可惜,老实人就弄不到手。

(一个衣衫褴褛的人在左边出现,打算溜过去。巡官忽然转过身子。) |

巡 官	你往哪儿去?
人	我是一个穷"唱歌儿的",老爷。我想拿这些(拿出一卷歌词。)卖给水手们。(他向前走。)
巡 官	站住!我没有告诉你站住吗?你不能到那边去。

人		噢,好啦。做穷人真叫难呀!世上都是跟穷人作对的。
巡	官	你是谁?
人		我要告诉你,你得跟我一样聪明,可是我不在乎,我叫杰美·瓦尔实,一个"唱歌儿的"。
巡	官	杰美·瓦尔实?我不知道这个名字。
人		啊,自然啦,他们在爱尼司对他很熟悉。你从前去过爱尼司,巡官?
巡	官	你做什么到这儿来?
人		自然啦,我来看大审,我想我东走走,西走走,会赚几个先令,我赶审判老爷那趟火车来的。
巡	官	好啦,要是你从那么远的地方来,你无妨走得再远点儿,因为你得走出这儿。
人		我愿意,我愿意,我正去我去的地方。(走向台阶。)
巡	官	从台阶那边回来,今天晚上不准人从那边下去。
人		我也就是坐在台阶顶儿上,坐到看见有水手来买我一个歌儿,帮我弄一顿晚饭吃。他们回到船上向来迟。我常常在考儿科看见他们坐在一辆手推车里朝码头来。
巡	官	走开,我告诉你,今天晚上我不许任何人兜码头。
人		好,我走就是,穷人才有这种苦日子,说不定你就喜欢一个歌儿,巡官。这儿是一页好的。(翻过一页。)《满足和一袋烟》。——可惜不长。《剥皮的和山羊》——你不会喜欢这个。《约尼·哈尔特》——这是一首可爱的歌。
训官		走开。
人		啊!你先听听看。(唱) 一个有钱农夫的女儿,住在罗斯城; 她追山地的一个大兵,他的名字叫约尼·哈尔特;

	母亲对他的女儿说:"我要变成疯子,你要嫁给山地格子布的山地大兵。"
巡　官	别乱嚷嚷啦!
	(生人折起歌片,向台阶曳曳而行。)
训官	你往哪儿去?
人	你告诉我走,当然啦,我走。
巡　官	别装蒜啦,我没有告诉你走那边!我告诉你回城里去。
人	回城里去,是吗?
巡　官	(抓住他的肩膀,向前面推他出去。)这儿,我指路给你,滚你的吧。你待下来干什么?
人	(眼睛看着布告,指着它。)我想我知道你在等什么,巡官。
巡　官	那管你什么事!
人	你等的那个人我认识——我熟悉他——我走啦。
	(他曳曳而行。)
巡　官	你跟他熟?回这儿来。他是什么样儿?
人	回来不是,巡官,你想宰了我吗?
巡　官	干吗讲这话?
人	没什么,我走就是啦,悬赏就让大十倍,我也不要干你这种生意,(从台上往左边去。)就让大十倍我也不干。
巡　官	(追他回来。)回这儿来,回来。(拖回他。)他是什么样儿?你在哪儿见过他?
人	我在我自己的家乡见过他,在克拉尔县。我告诉你,跟他在一个地方,你会怕的。没有一件武器他不精通。说到力气,他的筋就像这板子一样硬。(掴桶。)
巡　官	他就那么凶?

人　　　　他是么。

巡　官　　你真这样说?

人　　　　在我们那地方有一个穷人，从巴蒂佛汗来的一个巡官——他拿一块大石头干掉了他。

巡　官　　我可从来没有听人说起过。

人　　　　你不会听人说起的，巡官，发生的样样的事不会全登在报上呀。还有一个便衣巡警，也……他是在李麦里克干的……是在攻打危马劳克警察衙门以后……月光……正像这儿……水边……没有人清楚底细。

巡　官　　你这样说? 待在这儿，挺怕人的。

人　　　　是这样，真的! 你不妨站在那边，朝那来路看，想着你看见他从码头这边过来，(指着。)他许从另一边(指着。)过来，不等你弄清楚你在什么地方，他就扑到你身上来。

巡　官　　像那样一个人，他们应当在这儿留一大堆巡警来截他。

人　　　　不过，你要是喜欢我留在这儿陪你的话，我可以朝这边看的。我可以做在这儿，这桶上头。

巡　官　　你跟他熟识吗?

人　　　　我在一里开外就会认出他来的，巡官。

巡　官　　可是，你想不想分赏钱?

人　　　　像我这样一个穷人，在大路上荡来荡去，在集上唱唱歌儿，也出头赚一份赏钱? 不过你用不着管我，我在城里安全多了。

巡　官　　好，你可以待下来。

人　　　　(坐到桶上。)好吧，巡官。巡官，你那样走过来走过去，我奇怪你一点也不累。

巡　官　　就算我累，我也惯了。

461

人	你今天晚上说不定回头会有重活儿的,能松口气的时候就松口气吧。桶上这儿挺宽绰,你坐得高点儿,也看得远点儿。
巡官	也许是吧。(来到桶上他的身旁,面向右。他们背对背坐着,望着不同的方向。)你说起话来,让我觉得有点怪气。
人	给我一根洋火,巡官。(巡官递他洋火,生人燃起烟斗。)你吸一口?吸吸烟,你就安静了。等我给你火,你用不着回转身子。眼睛千万别离开码头。
巡官	别怕,我不会的。(燃起烟斗,都吸着烟。)真的,在队上是一件苦事,夜晚出来巡逻,人也不谢一声,不管我们有什么危险,什么也得不着,有也就是老百姓一顿臭骂,没个挑选,只有服从命令,差一个人去冒险,从来不问你是不是一个有家的结了婚的人。
人	(唱——) 我在山里走路,望着山和酢浆草的原野; 大自然在微笑,我有一时停下来,望着岩石和溪流; 我盯着望一位美丽的妇人,在下面肥沃的山谷, 她唱着她的歌,唱的是可怜的老葛莱纽耳的冤屈。
巡官	别唱,这时候不好唱这种歌儿的。
人	啊!巡官,我唱只为提起胆子来。我一想到他,胆子就小了。想想看,我们俩坐在这儿,他偷偷往码头爬,说不定,到我们跟前来。
巡官	你在仔细望着吗?
人	是的,可不是为了得什么赏钱,我不是一个傻瓜蛋吗?不过我一看见有人有困难,我就不由自己,试着把他救出

来。什么？有什么东西揍我？

（摸他的心。）

巡　官　（拍他的肩膀。）你要得到上天的奖赏。

人　　　我知道，我知道，巡官，不过性命值钱哟！

人　　　（唱——）

她的头光着，手和脚用铁丝捆着，

黄昏的微风伴着她的悲歌和她的啼哭。

她现出一种伤心的神情，唱着：我是老葛莱纽耳。

她的嘴唇那样甜，帝王也亲过……

巡　官　不是这样……"她穿的衣服染着鲜血"……这才对。——你唱漏了这一句。

人　　　你对，巡官，是那样的；我唱漏了。（重唱这一行。）不过，想想看，像你这样一个人，居然知道这样一支歌儿。

巡　官　一个人可能知道许多东西，也许是没有任何愿望去做。

人　　　现在，我敢说，巡官，年轻时候，你常常坐在墙头上，就像你现在坐在这只桶上，别的小孩子在你身旁，你唱着《老葛莱纽耳》？……

巡　官　当时我这样来的。

人　　　还唱《申·宾·包赫特》？

巡　官　当时我这样来的。

人　　　还唱《青青海岬》？

巡　官　那是一个。

人　　　说不定你今天晚上等的那个人，年轻时候，常常坐在墙头上，唱着这些同样的歌儿……这是一个古怪的世界……

训　官　别作声，我想我看见什么东西来了！……原来是一条狗。

人　　　这不是一个古怪的世界吗？……说不定正是那时候常常

	同你唱歌儿的一个孩子，今天或者明天你要提他，送到公堂上……
巡官	话说得对，的确会的。
人	说不定从前有一个晚上，你唱完了歌儿，要是别的孩子有什么计划，解放祖国的计划告诉你，你会同他们合伙儿干……说不定如今是你遇到危险。
巡官	好，谁知道我不会？在那些日子，我有的是血气。
人	这是一个古怪的世界，巡官。看看小乖乖在地板上爬，没长成人以前，做妈妈的谁也搞不清楚，小乖乖会遇到什么险，或者临了儿变成什么样一个人。
巡官	这是一种古怪思想，一种正确思想。让我仔细把它想出来……要不是为了我有感觉，为了我的妻子，为了当时我报名当巡警，如今就许是我，打开监狱，藏在黑地里；就许是那藏在黑地里逃出监狱的人，坐在我如今坐在桶上的地方……就许是我偷偷爬着，试着从他身旁溜过去，就许是他在维持法律，是我在犯法，是我说不定想往他脑子里头打进一颗子弹，或者像你讲的那样子，拿一块大石头……可不，我自己就在干……嗜！（喘气，稍缓。）那是什么？（握住生人的胳膊。）
人	（跳开桶，静听，向水面望去。）什么也不是，巡官。
巡官	我想许是一条小船儿。我有一种想法，会有朋友驾小船儿到码头来接他的。
人	巡官，我在想，你年轻时候，你跟老百姓在一起，不是跟法律在一起。
巡官	可不，那时候我要是傻瓜的话。好在过去了。
人	别瞧你穿这身条子衣服，巡官，说不定有时候你脑子里头

	在想，从前跟着葛莱纽耳干下去，在你一样可以。
巡 官	我想什么，不干你的事。
人	说不定，巡官，你要站在祖国这边。
巡 官	（离开桶。）别冲我说这种话，我有我的责任，我知道我的责任。（向四周看）那是一条小船儿，我听见桨响。（走向台阶，往下望。）
人	（唱——） 嗜，那么，告诉我，肖恩·奥·法赖耳： 在什么地方聚会？ 在河边那个老地点 你我熟得很！
巡 官	别唱！别唱！我告诉你！
人	（唱得更响。）—— 记住了，信号就是： 在月亮上升的时候， 吹着进行曲的口哨， 肩头扛着你的长枪。
巡 官	你要不停住，我就要逮你啦。 （一阵唿哨从下面回答，重唱前调。）
巡 官	这是信号。（站在他和台阶的中间。）你不许走过这边……退远点……你是谁？你不是唱歌儿的。
人	你不用问我是谁，布告会告诉你的。（指着布告。）
巡 官	你是我寻找的人。
人	（取下帽子和假头发，巡官抓住它们。）我是。有一百镑买我的头。下面小船里头有我一个朋友，他晓得把我带到一个安全地方的。

巡　官	（依然看着帽子和假头发。）真可惜！真可惜！你骗我，你把我骗得好。
人	我是葛莱纽耳的一个朋友，有一百镑买我的头。
巡　官	真可惜！真可惜！
人	你愿意放我过去，还是必须我叫你放我过去？
巡　官	我在队上，我不放你过去。
人	我原想用我的舌头叫你放我过去。（手放在脑前。）是什么？（外面巡警乙的声音：这儿，我们是在这儿离开他的。）
巡　官	我的伙伴来了。
人	你不要出卖我……葛莱纽耳的朋友。（溜到桶后。）（巡警甲的声音：这是末一张告示。）
巡　乙	（他们走进来。）他要是逃走的话，他不会不叫人知道他走的。

（巡官把帽子和假头发放在背后。）

巡　甲	有谁到这儿来过吗？
巡　官	（稍缓。）没有人。
巡　甲	真没有人？
巡　官	真没有人。
巡　甲	我们没有回分局的命令，我们可以跟你一块儿待下来。
巡　官	我用不着你们。这儿没有你们的事。
巡　甲	你吩咐我们回到这儿，同你在一起看守来着。
巡　官	我宁可一个人的好，你们那样唠唠叨叨的，谁会往这边来呀？顶好让这地方安静。
巡　甲	好，不管怎么样，我们把灯笼给你留下好啦。

（递给他灯笼。）

巡　官	我用不着,你们带走吧。
巡　甲	你会用得着的。云彩上来了,黑夜在你前头还长着呐。我把它留在这桶上。
	(朝桶走去。)
巡　官	我告诉你们,带它走,别多嘴啦。
巡　甲	好,我原想它对你会是一种安慰。我常常想,我手里有了它,能拿它照亮每一个黑犄角儿。(这样做。)就跟在家里炉子旁边一样,柴火块儿一时一时亮了起来。
	(照四周,一会儿照桶,一会儿照巡官。)
巡　官	(恼怒。)去你们俩的,连灯笼一起滚!
	(他们走出,生人从桶后走出来。他同巡官彼此望着。)
巡　官	你还等什么?
人	等我的帽子。当然喽,和我的假头发,你不会盼我着凉,死掉吧?
	(巡官递还给他。)
人	(朝台阶走。)好,再见,同志,谢谢你,你今天晚上对我做了一件好事,我感激你。说不定将来我一样对你能有用。当小的升起来,大的掉下去……当我们掉换一下地位,在月亮(摆手,不见了。)上升的时候。
巡　官	(背对观众,读布告。)一百镑赏钱!一百镑!(转向观众。)现在我奇怪,我是不是像我想的那样的一个大傻瓜?

——幕——

作者注:当我是一个小孩子的时候,同我的长辈来到戈尔韦

Galway，在从监狱旁流过的河里网鲑鱼，我总是带惊地看着那悬尸的窗子，和关上了的黑门。我常讶异，这儿会不会有囚犯设计缘上这撑住了底高墙，在黑暗中由河道溜向码头，找出些朋友在一个小艇里，把他藏在一堆海草下面，犹如发生于这位唱曲子的。这出戏在开演以前，有些极端的国家主义者，以为它触犯了他们，因为它把警察显得太体面了；在开演以后，一个主持联邦主义的报纸攻讦它，因为巡警被表演成"懦夫和叛徒 as a coward and traitor"；可是在贝尔法斯特 Belfast 警察罢岗以后，那同一的报纸却誉扬她的"爱尔兰品格 insight into Irish character"。经了这所有的涨落以后，它于爱尔兰海的两岸，却未经逗惹地过去了。

王文显剧作选

序

张骏祥

在今天的话剧圈子里，知道王文显先生的人恐怕不多了。但是清华大学外国语文系毕业的同学中，后来从事剧本的创作和演剧活动的，如洪深、陈铨、石华父（陈麟瑞）、李健吾、曹禺、杨绛，还有我，都听过他的课，我们对西洋戏剧的接触，大约都是从此开始的。健吾和我还先后作过文显先生的助教。

王文显先生，江苏昆山人。大约因此英文名字叫 Quin-cey。他幼年就到英国读书。当清华还只是准备升入美国大学的"留美预备部"的时候，他就已经是负责英语教学的教师，那时洪深同志还在留美预备部读书。但他去美国从贝克教授（Prof.George Pierce Baker）学编剧，则在洪深同志之后。洪深参加的是贝克教授先在哈佛大学办的驰名欧美的"四十七工作室"（47Workshop）。后来才有人捐献巨款，在纽黑文的耶鲁大学修建了剧院，邀请贝克教授去办了戏剧学院。文显先生是一九二七年利用清华教授休假的机会去耶鲁一年。在这一年里，耶鲁大学戏剧学院演出了他写的两出戏，就是这里印的健吾译的《委曲求全》和《梦里京华》。我一九三六年到耶鲁大学戏剧学院时，这两出戏的演出照片还高高地挂在学院图书馆的墙上。

清华于一九二九年改成大学，文显先生就担任了外国语文系的主任。直到七七事变，学校迁往长沙、昆明，他才离开清华，任教上海圣约翰大学。抗战胜利后，我还去圣约翰校园里看过他。其后我就离开了上海。全国解放后我又回到上海，他夫妇已经去了美国找他们的两个女儿。"文化大革命"前听说他已在美国逝世。

文显先生在清华外文系，最初只开了两门课，一门是《外国戏剧》，主要是讲的欧美戏剧史和西洋戏剧理论，还有一门是《莎士比亚》。直到一九三三年，才增设了一门《近代戏剧》，当然只是讲的西方易卜生以后的戏剧。他讲课的办法很简单，就是照他编的讲稿上课堂去读，每年照本宣讲，从不增删。那时北京很有些人艳羡清华外国语文系主任这个位置，少不得借此对文显先生连嘲带讽，想挤掉他。他像毫无所觉，一概置之不理。回想起来，他那份讲稿倒是扎扎实实，对于初接触西方戏剧的人来说是个入门基础。好在当时清华有个非常好的习惯和制度，就是教授要指定许多参考书，放在参考书架上，学生每天晚饭碗一放，就挤在图书馆门口，等一开门好进去疾足先得，抢到想看的书。选了文显先生这两门课，至少就得把莎士比亚主要剧作和欧美戏剧史的名著通读一遍。不仅如此，那时学校每年有一大笔钱买书。文显先生自己研究戏剧，每年也要买不少戏剧书籍，从西洋戏剧理论到剧场艺术到古代和现代名剧的剧本都应有尽有。所以我们这些对戏剧有兴趣的同学，就有机会读到不少书。我们今天怀念文显先生，首先就该为此感谢他。

除了这里印的两个剧本之外，文显先生还写过一些别的剧本。但我只读过这两部，先是读原作，后来是健吾的译本。《委曲求全》译成后，用北京青年会的一个剧团的名义，在协和医学院礼堂和清华大学上演过几场，是健吾自己演的张董事长。听说后来上海复旦大学也演过，凤子演的王太太。剧本中所写的情节虽然未必实有其事，但确也反映了当时最高学府里一些道貌岸然的"师表"们之间勾心斗角的丑态。也许这就是文显先生对那些想排挤他的人们的回敬吧？《梦里京华》按原英文剧名应作《北京政变》（Peking Politics），显然是写的袁世凯称帝的事。但是，真要推敲作者在剧中所写的人和事与当时现实的关系，恐怕只能走进死胡同。作者是在国外长大和求学的，回国后又长期住在郊外的校园里，深居简出，对当时社会很少接触。老实说，他不过是抓住一点听到的时事，借以施展他从欧美戏剧中学来的编剧技巧。就这一点上说，他确是深得其中三昧。《委曲求全》（She Stoops to Compromise）连名字也是把英国十八世纪哥尔德史密斯（Goldsmith）的著名喜剧《委曲求成》（She Stoops to Conquer）巧妙地改了一个字而成的。就技巧而言，它可以上溯到十七、十八世纪英国王政复辟时代的"世态喜剧"。《梦里京华》更是集欧洲情节剧（melodrama）的招数之大成：纯洁的女郎为了救自己心爱的人委身事敌，奸人笑里藏刀，尔虞我诈，恶人害人反害己，直到把活人和死人一起钉在棺材里的恐怖情节，应有尽有。而这两部戏的台词的俏皮、幽默，以及矫情的议论，更是道地的英国舞台语言。亏了健吾的传神的译笔，把这些特色都保存下来。王文显先生是用英文写剧本的老一代的中国剧作家，我看中国话剧史上也不该漏掉这位在北方默默无闻的戏剧开拓者。

一九八二年三月

目次

序 ··· 张骏祥　471
委曲求全 ··· 李健吾译　477
梦里京华 ··· 李健吾译　559

附录：···　639
　《委曲求全》的胜誉 ···································　639
　《梦里京华》跋 ································· 李健吾　644
　《委曲求全》的演出 ····························· 魏照风　646
　王文显先生 ························· 温源宁作　李健吾译　649

后记 ··· 李健吾　651

·委曲求全·

三幕喜剧

人物

顾先生——北平崇达大学校长。

陆　海——校长私仆。

丁先生——学校秘书。

宋先生——学校注册员。

王太太——学校会计员的妻。

库　文——学校花匠。

王先生——学校会计员。

关先生——心理学教授。

陈　君——学生。

马　三——校役。

张先生——董事。

第一幕：校长私宅的客厅。星期日早晨。

第二幕：校长私宅的客厅。同日下午。

第三幕：学校会客厅。一星期后，早晨。

第 一 幕

校长私宅的客厅。

家具是近代西式的,舒适虽舒适,却有些不伦不类。图画、装饰品、桌布等等是中国式的。

门在右墙的中间,大的窗户在后墙的中间,门在偏前的左面。两个书架摆在后面的左右角落,成一对角形。迎窗为一长桌,旁有两椅。舞台中心为一舒适的睡椅,对着观客。睡椅松松蒙着一个椅套,垂下来,离地尚有两寸。睡椅两侧各置一茶几。睡椅前面两侧各置一轻便的椅子,一把面向右墙,一把面向左墙。对着左墙中间有一张茶几和一把安适的大椅子。又一份茶几和安适的大椅子对着右墙靠台下的地方。地上铺着一块制图华丽的中国大地毯。

星期日早晨。

〔发现顾先生坐在睡椅上,正在迭折早晨的报纸。中年人,高而略瘦。他是十分谲诈的,然而他的性格呈出一种率直与机巧的奇异的结合。在他煦和的背面,他藏起一种有主见而好惹是非的人格。他穿着一身干净的灰绸袍子。

〔顾先生捺茶几上的电铃。

〔一会儿工夫,陆海从左门进来。陆海是一个练够了格的北京式的仆人，三十五岁左右、机警、谨慎、一脸的疱子、柔和而滑头、有礼而不曲媚。在他这种境地和流品里头，自然从头到脚不外乎一个坏蛋，虽说还不够上材。他穿着一身浅蓝布长袍。

顾先生　　我的秘书来了没有？
陆　海　　丁先生等了有十分钟啦。
顾先生　　我现在就见他。
　　　　　〔陆海从左门下。
　　　　　〔过了不久，丁先生从左门进来。丁先生是一个中年人，中等身材，两肩前俯。他戴一副大眼镜，在鼻子上摆得未免太低了。一簇下垂的黑髭点缀着他的嘴唇。他是谦和的，机警的。长于言而短于行。他随随便便穿着一件深蓝色的旧长袍子。
顾先生　　对不起，让你等了许久。你应该一直就进来呵。
丁先生　　陆海说你看报看的很起兴。我不愿意打搅你。
　　　　　〔丁先生坐在睡椅左边的轻便椅上。
顾先生　　这一早晌我心里翻来覆去就是一件事。他们俩我是决计不要了。
丁先生　　谁俩呀？
顾先生　　会计科的王先生同注册科的宋先生。
丁先生　　什么！请看，这学校的校长你倒已经做了六年了，在中国现今的教育情况之下，还有哪一位做过这样久的校长？……
顾先生　　我晓得你的下文。
丁先生　　自然你晓得我知道，不过你姑且听一听，对你也未尝不好。你明白，你的官运所以能够这样牢靠，是全仗着这些年里头你还没有辞过一位办事员。

顾先生　不错。

丁先生　那为什么你现在要自取其祸呀？在中国最危险的事就是打破别人的饭碗。你不要任性，傻里傻气地唱这出戏。你要知道，我并不是替他两个人说情。他们自然该辞掉的，可是……

顾先生　可是你忘了有体面的人第一桩责任就是先维持他亲戚朋友们的饭碗。如今这儿就有两口人家吵着让我来喂。正如你所说，我得把这件事对付过去呀。

丁先生　但是于你有什么好处？

顾先生　我刚才已经说过，我已经决定不要宋王两个人了。今儿我让你来，就为的同你商量商量。

丁先生　喝！要是你已经决定了，何必还同我商量呢？

顾先生　不然，我觉得还是同你商量一下的好。你向例悲观，随便什么事，只要我听到你的意见，我就知道我听到最坏的了。

丁先生　我并不悲观。我不过小心谨慎而已。

顾先生　这两个差不多一样。

丁先生　你好像不赏识我过去的服务。

顾先生　我并非不赏识。我不过开玩笑罢了。你看，现在把王会计去掉了是最安全不过。他政治上唯一的靠山是他叔父，你知道这家伙上月已经死了。

丁先生　王的叔父也许还有朋友，朋友还有朋友，朋友的朋友……

顾先生　我知道，不过我已经研究过这一层，晓得他们在政治上没有一个干材。

丁先生　你能保险到底吗？

顾先生　不管怎么样，你得承认王是一个糊涂虫，为人忠实，拿不住人，而且过于惧内。从前我已经蒙过他几次，不过这哪里能成？要是他永久管理银钱这一项，我就一点也不能自由操纵学校的账了。

丁先生　王也许是傻子，可是你得想到他那位精明强干漂亮的太太。我劝你小心。同那位太太打交道让我牙疼。

顾先生　我也知道，不过我想我倒拿得住她。

丁先生　我劝你少同她打交道为妙。

顾先生　好，就这样办吧。王，是一定得走的。可是你得给我出主意，怎么样才能体体面面地去掉他。

丁先生　你何不给他下点儿毒药呢？这是谋害人顶体面的法子呀。

顾先生　你别开玩笑了。我现在很慎重地问哪。

丁先生　我现在也很慎重地答呀，可惜机缘不巧。

顾先生　至于宋的情形便完全不同了。

〔顾先生由睡椅上立起，一壁慢慢地走，一壁思索，不过总是站住了说话。〕

顾先生　宋这人倒能办事，不过狡猾之至，并且毫无忌惮。

丁先生　请你告诉我，为什么老实人都是傻子，聪明人全是光棍呢？

顾先生　我想是因为傻子天生没有不老实的，光棍有的是聪明，却没有品行。

丁先生　大学校长而有这种见解，真是再相宜不过。

顾先生　我们不能否认事体的本色。在中国现在，哪一种社会机关能够不搅在政治的漩涡里？我要不要一点儿手腕，你想我能够维持五分钟之久吗？

丁先生　是呀。

顾先生　那么好啦，请你不要再扫我的兴了。我同你讲过，注册科的宋简直浑身没有一个地方不是匪棍。只要宋忠于我，在下僚里头还不算特别坏，然而他却正和这个相反，常常同我的敌人交头接耳。我得请他卷铺盖走。

丁先生　我看还是慢来一点。宋是一个危险人物。他能给你捣鬼，捣得个体面不留。

顾先生　就算他危险，就算他狡如狐兔，然而临了我正在他犯事的时候捉住了他！

丁先生　什么事？

顾先生　我还没有告诉过一个人。再没有比这巧的了。

丁先生　他究竟犯了什么事？

顾先生　你自己裁判好了。就在他偷着给投考学生送入学试题的时候，我捉住了他！

丁先生　不会的！

顾先生　我有文字的凭据。并且他拿它卖钱！

丁先生　他把试题卖给投考的学生？

顾先生　对，对！（干笑）这次我可掰住他的脖子。他非滚蛋不可！

丁先生　小心点儿！要是他能干出那类事，什么事他都干得出来。他不会随随便便就让你辞掉。

顾先生　好啦。我加意小心就是。可是你得明白，我是决计不要他了。

丁先生　我瞧，你这一下子可把火捻子都点着了。火一点着，你再图挽救，也来不及。别忘记你有一大堆仇敌。我听说关教授最近很活动哪。你总爱小看他。依我看来，全校里头他是你最致命最坏不过的仇敌。

顾先生	关的父亲在政治上有一点势力,可是我觉得你也太看重这个。
丁先生	我不是那么说。我听说关在董事会里头找了一个新帮手。
顾先生	我知道他在讨张董事的好。张同我也许够不上交情,可是我也还有别的董事做靠身。
丁先生	我所听见的比这还严重。关和张想法子要弄掉你。关打算接你的校长后任。
顾先生	这没有什么。我有法子使他全军覆没。
丁先生	是的,然而你也犯不上给关帮军火。你要是决计辞掉宋王这两个人,把空气弄紧张了,关有眼睛,不会瞧不见这个机会。关和宋、王两个人不对劲儿,可是这三个人里头,有两个却是大坏蛋,他们一定会联上盟,在一条火线上对付你。那时你可别怪我没有警告你。
顾先生	你还有再坏的话吗?
丁先生	我不过尽我的心而已。
顾先生	多谢之至。不过观察全局以后,我觉得我去掉宋、王两个人并没有错。有一点我同你的意见相同,我把他们逼急了,他们会同关勾手也难说。我得想法子把他们分开。
丁先生	说话容易,实行起来就不那么容易了。
顾先生	不劳你操心。

〔陆海从左门进来,向顾先生递上一封信。陆海自左门下。

〔顾先生在睡椅上坐下,度量这封信从哪里来的。他决定这封信毫无紧要,把它放在茶几上。顾先生俯向丁先生那方面,指着左门,声音放低。

顾先生　　留神点儿我的听差!

丁先生　　陆海又怎么你啦?

顾先生　　我已经吩咐他在月底走。

丁先生　　什么!他做了什么坏事?

顾先生　　你知道我平日待他多么好。忘恩负义的东西!

丁先生　　他做了什么坏事?

顾先生　　你猜他竟会干出什么来?我每月给他十块钱,叫他买牛奶,买肝儿,喂我那只小狗。我刚才发现他用水泡饭喂可怜的珠珠!一月十块钱,我也不知道他赚了我多少月!无怪乎珠珠那么瘦,那么烦人!

丁先生　　你那狗我看不出有什么来,真的,我看它很好。

顾先生　　这因为你不欢喜狗。

丁先生　　你看,这是辞掉像陆海那样一个有用的听差的时候吗?我承认这东西再坏没有,可是他很能干,并且很帮你的忙。

顾先生　　一个人虐待不能言语的猫狗,特别是我的珠珠,这种人我没有好脸面给他看。

丁先生　　关教授的诡计且不提,可是一下子辞掉这样能捣乱的三个人,妥当吗?

顾先生　　我晓得我有一阵子忙乱。说不定也许危险百出,然而你瞧,我还是就爱应付麻烦事。要是我像你那样胆小,你想我会做到一个大学校长吗?

丁先生　　你的作法未免不保险。只是一味傻干。

顾先生　　我的血气还就冲风波来,你记记,我哪一次不是平平安安度过的?

丁先生　　总有一回让你着慌的。

顾先生	再也别怕，我有一个成功的秘诀的。我的法子或者是斩乱麻，求一个痛快麻利，要不就是顶狡猾的鬼蜮伎俩。不等他们猜出我用哪一个法子，我已然把事办好。我是百战百胜。
丁先生	你未免太乐观。
顾先生	快活点儿吧！这三个人一定得走，我的主意已经定了。你只要帮我把他们轻轻松松地打发掉。

〔顾先生站起。丁先生随之起立。顾先生捺茶几上的电铃。

丁先生	我怀疑也罢，不过你总可以信托我的。
顾先生	自然，这才不愧阁下！

〔陆海由左门进来。

顾先生	早晨的邮车或许来了，我们随便到邮局看看去。我们一会儿就回来。
陆　海	是。

〔顾先生与丁先生均由左门下。

〔陆海在屋里头和贼一样，东摸摸，西翻翻，看有没有对他有用的东西。他看见茶几上没有拆开的信，拿起冲着亮儿一望，相信它不关紧要，仍然把它放下。右门的扶手转动，陆海立刻装出一份正经和气模样。注册科的宋先生慢慢走进来，小心的样子，初期肺病已然同他亲热上了。他的举止很圆滑，他的微笑没有一个完结。那件长的紫绸袍也藏不住他的棱角。

宋先生	好呵，陆海！
陆　海	哦，宋先生！
宋先生	顾先生在吗？

陆　海	他刚刚离开屋子。
宋先生	巧极了，我正想同你过两句话。
陆　海	好。
宋先生	你知道，陆海，我们现在在一条船上。
陆　海	同宋先生在一条船上再体面没有，可惜是船要沉了。
宋先生	"要沉"还不算沉。我们尽可以想法子把船撑起来。
陆　海	宋先生仁德极了。
宋先生	我听说你因为一条狗的毛病。
陆　海	这谁不知道？顾先生爱他那个小哈巴都爱疯了。我并不讨厌狗。我忍得了一条狗，我忍得了。不过到了不是爱却是害的时候，我还有眼睛分出一个好坏。
宋先生	我跟你一样想。
陆　海	谁听过拿牛奶肝子喂狗的？就是我自己子女还没有见过这样好东西，不说别的，牛奶就没有喝过。至于猪肝儿，就是咱们人吃了还嫌糟蹋！
宋先生	顾先生就爱这样不近人情，自己的同类看得还不如猫狗。
陆　海	这宝贝狗吃多了，撑得活活要死。您瞧，我摸得着狗的脾气。它要的也就是水泡饭。它那小命也就配这粗糙东西，可是您瞧，我得了什么好报！
宋先生	顾先生不止对于你一个人没有良心。
陆　海	不错，我扣下那每月的十块钱。可是我治好了狗，我没有吗？我不该拿大夫那份儿钱吗？
宋先生	那当然该是你的。
陆　海	可是人家限我一星期就得离开，好象我偷了人家的东西！
宋先生	我听说了。顾先生顶不通情理。我们俩得报复他一下子。我们彼此得帮帮忙，你说怎样？

陆　海	我还有一大家人口要养活。宋先生要是能帮我留在这儿，我情愿尽我的力量报答您。
宋先生	我也正在倒霉，陆海。顾先生拿住了我的把柄。要是你能帮我跳出了这难关，我一定想法子保全你的饭碗。
陆　海	好。
宋先生	这些话且不提，顾先生手边有一卷文件我想看一下子。一封关于入学试题的信。只要把那封信弄到手，花多少我都心甘。反正是我自己的信。你简直没有看见它吗？
陆　海	没有，宋先生，真对不起。简直就没有这种好机会。
宋先生	这么难吗？
陆　海	我在顾先生这儿做事，到现在快有四年了，没有一天我不想找个机会，抓住点儿值钱的东西，做我的升官符。顾先生小心到了家。我晓得顾先生有些暗门道。可是任嘛儿证据我也没有见过。
宋先生	他有没有保险柜，你能找着那钥匙吗？
陆　海	他有一个大保险柜，在他睡觉的屋子。那钥匙我掂来掂去不止一次，许多次了。在那保险柜里头，就是些剪下的报纸，此外什么也没有。老天爷晓得他的真赃实据搁在哪儿！
宋先生	他再没有窝藏的地方？
陆　海	他一定有，可是我没有见过。要是我抓住顾先生点儿秘密，我能这样和和气气地让他辞掉？做梦！
宋先生	陆海，我老实同你说。你一定要丢你的事，我也一定要丢我的，除非……是的，除非在这几天里头，我你能寻出点儿秘密勒克顾先生。我你得抓住点儿什么！你明白不明白？

陆　海	好的。
宋先生	你得从上到下地看。你得把房子翻一个遍。你得寻到我那封信,或者别的机密文件。你找见了什么先给我看看。你理会了罢?
陆　海	我尽我的力量来。
宋先生	不止尽力量,你得拚命!不然我们就坍台!
陆　海	宋先生,您真把我看得太重了。何不找别人帮帮忙?
宋先生	你说什么?
陆　海	这儿还有会计科的王先生。人人晓得顾先生要开掉他。何不把王先生找在我们一起?
宋先生	不,不!
陆　海	为什么不?谁不知道顾先生在学校经费中间有一手儿?王先生也许能拿出点儿真赃实据。
宋先生	王先生为人太老实。他没有捣鬼儿那份儿才气。说实话,他的手脚太不漂亮。
陆　海	王太太怎么样?她精灵极了。
宋先生	未免太精灵,太有主张!这些自私自利,一阵阵儿改脾气的女人趁早别找。做事千万别同女人打伙!她知道她丈夫就要辞掉。她心里早拿好了主意。趁早别惹她。
陆　海	关教授怎么样?
宋先生	关先生恨我。他不会同我们合作的。我们要是真能抓住顾先生的把柄,那时再同关先生来往不迟。

〔陆海忽然警觉起来。

陆　海	哑!我想我听见顾先生回来了。
宋先生	正好!我要见他。
陆　海	宋先生,我求您马上就走!我们俩在一起说话会惹顾先

生疑心的。

宋先生　对，对。我一会儿再来。

〔宋先生轻轻从右门离开屋子。陆海装出收拾屋子的模样。

〔顾先生与丁先生一同从左门进来。

顾先生　没有人来吗？

陆　海　没有。

〔陆海从左门下。

顾先生　我们体体面面地请王走。顾全他的面子，我们让他来辞职。再多给他三个月的薪金，也就不算伤他的感情，然后你再给他一张漂漂亮亮的服务证明书。

丁先生　王不算什么。你得想法子让他太太别生气。

顾先生　不错。她对她丈夫抱有一番野心。麻麻糊糊答应给她丈夫在校外谋点儿好事，你瞧怎么样？

丁先生　政府机关上的事。

顾先生　就这样罢。至于宋，我你得另拿出一种手段。我们马上就辞掉他，也不必先通知，就说他贪污舞弊，要把他扣下，把他吓唬走了事。

丁先生　这不太利害点儿？

顾先生　事到临头，只有这么办。再者，我们也不能给宋时间，让他回头捣鬼。

丁先生　让他马上就走，不见得那么容易。他总会造出点儿情由，多逗留几天。

顾先生　我们限他一天工夫就得离开学校。我们叫两个巡警时时刻刻地跟定了他。天黑他要是还不搬，我们就强制他走。

丁先生　我不欢喜强制这种买卖。免不掉有人说你是军阀。你防备惹恼了全体教职员。

顾先生 别替古人担忧。不到半天工夫,我担保你他就得走。他走哪儿两个巡警跟到哪儿,这就够他不好意思的。

丁先生 但愿如此,不过你得小心。

〔陆海从左门进来。

陆 海 王太太要见您。

顾先生 她来了吗?

陆 海 来了。

顾先生 丁先生一走,就请她进来。

陆 海 是。

〔陆海从左门下。

顾先生 这女人又来了。不知要带来一阵什么风。只要平安无事,迟早都好。

丁先生 我要是你,我绝不那样做。就是现在改换主意,你也不算太晚。

顾先生 你是说我怕她吗?哼!改变既定方针,为的避免女人不高兴?

丁先生 随你便吧。有史以来,大政方针让女人颠覆的,好在也不是从你这儿起首。

顾先生 得了!等我让她做弄了以后,再请你教训我不迟。

丁先生 我并没有心招你讨厌。敬祝你前途顺利。

〔丁先生从左门下。顾先生努力约束自己的怒气。

〔陆海导王太太从左门进来,然后下。

〔王太太是一位三十五岁上下的动人人物。漂亮,惹人敬,又可爱地阴柔。她有一股冷劲儿,锱铢必较的严酷,这个她十九用女性的拘谨文饰住。她的衣饰非常艳丽时髦,并且带着这样好的审美眼光,没有人会把她错看做一位不自重的妇人。她代表一种在中等阶级常常看见的女子,天生下来装扮好了,为的到上等社会去,可是从生到死同一个平平凡凡的丈夫拴在一起,而且她自愿嫁他,带着一大群孩子,并且个个孩子她都喜爱,绝不有愧母职。有一类女人的魔力是没有人能反抗的,连她自己的丈夫也不能除外,她就是这样的一个。

〔顾先生并不怯懦,但是刚刚生完了气,又加上点儿难以掩藏的内心的咎责,所以对于王太太的迎接丝毫不似往日那样文雅。

〔王太太立即看出他的勉强,于是特别亲热,讨好,不在意,设法叫他心安。

王太太	近来好吗,顾先生?
顾先生	很好,王太太。

〔顾先生请王太太坐睡椅上。他自己坐在睡椅右旁的小椅上。

王太太	顾先生,你脸上的颜色可真不象从前那样好。也许是你近来太勤苦。
顾先生	我倒不见得勤苦,也许学校嘈杂事一多,我免不掉就瘦了些。
王太太	有什么可操心的呀?有你这样能干的人领袖一切,学校不是平平静静的吗?
顾先生	是的。
王太太	学校许久没有什么变动了,目下像也不会再有,不是吗?
顾先生	(不舒服,也不想驳正)没有。
王太太	你知道,顾先生,我想你得一个女人鼓舞着你。为什么你

493

	不接出你的太太呢？
顾先生	我岳母在上海病还很重。其实离开了妻子，我一个人做事倒做得好，这一点还差堪自慰。我是讲，对她还差堪自慰。
王太太	我完全明白。我刚才是指一位真正同你性情相投的女人讲，她不单能同情于你，并且真能帮你忘掉了你的苦恼。
顾先生	那自然再好不过。
王太太	为什么你最近不来同我们打麻将呀？你从前时常来，我们的时候也消磨得怪有意思的。
顾先生	我夜里要念一点儿书。
王太太	这才坏哪。我从来不欢喜念书的习惯。
顾先生	为什么？
王太太	因为念了书你就得想，一想你就得不满意人生。一个人应该在上衙门的时候办办公，可是一离开衙门，他顶好是到性情相投的社会里头寻一寻乐，忘掉他的公事。
顾先生	假如一个人生性孤僻呢？
王太太	天下就没有生性孤僻的人。他不欢喜他的同伴儿们，正因为他寻不着那种气味相投的社会，特别是妇女社会。
顾先生	你的话或许有道理。
	〔谈话暂停，顾先生在思维。王太太也不去打搅他。顾先生提起精神来。
顾先生	你丈夫我看这一向颜色有点儿憔悴。本来王先生在学校服务得也真有些年分了。我瞧，简直换一换地方也许对他还不错。
王太太	你不记得嘛，我们要出一趟远门，总得到放暑假才成。再者，带着小孩子们去旅行，也就够淘神的了。

顾先生	我不是单指放假说。你丈夫好像越来越老气。他顶好是改一改行,做一点别的事体。眼前一新,他自然对于生活就有了兴趣,不会老那样死板。
王太太	那也就是说着好听。象我丈夫那样一个人,马上要是另外换一个口味,并且在他那种年纪,我真是想都不敢想到的。再说,我们在学校的位置也很趁心。象我丈夫那样辛辛苦苦地做事,我简直不信顾先生会不赏纳的。自然啦,他有他的错儿,可是就大体上着眼,对于学校说,我还看不出一个再好的会计员哪。再说吧,我们在学校待了这许多年,根也深了,简直怕移动。换一个地方,从新刨土接根,我怕我丈夫一点也受不了。结果很悲惨也说不定哪。

〔王太太安闲自如,看着顾先生,意思是我的话对不对。顾先生决定更换题目。

顾先生	你的小孩子们怎么样,王太太?
王太太	都不错,谢谢你。我的大小姐招了一点点儿凉。你知道,孩子们里面就是她一个吃的奶妈子的奶。因为这个,她才不像那四个孩子那样结实。我再也不雇奶妈子了,可是这话对你一点也没有意思。
顾先生	我很关心你的孩子们,一个一个那样漂亮。
王太太	学校有一块草地好极了,照顾孩子也轻省了许多。在草地上头,他们可以随意跑,玩儿,也不用担心有汽车过来压了他们。这儿尘土也少,苍蝇也少,我们要是住在城里的话,除非家里有一个大花园子,才能得到那些好处。可是我们哪里能租得起那种房子。
顾先生	不过城里也有公园。
王太太	它们哪里能同学校的空地比。头一样,它们就先不这样

495

干净，又那样杂乱。

顾先生　这倒是真的。孩子们一定占了你不少的时间，王太太。

王太太　也不像你想的那么多。这全看一个人怎样地摆布。不过我也得时时留神到他们。自然啦，我疼他们，可是（叹息）对我这种性情的人，孩子们只有妨害。

顾先生　这怎么解呢？

王太太　我这辈子要是还有点儿喜好的话，也就是爱干净：衣服干净，家里干净，样样干净。孩子们简直是野马。他们生来就喜好动泥，惹乱子。这得好好费几年的管教才能把他们洗脱出来。

顾先生　在这一点上，我怕有点儿不同意。我相信孩子们是不知道好歹的，然而干净不干净全看你怎样教养他们。

王太太　你对教养儿童这样聪明，真怪可惜的，你自己一个也没有。

顾先生　我有我的狗呀！

王太太　你这样开心，这样怪气呀，让我给你道喜吧。

顾先生　我很当真的。

王太太　我不相信。

顾先生　让我们来讨论一下还是有狗好，还是有孩子好，你就可以看出我是不是诚心诚意了。

王太太　（笑）我接受你的战书！

顾先生　好！让我先来。你可以挑选你自己的狗，说是你欢喜它；可是孩子来了，不管爱也罢，恨也罢，你先没有法子挑选。你要一条狗，多了你晓得你养活不了；同时千挑万选，好歹你可以挑出一条合你的意的。一个孩子硬摆在你手里，不要也得要。性质少不了你不欢喜的地方，就说怪

	脾气吧，多少也要从胎里带些来。
王太太	一个孩子正因为不是买来的，送来的，捡来的，所以才可贵。这完全是你自己的，你的血，你的肉，性质就说不好，承继的也总是自己父母的性质。孩子的特性是做父亲的自己给的，他要是恨，先应该恨他自己。至于说到母亲的特性，现时妻子好在是父亲自己看中了的。孩子们就是有恶习气，做父母的也没有不心爱的。说孩子爱害臊，其实狗也一样，非好好教养才去的掉。
顾先生	可是也有例外，聪明的父母常常生下庸庸碌碌，笨头笨脑的孩子。
王太太	平平常常的父母也常常有聪明的孩子。
顾先生	一条狗少惹人麻烦。
王太太	一个孩子更使人快活。
顾先生	对于一条狗，我们少负点儿责。
王太太	正因为狗不如孩子宝贵。并且，平常男女唯一不自私，不自利，牺牲自己的机会也就只有照顾孩子。平常人的宗教也就算它。
顾先生	你可以时时把狗打发开。
王太太	我承认这一点于狗有利，可是这狗也够多么可怜呀！
顾先生	一条狗活的日子不多，少惹人厌。
王太太	唯其小孩子慢慢成长为人，才值得人来教养。
顾先生	狗总不会没有良心的。狗绝不像长大的子女，恶将善报，为了丈夫或者妻子丢开老年父母不管，为的早点儿承继产业，整天就盼上辈人死。
王太太	不见得子女全没有良心。别人爱我，我爱别人，这是自自然然的一种义务。我们人全是这样。我就这样做。我罢，

在我父母面前不算孝顺的。他们自己可也没有怎么好看待他们的父母。他们待我那些好处我一辈也还不清。可是我为了我的孩子们下苦受罪,总算报答了我的父母。天理循环,一丝不紊。这绝不会再变一个样子,我也不愿意它再变一个样子。

顾先生　我还没有说到我主要的论点。现在让我来讲。在人生这条路上,没有东西不毁灭的,而小孩子最为柔脆。到了七十,八十,或者九十,我们定而无疑是要死的。然而人却用尽了千方百计,留连在人世,一点也不合于"人生皆有死也"的道理。我们把自己联在孩子身上——有毁灭性的东西上面——,这种结合是感情作用,无聊到了家,说好也好,说浅也不浅。活的时候,我们尽量享乐,随后死神来吓我们一跳。

王太太　你的态度要是这样的话,言行一致,我看你不如到和尚庙修行去。你得舍弃人间一切束缚,色相皆空,然后才不致为他们困住。然后人生也就清冷无味,死神也就容易来了。

顾先生　我还没有那么极端。我相信中庸而合理的缘法也不可不结。而享受人生同肉的痹麻也不可太过。在大地上,立身须要坚强,然而扎根不可太深。然后人生即使不兴奋过度,也有点华丽气象,有点舒泰可言,而死亡也就不会分外激烈。我爱狗,只要在情理以内,合乎中道;可是我自己要有了孩子,我就不能不疼爱一个特别。

王太太　对于人生这样怯懦的人岂不是弱者吗?试想我们生来干什么,要是不痛饮人生,痛饮到末一滴?难道因为人生不可靠,平常人都该合掌扶十吗?总算还好,这世界有的是

	男男女女，敢于生也敢于死。我的话也许说得太——
顾先生	没有什么。不过你的意思是不是说，大多数庸庸碌碌的男女都是慷慨有为呢？
王太太	一点也不是。我先前已经告诉过你想东想西的危险。如果像你适才那样考量人生，你的结论，全然合理。可是平常人——谢谢老天爷——简直就不思想。他们拿不可救药的乐观主义顶替了思想这件事，别瞧它不合理，有点下流，可也真顺人心。他们就是这样生活下去，也不死，也不想到死，一直到他们把日子过得不得不死。死神追上他们，给他们一点儿病，吓他们一下子，然而这也只是游戏呀。人有个死，究竟比连活都没有活过的强！
顾先生	很对。我很高兴我们谈得这样有趣。这正证明一个真理是有许多方面的。
王太太	你说的一点也不错，顾先生。我觉得我们的话讲得有趣极了。我现在真得走了。
顾先生	你一点也不碍我的事。同你谈话再有意思没有。
王太太	你的话真客气极了。其实这点应该我说。
顾先生	不说怎的话，女人群里真要数你了！
王太太	哦，顾先生！
顾先生	真的，你在这儿只是糟蹋了你的才分。应该有一个大些儿的局面才对得你过。你知道，我同女人的经验，特别同我的尊夫人，让我怕极了和你们这些高明的女性谈话。我说我欢喜同你辩论，这实在是我所能献与你的顶高顶高的东西了。
王太太	你是说我有点儿男性吗？
顾先生	为什么？不错，有点儿男性，同时又非常的女性。

〔王太太站起。顾先生随之起立。〕

王太太 多谢,多谢。留点儿德行在我嘴里头,我还是走吧。哦,可不是,我几几乎忘掉了这儿还有一点小小的事情。

顾先生 (不自在起来)让我们随后再谈吧。你知道,今天是星期。

王太太 (甜蜜而流利地)这是一件顶不要紧的事情,马上就能决定了的。你瞧,我们现在占的那房子,小得越来越不够我们住的。孩子们又大得那么快。我们急于等一间卧室用。我们已经计划下多盖一间屋子。不过在学校当局没有正式答应以前,我们可不愿花那份儿钱的。

顾先生 这个问题很复杂。最好先请王先生递入一份正式的建议书,然后我再叫该主管科审查审查。

王太太 可是事情又这么简单。这你晓得,我丈夫的合同不久就要满期了,虽说就要满期,想来也不会不蝉联下去的。我晓得这不会不续下去的,一种例行公事而已。平常,我绝不肯把精神糟蹋在这上头。不过这一间新屋子我们约摸要花一千块钱哪。在未动工以前,我们自然先得有了学校的允许,这点常识我们还有。顾先生可否把我丈夫的聘书赶速发下来呢?

顾先生 (分明不安起来)嗳……我得想想。你不能缓一缓添那间屋子吗?

王太太 不能啦,我们得弄好屋子,怕暑天就要来哪。

顾先生 你们可以搬到宽大点儿的房子去。我听说这儿有些空房子。

王太太 怎么,扔掉我们的小花园子?我们费了那么多的精力、年月,弄好的小花园子?得啦,顾先生,你有什么特别重要的理由我们不该盖那间新屋子?

顾先生　　没……有，只是嗳……我怕别位有孩子的太太们援你的例，使办事上感到困难。

王太太　　我不觉得那么样。

〔顾先生的容色渐渐有点儿严重。王太太非常注意于他。

王太太　　顾先生，你不见得就完全同我公开。有些事你打算瞒住我，不让我知道。

〔王太太坐睡椅上，容色颇为难堪。顾先生戴上一副尊严的面孔，提过一张椅子来，坐在她的身旁。

〔就在这时候，陆海冒冒失失地走进屋子。

陆　海　　您捺铃了吗？

顾先生　　（试探地）没有，我没有捺铃！

陆　海　　那是我听错了。

〔陆海从左门下。

顾先生　　（向前倚）我很欢喜同你谈谈，彼此以诚相见。我是你顶好的朋友，从前是，将来还是。不错，事情是有事情，不过我不是预备现在说的。刚才你问了我好些别扭话。现在我一起痛痛快快地答复你吧。你先不要难受。我也绝没有意惹你不痛快，不过你把我逼到了不得已。

王太太　　这是怎么解呀？快点儿说吧，我求你！

顾先生　　这关着你丈夫的。王先生是好人，老实人，在经理学校账目这件事上是很受累，很忠实的。不过，你明白，不过……

王太太　　（听不下去）快点儿，快点儿！是不是他贪赃舞弊……

顾先生　　没有，没有，你简直想入非非。刚才我不在讲嘛，王先生在学校服务有年，我除去钦佩以外，没有丝毫可挑剔的。

	不过平常有功不一定就有赏……
王太太	（兴奋地）顾先生，你真看不出你这些啰哩啰嗦的话怎么伤我的心嘛！劳你驾，请你不要再吞吞吐吐，好不好？
顾先生	好极了，王太太。我刚才正要点到题目。嗳……我很抱歉，其实嗳……我非常抱歉，并且嗳……为了完全在我能力以外的理由，我怕，真的，我想你丈夫的聘书不再蝉联下去了。
王太太	怎么？

〔在他的刺戟中，王太太跳起来，然后又落在睡椅上，靠近另一边。顾先生跟着扯近椅子。

顾先生	请不要生气，王太太。
王太太	你就漠不关心，告诉我，说你要辞掉我丈夫吗？
顾先生	我的话不是这样讲，并且……
王太太	你还有胆子叫我静着点儿？
顾先生	我得解说明白……
王太太	我不要听你的解说！
顾先生	真的，王太太，我……
王太太	试想想，这会从你这儿来！你自命是我们的朋友？你……你……

〔王太太站起，怒不可遏。

顾先生	得啦，王太太，请你……
王太太	（抑住她的忿怒）我知道你！好几个礼拜我就看出来了。你这冷血的乌龟！你和你的诡计骗不了我！你晓得清清楚楚我丈夫就有一个靠山。现在他叔父去世了，你就要踢掉他，是不是？可是这不能就轻轻放你过去！天底下还有说理的！我丈夫比你好十倍也不止！怪不得你把狗

看得比孩子还重！你落下地就是狼心狗肺！天生狗种！你的子孙也脱不掉狗干系！

顾先生 （冷静地）你这些气上的话你会后悔的。

王太太 谁说我生气？样样事我都该生气。看着你就是气！你这漏网的贼！你这地下逃出来的畜类！像你这样一个流氓浑蛋也来做一校之长！败坏人家的子弟！你也就是配教一班贼忘八！

〔顾先生觉得最好只有让她的怒气自己慢慢消下去。他漠不关心地坐下，看她能怎么样。

王太太 你这阴阳脸的强盗！你捧了我同我丈夫一早晨，然后在背上扎我们一刀！你那么爱护我家，原来就为害死他们！

〔陆海又冒冒失失地从左门进来。

陆 海 我好像听见您叫我。

〔顾先生盛怒转向陆海，高兴也有一个机会给他发泄发泄。

顾先生 你的眼睛哪儿去了，混账东西！我没有叫你，我同王太太还没有谈完话，我要叫你，我会捺铃，我会要看你的狗脸！还不给我滚出去！

〔陆海低头下气从左门出。

王太太 你……哼！……你……哼！……

〔陆海的打岔减消了王太太的火气。她的神经再也受不了顾先生那份无所动于中的气派。她静静地喘着。她的面容一抽一抽地激动。她再也把持不住。她溃倒在睡椅上，脸埋在手里头，痛极而哭。

〔就在这环境转变的时候，顾先生抖擞起全副精神。他把椅子移的离王太太更近些，一掬同情地向前倚着。

503

顾先生	王太太,你不要过于伤心才好。
	〔王太太呜咽不止。
顾先生	听我说,王太太。
	〔王太太仍然哭泣下去。
顾先生	王太太,你这样难受真让我不好过。
王太太	(竭力止住哭泣)你们……男子汉……是……这样……残忍呀!
顾先生	我晓得,我晓得。好啦,请不要哭了,听我告诉你话。
	〔这一阵眼泪有点儿平静了。王太太慢慢抬起头来。她的手机械地摸索她的手绢。她摸不出她的手绢。顾先生献上他的。她用它拭她的眼鼻。她无精打采地向前倚着,臂在膝盖上,眼睛注视地上。这一大场眼泪哭的她气力也没有了。
顾先生	你好点儿了。我真想不到你这么难受。我总想免掉它的。你总不给我机会让我说完话。你以为我是铁石心肠。你觉得我有点儿取巧。对你丈夫残忍,不公道。不错,他是我的下属,然而这可不见得我就能随心所欲。我也是人家的下属,听我上头朝三暮四的管辖。我并不想辞去你丈夫,然而有人吩咐下来,王先生得走,我不敢不听从,他比我位分还高,势力还大。为什么?就只因为这位大人老爷有一个跟班儿的想要学校会计科这个位置。信服我,我替王先生费了很大的力量来着,冒了大险,我自己的位置差点儿也跟着动摇。我替王先生说情又说情,可是一点效验也没有。
王太太	(安静地)这位大人物是谁?
顾先生	王太太,说实话,我不欢喜你这种问话。第一,这有点儿

不相信我的一番诚意。再则，我们在政治上也不和私人计较的。

王太太 你不要以为我没有良心。我刚才发脾气，真是对不住你。我说了许多我不该说的。

顾先生 过去事不用提了。按理你也该同我生气。

王太太 你们男子汉从来没有说替我想想。我丈夫只是一个孩子。他除掉他的工作，菊花和芍药以外，任么儿也不管的。

顾先生 你丈夫是一个大好人。

王太太 自然他是喽，可是将来怎么样、家庭情形怎么样，他是一点儿也不分心的。无可奈何，我倒成了一家之主。我丈夫也不知道怎么去巴结人。他也不管他开罪了谁。他又不爱热闹。结果维持他位置的全份儿担子都挑在我身上。我时时得替他同孩子们打算。

顾先生 是的，是的，我知道。

王太太 每一个月我们花费一半儿薪水来应酬。到了酒席上面，我丈夫还是他那块死砖头。他不喝酒，不吸烟，就连说长道短那份儿才干他也没有。

顾先生 然而王太太却是天字第一号儿善于应酬的。

王太太 你以为我真欢喜伺候园子里的张王李赵吗？多少年我费尽了心思，做尽了奴才，讨大家欢喜；减少反对的人，所为何来？还不是为了保全我丈夫的位置？就在今天，这多少年的苦心一下子付之流水！

顾先生 你不要往那方面想才好。

王太太 （怜惜自己）我只是一个妇道人家。我得单枪匹马冲了出去，来保全这一家子。大家说我野心大，叫我什么花蝴蝶，善于钻营，和别的坏话。他们从没有想到我心里多么难受，焦忧急虑，有时逼得我发疯。没有人了解我。（用手绢拭目）没有人同情我。（要哭的样子）没有人可怜我。（支持不住了，静静地哭起来）

〔顾先生离开椅子，坐在睡椅上，王太太的身旁。他把右臂围住她，手放在她的肩上。

顾先生　王太太，我了解你。我能替你设想，我是你一个朋友，把你看的非常高贵。留你丈夫在学校完全在我的能力以外。不过别的忙我还可以帮。自然我得请他辞职。此外我绝没有难为他的地方。我可以多给他六个月的薪水，算是酬报他在学校勤务有年，忠于所事。（王太太止住哭，拭泪）他可以拿到顶漂亮的服务证明书。然而这我还嫌不过意。（王太太露出很关心来）我可以介绍他一个外交部的差事，说实话，官场的门道我想我还清楚。这事正应王先生那份儿才干！

王太太　你真诚心诚意吗？

顾先生　自然。我听说领事这方面有一个缺额。

王太太　什么事？

顾先生　我想是二等副领事这类事。外交部的某位大人物和我还够交情。我马上就找他说去。

王太太　那我们真感谢你极了。

顾先生　这里有多少可能，你想！你可以到外国一趟。你可以得着大局面来施展施展你的才能，你可以得到一个欣赏你的社会！

王太太　（最销魂的模样）你待我这样好。

〔王太太向顾先生甜蜜地微笑，两手捧起他的左手。

〔就在这时候，左门忽开，走入陆海同宋先生。

陆　海　　宋先生！（貌若惊惶）呵，我以为王太太走了哪。

〔宋先生同陆海凝视，佯为惊惶。王太太颜色颇为难堪。顾先生罔知所措。

——幕落

第 二 幕

校长私宅的客厅。同日下午。

〔陆海在收拾屋子。宋先生安然从左门进来,同陆海彼此会意地微笑。

宋先生　他还是请我了,是不是?
陆　海　是的。事情慢慢有意思了。
宋先生　今早你那一手儿真漂亮。你把我让进屋子那时候,是不迟也不早。这下子我们可逮住了他们,你看他们那份儿姿势!(他模拟那种姿势)
陆　海　这没有什么难。我从一起头就爬在钥匙眼儿上看这出戏来着。
宋先生　你从来听说过这种运气?我们想拿他点儿把柄拿不着,这却捡了一个大便宜。
陆　海　我不叫这运气。我一看事情到了什么地步,该怎么办我就怎么办。
宋先生　有你的!可是我在的那当儿也狠紧要。
陆　海　那还用说。
宋先生　哈,陆海,这比什么文件也好!

陆　海	我也是这样想！
宋先生	这点儿新闻够值钱的，把它卖了，说不定我们会发一笔横财。
陆　海	我也这样盼望。
宋先生	陆海，这得我来。不错，你是够麻利的，可是到了大交易场面上，我说，这还得我来。
陆　海	宋先生，这自然全仰仗您了。
宋先生	你不用担心。反正学校这一份儿铁饭碗我们算抱稳了。我们的事从此就算保了险。不止我们照样儿有饭吃，简直我看大洋钱要一口袋一口袋滚进来。
陆　海	这对极了我的心思。
宋先生	拿稳了没有错儿。你想，这段情节还造不出十足的谣言！他们不是真在那儿恋爱，是不是？
陆　海	自然不是！可是顶毁人的是他们那份儿模样太像了。
宋先生	谁敢赌个不是！我们在这上头足可以加点儿油盐。
陆　海	我觉得连这都多余。
宋先生	可不是。事情明摆在眼前，足够他们受了。不过顾很滑头，我们总得加意小心。
陆　海	这您可以信得过我的。好在我跟您学就成了。
宋先生	咝！我听见有人来了。
	〔宋先生坐下。陆海继续收拾屋子。
	〔顾先生很活泼很高兴的样子从左门进来。陆海从左门下。
	〔宋先生起立。顾先生同他亲亲热热地握手。
顾先生	好呀，宋先生！见到你真高兴！
宋先生	不敢当，顾先生。

顾先生	下午好极了，不是吗？
宋先生	是，我觉得自己差不多和天气一样明朗。
顾先生	你本该的！你的性情原本就明朗。
宋先生	我向例是从快乐方面着眼。
顾先生	我希望学校多有你这样几位。宋，你该常来看我才是。
宋先生	我不愿意打搅你。
顾先生	没有什么打搅。我的下属同我全是一家子人。我愿意你高兴时候常来坐坐，吸口烟，谈谈天，斗个小牌。你这么明快的一个人，我太太走啦，你正该想法提提我的精神。
宋先生	顾先生，你真太好了。
顾先生	这哪里算得了什么。这该是我谢你。我一见你就觉得好一些。
宋先生	不敢当，顾先生。
顾先生	你手下近来怎么样。很忙罢？
宋先生	还不坏。入学试验我们都预备齐全了。
顾先生	哦，你提醒了我为什么请你来。
宋先生	陆海说你想要见我。
顾先生	是的，是的。请来我们一齐坐在躺椅上。

〔宋先生坐在睡椅的右端。顾先生近乎中间坐下。

顾先生	我请你来。为的谈谈关于入学试题那件事。
宋先生	是。
顾先生	我是说关于外面反对你的流行的坏话，同入学试题有关联的谣言。
宋先生	顾先生也相信这些谣言吗？
顾先生	我不信！真的，我起头听到这些污人清白的流言，我非常生气。简直说不上什么相信不相信。不过要想把你的名

	誉洗刷干净，我就不得不仔细调查一个明白。
宋先生	是。
顾先生	结果正不出我的意料，让我告诉你好了，那些诽谤一点也没有根据！
宋先生	这我真得谢谢顾先生。
顾先生	哪里话！为我勤苦的下属争气是我的责任。我很庆贺你能清白自持。不过我劝你得十分小心你的助手。这些考试题目很能勾引那些穷书记学坏。
宋先生	顾先生，我简直说不出我该怎样感谢你！
顾先生	自己人，就这样好了。
宋先生	你这样信托我，此后我得好好努力，才对得住你。我希望我立刻就有机会来证明。
顾先生	没有什么，宋。
宋先生	将来我得亲自看管所有考试的题目。
顾先生	就那么办罢，宋。可不是，我听说你一早晨都在池子那儿钓鱼，是吗？
宋先生	（微觉茫然，但几乎立时恢复原状）是的，是的。我爱钓鱼，今早运气很不坏。
顾先生	你一早晨都在钓鱼吗？
宋先生	是的。让我想，从八点一直到十二点钟。
顾先生	据说我的听差陆海也一早晨都在那儿。
宋先生	是的，是的，自然啦。他就没有离开我过。真的，他替我出了不少主意，帮了我一早的忙。他说你给了他半天假。
顾先生	是的，这家伙脸色很有点儿憔悴。我让他早晨歇一歇。
宋先生	陆海真算得一个绝顶聪明。对于鱼性熟极了，池子哪儿出鱼他也晓得。会讲话，又很懂事。

511

顾先生	是的,我就欢喜陆海。没有他,我简直不知道怎么办。
宋先生	陆海今早对我讲,因为喂你那只小狗,你对他有点儿误会?
顾先生	哦,他怎么说?
宋先生	我相信陆海拿水泡饭喂狗,纯粹为了狗好。顾先生许没有留意吧,这狗很久就消化不良,带着病哪。陆海把它点儿硬饭,看好了它,也许就救了它的小命。
顾先生	真有你说得!呵!我从来就没有想到这层。我得给陆海道声歉。

〔顾先生捺茶几上的电铃。

宋先生	陆海为了你的误解很难受来着。
顾先生	这孩子!他早该对我提一声。闷在肚里,他就是这种脾气。

〔陆海从左门进来。

顾先生	陆海,我刚才听宋先生把喂狗那件事解说明白了。从前委曲了你,是我不好。我想我有时真太浮躁了。
陆 海	哪里话。
顾先生	现在既然把事弄明白,自然我叫你走那句话算根本取消。我还在想哪,像你那么忠恳的人会做出那种坏事来。你要知道,我还是照常欢喜你。
陆 海	谢谢您。
顾先生	上礼拜你问我借钱,给你大孩子学费。这钱就算我赏你的好啦。
陆 海	您真是的!
顾先生	可不是,我听说你一早晨都在池子那儿钓鱼,是吗?
陆 海	(莫名其妙)您是说?

宋先生　　我正在告诉顾先生，你怎么怎么同我在池子那儿钓鱼来着。

陆　海　　是的。我自然在那儿。

顾先生　　一早晨？

陆　海　　是的。我一刻也没有离开宋先生，……从……从嗳……

宋先生　　从八点到十二点钟。

陆　海　　正对。

顾先生　　好极了。我很高兴你们俩都欢喜钓鱼。这是一件顶好的消遣。今早还有谁看见你们钓鱼吗？

宋先生　　(望陆海)让我想想，今早还有谁在池子那儿吗？

陆　海　　是的，是的，我记得了。还有学校的花儿匠。

宋先生　　我也想起来了。我记得清清楚楚他一早晨在那儿瞎摸索来着。

顾先生　　好极了。陆海，叫花儿匠来。我等着见他。

陆　海　　是。

〔陆海向左门行，忽然立住，转过身来。

哦，我忘记告诉你王先生同王太太在那边屋子等你了。他们说你请他们来的。

顾先生　　我现在就接见他们。

〔陆海下。宋先生起立，顾先生亲亲热热地把他送出屋子。

〔陆海请王先生同王太太进来。陆海从左门下。王先生是一位将近四十，身量不高的清秀人物。他的面庞很削瘦，然而很秀丽。衣着颇为文雅，一件天青色的丝袍。他的性情易于激怒的。他是那种把烦躁当做慷慨的人。如同现在，他竭力想带出凶样子，结果反而有些孩气。

〔王太太是俨然端庄的模样。

〔顾先生恭恭敬敬地鞠躬。王太太同样有礼,唯有王先生傲然置之不理。王太太舒舒服服地坐在睡椅上。王先生死板板地坐在椅沿,在睡椅的左边。顾先生坐在对面的椅子上。

顾先生　王先生,王太太,我请你们过来,就为今早一点小事。

〔王太太毫不在意。王先生哼哼。

顾先生　事情本来倒没有什么,不过这让不知者一传出去,生出严重的误解也难说。

王先生　我倒也想不这样说!

王太太　(怪罪王先生)怎么啦,你!

顾先生　王太太的名誉是绝没有含糊,也绝没有人会信她能做出不谨慎的事体。

王先生　哼!

顾先生　至于我的为人……叫我自己讲,未免太不好意思。好在从来还没有人褒贬过我什么闲话。

王先生　这我可不知道!

王太太　成不成,请你安静一会儿。记着你怎么应许我的。

王先生　我不情愿闭住口嘛!

王太太　你要不要听顾先生讲话?

王先生　我已经听得够份儿!该轮着他听我的了!

王太太　(恐吓地)是不是你要倔强到底,你?

顾先生　王太太,请他随便好了。说罢,王先生。

王先生　(竭力想镇静住自己)你可否告诉我,今早你同我太太干什么来的?

顾先生　王太太为一点小事来会我。

王先生	（讥讽地）小事？
顾先生	是的，一点小事。
王先生	（愈加兴奋）那么告诉我，为了什么小事，你把你的胳膊围着她，握住她的手，溅了她一脸唾沫？
王太太	你也别讲得太难听！我没有给你一遍又一遍地解释吗？
王先生	我要他来解释！
顾先生	（非常安闲自适）信不信由你吧，王先生，王太太说什么就是什么，我没有别的话讲。
王先生	（站起，高声呐喊）没有别的话！（更高）没有别的话！自然没有喽！你还有什么可说的！你也承认你是一个坏蛋！你是一个偷人家老婆的臭骨头，你是！（话说的很快，但是毫无关联）我要做出一点点给你看看！小心点儿罢！我要砸碎你的玻璃！瞧谁利害！我要……我要……我要弄死我自己！（王先生此时变的有些疯魔）

〔王太太看着王先生，有些可怜他。顾先生站起来，努力按王先生就座。

顾先生	（毅然，非常和气）听我说，王先生。我很明白你的感情作用，不过你只是冲着空里瞎嚷嚷。
王太太	让顾先生说一会话吧，你看你自己着急成了什么傻样子。

〔王先生渐渐平静。

顾先生	请你留神我的话，王先生。你这样无中生有，不仅毁我，简直就是害你自己。在这件事上头，我的仇人就是你的仇人。要是有人证实了我同你太太有什么非法的行为，雷声小，雨点大，我当然就得辞职。可是你的无辜的太太同我是一锅水，洗不干净。要是我走了，你就也得走。
王太太	（向她丈夫）你听懂了没有？

〔王先生早准备好了白旗，可是为面子起见，仍然装出愠愠不肯降服的模样。

王太太 顾先生，这一点我们完全明白。

顾先生 不错，我有许多的仇人。可是为你们自己打算打算，是不是你们站在我这边好些呢？

王太太 我们也这样想，顾先生。

顾先生 帮我，我也绝不让你们白帮我。要是我能把这件事掩饰干净，你们大可不必发愁你们的辞职。至于那位交派下来的人物，我也另想出法子来应酬。总之，你们放心好了，我总有法子把你们的位置弄得同我的一样稳固。我这话还不恳切吗？

王太太 顾先生，我们真感激你极了。你只要吩咐我们一声就成。

顾先生 这样才对！现在听我讲，今早看见这件倒楣事的只有两个人。我已经想法子把他们收买过来。要是有人问到他们，他们就说他们一早晨都在池子那儿钓鱼来着。

王太太 妙极了！

顾先生 自然你们二位要帮我的忙，万一有人问到的话。

王先生 （愠然）我不会帮人撒这种谎。

顾先生 谎？当然喽。其实撒谎又算得了什么？只要对个人有利，人人都撒谎。请问现下人谁不撒谎？不过有人不走运，让人查出来就是了。

王太太 把他交给我好了，顾先生。

顾先生 一切都仰仗着，王太太。好啦，我们再见吧。我们中间没有什么误会，不是吗？

王太太 自然啦！

〔顾先生同王太太亲亲热热地握手。王先生仅仅把手伸出来让人握。顾先生微笑地把他们从左门送出。

〔顾先生走向睡椅坐下，从衣袋取出一封信，开始来读。

〔陆海从左门进来。

陆　海　　花儿匠找来了。

顾先生　　叫他进来。

〔陆海从左门下。

〔学校的花匠畏畏缩缩地走进来。显而易见，他是一个农民出身，笨头笨脑的。在一所客厅里面，他很不自在，站在校长面前，不用提那种惊惶了。顾先生故意让他多站一时，假装没有看见。

顾先生　　你在学校服务多少年了？

花　匠　　服务？

顾先生　　我说，你在这儿做事有多少年了？

花　匠　　差不多两年了。

顾先生　　我见过你的面貌，可是想不起你叫什么名字。

花　匠　　我叫库文。

顾先生　　好，库文。学校的工匠我是时时留意的，这成了我一种习惯，就是你，我看见也不止一次。

花　匠　　（心神不定）是。

顾先生　　我觉得你非常勤劳。我是说，我看你做活做得很辛苦。

花　匠　　是。

顾先生　　到什么年限你的工钱就该涨了？

花　匠　　下年也难说。

顾先生　　学校的草地你收拾得很干净。待一会儿，我同庶务商议商议，加你点儿工钱。

花　匠	我……我谢谢您！
顾先生	据说你一早晨都在池子那儿做工。
花　匠	没有！我在花窖里头盘吊竹兰哪。
顾先生	别驳我！
花　匠	不。是。
顾先生	你今早是在池子那儿做工。
花　匠	不过那儿没有工做。
顾先生	你怎么又打断我的话？今天一早晨你都在池子那儿做工的。你看见注册科宋先生，还有我的听差陆海，从八点到十二点钟，都在那儿钓鱼。你听明白了吗？
花　匠	我……我不明白。我早晌正在花窖忙……
顾先生	少废话吧！
花　匠	是。
顾先生	再要多说一个字，我就开革了你。你明白了吗？
花　匠	是。
顾先生	换一个别的字眼，我就加你的工钱。你懂了没有？
花　匠	是。
顾先生	好，我告诉你什么，你就做什么，你的工钱自然会涨上去的。
花　匠	是。
顾先生	今早你都做些什么事呀？现在留神点儿！
花　匠	我是嗳……做工嗳……在池子那儿。
顾先生	对极了。你看见什么？
花　匠	我看见嗳……那……那……
顾先生	宋先生。
花　匠	我看见宋先生。

顾先生　　还有谁呀?

花　匠　　还有嗳……

顾先生　　还有陆海。

花　匠　　还有陆海,在那儿钓鱼。

顾先生　　很好。你们三个人在那儿待了多久呀?

花　匠　　嗳……一早晌。

顾先生　　从八点到十二点钟。

花　匠　　从八点到十二点钟。

顾先生　　好啦,库文。你回家把这个记得熟熟的,别有一点儿挂漏。有人要问你今早做些什么,你就老老实实把我告诉你的一字一字说出来。我盼你能把话说的自然了。别在外头瞎讲我一句闲话!照我的话做,你的工钱自然会涨的。要是不听我的话,不用说你丢了差事,你的皮我也要给你揭了。你听清了吗?

花　匠　　是。

顾先生　　好啦,去吧。

　　　　　〔花匠满腹疑虑而下。

　　　　　〔顾先生捺铃。陆海差不多立刻就从左门进来。

顾先生　　库文那花儿匠告我说,他一早晨都在池子那儿做工,还看见你们俩在那儿钓鱼来着。这人头脑有一点不清楚。你好好教导他一下子。

陆　海　　我会经心的。

顾先生　　我应下平安无事的话给他加工钱。回头我一想,这容易招人猜疑的,你就告诉他,说我额外赏他一笔钱好了。

陆　海　　好吧。

顾先生　　我到公事房看看去了,一两点钟里头总不会回来的。

519

〔顾先生从左门下，陆海替他开门。

〔陆海约计顾先生确实走远了，然后拿起日报，坐在睡椅上享福。

〔宋先生从左门静静地走进来，然而他静得还不够陆海灵警，陆海立即跳起来。

陆　海	您吓了我这一跳，宋先生！
宋先生	我不晓得有人在屋子里头。哈！哈！哈！你瞧我们运气走得怎么样？
陆　海	不算坏，不算坏。哈！哈！哈！
宋先生	你知道，谣言已经散得跟时症一样了。
陆　海	管它哪，对我们倒更好。
宋先生	顾的仇人正在想尽法子来利用这件事。
陆　海	他们也真够漂亮的。
宋先生	他们伸长了耳朵，就等坍他的台。
陆　海	只有我们俩亲眼看见，不是吗？
宋先生	我倒想说我们不是哪！要想开门，钥匙在我们手里头！真的，一串儿链子我们是丢了的那一节儿！
陆　海	您以为我们还是帮顾先生的好吗？
宋先生	这回你可真要把我问住了。
陆　海	我是说，我们帮他能占大便宜吗？
宋先生	你简直是一个哲学家，头脑透彻极了，陆海。
陆　海	您怎么样，宋先生？
宋先生	让我们一步一步地来琢磨。第一，我们帮顾先生的忙。第二，我们不帮他的忙。第三，我们两面来，也帮也不帮。还有别的想法吗？
陆　海	我想不出别的了。

宋先生	就这样来看罢。头一桩,我们可以赚一个大份儿。说实话,我们已经见到好进项。第二桩哪,就有好处,也还在后头,说不定就成不了事实。第三桩哪,我们除去惹来一手麻烦,怕简直什么便宜也沾不着。你是不是也这样想。
陆 海	我也这样想。
宋先生	再说,我也不欢喜反对顾先生的那些人们。我不敢凭信他们。顾先生总还有点儿人气,而且这家伙也真有两手儿,就是熬着不动弹。我特别欢喜顾先生背地那几手儿。而且他待他的同伙儿们很厚道。他虽说不老实,却也还过得去。我瞧我们最好还是帮他的忙,咬定了钓鱼那件事,你说怎么样?
陆 海	您把事情说的真清楚,就是我也明白了。
宋先生	好极了。我们就这么办。这里还有一件事……
陆 海	哑!我听门铃响。我出去看看去。

〔陆海从左门下。宋先生漫步看画片。陆海同关教授进来。

〔关先生是一个身量不高,谲诈的人物,上唇敷着薄薄一层八字胡须。他那神气说像一个教授,还不如说像一个鞋匠。他挺起胸脯,模样颇为难堪。他的臀部好像有什么毛病,走起步来微微有些别扭。他不走路的,他习惯于大踏步而行。他穿着老派官僚的衣服,样子十足,所不幸的就是他长就了一副铜匠的骨头。他大约有四十岁的年纪。

关先生	那么顾先生是真出去了。
陆 海	是的。
关先生	近来好呀,宋先生。

宋先生	很好,谢谢你。

〔陆海要出去的样子。

关先生	别走,陆海。

〔陆海转回身。

关先生	我见到你们俩,我真是高兴极了。真的,我找了你们一整下午。我们坐下好不好,宋先生?

〔宋先生坐在睡椅的右手。关先生占了对面的椅子。陆海立在睡椅后头。关先生灵活极了。宋先生同陆海都很加意,不是轻易就能让人说降的。

关先生	你们俩自然都听到那件丑事了。
宋先生	什么事?
关先生	关于顾先生的,自然喽。一个教育机关的长官,把会计先生的太太抱在手里头,在他自己家里头,在顾太太不在的时候,多么可怕的一件事!
宋先生	哼。
关先生	我同顾先生并非不要好,然而我总疑惑他道德上有点缺陷。我的怀疑现在可证实了。太坏!绝不该再让他诱掖未来的国民。你以为怎么样,宋先生?
宋先生	你的标准是很高的,关先生。如果我们坚持非全德的人品不能做大学的校长,我们各学术机关怕都要发生校长的恐慌。我不会唱高调,和一个理想家一样,我是就实际情形来讲。
关先生	你完全对的,和你平常一样,宋先生。然而无论如何,我们总望一个做校长的谨慎。只要他能支起架子来,我们也犯不上吹毛求疵。但是胡作非为,彰明耳目,便令人饶恕不得。顾先生污渎了他的神圣的事业。就正在他行恶之

际，他让人家捉住了！

宋先生　你未免以假作真，关先生。

关先生　自然啦，我们所听到的也还只是谣言而已。就是谣言吧，也有各式各样的，你听别人怎么讲，宋先生？

宋先生　要是谣言的话，管它哪，那有什么要紧呢？

关先生　陆海，你们听差是怎么个想法？

陆　海　我们做下人的哪里敢审判我们的主人。我们上头做什么事都是对的。

关先生　不是那么讲。关于这件事你听了些什么呀？

陆　海　也不过谣言罢了。

关先生　得啦，我们全顶要好的。我觉得我们彼此用不着那么提防。好在我们也只是闲谈而已。

宋先生　不过这些谣言很能毁我们校长的人格的。我们要是爱护他……

关先生　我敢说你的见解不全对，宋先生。请你不要见怪我才好。我敬服你个人对于顾先生的爱护，然而这里还有一个更高尚的目的，更值得我们的崇拜。我指学校同它与我们汲汲相关的前途来讲。学校的名誉现在很受动摇。这全是顾先生非法的行为所致。

宋先生　如果我们急于保全学校的令名，把谣言打消，岂不更好？即使顾先生真有罪，我们把他从学校赶走，但是学校的名誉还是有污点的。

关先生　对，对，宋先生，你的意思以为我们有统治谣言的能力。革命可以制裁的，然而你听说谁曾把谣言遏止住过吗？

宋先生　我们可以试试瞧。

关先生　我们当然能成，可是别的人没有这么好说话。

宋先生	我不觉得怎么样。
关先生	得,得,宋先生,让我们谈点儿别的事吧。据很可靠的人讲,真有亲眼看见那件事的。
宋先生	有吗?
关先生	你听人说过没有,陆海?
陆　海	也不过谣言罢了。
关先生	他们讲,有两个人看见王太太在顾先生胳膊里的,王太太的头搁在他胸口上,他正对她说卿卿我我的话儿,他正在叫她什么他的小鸡鸡,要不是什么他的小狗狗,要不……
宋先生	没有,没有。我想他在叫她他的小狮子哪!不是吗,陆海?
关先生	宋先生,陆海,我给你们道喜,你们是这件公案里的唯一关系人物。
宋先生	我刚才不过在讲别人家讲过的谣言而已。不是吗,陆海?
陆　海	也不过谣言罢了。
关先生	得啦,你们二位。我们打哈哈也打得够数儿了。我现在要正正经经同你们谈谈,不再废话。你们俩的确看见这件丑事的。我有一个提议。
宋先生	我们也不承认,也不否认。但是我们愿意先听听你的提议。
关先生	好吧。你们知道学校有许多人不满意顾先生的做事同为人的。他有许多坏地方让大家讨厌,但是因为他很滑头,所以大家疑惑尽管疑惑,可也没有法子证明。有许多大人物也晓得他有毛病,他们就等机会一到,把他辞掉。但是顾也收买到不少有势力的人物,勉强维持住这个局面。不过董事会有一位却非常不欢喜顾。这就是张董

	事，很有点儿讨厌顾，这我也不妨告诉你们。可是你们要晓得，张先生是我唯一要好的朋友。你们听明白没有？
宋先生	请说下去好了。
关先生	弄掉顾以后，我的机会嗳……把某种位置弄到手是很好的。说实话，有几位大人物已然完全应允下我这件事。等事情到手以后，我知道怎么酬谢帮我忙的朋友，这不全清楚吗？
宋先生	我们明白。
关先生	以前我们没有在一起合作过，我很觉遗憾，然而现在却是一个很好的机会。我们一同把这件工作完成不好吗？
宋先生	再看吧。且说你的意思是该怎么办呢？
关先生	这很容易。我已然计划好了。如果二位同我合作，我可以想法子让一批同人给董事会上一个请愿书，控告顾，请求正式查办目下这件事。我的朋友张先生再设法使这次请愿发生效力，让他们任命他自己做正式查办员。只要你们二位肯在查办时候出来证明一下，我们就可以把事情弄的十成十。顾自然只有辞职。
宋先生	假定他不辞职呢？
关先生	那人家就会辞他的。
宋先生	关先生，你的计划再好没有。就可惜我们俩并没有亲眼看见这件事。
关先生	得啦，二位！别向我推诿了吧，不然将来我成了事，有你们瞧的！
宋先生	我们说的是实情，关先生。我们不能同时去两个地方，我们能吗？
关先生	你这是什么话？

宋先生	我们绝不会亲眼看见的,就因为我们早晨在池子那儿钓了一早晨的鱼。
关先生	真的吗?唅,青天白日之下,这绝不会的!
宋先生	怎么不会?
关先生	我早晨也在那儿钓鱼,我怎么一个也没有看见你们?
宋先生	你开玩笑哪,关先生。围着池子左近,我们就没有看见你,看见了吗,陆海?
陆 海	我们当然没有。
关先生	我可以找出两个学生做证见,今早就只有他们在那儿钓鱼。他们我很清楚。一个是潘道元,一个是李一凤。他们全是我班里的学生。我们还在一起谈话哪,还说星期日早晨多清静,只有我们三个人在池子这儿享福。
宋先生	我知道我说的是什么。我再说一遍,我同陆海一早晨都在池子那儿钓鱼来的。你自然相信你的,可是我的也不见得就是假的。
关先生	好啦,我们不用再争辩了。我们有理性的人们真就不能商量点儿事吗?我晓得你们有你们不得不在池子钓一早晨鱼的苦衷。我可没有。说实话,我向例就很少钓过鱼。我这只是偶尔一次。
宋先生	随你怎么讲好了。
关先生	你们何必死乞白赖地守着顾先生呢?他的气运正往西走,而我的才打东上来。他只能把你们同他一起带下去。时运来了的话,我给的比你们想要的还要多。怎么样?
宋先生	我们只关心学校校长的升降。我们说的全是实话。
关先生	很好。各人有各人的命,我也不怪你们。然而我很欢喜

你们二位。二位都精明的很。我希望能做你们的朋友。我是很直爽的。我劝你们仔细挑一下边儿，现在还不太晚。请你们再想一遍好了。我回头再来看你们。再见。

宋先生　再见。

陆　海　再见，关先生。让我给你开门。

关先生　用不着。你还是同宋先生多谈谈吧。我认识路的。

〔关先生从左门下。

〔宋先生同陆海相视无语。他们转过头，苦自思维。

陆　海　他讲的是真的，还是虚作声势？

〔宋先生仍在思索。

陆　海　这样子好像今早他真在那儿。

宋先生　哼。

陆　海　我怕我们得换一下钓鱼那套鬼话。

〔宋先生猛然醒悟。

宋先生　赶快请顾先生来。我们得把事给他说明白。

陆　海　好吧。他在公事房哪。

〔陆海急忙从门下。

〔宋先生徘徊沉思。

宋先生　哦！我们得把他们全找到这儿来！陆海！

〔宋先生从左门跑出，追赶陆海。

〔右门略微辟开几寸。渐渐开大了，关先生溜进屋子。他仔细地听，走向敞开的窗户那边，做手势，向外打哨，然后匆匆溜回来，藏在右犄角书架后面。略缓，宋先生从左门回来，围着屋子徘徊，思绪纷繁。他坐下来，不久又不安宁地立起，仍然徬徨着。

〔顾先生急忙从左门进来。

顾先生	关真不是东西,居然跟踪而上,家伙总有他好看的时候!
宋先生	陆海告诉你了?
顾先生	是的。我早就猜到他要盘问你们俩。不过他说他也在那儿钓鱼,可真出人意外。
宋先生	他逼我们同他勾手,逼得我们没有法子,只好把我们商量好了的地点告诉他。
顾先生	算了,好在这没有什么。

〔丁先生进来。顾先生向他点头。

〔陆海进来。

陆　海	王先生同王太太就到。

〔王先生同王太太进来。顾先生向他们鞠躬。

顾先生	请大家坐下好不好?陆海,你不用走。

〔王先生同王太太坐在睡椅上,顾先生坐在睡椅左面的椅子上。宋先生对面坐下。丁先生占了外台右面的椅子。陆海立在顾先生身后。

顾先生	陆海,把门锁上。

〔陆海将左右二门一一锁住。

丁先生	窗还开着哪。
顾先生	我想关住窗户未免太热了。陆海,看有没有人在窗子对面。

〔陆海向外望,摇头。

顾先生	好啦。你就站在窗户那儿,向外看着。

〔陆海背向右壁,近窗户站着。他一时看看屋里,一时望望窗外。

顾先生	我召集这个会议,就为讨论一件意料不到的事。我需要你们的意见同你们的合作。我可以粗枝大叶地把事实叙

一遍，让大家看的更清楚一些。今天早晨王太太在我这儿，从表面上来看，我们好像很给人把柄。事不凑巧，让宋先生同陆海看见了，他们现在都在这儿。我同宋先生安排妥当，有陆海，另外还有一个人做见证，说他们一早晨都在池子那儿钓鱼，没有看见我同王太太。事情的新发展是这样的：那位阴险成性的关教授从宋先生同陆海那里知道了我们商量好了的地点。他马上就很严重地告诉他们，说他一早晨都在那儿钓鱼，还引两个学生做见证，说围着池子再没有别人。

王先生　我告诉你撒谎不会有好处的！

王太太　哟！

顾先生　背景就是这样。我想这很清楚了吧。现在我们来计划怎样对付。第一，我们弄得明白关教授今早是不是真在那儿钓鱼，尤其重要的，是不是他讲的那两个学生真在那儿。如果关教授说的是实情，我们就得扔掉我们钓鱼那一套话。我们发誓也许比他发得要利害，不过我极端反对把学生牵扯在校务里头。这帮多少忙。关教授总爱利用没有出息的学生替他做眼线，这且不提。第二，如果我们不用钓鱼那个地点，我们得另造一套什么话来证明宋先生同陆海没有看见今早的事呢？请大家给我一点意见才好。

〔沉静。

丁先生　关先生举出哪两个学生呢？

顾先生　你记得吗，宋先生？

宋先生　记得。潘道元同李一凤。

丁先生　两个学生全是政客！我认识一个同潘道元要好的学生。

顾先生	我可以问出姓潘的今早是不是真在那儿钓鱼,这没有什么。其实我相信姓潘同姓李的都很容易让我们操纵。等我们这里一完事,你就去打听打听潘道元,如果必须联络他们,你最好还是先来同我商议商议。
丁先生	好。
顾先生	现在我们假定不用钓鱼那个地点。这两个证人就算一早晨都不在我这儿,可是他们另外在做什么,我们该怎么解释呢?

〔死静。同时大家极力在思索一个答案。

〔就在这时候,关先生慢慢地,轻轻地从书架后面钻出来。全场人物一时惊惶不知所措,但是立即恢复原状。

关先生	我来的时候屋里头一个人也没有。我就等着。后来一定是睡着了。我听见许多奇怪的新闻,是不是我在梦里头?
顾先生	要是你听到了什么,你一定是做梦。

〔一个年轻人的面孔在敞开的窗外露出。

年轻人	呵哈!
关先生	瞧!这不是我的学生陈君!我是在做梦吗,陈先生?
年轻人	我靠着窗子的乱草后面念书哪。我也听到了许多奇怪的新闻。你没有做梦,关先生。

〔一群人的面孔是愠怒而严重的。他们没有其他的表情。

〔一种满足的恶笑歪扭住关先生的容貌。

——幕落

第 三 幕

学校会客厅。

舞台上的布置显出学校的会客厅,从台右直伸到舞台的左端。台左多余的地方是一个毗连的过道。隔扇墙由后而前,垂直于脚灯。近台口的隔扇墙有一个活叶门。会客厅收拾的全然一个西洋的样式。这屋子自然为招待来宾用,有时开会也用。

门在右墙当中。窗在后墙当中。隔扇墙有一个活叶门。近台口左面有一门,领出过道。

台右近墙为一把舒服椅子同一张茶几。窗右靠墙有一个玻璃架子,装满了运动奖品。窗左靠墙有一个书架子,摆满了杂志同统计书。靠隔扇正中有一张茶几,两旁有两把舒服的椅子。台子正中是一张白桌布蒙着的长条桌。桌后有一把椅子,桌的两端各有一把。台口右面斜放着一张睡椅,斜迎着活叶门。紧靠睡椅的内端有一张茶几。睡椅前面偏左有一把舒服的小椅子。地板上铺满了小块地毯。靠台口过道的左角放一把椅子。

〔顾先生同丁先生在会客厅。他们全站着。

丁先生　　张董事现在也该到了。

顾先生　　这些做官的从没有准时候。要是准时到了这儿,会伤了他的尊严。

丁先生	我对于新换的地点不觉得怎么有把握。
顾先生	新换的地点一点不足轻重。我所最不放心的是宋同陆海两个人。他们太不可靠。只要宋同陆海好歹咬牙到底,什么鬼怪都可以敷衍了事。我已经给了他们那么多,没有数儿地应许他们,他们也该拿出点儿良心,忠心到头。然而……
丁先生	可不是,我忘记告诉你了,那个姓陈的学生不是在窗底下做奸细嘛,我已经打发他走了。
顾先生	怎么样?
丁先生	我把他送到了一个人不知鬼不觉的地方。我设法由学校借他一笔款,给了他一个病假,告诉他好好休养一下子。他是一个穷学生,你知道,今年还有不及格的危险。我答应他,等大考他回来的时候,想法子让先生给他多留点儿情面。他非常感谢,起誓也不再记这些无聊的事了。
顾先生	很好,不过就校长说校长,我可一点都不算知道。同学生耍手腕不是有出息的事。学校花儿匠怎么说?
丁先生	他的嘴已经让我连唬带哄狠狠地封住。只有宋同陆海知道我们同花儿匠有勾当。
顾先生	办得好。今天伺候这儿的校役你已经派定了吗?
丁先生	派定了。我们这件事得要一个很机警的人,所以我就派定了马三。虽说是一个坏小子,我仔细一想,还是选中了他。我还特别加意训练了他一番。我叫他就站在过道那儿,他要是听见看见什么,马上就来报告给我们。
顾先生	多谢之至,丁。你的布置很令我满意。说实话,我不欢喜这回调查。我用尽我的力量拦阻它,不过既然拦阻不住,

	一定要举行，我想我们的布置足可以化险为夷了。
丁先生	我也这样想。
顾先生	事情要是万一坏了的话，我就得辞职，我倒没有什么，我很乐观，不过我怕连带着我就要扯下许多人去。
丁先生	你想他们会要你见面吗？
顾先生	我想不会的，不过我早晨哪儿也不去，就在我的公事房。要是用我的话，你好在知道到什么地方找我。

〔顾先生走向右门。他正在门前停住，转过身来。

顾先生	我盼你拿稳了马三。
丁先生	我就找他来。

〔顾先生下。

〔丁先生捻铃。不久马三从左门穿过活叶门进来。

〔马三是一个旗人，前辈家里有过好日子的。他虽然很少受过教育，他却承继了他先祖所有的满洲小官儿的习气。生性很机警，这一点不同其他旗人的听差。在公众之中，为保持他大学校役的尊严起见，他永远不慌不忙，维谨维慎的。他对于幽默有一种尖锐的知觉，然而这同他的钱一样，他就留给他自己一个人用。他的年岁近四十。他的容貌很不坏，神气足够做县老爷的。可惜他穿着一件白布大褂。

丁先生	马三，我教你早晨该怎么做的话，你真清楚了吗？
马 三	我晓得该怎么做，一点没有错儿，丁先生。
丁先生	凡是这屋子里的一举一动我们都想知道。
马 三	我的记性很好，丁先生。
丁先生	你这件活儿要是干得好，还有别的好处给你。
马 三	您不用别的，就可以看出我牢靠不牢靠来。

丁先生　　张董事一到，你就赶紧去请我。

马　三　　是。

〔丁先生从右门下。

〔马三开始收拾正中桌子上的文具。

〔关先生偷偷从左门穿过活叶门进来。

关先生　　好呀，马三！来，拿着这个，给你自己买一件新袍子穿。

〔马三接住赏给他的支票，斯斯文文地放在衣袋里头。

马　三　　谢谢您。

关先生　　记住我告诉你的话。每次会面的情形你都得告诉我，真有重要事发生的话，你就把我叫到过道来。

马　三　　我晓得该怎么做，一点没有错儿，关先生。

关先生　　你事情办得满我意的话，还有多的钱给你。

马　三　　您不用别的，就可以看出我牢靠不牢靠来。

关先生　　你要眼睛耳朵一齐用。

马　三　　是。

〔关先生偷偷穿过活叶门从左门下。马三发见睡椅上有点儿脏，拂净椅垫上的尘土，然后摆正茶几同睡椅左面的椅子。

〔王太太潜手潜脚地从左门穿过活叶门走进屋子。

王太太　　呵！你真好！总是忙。我盼我也有你这样一个听差。我什么地方也没有找到你。

马　三　　您要我做什么，王太太？

王太太　　有点紧要的事，我晓得你不会不替我做的，是不是？

马　三　　是。

王太太　　马三，我现在很不如意，你得帮我个忙儿。

马 三	告诉我要做什么好了,王太太。
王太太	这儿来,马三。我盼你收下我这。

〔王太太给他钱。

马 三	不,不,王太太。这用不着。

〔然而他向前移动,接过钱来,放在衣袋里头。

王太太	这儿有一桩事,我特别盼你给我做。
马 三	尽管吩咐我吧,王太太。
王太太	说实话。这儿有两桩事你得替我做。
马 三	是。

〔王太太向外张望,看清楚没有人会听见她,然后她在马三耳边说了许多事。马三点头。他又点头。

王太太	你真明白了吗?
马 三	我晓得该怎么做,一点没有错儿,王太太。
王太太	马三,我还有点儿好东西给你留着。
马 三	您不用别的,就可以看出我牢靠不牢靠来。
王太太	再见,再见。可别忘掉我那两桩事呀!
马 三	是。

〔王太太静静地穿过活叶门走出左门。

〔就余下他一个人了,马三把手放在衣袋上。他满足极了,脸扭的很难看。他的脸这面落一下,那面落一下。他挥起手,拍着他的屁股。

马 三	我今天是赶着什么运气?谁从来听说过这种事吗?三面都来收买我!而且两个死对头给了我大份儿钱,做一样的事?

〔然后他变的郑重起来。

我该伺候谁呢?这边儿?那边儿?还是三家儿都伺候?

535

这可把我难住了！

〔他徘徊着，挠他的头皮，故意地做作。

〔丁先生匆匆从右门进来。

丁先生　傻家伙，你在这儿干什么？张先生已经来到大门口了。去领他进来！跑吧！

〔马三愣头愣脑地穿过活叶门跑出左门。

〔丁先生理正他的头发同衣服。

〔马三在前面，张先生在后面，从左门进来。

〔张先生是一个大而肥胖的人。他那模样与其说像一个旧式的官僚，不如说像极了一个生意兴隆的商人。他的虚肿的脸庞，他的厚而松的嘴唇，没有一个地方不表示他爱肉食。他的才干与其说是谲诈，不如说是好事。他知道怎么样温柔。他也知道怎么样动粗，怎么样示威。他的年岁将近五十。他穿着他的松适的深蓝色的绸袍，说是为了显赫，不如说是为了舒服。

〔马三推开活叶门，请张先生进来。

马　三　张董事！

〔马三留在过道。

〔丁先生一躬到地。张先生回礼。

丁先生　张董事，贱姓丁。鄙人是学校秘书。

张先生　很荣幸遇见你，丁先生。

丁先生　张先生请坐好不好？

〔张先生坐睡椅上。丁先生坐其左椅上。

丁先生　顾先生托我代为向张先生致意。

〔张先生微微鞠躬。

丁先生　顾先生以为他或者可以不必出面。不过顾先生离这里并

	不远，随张先生的意思就可以把他请来。
张先生	请代我向顾先生问候，并且转告他，我非常同情于他的地位。我想我不会打搅顾先生的，事情如果到了非同他商榷不可的时节，我再烦人请他光临好了。

〔丁先生鞠躬。

丁先生	张先生还不知道，调查就在这屋子举行。所有关系人物同见证人都在隔壁等候问话。在过道有一个听差专候张先生的差遣。一切关于调查的手续都齐全了。

〔丁先生起立。张先生也起立。

张先生	这些准备好极了，我非常感激丁先生。

〔丁先生鞠躬，从右门下。
〔张先生环视屋内，看见桌上的电铃，于是捺铃。
〔马三听见铃响，从活叶门进来。

张先生	告诉关教授，说我要见他。
马 三	是。

〔马三穿过活叶门从左门下。
〔张先生检查屋子。
〔马三同关先生从左门穿过活叶门进来。

马 三	关教授！

〔马三留在过道。他坐在近台口左角的椅子上，面对着活叶门。他留神静听，间或起来，轻手轻脚，从活叶门的钥匙眼往里偷看。马三显然有做戏的才干。他的面部表情同他的沉默的姿态比说话还清楚，解答出会客厅内的全幕。

关先生	早晨好！
张先生	（亲热而熟密地）好呀，关！事情都定规了吗？

关先生	连末一项也安排好了。
张先生	好!现在我该问谁呢?哪一个在前,哪一个在后?
关先生	那我也安排好了。
张先生	好极了。让我们来吧。

〔张先生准备手抄。

关先生	第一,先见宋先生。
张先生	(写)是的。
关先生	然后陆海。
张先生	(写)是的。
关先生	然后学校的花儿匠。这花儿匠会……
张先生	(写)等一下。还有谁?
关先生	末了一个,王太太。
张先生	(写)很好。(读)宋,陆海,学校花匠同王太太。对不对?
关先生	全对。
张先生	你说花儿匠怎么的?
关先生	这花儿匠会帮很多的材料。顾还不知道我已经发现他收买花儿匠讲什么钓鱼的鬼话,回头又买动他不讲。他们回头得吓一跳。
张先生	好极了。我晓得怎么对付这花儿匠了。
关先生	这四个人我们要处治得当的话,顾的气运就算告了终。
张先生	好了。我们办白事好了。
关先生	这儿还有一件事。(声调放低)外面过道里的听差没有什么问题。我已经……(关先生做手势,比拟贿赂马三的情形)你不必关心他。
张先生	我明白。关,我得讲句话,你真算得一个捣乱的魁首。
关先生	(自己非常得意)谢谢你。

张先生	让我们就来宰割好了。你走罢！

〔关先生穿过活叶门从左门下。他行经过道的时候，马三假装在椅子上打盹。

〔张先生坐在正中桌后的椅子上，捺铃。

〔马三从活叶门进来。

张先生	请宋先生来有几句话讲。
马 三	是。

〔马三穿过活叶门从左门下。

〔马三同宋先生从左门穿过活叶门进来。

马 三	宋先生！

〔马三留在过道。

〔宋先生立在门边，鞠躬。张先生同时站起，回礼。张先生有礼貌地请宋先生用他左手的座位。两人就座。

张先生	（彬彬然）宋先生，我时常听人道及阁下，为人很好，很有才干，在学校服务也很忠恳。所以这次见着阁下我很快活。我希望将来我们能够常来往。
宋先生	（有戒心，不很热狂）不敢当。
张先生	听人说阁下不幸也搅在这件不光彩的事体里头，我很不过意。我想阁下一定会表白干净的。
宋先生	（留意地）是的。

〔静。在这时候张先生凝目视宋先生，搜寻的样子。

张先生	（忽然变更声调）宋先生，你讨好校长讨好得也真有你的。要是你换过来讨好董事会的一个董事，你该好多少？
宋先生	我不大明白。
张先生	顾先生对你很有势力，不过我对你更有势力。
宋先生	我不很懂，张先生是不是说？

张先生	得啦,你比谁都懂!听我讲好了,你也不用装腔做势!我把你五脏心肝都看出来!你在考试题目里面玩的什么鬼,我全知道。你同陆海亲眼看见王太太同顾先生的那件事,我晓得清清楚楚。我早就晓得你们还捏造了一个钓鱼的地点来骗我。我也知道你们为什么又不用这混账的诳话。就是你们新换的地点,这种种计划的情形,我也没有一样不清楚的。你还觍着脸,到我面前撒这个新编的诳话? 〔这时节宋先生全然动摇了。又是垂头丧气,又是心下游疑不决,他急出一身汗来。
宋先生	(颓唐地)张先生,我……我……
张先生	用不着废话!干脆招了吧!我比你知道的还多,撒诳一点儿没有用。
宋先生	真的,说实话……
张先生	你晓得什么叫做实话?放明白吧!试问若非你们自己一群里的浑蛋东西卖掉你,我从哪里会知道这么详细呀?
宋先生	张先生,你可否告诉我谁讲那些话的?
张先生	得啦,招出就算了,只要你心改意转,从实说来,我敢保你的位置没有问题。
宋先生	是的。
张先生	我还答应我将来帮你的忙。 〔宋先生凝视张先生。
宋先生	那么我招了。
张先生	好!讲吧!
宋先生	顾先生强迫我……
张先生	我们以后再谈这些枝节好了。

宋先生　　张先生方才讲的全是实情。
张先生　　你能拿出证据吗？
宋先生　　能。
张先生　　这就成了。

〔张先生捺铃。马三从活叶门进来。

张先生　　叫陆海来。

〔马三穿过活叶门从左门下。

〔张先生佯为书写。宋先生架起腿来，渐渐觉得舒适了。

〔马三同陆海进来。陆海从活叶门进来鞠躬。马三留在过道。

张先生　　到这儿来。

〔陆海在桌前立住，半向张先生，半向宋先生。

张先生　　你叫陆海？
陆　海　　是。
张先生　　宋先生刚才已然全招了。你们没有一个我不清楚的。宋先生已然证实了你们捣的什么鬼，这些鬼我也都知道，你用不着再瞒我。不对吗，宋先生？

〔陆海看着宋先生。

宋先生　　全对。
张先生　　宋先生，请你告诉陆海，你为什么决定招认。
宋先生　　张先生已然全晓得。张先生许下我的位置没有问题。
张先生　　听见没有，陆海？要是你也能证实顾先生有罪，和对宋先生一样，我一样地看待你。我也留意于你的前程，怎么样？
陆　海　　先生，我招了。我……
张先生　　这就成了！我盼你们二位马上就写下你们的供状，签上

　　　　　字，然后再等我来叫你们。

宋先生　　对不住，张先生。可不可以我们嗳……得到一张凭据，你答应下我们的事？

　　　　　〔张先生盯住宋先生。

张先生　　好吧。等调查完事以后，我们交换文件好了。

　　　　　〔宋先生同陆海鞠躬，穿过活叶门从左门下。

　　　　　〔张先生捺铃。马三从活叶门进来。

张先生　　我要见学校的花儿匠。

　　　　　〔马三穿过活叶门从左门下。

　　　　　〔张先生站起，踱到窗边，外望，然后回到原座。

　　　　　〔马三同学校花匠从左门边过活叶门进来。马三回到过道。

　　　　　〔花匠战战兢兢地走进来。他站在门边，也不敢仰望，也不敢往前迈步。

张先生　　(高声)你在那儿做什么？这儿！这边来！

　　　　　〔花匠往前蹭了几步。

张先生　　(拍桌而呼)看着我！

　　　　　〔花匠慢慢抬起头来。

张先生　　(很利害的样子，不时拍桌子)你已经吃惊了，是吗？你这没有良心的骨头，你问你有吗？你这囚囊！你可犯到了我手上！你怎敢收下顾先生的贿赂？你怎敢受人买动来说诳，回头又受人买动不说了？回我的话！

　　　　　〔这时花匠早已失掉魂灵。

花　匠　　(呢喃)顾先生……他……

张先生　　说呀！

花　匠　　他……他……他……他……我……我……

张先生	得!小心点儿!撒一句谎我要你的命。
花 匠	我……我……不敢。
张先生	什么?
花 匠	他们……他们……要打我。
张先生	打你?这就完了吗?

〔张先生站起,伸出一个指头狠狠地指住花匠。

张先生	你要马上不招出来,我把你的脑袋砍了!
花 匠	老爷,开恩吧!我的老娘……
张先生	那么说,你受没有受顾先生的钱?
花 匠	是……是,老爷。
张先生	为的说你看见宋先生同陆海钓鱼是不是?
花 匠	是。
张先生	你晓得这是撒谎吗?
花 匠	是。

〔张先生归原座。

张先生	我想知道的也就是这个。

〔张先生用铅笔写了一个纸条。

张先生	你要想让我开脱你,我告诉你什么,你就得做什么!拿这条子给宋先生看。把实情全告诉他。等他写完了以后,你就在上面拓一个手印儿。他会告诉你怎么拓的。滚吧!

〔花匠穿过活叶门从左门下。

〔张先生走向睡椅,拭去脸上的汗,斜在睡椅上,用手绢给自己扇着。略微休息一下,他站起来,捺铃。

〔马三从活叶门进来。

张先生	请王太太来谈几句话。

〔马三穿过活叶门从左门下。

〔张先生竭力恢复他的常态。

〔马三同王太太从左门穿过活叶门进来。

〔王太太特意往俏皮打扮。她的脸上扑满了粉,她的两颊同嘴唇染了很厚很厚的胭脂。她浑身洒满了香水。满面异采,她算生灵可爱到了家。她飘进屋子来,就和雨后的彩虹一样。

马　三　　王太太!

〔马三回到过道。

〔张先生起立迎接王太太,不禁为之目夺神移,但是迅即镇静住自己。

张先生　　(鞠躬)这是嗳……莫大的快乐,王太太。

王太太　　(鞠躬,微笑)这个快乐应该是我的,张先生。

张先生　　王太太肯赏脸坐下吗?

王太太　　谢谢你,张先生。

〔张先生请她坐在睡椅上。她坐在近台口的一边。张先生坐在左边的椅子上。张先生于静默中恭谨地注视着她。王太太佯做受窘的样子。

张先生　　我早就盼着这种荣耀,王太太。他们告诉我,我要会见一位非常美丽而聪颖的夫人。耳闻不如目睹,一见方知其然。

王太太　　我原以为要会见像张先生这样大的一位官员,所以畏缩极了。那里知道张先生还这样和气,我倒白白顾虑。

〔张先生又注视起王太太来,她也眼梢戏媚地做尽了受窘的情态。

张先生　　我们做官的毕竟也是人呵。

王太太　　我想就是九五之尊也不过是人罢了。不过我们平常人同

	他们太隔阂，看不出他们也像我们人来。
张先生	政界生活最坏的一个毛病，就是装腔作势，然而我们又不得不如此。能够随随便便同王太太这样一位漂亮的女人谈谈话，这种快乐实在少有的很。
王太太	张先生话讲得过于客气。
张先生	一点儿也不。王太太同顶高贵的人们谈话是再适宜也没有。最可惜的是，我一点也不精灵。
王太太	张先生未免太谦虚。

〔她向他甜甜地微笑着。他还着她的微笑，惊慕的样子谛视他。她又装出受窘的样子。

张先生	王太太结婚多少年了？也许我不该这样无礼动问。
王太太	差不多到现在有十年了。
张先生	简直不像这么一回子事，王太太的颜色很好哪。
王太太	这全看一个人对于人生的态度如何。我虽然有一个男人五个孩子，我总想法子不叫自己太难堪。
张先生	王太太的意思是说，结婚并不能增加人的幸福吗？
王太太	和人类沿用的各种制度一样，结婚是好极了，同时也坏极了。
张先生	王太太是怎么个说法？
王太太	就教养孩子们来说，这真要算顶好的发明了。
张先生	说得真妙，王太太。
王太太	就消灭男女间的爱情来说，这也要算最为效验的计策。
张先生	你说的正是我心里的话，不过何以会这样子呢？
王太太	是一对爱人的话，彼此就得互相讨好。即便爱情不正当吧，彼此也得心投意合，因为在这两种情形之下，除去爱情，此外也就没有别的东西牵连他们。可是等到男女让法

	律习俗拴住以后，添上家哪，孩子哪，他们就很难再用心致力，彼此要好了。
张先生	分析得透彻极了。我从来没有这样想过。
王太太	要是月下老人把结子打得松一点儿，爱情也就不至于浮滥了。
张先生	对极了！王太太，你把这样好的才气埋在一个死气沉沉的学校里面，活活可惜。我觉得从前没会过你，对我自己是很大的损失。简直是北京社会里的损失。
王太太	像我们这样儿可怜虫，实在不敢高攀上等社会。
张先生	再没有上等社会无味了。妻子不能相信自己的丈夫，同时丈夫也不爱自己的妻子。这还有什么趣味呢？
王太太	那样妻子爱自己的丈夫吗？
张先生	没有的话。不过在旧道德之下，做妻子的很少机会去爱别人罢了。唉呀，如今的世道整个变了。
王太太	张先生也反对做妻子的爱别人吗？
张先生	没有的话，不过我自己的妻子可不能算上。
	〔王太太媚笑着。张先生领会其意，还着她的微笑。
张先生	王太太，譬如说在结婚一年以后，夫妇都有完全的自由去爱别人，岂不合理的多？你以为怎么样？
王太太	张先生是不是说，在第一年新婚中，夫妇也相爱呢？
张先生	也许不，也许不。王太太怎么想？
王太太	我相信爱情只在未雨绸缪时候存在，有时也……
	〔她有些羞涩地看着地。
张先生	怎么样，怎么样？
王太太	有时在婚姻的……以外。
张先生	（如见其心）你聪明极了，王太太，绝顶的聪明！

王太太	张先生的经验也证实我的信仰吗？
张先生	哦嗳……自然嗳……我是说嗳……别人的观察和王太太的意见完全相同。

〔王太太意有所属地向张先生微笑。张先生喜极而笑。

王太太	你知道嘛，张先生，我原以为我要会见一位道貌俨然的老头子。我一辈子也没有这样出其不意过。
张先生	（乘机而入）这一惊吃的有趣吧，王太太？
王太太	哦，自然啦！敢情是，张先生看来还不到三十哪，又这样仁德。
张先生	我可也很能苛刻。
王太太	自然的。这显得你待我更好了，你当着我这么和气。
张先生	我倒要见识见识那不为你动的男子。
王太太	没有什么难，我丈夫就对我不怎么样。
张先生	你丈夫一定是一个野蛮家伙。我信口开河，请你不要见怪。
王太太	正不对，他才绵顺哪。
张先生	那么这可怜虫一定是既聋且哑，又没有长眼睛。

〔王太太又向张微笑，然后回首他顾。张先生急于回应她的微笑。

王太太	你可不可以告诉我，张太太是个什么样儿？
张先生	哦，也不过就是那么个样儿。不用说，有点儿肥重，还嗳……有点儿不知趣。
王太太	张先生自然还很偏心太太了。
张先生	她是我孩子们的母亲。对于我，她也只是孩子们的母亲罢了。

王太太	她一定还很美,还很多情。
张先生	从前她还美,多情可不见得。
王太太	为什么不呢?
张先生	一个二百多磅重的女人,谁还信她能多情呢?
王太太	张先生欢喜瘦些儿的?
张先生	这看怎么说法。
王太太	什么说法?
张先生	一身骨头的女人可也够人爱了。
王太太	我的瘦不是那么说。
张先生	立一个标准是很困难的。甚至于一个善于赏鉴的人,他的口味也是一时跟一时不同,在肥瘦之间,这里还有许多赏心悦目的阶梯。我相信,真的,我敢说,我的理想的妇女也就仿佛王太太这样匀称。
王太太	张先生未免对人而发了。
张先生	人生如果不是这点儿情调,一定要枯燥极了。让我干干脆脆说了吧,王太太。我经验的也不算多,不过从来还没有遇见一个女子像你这样的人品齐全。你是又美丽,又聪明,又动人。你的美丽达于绝境。你的智慧从人生深深体验出来。你的动人我却真无法解说了。你真算得一个倾国倾城!你的眼力也绝顶精致!王太太,我……我……我钦佩你到了家!
	〔听这段话的时候,王太太变得又严重又谦和。她显出受窘的样子。她从张先生那面转过头来,看着地。等张先生说完了话,她转身望着张先生,很正经很质朴地向他开口。
王太太	张先生,我来这儿是为了审问的。

张先生	去它的!
王太太	不过张先生,你请我来是有话讲的。
张先生	劳你驾,别提了,王太太!你简直是取笑我。
王太太	我很严重,张先生。我愿意你来审问。
张先生	好啦,好啦,你要坚持的话。让我们快点儿了事,接着好说我们有意味的话。
王太太	随你便,张先生。
张先生	好啦,王太太,让我先告诉你,宋先生同顾先生的听差已然完全招认了。
王太太	自然他们要招认了!
张先生	可是你怎么会知道?
王太太	因为像他们那样的人,总是站在大人物那边儿的。
张先生	这可见他们对于上头很敬畏。
王太太	没有那一回子事。他们敬畏你,不是因为你比顾先生来得高,是因为你有更大的权力赏罚他们。要是还有一个比你势力大的在眼前,他们一样会马上卖掉你的。
张先生	王太太的话透彻极了。不过我们可以不必过问他们的动机好坏,反正他们招认了可是真的。
王太太	真就真好了,张先生。
张先生	你瞧,王太太,顾先生已经有了一个很好的把柄在我们手里头。顾先生我是一定要辞掉的。只要你委曲招认,非特时间节省,我们的案件也就告成了。
王太太	张先生,我不明白你是什么意思。
张先生	现在我们既然算是朋友,我当然不能让你或者你丈夫有什么危险。可否请你也招了,就算为我,好不好?
王太太	我招认什么?

张先生　　就算上星期有一天早晨罢,你在顾先生家里客厅里面,同顾先生正在一起坐着,你们的样子很惹嫌疑,就在这时候,宋先生同陆海打搅了你们。

王太太　　我承认这个。

张先生　　好极了!我所需要的也不过就是这个。现在我们可以……

王太太　　不过我否认此外的一切。

张先生　　这是怎么说?

王太太　　我坚持这个区别:就是我同顾先生看是让他们看见了,说到嫌疑,可也就是表面上。

张先生　　不过这一下子就把全案推翻了。

王太太　　张先生是不是说我能够做出……

张先生　　没有那回子事,王太太!我相信王太太规矩是最严的,不过……和我一样,在自己不知不觉的时候,有时免不掉一个挂漏。

王太太　　张先生,一切简简单单就是这样:那天早晨顾先生出其不意,告诉了我一件不痛快的新闻。我难受过去了。顾先生非常同情我,和自己的好朋友一样,差不多和自己的父亲一样。他劝我不要伤心,回头我就谢他待我的厚意。就在这时候,我们让人打搅了。我承认我们的样子很惹嫌疑,不过我告诉你,这一点儿没有什么。

张先生　　(狐疑地)真是这样子吗?

王太太　　请听明白了,张先生,我不懂什么叫做贞节不贞节,特别是嫁男人嫁错了的女人。什么女子要绝对地纯洁,这种假道学的调调儿全是编造出来的废话。男子既然不守结婚的信誓,胡作非为,没有人说不是,也就不能怪罪女子有

	什么调皮。不过我也承认，万一扔掉了习俗道德不管，对女子比对男子还要危险些。可是你真会相信一个我这样思想经验的女人，就肯把我的心情糟蹋在顾先生那样人的身上吗？
张先生	你的话很有一部分道理。请讲下去好了。
王太太	我们这些可怜的妇女全是英雄崇拜者。我们生来就是如此。我们命里注定来崇拜伟大的，强壮的，胜利的异性，随便同谁结婚也好，我们依然还是崇拜英雄的。顾先生人还不错，也只是不错罢了，他还不够伟大得值人冒一下子险。
张先生	你的话很有意思。
王太太	我时时所盼的就是：漂亮的社会，时髦的伴侣，戟刺，人生，一切我丈夫供给不了我的东西，就是顾先生也供给不了我。你试想想，我就肯牺牲了名誉、家庭、孩子们、一切的一切，为了同样死板板的人生的老套文章？你也太看不起我了。
张先生	王太太的话非常动人。我可不可以问嗳……哪一类的英雄会满足王太太呢？
王太太	得啦，你又想对人而发了。
张先生	不，不。我问这句话，是只就原则上来，也仅只能算做一种例子，说明说明罢了，你要知道。
王太太	让我专指出某一个人来，未免太随便。
张先生	没有的话，没有的话。
王太太	消极地说吧，我并不把我丈夫看做一位英雄。
张先生	还是积极地好了，王太太，积极地好了！
王太太	哦，这对于我很不该当，不过……不过嗳……你要坚持的

话……

张先生　我坚持的。请说吧！

王太太　你得明白，要是我讲出名姓来，你可不要以为是我对人而发。像你刚才讲的，只是一个例子罢了。

张先生　当然，当然。

王太太　我想……我想一个人能满足我的希望的，一定是一位英雄像嗳……像张先生。

张先生　（起来坐在她身旁的睡椅上）呵！你真是这意思吗？你多么动人的心魂呀！

王太太　张先生，我们还是继续审问好了。

张先生　我刚才说过了，去它的！我们的谈话越来越有意思了。

〔一直到这时候，马三在过道中间，总是不断地从活叶门的钥匙眼往里看。他用心在外面听，做出遏住情绪的表情。现在张先生既然同王太太坐在一张睡椅子上，他的兴趣也就更为浓厚。此后马三的面部表情同姿势越加活泼。

王太太　可是你还没有决定我是不是同顾先生有不正当的行为。

张先生　你真是一步也不放松！让问题决定它自己得了！

王太太　这对我同顾先生未免不公道。

张先生　你不是说你清白吗？我信你的清白，真的，只要你说什么我就信什么！

王太太　你忘掉你调查员裁判的权威。

张先生　裁判？我把我的裁判，我把我所有宝贵的东西都搁在你的手心里了！

王太太　我不过是学校一个穷助手的妻子。

张先生　得啦，别让我们再打岔了。请问你怎么会想到我有英雄的资格呢?

王太太　你不是一位大官儿吗? 我崇拜成功的政治家!

张先生　是的,是的,不过这未免泛泛了。

王太太　我觉得你又能干,又强壮,又非常的残忍,可是同时你的为人又那么动人!

张先生　你也这样想吗,真的吗? 你多么可爱呀!

王太太　我理想的人品要能刚能柔。

张先生　老天爷见证,我绝不叫你失望的! 第一,我们得先把你搬出那座坟地。我给你丈夫在各部衙门里头找一件事做。然后我打发我太太一趟远路,到杭州看望她娘家人去。然后由我自己经心把你介绍到上等社会。你会应酬一个没有完的。饭局哪,跳舞会哪,牌场哪,茶会哪,赛车哪,还有什么……

王太太　多么好玩儿,热闹呀!

〔全场略静,在这个时候,他慕恋地看着她。她向他忸怩地微笑,佯做受窘的样子。他坐近了她,直到他们的臂相遇在一起。他握住她的一只手。

张先生　你的手多好看呀!

王太太　你以为好看吗?

〔他不应对,只是羡赏似的敲着她的手。

〔马三看够了。他小心翼翼地从左门走出过道。略缓,他同关先生上来。这两位潜手潜脚地进了过道,马三把手指放在唇上,嘱咐他不要出声。马三指着钥匙眼。关先生躬下腰往里看。他做出惊呆了的表情。他继续发傻地从钥匙眼往里注视。马三又轻轻溜出过道。

张先生　你可不可以……可不可以赏我一点儿我们要好的表记?

王太太	我瞧这没有什么必要。
张先生	无所谓必要不必要,不过你赏我点儿东西很使我体面。
王太太	你要什么呢?
张先生	你的嘴唇和天仙的一样!它们弯弯的就象新月牙儿!

〔她不言语。

张先生	那怕我只尝一回也好!

〔她俯首无言。忽然她仰起头来,叹息一声,很快地转过头来,在他右颊上深吻了一下。他大喜若狂,她的嘴唇染的这样红,在他的脸上嵌了一个很深的痕迹。

张先生	这边儿再来一个,我就要成仙了!

〔她吻他的左颊,留下一对标记。

王太太	(起立,又叹息)我得走了。我在这儿待的太久了。一定招人闲话的。
张先生	不,不!你别走!

〔他站起来,把她卷入臂中,重新坐下,慢慢强她坐在他的怀里。他发狂地吻她。她任他拥抱。

〔只见马三又把王先生偷偷领入过道里来。他的手指在嘴唇上,不让发声。他打手势,向王先生解释屋内的情景。关先生完全注神于钥匙眼内所看见的情景,毫未觉察过道中新来的人。王先生为怒气所扼。一跃而前,将俯下身的关先生推进屋子,他自己跟着也就进来。

王先生	我的太太!

〔张先生同王太太惊吓得完全不知所措,他们立即分开。张先生第一个醒过来。他走开睡椅,重新坐在桌后原座。王太太装出很受窘来。王先生狂怒。关先生一跤跌进屋子,好容易才爬起来。他的面孔是一个全然出其不意

同蔑视的活标本。

王先生　　浑账东西！你怎么敢……

张先生　　哑！王太太，请你丈夫镇静点儿。事情没有不可以商量的。

〔王太太行近她的丈夫，强他到睡椅前，两人一同坐下。他嘴里也不知唧咕些什么，她费尽力量平下他的气，一面向他耳语。

〔张先生捺铃。马三斯斯文文地走进来，他的脸完全无所知觉。

张先生　　请顾先生马上就来！所有的人都请来！立刻就来！

〔马三匆忙穿过活叶门左门下。

〔张先生交叉两腿，开始苦思维起来。王先生继续唧哩咕噜，手舞足蹈，不过王太太渐渐占了上风。王先生慢慢变成愠怒的样子。关先生交叉两臂地立着，一种丑陋的鄙夷使他全脸非常难看。他死死地看住张先生，张先生却加意地避开他的眼睛。

〔顾先生慌忙从右门进来。张先生起立，彼此鞠躬，不言语。张先生请顾先生坐在他的右边。他们全坐下。张先生不知道他两颊上的吻痕。顾先生看见了，不过绝不表示出特别惊讶的意思。

〔丁先生从右门推来，向张先生鞠躬。张先生指给他左边的椅子，丁先生坐下，时时惊奇着张先生脸上的吻痕。

〔宋先生从左门穿过活叶门进来，后面跟着陆海同马三。宋先生向张先生鞠躬，张先生做势请他坐下。宋先生坐在活叶门旁。陆海同马三站在后面。大家对张先生两颊上的标记都露出惊讶的意思,然而因为凡事无不可惊,所以张先生也就不知道他们的惊奇同他个人的外表有什么关联。张先生继续不睬关先生,关先生仍然立在那里。

〔张先生观察一下大众,看见都到了,露出满意的神气。

张先生　(庄严地)呵!我请诸君到这里来,就为听我调查的结果。我费了大半早晨来一个一个问这些见证人。我又怕冤枉好人,加了十倍的小心。每一件证据我都掂了掂,每一个证人我都问了问。两造的理由我也都听了,甚至于稍有可疑的证人我也见了,唯恐有什么重要的眼线错过了我。我可以讲,无愧于心,总算尽了我的力量。我十分相信我的结论是公正而不可动摇的。

〔略静,空气非常紧张。张先生重新观察一下大众。

对于王太太同顾先生的控告,说他们的行为有失检点,我敢高高兴兴地告诉大家,是毫无根据,绝对不能成为理由的。

〔大家表示松适同莫名其妙之感,只有关先生继续表示轻蔑。

我查见王太太是规矩最严的一位妇人。我一生从没有遇见过这样循规蹈矩的妇人。至于说她居然能做出不正当的行为,简直是笑话。从这次调查以后,她的清白的名声也就更加清白。

〔王太太带出一种自觉的严正模样。

至于顾先生,大家都晓得为人是极其方正的。他在校长任内,服务很久,克尽厥职,久为同人所敬仰。他是后生的一个最好的榜样。我敢说任何谣言都毁不了他的名誉。学校方面无谓的诽谤也绝不能污了他的好名声。

〔顾先生尽力做出道高德茂的样子。

关于诽谤的来由是很容易解释的。在发生事故的那天早晨，顾先生偶然告诉王太太一点坏消息。王太太难受过去了。顾先生劝她不要难受，那情形就如各家里的老朋友一样。王太太非常感激他。事情不过就是这样子。顾先生也许不该在那时候讲什么新闻。不过，顾先生这样做，有他很好的理由也说不定。在这一点上头，我是不便发表意见的。

〔张先生看着顾先生，顾先生决定不开口。

现在不唯当事者的名誉恢复，就是各位见证人，牵连在这件案情里头，他们的动机自始迄终也都是光明磊落的。我很高兴来讲，各关系人都昭雪无事了。这使我非常满意，能让我快快活活地向董事会报告一切。谢谢诸位热诚的帮忙。我想我不用再羁留诸位。

〔张先生满面光采，望着大众。

关先生　　（鄙夷之心见于言色）张先生，准我说一句话。

张先生　　关先生，我为顾全你起见，始终有意没有提起你在这次调查中间所玩的把戏。现在你自己既然不知趣，提出你自己，我只好请大家再停一停，听我说完了。关先生，如果你多多注意于你的教书，少管一点别人的闲事，你的升擢说不定也许很快。我劝你以后多加安分守己，否则你的活动也许会招惹董事会的注意，于你很不利。

关先生　　张先生，现在你既然把人人都洗刷干净，请准我提醒你一声，去把你自己的脸也洗个干净。

〔张先生是既气忿,又羞恼,体会出某地方有了参差。其余人都看着张先生的面孔,然后都又庄严地转回头。

——闭幕

(全剧完)

梦里京华

三幕剧

人物

帝制方面

王承权	卫兵若干人
顾秉忠	
唐世龙	王太太
杨向辰	福建太太
梁景范	三姨太
梅辅臣	四姨太
守卫队队长	五姨太
军　官	六姨太
刽子手	王小姐
王传宝	
王二公子	法兰西医生
王三公子	

义军方面

蔡　同	军　官
李方仁	
冯执义	方　珍
副　官	

第 一 幕

第 一 景

　　一九一五年，花香叶密的十月天，近午的辰光。一株夭矫如龙的老树，从右边把影子投下来，正好翳住一座四面望得出去的亭子。亭子里面摆着一张石桌和四个石凳。种着花草的山石，玲珑低小，在亭子后面重重展开。花石铺成的小径，两侧一排小花，曲曲折折，由亭子隐入假山。天边一片潋滟的湖水；远远沿着南海（北京的三海之一）的堤岸，矗立着宫殿楼阁和牌楼，金碧辉煌，反映着温煦明朗的阳光。

　　李方仁，三十二岁左右，坐在一个石凳上，悠然望着远方的天色。冯执义，四十岁左右，坐在亭子的栏杆上，靠着一根柱子。他面向观众。

李方仁　　老冯，你已经四十岁的人了，哪儿还来得这么一肚子牢骚？

冯执义　　因为呀，四十岁是一个关口。年轻人的理想这时候死了一个干干净净，可是老年人的理想这时候还没有出世。

李方仁　　看你这人！别人我不清楚，你老先生样样儿齐全，有什么不如意的？太太越活越显得俊俏，还有你那群……

冯执义　　可惜!

李方仁　　可惜什么?

冯执义　　还用说? 可惜就是不在眼前。

李方仁　　我还以为就是我一个人想家,想不到你在这儿拘了一个月,也记挂起儿女来了。

冯执义　　索兴下在监牢倒好了,人家还知道我们为了什么,家里人也好送东送西来探望。如今拘在南海里头,说起来是总司令的贵客,贵在什么地方,真是只有天知道。

李方仁　　你看! 又有两位贵客来了。

〔蔡同和方珍女士一同进来。蔡同穿着军服,四十岁左右,高高的个子,刚里透柔,一派儒将的风度。方珍是一个二十七岁的姑娘,眉目之间流露着一股英爽的豪气。蔡同捧着一个小盒子。

李方仁　　蔡将军好! 方小姐好!

冯执义　　(同时)二位阴谋家好!

蔡　同　　你们一点儿也不在乎,跟在自个儿家里一样,半里以外也听得见你们在大声嚷嚷。

李方仁　　老冯在这儿高谈阔论。

冯执义　　老生常谈,儿女私话,和国家大事无关。

蔡　同　　那就好。(留意四外,语气沉重)听我讲。我有重要的消息告诉你们。

李方仁　　我听着。

冯执义　　(同时)你讲。

蔡　同　　那边儿有个站岗的,看见了没有? 离我们这儿有三百来步远。他不会往这边儿凑近的,我买通了他。不过,我们千万大意不得,说不定就有谁在什么鬼角落张望我们。

李方仁　这个亭子不太露了点儿?

方　珍　正因为它孤零零四面不着边儿,蔡将军才挑在这儿聚会。我们可以四面八方望出去,偷听的人可没有地方藏身子。李先生,请你到假山后面看看有没有人躲着。

〔李过去假装摘花,很快就摇着头回来。

蔡　同　(把麻将牌倾在石桌上)我们就在这儿假装打麻将。我坐在这边。老冯,你就坐在你那边,眼睛要好好四下里张望。

李方仁　方小姐,你喜欢哪个座子?

方　珍　我就坐这个。

李方仁　好的,我望着水,看湖里有没有潜水艇出来。

蔡　同　各位注意!只要靠岸一没有人,我们就谈正经事。谁要是发现有人来,暗地踩大家一脚,我们就装做一心一意打麻将。听明白了没有?

〔此外三个人点头。他们开始洗牌,摸牌,做出打牌的样子,同时瞭望着自己的方向。

冯执义　现在我们布置好了,子青你说,到底有什么消息?

蔡　同　我方才听到。总司令任命我们做他的私人顾问。

冯执义　(不相信)什么?

蔡　同　还有比这好笑的?他把我们拘在这儿当囚犯看,不准和外人往来,原来是请在宫里头充他的私人秘书!

李方仁　他开的是哪家子玩笑?

方　珍　才不是玩笑呐!我们这位司令大人一步一步全有计较的。

蔡　同　方小姐说得对。他是想拿顾问这个好听的官衔塞住我们

	的嘴,不再讲他的坏话。你们想想看!我的话有没有几分对?
冯执义	还可以毁坏我们在朋友里面的信誉。
	〔李向右看,碰了一下蔡的手。动作重复着,大家用心打牌。
李方仁	(高声)碰!
	〔全笑了。
冯执义	你这坏小子,你算等着我的牌啦!
方 珍	我这一辈子就不用想他这种手气!
蔡 同	想不到你的手气比我还要坏……
	〔守卫队队长由右上来。
队 长	蔡将军,您好!
蔡 同	队长好!
队 长	四位打麻将玩儿?
蔡 同	是的。
队 长	蔡将军财运高照!
蔡 同	托福!
	〔队长下。
蔡 同	听我讲,总司令决定要做皇帝。我昨天晚晌得到的情报。
冯执义	想不到他居然敢下这步棋!这简直是向我们民党挑衅嘛!
方 珍	革命革到底,我们就接受他的战书。
李方仁	我可腻味透了消极抵抗那套话!要干就干他个痛快!
蔡 同	大家既然一致反对,我们现在不妨研究一个方案出来。
李方仁	可是我们拘在这儿,能够干得出什么来?

蔡　　同　　老王关得住我们的身子,他关不住我们的心。我们还可以出主意叫人收拾他。

冯执义　　子青,你先说说你的办法。

蔡　　同　　我想先来一篇反抗的宣言,叫人私下递给我们北京的同党。宣言用不着长,只要把老王的罪恶一条一条说出就成。有了宣言,反对他的人就好聚在一根旗子底下干掉他。

李方仁　　讲到文章,这是冯大哥的拿手好戏。

冯执义　　不,不,这得你来。写宣言第一要动人,第二要咬人,笔调得象报纸的社论才够劲儿。我的笔调太软也太温了。

李方仁　　(由衣袋取出纸笔)好,说吧。

冯执义　　当心!

〔大家骤然回到牌上。远远走来四个换班的卫兵,站住向蔡致敬,向对面走掉。

李方仁　　人来人往的,这儿倒像一个闹市。

蔡　　同　　更好。

方　　珍　　我们来拟这篇宣言。四个人总比一个人强。

冯执义　　方小姐,你一个人就抵得住四个。

蔡　　同　　好啦,好啦。回到正题。(忽然)走路的声音?

冯执义　　我没有看见人。

蔡　　同　　千万当心!我们一开头怎么说?

〔大家思维。

方　　珍　　这样怎么样?王某自掌握政柄以来,专权背信,凡所作为,无不自绝于国人。

蔡　　同　　用做引子正好。

李方仁　　(记录)好,我已经写下来了。

冯执义	第一点，王某原是逊清家臣，视革命如眼中刺，自民国告成以来，坐收渔人之利，而眷恋旧主，久已存心有贰。
蔡　同	透彻得很。
李方仁	（写）好，再来。
方　珍	第二点，王某不忠于共和国，往日当众宣誓，今已弃如敝屣。
冯执义	对！要说就说个明白干脆。
李方仁	讲下去。
蔡　同	第三点，凡反对王某之人，非遭暗杀，即拘入宫闱，复以顾问之名，掩饰囚禁之实。
方　珍	他的罪恶还有的是！
李方仁	请讲。
冯执义	第四点，王某违法解散国会，一意独裁。
蔡　同	很对。
李方仁	还有吗？
方　珍	有，第五点，王某意图复辟，称九五以自尊。
李方仁	好。
冯执义	（大为紧张，耳语）唐将军！
	〔大家赶忙改变姿态。
蔡　同	出牌呀！
冯执义	我还没有揭牌，你叫我打哪儿出起？
	〔唐世龙由左边上来，五十岁左右，军装，高大强壮，体力四溢。
唐世龙	诸位好！打麻将挑这样一个风雅地方，你们真称得起风流倜傥这四个字。

冯执义	唐将军，我们懂得找乐子玩儿。
蔡　同	唐将军，你来坐下打一牌。
唐世龙	谢谢你，我不来。天晴气和，散散步比坐着强。
李方仁	（不曾藏好纸笔，安安静静翻过纸，在背面记数）让我看。子青，你方才是多少和？一百，还是一百二十？
蔡　同	看你这记性！我刚和一牌你就忘掉记好了，一百二十和！打麻将用笔记，也就是你！
唐世龙	（离开）诸位，失陪了，回头见！
蔡和其他三人	唐将军，回头见！

〔他们静静打牌，看他走远。

蔡　同	好险！差点儿碰到他手上。
冯执义	来得也真巧，这家伙打哪儿钻出来的？
方　珍	他是活鬼，叫我看呀，他是打地底下钻出来的。
李方仁	我到如今还是一身冷汗！你们不知道，我手里这张纸就没有来得及拿开。
蔡　同	我老早就警告你来的。
李方仁	（看笔记）我一共记下了五点。
方　珍	请你读一遍，好吗？
蔡　同	不，不，唐世龙离这儿不远，千万收起那张纸吧。方仁，你把这几点安排一下，等你拟好宣言，我们再看也不迟。
冯执义	我们有什么法子跟外边接触吗？
方　珍	我有一个法子跟外头通信。总司令有一位六姨太，我平日故意跟她要好，套她的话，买她的心，只要是不出卖她男人，她什么也肯替我做。
蔡　同	方小姐，你这人当得起一个女中诸葛。只要有人好意帮

忙，我们决不拿架子拒绝。宫里头人人是我们的对头。墙会长眼睛，石头会生耳朵。我看见顾先生来了。这位英文秘书，在老王手下那群人里头，还就数他诚恳了。

〔大家假装打牌。

冯执义　他怕是宫里头唯一无二的老实人。

蔡　同　你说得对。他也许有话要跟我讲，咱们的牌局还是散了吧。

〔大家归理好麻将，方、李和冯不慌不忙地带着牌匣下去。稍缓，进来顾秉忠，六十五岁光景，忠厚尊严，然而容易生气。

顾秉忠　好极了，你一个人在这儿，我正想老老实实跟你讲句话。

蔡　同　顾先生有话跟我讲？

顾秉忠　我这一向很为你难过。

蔡　同　你这样关心我，我只有感激。

顾秉忠　我的好蔡将军，你是一个奶孩子的时候，我就认识你，就是如今，我照样儿把你当做一个奶孩子看。

蔡　同　顾先生，我不配你那样相爱。

顾秉忠　我知道你不配。好啦，子青，你为什么要一死儿反对总司令？

蔡　同　这事不由我作主。

顾秉忠　不由你作主，你这是什么意思？子青，你不是小孩子！一听你们这种孩子话，我忍不住就要动气。

蔡　同　（担心似地向四外张望）顾先生，请您放低声音，说不定就有人偷听我们讲话。

顾秉忠　好吧。其实我是什么都不怕的。

蔡　同	现在，您请讲好了。
顾秉忠	子青，你是革命以来最勇敢的士兵，最勇敢的领袖。才分高，人缘好，仅仅因为过于坚持自己的政见，你如今做了人家的阶下之囚。依我看来，你这一向简直是胡闹。你就是这样儿一种怪物，讲常识嘛丰富，讲理想嘛高邈，可是这两样儿东西怎么好拼成一个，我真还不明白你的路数。
蔡　同	把常识理想合而为一，在我看来并不难。
顾秉忠	那么，你这常识丰富的人，为什么你一死儿要给中国弄一个共和国？你那么热狂做什么用？
蔡　同	因为呀，旧制度必须把路子腾开。
顾秉忠	听我讲。对于中国人，最最相宜的政体倒是专制，从前如此，现在当然也如此。我们需要一个有力量同时也最能干的人。法律、治安、和平，我们相信只有独裁可以维持。打倒既成的权威，老实说，中国足足得经过几十年的紊乱、内战、贫困！
蔡　同	顾先生，我非常尊重你的意见，不过就我看来，你的劝告也不过如此而已。你好像对一个新婚的女人讲，生孩子苦透啦，孩子生下来还要挂累你一二十个年头，你可千万不要生孩子。（热烈）不过希望呀，永远在女人心里面活着。拿新观念来重新创造世界的那些人，就好比千千万万要做母亲的人，准备好了吃苦挑担子。
顾秉忠	你们这些年轻人，整天在发疯作梦！
蔡　同	有些人年纪越活得大，好像就越不明白事理。
顾秉忠	你用不着挖苦我。
蔡　同	对不住，顾先生。

顾秉忠	你既然那样明白事理，请问，你所知道的民主政治又是什么样子？
蔡　同	我曾经研究来的。
顾秉忠	研究！哼！听我讲。我小时候是在外国受的教育。我在欧西各国作外交官也作了好几年。我曾经亲眼看见那些老牌子民主政治的实际结果。信也吧，不信也吧，人世就没有什么真正的民主。万一有的话，也不过是一堆烂货，跟中国人并不相宜。再说，欧西各国现在并不相信民主政治这套鬼话。我们既然要学欧西，索兴就学点儿真正摩登的东西。
蔡　同	你的话或许有道理，不过，欧西在政治上的成就，你也不能够一口否认。事在人为。假如理想可以实现，我们又何必抱残守缺，不让理想出头露面？我们已经尝够了专制政体，尤其是异族的统治，你喜欢也好，不喜欢也好，你拦不住人民朝着光明的大道走去。
顾秉忠	强词夺理！你这话也好算做理由吗？
蔡　同	我也许不知道我应当为中国争取哪一种政体，可是，我完全知道我不应当为中国争取什么东西。我不需要暗杀、腐恶、奸诈的政府；可是眼前的政府，就是这样子。只要我活下去一天，我就要反对它，就要努力推翻它。
顾秉忠	好啦！好啦！我听够啦！你这样兴奋，我同你理论也白搭。子青，你不妨拿我的劝告斟酌一番。总司令不是一个顶坏的人，你要是了然于他的作法，你说不定也会喜欢他的。
蔡　同	顾先生，多谢您的好意。我知道您一向就待我好。
顾秉忠	我警告你一声，你千万要特别当心三个人。

蔡　同　　哪三个人?

顾秉忠　　你得当心唐将军,还有姓杨跟姓梁的。

蔡　同　　你是说总司令的那位军事顾问,中文秘书和财政顾问?

顾秉忠　　对啦,为总司令出坏主意做坏事的就是他们。唐世龙跟他的土匪先人一样,野性难驯,狂暴异常,而又狡诈万分。杨向辰,梁景范文雅多了,不过他们没有原则,没有心肝,你就不用妄想他们会帮别人打算。你得随时当心才好。

蔡　同　　顾先生,我不会忘记您的警告。

顾秉忠　　方小姐来了。你们俩谈吧。我走了。

蔡　同　　顾先生,您好好儿走。

〔顾下去了不久,方进来。她力求镇静,然而抑制不住刺激的表示。

方　珍　　(紧张)我有话跟你讲。

蔡　同　　(向四面看)你讲。

方　珍　　六姨太方才同我讲,你北京的一家人叫人监视起来了。

蔡　同　　是老王的主意?

方　珍　　是的。

蔡　同　　他的戏法儿瞒不过我。还用说,他想拿他们做抵押,看我此后是否受他调度。

〔他叹气,露出难受的样子。

方　珍　　收拾你收拾到你一家大小,也未免太残忍了。

蔡　同　　当年我把身子许给革命的时候,我早就准备好了吃苦吃到头的。

方　珍　　我愿意跟你跟到头。(冲动地把手放在他的手里面)子青,我要你知道,无论你受什么罪,我的心永远跟你在一起。

〔彼此互相看着，感动了，蔡转过头去。

方　珍　　你不觉得冯执义过于任性吗？

蔡　同　　老冯你倒可以放心。他虽说爱发牢骚，表面事事不在意，他的勇敢和决心你就别想有人比得上。他的悲观论调是一种姿态，底下藏着了不起的智慧。我不放心的倒是李方仁。

方　珍　　你看他有什么差池吗？

蔡　同　　差池倒没有什么。他的毛病就在年纪轻，人生观不十分坚定。这种人需要监视。

方　珍　　这个世界真可怕，我们最好的朋友我们也不能够相信。

蔡　同　　方小姐，人类为正义而战的时候，往往显得自己特别渺小、零乱、窳弱。同时贩卖罪恶的那些人，偏偏又格外强壮。

方　珍　　我有时候觉得我简直连自己也要怀疑。

蔡　同　　（握起她的手）方小姐，别那样想。

方　珍　　你看！唐世龙那坏家伙又来了！

〔他们走开，装出随便的样子。唐稍缓进来。

唐世龙　　你们挑了一个挺安静的地方玩赏风景。

蔡　同　　是的，站在亭子这儿往远里看，风景非常可爱。

唐世龙　　你们的牌局倒散得早。

蔡　同　　本来是打着玩儿的。对不住，我要去写点儿东西，失陪了。

唐世龙　　别是我把你赶走的？

蔡　同　　哪儿的话！方小姐，回头见。唐将军，回头见。

〔蔡下。

573

唐世龙	（其心若揭）方小姐，你今天早晌好看极了。
方　珍	（冷然）是吗？我倒不觉得。
唐世龙	有些女人配衣服。有些女人就不。你随便穿什么全相宜。
方　珍	唐将军，您对我的衣服未免太关心了。
唐世龙	方小姐，别生气。我是一个粗人，我看见好东西，我就忍不住要嚷出来。
方　珍	难道对方嫌讨厌也不介意吗？
唐世龙	方小姐，我不怪你跟我生气，你对我不好，对别人好，特别是对蔡将军好，一千二百个有道理。
方　珍	（恼怒）先生，您这话是什么意思？
唐世龙	一个女人关心一个男人，我不是瞎子，我看得见。只要你能够证明你不爱蔡将军，我就是啃靴子皮也甘心！
方　珍	唐将军，你再敢侮辱我！
唐世龙	我太放肆啦，你原谅我才好。你看得出来，我非常妒忌蔡将军。
方　珍	你没有权利也没有理由妒忌。
唐世龙	方小姐，蔡将军是成了亲的人，对于家室又很友爱，我奇怪，你干么把心用在他身上。
方　珍	（十分恼怒）唐将军，你的无礼我再也忍不下去啦！你是一再有意侮辱我！你要是高兴干涉我的私事，我可不高兴要你过问！

〔唐望着她，大怒而下。

——幕落

第 二 景

  三个月后某一清晨。总司令的内客室，富丽堂皇，金红漆是木器和雕花板壁的主要颜色。随处是珍贵的玉石摆设。沿墙有书架，长几和古董橱。中间是一张大书桌，两侧放着一把小椅。再往前去，左右两侧摆着一张小八仙桌，各自围着四个小凳，玲珑考究，古雅入目。左右两门悬着绣花的缎帘。

  阴柔削瘦的杨向辰，四十五岁左右，出语尖酸，活活一副清客相。他坐在右边小凳上。梁景范是壮实的，年近五十，圆圆的面孔。

杨向辰　　财神爷，你说，库房还有多少钱？
梁景范　　秘书先生，一半儿还多。全仗外国政府那几笔借款，不然的话，库房老早就四壁徒然了。
杨向辰　　表面上他们支持我们干下去，可是，谈到借款的细则，我听说他们丝毫不肯放松。
梁景范　　你几时听说外国人白给钱的？
　　　　　〔顾由右上。
顾秉忠　　杨先生，早晨好。梁先生，早晨好。
杨向辰　　顾先生，早晨好。
梁景范　　顾先生，你好。
顾秉忠　　总司令起来看公事没有？
杨向辰　　起来了。正在接见一位重要的客人。我们在这儿等着传见。你坐下来一块儿等，好吗？
顾秉忠　　好吧。我正想跟你们谈谈复辟这个计划。

梁景范	我们早就听你谈过了。你请讲好了。
顾秉忠	你们的干法儿你们不觉得太过分吗？我总觉得要出毛病。
杨向辰	反对我们的人要是不小心的话，他们倒是一定会出毛病的。
顾秉忠	你拿得太稳，也太自信了。
杨向辰	（笑）我们有理由自信。（向梁）景范兄，你不吗？（向顾）复辟计划由景范兄和其他几位仁兄草拟，包无问题。
顾秉忠	我有我的看法。
杨向辰	顾先生，请问全国没有一致吁请总司令正位吗？
顾秉忠	我可没有吁请！你们要是不用高压的手段，管保你一张请愿书也弄不到手！
梁景范	高压有什么不对，问题在压得住！
杨向辰	各省的督军不全赞成吗？
顾秉忠	那还不是你们拿钱买的！他们连魂灵儿也叫你们拿钱买了去！
梁景范	这你就过甚其词了。做督军的就没有什么魂灵儿，灵魂儿。
杨向辰	各省省议会一致议决恢复帝制，要求总司令登基，我们秘书处天天接到这种公文。
顾秉忠	拿监牢恐吓弄来的假东西，我根本反对！
杨向辰	我们津贴的报纸天天吵着要总司令及早加冕。
顾秉忠	临了儿他们看到的是出殡！
杨向辰	可是，我早就对你讲过，人民一致要求总司令改元登基，创一姓万世不朽之业。
梁景范	完全合法的一致要求。

顾秉忠	哼,干脆我说了吧,是贪污纳贿的结果!
杨向辰	看你把话说的!一行有一行的路数,做官有做官的路数,这个你不懂,我们懂,总司令懂。管它什么路数!要紧的是人人赞成。我们达到了目的。这就成了。
顾秉忠	杨先生,寡廉鲜耻鲜以仁!
杨向辰	讲廉耻顶好别干政治。可不是,我生下来的时候是有廉耻的,大了我觉得它太不方便,我就扔掉了它。
顾秉忠	你可记得孔夫子另一句话,忠信为人之本?
杨向辰	对呀!就因为我们没有肉,我们这才戴上了一个空壳子。
顾秉忠	我听不懂你的意思。
杨向辰	你做了一辈子官,按道理,你应当听得懂才是。忠信是给老百姓用的,我们做官的向来就用不着。不过社会上你也忠信,我也忠信,为了不立异起见,我们也就只好戴上这个忠信的壳子。
顾秉忠	我还没有听过这种不要脸的……
杨向辰	别着急,听我解说。做官的虚有其表,正是一种最好的政策。我们假装一切由民意支配。就拿总司令做皇帝这件事来讲吧。我们不妨对人讲,是老百姓主张复辟。当然他们并不这样主张。不过,栽他们一句赃,说他们这样主张,给我们开了一条退身之路。将来万一人民反对,我们束手无策的时候,我们就干脆公开承认民意反对复辟,就此漂漂亮亮地下台了事。统治阶级什么也可以放弃,只有面子千万丢不得。
顾秉忠	你这种玩世不恭的冷血动物我还是头一回遇见。
杨向辰	顾先生,我知道你顶不喜欢我,不过你既然吃官饭,我

	希望你至少表面上也要装出喜欢我的样子。
顾秉忠	承蒙忠告,多谢之至。记住我的话,你和你的诡计不会有好下场的!

〔守卫队队长由左进来。

队　长	总司令!

〔梁和杨站起。顾看了他们一眼,由原路退出。

〔王承权由左上。五十九岁,短粗,然而强壮。大头,颈项短而有力。灰色的光头。往下垂的灰色的小胡子。尊严,透露尊严的地方是一双眼睛,明光闪闪,象要看到对方的肺腑。面貌虽说铁一般冷,他常常显出一种脾气好的微笑。他穿着便服。

王承权	两位好。
杨向辰	总司令好。
梁景范	(同时)总司令好。

〔队长由右下。王走到书桌正中坐下。杨和梁侍立两侧。

王承权	今天早晌有什么事吗?
梁景范	这儿有二次借款的条文。
王承权	我随后看。
杨向辰	新宫殿的图样已经打出来了。筹备登基的大典也有了眉目。
王承权	你准备好了我俯允民情的诏敕吗?
杨向辰	我带在这儿。我读一遍吗?
王承权	你把大意说给我听好了。
杨向辰	(取出文稿,似白似读)庶民以九五之尊勉朕,朕闻悉之下,殊为惊诧不怿,朕既无意于此,更无力承此重责

也。朕已年老,所好唯和平颐养,早日得卸仔肩而已。庶民不察,再三相强,朕何德何能,敢与汤武并步,是以再三坚拒。虽然,朕一生所力行不懈者,唯民意与天责,上苍与庶民既不相谅,朕又何惜以余生为报?朕今遵命以南面,实惶恐而在心。如能救国,蹈火不辞,愿以此志普告天下焉。

王承权	好。意思很好。我们表面一定要坦白。
杨向辰	是。
王承权	筹备大典,千万不要省钱,不要偷懒,不要怕麻烦。(向梁)景范,国库能够应付一切急需吗?
梁景范	还好。我们虽说花了好几百万收买人心,可是库里还有好几百万,随时准备总司令动用。
王承权	那我就放心了。(向杨)向辰,登基的大典以后倒要加紧练习才是。
杨向辰	是。
王承权	一丝马虎不得。
杨向辰	是。
王承权	好啦,此外有什么事,你们看着办罢。向辰,你去看一下蔡同和他的党羽,陪他们到这儿来谈谈。
杨向辰	是。

〔杨和梁相偕辞出。

〔队长由右上。

队　长	总司令,顾大人求见。
王承权	我现在见他。
队　长	是。

〔队长下——顾上。

王承权	秉忠，我有好几天没有看见你。
顾秉忠	是，总司令。
王承权	你请坐。
顾秉忠	是。我有几句不识轻重的话，冒昧出口，怕惹总司令生气。
王承权	你用不着担心我生你的气。有些人老是顺着我说话，我偏不爱听。意见越不跟我一样，说了出来，我倒觉得他们是真心为我。咱俩是老哥儿们，你心上有事，痛快说给我听好了。
顾秉忠	我随大人出生入死，此心耿耿，也有三十年了，我向来不爱开口，不过今天早晌，我再也忍不住了。
王承权	你尽管讲好了。
顾秉忠	我说的是恢复帝制这件事，大人似乎有些过分。平日我们对待政敌，剑及屦及，丝毫不肯放松，有识之士早已于心不平，议论纷纷，如今我们送给他们一个好借口，他们煽惑人民起来怕也就越发振振有词了。我不愿意我们给人把柄，将来闹得国是日非，难以了结。大人还是重新考虑一下才好。
王承权	秉忠，老成谋国，你真是当之而无愧。不过，这就是我要说的，我老早考虑过了。
顾秉忠	大人肯俯纳我的话吗？
王承权	我得慢慢看。你让我一点一点说给你听。
顾秉忠	是。
王承权	我是旧日专制暴力政治训练出来的一个官员。
顾秉忠	是。
王承权	就我切身的经验看来，只有旧日的法度中国人民了解而

	且尊敬。
顾秉忠	不过时代不同了。
王承权	你以为时代有所不同,因为你出过洋,受过欧西的教育。不过,秉忠,讲起做皇帝这件事,你应当明白,我没有野心,也不感到兴趣。贵为总司令,大权集于一身,我现在和做皇帝也差不到什么地方去。拿我自己来说,我还有什么要指望的?
顾秉忠	是。
王承权	吵着要复辟的不是我,是我的下属和我的大儿子。我明白他们的心思。他们希望权位传之久远。他们想望的东西,封官赐爵,只有皇帝能够给。所以他们天天巴着我做皇帝。他们的弱点我有什么不知道的!问题是,我必须给自己弄几个忠心的随从。要想他们忠心,我就得让他们满足。
顾秉忠	(轻轻叹息)唉!
王承权	一个人干到我这步田地,不下就得上。我并不想结怨,可是干来干去,我的仇人好象越来越多。我就是要下也下不得。我得顾到我和我一家人的安全。我要是现在或者随便什么时候交出政权的话,我那些数不清的仇人会把我和我一家人处死。你能说我这番话不对吗?你是明白人,你设身处地替我想想看。

〔卫兵由左上。

卫兵	总司令,大爷在外面等着传见。
王承权	我这就见他。
卫兵	是。

〔卫兵下。

王承权	好秉忠，我何尝不想听你的话，我何尝不想有一天解甲归田，优游林园，享受几天晚年的清福？可是我不能够，我办不到。
顾秉忠	我……我非常同情你。
王承权	天下没有可以完全自主的人。
顾秉忠	你得原谅我。我想我未免神经紧张了。
王承权	为人上者，神经不宜于紧张。
顾秉忠	是。
王承权	秉忠，再见。可不，你得帮我好好进行。
顾秉忠	是，大人。

〔顾由原路下。王思维着，稍缓，王传宝由左上。

王传宝	爸爸，您忙吧？
王承权	传宝，你来看我，我总喜欢见你的。
王传宝	爸爸，您决意接受臣民的要求了没有？
王承权	传宝，你知道，我是为你才这样做的。
王传宝	那么，我就是太子殿下了。
王承权	你开心了吧？
王传宝	还不是仗着爸爸。
王承权	怕的是你将来做不到半年皇帝，你就要怨恨自己不该生在帝王家了。
王传宝	我一定要学着好好儿做皇帝。（大步而行）爸爸，您平日怎么就那么尊严，我怎么着也学不来。
王承权	好孩子，这不是学得来的。你尊严，你不尊严，那是天生的。
王传宝	您只要眼睛一动，人人就怕的要死。人家讲，您一生气，铁打的将军也会吓得滚到桌子底下。

王承权	（笑）我要他们这样子。
王传宝	您知道臣民私下称您什么吗?
王承权	我不知道。
王传宝	他们称您雷神爷，有人简直把您叫做活阎王。
王承权	随他们叫我什么好了，只要他们害怕就成。
王传宝	我也这样想，有时候我学您冲兄弟们瞪眼睛，您猜怎么样，他们咬住嘴唇笑我，我要是一生气呀，他们干脆就哈哈笑出声来。他们说我的样子太好笑!
王承权	你得好好儿练习。
王传宝	爸爸，我想告诉您点儿事。
王承权	什么事?
王传宝	我私下里好久就准备着治理天下了。
王承权	治理天下?
王传宝	我用了好些年研究政治原理。
王承权	（笑）政治原理?
王传宝	爸爸，您是笑我吗?
王承权	好孩子，我不是笑你。政治原理是教书先生的玩艺儿，你学它干什么?
王传宝	爸爸，请您告诉我，您统治中国成功的秘诀。
王承权	你年纪轻，我怕你不懂事。
王传宝	这就是您不对。迟早我有一天要即位的。越早知道，我越有利。
王承权	好，我就说一句给你听。统治这两个字太重大了，我从来不往这上面想。我的法子就是挑选一批人替我统治。这批人跟机器一样，我拨一下就全走动了。
王传宝	您有一般原则做参考吗?

王承权	用不着空洞的原则。我从实际经验得到我的结论：大多数人容易上当，你就拿当给他们上；大多数人倾向妥协，我就想法子叫他们妥协；人人爱钱，我就拿钱收买；有人好说话，我就给他们戴上一个口罩；人皆有死，我就砍掉他们的脑壳；不过，不到最后，我是不肯这样做的。
王传宝	我也得杀人吗？
王承权	到了无路可走的时候，把人杀掉往往是一条快路。
王传宝	爸爸，您再多说点儿给我听，我在书本子里头就没有看见您这种治国平天下的道理。
王承权	奖赏从宽，可是惩罚应该从严。从前我在徐州练兵的时候，我有两个办法给兵士挑选：不是升官，就是杀头。
王传宝	我得好好儿记住您的教训。
王承权	统治的秘诀就在熟悉两个字。熟悉你的左右，熟悉你四围的人手。我有一样长处，那就是在我跟前当差的人，别想有一点儿藏私。我能够一眼看穿人家的行藏。我还不放心，私下用心考察他们的心性，探寻他们日常的来往，喜怒爱憎，为的是到了紧要关头，我好知道怎么样对付他们。我用不着什么原理。人的关系随人而异，我呀，我就用随人而异的方法统治。
王传宝	爸爸，您太了不起啦！我做梦也想不到！
王承权	传宝，这得慢慢来，你不妨先就我这番话想想。你走吧，我还要接见别人。
王传宝	是，爸爸。
	〔他由左下。王揿铃。卫兵进来。
王承权	有人在外边等候吗？

卫　兵	杨秘书陪着蔡将军，方小姐，冯先生和李先生在外边等候召见。
王承权	请他们进来。
	〔卫兵下。杨偕蔡，方，冯与李上。
王承权	各位好。
蔡　等	总司令好。
王承权	各位请坐。
蔡　等	我们站着就成。总司令有话尽管吩咐好了。
王承权	那么，就站着讲。我发现总司令部重要官员没有签字要求我做皇帝的，只有你们四位。
蔡　同	我们的罪名已经很多，我们不愿意再添上一个虚伪的罪名。总司令最懂得人性，就让我们签了字，马上也会看破我们不是出于本心的。
王承权	(怜惜的声调)你们是三位大有作为的男子汉，一位不甘雌伏的女英雄。我最忠心的下属也赶不上你们的才分。有才分的人，我向例赏识、提拔、敬重。可是你们就像没有把儿的快刀子，谁碰上去谁流血。给快刀子装上个好把儿，别人不成，这得你们自己动手。
蔡　同	总司令太谬奖我们了。任命我们做高等顾问，我们知道感激。我们尊敬、爱护我们的元首，不过，有一点，总司令务必宽宥我们，那就是，我们视为神圣的原则我们不便放弃。
王承权	什么叫做原则，我不很懂。你们反对帝制，就是反对我。
蔡　同	总司令不明白我们的观点，我们觉得非常抱歉。
王承权	我不要跟你们辩论。我请你们来，就为当面告诉你们：

扭不过人民的公意，我决定改元立制，你们要是不肯积极赞成，我希望你们不必公然反对。好，现在四位请回去吧。不过，我警告你们一句：我随时留意你们的行为。

〔蔡等四人鞠躬辞下。

王承权	向辰，你看他们会胡闹到底吗？
杨向辰	就是胡闹到底，他们也不会有多大的作为。我已经在李方仁那方面下手了。
王承权	怎么样？
杨向辰	我发现这四个人里头，还就是姓李的好说话。我已经注意到他好些次了。
王承权	你临了儿可别上他的当！
杨向辰	这倒用不着担心。李方仁没有那三个人深沉，年事少，心性不定，容易上钩。
王承权	你拿什么哄他出卖他的朋友？
杨向辰	恢复自由。额外还有奖赏。我晓得他急于搭救自己出去；让他为难的是出卖朋友这件事。
王承权	关键就在出卖朋友上。我不在乎姓李的那条性命。四个人里头，他顶不危险。不过，我要证据对付另外三个人，尤其是蔡同那小子。
杨向辰	是。

——幕　落

第 三 景

  一星期后某日上午。富丽堂皇的宝殿，里面聚满了男男女女，穿着花色夺目的明代官装，演习登基的大典。这些衣饰是从最阔绰的戏箱取出来的，然而披戴起来，不分男女，全不像戏子那样自然雅致。他们分做若干小组，聚在一起低声谈笑。我们认识的有顾，唐，梁，队长，王传宝，不认识的有梅辅臣将军和总司令的一家大小：大太太，福建太太，三姨太，四姨太，五姨太，六姨太，二公子，三公子和他唯一的小姐。四个卫兵分立在两旁做"宦官"。

  杨由外进来。

杨向辰	总司令还没有来吗？
梁景范	还没有，说是马上就要来。
杨向辰	（拍手，引人注意）大家注意，我们才不过练习了三次，离正经还差得远着哪。不是我说一句丧气话，你们那副走相简直是打上枷铐的囚犯，一点儿没有王家贵人的气派。我现在再提醒大家一声，这不是来看好玩儿热闹的，你们装扮什么就得从里到外是什么，赶明儿总司令真登了基，谁要是礼节上出了差儿，谁可自己担当！
六姨太	杨大人，我是六姨太，按道理，我将来就是贵妃娘娘了，可是依你说，怎么个走相才合我的身分呢？你知道，我是穷户人家出身，我爸爸是一个理发的。
杨向辰	六姨太，当着这么多人，您临了儿两句话咽回去成不成？

六姨太　　咽什么？

杨向辰　　六姨太，权当我没有说好啦。您看过贵妃醉酒没有？

六姨太　　还用说，当然看过。我看的还是小梅兰芳的！

杨向辰　　那就成啦！

六姨太　　杨大人，您可忙糊涂啦！那是醉酒，我们这儿是登基，我怎么好一摇一摆的，可成个什么体统！

杨向辰　　您说得对！让我想想看。有啦！陈德霖的雁门关！不！不！那是大太太的身份，跟您不相宜。可不！大登殿您看过罢？

六姨太　　你是叫我学王宝钏？

杨向辰　　王宝钏！只要你学得像！

六姨太　　我学给您看看。

　　　　　〔性子急，她越要好，越显得做作。她一脚踩住裙带，险些儿跌倒。大家拍手大笑。

杨向辰　　六姨太，好极了！你只要不一扭一扭像花旦就成！（看见她倾踬）嗐！怎么的啦？没有摔坏哪儿？

王传宝　　杨大人，你再教我一次。

杨向辰　　您又怎么啦？

王传宝　　别的没有什么，就是到宝座那一趟，我老觉得闪呼呼的。

杨向辰　　好。您先走一遍我看。

　　　　　〔传宝军人一样走向御座。

杨向辰　　喂！大少爷！您转过身子来！您倒像个当兵的，哪儿像个当太子的？

王传宝　　好。我再试一次。

　　　　　〔他这次慢得如同一个待决的死囚。

杨向辰	老天爷！您这个走法儿简直是给老子爷送殡嘛！
王传宝	（不免生气）这不好，那不好，倒请你走个样子看！
杨向辰	大家请注意！我走给你们看。

　　〔一副严肃的神色，他一步一步走向龙座。大家唧唧唯唯诽笑着。上到第二台阶，他踩住袍幅，脚步一乱，合身倒在上面。哄堂大笑。

　　〔王静静进来，看见了，笑着。

队　长	（发见王）总司令驾到！

　　〔静了。杨好不容易爬起来，哼了一声，伸直身子。王穿着黄龙袍，怪样儿看着杨，走向前来。

王承权	向辰，我老早就叫你上台阶要当心。
杨向辰	是，大人。

　　〔王的行动同样笨拙。他拾起袍幅，小心翼翼走上台阶，在宝座前面立定。杨闪在他后面偏右。

王承权	大家全站好了。

　　〔男女按着长幼官阶，分两排向下站开。

王承权	今天早晨我时间不多，就练习加冕以后封爵那一部分。向辰，眼前有多少官爵要封？
杨向辰	（取出一卷文件）太子殿下，皇后，世子殿下，公主，贵妃，另外侯爵三名，子爵二名。
王承权	好。我们先打封太子这一节练习起。

　　〔他坐在宝座，右手握着一柄玉玺。传宝愣里愣怔站着，有人暗地揪了他一下，他先是惶，随后镇定了，强自走到王前跪下。

王承权	朕承天之德……（低声，向杨）向辰，下面是什么？（重复杨的提示）朕承天之德，兹立汝为太子——（向杨）声音大

	点儿,我听不清。(重复杨提示)他日秉朕遗志,建大定万世不朽之盛业,朕有厚望焉。
王传宝	(仰首)父皇,孩儿有一个疑问。
王承权	你说。
王传宝	父皇是天子,孩儿是父皇的亲生长子,"兹立汝为太子",这个"立"字岂不用得勉强?
王承权	可不,你说的倒也是。(向杨)向辰,你说这怎么办?
杨向辰	周公制礼,一字不可更易,吾皇明鉴。
王承权	瞎白!制礼也得合理。
梁景范	用"赐"字代替,陛下以为如何?
王传宝	"赐"我为太子,我原来就是,要人赐我做什么?
梅辅臣	用"宣"字代替,陛下看怎么样?
王承权	"宣"汝为太子……就是它吧。
王传宝	天生的事,父皇也用得着宣不宣的?
王承权	反正你是太子就得啦,管它"宣"也好,"立"也好,也不过就是这么一个说法儿,有什么好挑剔的?难道你要我"天生"汝为太子才开心?
王传宝	是,父皇。
王承权	好啦,你下去。现在轮到东宫皇后了。

〔传宝回到原来的地位。

〔王太太,一位五十岁的胖太太,摇摇晃晃,颤巍巍走上台阶跪下。

王承权	朕承天之德,兹立……兹宣汝为大定朝孝元皇后,汝其谨敬受命!

〔大太太充满了尊严和礼重,起来了几次还是倒下。福建太太掩口笑着。杨过去扶起大太太。她的重量使他

倒退了两步。

王承权　　现在轮到西宫了。

〔福建太太往前走出一步，然而不再行动。

福建太太　万岁爷，我提出抗议！

王承权　　抗议什么？

福建太太　我抗议你那位太太占了我的先！

王承权　　算啦，有什么用处……

福建太太　从前你在福建娶我的时候，你说你没有太太，我是老大，可是后来……

王承权　　这问题不老早解决啦嘛，你还提它干什么！

福建太太　平日委屈我做二太太也还罢了，可是如今总司令做了皇帝，我决不承认这臭娘儿们是正宫娘娘！

大太太　　你说谁臭娘儿们，你这打鱼的骚货？

杨向辰　　两位太太，好啦！少说一句好啦！

王承权　　向辰，随她们吵去。这几十年她们俩简直把我吵晕了。索兴让她们俩今天吵个明白也好！

〔人人急欲看个究竟。

福建太太　我是打鱼的，啊？你可知道我父亲也是一个王子头儿？

大太太　　叫化子头儿！

福建太太　那是你！

大太太　　是你！

福建太太　你父亲是一个猪肉贩子，难怪你死胖死胖的！

大太太　　好在不是叫化子头儿！

福建太太　叫化子头儿！一个叫化子头儿抵得过十个卖猪肉的！

大太太　　那你干吗不在你那臭水坑待着？

福建太太　那呀，那因为人家大元帅高兴讨我做老婆。

591

大太太	做小老婆!
福建太太	你呀,你是老太婆!
大太太	赶着我不在,你骗上了我们家总司令!
福建太太	又丑又胖,大元帅巴不得你不在!
大太太	你敢说我又丑又胖,你自己瘦得就剩下皮包骨头!
福建太太	你呀,你丑得希奇,胖得出奇!
大太太	(趋近)你再说我丑,我挖出你的眼睛来!
福建太太	丑!丑!看你又把我怎么样?

〔大太太伸手抓她的脸,但是她把头往后一闪就闪开了。大太太顺手撕破她胸前的官装。

福建太太	你动手打人,好嘛!

〔她抡起右手,一个响亮的巴掌打在大太太的左耳。大太太不等她抽回手去,便一拳打落她的头饰,头发披散下来。新贵失去了尊严,分成两党,呐喊助威。

六太太	(鼓励福建太太)还她一拳头!打掉她两块肉!
三姨太	(怂恿大太太)打得好!打瘪了她!

〔双方喘吁着,各自寻找地位。大太太有力气,福建太太更轻捷。她们彼此撕着、抓着、揪着。大太太的头饰散落了。两个人靠近的时候,是大太太占上风。

四姨太	(向福建太太建议)你到后边去!

〔福建太太接受她的暗示,掠起衣裙,围着大太太转。大太太喘气喘得活像夏天的狗。她旋转得眼花缭乱。福建太太一个箭步跳到她身后,伸手要抓她的头发。她没有抓住头发,仅仅撕下她的领子。大太太一抡胳膊,险些把她打在地上。

三姨太	打得好!再给她一拳头!

〔福建太太趁大太太不防备,揪住她的头发,拖着她走。

六太太	好呀!揪下她的头发来!
四姨太	用点儿劲儿!
五姨太	用两只手!
王承权	(忽然站起,大发雷霆)住手!

〔双方分开,喘着。看见王震怒,全肃然了。

王承权	够啦!你们俩给我丢够了人啦!都给我滚出去!今天不练习了!

〔大家不作声,讨了一场无趣,排班由两门走出。杨往台阶底下走。

王承权	向辰,这场吵闹我觉得不是什么好兆。(严重)你为什么不赶早提醒我一声?
杨向辰	开头我想拦阻来的。
王承权	你应当指出这是不祥之兆。
杨向辰	女人吵架是稀松常有的事,总司令用不着挂心。
王承权	你不知道。当心下次别出这种乱子。我不喜欢这个。
杨向辰	是,大人。

——幕落

第 二 幕

第 一 景

一九一六年一月某日黄昏，一星期之后。冯执义在南海囚禁的地方，一间舒适的寝室兼书房。我们在这里看见一张书桌、一把软椅、一张床铺、一张小几、一个有门有屉的小橱。贴墙是书架往前是一张方桌，围着四把椅子。左墙有窗。门开在右墙。

蔡同面向观众，坐在方桌前面。冯执义坐在他旁边。

蔡　同　　老王演习登基大典，中间出了笑话，你听说没有？

冯执义　　不足为奇。复辟这件事就是一出小丑儿戏。

蔡　同　　据说两位太太抢着皇后当，闹得翻天覆地，老王忽然一阵心血来潮，说这是不祥之兆。

冯执义　　老王究竟不是寻常人，觉得出，感得到，别人就没有这种预感了。

蔡　同　　可惜是他没有我知道得多。

冯执义　　新近有什么消息吗？

蔡　同　　他们可以恐吓舆论，钳制舆论。不过，我最近得到的情报，对他并不有利。商界，学界，教育界，文化界，凡是受过教育的阶层，全都反对恢复帝制。这些分子现在是

	孤立的,分离的,只要我好好把他们组织起来,星星之火可以燎原,倒要看看老王有什么本事招架。
冯执义	我看只有武力可以阻止,子青,只有你能够统率这问罪之师。
蔡 同	话是对的,不过眼前就没有路子逃出南海。我们得想点儿切实的办法。(略缓)你注意到李方仁没有?他近来有些叫人捉摸不定的样子。
冯执义	我老早就想跟你讲,你既然说到他,我们不妨从长谈论谈论。我觉得方仁这几天特别沉静,特别不爱开口。
蔡 同	你说不奇怪吗?方小姐也这样讲。
冯执义	你疑惑方仁会在背地干什么坏事吗?
蔡 同	执义,我永远一心相与,永远一怀热望,可是我也永远怀疑。现在我就是这样子。对于他,我的疑心要比信心大。
冯执义	他或许不大舒服。他说他这几夜老睡不安。
蔡 同	执义,方仁是你的好朋友,你应当帮他回护两句。不过,你自己明白,我们日夜和生死为邻,每个朋友会变成强大的敌人,每个敌人会变成可能的朋友。
冯执义	子青,你说得透。我相信他为人忠诚,不过我也承认他缺少毅力,有些太爱性命。这样办吧,我同他好好儿谈谈,你看怎么样?
蔡 同	用不着,用不着。他或许已经变了心,那你就是拿大道理跟他讲,也是白讲。把他交给我,我有法子……
	〔方珍轻着脚步进来,神情有些紧张。她把手指放在嘴边警告,奔到他们跟前。
方 珍	我有消息报告。糟透了!非常紧急!

蔡同	你快讲!
方珍	李方仁的事!
蔡同	他怎么样?
方珍	他们在勾引他。
蔡同	勾引他?
方珍	他就要上钩!
蔡同	(看着冯)哼——!
冯执义	你怎么知道的?
方珍	六姨太告诉我的。我拿话探她探出来的。
冯执义	你的情报牢靠吗?
方珍	我想牢靠。六姨太不是老王的宠人儿吗?老王什么话也告诉她。
蔡同	好,你往下讲。
方珍	老王叫杨向辰试探李方仁。只要李方仁肯泄露我们这方面的机密,他就可以恢复自由,得到重酬。他已经心动了,就欠讲给他们听。他想救下自己的性命,可是他不好意思牺牲我们这些朋友。
蔡同	你怎么知道这个?
方珍	李方仁答应明天给杨向辰回话,明天!
蔡同	(沉毅)很好。李方仁今天晚晌就得死。

〔冯和方静静看着蔡。

冯执义	子青,我赞成你的动议。
方珍	我也同意。
蔡同	我们意见已经一致了,我们现在想一个执行的方法。
冯执义	我应当为李方仁负责。是我把他介绍给你的。
蔡同	你用不着那样想。

冯执义	我是他的保证人,制裁他是我的责任。我同时是他的知己,救他也是我的责任。我要他今天死在我手上!
蔡 同	不过担当干系,我们全有份儿。
方 珍	当然。
冯执义	好。就这么决定了。
蔡 同	你想用什么方法执行?

〔冯走向小橱,打开抽屉,取出一个小银盒,然后他打开一个柳条茶窝,把小银盒里面的东西倾入茶壶。蔡和方静静看着他。

冯执义	我一向随身总带着这个东西。灵得很,两分钟可以送掉一条老牛的性命。
蔡 同	现在你打算怎么着?
冯执义	方小姐,请你过去看一下老李,对他讲,我盼他过来谈谈。你的样子要放平静。
方 珍	冯先生,我感动极了。
冯执义	方小姐,你这就去吧。

〔方下。

蔡 同	执义,我钦佩你。我要是有你这样半打的朋友,我可以把世界翻一个过儿!这不是好玩儿的事,你明白吗?
冯执义	我愿意担当事后种种意外,不过,进行顺利,我看也没有什么意外要发生。
蔡 同	我们今天要是能够顺顺当当封住方仁的口,老王一定明白是我们的勾当。我们这下子抄了他的近路。他怕面子难堪,也许不拿这事放在心上。
冯执义	你放心把方仁交给我办好了。我想你也该走了。
蔡 同	(握住冯的两手)执义,全仗着你了。你这样冷静,我相

信你会成功的。

冯执义　回头见。

〔蔡下。冯由窗台取下一瓶酒和一个酒杯，放在方桌上。他斟满一杯酒，然而没有饮。他来回走动，站住，向外看，然后重新安详地踱着。门轻轻推开，李方仁默然站在门道。

冯执义　（热诚）嗐，老李！进来，进来呀！

〔他过去揪住李的胳膊，把他拉到方桌跟前。

李方仁　（谨慎）方小姐说你想见我。什么事？

冯执义　什么事？还用得着我讲！我一个人闷得要死。

李方仁　你一到黄昏总喜欢念念书，所以我怕过来打吵你。

冯执义　这几天不成了。

李方仁　为什么？

冯执义　（推心置腹）老李，我告诉你。这几天我很不带劲儿。我老想家——特别是我那个小的，足足两岁，你见过的。

李方仁　小可爱的模样。

冯执义　我觉得我象要遭什么事的样子。

李方仁　想不到你也会迷信。

冯执义　平常我并不迷信的。噢，对不住。让我端这杯酒给你喝。

李方仁　谢谢你，我不想喝。我在两顿饭中间，向例不喝酒。

冯执义　我也不，不过，喝点儿酒，我觉得自己振作点儿。你不喝酒，那么，喝一杯茶吧。

李方仁　嗐。我这一下午尽喝茶了。

冯执义　你没有喝过我这茶叶。这是清宫里面的贡茶。顾将军送了一包给蔡同。我抢了他半包来。你尝一杯也是好的。

〔他掀开茶窝，斟了一杯茶，端到李前面。

李方仁　不敢当。你怎么会忽然迷信起来了呢？你倒说说看。

冯执义　我也摸不清自己是怎么回子事，这几天心里头七上八下的，自己跟自己捣鬼，弄得自己心神不宁。

李方仁　我觉得……噢……噢……我烧得慌！救命！噢！

〔他挣扎着，向门口蹒跚着。冯过来搀住他，让他在床上躺下。

冯执义　不要大惊小怪。我在这儿哪。停一分钟你就好了。

李方仁　（起来）噢！救命！有人害我！

冯执义　别嚷！老兄弟，安静点儿！

〔稍缓，一个看守的卫兵奔入。

卫　兵　什么事？

〔无人答理。队长匆匆进来。

队　长　什么事？

冯执义　李先生大概中了风啦。

李方仁　（挣扎着）不！不是！我……中了毒！噢！茶……茶……（指冯）他，他……毒……毒死我的。

〔李力竭瘫倒。卫兵守住他。

冯执义　胡说八道，茶一点没有毛病。你看我来喝。

〔他走去喝茶。

队　长　（拦住）冯先生，不要喝！茶里要是没有下毒，我们有的是法子试验。

冯执义　好罢，随你办。

〔他走到方桌另一端，安然坐下。队长检查茶杯，嗅着茶的气味。他盯了冯一眼，但是冯把背转给他。

卫　兵　我看李先生死啦。

队　长	好，你看住他，不许任何人进来。不要叫人碰这个茶杯。冯先生，对不住，你陪我走一趟。我们得把这件事弄个水落石出。
冯执义	好吧。

〔冯站起来，偕队长下。

——幕落

第二景

隔了一天。皇宫里面一间地窖，黑暗，潮湿，多尘，样子像一座坟。右面是一个铁门。当中放着一张空桌子，一把椅子。唯一的灯光是桌子上的两支蜡烛。后面挂着一张大帷幕。

唐世龙面向门坐着。两侧各立着一个卫兵。

唐世龙	（仿佛自言自语）他不招，我有法子叫他招。（干脆）带犯人进来。
	〔下去一个卫兵，不久带进冯执义，后面跟着一个卫兵。冯态度如常，不躁不扬，不怯不馁，默然望着唐。卫兵要他跪下，他不睬理。
唐世龙	（向卫兵）由他去。（向冯）冯执义，我要知道你为什么毒死李方仁。
冯执义	我为什么毒死他，我不想同别人讲。
唐世龙	我现在就是想问出你的动机。
冯执义	跟我算账的是天，不是人。

唐世龙	你只要招供,我们全好通融。
冯执义	我不贪图你们什么通融不通融的。
唐世龙	冯执义,你知道我们清楚你为什么害死李方仁。不过,我们还想多知道一些,只要你讲出你同党的作为,我们决定饶你一死。好啦,别固执,你是一个顶通情理的人。
冯执义	我没有什么话好讲。
唐世龙	你有。撇开你自己,单单说蔡将军和方小姐,你就可以供给我们许多材料。你只要一五一十全招出来,我们一定好好儿看待你。
冯执义	我跟你说过了,我没有话讲。
唐世龙	好啦,谁出主意害死李方仁的?
冯执义	是我。
唐世龙	蔡将军和方小姐真就毫不知情吗?
冯执义	不知道。
唐世龙	你以为我肯相信你吗?
冯执义	你爱相信什么就相信什么,跟我没有关系。
唐世龙	冯执义,听我讲!蔡同,方珍,李方仁和你,你们图谋不轨,我相信外边一定有人跟你们互相勾结。你顶好详详细细讲给我听,我们会……会赏你大官儿做!
冯执义	我命都不想要,你还想拿高官厚禄来引诱我!我不怕死。我早就横了心等死。
唐世龙	(不复忍耐)喝!你不怕?家伙,我知道你不怕。你以为我们会让你躺在鸭绒床上,听着天上的仙乐,舒舒坦坦地咽气吗?家伙,你呀,你想死也没有那么便当!死也不见得就那么容易!我们要叫你活着,活着想死死不

成,除非留下你的口供来!(向卫兵)拉开幔帐!

〔两个卫兵把帷幕慢慢拉开,露出一具棺材,用两条板凳架起,盖子放在旁边地上。

唐世龙　你害死的好朋友就躺在那里面。现在我们留你一个人在这儿,你好好儿同他亲近亲近吧。(在门边停住)你是一个乐天派,你就乘兴儿乐个大发好啦!

〔唐带着卫兵下。铁门闭拢,下锁。

〔冯转过身子,思索的神情,拿背朝着棺材。他努力集中他纷繁的思绪。皱着眉,手拄着下颔,他动也不动站了一分钟,但是死一般的沉静似乎压住他。他走了一步,摇掉它的魔诱。他好象听见背后有声响。他屏住气来听。他急忙转过头,瞥了一眼棺材,急忙又把头转开。他好象听见屋子到处全有细碎的音响,不免恐怖了,向四面瞭望。他快步来回走动,好象要拿他的脚步淹掉别的响声。他留意不看棺材。忽然有什么东西抓住他的注意。他站住听,向前面用力看着。他的视线不由自主,慢慢移向棺材。他提起精神,转开身子。他看见椅子,过去坐下。他闭住眼睛,动也不动停了一刻。随后他忽然伸手盖住耳朵。眼睛闭住,耳朵掩住,他慢慢上下摇摆身体。他不摇摆了,一点一点睁开眼睛,定定地看着空中。慢慢不由自主,他的视线移向棺材。棺材似乎魔住了他。原来蒙住耳朵的手,如今软软地放下来。他的眼睛离不开棺材。他慢慢站起,一步一步走向棺材,仿佛抵挡不住一种巨大的力量。他走了一半路,差不多可以望到棺材里面。他拿胳膊蒙住眼睛。他慢慢地往前走了三步,站住不动。他几次想把胳膊放下来,然而没有成功。胳膊忽然摔开,他畏惧而又亟亟地看进棺材。他有一时什么也不曾看见。

冯执义　(看清楚了)噢……噢!……(跪下来,手掩住眼睛。他这样待了半晌。随后他惊觉了,手伸向棺材)方仁!方仁!你听得见我的话吗?好兄弟,听我一句话。为什么你想出卖你顶好的朋友?方仁,青天在上,是你自己害死自己。你不知道我弄死你我多难受。饶恕我,好兄弟,饶恕我!我不过是一个执刑的人。我自己也没有几天好活。好兄弟,我在阴间和你相会以后,我会好好儿解释给你听的。我没有对不住你的地方。

〔诉完了衷曲,他心头轻松了许多。他慢慢走向椅子,坐了进去。他恢复了平静。脚步声近了。锁开开,铁门拉开,唐世龙在门限里面站住。他望着冯。卫兵站在门道。

唐世龙　(静静地)哼!我看你满不在乎嘛!好罢!乐天派不怕死尸,是不是?我还当杀人的人是有良心呐,(发怒)可是你呀,就没有良心!没有良心!……你成心跟我作对,是不是?我倒要试试你看!看谁斗得过谁!(魔鬼般)听我讲!我再给你一点钟考虑。我回来的时候,你要是依然固执到底,我叫人把你搁在棺材里面,在你好朋友的尸首上过夜。对啦!棺材盖子也给你钉上!哥儿俩甜甜地过一夜,开心吧?哈哈。

〔他和卫兵退出。冯望着棺材,长叹一声,慢慢把头低下。

——幕落

第 三 景

两天以后某日清晨，方珍在南海囚禁的地方，一间精致的小客室。

方珍在沙发上看书。蔡同由外进来。

方　珍　　子青，早晨好。

蔡　同　　方小姐，你好。

方　珍　　请坐，子青。

蔡　同　　我不坐，我走过你的房间，进来警告你一声。

方　珍　　有什么消息吗？

蔡　同　　没有。自从方仁死了以后，老王下令加紧看守我们。他任命姓唐的那个坏蛋监视我们。我们现在得格外小心。

方　珍　　你听人讲起他们怎么样惩治我们的老冯吗？我一想到就难过。

蔡　同　　可怜的执义！可敬的执义！那样高的才分！一千人里头挑不出那样一个来！一百年里头你别想有人比得上他！

方　珍　　你想他们逼得出他的口供吗？

蔡　同　　决不会！我清楚他这个人的。他万一招认的话，我对于人世真是一点点也不乐观了。老冯是铁打的硬汉，阎罗王也拿他没有办法。

方　珍　　蔡将军，我直想哭。

蔡　同　　哭？方珍，我们应当欢喜！只有欢喜！因为临了儿，胜利的是精神、文化、理智；临了儿总是意志打败野蛮的武力、兽性的遗留。像老冯那样令人起敬的君子，要几

　　　　　代、几世纪的自然和优良的传统培养一个出来。他这样一个人抵得住地狱里面所有的牛鬼神蛇。我真愿意我的性命换回他那样一个人的性命。

方　珍　　子青，你有力量叫人在顶沉痛的时候也活下去！

蔡　同　　（握拳）这些残忍的东西，碰到我手上，别想我饶了他们！

方　珍　　轻点儿！我听见有人来。

蔡　同　　（长叹一口气）好，我应该走啦。早晨天气好极了，你出来散散步也好。

　　　　　〔六姨太在门口出现。

蔡　同　　噢！六夫人来了！你好呀！

六姨太　　蔡将军，我总是那样子好。噢！你用不着走，我没有事，进来不过是聊聊天儿。

蔡　同　　再见吧。我走啦，你们聊天儿聊得更带劲。可别在背后糟蹋我们男人呀！

六姨太　　蔡将军，你放心，你们男人值几个大，我们还它几个大。

蔡　同　　那就好。

　　　　　〔蔡笑下。

方　珍　　六夫人，你来坐在沙发上。

　　　　　〔两人坐在一起。

六姨太　　其实男人对男人要比我们女人对男人狠心多了。

方　珍　　你是说……

六姨太　　我是说那位温文尔雅的冯先生，叫他们收拾得不成一个样子。

方　珍　　你讲给我听！不！不！你别讲给我听！还是不讲的好。

605

六姨太　　我不讲，也有别人讲给你听的。

方　珍　　那么，请讲好了。

六姨太　　他们想不出法子叫他招口供。他们就把他搁在棺材里头，身子底下是李方仁的尸首，然后把棺材盖子钉住。第二天，他们掀开盖子，把冯先生从里面吊起来，可怜他已经疯了，嘴里叽哩咕噜的不知道说些什么。他们又把他扔进棺材，钉上盖子，就连他连尸首一块儿活埋了。（方用手覆住脸，颤索着）我的好人，别这样伤心。上天有眼，这种事要遭报应的。（方并不注意）可是我要说的是蔡将军。

方　珍　　（惊醒）什么？蔡将军又怎么啦？

六姨太　　我真不知道是告诉你好，还是不告诉你好。

方　珍　　我求你马上讲给我听。

六姨太　　你知道，我们大人顶怕蔡将军。

方　珍　　是的。你快说！

六姨太　　（四面张望，身子靠近，声音放低）老头子决定要蔡……

方　珍　　要蔡的性命？

〔六姨太严重地点了几次头。

方　珍　　（发狂）噢！帮我救救他！救救他！救救他！（跪在她前面）帮我救下他的性命！我求你！我求求你！为我救下他。

〔她把头埋在六姨太的裙幅上。

六姨太　　方小姐！方小姐！你请起来！我答应你我想法子救他，可是你先得镇静点儿。好啦，方小姐，坐下来，让我们好好儿谈谈。方小姐，我有一句话问你，你得把真话讲给我听。

方　珍	（没有抬起头）问我什么？
六姨太	方小姐，看着我。你爱蔡将军，还是不爱蔡将军？
方　珍	（越发把头低下去）我爱他。
六姨太	你想救他，是不是就单为这个？
方　珍	不是的。我到现在还决不定我更爱他，还是更爱民国。
六姨太	你知道，他是一个有家室的人，很疼太太和孩子。
方　珍	我从来没有表示过我爱他。
六姨太	（搂住方）你这苦命的孩子！（略缓）我们该怎么办？
方　珍	你答应帮我救他。
六姨太	好孩子，我当然肯帮你救他！我砍掉一只胳膊也要帮你救他。不过……这不济事的。
方　珍	总司令顶听你的话。
六姨太	这就是我要说的呀。你知道他为什么喜欢我？就因为我不过问政治呀什么的。他说我跟他四围的那些聪明男人聪明女人全不一样。他跟我在一起为的是换换样儿，舒坦舒坦。
方　珍	我只有你这么一位朋友。你要是不帮我救他，我就一点儿指望也没有了。
六姨太	我要是去见我们大人，求他饶下蔡将军的性命，别瞧他喜欢我，他一生气就许杀死我。
方　珍	你不能够帮蔡将军……哎……逃走吗？
六姨太	我怎么能够？我一个帮手也没有。我一个人做得出什么事来？
方　珍	这样说来，我可爱的民国是注定要完了。我也注定要完了。我还活个什么劲儿？我也用不着活了。
六姨太	我的好小姐，我的好方珍，快别这么说！你答应我别心

乱。我想法子给你打听些消息来。你这样子，我丢下你，我心里真觉得对不住你，可是，我得去照料一下我那小孩子。我一腾下手，我就来看你。好啦，我的好小姐，打起精神来！答应我你不跟自己过不去。

方　珍　　好，我答应你。

六姨太　　我马上就回来。

〔六姨太匆匆下，方坠入沉思。唐世龙默然站在门口。

唐世龙　　方小姐，早晨好。

方　珍　　（一惊）你？

唐世龙　　（带笑）我不打搅你吧？

方　珍　　（厌恶地看着他）你知道，唐将军，我早晨不接见客人的。

唐世龙　　方小姐，那我知道，不过，我来是有点儿小事就教。

〔他不待邀请，过来坐下。

方　珍　　请你就赶快把你的贵干说出来好啦。

唐世龙　　方小姐，我看你是存心跟我过意不去。

方　珍　　请你讲你那点儿小事。

唐世龙　　好，好。我就要讲到。我今天早上到这儿来帮你一个小忙。

方　珍　　我可没有预备感激你。

唐世龙　　我来送你一个顶大的人情。

方　珍　　我并不感到兴趣。

唐世龙　　你马上就要感到兴趣。你听我讲。我先告诉你一个秘密。

方　珍　　你讲好啦。

唐世龙	总司令决定要除掉蔡将军。
方　珍	你这是什么意思?
唐世龙	我是说,明天晚晌你就别想再看见蔡将军了。
方　珍	真的吗?
唐世龙	怪呀,你一点儿不觉得惊奇!
方　珍	为什么我要惊奇?你不是见天儿拣着我们杀吗?
唐世龙	方小姐,上命所在,概不由己。我不过是奉行罢了。
方　珍	你似乎奉行得满高兴嘛!
唐世龙	我们还有正经谈,别谈这个。我干脆同你讲了吧。我愿意搭救蔡将军。
方　珍	什么?
唐世龙	不过,有一个条件。我让他逃走。
方　珍	唐将军,你要是想拿这个来骗我,你还得长得滑头点儿。
唐世龙	你看你这人!我用心再好,你也总在怀疑!
方　珍	听你的话,你倒真像要不顾性命,对总司令不忠心……可是为什么,请问?
唐世龙	问得好。我的回答是,我不是傻瓜蛋,我相信天命。
方　珍	请你解说明白。
唐世龙	当然。你听我讲。我在官场混得很久。我懂得里面的行情变化。我相信隐隐之中,有天命在焉。
方　珍	怎么样?
唐世龙	我觉得总司令的做法儿有些过分。我看他的官星要往西沉。蔡将军不仅是一位前程万里的大领袖,而且洪福齐天,贵不可言。
方　珍	当真?

唐世龙	做官的秘诀就在，不仅仅巴结当权的人，还得发现顶替他的人，随时溜到继承者这边来。可不是，我做了三十年官，不曾动摇，就因为我老早看准了谁要走运。
方　珍	你的眼睛倒尖。
唐世龙	就是干活儿也不差。我懂得怎么样料理自己。我是一个看风行船的政客，我现在给蔡将军一个机会，完全是处世自私的路数。我的解说你满意了吧？
方　珍	就算我相信你这套子话好啦。
唐世龙	不过放他逃走，是一桩玩儿性命的事。我安排蔡将军逃走，想法子叫人看不出是我放他。出了岔子，自然会有别人承当。不过，谁知道，运气坏，说不定我就要大祸临头。总司令的脾气要是一发作起来，天王爷老子也怕他。我犯不上冒这个险，除非满足一个条件。方小姐，全看你。
方　珍	我跟这有什么关系？
唐世龙	大有关系。
方　珍	我等着你往明白里讲。
唐世龙	说出口来，很不容易。这是，你看，假如……假如……
方　珍	假如什么？
唐世龙	你听我讲。我今天晚晌就设法让蔡将军逃走，假如……假如你……假如你肯……你真就猜不出我的条件吗？（凑近）你跟我好！
方　珍	你这畜生！
唐世龙	（不介意，站起）很好。随你挑选！反正明天晚晌有人要砍头就是了。
方　珍	噢，天呀！

〔她把头埋在胳膊里面。她一跃而起,充满了矛盾的心情,在屋子里面乱转。唐透出魔鬼的喜悦看她难受。

唐世龙　方小姐,我等着你答复。

方　珍　(热烈)我要把我的答复一直讲给你们的总司令听。

唐世龙　(冷笑)你以为他会相信你的话,不相信我的话吗?

〔方继续在痛苦之中旋转。

唐世龙　方小姐,应呀还是不应?(她不作声)我不能够在这儿等一整天。我走啦。方小姐,再见。

方　珍　(站住,下了决心)好!我答应,不过……

唐世龙　这不就结了嘛!

方　珍　要我……跟你好,你必须拿出蔡将军平安逃出虎口的真凭实据,才可以。

唐世龙　(眉飞色舞)我不情急。我一定拿证据来。

方　珍　真而又真的文件!

唐世龙　当然!我现在该走啦,我得让蔡将军有个准备。可不,我俩的条件你得绝对保守秘密!

方　珍　你看我像泄露秘密的人吗?

唐世龙　我相信你。回头见!

〔唐下。方蹒跚到沙发前面,合身倒了进去。她哭着。过了一刻,六姨太进来。

六姨太　方小姐,你还为这事难受吗?

方　珍　(颓然,低声)是。

六姨太　你觉得好点儿吗?

方　珍　好点儿。

六姨太　你经得住再听一点消息吗?

方　珍　经得住。

六姨太	他们计划……明天晚晌干掉他。
方 珍	（长叹一声）嗐！
六姨太	你是不是觉得没有办法，只好随他去了？
方 珍	是的。
六姨太	我想尽了方法，可是……
方 珍	我想紧接着就该轮到我了罢？
六姨太	什么？
方 珍	我希望他们也把我杀死！
六姨太	谁杀死你？
方 珍	还有谁？总司令。剩下的也就是我一个人了。
六姨太	好方小姐，你不是我顶好的朋友吗？
方 珍	是的。
六姨太	我倒要看看谁敢拿指头尖儿碰碰你！
方 珍	总司令是不饶人的。
六姨太	他不会不饶你。他常常提起你父亲，很尊敬他老人家。
方 珍	是吗？
六姨太	他说，在他同事里面，他顶喜欢也顶敬重你父亲。他说他把你拘在这儿，就是怕你伤害自己。
方 珍	不是怕我反对他？
六姨太	也为这个，不过他说，你只是一个女人，只要把你拘在官里面，你也就不能有所作为了。
方 珍	噢！
六姨太	我打听出来的那点儿消息，我已经告诉了你，我还是走开找个机会帮帮你的忙好。
方 珍	你对我太好啦！
六姨太	方小姐，别老难受！从现在到明天晚晌，还有的是时

间呐。

方　珍　　我也这样希望！

六姨太　　方小姐，再见。我一有消息，就跑来告诉你。

方　珍　　谢谢你。再见。

〔六姨太下。稍缓，蔡同上。

蔡　同　　我刚刚离开唐世龙！我来谢谢你，方珍，全仗你的力量，他才想法子放我逃走，他说你为我求情求得很厉害。

方　珍　　他愿意帮你逃走，没有说起别的理由吗？

蔡　同　　他说他相信星象，没有再提起别的。

方　珍　　你不觉得这里头有什么鬼吗？

蔡　同　　我觉得没有什么。我相信他会帮我出险的。

方　珍　　你以后的计划是什么？

蔡　同　　我先逃到外国。我相信他们会拿钱和军火供给我的。然后我绕道回到我的故乡云南，聚起我的旧部大干一番。我想用不了多少时间的。也许不等老王登基，我那边就动了手。

方　珍　　我的精神永远跟你在一起。

蔡　同　　可是，你为什么不跟我一起逃走？我去跟唐世龙商量商量看。

方　珍　　不！不！用不着！我会妨害你逃走的。我在这儿很平安的。

蔡　同　　我答应和唐世龙马上再谈一次。我今天这一天忙极了，我现在就向你告别了。

方　珍　　你平安到达目的地以后，你想法子写信给我。

蔡　同　　当然，我一定想法子把信递给你。只要你在这儿不受

	害,我就放心了。
方　珍	(头转开,眼看着地板,语气单调)我不会受害的。
蔡　同	我想他们决不会对你有什么无礼的举动。
方　珍	决不会的。
蔡　同	他们能够把一个女人怎么样呢?
方　珍	是呀,能够怎么样呢?
蔡　同	方珍,你现在心里想着什么事,不对吗?
方　珍	我心里没有事。
蔡　同	你像有什么事的样子。
方　珍	没有。
蔡　同	真没有吗?
方　珍	当真没有。
蔡　同	好,那我就欢喜啦。我不能够再逗留了,我的好方珍,再见。
方　珍	(冲动)我……我觉得我好像再也见不到你了!
蔡　同	方珍,你千万不要那样想。你在这儿很平安。至于我,危险自然难免,我会当心的。你放心好了。方珍,再见啦!
方　珍	再见啦。

〔蔡稍缓下。

——幕落

第 四 景

两个月后,某日黄昏。景同前。方珍坐在书桌前面写信。六姨太由外进来。

六姨太　　方小姐，我有东西给你！

〔六姨太取出一封信给她。

方　珍　　可来啦！

〔她打开信读着。

六姨太　　是蔡将军来的？（方不回答）你讲呀？（方点头，看信）快点儿，方小姐，我急死啦！（方读完信，把信藏在身上）真是他的信吗？

方　珍　　是的。

六姨太　　他平安吗？

方　珍　　平安。

六姨太　　他如今在什么地方？

方　珍　　在云南。

六姨太　　他好吗？

方　珍　　好的。

六姨太　　那我就高兴了。（看着方）方小姐，你在想着什么呀？

方　珍　　我没有想着什么。

六姨太　　我的好小姐，你得到他的信息，难道不欢喜吗？

方　珍　　噢，欢喜的。

六姨太　　可是你不像欢喜的样子。

方　珍　　不像吗？

六姨太　　你这人真奇怪！你在宫里面又平安又舒服，他在外面又平安又好。你还指望些什么呢？

方　珍　　我不指望什么。

六姨太　　也许信里头有话……

方　珍　　信里头没有什么。

六姨太　　好啦,我不盘问你了,本来我也没有权利问。你什么时候高兴,什么时候告诉我好了。我得走啦。我来就为给你送这封信。

方　珍　　劳你亲自送来。我实在感激。

六姨太　　好啦,我没有事啦,回头见。你可别一脑门子不快活呀!说真话,你应当谢天谢地才是呐!回头见。

方　珍　　回头见。

〔六姨太下。方坐在转椅里面思维着。不久,唐世龙出现了,进来坐在沙发上。方躲开他。

唐世龙　　方小姐,你好。(方畏惧地看着他,不回答)方小姐,两个月以前,我们俩商量一宗生意,我那方面已经交代清楚了。(她静静看着他)我不断拿他平安逃走的物证给你看,报纸上的新闻呐,在外国照的相片呐,他到了云南的报告呐,可是你总是不肯相信。你还指望些什么呢?

方　珍　　真而又真的证据。

唐世龙　　什么叫做真而又真的证据?

方　珍　　他说的话。

唐世龙　　除非他把话写下来,否则,那怎么办得到呢?你认得出他的笔迹吧?

方　珍　　认得出。

唐世龙　　他的笔迹可以算做真凭实据了吧?

方　珍　　可以。

唐世龙　　那么,有了他的亲笔信,你就履行你应允的条件吗?(方不回答)好啦,方小姐,你避我避了两个月啦。假如我拿得出你所要的证据,你答应,还是不答应?

方　珍　　再看好啦。

唐世龙　　答应,还是不答应?

方　珍　　答应。

唐世龙　　这就成啦。你知道,他北京的家小我们一直就在监视着。(由衣袋取出一封信)这是他写给他太太的信,由北京一位朋友转,让我们的间谍在半路截下来了。邮票上打着云南邮政局的戳子。戳子和日期你不妨仔细检查一番。你看一下这番信,看看笔迹和签字是不是他亲手写的。(把信放在她旁边,她不睬理)方小姐,请你看一下这封信。

方　珍　　我不要看。

〔沉静。唐定定地看着她。

唐世龙　　你玩儿的原来是这套把戏,嗯?你不要看?你想骗我,临了儿落我一场空吗?我从前冒险就算白冒了吗?我死了也不甘心让一个女人占我的上风!

〔方用心看着他,跳起来,打开抽屉,取出一把短刀。她疯了一样望着他。

方　珍　　别挨近我!你一碰我,我就拿这把刀子弄死我自己!

〔唐脸上的热情渐渐消退了。他把手放在衣袋里面,做出不在乎和安适的样子。

唐世龙　　方小姐,你要是以为我会欺负你,那你就弄错了我的意思。我不会勉强你的。我们原先讲好了一笔生意。你要是懂道理的话,你就应当履行你的契约。我不高兴用强。我要等你等到你自己高兴履行。我走啦。你闲下来没有事,仔细研究研究那封信吧。做人要公道,我相信你会讲公道的。方小姐,再见啦。

〔唐下。方等他的确走远了,放下短刀,把唐带来的信塞在一本书底下。她取出六姨太带来的信读着。唐轻手轻脚又在门边出现了,闪在角落,然后冷不防一个箭步,跳到她旁边,一手掩住她的嘴,一手搂住她的腰,平空把她抱入里间。

——幕落

第 五 景

景同前。六姨太走来走去等人,搓着手,望着门外。王承权匆匆进来,后面随着守卫队队长和卫兵。

王承权　　是你叫我来?
六姨太　　是的!你不知道,方小姐,噢!太可怕了!
王承权　　你讲!你讲!
六姨太　　方小姐叫人欺负了!
王承权　　什么?……你是说……
六姨太　　是的。
王承权　　就在这儿?
六姨太　　(点头)就在这儿,就在宫里头。
王承权　　是哪个忘八蛋干的?
六姨太　　唐将军。
王承权　　唐世龙!我简直不相信!

六姨太	你没有法子不相信。这是唐世龙的皮夹子,我方才在地上拾起来的。
	〔她把皮夹子交给王。
王承权	(向队长)过来!到唐世龙的房间,随便看他在什么地方,就马上把他抓了来。
	〔队长应了一声,下。
王承权	(忿怒)我顶亲信的随员会干出这种下流事来!该死的畜生!(向六姨太)有人在照料方小姐吗?
六姨太	大太太跟她在一起,我已经派人请医生去了。
王承权	她父亲是我的好朋友。他的女儿就是我的女儿。谁欺负他的女儿,差不多就是欺负我的女儿。(越说越气)这叫我死后有什么脸跟他讲话!
六姨太	就是你的女儿,也没有人家方小姐那样文雅,那样有教育。
王承权	我知道。我这一辈子还没有生过这么大的气!我保护的人还是第一次遇到这种混账事!
六姨太	居然在你宫里头出了这种乱子,你想想看,谁还相信你好意待人!
王承权	我要替她报仇!我要是挽救不下这混账事,我可办得了做这浑账事的东西!你去对方小姐说,我心里头很过意不去。我手下人居然敢这样胆大妄为,说我求她原谅。你去好好安慰安慰她。
六姨太	好,我今天晚晌陪她一夜。
	〔六姨太下。
	〔队长和卫兵把唐世龙推搡进来。
王承权	(向唐)浑账东西!给我跪下来!

〔卫兵强唐跪下。

王承权　（向队长）去把梅辅臣将军请来！

〔队长下。

王承权　（向唐）几分钟以前,你是在方小姐屋子吗?
唐世龙　总司令,我没有!
王承权　（扔出皮夹子）这是谁的皮夹子?

〔没有回答。

卫　兵　（踢了唐一脚）回话!
唐世龙　（沉郁）是我的,总司令。
王承权　它怎么会到这儿来的?（唐不回答）你要是不说真话,你知道我要怎么样处治你。
唐世龙　是,总司令,不过……
王承权　（嚷着）不过什么?
唐世龙　她老早答应了的。
王承权　（打他）你瞎放屁!
唐世龙　（固执）总司令,她是答应了我的。（卫兵踢他）她答应把身子给我。

〔卫兵再要踢他,让王拦住。

王承权　她那样受过教育的女子?
唐世龙　是的,总司令。
王承权　（嚷着）为什么?

〔唐不言语。

卫　兵　（打他）说!
唐世龙　为了酬谢我一桩事。
王承权　什么事?
唐世龙　我不能够说。

王承权	你不能够说?嗯?你居然也细致起来啦?忘八蛋!你根本就没有事好讲!

〔梅辅臣随队长进来。

王承权	(继续)好,我也不用问啦!你亲口承认你欺负一位闺秀小姐!(向梅)辅臣!
梅辅臣	是,总司令。
王承权	把这畜生带下去,五分钟里头枪毙掉!
梅辅臣	总司令,饶他这一次,总司令!(跪下)我求你,总司令,看他多年随从的情分上,饶过他这一次!
王承权	什么?什么?(怒火堵住喉咙)你胆敢驳回我的命令?去喊刽子手来!

〔队长下。

王承权	(继续)我的威信简直扫地啦!下属胆敢违抗我的命令!我倒要做给他们看看!(向梅)你替他求情,嗯?好,不到一分钟,你忙着给自己求情还要来不及哪!

〔队长带刽子手上。

王承权	刽子手!
刽子手	有!总司令吩咐。
王承权	把这两个东西带出去!(做砍头的手势)砍掉!
刽子手	喳!
王承权	别走!马上砍掉唐世龙,姓梅的缓一缓,等待我的命令。
刽子手	喳!

〔卫兵揪起两位罪犯。

刽子手	(嗫嚅)总司令!
王承权	什么?

刽子手	我好不好……先赏他一顿苦吃。他平常老这样收拾别人，小的满想叫他也尝尝味道。

〔沉静。

王承权	好。随你怎么样收拾他就是啦！明天一早儿执行死刑！
刽子手	喳！

〔刽子手取出一把快刀，顶着唐和梅出去。

〔杨向辰匆匆进来。

杨向辰	总司令，坏消息！
王承权	什么？
杨向辰	蔡同起事啦！
王承权	在什么地方？
杨向辰	在云南。
王承权	边鄙地方，还好办。他有多少人？
杨向辰	有五万人。
王承权	人不算多，他的目标是？
杨向辰	推翻帝制，打倒——
王承权	（瞪着他）打倒——？（赌气）好！我偏做一天皇帝给他看！倒要试试他有没有本事打倒。就在这几天选一个黄道吉日，不用等新宫殿落成了。我这就登基！
杨向辰	是。
王承权	他出兵的计划你看？
杨向辰	好象要翻过云贵一带的高山，往扬子江这方面进兵！
王承权	（向队长）召集紧急国务会议！请陆军总长和参谋总长来！

〔队长奔下。

王承权	（向杨）我不该把蔡同这小子放在一旁不问！当时我把他

除掉就好了！我还有法子收拾他！（痛恨已极）向辰，叫人今天晚晌弄死他一家大小，马上就叫人去！

〔杨下。

——幕落

第 三 幕

第 一 景

　　一九一六年六月，三个月后，某日黄昏。我们回到第一幕第二景。总司令已然升为皇帝，但是房间不唯少所装璜，反而多有空旷。

　　守卫队队长坐在小几旁边读报。一位军官向他指手画脚地议论。

军　官　　我说过不知道多少回，蔡同是当今中国一个了不起的军人，你看怎么样？我的话到底灵验了吧。在这儿闲待着等溃败，真不如投奔老蔡，轰轰烈烈跟着他大干一番！

队　长　　你低点儿声讲！当心万岁爷听见！

军　官　　用不着怕。外头有两个弟兄观风，远远看见有谁来，就先进来通报我们一声。我对你讲，像老蔡那样的干法，现时还找不出第二个来。

队　长　　你说的太玄乎，我可不敢那么说。

军　官　　得啦，即使他是敌人，我们对敌人也得公道。

队　长　　我看不出他有什么地方比别人特别。

军　官　　我们十来师的模范军，没有在山里头吃他的败仗吗？

队　长	打仗这事就没有什么准头儿。
军　官	那看怎么说。带着五万破破烂烂的兵，军火不足，粮饷不足，蔡同居然打败了兵精粮足的现代化军队，这要不是会带兵，这是什么？
队　长	你忘记了我们的军队是在山里头打仗。他们沾光地理熟，在山里跑惯了，自然要占上风。
军　官	依你说，我们的军队到了平地就好施展身手。如今两下里在重庆打对垒，离平地也就不远了，我们倒可以赌一赌谁对谁不对了。
队　长	好，我们等着看。我好在没有成见。

〔卫兵自外进来。

卫　兵	回将军，顾大人到。

〔顾秉忠匆匆进来。

顾秉忠	皇帝在什么地方？
队　长	我们不知道。
顾秉忠	这就怪啦。他打发人叫我在这儿等他。（向卫兵）看万岁爷在什么地方，回我在这儿候见。
卫　兵	是，顾大人。

〔卫兵下。

军　官	顾大人，万岁爷如今怎么样啦？
顾秉忠	（摇头）他变啦。才不过三个月光景，满以为登了基风调雨顺，谁知道他先变得叫人认不出来了。
军　官	不是你说，我怎么也不相信！

〔进来又一卫兵，递给顾一封电报。

顾秉忠	（读着）蔡同占领重庆，把我们的军队围困在四川了。
军　官	（向队长）我说怎么样！这家伙会打仗，你能说不吗？

顾秉忠　　（向卫兵）皇上在什么地方？

卫　兵　　方才有人讲，万岁爷在后宫和妃子们在一起。

顾秉忠　　马上拿这封电报请万岁爷过目，回我在这儿候见。

〔卫兵接住电报，匆匆下。

军　官　　顾大人，你看我们是不是就要完蛋？

顾秉忠　　我不很关心这个，我顶担心的是皇上。

队　长　　他的面貌清瘦了许多。他真像你讲的那样变得很厉害吗？

顾秉忠　　变得很厉害。像他那样性格顶强顶傲的人，谁想得到三个月的焦忧急虑，就到了这种地步！往年一个问题摆在他眼前，他很快就决定了，用不着别人多插一句话进来。对就对，不对就不对，那才叫干脆响亮。现在不然了，你问他这事该怎么办，他一会儿说对，一会儿说不对，一点钟里头要换好几个主意。可怜！唉！他那种如狼似虎的劲儿完全不见啦！

〔卫兵上。

卫　兵　　万岁爷说他就过来，要听顾大人详细报告。

顾秉忠　　好。你在外边等候驾到好啦。

〔卫兵下。

顾秉忠　　你们看，万岁爷连办事的兴趣都没有了。我得样样为他忙。他的忘性也大了。他睡不着，腰子病又发啦。

军　官　　我听说从前有一个算命先生叫他当心两件事，一件是他的腰子，一件是他的朋友。

顾秉忠　　可不，是有这么件事。你们知道，万岁爷从来不晓得害怕是怎么一回事。可是现在，我有时候看得出他眼睛闪闪躲躲的，像怕见什么东西的样子。

〔进来卫兵，拿一份电报递给顾。

顾秉忠　　（读电报）真糟糕！你们听！南京汉口两处的督军，静等机会宣布和云南的义军合作。（向卫兵）拿这个呈上万岁爷过目！

〔卫兵接过电报，下。

队　长　　不过，顾大人，他们是支持我们的最有力的分子。

顾秉忠　　那是在我们吉星高照的时候。如今嘛，（摇头）趁风转舵，只好另作一说了。你可以拿钱收买人家，不过你收买不了人家的心。万岁爷如今就是懂得这个道理，也未免太迟啦。

队　长　　大家就这样子把老头子丢掉，也太无耻了！

顾秉忠　　如今真可以算做大定的疆土的，我怕只有北京了。就是在宫里头，还不是有些人等个机会跟他为难嘛！他拿得稳的是，模范军对他忠心不贰，可是有什么用？他们远在五千里以外，还叫人困在四川出不来！

〔进来又一卫兵，呈上一封电报。

顾秉忠　　（读着）没有什么好消息，不是吃败仗，就是背叛。山东和山西的当局宣布独立，响应云南的义军。（向卫兵）立刻呈上万岁爷。

〔卫兵下。

军　官　　一半江山不是皇帝的了。

顾秉忠　　二十二行省之中，十二行省倒到蔡同那边去了。我看下余几省也就快啦。

队　长　　人扭不过命。

顾秉忠　　我不懂得什么命不命的，不过，结局我怕不会怎么体面。

军　官　　顾大人，你看蔡同他要怎么样才住手？

顾秉忠	他呀，我看也就是往前冲，冲到什么地方为止就为止。作事全仗一鼓作气，他要胜就胜到底；当着他的锐气，人人只有低头。
队　长	不过他们先得消灭我们的模范军。
军　官	你用不着担心。我以为时机一到，他会把我们的模范军打垮了的。

〔卫兵在门边出现。

卫　兵	万岁爷驾到！

〔大家肃然起来。王承权进来，神情恍惚。他瘦了，元神消失了，无时不在忧患之中挣扎。走路不便捷，没有形，眼睛也没有神。他慢慢走到书桌前面，疲倦而又沉重地，坐在后面的大转椅上。卫兵随着两位长官悄然引退，留下顾一人和他晤谈。

顾秉忠	万岁爷！

〔王想着别的事，没有回答。

顾秉忠	万岁爷！

〔王依然缄默。

顾秉忠	（靠近书桌）万岁爷！
王承权	老顾，是你吗？
顾秉忠	陛下，是秉忠。他们告诉我，陛下有事召见我。
王承权	我叫你来的？
顾秉忠	是，陛下。
王承权	我不记得我叫你来做什么了。
顾秉忠	是，陛下。
王承权	秉忠，你坐下。跟你在一起，舒服多了。（顾坐下。全沉默着）往年我砍掉一个人的头，他死了，死得一干二净，

	连鬼影子也不想见一个。现在我才砍掉一个反叛，紧跟着就有两个反叛来填他的位子。秉忠，你怎么解释这个？
顾秉忠	陛下往日对付的是人。如今是跟观念在斗。
王承权	你的话像有点儿道理。
顾秉忠	观念没有头好砍，也没有身子好挨子弹。
王承权	（阴郁郁地点头）哼！

〔沉静。

顾秉忠	陛下应当往好处想。
王承权	世上有好处可想吗？
顾秉忠	陛下，有的。全盘不见得就没有救。陛下还可以把残余的东西收敛在一起。
王承权	用什么法子收敛？
顾秉忠	宣布取消帝制，立即允许人民直接选举，成立新国会。
王承权	要我丢面子，我就不用想活着啦。
顾秉忠	陛下可以说，完全由于下属欺罔。
王承权	我不相信这有什么用处。
顾秉忠	陛下必须当机立断，一刻钟也稽迟不得。
王承权	好，秉忠，你就照着你的话做去好啦。
顾秉忠	万一最后需要的话，陛下随时可以下野。
王承权	我办不到。
顾秉忠	陛下为什么不能够下野？
王承权	我一家大小，秉忠，我一家大小！
顾秉忠	是。
王承权	我还得保护我那些太热心，然而很忠心的随从。
顾秉忠	他们也许太热心，可是已经不忠心了。
王承权	（稍为激动）你说什么？

顾秉忠	杨向辰，梁景范，还有太子殿下。
王承权	他们怎么的啦？
顾秉忠	他们告诉陛下，全国上下一致赞成陛下改元登基。
王承权	怎么样？
顾秉忠	我现在知道，他们有一半是哄骗陛下的。
王承权	你拿得出证据吗？
顾秉忠	很容易。我还能够往更坏里证明。
王承权	（大受刺激）你讲明白！
顾秉忠	为了保全他们的狗命起见，杨梁二人如今正在向你的敌人接洽投降呐！
王承权	（震怒）你得拿出真凭实据来！

〔顾默然取出一卷文件，呈上王过目。王读着，怒气变丑了他的脸。他和往常一样大为震怒。

王承权	（嚷着）来人呀！

〔队长急忙上。

王承权	把杨向辰和梁景范立刻绑出去枪毙！
队　长	陛下是说杨丞相和梁……
王承权	你这蠢东西！对！对！对！

〔队长驰出。

王承权	（平静然而忧郁）还有我大儿子！挺天真的样子！（略缓）他是我的儿子，天就够惩治他的了。他们会逮他的！

〔顾轻轻退出。王向前茫然望着，一副忧怨的神情。六姨太进来。

六姨太	什么，夜这么深了，万岁爷还坐在这儿用脑筋吗？

〔王不注意。六姨太走近安慰他。

六姨太	我的老可怜儿，老在难受。

王承权	除去难受,我还有什么事好做?
六姨太	有什么新消息吗?
王承权	帝国崩溃了。你没有听见砖头瓦块噼里啪啦在响吗?整个儿房子塌了。朋友全丢下我走了。仇人越来越多。我顶相信的人也跟我捣鬼,甚至于我亲生的儿子……我活不长久啦。
六姨太	不见得人人都是这样子。
王承权	我的好人,我跟前就剩下你和老顾了。我完啦!我觉得我连累你们也不会连累得太久的。
六姨太	别这样讲。万岁爷往年遭的难,比这次大的有的是,万岁爷也全好好儿挺过来了。
王承权	这回不对了。我明白我这回真完啦。要来的还是快来吧!避是避不开的!来了,我也就用不着心悬悬的了!
六姨太	我的好孩子,你简直是走死胡同儿,一脑门子的不快活思想。来,好好儿将息将息,明天你就好了。万岁爷要是不赶快来,我就差人来催请。
王承权	好罢。(六姨太走向门)停住!(她站住)万一……坏……坏到不可收拾的地步,你肯……你打算怎么办?
六姨太	我跟万岁爷一块儿起来。我跟万岁爷一块儿倒下去。
王承权	我的仇人是无情的。我决不叫我心爱的人活着落在他们手里头。你怕死吗?
六姨太	我不怕。
王承权	好,我的小宝贝,睡觉去吧。

〔六姨太下。略缓,军官和队长上。

队 长	(畏怯)啊哼!陛下今天晚晌还要奴才伺候吗?

〔王没有听见。

军　官	（畏怯）万岁爷有事吩咐小的们吗？

〔王仍然没有听见。他们站在门的两侧等候着。顾拿着一堆电报，匆匆上。

顾秉忠	陛下，全完啦！
王承权	嗯？
顾秉忠	陛下的军队在四川叛变，杀了他们的长官，跟蔡同打成一片了！

〔王惊呆了。

顾秉忠	我得赶紧去料理料理。陛下有话吩咐吗？

〔王不作声。顾等不及，急忙奔下。

〔王失了神智，感情激动，由墙上取下一把宝剑，走进六姨太的所在。队长和军官面面相觑，作声不得；他们怀着畏惧的心情等候他回来。传来一声呼喊，接着便是婴儿的哭声。队长和军官相为失色。王拖着染了血的宝剑出来。队长和军官逃下。宝剑落在地上。

王承权	（差不多要晕倒的样子）我心爱的女人！我的亲生孩子！现在没有人可以碰你们了！我希望我死掉！

〔他的头软软地搭在胸口。

——幕落

第 二 景

十天之后，某日早晨。王睡在寝宫的龙床上，样子像一个死人。一位法国医生站在旁边。宫门由义军守卫。

蔡同带着副官和侍从进来。

蔡　　同　　（在门边，向守卫的兵士）你吩咐他们一家大小避开了没有？

兵　　士　　回总司令，他们不肯走，硬要留在这儿送终，我们把他们赶到旁边小房间去了。

蔡　　同　　那就好。（过来看着王，不言语，露出轻蔑的神情，随后转向医生）你懂得中国话吗？

医　　生　　（缓慢而吃力）我——懂——

蔡　　同　　贵姓？

医　　生　　我是法兰西公使馆的杜博爱（Du Bois）医生。

蔡　　同　　你为什么留在宫里头？

医　　生　　中国医生治不好，法兰西公使派我来帮忙，看有救没有救。

蔡　　同　　他就要断气吗？

医　　生　　快了。

蔡　　同　　真是害病吗？

医　　生　　是的。他有腰子病，心情太坏。

蔡　　同　　杜博爱先生，我要世人知道，他是病死的，不是遇到什么意外死的。你回头可否签一个字，证明他病死的事实？

医　　生　　他的确是病死的，将军，我愿意证明。

蔡　　同　　多谢之至。（走向他的副官）吩咐工匠搭一个祭坛，预备下礼拜用。

副　　官　　（指着龙床）总司令，不是给这家伙用罢？

蔡　　同　　当然不是。这是为死难的文武人员用的。你亲自照料，要大方，要素净。

633

副　官	是。总司令看搭在什么地方好？
蔡　同	南海似乎没有相宜的地方。你去看一下北海，那儿的天王庙也许可以用。
副　官	是。
蔡　同	(止住他)等一等。替我问候一声方珍小姐，说我请她在大祭那一天务必前来帮我主持一切。千万不要忘记！
副　官	是。

〔副官致敬，辞下。

蔡　同	杜博爱先生，你想他就要死吗？
医　生	也就是几分钟的事。
蔡　同	那就是了。(向另一位侍从)看守好了病人，不许任何人到屋里来！
侍　从	是。

〔思索的样子，蔡端详一眼王，下。

〔侍从走近病榻，看着病人，轻蔑地笑着，燃起一枝香烟，心满意足地走开吸着。王静静死去。医生在旁边等他死了才站起来。

医　生	他死了！
侍　从	(不感兴趣)死了吗？

〔医生把被为死人盖好，提起皮包，默然退出。

〔顾秉忠在另一门边露出身子，远远望着病榻难受。

侍　从	(取笑，向兵士)皇帝陛下死啦！中华民国万岁！万岁！
顾秉忠	(平静)死了多久？
侍　从	(回身看见顾)多久？不比你的老命长！

〔顾耸肩，走向龙床。

侍　从	站住！你往哪儿走？

顾秉忠　　我不好和皇帝告别吗？

侍　从　　不可以。

顾秉忠　　我向我死了的主子最后致一次敬，是合法的，是道理上应当允许的。

侍　从　　向那种主子致敬是不合法的，是道理上不应当允许的。

顾秉忠　　你得原谅我，我不像你那样想。

侍　从　　你倒说说看。

顾秉忠　　我是他的老朋友，最后看他一眼总是应该的。

侍　从　　你只要事后答应我割下你的脑袋壳，我就让你过去致敬。

顾秉忠　　好吧。你让我在床边跪一刻钟，随后你愿意怎么样收拾我，就请你怎么样收拾我好了。

〔顾往前走着。

侍　从　　（拦阻）你想死，我倒不想你死！

顾秉忠　　放我过去。你知道我是谁吗？

侍　从　　我知道你是一个保皇党，老不死！

顾秉忠　　你晓得我是蔡总司令的朋友吗？

侍　从　　我管不着。总司令亲自吩咐，不许任何人到屋子里面来。（指门）出去！

〔顾又看了一眼王，老泪涟涟，下。

——幕落

第 三 景

一星期后，某日早晨。我们来到北海天王庙的大雄宝殿。在祭幔祭帐和国旗交相辉映之下，偶或透出一角神像和红黄绦带。一幅白布由殿脊笔直垂下，上面写着"英名永垂"。一长方祭坛摆在前面，上边立着一个高大的灵位，灵位之前供着各色祭品。花瓶，花圈，花盆，蜡烛，花色相映，点缀着庄严的景象。四个兵士分在两旁侍立。

　　副官陪着方珍进来。

副　官　　方小姐，差不多全布置好了。
方　珍　　我早来一刻，看看这些鲜花搁得合适不合适。
副　官　　是。
　　　　　〔方走向祭坛，开始整理鲜花和其他上供的物品。
副　官　　方小姐看，我现在把蜡烛点起来怎么样？
方　珍　　好吧。他们也就快来啦。
　　　　　〔蜡烛燃亮。蔡同全副戎装，上。
蔡　同　　（向副官）我想一个人在这儿待几分钟。你把弟兄们带到院子，回头乐队一奏乐，我们就开始行礼。
副　官　　是。
　　　　　〔副官率领兵士下。
蔡　同　　方珍，我有重要的话同你讲。我挑这个时辰，这个地点，因为，我觉得，没有比这个时辰，这个地点更合适的了。
方　珍　　子青，你说。
蔡　同　　方珍，我们的感情是在患难之中培养起来的。我早就想拿这话同你讲，不过我始终没有开口，因为我尊重你是一个奇女子，你是我风尘之中的知己，也因为我必须爱护我一家大小，不愿意有什么事对不住他们。现在，我一家大小全受了害，我在世上成了一个孤零零的人，我向你献上

	我的爱情，你好不好接受下来呢？
方 珍	（低下头）请你不要问我，我不能够接受！
蔡 同	方珍，艰苦的日子还在后头。有时候我也希望得到人间的安慰、喜悦、休息；这种人情上的需要，只有家庭能够满足，可是为了祖国，我的家庭已经毁坏了。方珍，好些年来，我就钦敬你，如今我求你帮我重新把家庭组织起来，你答应我不好吗？
方 珍	我倒希望我能够答应，可是……
蔡 同	可是你……你不爱我，我没有猜错？
方 珍	（看着他）我爱你……我爱你。我愿意尽我的力量达到你的希望，可是我不能够。
蔡 同	为什么不能够？
方 珍	你，你自己应当明白。你是全国的表率。众望所在，人心依归，你一举一动都应当合乎一般的礼俗。
蔡 同	我不明白你的意思。
方 珍	按照我们的礼俗，像我这样吃过苦受过罪的女人，早已失掉嫁人的资格。
蔡 同	我才不信那套吃人的礼教的鬼话！没有东西能够分开你我。为什么我们流血，为什么我们心身俱瘁，为什么，方珍？就为的是新代替旧，理性代替礼教，民主代替专制。你吃苦，你受罪，我只有更爱你，更尊敬你。好啦，方珍！
方 珍	（挣扎）不，不。你……我们的感情迷了你的眼。人民信奉旧日的礼俗。改革礼俗比改革政治要难十倍也不止。我决不肯因为我，使得人民轻视你。
蔡 同	（大为踌躇）好吧，方珍。我尊重你的见解。不过，我敢

说，腐旧一天一天在死亡，人民一天一天在变动。（向方鞠躬，然后走向祭坛，站在方和祭坛之间）方珍，回头我们要致祭的是已死的英烈，为了他们的祖国，为了争取自由和平等，他们勇敢地牺牲他们的性命。可是，方珍，为了同一目的，你所牺牲的要比性命还重。在我们英勇的斗争之中，你象征新女性，新精神，勇往直前，不计成败利害。你将永远活在我们战士的心里头。

方　珍　（含着泪，哑着嗓）好啦，子青！（走向门口，向外挥手，然后回来）我们可以行礼了。

〔随着庄严的进行曲，副官率领兵士回来；他们还没有站好，致祭的文武人员已然一位接着一位地进来……

——闭幕

（全剧完）

附录：

《委曲求全》的胜誉

《委曲求全》(She Stoops to Gompromise)是清华大学外国语文系主任王文显先生所作的英文剧，一九二九年十二月，在戏剧家巴克耳(G. P.Baker)导演之下，出演于美国耶鲁大学的剧院，成绩甚佳。以后马萨诸塞州的福莱特俱乐部要求排演，结果更在前者之上。一时评者鹊起，胜为赞美。下所译为署名 H.T.P.君所写，见于一九三〇年五月十二日《波司顿报》(Boston Transcript)。

说中国戏走不通现在的年月，就事说事，是说不上一个道理；说北京城里的学校上不得台，也说不上一个道理；说这个学校不许有西方的副产物，例如校长、会计、心理学教授，依然说不上一个道理。说一个中国人就写不得通俗的英语，也不管他有没有在伦敦住过、读过书、得过大学的荣誉，更是没有那种道理；何况他又干过中英的新闻事业；又在中国各大学教授英文和英文文学；在耶鲁大学的戏剧系还研究了一年，做一个剧作家。然而记者忝坐在伊利特大堂里做客，——蒙福莱特俱乐部赏光，——来看王文显先生的喜剧的第一幕，心里颇不安帖。在《苏子的东方》(East of suez)这出戏里，莫干先生(Mr.Maugham)把整个时的中国人摆在舞台上——然而还加杂了些欧罗巴人和混合种人，记者看了，连头发也没有动了一根。再通常没有了。譬如在《信》(The Letter 又是莫干先生的杰作)这出戏里，记者在这类通常的东方戏剧中所看的，有的是中国人做二三路的人物；给他们点染上些乡土的色彩，只要手艺漂亮，满有味道。但是来看王文显先生的喜剧，写的是学校的鬼蜮生活，这却须耐着心，好好地领受。

说真的，福莱特俱乐部卖了应有的气力。在学校的客厅后面，穿过高大的窗户，映着夏日的花木，花园的景致看来也真入目。就说屋子罢，角落的地方挂着幔帐，墙上钉着中国的毡类的绣物，同样地起人快感。说到沙发和椅子，更足见西方的享乐也侵入了学府的北京。至于说明书上所谓教育界的人物，穿着中国的花缎袍子，有些带着中国式的胡须，可惜是他们的头发和偶然露面的内衣透出不少的西方的气味。全剧的唯一的女角、王太太，衣服装饰是十足的中国味，华丽到了家；惜乎在她用首饰上，也好似露出西方的习惯。只有校长的听差、陆海，把手筒在蓝褂子的袖口内，还有库文、学校的花匠，戴着一顶碟子似的草帽，带出了中国本地人的气味。

这个奇形异色的北京社会，到了一九二〇年的末运，到了王文显先生的眼里，介乎东西的文明，说的自然是英文。这是不可免的；因为这原是一出喜剧，写给说英文的舞台，演给说英文的观众的；正为了这缘故，这出戏才从北京远来异乡，去冬上演于巴克耳教授的学校，因为他的好意，这才又来到福莱特俱乐部。王文显先生替他的所有的人物写了一个轻利，严正而流畅的英语。书本气息并不重，所以演员易于演，观众易于懂。对话活泼，而且自自然然地把性格表现出来。并且这里笑着一种柔和的恶嘲的微笑，自然是王文显先生在那里微笑，这是法国人最得意的舞台笔墨，然而这里来的更加漂亮，实在是中国人对于喜剧的一种贡献。

那种不妥帖的惊异的心情渐渐地消失了，我们看到了一出勾心斗角的喜剧——在近代，剧院所赋的稀有的快乐，这要算一种了。这也许由于本性所然吧，一个中国人在机谋上，做来比西方的剧作家实在是只有自然，熟练，并且值得赞美。其实呢，有多少是王文显先生的发明，有多少是他的观察，二者相补的分量又有多少，纳罕也正有纳罕的道理……在这个中国的大学里，在教育行政的人物中间，这里好象有的是嫉妒、有的是恶意、有的是鬼蜮伎俩。譬方说，顾校长有点好用高压手腕；那种道学气派，拒人于千里之外，总像有点恶消息透给别人。

他同注册课的那位先生虽说没有什么，内里却大不相投；同时心计窄浅的会计先生（一个漂亮的，风骚的，机警的女人的丈夫）又不满他的意，决定要辞掉他。在这类事上，有他的秘书做心腹，替他在上下活动。到了紧要关头，还有他的听差可用。陆海——然而这个聪明的年轻人，却学会了同时伺候两位主人，既可能，又有利。另外一位主人就是注册课的宋先生，圆滑的眼睛，总留着旁人的神，在他的牙齿中间，还带着一条更为圆滑的舌头。事情虽说危急，在这以外还有一位心理学教授姓关的，在戏里面，用其所教，不断侦伺别人的阴私，连犹豫一下也不犹豫。甚至于什么时候会对他有利，他也看不出来。

在这种情形之中（或许这位校长，或者这位教授，在班上这样堂皇其辞吧），不幸注册课的宋先生就发见了顾校长同会计的太太有了不名誉的痕迹。同样不幸的是陆海也知道了这件事，并且做了宋先生的心腹。这一对儿商量好了来诇诳，因为只有这样于他们有利，就诇出了一个新局面。情节也就更复杂了。顾先生精明的很，立即从花匠那里探出虚实；发现没有那么一回事；相信还是将计就计为上；于是照样指教——贿赂——那个结结巴巴的乡下佬。这还没有扯到关教授的身上。可是巧的是，他看的、听的和记的都太多了；也不管别人的高兴，忽然从幔帐后面或者从窗户外面露出来：并且还带了一张出口伤人的嘴。会计王先生自然只有怪声啼叫了。

过了一星期，董事会不得不出面干涉。他们委派张先生来调查实情；不用说，一看就知道是一个斫轮老手，听他的第一句话问的多么自然："全妥当了吗？"（有些刻薄人以为王文显先生在新港住了一年，看饱了美国的风俗，来在这出戏里利用他的观察。）自然全妥当了——一张名单奉上张先生的面前，上面依次写着各位证人，便于他的使用；同时在一幅幔帐的后面，校役一壁看，一壁唱了一出傀儡戏。于是几种事平平易易地就纠结在一起了；并且在一起平平易易地糅和着，矛盾着——直到最末的一位见证，王太太，进来。也没有凭任何的物证，也没有经任何合法的手续，只仗着一点小小的计谋，她全然占胜了。人人都洗刷干净了，事事都洗刷干净了，除去张老先生的双颊，就算不干净吧。亏了关教授有胆量指出来，原来上面粘满了王太太的胭脂。

在起首上，王文显先生显然有些迟疑，笨手笨脚，正像一个人在暗中摸索他的道路；但是他一把情节布开，他立即有了自信心；带着一张敏锐的耳朵，来选宜于性格的字；带着一只眼睛，来选动人的环境；带着一只手，来选轻简的动作。校长只要一张口，便表示出他的严正的自悦。偷听的校役的傀儡戏是非常地滑稽。王太太处处谲诈，便是眉来眼去，也带了不少的心计，关教授够可恶的，会计先生够七上八下的，然而他们的干与恰如其时。在学校的人员上面，有的是董事，有的是监督，只要大家一想到各自的饭碗，管保对于调查的张先生只有依顺。看到了末尾，大家一定要问：不唯在北平，并且在西方的世界，王文显先生究竟是发明了多少，观察了多少呢？能使他的观众这样猜测的，这位剧作家可谓幸运矣。

这出戏的一半的愉快是由于他的中国的空气，虽说事情发生在学校里面，中国的空气依然十足。穿过那一层西方的学府的表皮，显出它的本来面目。一个人也没有说是放松，不是翻翻椅垫，便是摸摸墙角落——希望自己发现点儿什么。没有一个配角甚至于忘掉他的微笑——或者重要的机会。正为了蕴藉的筹画，不动良心的坦易，注册课的宋先生同陆海才没有把诳诌得难以令人相信。关教授的侦伺的习惯成了一种生活，犹豫也不犹豫一下。王太太的妖媚——"委曲求全"：便是这点儿俯就也像是筹维好了的。顾校长同张先生都是善于利用机会的老手。中国人的道德的——或者不道德的——意义，一望便知有它自己的特性，正因为那种自然可喜的假惺惺，才更值得赞美。在这点上，福莱特俱乐部的演员表现的很好。

并且，每一转变都带着王文显先生的客气的恶嘲。或许他在西方住了多年，学会了这种游离的态度（detachments）；回到北京来应用，觉得他的眼睛发亮，心思开展，十指痒痒，跃跃欲试。一出勾心斗角的喜剧所必需的是发明、技巧、颖慧、恶嘲。王文显先生把它们用在一个全新的空气，让人觉得这在世界的背面是一样地虚幻。多数的我们都纳罕那些东方人在我们中间出出入入，在他们的心里究竟是些什么。《委曲求全》给了我们一点暗示。他们看我们，犹如他们看他们自己的同乡吗？算了，还是少费思索吧。

《梦里京华》跋

《梦里京华》原名《北京政变》（Peking Politics），作者王文显（J. Wong Quincey）先生，向来用英文写作，一般中国人显然不及外国人清楚他。一九二七年五月三十一日，耶鲁大学的戏剧系正式演出，导演为戏剧权威白克（G.P.Baker）教授。当时饰蔡将军的是一位费德里克（J.T.Fiderlick）先生，饰方女士的是一位泰佛（Alice Traver）小姐，饰唐将军的是一位海莫（E.W.Hymer）先生，饰王总司令的是一位毕博曼（H.J.Biberman）先生。当时《纽约时报》曾经有一篇通讯，记录白克教授的谈话：

"自从西方接触中国以来，外人曾经努力表达各方面的中国生活，传教士，官员，游历者和小说家，在文学和舞台上，出奇制胜，刻画中国，因为并不公正，结局大多数人对于中国人形成一种定型的看法：刺戟，邪恶，古怪，但是《北京政变》努力表现中国人民的生动的风俗人情，可能尽一分力克服西方人士的误解。"

仅仅从这一点介绍真正的现代中国的心力来看，白克教授的盛意已然值得感激。当然，王文显先生的心力——那似乎不为中国人感到，然而实际却为中国人争光的心力，也不见得就是浪费。

我在大学求学的时候，已然听人说起这出戏，后来看到当时演出的舞台照，十分感到灯光的柔和和布景的壮丽，但是人力物力全不是一个爱美剧团所能够胜任，所以我就另选了作者一个风俗喜剧译成中文，就是描写腐恶的学校生活的《委曲求全》（She Stoops to Compromise）。好些人看了《委曲求全》，觉得作者冷酷，温源宁先生就有一篇英文，在这一点和他为难。而胡适先生，看见《大公报》的演出特刊，当面和我争论，要我接受他的敌意的见解。我是一个学生，他们三位都是我的前辈，我不想夹在里面多所是非。

其实，真正的是非不应当在作品以外寻找，那些人事上的纠纷往往妨害我们认识上的公正。大人物不一定没有偏见，他们澎湃的感情不容他们谅解另一种澎湃的感情，同代的伟大扞格同代的伟大。我所能够说的，仅仅是王文显先生并不冷酷，至少我陆续读到他的长短作品这样告诉我。《北京政变》，《白狼计》，《猎人手册》，《老吴》，《媒人》，《皮货店》，甚至于《委曲求全》，未尝不是作者最好的说明。

在这些小说和剧本之中，我仅仅根据原稿译过两种：除去《委曲求全》之外，即是今日问世的《梦里京华》（或者《北京政变》）。我译，因为作者是我的师长；译剧本，因为我偶尔参加剧团工作。他在清华已经教了一年书，洪深先生出洋留学；杨绛，陈铨，石华父，曹禺，张骏祥，中国不少剧作家，做过他的学生。但是他本人，酷嗜戏剧，过的却是一个道地的教书生涯，习惯上虽说不是一个中国式的书生，实际上仍是一个孤僻的书生而已。

一九四三年李健吾谨跋

《委曲求全》的演出

魏照风

一九八一年九月，李健吾同志偕夫人从北京来到上海，老友重逢，欣喜若狂。我们谈起了许多往事，其中最使我们难忘的，是一九三五年在北平演出《委曲求全》的事。

一九三五年初春，一些戏剧界的朋友会晤于北平青年会，感到在国民党反动派高压下的言论不自由，想演一出喜剧发泄一下心中郁闷之气。我当时推荐清华大学外文系主任王文显用英文写成、由李健吾翻译的三幕喜剧《委曲求全》。大家一致同意，就以青年剧社名义排演此剧。由李健吾担任导演，司徒乔、秦宣夫和林徽因担任舞台美术设计。司徒乔和秦宣夫是著名画家，林徽因是建筑学家梁思成的夫人、梁启超的儿媳。演员全部穿中装，使它具有民族风格。

剧中角色由李健吾扮演张董事，赵希孟扮演顾校长，我扮演丁秘书，舒又谦扮演关教授，马静蕴扮演王会计之妻，马肇延扮演王会计，周礼扮演宋注册员，辛志超扮演大学生，刘果航扮演校役陆海。全剧三幕一景，一共排练了三个月，于一九三五年三月十一日起在协和礼堂公演，立即轰动了文化界。

此剧第一次演出，是在一九二九年十一月四日，于美国耶鲁大学，其后又在美国波斯顿、北平协和医科大学，北平清华大学等处重演。

这出戏的内容是紧凑的，人物各有特色：如善于玩弄手段的顾校长，他企图辞掉王会计员、宋注册员和校役陆海，引起一场风波；关教授利用这个机会，拉拢部分学生和宋、陆，进行挑拨是非，想取得校长的地位。王会计员的妻子是个颇有姿色善于交际的妇女，为丈夫事向顾校长求情。董事会派来调查事件真相的张董事是个色鬼，他看上了王太太，居然向她求吻，王太太为了保存丈夫的饭碗，只好委曲求全的应付他，给了他一吻。这一吻，演员运用卓越的技巧，把藏在手中的口红飞快地在张董事面颊上抹上一个又红又浓的嘴印，恰巧又被大家看见，当场出丑。每演到这地方，必然引起全场观众的哄然大笑。李健吾的动作很夸张，语言很够味，成为一个被鞭挞被嘲笑的丑八怪，而精明强干、艳如桃李、冷若冰霜的王太太，却博得观众巨大的同情，从而揭示了全剧的主题思想。全剧几个人物，都表演得鲜明生动，性格突出。如关教授的老奸巨猾，丁秘书的八面玲珑，宋注册员的逢迎拍马，王会计的有气难伸，王太太的欲擒故纵，陆海的左右逢迎和顾校长的外强中干，都活灵活现地体现了人物的真实思想感情，构成了许多笑料，产生了令人深思的喜剧效果。

此剧在演出中，由肖乾负责宣传工作。司徒乔还特意为作者王文显画了像，刊在天津《大公报·文艺周刊》（沈从文主编）的《〈委曲求全〉演出特刊》上。《北平晨报》、《京报》、《益世报》、《世界日报》、《天津庸报》都发表了文章，形成了强大的舆论力量。

演出时，化妆由孙浩然担任，秦宣夫有时也来帮忙，林徽因注意了服装色彩和布景的协调。剧务由张骏祥（他当时是清华大学外文系的助教）担任，他工作认真负责，除提示外，并兼管催场。这里特别值得一提的是扮演王太太的马静蕴，她原是北平剧坛的著名演员，排演中她每天提早到排练场，认真排戏，还帮助其他演员创造角色。不幸的是当这出戏演出告一段落后，她因劳累过度，得了肺炎，于一九三五年三月十六日溘然长逝。我们为她出了纪念专刊，介绍了她的生平事迹。后来由北京大学学生石之琮接替她演出，她也演得很好。同年四月十三日前后，还到清华大学去演出过。

演出期间，我们还举行了座谈会，出席的除北平知名的戏剧界人士外，正在北平演出的中国旅行剧团除全体出席观摩外，也有不少人出席了会议。会上唐槐秋、戴涯、赵慧深、曹禺、焦菊隐、程砚秋、马彦祥、徐霞村等都先后讲了话，大家一致认为剧本构思巧妙，语言犀利，讽刺力强，是掷向国民党反动派教育界阴暗面的一支投枪，淋漓尽致地揭露了反动派的丑恶面目。

唐槐秋还写了评论文章在《晨报》上发表。后来"中旅"也演了此剧，巡回演出于各大城市，扩大了影响。上海复旦剧社也进行了演出，由凤子扮演王太太。

这虽是四十六年前的往事，如今回忆起来却值得怀念，首先它讽刺了国民党统治下黑暗的教育制度，揭露了它的疮疤，引起观众会心的微笑和憎恨。其次，在当时情况下，由于此剧的演出团结了不少戏剧界、文艺界的朋友，使荒凉的北平剧坛增加了一些活跃气氛。《委曲求全》演出之后，青年剧社又演出了三个独幕剧：《月亮上升》（舒又谦主演）、《撒谎记》（李健吾、董世锦主演）、《压迫》（周礼主演）。在这之后，由于政治环境的恶劣，剧社便停止了活动。

这里，还要提及一件事，那便是一九四〇年四月七日，青年剧社主要演员舒又谦和赵希孟到颐和园游览，泛舟湖上，这天风浪很大，把他们的船一直从北岸吹到铜牛处，这里有个出水的暗洞（俗称"海眼"），水中有个大的漩涡，当他们拉着落水的女演员赵梅痕时，自己却从船底滑入水中，不幸没顶，三四天才将遗体打捞上来。当时日军已占领北平，一些话剧界朋友常以青年会为掩护进行活动，以免日方纠缠，舒、赵二人在这方面给予大力支持。他们的死，失去剧坛上两位有才华的演员，实在是很大的损失，至今还让我们深深地怀念着！

王文显先生

温源宁 作　李健吾 译

清华在人事和目标方面经过了许多更迭。它先是一所为国家培养男孩子的中学堂①，后来才改成国立清华大学。这所中学堂是先教男孩子学会美国人的英文，学会外国的穿着打扮，逐渐把男、女学生变成化学家、工程师等等的工作室。不过尽管变更无常，清华却有一个不倒翁，此翁即王文显 Wong Quin-Cey 先生是也。他是一种定影液，没有他，清华就不成其为清华了。有了他，尽管经历过各种变革，清华照样是清华，正如寻常人系着一块婴儿的涎巾，和长着须与髭的寻常人一样。

王文显连续当过清华学堂的教授、主任、副校长与代理校长。自从清华身分提高到大学以后，王文显先生就成了外国语文系的系主任。这说明在这些"狂风暴雨"的岁月里，仗着他的才干与声望，他从来就是安安稳稳的。有一件事必须承认：他是一位主持会议的恰如其分的主席。这里没有紧张、也没有涣散的不相干的谈话场面。一切言论达到"决定"。会开完了，他能让人总有一种感觉：总算做出了结论。

作为教员来看，王文显先生不是一个逗得起学生热爱的人，也就是羡慕与尊敬之情。没有学生去看王文显先生的。学生拜访他也只是为了同他谈论公事。公事一谈完，拜访结束。没有人逗留，也没有人希望延长约会的时间。学生走开了，觉得如释重负；我发现，王先生也感到如释重负，总算办完了什么不舒服的事。

---

① 译者注：即"留美预备学校"。

王先生是我从来见过的最冲动和热情的人之一。不过他的冲动面与热情面从来没有在教室流露过。他在这里只显马虎又冷淡：给人一种差不多是一位新教长老会牧师做丧事的印象。这里有一种疲倦的努力与单调的拘束之感。下课铃一响，王先生高高兴兴地走掉，我想，他的学生也同样有这种感受。

　　王先生个人的表面或者作人的方式倒也没有可挑剔的。我们笑话他，原因就在他非常正常，非常正，完全符合一位公民的作为。说实话，他是让人恼火的正常。他在身体与道德上全讲求卫生，讲求干净。作为丈夫，他是无可指责的。作为教师，他是清醒的。作为清华上层成员，凡是关系到他的责任的，他总是照办不误。他爱在小园子里养花。他爱打枪。他对踢足球有兴趣。夏天他穿着裤子。冬天他穿着长袍。他用烟斗抽烟。家里没有什么出奇的现象。他的一切都是循规蹈矩的。可是为什么他的朋友总在背后嘲笑他？我想回答在他写的戏里。

　　好几年前，王先生的一出戏，《委曲求全》在北京演出了。戏写得挺逗哏，结构完整，行动也好。整个戏没有一点儿沉闷时间。总的看来，演出是一次漂亮的成功。艰苦工作、戏剧学识与创造才能使《委曲求全》演来处处成功。可是采声完了，灯光闭了，我们又一次回到街上，赶去寻找我们的汽车和我们的洋车，为什么我们许多人对作者有一种埋怨的心情？难道不是因为王先生所无可挑剔的《委曲求全》，缺少一种东西——人性 human？我们找不到它，因而对王先生也就感到不满意。成功、尊敬与羡慕是他可能应得的报酬，不过我们有时候将用大笑来还这种债务，只要他短少人性的笔触。

　　一九三五年六月二十一日见于英文的《中国文学评论》杂志。一九三五年又收入《不完整的理解》(Imperfect Understanding)一书，由 Kelly & Walsh 有限公司出版。

后 记

李健吾

　　王文显先生是我在清华大学外国语文系念书时的老师。我在一九二五年考上清华大学，先分在朱自清老师班上，由于朱老师的劝告——他为人敦厚、通情达理、善于谆谆诱导，多么好的一位长者！——我在第二年考上了外国语文系，所以毕业迟了一年。当时我正在害肋膜炎、肺痨病，幸而是在清华，料理我的病的是校医室 La Force 主任。这样，我就一边养病，一边上课，在清华待了下来。清华大学有一个研究院，有五位特级教授：一位是梁启超，一位是王国维，一位是陈寅恪，一位是赵元任，另外一位特级教授就是我们的系主任王文显先生。他们的薪水都是五百元。学生有谢国桢、吴其昌、游国恩等人。王文显先生有两门课：一门是戏剧，一门是莎士比亚。这是三年级和四年级的学生才能上的课。关于他的为人，温源宁先生（他也教过我的课，教"当代诗歌"。）已经在他的文章（见附录）里作了相当真实地描述。

　　王文显先生是一位循规蹈矩的上流人，衣着整饬，关心戏剧活动。记得他有两个女儿，当时年纪都还小，现在倘若见面，可能也不认识了。他家住在北院，家里有一架钢琴。王夫人人很和气，待我很好。当时我们同班只有四个人，其中之一即徐士瑚。王文显先生知道我爱好戏剧，毕业后，他留下我做他的助教。这是在一九三〇年。第二年我有机会回运城埋葬先父。当时老奸巨滑的阎锡山已经战败下野，任山西省省长的是商震先生。商震先生是我父亲的朋友，在他的帮助下，不得入土已达十年之久的先父棺木终于有了坟地，即现在的西曲马村中已经被拆掉的大云寺。事后，我得到商震、杨虎城和七叔李鸣鹫的资助,赴法国留学,同行者有朱自清老师和去苏格兰爱丁堡大学念书的徐士瑚同学。我们几个在巴黎分了手。出国前,好几位同学要我推荐助教这个位置。张骏祥这时恰好毕业,我知道他喜欢戏剧,便推荐他接替了我的位置。王先生听说他也是一个喜欢戏剧的学生,就高高兴兴地接受了。

  王先生用英文写过两出发生在中国的大戏,一出即《委曲求全》,这是我出国前就译好了的一出三幕喜剧。出版的年月是一九三二年。出版者是内弟尤炳圻的人文书店。一九三三年我回国后,由朱自清和杨振声两位老师介绍,给胡适主持的美国文化教育基金委员会写《福楼拜评传》,并译《福楼拜短篇小说集》,多的是闲暇。就在这期间,忽然热爱戏剧的东城青年会的赵希孟和舒又谦来看我,要我导演《委曲求全》,我接受了他们的要求,自己串演了其中的董事长一角。这是我自从男扮女装以来第一次以男演男。我那时有些胖,演董事长形体很够格,演出地点即现在的红星电影院,当时是青年会的小礼堂。这时唐槐秋恰好在北京,我们开了个欢迎会。现在我手边还保留一张他、马彦祥、曹禺和我的合影。这张合影可能是在一九三五年春末照的,因为唐槐秋和我都穿着长棉袍,只有马彦祥着西装,不过这是一九三四年(温源宁先生的文章这样写),还是一九三五年(魏照风同志根据《剧界月刊》查出的),我就不清楚了。后来这出戏传到了上海,主演王太太的凤子同包时、吴铁翼与杨守文等同志来看我,记得似乎已经是冬天了。导演是应云卫先生,他擅长喜剧。我虽然没有看见他们的演出,但相信他们是成功的。他们在复旦演出之外,还去南京演出过一次。校长由顾得刚扮演,校长仆人由吴铁翼扮演,王先生由丁伯骝扮演。不过除去凤子演王夫人之外,我的复印本上的名单却是另一批男演员,校长由钱曾慰饰演,校长仆人由陈广湘扮演,丁秘书由孙葆寿扮演,宋注册员由王雅文扮演,会计员由施龙扮演,花匠由傅曾望扮演，关教授由陈来茂扮演，学生由程威廉扮演，校役由赵沨扮演，董事长由艾绳醇扮演。凤子有《学步第一天》，收集在上海出版的《舞台漫步》里。凤子的演出名单和我的《委曲求全》的复印本（根据上海戏剧学院的藏书复印出来的）并不相同，凤子来信说，她完全不记得我这份名单是哪一届演出的。这我就不知其中经过了。因为复旦曾有两次演出：一次是在上海，一次在南京。

我们在北京的演出也是成功的。我们还去清华演过一次，在当时的"同方部"演出，观众挤得满满的。王夫人已经改由石文琼女士担任了。

其后七七事变发生，学校纷纷南迁，我以为王先生一定也去了西南联大。孤岛时期，我已经和孙瑞璜夫妇相当熟，他们告诉我王先生并没有去西南联大，在上海的圣约翰大学教书。于是我就常到圣约翰大学去看望王先生和王师母。后来，上海沦陷了，我看王先生的生活相当拮据，就把王先生的《北京政变》翻译过来，交给洪谟导演，剧名改为《梦里京华》。一九四二年由美艺剧社在辣斐花园首次演出，演员有黎明（后改名为时汉威）扮演王总司令（即袁世凯），王秀绪演冯执义，小凤演方珍（有小凤仙的影子），严俊可能演蔡同（即蔡锷）。半年后，联艺剧社在兰心演出，王秀绪由张伐代替。洪谟原来有整套剧照，十年浩劫中已经下落不明，真是遗憾之至。当时有上演税可收，我每星期拿着一个黑皮夹到剧场收过百分之六的上演税，然后转交给王先生。后来我被日本宪兵司令部逮捕，从此就和王先生失去了联系。听说他抗战胜利后去了香港，因他在香港有一位开银行的兄弟可以投靠。至于他什么时候去世，我就不清楚了。他的两个女儿现在都已长大成人，定居美国，这是王元化同志告诉我的。他的大女儿王希琰（原来叫王碧仙）嫁给一个刘某为妻，可能她并没有保存她父亲的五个独幕剧遗稿，这可算是一件憾事。至于二女儿，王元化同志没有提起，想必他们也不熟识。

　　总之，这次出书，张骏祥(当了五年王先生的助教)写"前言"，是义不容辞的，而我写"后记"，也只能到此为止。王先生生前是应该享盛名的，而今记得他的人却寥寥可数。人事无常而有常，行笔写来，不禁感慨系之。